月亮淋了雨

叶浙宝

著

江苏凤凰文艺出版社
JIANGSU PHOENIX LITERATURE AND
ART PUBLISHING

图书在版编目（CIP）数据

月亮淋了雨 / 叶淅宝著. -- 南京 : 江苏凤凰文艺出版社，2022.4
ISBN 978-7-5594-6676-1

Ⅰ. ①月… Ⅱ. ①叶… Ⅲ. ①长篇小说－中国－当代 Ⅳ. ①I247.5

中国版本图书馆 CIP 数据核字（2022）第 045127 号

月亮淋了雨

叶淅宝　著

责任编辑　周颖若
特约编辑　廖晓霞
装帧设计　覃　青　蛋蛋酱
责任印制　刘　巍
出版发行　江苏凤凰文艺出版社
　　　　　南京市中央路 165 号，邮编：210009
网　　址　http://www.jswenyi.com
印　　刷　杭州日报报业集团盛元印务有限公司
开　　本　880 毫米 ×1230 毫米　1/32
印　　张　12.5
字　　数　462 千字
版　　次　2022 年 4 月第 1 版
印　　次　2022 年 4 月第 1 次印刷
书　　号　ISBN 978-7-5594-6676-1
定　　价　45.00 元

目录

my love,my moon

第一章
久别

祝矜是临时决定回京市的。

六月末的申城，梅雨季节，熟透了的风卷着雨，老洋房里弥散着一股霉味。

祝矜计划了很久的一个创业项目的合伙人突然跑路，飞到国外去追前任女朋友了，留下祝矜一个人数墙上的霉斑。

空调的风呼呼地吹着，她喝完一个椰青，准备按照视频中所说的那样，把壳敲开挖出椰肉炖椰子鸡。椰子的壳坚硬无比，她凿了几下也不见动静。

空气潮湿，墨绿色的吊带衫紧贴在她的薄背上，洇出一层细汗，银丝细带在她雪白的肩头勒出红印，抬手挥刀间，她更是汗淋淋，燥热难耐。

也就是把刀挥到椰青上咣咣作响的那个瞬间，祝矜突然想到：回家吧。

在这个夏天。

飞机降落在燕山机场，祝矜关掉手机的飞行模式。

手机里最先蹦出的一条微信消息，是两个小时前姜希靓发来的：等你回来，我给你做椰子鸡。

她笑笑，告诉希靓自己已经到了。

希靓不吃姜：今晚吃？

祝你矜日快乐：明天吧，今晚我先回家，他们还不知道我回来了。

自己回来的事，除了姜希靓，祝矜谁也没告诉。

因此，张澜女士上完课，在办公室门口看到祝矜时，还以为白日见鬼了。

“你怎么回来了？”

“申城天天下雨，难受，我就回来了。”祝矜说得轻松。

祝矜穿着一件白色的棉布吊带裙，将头发扎了一个松松垮垮的丸子，有几缕头发垂在脸侧，不施粉黛的脸好看得过分。

有老师从走廊上经过，看到祝矜问：“张书记，这是你哪个学生，长得这么漂亮？”

“不是学生，是我的女儿。”

祝矜眉眼弯弯，和妈妈的同事打了个招呼。

那个老师很热情，先是夸祝矜基因好，然后又问了她读的学校，夸道：“S大也很好呀，不过那会儿你怎么没来C大？”

C大就是张澜女士现在任职的学校，和S大一样在国内都是一流学校，两者旗鼓相当，经常被人拿出来比较。

张澜怕那个老师再聊下去，会聊到女儿没考上研究生的事情上，于是搪塞了两句，带着女儿进了办公室。

“张书记，您什么时候下班呀？我饿了。”祝矜在飞机上吃东西容易晕，因此一般只要航程短，她都会坚持到下了飞机再吃东西。

“一会儿学院还有一个会。”

“啊？现在不是暑假吗，您怎么还这么忙？”张书记不喜欢在自己的办公室里放吃的，祝矜只在她的书架上发现了一盒白色的巧克力，巧克力上边还贴着祝福的贴纸，应该是她的学生送的。

祝矜将包装拆开，往嘴里塞了一颗巧克力。

不知是饿的原因还是因为许久不吃巧克力，当初祝矜觉得齁甜的东西，现在竟然感觉十分可口。祝矜又拆了一颗巧克力。

“学校有暑假小学期，我负责了一门课，得请各大公司的人来讲课，现在又是毕业季，下个月我才能闲一点。你要不先打个车回家？我让阿姨现在就给你准备饭，不然一会儿赶上堵车，得吃得更晚了。”

祝矜想了想，说：“我还是去找希靓吧，她那儿有现成的饭菜。”

姜希靓是餐厅老板，开的餐厅离C大不是太远。张澜想到她的胃不好，不能饿着，于是点头道：“也行，晚上我帮你把行李箱带回家。”

“好的，谢谢张书记！”

祝矜临走的时候，张澜忽然问：“真不跟妈妈说实话，为什么回来？”

毕竟一个月前，她这个女儿还信誓旦旦地在视频里跟她说“以后我就留在申城了，不回来工作了”，颇有一种要在他乡出人头地的气势。

张澜只当她是爱玩，不想离家太近受管束，没想到她这么快就变了卦。真是想一出是一出。

祝矜握着门把手的手顿了顿，她转过头笑盈盈地说：“那还能因为什么？我就是想多陪陪您。”

张澜推了推眼镜，笑着让她赶紧走，没信她的鬼话。

祝矜到了绿游塔。

餐厅地点闹中取静，位置在美术馆后街一个轻工业风的园子里，一楼是咖啡厅和清吧，二楼是私房菜馆。

此刻才到饭点，客人陆续进来，今日的限定款甜品椰奶兔子布丁却早已经售罄。

姜希靓正在餐厅外边的露天座椅旁检查玫瑰花的生长状况，一抬头看到祝矜，惊讶地问："不是说不来了吗？"

"怎么，不想见我？"

姜希靓捶了她一下："哪能呢？"

祝矜笑了起来："我饿了，姜老板，赏我饭吃。"

说着，两个人坐在露天藤椅上。桌面铺着黑白长格子交织的桌布，模样酷似钢琴，祝矜的十指条件反射般地飞舞起来，她在桌布上弹起了钢琴曲，音乐声在她的心中流淌。

姜希靓笑，说祝矜这是被钢琴 PUA（精神控制）了。

毕竟少女时代的祝矜最讨厌做的事情便是弹琴，时常会和她抱怨。

而现在，弹完最后一个音节，祝矜还满意地给自己鼓了鼓掌，然后看向姜希靓："好久没弹还有点想念。你快去把我的椰子鸡端出来。"

"哪有椰子鸡？我明天才做。"姜希靓故意说。

祝矜撇撇嘴，笑得像一只小狐狸："拉倒吧，我还不了解你？你给人做菜前一定会提前练习很多遍，而且我刚刚在出租车上还在公众号上查了今天的菜单，今天的限定甜品是椰奶兔子布丁，你会做这个，肯定是因为你今天买多了椰子。"

"行呀，祝浓浓，以后你改名为祝·福尔摩斯·矜好了。"姜希靓说着，招了招手。服务生端来了椰子鸡，还有斑节虾、R 国鱿鱼、柠檬酱花椰菜、和牛，这些都是祝矜喜欢的菜品。

"好吃吗？"

祝矜在姜希靓饱含期许的眼神中抬起头，竖起大拇指说："好吃。"椰子的清香在舌尖蔓延开来，是她想念了很久的味道。

"喂，你就不能换个夸法？每次都是'好吃'这两个字，我都听腻了。"

"小琳姐。"祝矜朝另一边的人喊了一声。

"浓浓，怎么了？"一个个子小小的、很可爱的女孩儿走了过来。

"快来夸夸你们老板，她嫌弃我不会夸她。"

陈小琳是餐厅专门负责公众号和微博运营的员工，中文系毕业，每次发布的美食文案都非常吸引人。此外，她还在一本美食杂志上开设了专栏。

姜希靓白了祝矜一眼。

北方的夏日，傍晚的风徐徐吹着，空中带着燥热的气息，不远处小酒馆外亮起霓虹灯，灯光和天边的彩霞相互映衬，漫天流云染上七彩霞光。

回到熟悉的地方，祝矜一颗心都舒畅了起来。

在他乡难以向他人言明的情绪，也在这个夏夜里，悄悄地和自己和解了。

姜希靓坐到她对面，让陈小琳先去招呼客人，然后用食指敲了敲桌面："祝宝贝儿，交流一下真心话？"

"嗯，你说。"

"怎么突然想回来了？你别说想吃椰子鸡，我有自知之明，我的手艺还没好到能让你放弃繁华的申城而回来的程度。"

"悠着点。"

"什么？"姜希靓不解。

祝矜指了指她的指甲："新做的吧？在哪家美甲店做的？怪好看的，别老敲桌子，一会儿敲断了。"

"闭上你的乌鸦嘴。"她上周做菜时指甲被劈断，疼得要命，这是才做好的指甲，"你别打岔，让我猜猜，你这次回来和你那个暗恋对象有关系？"

"什么嘛！我以前不是和你解释过？那都是别人瞎传的。"

姜希靓和祝矜不是一个学校的，圈子也很少有重叠。两人是在高中时市里举办的一场中学生排球联赛上认识的。

因此，对于"祝矜有个暗恋对象"这个消息，姜希靓也只是道听途说，并不知道真假。

但姜希靓是个人精儿，尽管祝矜每次都否认，但她就是觉得有那么个人存在："哦，那你说说，为什么回来？"

祝矜放下舀汤的勺子，皱起眉道："你和我妈问得一模一样，可我说是因为申城的雨季太烦人，所以我才想回来，你们又都不信。"

"那跟姐儿们说实话，你这次回来就不走了吧？"

祝矜在她饱含期许的目光下点了点头。

两人端起酒杯在空中碰了一下，酒杯发出轻快的脆响。

一顿饭吃得祝矜心满意足，她身体里住着的饕餮也因此得到了滋养。

姜希靓今晚要去给奶奶送药，同时顺路送祝矜回家。

天色已经暗了下来。车子开出胡同口，旁边的小酒馆此时热闹得很，她们在车里都能听到里面传来的轰隆隆的音乐声。

酒馆门口停着一辆非常亮眼的苹果绿色的跑车，姜希靓放慢了车速。

“浓浓，你看车旁边的那个大帅哥，是不是邬淮清呀？”

虽然她和邬淮清见面的次数不多，但长得这么好看的男生，自然能让人过目不忘。

车厢里沉默了一阵，祝矜没有回应。

姜希靓疑惑地转了下头，只见祝矜头倚着车窗，一动不动地盯着窗外，目光黑沉沉的，让人看不出情绪。

夏日的夜色中，邬淮清倚着车门，将戴着表的手腕搭在车上，神情略有不耐。

他今天穿得很帅，穿着和这辆苹果绿色的跑车很相配。他的左手手腕上除了有手表，还有一串小叶紫檀，二者搭配，显得奇异又和谐。

这时，从酒馆里走出一个年轻的姑娘，她穿得时尚又吸睛，从霓虹里走过来，仿佛是个小仙女。

那个姑娘抬头看到邬淮清，脸上的笑容瞬间消散。她有些委屈，转头想回酒馆。

邬淮清站直身子，走过去跟她说了什么，一把握住她的手腕，拽着她往车里走。剪刀门向上旋转，女孩儿踩着高跟鞋，踉踉跄跄地跟他上了车。

他们像一对刚吵完架闹脾气的情侣。

跑车咆哮而去。

姜希靓吹了一声口哨：“俊男靓女，豪车美人。”

“那姑娘你认识吗？”姜希靓问。

祝矜摇了摇头，不甚在意地说：“没见过。”

“哦，你都不认识，那肯定就不是什么表妹、堂妹了。”

祝矜瞥了她一眼：“我和他又不熟。”

“再不熟，你们也在一个大院住了那么多年，再说了，你那群发小还和他是好哥们儿。”

见祝矜没说话，姜希靓又说：“我有点好奇。”

“怎么了？”

“我记得你们院里有好几个男孩儿，你和他们关系都不错，怎么就和邬淮清一个人不熟了？”

祝矜眨了眨眼睛，扇动了几下长长的睫毛：“他是后来才从南方迁过来的，剩下的人都是和我从小一起长大的，能比吗？”

姜希靓仍旧觉得哪里怪怪的，转头看了一眼祝矜。坐在副驾驶座上的祝矜表情淡淡的，眉眼温柔，和往日没有什么不同。

“不过话说回来，邬淮清那张脸是真好看，又有那样的家庭，招女孩儿喜欢也不足为奇。这几年想追他的女孩儿可不少。”

“你怎么知道的？”

“来绿游塔吃饭的‘网红’里，有不少人聊天时提起过邬淮清，想跟他认识，让我给听到了。”

姜希靓的餐厅虽然没有刻意往网红店的路线走，但口碑不错，加上地理位置和装修风格又好，这两年来“打卡”拍照的“网红”越来越多，因而网络名气并不差。对于这些来拍照的“网红”，她倒也不是不欢迎，只是经常在私底下跟人吐槽，说有些人既没品位又喜欢浪费食物，来了只会对着盘子拍照，拍完照就走人。

那些人连虚假名媛都比不上，虚假名媛好歹还变相节约了资源。

“你这老板当的，每天小道消息还听了不少。”

“那是，这每天的宾客来来往往的，我就是得和人打交道，要不然我每次哪里来那么多新闻和你讲？”

这倒也是，祝矜远在申城，每次和她聊天，都能接收到一堆的小新闻。

有时候明明是申城圈子里的事情，姜希靓比祝矜知道得还早。

“有个叫王清的‘网红’，微博名为‘大魔王清妹’，你知道不？她在网上还挺火，风格定位还挺特别的。”

“怎么了？”

姜希靓的眼睛亮了起来：“这妹子来餐厅跟她的小姐妹讲她和邬淮清的恋爱经历，怎么说呢，啧啧啧，什么私房话都敢拿出来说。”

祝矜正在喝酸奶：“是我想的那个‘私房’吗？”

“嗯。”

祝矜笑道：“真的假的？”

姜希靓也笑了：“这不是当个趣事讲给你听的吗？这种事，也就听个乐子。”

祝矜笑着，不自觉地用手指打开微博，在搜索框敲下“大魔王清妹”这个 ID（账号）。

妹子的头像整体色调为黑色，照片里，她穿着粉色抹胸裙和马丁靴站在一辆机车前，大眼睛、长头发，有几缕头发被漂成了紫色，被风吹得有些乱。

妹子的确很特别。

不知邬淮清什么时候喜欢上了这种风格的女生。

她又往下翻了几条微博，内容大多是晒和小姐妹的下午茶、晒机车、晒小猫小狗，和普通人发的微博内容也没什么差别。

然而再往下翻，祝矜看到一条时间是上个月月初的微博，内容只有一张图片，没有文字。图片中一个男人的手出了镜，手指修长白皙，骨节分明，手腕上戴着一串小叶紫檀手串和一块手表。

手表的表盘被王清用马赛克抹去了，不过凭着表链也能看出这表价值不菲，用马赛克遮住倒有几分欲盖弥彰的意味。

底下的评论纷纷夸赞“这手简直太好看了”“‘手控’当场求摸”“戴小叶紫檀的男人，求认识”。

还有人问王清那是不是她男朋友的手。

王清回复得很暧昧，没有直接肯定也没有否认，而是给她们发了一个“害羞”的表情包。

祝矜的目光在这张照片上停留了一会儿，眼底没什么情绪。她移开视线，正准备关掉页面，忽然发现这姑娘还关注了自己。

这姑娘不仅关注了祝矜，祝矜点开“共同关注”一看，里面除了几个明星，竟然还有姜希靓、祝小筱和宁小轩几个人。

祝矜有些惊讶：“你关注她了？”

姜希靓“嗯”了一声：“她在网上无偿宣传了好几次我的餐厅。”

姜希靓和祝矜不一样。她比较外向，因为餐厅老板这一层身份，她交友圈很广，在网上还偶尔晒一些精心拍摄的自拍照，加之她是顶尖学校毕业的，有名校光环加持，如今她的微博粉丝数都有几十万了，微博互动量更是惊人。

祝矜的微博就是一个纯粹的日常生活记录页面，资料栏空空的，出去玩时她会发一些好看的照片在上面，大多是美食、美景的照片。她很少在微博上露脸，粉丝也不多。

“她怎么还关注我了？”

“不知道，顺手的吧？哦，对了，她好像还是你的高中学妹。”

祝矜仔细一看，果不其然。王清的资料栏里显示着她的高中是京藤中学，她年龄比祝矜小两岁，现在在电影学院读编导专业。

姜希靓调侃道：“可能她高中时就是你的小迷妹吧？毕竟你高中那会儿可有名了。”

祝矜想了想，仍旧对这个人没什么印象。

一低头，祝矜发现手指不小心碰到了页面上的“关注”两个字，黄色的图标立刻变成灰色——“互相关注”。

她愣了一下，不过也懒得再取消，直接关掉了微博页面。

王清从舞池中下来，跟朋友打了个招呼，拿过手机打开微博，先翻了几个粉丝的私信，懒得回复，然后从“经常访问”里点进祝矜的微博。

一连串动作她做得非常熟练。

她忽然顿住，晃了晃手机，确定自己没有看错——

祝矜竟然也关注了她！

祝矜最新一条微博内容发布在两个小时前。她发了几张照片。

王清认出拍摄地点在绿游塔。

所以，她回京市了？

不知为什么，王清心底有点兴奋，那种羡慕和嫉妒交织的难以言明的小心思暴露在了灯光下。

她斟酌了一番，给祝矜发私信：学姐你好，我是王清，是小筱和希靓姐的朋友，也是你在京藤中学的学妹。

最后，她还加了一个“可爱”的表情包。

寻思着微博聊天很少有人能立刻回复，王清把手机放回桌面，也没一直盯着私信聊天框看。

酒馆里这会儿有人开始唱情歌了，灯光一下子变得柔和，她坐了一会儿，没忍住再次拿起了手机。

祝矜还没有回复，这在她的意料之中。于是她点进祝矜的头像，再次一条一条地翻起祝矜的微博来。

王清看得很认真，即使这些微博内容她已经看了很多遍了。

祝矜经常发一些自己养的花花草草的照片和一些最近看的图书、电影、电视剧，还会发书评和影评，观点清晰明确却不咄咄逼人。

她的微博是一个纯粹记录生活的自留地，获得的点赞和评论也不多，基本都是熟人在与她互动。

王清除了会看她发布的文字，还会仔细地研究她发的那些照片。比如，她穿的是哪个牌子的衣服，戴的哪个牌子的耳环，用的哪个牌子的钢笔。

有些没有明显品牌标志的东西，王清便会把图片保存下来，然后在各个网站上搜索，搜不到的也会截图问朋友。

于是，她知道了，祝矜喜欢国外小众品牌的东西，这些东西不仅价格不便宜，在国内也不好买。

通过这些零碎的片段，王清在心中拼凑出了祝矜的日常生活。

她是王清做梦都想成为的那种人：含着金汤匙长大，什么都不用在意。

祝小筱从洗手间补完妆回来，拍了她一下："你在干吗呢，心不在焉的？"

王清连忙退出微博，看着祝小筱，有种做贼心虚的感觉："歇会儿。你要喝东西吗？"

"哦，喝。"

王清说："你姐姐回来了？"

"谁？"

"祝矜。"

祝小筱一脸疑惑，拿出手机，翻着各个微信群，确认祝矜回来的消息后，蹦出一句脏话。

"怎么了？"

祝小筱抓了抓头发："她回来我就烦。"

王清抿了口酒："为什么？"

"她那人很没劲，表面上特别温柔，然后我那些哥哥和长辈还特别偏心她。"

王清听出来了，祝小筱是心里不平衡。于是王清故意拱火道："就是很装模作样，是吧？"

祝小筱觉得"装模作样"这个词有点过，皱了皱眉，但还是应了声："有点吧。"

其实她和王清不算很熟，只是她从小不在国内，现在回来也没什么朋友，王清她们主动和她玩，她处着也觉得她们还蛮有意思。现在听王清这么说自己的家人，她虽然心里不舒服，但也没反驳。

汽车行驶在路上，车窗半降，空气中微热的暑气透了进来。

祝矜和姜希靓闲聊着彼此的生活。

祝矜边聊着边百无聊赖地打开微博，看到王清发来的私信，问姜希靓该怎么回。

"你看，我就说人家高中时就是你的迷妹吧。你正常和她聊天就好。"

兔子矜：你好。

大魔王清妹：学姐，我从上学时就很崇拜你。我能加你的微信吗？

兔子矜：谢谢。好。

随后，祝矜发过去一张二维码截图。

没想到王清加了她的微信后，先围着京藤中学的话题聊了几句，然后直接问：学姐，你是不是和邬淮清学长关系很好呀？

祝矜给她发过去一个问号。

王清：我听说你们从小一起长大，高中那会儿，我经常见你们走在一起，还有祝羲泽、宁小轩学长他们。我感觉你们关系好好，当时我身边的同学都羡慕学姐有这么多帅哥朋友。

她说着，还发来了几个夸张的表情包。

祝矜有些想笑。小姑娘的话术其实很简陋，心思不言而喻。

只不过祝矜没想到，王清还是问了这个问题。

祝你矜日快乐：你是他的女朋友?

王清回复得很含糊，没有直接否认，但也不承认，透露着一种两人正处于暧昧阶段的意味。她羞涩得有点涨红了脸，想让祝矜帮一帮自己。

看着王清发的语意含糊的那些消息，祝矜觉得她和姜希靓口中的那个百无禁忌在公共场所大聊私房话的人大相径庭。

祝矜不知道，实际上，邬淮清和王清算得上是毫无关系。

两人只在一次朋友的聚会上遇到过，连话都没说过。

那个男人长得太帅，又非常冷淡，浑身散发着生人勿近的气息，王清当时仅仅是偷拍了一张他的手的照片放在网上，就破了她微博浏览量的记录。

祝矜想了半天，也不知说什么好。一抬头，发现自己已经到家了，于是她回了句：我还有事，回聊。

王清连忙回了几个“好的”，又跟她客套了一番。

姜希靓把车停到她家楼下。

祝矜道：“你和我上去吧？”

“改天吧，今天有点晚，我就不打扰叔叔阿姨了。”

祝矜也没强求，正准备走，姜希靓忽然想起自己的车后座还放着草莓。

“把草莓拿上。”姜希靓说，“这是从草莓园摘的，还挺甜。”说完，她笑着补充道，“记得和香槟一起吃。”

这是只有她们两人才懂的一个哏。祝矜也笑起来，抱着草莓下了车。

可能是刚回来，祝矜有些失眠。

待张澜睡下后，她似做贼般偷偷拆了瓶香槟。将香槟拿回卧室后，她一边喝香槟，一边吃草莓，脑海中不断回放着傍晚在小酒馆门口看到邬淮清的画面。

这时，手机忽然响了一声，一个祝矜久未联系的纯黑色头像跳了出来。

对方给她发了几张手镯的图片，问：你喜欢哪个?

祝矜发了一个问号过去。

很快，这几条消息被撤回。

W：抱歉，发错姑娘了。

他不说发错人，是怕她理解错误，特意点出来，说是发错姑娘了。

祝矜：“……”

邬淮清盯着手机看了好长时间也没再收到回复。他无声冷笑，暗恼她一回来自己便失态。

屏幕上他编造的这些莫须有的话，看起来就像一个笑话。

祝矜这夜很晚才睡着，睡着后做了个梦。

梦里，祝矜回到了高一时的夏天。

暑假，祝矜和姜希靓跑到大院后边的公园里看露天电影。

那天晚上放映的电影正是《风月俏佳人》，中文配音，译制腔在她们听来很怪。

“吃个草莓。”

“为什么？”

“草莓能让香槟的味道更好。”

“棒，很好吃！”

这是电影里的台词。

当茱莉娅·罗伯茨一边喝香槟一边吃草莓时，两个女孩儿同时对这个情节心动了起来。两人在夜色和摇晃的树影下，隔着荧幕感受到一阵令人悸动不已的浪漫。

影片结束后，她们立即跑到公园外边的超市里，挑了一大盒红通通的草莓，然后又去货架上买了一大瓶颜色接近香槟的果汁饮料。

然后她们一起坐在公园的长椅上，对着星星和夏蝉，在灯下一边喝着果汁，一边吃草莓。

那天晚上，两人吹着晚风谈天说地，聊理想、聊野心，被蚊子咬了一身包也不想回家，任凭手机响个不停。

最后还是祝矜的三哥出来找到了她。她在公园层层叠叠的树影下，看到三哥身后还有邬淮清。

他们应该是刚打完球，身上还有未干的汗。

邬淮清穿着一件白色的球服，头上绑着黑色带涂鸦的发带，手臂上也戴着黑色的腕带，橘色的篮球在他的指尖上转来转去。

少年高瘦、挺拔，五官棱角分明，帅得让人移不开眼，刚运动完的荷尔蒙气息磅礴欲出，他的眼神却很清冷。他看向她，像是在看一个毫不相干的人。

祝矜在心中想，他应该是不得已被三哥拉来的，可能还觉得她很麻烦。

公园离她家很近，没走两步就到了。

三哥家住在小区进门的右手边，他先上了楼，上楼之前让邬淮清负责把祝矜送到家门口。

总共也没两步路，祝矜不明白三哥怎么总是把她当成小孩儿。

她家的单元楼和邬淮清家的单元楼挨着，两个人沉默地向前走着，邬淮清走在前面，一路上都没理她。

树影摇曳，两人的影子一前一后，一高一矮。

祝矜想起前几天他和一个女生并排走在一起的画面，而现在和她走在一起却这样，便从心底冒出委屈。

委屈像夏日开可乐时瓶口冒出的气泡，不断地往上涌。

她看着他手中转个不停的篮球，突然停住脚步，站在原地不动。

邬淮清走了两步，发觉人没跟上，转过身，一脸疑惑地看着她。这会儿，他手中的篮球还在转动。

祝矜站在路灯下，一张素净的脸因为吹了风，染上了粉色，此刻她的眼神里带着说不明的倔强。她一句话也不说。

邬淮清扯起唇角，没上前，而是把篮球扔到地上拍了拍，不耐烦地问："怎么了，公主？"

深夜的院子里，除了篮球着地的声音，还有蚊虫在花间、在灯下乱飞时发出的窸窸窣窣的声响。

祝矜听到他说了"公主"两个字——其他朋友有时候也会这样打趣她，而他之前从来没有这样喊过她。

如今他将这两个字说出口，带着一股显而易见的嘲讽意味。

祝矜咬了一下唇，也用略带嘲讽的语气回他："邬淮清，你打篮球很厉害吗？"

邬淮清把从地上弹起的篮球收回掌间，动作轻松自然。他根本懒得回答这个无厘头的问题，指了指前边，问："走吗？"

祝矜在他的注视下摇头。

她故意和他对着干，想看他是什么反应。

她原本以为邬淮清会直接丢下她走开——这太符合他的作风。

尽管他们是邻居，他是她哥哥的好朋友，但他性子桀骜，对谁都不屑一顾，对她更是从没有好脸色。

两人平日互不理睬，偶尔交集时也只是针锋相对。

谁知那晚，他突然折返，向着她大步走来。

他到她身边时，用没拿篮球的那只手一把拽住了她的手腕，动作快得让人措手不及。

然后，他拉着她向前走。

在梦里，祝矜都能感受到自己的手腕被扯得生疼。

“邬淮清，你放开我。”

少年丝毫没有理会她的话语，到了她家楼下时，也没松开手。

两人对望着。

院子里种了很多绣球花，成片紫蓝色的无尽夏簇拥在一起，葳蕤地盛开，边缘处在月光的照耀下泛着莹莹的光彩。

他眉目冷淡，忽然别开脸，把手中的篮球用力扔出去。篮球砸在小区一侧的墙壁上，发出砰的一声巨响，随后弹了回来，被他一脚拦下。

祝矜被吓了一大跳。

她原本不是爱哭的性子，可那晚却分外委屈，眼圈泛红，但一想到在他面前哭太丢人，像是不战而败，她便强忍着没让眼泪掉下来。

邬淮清注意到她泛红的眼睛，愣了下，于是缓缓松开了她。

两人靠得很近，近到祝矜在泪花中都能看清他的眉峰、他的鼻骨，还有他颈间的一颗小痣。

他的头发凌乱地扎在发带里，身形颀长，满身桀骜。被夏夜温润的月光照着，他竟平添了几分温顺。

他轻咳一声，俯身捡起地上孤零零的篮球，再回头看向还站在原地的她，脸上已恢复了惯常的冷淡表情。他语调散漫地问道：“这么爱哭？”

祝矜当时被气得糊涂了，没有理会他的话。

“还不上楼？怎么，还找不到家？”

祝矜瞪了他一眼，走过去打开单元门上了楼。

等回到家，她收到邬淮清的一条微信消息：我打篮球的确很厉害。

自恋狂。

祝矜没回复，洗完澡后躺在床上，却翻来覆去睡不着。

接着，梦中的画面变得非常混乱。两人躺在当初住过的那家民宿的床上，彼此对望。那里有月光、海浪，还有风。

…………

祝矜从梦中醒来，身上一层细汗，柔白色的窗帘外是夏日明晃晃的阳光。她掀起被子蒙住脸，脑海中的画面挥之不去。

她好几年没梦到他了，回到熟悉的地方，果然容易让人触景生情。

祝矜收拾好出去时，都上午九点多了。

张澜已经去学校了，祝矜的爸爸最近在出差。

阿姨把炖好的红枣莲子鱼胶热了热，端出来，让祝矜先空腹吃一碗。祝矜不喜欢鱼胶的味道，可这是张澜的要求，于是她胡乱塞了两口鱼胶便放下了勺子。

“阿姨，我中午去爷爷那儿，您不用给我准备午饭。”

和阿姨说完，祝矜拿上车钥匙去车库取了爸爸的车。

她的车还在安和嘉园的地库里停着，从过年那会儿一直停到现在，不知道积了多厚的灰。

安和嘉园的房子是她十八岁那年爷爷送给她的成人礼物，在她大学期间陆陆续续地装修好，她还没正经八百地住过几次，这次回来打算正式搬进去。

去爷爷家，有一条路会途经她以前住的地方。

那条路虽然近一些，但附近有学校，容易堵车，所以搬家后，她再去爷爷家，很少会走那条路。

可因为昨晚做的梦，祝矜今天特地走了那条路，想再看一看她生活过很多年的院子。

也不过是三四年的工夫，这条路已经变了很多。

比如她当初很喜欢的那家三元梅园店不在了，变成了一家连锁的水果店。

路上是匆匆忙忙的车辆、行人，因为是暑假，她没见到穿着校服的学生。道旁的榆树叶被太阳烤得蔫蔫的，垂着脑袋。

远远瞅见大院门口的那家小卖部，祝矜笑了。她没想到这家小卖部还开着，这家小卖部从她上幼儿园的时候就在。

小天才商店应该是重新装修过，招牌崭新锃亮。商店门口停着一辆蓝色的轿车，牌子还挺出名，可见这车价值不菲。

祝矜刚开始没多想，毕竟这地段不缺好车。

她把车停到路边，准备去小卖部走走。

她正准备开门，手机忽然响了一声。

邬淮清：什么时候有时间？我来送东西。

祝矜满腔疑惑，在聊天框内回复：又发错姑娘了？

她刚将消息发送完，前边的蓝色轿车里就走下来一个人。

她抬头一看，下来的人竟然是邬淮清。他边关车门，边单手拿着手机回消息。

祝矜如条件反射一般立马低下头，把身子沉下去，将脸埋进方向盘里，不让邬淮清看到自己。

叮的一声，手机又响了，她摸出手机一看——

W：放心，我呢，同样的亏不会吃第二次，更不会在同一个姑娘身上吃亏。

祝矜看着手机屏幕上这一串汉字，心中生出一股无名的火气。

这一行字，潜台词不少。吃亏？

祝矜把头从方向盘上抬起来，坐直身子。她又不心虚，躲什么躲？

她打开车门，走下车，恰好迎上邬淮清的视线。

他站在车门处，不知道在等谁，看到她时眼里还闪过一丝诧异。

两人相隔不过五米，目光在空中交织。

祝矜率先扬起唇角，走过去，没有跟他寒暄，直接问：“你要送什么东西？”

她今天穿了一件挂脖的粉色裙子，裙子的颜色很艳丽，但因为她皮肤白，所以裙子穿在她身上并不显俗气，反倒衬得她慵懒闲适。

硕大的耳环上的碎钻迎着阳光折射出刺眼的光芒，光芒照进邬淮清的眼底。他摩挲着手机的边角，说：“忽然没什么要送的了。”

祝矜不知道邬淮清到底在搞什么，连伪装都懒得伪装，敛去笑意，从他身边走过，径直去了小天才商店。

小卖部明显经过了重新装修，比以前要新，货架上的商品摆放得整齐有序，小零食和文具都很齐全。

祝矜扫了一圈，从架子上拿了一盒水蜜桃味的饼干，盒子的颜色是粉色的。然后，她从冷藏柜里取了一瓶柠檬水。

收银的是一个年轻的女孩儿，祝矜不认识她，也不知道之前那对夫妇还在不在了。

走出小卖部，她站在树下，大大地喝了一口冰柠檬水。瓶壁上凝结了一层透明的水雾，她的手心被沾湿，冰凉的感觉蔓延到整个身体，她满足地眯起了眼睛。

以前夏天的时候，张澜连冷饮都不让她喝。

邬淮清站在车旁看着她。树叶挡着她的脸，在她的脸上投下明暗交错的阴影，那是阳光的痕迹。

小卖部四周的景致普通到有些惨淡，可她捧着杯饮料惬意的样子，让这一切都生动了起来，美好得令人心动。

他轻笑，转念一想，她倒是一直都这样，恬淡、幸福、美好，无论是她的生活还是她的性格。

她因为什么都有了，所以什么都不在乎，有时候她那种对一切都满不在乎的态度，真让他心烦。

祝矜一直有注意到那股灼热的视线，他看得毫不避讳，让人根本无法忽视。

她索性偏了偏头，迎上他的目光。

她把头发绾到耳后，看着他时，眉梢、眼角、唇畔都染上了笑，温柔又漂亮。

两人就这样在阳光下对视着，憋着一股劲，剑拔弩张里带着丝丝缕缕的黏糊感，像是夏日阳光下将要溶化的拔丝糖，甜腻腻的，粘牙。

邬淮清拿了支铂金打火机把玩，不时摁起一团猩红的火苗。他不抽烟，但身上时常带着这支打火机。

祝矜记得这支打火机，是某一年他过生日时，他妹妹送他的生日礼物。

祝矜一想到他的妹妹，眼眸就不自觉地暗淡了下来。回忆在她的脑海中翻涌。尤其现在，她四周还都是熟悉到不能再熟悉的环境。

祝矜其实是想回院子里看看的，但她没有通行证，进不去，所以她只能待在外边，去小卖部怀念一下从前。

把一杯冰柠檬水喝了一半后，她打开饼干的纸盒，拆开袋子，在邬淮清的注视下，一口接一口地咬着饼干条。她的脸颊微微鼓起，动作疏懒散漫。

片刻后，邬淮清大步流星地来到她身边。

这棵树不高，刚过他的头顶，祝矜咬着饼干的尖端，长长的一条饼干条上裹着巧克力。

“怎么到这儿来了？”他问。

祝矜没回答，把手中的饼干盒在他眼前晃了晃，用眼神问他：吃吗？

谁知顷刻间，邬淮清直接低下头，不由分说地咬住了她手里那根饼干条的末端。

咔嚓一声，饼干条一分为二。

两人瞬间挨得极近，他灼热的呼吸打在她的手上。

祝矜眼底的慌乱一览无余，邬淮清的眸子里闪着得意的光彩。他慢吞吞地咀嚼着。

“还挺好吃。”

“你——”一抹红色后知后觉地开始从祝矜的耳垂处蔓延，爬上了祝矜的脸，正当她准备说什么的时候，就听到有人喊她的名字。

“浓浓，邬淮清，你们俩碰上了？”说话者是宁小轩。他穿着一件白 T 恤衫，满头大汗地走过来，手里拿了一个饭盒。看到祝矜，他一脸惊喜。

祝矜不由自主地站得离邬淮清远了点，把散落的头发又往耳后绾了绾，轻咳一声，说：“我去爷爷家，顺道过来看看。你怎么还没上班去呢？”

“我本来今天休息，刚才领导来电话让我临时加班，我这不正准备让清子捎我一程嘛。”

“哦，你手里拿的是啥呀？”

“我妈做的带鱼。我俩都开车走到红绿灯处了，我妈打电话让我回去拿，说让我中午吃。你吃不，进我家吃点？”

祝矜摇了摇头："改天再来找沈姨玩。"

"行，她天天念叨你。哦，对了，浓浓，我这儿有几箱葡……"

邬淮清咳嗽了一声，打断了他的话，问："你不是领导一直催吗，不走了？"

宁小轩看了看时间，又抬头看祝矜，说："哥今天不陪你了，改天约。"

"行了，你快走吧，你们领导不是可凶了吗？"

又跟祝矜说了几句，宁小轩才跟着邬淮清上了车。

邬淮清上车前回头看了她一眼，目光黑漆漆的。祝矜移开视线，去看对面的商店和居民楼。

蓝色的轿车开远，消失在路的尽头。

车内，宁小轩忍不住赞叹道："浓浓是不是天天喝仙露长大的，怎么比以前还要漂亮了？"

邬淮清正在开车，瞥了他一眼，用食指敲着方向盘问："你对她有意思？"

宁小轩连忙摇头："哪儿到哪儿，我怎么敢对她有意思？祝羲泽盯她盯得那么严。"

"祝羲泽要是不管她，你就对她有意思了？"

宁小轩白了他一眼："我就是纯粹地感慨一下。像祝浓浓这么好看的，我从小到大见到的女生里都找不出第二个。再说，韦斯特马克效应不是说了嘛，青梅竹马，尤其是六岁以前就互相认识的，根本生不出一起繁衍后代的冲动。"

邬淮清："……"

宁小轩打趣道："你这么多年都单身，要不和浓浓凑一对？"

旁边的人没作声，表情冷淡。宁小轩也只是随口一说，没多想，顺口还嘀咕了句："真搞不明白，你的条件这么好，你为什么不谈恋爱？"

邬淮清咳了一声："你不是也没对象吗？"

宁小轩无言以对。他忽然一拍脑门，说："刚才还说着呢，我居然忘了把葡萄给浓浓了。"

"再送呗，本来你就不知道今天会碰到她。"

"那你还得跑一趟。说来你这次怎么这么好心，居然主动揽了给大家送葡萄的活？"

"我闲。"

宁小轩乐了："稀奇呀，我居然能见你这工作狂说闲。"

祝矜中午在爷爷家吃饭。

老爷子听说她这次回来不走了，很开心，让保姆加做了好几个她喜欢的菜。

饭后，老爷子和祝矜商量起了工作的事。祝矜摆了摆手，表示不用他操心：“我还是准备在今年冬天考研。”

老爷子一直主张儿女们多读书，听她这么说，点了点头：“不用着急工作，专心准备考试就好。”

祝矜搅着手里的酸奶说：“嗯，考试没问题的。”

去年她之所以没考上，是因为出了点不能告人的小意外。

她还没出考场就知道自己没戏了。

后来张澜想让她申请国外的学校，家里其他人不同意，她也不喜欢。一来她不爱吃国外的饭菜，二来她不喜欢一个人待在举目无亲的陌生国度。

大四下学期，她忙着准备毕业论文的同时，和一个朋友——也就是唐愈——琢磨起创业。

本来两人创业得好好的，结果到最后唐愈不爱江山爱美人，把她和项目扔到国内，跑去国外追女朋友了。

他们原本就是小打小闹，这下创业彻底黄了。

“你心里有主意就好，爷爷支持你。”说着，老爷子提起了祝小筱。

祝小筱是祝矜三叔的女儿，是在外国长大的，因此十个成语能说错一半。她是用 M 国国籍申请的国内的大学，准备到十八周岁时再转回 Z 国国籍。

她大学挑的还是表演专业——小姑娘想进娱乐圈。

老爷子向来不喜欢要小聪明的人，也不喜欢娱乐圈，因为这件事，最近对三叔一家没个好脸色。

不过三叔还远在 M 国，现在这边只有去年才回国的祝小筱，他有脾气也不能发到小辈身上，只能自己憋着，现在见了祝矜，就忍不住向她抱怨了几句。

祝矜安慰了会儿老爷子，准备私下和祝小筱说一说，让她平时多来陪陪老爷子，培养培养感情。

下午的时候，她从老爷子家出来，又把车开到了绿游塔。

姜希靓刚做完一款新甜品，正在外边试吃。

“你快来尝尝，这个树莓蛋糕怎么样？”

祝矜尝了一口：“有点酸，口感挺有层次的。”

“里面放了山楂。要不我再调调甜度？”

祝矜摇头道：“就这样挺好，有暗恋的感觉。”

姜希靓眼睛亮了亮：“不错嘛，连文案都帮我们想好了。暗恋，就应该有点酸酸的感觉。”

“嗯。”

“不对，你不是说自己没有暗恋对象吗，怎么知道这款甜品有暗恋的感觉？”

祝矜拿着勺子的手顿了顿，她笑了起来：“没吃过猪肉还没见过猪跑吗？”

姜希靓意味深长地看了她一眼，换了个话题：“对了，那天和邬淮清待在一块的女生今天来咱们餐厅了。”

“来干吗？”

“来餐厅当然是吃东西了。不过大中午的，她就点了一份田园沙拉，沙拉都是菜叶子，怪不得人家那么瘦。”

“自律。”

“是，今天近看，我发现她是真漂亮，和你有的一拼。”

祝矜扫了她一眼：“和我有的一拼？”

“我见过这么多人，这还是第一次觉得有人能在这上面和你比的。”

祝矜看着姜希靓，诚恳地说：“你还挺谦虚。”

“我哪儿谦虚了？”

“我觉得你最好看。”

姜希靓翻了个白眼：“别埋汰我了。”

祝矜舀了一勺树莓蛋糕。她是说真心话。她向来觉得姜希靓长得漂亮。和她不一样，姜希靓的漂亮很有攻击性，有种带着故事的美，引人探究。

偏偏这人美而不自知。

“那小姑娘不光长得漂亮，还特厉害，打电话一会儿说英语一会儿说法语的。你是没听到，她的英文口音特别地道。”

“这么厉害？”祝矜由衷地感慨道。她没什么语言天赋，高考前天天学英语，最后英语成绩也就中上等，所以她一直都很羡慕外语好的人。

“是。听她讲那通法语电话，我觉得她好像是个服装设计师。”姜希靓在大学选修过法语，不过只能依稀听出她说的几个单词来。

那女生是一个年轻的、非常漂亮的、精通多国语言的服装设计师。

祝矜用叉子把剩下的树莓糕蛋捅了个稀巴烂。

带着酸味的那层山楂蛋糕已经被她吃完了，只剩下带着树莓和蓝莓的那两层蛋糕，很甜，对应着暗恋得到回响后的甜蜜。

可惜，这甜蜜的感觉与她无关。

过了一段时间，祝矜在张澜的百般不情愿之下，坚持从家里搬到了安和嘉园。

学习累了的白天里，她就去绿游塔和姜希靓一起待着，然后和朋友们见面。

这天，群里有人夸宁小轩送的葡萄好吃，其余几个人跟着夸起来，让他再来儿箱。

宁小轩：你以为想有就有呀？这还是别人送我爸的。

祝矜这两日正好有点馋葡萄，看到后，问：什么葡萄？我昨天吃了几颗葡萄，酸得不行。

宁小轩不干了，回她：祝浓浓，我送的这葡萄还酸？说良心话，这葡萄还不够好吃？

祝你矜日快乐：你送我葡萄了吗？我怎么不知道？

宁小轩回复了一排问号。

宁小轩：我给大家一人送了一箱，你没收到？

说着，他在群里点名问邬淮清：你不是送葡萄去了？什么情况？

祝矜回复了一个问号。

见邬淮清在群里没吱声，宁小轩又专门私聊他：你这葡萄送哪儿去了？怎么浓浓没收到？

W：哦，抱歉，忘记送了。

“……”

宁小轩：你是不是没把葡萄取出来？葡萄还在后备厢里放着？

W：是。

宁小轩无语地回：这是什么季节？葡萄肯定早烂了。哥们儿，你可真够不靠谱的。

他等了半天也没收到邬淮清的回复。

这时，祝矜也给邬淮清发了一条微信消息，问道：宁小轩给我的葡萄在你那儿？

W：哦，不好意思，被我吃了。

祝矜：“……”

第二章

恼恨

七月初，连续几天都是大太阳，地面被烤得干枯、裂开。

祝矜躲在绿游塔外边的遮阳伞下，拿着一把扇子百无聊赖地扇着风，等着见姜希靓的新男朋友。

她喝了一口姜希靓刚做的生椰拿铁，突然听到一阵断断续续的低泣声，转头一看，旁边座位上的陈小琳正抽抽搭搭的，满脸泪水。

陈小琳正拿着笔记本电脑在看电影。

祝矜给她抽了张纸，看清了屏幕上放的是部黑白片子——《魂断蓝桥》。此刻电影正放到了结尾部分。

陈小琳接过纸巾，有些不好意思地说："给新文案找灵感。"

祝矜不爱哭，看电影的时候很少流泪。她记得自己当年看这部片子时，只是有所感慨，但没有流泪的欲望。

甚至今年春节，她看那部票房大卖的母女亲情片时，放映厅里都是起伏的哭声，连身边的张澜女士都哭了，她却一滴泪都没流。

她也不是不能共情，只是可能真的像张澜说的那样，她的泪腺不太发达。

接近午饭的点，餐厅里人多了起来，姜希靓问祝矜想吃什么，祝矜说再等等她的男朋友，等人来了一起吃。

"这人说着十二点来，现在都十二点半了，怎么还没来？"姜希靓有些生气。

祝矜安慰她："可能在路上堵车了。你再等等。"

一点一刻钟的时候，姜希靓的这位新男朋友姗姗来迟。

对方是个个子很高的男人，长相虽然没有很精致，但也很是耐看。他穿着黑色的衬衫，给人非常成熟稳重的感觉。

"抱歉，我来晚了。"

姜希靓抱怨道："你怎么才来？我和浓浓都要饿死了。"

蒋封面露愧疚，说："路上碰到一位孕妇被车撞了，救护车一时半会儿赶不过来，我送她去了医院。”

祝矜和姜希靓对视了一眼。

这人还挺会助人为乐。

据说他们俩会认识，就是因为上个月姜希靓去滇西选食材时在机场把身份证丢了，热心的蒋封主动帮她找身份证。

蒋封和祝矜打了个招呼，三个人开始坐下吃饭。

祝矜不得不承认，比起姜希靓之前的男朋友，蒋封看起来实在是太靠谱了，餐桌礼仪也非常好。

饭吃到一半，祝矜接了个电话。

看到屏幕上的备注后，她拿着手机给姜希靓瞅了瞅。姜希靓扫了一眼，无所谓地说：“哦，你接呗，给我看什么？”

祝矜去了没人的地方接起了电话。那边的人声音听起来很生气：“祝矜？”

“怎么了？”

“姜希靓是不是又交男朋友了？”

祝矜想了想，诚实地答道：“是，我们三个现在正在吃饭。”

“她还带这个男人见你？”听筒里的音调高了。

“岑川，你俩又在搞哪出？”祝矜问。她不太想参与到别人的感情中，可是这两个人，有时实在是让人头疼。

“你告诉她，让她等着，我和孩子都不会原谅她。”说完，岑川挂了电话。

祝矜愣住。什么孩子？这两人都有孩子了？

回到餐桌上，祝矜连饭都吃不下去了，只盼望这个蒋封赶紧走，她要好好盘问姜希靓一番。

而姜希靓跟个没事人似的，坐在蒋封旁边，笑得一脸甜蜜。

三人好不容易吃完饭，他俩又要去看电影，还说晚上要去约会，留下祝矜一个人在绿游塔。

祝矜有满腔疑问，但只能强行憋着，所费的力气都可以发射一个卫星了。

祝矜面色凝重地看着学习资料，陈小琳在旁边赶稿子，问她：“浓浓，我们老板这次是不是认真的？”

祝矜摇了摇头：“不知道。你们老板呀，谁也猜不透。”

她现在岂止是猜不透姜希靓？她觉得姜希靓简直比高中时数学卷上最后一道题的第二问还要难解。

但姜希靓又向来是这样一个人。

高中时她是北屿中学的理科状元，高考时仅理科综合能力测试的分数就比祝矜高了二十多分，以二百九十多分的高分领跑一众男生。结果这人出乎所有人的意料，选择了中文系专业。

名校在读，前途光明，她再次不按常理出牌，在大学期间跑去当厨子、开餐厅。那会儿她还受到了很多人的谴责，说她浪费教育资源。

祝矜却一直觉得姜希靓特别酷。

她正想着，视野里驶来一辆粉色的跑车。跑车车速极快，刹车时在空中扬起尘沙。车子稳稳当当地停在了绿游塔门前。

祝矜看了一眼，然后顿住。从车里下来的，正是那天和邬淮清在酒馆门前拉扯的女生。

她没想到那个女生今天还会来绿游塔吃东西。

女生坐到了祝矜对面的伞下的座位上，点了堂食。她今天吃的仍旧是一碗沙拉，也不知道这个点吃的是午饭还是下午茶。

恰好这时她抬起了头，祝矜来不及移开视线，两人的目光在空中撞上。片刻后，她主动弯起唇，对祝矜笑了笑。

祝矜也回了她一个微笑。

气氛一时很微妙。

祝矜垂眸，翻看着手机屏幕上和邬淮清的聊天记录。

对话停留在昨天晚上。他回复祝矜葡萄被他吃了后，祝矜就没再理他，他也没再发来别的消息。

陈小琳在敲键盘的间隙去屋里拿了两杯冻柠檬茶，给了祝矜一杯。

正好祝矜学累了，两人便聊起最近新上映的一部电影。

桌面突然被人敲了一下。

祝矜抬头，只见那个女生来到她们桌前看着自己，问："我可以坐在你对面吗？"

"随意。"

侍应生帮女生把沙拉和饮品端了过来。

"我叫骆洛，骆驼的骆，洛阳的洛。你叫什么？"她主动介绍自己。

"祝矜，祝英台的祝，矜持的矜。"

"哦，"她点了点头，露出一副恍然大悟的模样，"你就是祝矜呀。"

"你认识我？"

骆洛笑起来有卧蚕，还有一个小梨涡，很好看。

祝矜在她笑的那瞬间，觉得她看着非常熟悉，却又想不起来那种强烈的熟悉感来源于何处。

“你是邬淮清的朋友嘛，我听说过你。”

“哦。”祝矜点点头。

“你不好奇我和邬淮清的关系吗？”

祝矜吸了一口冻柠檬茶，也笑了起来：“我应该好奇吗？”

骆洛吐吐舌头，露出一副“看来我猜错了”的表情：“我以为你会关心他的，起码你刚刚看我的眼神，就很有敌意。”

祝矜指了指自己：“我？”

“是呀。”

“抱歉，你可能想多了。我和你不熟，和邬淮清也不怎么熟。”

“邬淮清可是很关心你的。”她笑着，眼睛紧盯着祝矜。

吸管吸住了柠檬片，祝矜吸不上来柠檬水，于是搅了搅吸管，冰块撞在一起，哗啦啦地响，声音很动听。

她没什么太大反应，“哦”了一声，说：“你的裙子很漂亮。”

骆洛低头看了看自己的裙子，开心地扬了扬眉：“我自己做的。”

“很厉害。”

“你竟然真的不关心他。”骆洛像是发现了什么好玩的事，“我好像有点喜欢你了。”

祝矜没说话。

这时，骆洛的手机响了，祝矜注意到，她在看到来电显示的那一刻，眉头很明显地皱了起来，脸上是掩不住的厌恶之色。

她接起电话，话出口时祝矜愣了一下。她说的是一口很地道的申城话，祝矜在申城四年，也会说两句。

刹那之间，有什么念头在祝矜的脑中串联在一起，指向一个方向——她姓骆，会说申城话，嘴角有梨涡。

骆洛的申城话又变成了英文，比刚刚的方言更流利。她很不高兴，言语急促，一个接着一个的单词蹦出来。她在骂人。

那边的人应该是还没说完，她便挂了电话。

骆洛藏起眉间的戾气，有些自嘲地冲祝矜笑笑，说：“那我直说了，我是邬淮清的女朋友。”

祝矜用力过猛，忽然就呛了一口柠檬水。她猛烈地咳嗽起来，陈小琳忙给她拍背。

待平息之后，祝矜抬起头，问：“你刚才说什么？我没听清。”

骆洛扯了扯嘴角：“没什么。”

周四的时候，祝矜收到王清发来的微信，王清邀请她周六去一个宠物派对。

其实这几天在绿游塔，她见了王清好几次。

这姑娘也挺好玩，每次来都点很多吃的，像是来捧场的，却因为节食，拍完照后只吃几片叶子。

王清吃完叶子就来找祝矜聊天，聊的话题还都很深刻，不是文学就是哲学。祝矜觉得她就跟提前背了百科似的，每次都笑着听她讲，也不打断。

祝你矜日快乐：宠物派对？抱歉，我没有养宠物。

王清：没关系的，有些朋友也没有，大家就是去玩的。学姐，你就来嘛，那里有好多小狗狗，好可爱的。

祝你矜日快乐：我对猫毛过敏，就不去了。

王清咬牙，翻了翻宠物派对中别人说好的要带的宠物的名单，然后回复：那正好，学姐，我们带的都是狗狗，没有猫。

她其实有一只猫和一条狗，但既然这样，就只带狗去就好了。然后她又给另一个女生发消息，让那个女生也不要带猫来。

王清把临时组建的群名改成“狗狗交友会”，反正这次派对是她举办的。

看到这句话，祝矜有些犹豫。她是没什么和王清玩的欲望，但她喜欢小动物。

她因为对猫过敏，小的时候一直想养狗，可张澜不同意。

到现在，她也只能在网上“云吸猫”，看别人养可爱的小动物。

祝你矜日快乐：好，你把地址发给我，到时候我会准时去的。

派对的地址在一个市区的一栋别墅里。

周六这天，傍晚时分，祝矜照着导航把车开过去。别墅的院子外停满了车，她好不容易才找到一个停车位，使出了毕生的车技，终于把车停了进去。

王清在院子门口等她。

晚风徐徐吹着，天空是深蓝色的，点缀着星星点点的光亮。院子里传来汪汪的叫声，还有欢闹声。

祝矜走到门口，王清挽住她的胳膊道：“谢谢学姐，你真的来了。”

两人正要往里走，忽然，一条白色的大狗猛扑过来，冲向祝矜。

祝矜吓得叫出了声，连连后退，可背后是一棵大树，她的背部猛地撞上树干。

“Money（钱钱），回来。”忽然，传来一个男人的声音。

萨摩耶犬瞬间乖顺地从她身上离开，转身跑向主人。

祝矜的手还在颤，她没有抬头，但听出了说话的人是谁。

王清被她的反应吓了一大跳，连忙问她有没有事，又安慰她，说萨摩耶犬其实不吓人。

祝矜一边说着“没事”，一边抬起头看向邬淮清。

他站在花园旁玩那支打火机，萨摩耶犬依偎在他的身边，亲昵地咬他的裤子，脖子上的铃铛不断地响。此时的它和刚刚那个凶猛的它完全不同。

王清正想和祝矜说什么，只见不远处的邬淮清看着她们，收起手中的打火机，忽然朝她们这边走来。

“有事吗？”他问。

祝矜看着紧跟过来的萨摩耶犬，后退一步。这是她最喜欢的狗的品种，可实际见了，还是被吓到了。

“它不咬你，就是想跟你玩。”邬淮清盯着她，说完，闷笑了一声。

祝矜抬起头，不解地看着他。

月亮挂在树梢，夏风把一园子的鲜花吹得芬芳馥郁。

他淡笑着，说道：“祝浓浓，你这是叶公好龙呀。”

祝矜小名叫浓浓，上边有五个哥哥，有时候大家也会叫她小六。

但邬淮清很少称呼她的小名。

派对很热闹，另一边的泳池在夜色里晃动着深蓝色的幽幽波光，到处都是打扮时髦的年轻女孩儿，她们带着同样被精心打扮过的小狗们聚在一起。

也有不少帅哥来了。这处别墅，就是王清最近认识的那个朋友的房子。

准确地来讲，这是她那个朋友爸爸的房子。

祝矜正在泳池边试图和一只小柯基犬打招呼。她蹲下来的时候，背部隐隐作痛，这是刚刚邬淮清那条萨摩耶犬跑过来时，她撞到树干后的后果。

她不知道他什么时候养了条狗，还取名叫 Money。不过这名字取得倒是挺符合他的性子的。

王清走过来，拍了她一下，递给她一支药膏：“学姐，你是不是把背撞到了？抹一下药膏吧。”

祝矜略感到诧异，没想到王清这么细心。她一边道谢一边接过药膏。

王清咬了下唇：“不是我发现的，是邬淮清学长发现的，这药膏也是他给我的。”

祝矜顿了顿，说：“你帮我谢谢他，不过我现在不用了。”

“学姐，你还是涂一下吧，邬学长说你伤得很严重。”

祝矜皱眉接过了那支药膏。

王清想帮她上药，被她拒绝了。她问：“有空房间吗？”

“有，二楼一上楼右手那间。”

祝矜把药膏拿在手中把玩，从大大小小的狗狗旁经过，上了二楼。

进房间后，她把门锁上了。

这是一个套间，她找到卫生间，在镜子前撩起上衣。上药时，她不停地咝咝吸着冷气。

她是真的疼。

幸好她今天穿的是上衣和短裙，上药比较方便。

她背对着镜子，把白色的蕾丝上衣掀起，转过头去看，雪白的背部青了一大片。

祝矜按了一下淤青处，瞬间皱紧眉头。

她拿棉签上药，因为是反手给自己抹药，所以抹得有些费力。

卫生间的淋浴有些漏水，滴答滴答的声音在安静的空间里格外清晰。

忽然，一只手伸过来，夺走了她手中的棉签。

祝矜来不及惊叫，就在镜子里撞上那人的目光。

邬淮清别有深意地看了她一眼，低下头，没说话。

他把棉签扔进垃圾桶，然后洗干净自己的手，用手指蘸了点药膏，开始打着圈在她的淤青处按压起来。

滴答、滴答……

淋浴的花洒一直在漏水，卫生间的灯光偏暖黄色。不知道主人有什么癖好，大理石墙壁上挂了很多面镜子，祝矜不用刻意去看，余光里的镜子中也都是邬淮清给她上药的画面。

明明是暧昧到极致的气氛，偏偏他的神色淡淡的，表情专注而认真。他表现得像是一个专业的医师，不给人任何遐思的空间。

只有祝矜知道，他的手指掠过她的皮肤要离开时，他总会用指尖似有意又似无意地轻轻刚蹭一下。

“邬淮清，你来干吗？”

“来负责。”

“你负哪门子的责任？”

“我的狗把你撞伤了，我不负责谁负责？”他说着，手中的力道突然加重。

祝矜疼得叫出了声：“你轻点。”

“别叫。”

“……”

“你为什么会在这间屋子里？”

“这是我休息的房间。”

“是你告诉王清，让我来这间屋子的吗？”额间沁出一层汗，她明明知道答案，却还是忍不住问了出来。

这压根就是邬淮清给她设的套。

“你都来了，还计较这个？”

祝矜忽然从身后握住他的手，制止住他继续涂药的动作：“王清喜欢你，你不知道吗？”

他反握住她的手：“喜欢我的人那么多，我知道不知道又有什么差别？”

祝矜在镜子里看着他说话时的神情。那模样很冷漠，他真的是毫不在意。

她轻笑一声：“人家喜欢你都喜欢到我这儿来了，还跟我打听你。”

邬淮清也从镜子里看着她。

两人就这样伫立着。在黄色的光晕中，他从身后包围她，握着她的手抵在她的腰间，让她整个人都动弹不得，如同被囚禁。

两人在镜子里看着对方，目光中燃起火花。

“你吃醋？”他问。

祝矜像看精神病人一样看了他一眼。这个姿势令她有点不舒服，她想转个身。

谁知，她刚动了下身子，邬淮清就敏捷地将双手伸到大理石台面的边缘处，把她牢牢地控制住。他动作有些快，不小心碰到了一个遥控器，瞬间，卫生间里响起了音乐声。

两个人同时向声源处看去，这才发现按摩浴缸对面的墙上挂着一个小电视，此刻电视被打开，电影频道正在放映着《大话西游》。

她的背靠在大理石的台面上，腰不自觉地向后仰。

祝矜低下头看了看自己前两天做的指甲——梅子色的，和她今天涂的口红是一个色调的。她笑着，露出一副浑不在意的模样：“我吃什么醋？不过是听了些消息，有些好奇罢了。”

说完，她嘟起嘴，吹了吹手指，把手指上边的一点杂物吹走。

邬淮清凑到她的耳边，说：“别人又编排我什么了？”

热气灼着她的耳朵，邬淮清说完，偏头想吻她，却被她拿手挡住了。

她举起另外一只手的食指左右摇晃了一下，眼睛亮晶晶的：“我可不和有女朋友的男人拉拉扯扯哦。”

她一说完，他便笑了，语气中带着讽刺意味地回她：“没想到你现在还是个人了。”

祝矜丝毫不恼，也笑着回望他。当年在申城时是她一时脑热冲动了，而现在，她想做个好人。

她露出一脸悔过自新的表情。

邬淮清敛去笑意，眸中闪过一丝怒意，但这怒意稍纵即逝，转而他看似不在意地问她："谁是我的女朋友，我怎么不知道？"

他明明没有女朋友，那天故意在微信上和她说"发错姑娘了"，不过是想看看她是什么反应。

可她根本不在乎。

这一认知让邬淮清心中一凉，顿觉索然无味，不过他面上依旧是那副吊儿郎当的公子哥模样。

他的手掌滑到了她嶙峋的肩胛骨上，距离她被撞伤涂了药膏的部位很近。

祝矜皱了皱眉，说出骆洛的名字。

邬淮清愣了下，没料到她会认识骆洛，缓声说："你这也太扯了。这人还不配做我的女朋友。"

祝矜皱眉，不解地看着他。

因为她从未见过邬淮清对女生这种态度，他甚至用"不配"这个词来形容骆洛。

他性子是不好，但绝对不会无缘无故对一个年轻女孩儿这么刻薄，甚至刻薄得有些过分了。

似乎是察觉到了她的困惑，他抬手抚平她的眉峰，说："你不要和她玩，她也配不上你。"

祝矜更困惑了，不知道骆洛到底是什么来路。

不过能让他放在心上并让他这么叮嘱她的人，向来不是简单的角色。

祝矜盯着他，把心底困惑了她好几天的问题问了出来："她为什么姓骆？"

"巧合。"邬淮清没什么犹豫地答。

邬淮清的妈妈就姓骆，骆氏以前是江浙一带很有威望的名门望族，一直以这个身份自矜，就算遇到战乱，家族支离破碎，他们也依然如此。

不过，骆家的后辈在各行各业也出了很多有才之辈。比如邬淮清的外祖父骆少明，就是后来申城有名的实业家。说来，骆家到底也有一些自矜自傲的资本。

而邬淮清的妹妹就随母姓，名梓清。

祝矜压住心底的疑虑。这毕竟涉及他的家事，她就没再问下去。

"我的意中人是个盖世英雄，有一天他会踩着七色云彩来娶我，我猜中了前头，可是我猜不着这结局。"

墙上的电视机里响起熟悉的台词，一下子把暧昧的气氛打破，也把祝矜拉回了正轨。

她从邬淮清的怀里挣开，想离开房间下楼，却被他一下子抓住手腕。

像是解恨，邬淮清埋头重重地咬了她一口。

泳池边很闹腾，放着刺耳的摇滚乐，灯光随着水波一起晃动。

几只大型犬正在水里比赛游泳，它们的主人站在岸边加油助威。

祝矜这张脸又着实夺目，不时有男人拿着香槟来找她搭讪，都被她一一拒绝了，她连个眼神都没给他们。也有不认识她的女孩儿来找她聊天，见她没什么聊天的欲望，也都走了。

王清正在那堆观看狗狗比赛的人中，刚刚她还过来问祝矜要不要一起玩，祝矜说自己想一个人待会儿。

这会儿，祝矜正坐在泳池边，头靠着一旁的柱子，端着杯子看周围的欢闹。

这个派对准备的杯子很漂亮，是常见的郁金香花型的杯子，但杯壁上有浅浅的纹路，上面还雕刻着栩栩如生的小动物。

她把杯子举起来放在光下看，在流动的液体的映衬下，杯壁上的小动物好像活了起来，在四周的流光溢彩中飞奔嬉闹。

刚刚被邬淮清咬的地方还隐隐作痛。

又一个男人走了过来。对方穿着一身潮牌服装，留着寸头，想和她搭讪。

祝矜一声不吭，把喝完的空杯子递给他。他以为自己搭讪成功了，脸上闪过一抹惊喜之色。

他立马把空杯子放到一边，又给她端来一杯新的。

祝矜接过杯子，说了声“谢谢”，也不理他，自顾自地低头喝酒，然后抬头看了看四周的景色。

“你怎么一个——”

男人的话还未说完，就被祝矜打断：“你还有事吗？”

他的脸上闪过一丝错愕之色。

“你站在这儿遮挡了我的视线。”

“……”

这人讪笑一声，脸上闪过一丝愠色。祝矜心情不好，挪动了下位置，远离了这人。

忽然传来一阵欢呼声，祝矜抬头，发现比赛结果出来了，最中间的一只大白狗得了第一名。她定睛一看，发现那只狗和邬淮清的那只 Money 很像，都是萨摩耶犬，但她不确定是不是同一只狗。

狗狗正在岸上甩身上的水珠，样子可爱极了。王清想抱着它亲，狗狗不情愿地躲开了。祝矜远远地看着，不禁笑了起来。

扑通一声，一个胖胖的身影跳进泳池里，转瞬间，那个身影又从水里钻出了头来。他捶着池水嗷嗷大叫，醉醺醺地喊道“我输了”。

他应该是喝多了，其他人纷纷大笑起来，骂他没出息。

邬淮清忽然出现在大家的视野中央。他站在柱子旁，打了个响指，叫了一声“Money”，浑身湿淋淋的大白狗瞬间转过头，跑到他身边。

邬淮清一脸嫌弃地看着它，皱着眉环视了周围的人一圈。大家都知道他宠这条狗，见他表情不太好，都不由得噤了声。

有胆大的人开起玩笑，恭维他说：“邬哥，Money 得了第一，真厉害，像你。”

邬淮清面容冷淡，态度不明。

有一个穿着泳衣、披着围巾的女孩儿蹲下身子，拿起肩上披着的名牌围巾给 Money 擦身子。这一个动作将她的好身材显露无遗。一时间，嬉笑声都停了。

走过来的王清用眼刀剜了她一眼，抬头看向邬淮清，好在他没有看那个女生。

祝矜隔了一个泳池看着这一幕，有点想笑，也有点感慨。

今天来玩的这些人年龄都不大，但站在邬淮清身边的那几个男人，有两三个她认识，他们都比邬淮清要大几岁，却很奉承邬淮清。

不仅是因为邬淮清的家庭背景，更因为，他是这些人中唯一一个掌握了实权的人。

邬淮清比祝矜大两岁，今年也不过二十三岁，论虚岁也才二十四岁。

别人在玩乐，而他在大一那年就进入了邬家的公司。最开始他是在分公司轮岗，在基层工作，到大三那年，凭业绩进了总部。

如今已经过去六年，邬家的产业蒸蒸日上。他不仅在管理实业上有一套，投资眼光也被圈内人叫好，他还令好几家公司起死回生了。

当初他负责的、不起眼的、没人看好的项目，如今都处在被资本疯抢的大热赛道上。

他是被这群还在成天享乐的年轻人的父辈们成天夸赞的天之骄子，他和他们，自然不同。

连祝矜的三哥有时候都自愧不如。祝矜也不知道邬淮清为什么对权和财这么感兴趣。

瞅瞅，他给狗起的名都叫 Money。

俗气。

祝矜盯着对面的人，没料到邬淮清忽然看向自己。两人的目光在空中相汇，她很快移开了视线。

夏季的晚风带着一池湿气吹散在院子里，湿漉漉，又热浪腾腾。

祝矜一转头，发现刚刚和自己搭讪的那个男人居然站在旁边。

对方见她看了自己一眼，连忙开口问："你的狗狗呢？"

这人叫陈量，今年夏天刚研究生毕业。从国外回来后，他不是在参与这个派对，就是在去下一个派对的路上。他这还是第一次在派对上碰到一个这么漂亮的人，因此碰了一鼻子灰也舍不得离开，巴巴地跟了过来。

"没有狗。"

"这么巧，我也没有。"

"……"

陈量又在祝矜身边找着话题，祝矜偶尔给个回应。

对面的邬淮清坐在椅子上，手里拿着杯子，有时会抬头看向祝矜。

忽然，祝矜开始打喷嚏。

"是不是有些冷？我去给你找一条披肩。"

祝矜摆了摆手。接着，她不仅打喷嚏，还开始流起眼泪，脸颊也开始疼。祝矜抬起头来，看四周。果不其然，她看到柱子后边跑来了一只猫，它不仅跑了出来，还跑到了她的脚边，直接偎着她。

祝矜对猫毛严重过敏。她握住衣领，感觉开始上不来气。

"你怎么了？"陈量被吓到，看到她指了指猫，于是说，"你是过敏了吗？我带你去医院。"

说着，他从身上找车钥匙，却怎么也找不到。想起钥匙在外套里，外套还在屋里，他连忙对祝矜说了一声"等我一下"，就往屋子里跑了。

祝矜拿起手机，想给王清发消息。头很疼很疼，她喘不上气。她不知道这里为什么会出现猫。

忽然，身子一轻，她被人抱了起来。

祝矜以为是陈量来了，一抬头，发现是邬淮清——他面色冰冷，抱着她穿过嘈杂纷闹的庭院，大步走向自己的车。

邬淮清把祝矜抱进车里，替她系好安全带后，直接将车开向了距离这儿不算太远的医院。

祝矜还在咳嗽。她的眼睛很痒，脸颊也很疼。

邬淮清和她说话，她闭着眼睛不想搭理，也开不了口。

他记得她当年过敏后的症状有多严重，所以根本不敢放松警惕，一边打电话给交警寻求帮助，一边加快车速。

祝矜掀了掀眼皮，费力地说："你慢一点，注意安全。"

她现在稍微缓过来了一些，怕自己过敏后没出什么事，却因为这个人的不规范驾驶而丢命。

好在晚上这个路段车比较少，在交警的协调下，二十分钟的车程邬淮清直接缩减成了十分钟。下车后，邬淮清抱着她往急诊室跑。

祝矜挣了挣，想下来，却被制止住了。

“别动，乖一点。”

于是她便真的没有了动静，乖乖地偎在他的怀里。

他的体温透过黑色的 T 恤衫传到她的肌肤上，有些烫，西洋杉的木香在夏日的夜里也变得浓烈起来，和她身上的冷香混在一起。

因为祝矜闭着眼睛，所以其他感官捕捉到的感受都被放大，她还听到了邬淮清的心跳声。

倏忽之间，祝矜闻到了刺鼻的消毒水味，接着，匆忙的脚步声和滚轮在地面摩擦的声音传进她的耳朵，她睁开眼睛，头顶的光线亮得晃眼。

他们进了医院里。

在警察的帮助下，急诊室已经有医生在候诊。同时，邬淮清也确认了，候诊的医生是今晚值班的医生里边最有权威的一位。

医生检查了一番，问了问祝矜的情况，然后皱着眉责备道：“你的情况很严重，你根本不能碰猫，即使在同一个空间里不接触也不可以。你既然以前有过病史，怎么还这么不小心？”

祝矜在心中懊恼。

邬淮清站在她旁边，沉着一张脸看着医生给她做检查。最后医生给她挂了水，又给她开了一些消炎药。

瓶子里的激素往下流，顺着针管进入祝矜的血液里。她的血管很细，刚刚护士扎了两次都没将针扎进去，被针扎的那一块地方很快就肿了起来。护士第三次才将针扎进她的血管。

小护士扎完针后还心有余悸。因为旁边站着的这位帅哥，脸已经黑到了极致，浑身散发着凛冽的怒气，她生怕下一秒自己就会挨骂。

可小护士离开病房前，还是忍不住偷看了他一眼。这男人实在是长得太帅了，她多看一眼就多赚一分。

何况这个男人还是一个疼女朋友的好男人。

祝矜靠在病床上，待小护士走后，看到邬淮清在一旁的沙发上坐下。

这间病房里目前就只有他们两个人。墙壁白得让人有些心慌。

刚刚医生给祝矜看完，邬淮清提议祝矜回家里输液，让祝矜认识的医生来给她看看，祝矜直接拒绝了。

她既不想让邬淮清去她家，也不想跟邬淮清去他住的地方，留在医院才是最优解。

此刻，房间里静悄悄的。

祝矜想了想，开口道："邬淮清。"

"嗯？"

"你先回家吧，我这儿没什么事了。"

她因为过敏，有些破相了，加上时不时咳嗽，医生便给她配了口罩让她戴着。此刻，她说话都有点瓮声瓮气的。

她鬓角的发被汗打湿，贴在太阳穴上，看上去不太雅观。

她不想让他看到她这么狼狈的一面。

邬淮清的神色依旧是冷冷的，他闻言说道："用不到我了，就叫我走？"

祝矜道："我不是那个意思。"

他接着问："我走了，一会儿你怎么回去？"

"我可以叫三哥来接我。"说完，祝矜想到祝羲泽那婆婆妈妈的性子。他要是知道她今天又过敏了，回头估计得派人天天盯着她，于是她改口道："我叫我朋友过来。"

邬淮清扯起唇角笑了笑，笑得很冷淡。

他抬手揉了揉太阳穴，眼中流露出一丝疲惫，白炽灯的光洒在他的身上，把他一个人坐在沙发椅上的身影描绘得有些落寞。

她的心跳倏地停顿了一下，让他走的话她忽然就说不出口了。

眼看邬淮清要抬起头看向她，她连忙移开视线，盯向挂在墙壁上的电视机，小声说："这电视的遥控器在哪儿呀？"

邬淮清没搭理她，既没帮她找遥控器，也没走，就静静地坐着。

祝矜压根没打算看电视。

待掩去慌乱后，她拿出手机，看到微信里有好多条未读的消息。大部分消息都是派对上的人加她微信，在备注里询问她有没有事的。

她一一拒绝了这些好友申请，在看到王清发来的消息时，却有些不知道该回复些什么。

这小姑娘给人的感觉蛮奇怪的，祝矜说不上来是好还是坏，就是觉得她不实诚，心思太多。

王清隔着屏幕连连抱歉。

王清：对不起，学姐，我也不知道为什么会有人带猫来。

王清：你现在怎么样？

王清：学姐，你是去了医院吗？

王清：你在哪个医院？我去找你。

王清：学姐，真的太对不起了。

祝你矜日快乐：我在挂水，已经没事了。你不用过来，也不用抱歉，是我自己的问题。

王清应该是正盯着手机，收到消息后立刻回复：学姐，我去看你吧？正好我也比邬学长更方便照顾你。你在哪家医院？

祝你矜日快乐：真的不用来了。我这里用不着人，再输一会儿液就走了。

发完这条消息，她没再看王清回复什么，把手机熄了屏放在一侧。她过敏了，所以眼睛不能长时间盯着手机屏幕。

王清看祝矜没再回复自己，又瞪了李予一眼。

“不是，大姐，你怎么还瞪我？我哪儿知道有人对猫过敏呀？”

李予觉得自己今晚就是个冤大头。他把猫接进来还没十分钟，就有个人因为这只猫过敏了，自己新追的女孩儿还一直怪他。

“我都把群名改成‘狗狗交友群’了，大家都带狗，就你一个人带猫。”王清委屈地说，“再说了，你最开始也没说你有猫呀。”

“我……”李予忽然收了声。他的确没有猫，这只猫是今天晚上他的前女友突然送过来的，她说她要回老家，要他养一阵。

这只猫还是他俩恋爱的时候一起挑的，他不能不管。

不过这些细节李予不能告诉王清。李予反问道：“你最开始不是说在我这儿办个宠物派对吗？你也没说不能带猫呀。”

因为一些见不得人的心思，王清的确没有在群里明确说过不能带猫，只是找了有猫的朋友私聊。

另一方面，她也没有想到祝矜真的对猫过敏，还以为那是祝矜的托词，更没想到祝矜对猫过敏得这么严重。

王清憋着一肚子的火气，但此刻，见李予的脸色沉了下去，似没了最开始哄她的耐心，她便知道自己不能再闹下去了。这些人看起来好说话，实际上最是冷情薄性。

于是王清不说话，瞪大眼睛，委屈地看着李予，眼圈都红了。

李予果然瞬间心软了。

他对王清正是喜欢的时候，特别是喜欢她的那双眼睛，于是他抱住她连声说：

“好了好了，是哥哥的错。不过现在你那个学姐不是没有事情了嘛，你也不用太担心了，咱们负责给她医药费和后续的费用就行。”

王清伸手环住他的腰，同时在心底翻了个白眼。

谁稀罕你的医药费？

吊瓶里的液体一点一点地滴着，祝矜不时看向它，越看越觉得滴得慢，于是伸手摸向上边的流量调节器，准备把滴水速度调快。

邬淮清忽然出声：“你在干什么？”

她被吓了一大跳，不满地看了他一眼，略有心虚地说：“液体滴得有点慢，我调快一点。”

邬淮清从沙发上站起来，走到她面前，制止了她的动作：“医生说了不能滴得太快，你这是嫌自己今晚病得不严重吗？”

“……”

他的语气听起来很凶，祝矜在口罩下撇了撇嘴，用一双因为过敏而红通通的眼睛看着他。

不知道的人还以为他欺负了她。

邬淮清抬手，想在她乱蓬蓬的头发上揉一揉，她却皱着眉一下子躲了过去。

他收回手，沉默地站在一旁，将那只手垂在身侧，略有些尴尬。

四周变得寂静无声。

祝矜看着地上的影子，眨了眨眼睛，将指甲嵌进手心里。

她脑海中闪过今天晚上两人在浴室里的画面，闪过刚刚邬淮清送她来医院时，脸上那不加掩饰的焦急之色，闪过许多年前，他们在东极岛上度过的那一周。

往事在祝矜的脑海中如走马灯似的一一掠过。

她不清楚，邬淮清究竟是什么态度。

第三章

暗涌

病房外有几棵松树，松树已经栽了很多年了，长得又高又茂盛，树影摇曳。

祝矜偷看着邬淮清，一没留神，就被他抓了个正着。

她一时窘迫，说："好……好无聊呀。"

邬淮清嘴里半是戏言半是真话："要不我把你三哥和宁小轩他们都叫来，再给你支个麻将桌，让你解闷？"

"……"祝矜看了他三秒，然后安详地闭上了眼睛，决定不再和他说话。

谁知他继续说道："哦，我忘了，你不会打麻将。"

祝矜睁开眼睛，立刻反驳道："谁说我不会的？"

她的一双杏眼瞪得圆圆的，邬淮清被她的模样取悦，想起之前过年时大家聚在一起打麻将的情景。

那会儿大家还都住在一个院子里，没有搬家，过年的时候最是热闹。

除夕夜，他们几个小辈聚在一起，在宁小轩的表姐家躲着大人打麻将。祝矜不会打，就在祝羲泽旁边干巴巴地望着。

她看得手痒，也想打，于是宁小轩他们说要教她。

谁知祝矜平时看着挺聪明的，在牌桌上偏生缺一根弦，怎么也记不住规则，记住了规则后又不会用。

教到最后，连宁小轩都被带得蒙了，求爷爷告奶奶地让她赶快下桌："浓浓，哥求你了，你快下桌去吧。"

祝矜看着一桌子看她好戏、想笑又不敢放肆笑的人——连祝羲泽都在笑，哼了一声，一个人去沙发上看春节联欢晚会了。

那天，邬淮清春风得意，赢的次数最多，讨了个新年的好兆头。

他转过头一瞥，看到小姑娘正坐在沙发上嗑瓜子，电视上不知道在演着什么小品，她不时笑出声，一双眼睛笑得弯弯的，跟月亮似的。

此时的她和刚刚下牌桌时愤愤不平的她截然不同。

那会儿他在想什么？

他在琢磨她为什么总能那么开心，她所有的不开心都会跟云烟似的很快散去，身上透着一股被宠爱着长大的劲。

宁小轩闹着要邬淮清明天请客。

祝羲泽说，大年初一大家都要去拜年，没有时间一起吃饭。

于是宁小轩又给邬淮清安排上，让邬淮清初八的时候请他们一伙人去鸿彦楼吃饭。鸿彦楼的饭菜很贵，反正这竹杠宁小轩是敲定了。

不待邬淮清应下，宁小轩又连忙喊沙发上的祝矜：“浓浓。”

“怎么了？你是不是一次都没赢？太好了。”她转过头，说着拍了拍手。

宁小轩又气又笑，说：“我没赢，但你淮清哥运气好。他说了，初八要请大家去鸿彦楼吃饭，你那天记得空出时间来。”

祝矜看向邬淮清。小姑娘心中不知在想什么，眼珠在灯下滴溜溜地转，邬淮清手里拿着一麻将牌，任她打量 。

这副麻将是宁小轩从他表姐那儿偷偷拿的，是某个奢侈品牌跨界出的，价值不菲，手感很好。

他将麻将握在手里摩挲，半晌，听见她说：“再说吧，有好多同学约我出去玩呢。”

祝羲泽立即警惕起来，问：“男的女的？”

桌上的其他人纷纷笑了起来，路宝说：“你能不能别把浓浓管得这么严？说得跟你没和异性一块出去玩过似的。”

祝矜继续嗑瓜子，不理他们。后来来了个电话，她拿着手机就往屋子里走。

路宝又说：“不过浓浓不会真有什么情况了吧？她打电话还躲着我们？”

邬淮清玩了一局，见人还没回来，不知为何，开始心浮气躁起来。于是他站起了身。

张菁在他旁边坐着，看他站了起来，问：“淮清哥，你不玩了？”

“去个卫生间。你玩吧。”

邬淮清从客厅拐进走廊。吵闹声渐渐远去，女孩儿的声音依稀从旁边的屋子里传了出来。

门只关了一半，她的声音轻轻软软的，但语气中透着股不耐烦：“你别打电话了……嗯，新年快乐，谢谢你，但我真的没空……”

打完一个，又来了一个，趁着除夕夜，来给祝矜送祝福约她出去玩的人扎起了堆。

邬淮清站在门口，看她站在露台上，一手拿着手机，一手托着下巴抵在栏杆上。

除夕夜，屋里没开灯，窗外却灯火通明。家家户户张灯结彩，灯光把她的侧脸映得很亮，衬得她漂亮极了。

这次电话那头的男生似乎有些纠缠不休，非要约她出来玩，邬淮清听到她一本正经地拒绝，说她要在家好好学习。

他不禁在心里笑。她哪次的假期作业不是院子里的孩子们帮着做的？

他听祝矜好不容易挂掉电话，于是准备起身走开，谁知祝矜快他一步转过身来，正好看到了他。

这下，他只能站那儿不动。

祝矜走到房间门口，问他："你怎么在这儿，赌神？"他们前几天看了几部港市老电影，祝矜对某部电影印象深刻，一看到他就脱口说出这个称呼了。

邬淮清挑眉，乐了："这是什么称呼？"这个称号他得的可真冤。他们都没赌博，只是往脸上贴纸条，图个乐子。

祝矜眨了眨眼睛："谁让你赢的次数最多。"

说完，她又拿手机捅了他一下，问："喂，赌神，你能教我打麻将吗？"

虽然他们俩住得近，平时抬头不见低头见，两家父母那会儿关系也还好着，但他们俩关系不怎么好。

平时在学校，要是身边没有其他人，他们连招呼都不会打。

祝矜也不知道自己怎么一下子就问出口了，问完觉得有点不对劲，于是脸开始烫起来。

幸好走廊上的灯没开。

"你为什么想学？"

"国粹，总要会的嘛。"

邬淮清被她的话逗乐，低下头，看着她的眼睛。少女的眼睫扑闪得越来越快，她只听见他漫不经心地说道："不教，朽木不可雕也。"

"你——"祝矜瞪着他，被气得不行，深呼了一口气，说，"浑蛋。"

他唇边仍带着笑，一脸的漫不经心。祝矜发誓这辈子都不要再和他说话了。

…………

两人同时想起了那大晚上。

病房外，树影仍在摇曳。

短暂的沉默过后，邬淮清皱起眉，问："在哪儿学的？"

祝矜没告诉他，在申城有段时间她天天跟唐愈出去应酬。一群人，也不喝酒唱歌，就爱支个桌，不是打麻将就是打牌，她耳濡目染，倒是知道了不少。有时候，唐愈让她上桌，她也能应付过去，偶尔运气还特别好。

祝矜还记恨着他当初说她是“朽木”，得意地轻哼一声：“总之是会的，教我的人很厉害的，不仅厉害，人还好。”

邬淮清略带深意地瞥了她两眼，没应声，重新坐回旁边的小沙发上。

祝矜百无聊赖地盯着药水瓶子。不能调快流速，她只能在心中用意念期许它滴快点。

不想祝矜还没输完液，就接到了祝羲泽的电话。他声音很急，问她现在在哪儿。祝矜不用问他怎么知道自己过敏了的，这次宠物派对上有不少熟人，她出了事，自然有人会告诉祝羲泽。

祝矜无可奈何地告诉了他医院的名字。

“我现在过去。”

祝矜看了看吊瓶，见快要输完液了，于是说：“你别来了，我现在好多了，吊瓶也快挂完了。”

祝羲泽却坚持要来：“清子明天早上要出差，我现在过去，一会儿送你回去。都这么晚了，你让他早点回去睡觉。”

祝矜愣了一下，抬头去看邬淮清。祝矜接到电话后，他就走过来立在一旁，见她看过来，不知道她这是什么意思。

祝矜移开视线，在电话里叮嘱祝羲泽开车慢一点。

挂掉电话后，她再次看向邬淮清，重新道谢。这次，她的态度明显要比刚刚诚恳很多。

邬淮清不解。

“一会儿我三哥过来，你早点回去。明天早上你不是还要出差吗？”

邬淮清明白过来她为什么会突然这么好脾气，于是皱了下眉说：“都这个点了，差不了多少。”

助理已经帮他收拾好东西了，他睡几个小时，明天早上就直接去机场。

祝矜心中忽然涩涩的。她有很多话想问，有很多话想说，但都被自己强行压了下去。

她不敢问，也知道不能问。

祝羲泽到得很快，他到时祝矜正好输完液了。

祝羲泽进病房后，拍了邬淮清一下：“今天谢谢你了，幸好你也在。”

邬淮清看着他，语气淡淡的：“顺手的事。”

祝羲泽没多想。

护士进来拔完针后，三个人走出医院。

夏天的风很燥，吹在身上，令人有些闷热。他们身后的急诊部仍旧明亮如昼，有人难眠，有人奔波。

祝矜和祝羲泽跟邬淮清在医院门口分别。

祝矜住的地方在春日公园北边，离这儿很远，祝羲泽边开着车边嘱咐她最近吃饭一定要忌口，说这不能吃那不能吃，说了一堆。

说来说去，他仍旧不放心："要不你这两天回家住，或者住我那儿去？"

"哥，我的好哥哥，你快别说了，我的耳朵疼。"

"怎么了，怎么又耳朵疼？"他的音调变了变，"要不咱们再回医院检查一下？"

"被你吵的。"

祝羲泽："……"

尽管如此，第二天，祝羲泽还是安排了一个阿姨去她家，让阿姨负责她每日的伙食。

祝矜觉得他此举纯粹有点多余。她自己也会做饭，在申城她就是自己做饭。虽然她的手艺非常一般，但她还挺享受这种认真做饭、认真生活的感觉的。

养病的这段时间，祝矜白天待在家里，复习累了就看电影、看书，没几天就无聊了，于是新买了几个乐高打发时间。晚上的时候，她就去附近的公园遛弯，或者就在小区里溜达。

这个小区的绿化率很高，绿化带由全球几位顶尖的设计师联合设计，很美，很有艺术感。看着这些绿植，即使心情不好的人也很快会变得心情愉悦。

她老老实实地在家待了两周，待烦了，想出去逛街买新的蜡烛。

脸上过敏的痕迹还没完全消去，她也就没化妆。

不过即使不能化妆，祝矜也要好好打扮一下。挑耳饰的时候，祝矜在梳妆台上的白瓷盘里翻着，突然发现自己前阵子买的一对樱桃耳坠丢了一只。

她想来想去，才想起上一次佩戴这对耳坠时是去宠物派对的那天晚上。不过那天情况那么乱，不知道耳坠丢哪儿去了。

祝矜有些不开心。这樱桃坠子是她在一家买手店淘的，比市面上一般的樱桃坠子要精巧，她第一眼看到就特别喜欢。

她拿出手机，思索了一番，打开邬淮清的聊天框，抱着试一试的心态问：你在车里有见过一对樱桃耳坠吗？

祝矜也不知道他出差回来没。

没想到他回复得很快：有。

祝矜："……"

他既然早就发现了，那为什么不懂得问她一下？还是说他车上坐过的女人太多，他一时之间不知道该问谁？

祝你矜日快乐：那麻烦你寄个快递给我，到付，谢谢。

W：地址。

祝矜把自己的住址发了过去。

邬淮清把地址按下收藏，然后在聊天框内回复：等着。

见他这么说，祝矜索性放弃了去逛街的想法，又换上了在家里穿的衣服，安心地继续学习，拼没拼好的乐高。

可她一直等到傍晚，快递也没送来。她换上运动服，打算先出去夜跑两圈。

夕阳沉沉，还未完全落山，在地平线上留下半个脑袋，余晖和夜色融合在一起，把四周染成模糊的粉蓝色。

邬淮清坐在车里，看着周围的环境——很漂亮。

他可以看出小姑娘在家里是真的受宠。安和嘉园就两种户型，一种是四百五十平方米的大平层，一种是九百平方米的联排别墅。

而四百五十平方米的房子起价就要七千多万，据说这只是老爷子送她的成人礼物。

相比之下，几个孙子在成年的时候，老爷子可连个厕所都没送。

忽然，他的视野里出现了一个人。

邬淮清打开车门下了车。

祝矜穿了一件灰色的运动背心和同款式的短裤，正要跑步，一看到他，愣了一下。

"你怎么来了？"她走近说。

邬淮清摩挲着手机，看着她穿着运动服的清爽模样。

漂亮的人被夜色温柔地笼罩着，他心里忽然泛起一阵悸动，嘴上却漫不经心地说道："送快递。"

夕阳彻底沉下去，最后一抹金色的光辉隐去。

路灯把一旁的绿植点亮，风中有干净的青草香，四周有虫鸣声，还有远处小孩儿玩闹的声音。

祝矜看着他，忽然笑了起来："那我能去哪儿投诉你呢？"

"嗯？"邬淮清挑眉，忍不住从兜里掏出那支打火机摩挲着，"您怎么想投诉我，我哪儿让您不满意了？"

祝矜瞥了他的打火机一眼，懒懒地说道："太慢了，我等了一下午。"

"原来您等了我一下午，那还真是挺让我过意不去的。要不……"他顿了顿，低下头盯着她。

邬淮清的眼睛很好看，眼皮的褶皱很深，眼窝深邃。他认真地看着一个人的时候，那双眼睛总让人有种他很专注且深情的感觉。

其实那只是错觉。

“我请您吃饭，您行行好，就别投诉我了，这年头快递员挣个钱也不容易。行不？”他边笑着边说。

祝矜听着他胡扯，也笑了起来，转移话题问：“你这车是怎么开进来的？”

安和嘉园的安保措施不是一般地严格，没有通行证的车子是开不进来的。

邬淮清说道：“找朋友借了个通行证。”

祝矜“哦”了声，没再问别的，伸手要她的耳坠。

邬淮清把那支打火机放在她的手心里。

“什么意思？”她有些不解。

“帮我拿一下。”说着，他转身打开车门，从车里取出一个装首饰的小盒子。

“我的耳坠？”

“嗯。”

祝矜想接那个盒子，却被邬淮清躲了一下，盒子仍旧在他的手中。

“你还没答应。”他说。

“什么？”

“答应我请你吃饭呀。”他把盒子放在手心里把玩，“好歹我大老远将耳坠送过来，没有功劳也有苦劳。”

因为他有苦劳，所以他得请她吃饭。祝矜琢磨着这话的逻辑不是一般的奇怪。

她发现今天邬淮清的话比平常要多很多，心情似乎也不错，语气温柔得有些让人诧异，让她不清楚他葫芦里具体卖的什么药。

“你缺一顿饭吃？”她反问道。

“还真缺，缺和你的。”

祝矜看着他这副模样，弯起唇角笑道：“那还真不巧，我晚上不吃饭，要跑步。”

说不吃饭是假的，在祝矜这儿，吃饭乃第一重要的事。

吃饭不积极，思想有问题。为了身材节食的事，她绝对不会干。

但邬淮清说他缺一顿饭吃，还想和她吃饭，她不信。

距离两人上次在医院见面，已经过去了一周多，这期间，他从未联系过她。

今天，是她忽然提起了耳坠的事，他才会过来。

他会这么说，可能是忽然起了那么点兴致，可能是觉得逗她有趣？

夜风轻轻吹着。

祝矜说："还我耳坠，你想吃什么就去吃，一个人吃饭最快活了。"

被拒绝了，邬淮清也不恼。他钩起一撮她没梳上去的头发，问道："你确定？"

"不然呢？"说着，祝矜挣了挣，想把头发抽出去。谁知他没松手，头皮上传来一阵疼，她不敢再动。

邬淮清用食指绕着那撮头发，乌丝缠绕在他干净的指节上，黑白分明。

他笑了笑："那这个耳坠子，你也别想要回去了。"

"你……"祝矜想骂他，后面的话又被自己堵了回去。她改口道："邬淮清，你有意思吗？"

"有意思，"他答得一本正经，让人更加恼火，"很有意思。"

祝矜瞪了他一眼，不死心地看了两眼那个盒子，最后把头一扭，索性也不再要耳坠子了，转身离开，开始按着原计划跑步。

风吹在她的耳侧，不知是不是她的心理作用，她那天被邬淮清咬过的地方又开始隐隐作痛。

祝矜不禁摸到锁骨的地方。那儿留下了一小片疤痕，印子不深，但还能看得出来。

一向爱美如命的祝矜，这次没有使用任何去疤的药膏。

她忍不住想，即使她不抹任何药膏 ，到下个月的时候，这个疤痕应该也会自动消去吧？

安和嘉园的面积很大，有一条路上有好多小孩儿正在骑车，小型山地车被蹬得飞快。

祝矜看得心痒，想着改天得把自己的山地车从储藏室里取出来打理打理，然后骑出去兜风。

这步祝矜其实跑得并不惬意，因为她总惦念着自己住的楼下有个人，自己的耳饰还在他手中。

她跑完一圈回来，远远看到那人还站在车前没走。

只是这会儿他身前站着一个人,那是个同样穿着运动背心和运动短裤的女人，她手中牵着一条狗。

两人不知道在说什么，从祝矜的这个角度看去，女人笑得很开心。

祝矜跑过去，本想直接无视掉两人，谁知被邬淮清上前猛地一拉，她直接撞进了他的怀里。

他的胸膛很硬，她被撞得生疼。她抬起头瞪了他一眼，只听他漫不经心地开口对那个女人说："你看，我没骗你。我在等我的女朋友。"

祝矜被他的一条胳膊钳制着，动弹不得，闻言转过头看向那个女人。

看到彼此时，两人同时愣了一下——她们身上穿的运动服一模一样，正是某个大品牌这一季的新款。

俗话说，撞衫不可怕，谁丑谁尴尬。祝矜自然不会觉得自己这衣服穿起来没有这个女人好看，因此不觉得有什么，只看了她一眼，便收回了视线。

而眼前这个来找邬淮清搭讪的女人，脸色明显变了。

她的身材不比祝矜差，可她为了追求美，在脸上做了不少手术，即使那张脸看起来很精致，可和祝矜这张纯天然的脸一比，瞬间就被比下去了。

女人面色难堪，还不得不强笑着。

祝矜低头看了她的狗一眼。狗狗很可爱，穿着小纱裙，脖子上戴着花花绿绿的串珠，头顶的毛发还被扎了起来。它活像个女团明星。

她忍不住弯起唇，想蹲下来摸一摸它的小辫子。

这个笑，落入狗狗主人的眼里，自动被她理解成了对自己的嘲笑。她的脸上闪过一阵愠色。

刚刚她带着狗狗遛弯，走到这儿，立马被车前的男人给吸引。不怪她，这么好看的男人，在现实中很难遇到，所以她见了就挪不动脚了。

她本就不是扭捏的性子，于是主动上前搭讪。

谁知男人根本不买她的账，说他在这儿等女朋友，让她赶紧走，否则他的女朋友看到了，就该生气了。

她不信，倒不是不信他有女朋友，而是不信这种男人会这么听话，对女朋友言听计从。

而没过多久，他的女朋友真的来了，还是一个气质绝佳、长相无可挑剔的女生。

邬淮清搂着祝矜的腰，眯起眼睛笑着对女人说道："你要不给我做个证？是你主动来搭讪的，我没搭理你——"他说着，还低头看了祝矜一眼，"不然我怕我的女朋友生气。"

祝矜闻言，狠狠地掐了一下他的腰。

邬淮清吃痛，面上却不显，只是把她搂得更紧了。

"你要是不愿意做证也没关系，反正你也不会让我的女朋友有危机感。"

"……"这话，连祝矜都听不下去了。

女人的脸上青一阵白一阵，她既尴尬又恼火，连步子都迈不出去了。

平时她想搭讪谁，都是轻而易举的，对方即使对她没意思，也不会这样落她的面。

"你还不走？"邬淮清低头啄了一下祝矜的额头，"我们俩还要去吃饭，求你别在车前挡着了。"

女人终于从震惊中抽离出来，狠狠地瞪了祝矜和邬淮清一眼。

愤怒使她那张动了好几十刀的脸一时之间有些狰狞。

待女人走开，邬淮清松开祝矜，祝矜立刻从他的怀里离开。

“你拿我当挡箭牌？”

“别说，还挺好使。”他说得很欠揍。

“……”

邬淮清垂眸看向她：“去吃个饭？”

祝矜摇了摇头，可下一秒就被他拽住了手腕。他开门、将她塞进车里、落锁，动作利落极了。

她想打开车门，却怎么都开不了。

祝矜瞪着邬淮清。邬淮清上了车，俯身去给她系安全带，又给自己系好安全带，完全忽略了愤怒的她。

几秒之后，祝矜停止了挣扎。

她真是……

她真是有毛病，才会觉得今天的邬淮清比以前温柔了点。

今天他换了辆车，换了辆普通的黑色轿车。

祝矜想起那天他开着那辆打眼的苹果绿的跑车把骆洛塞进车里时，也是这样强势且不容置疑。

她心中涌起一阵无力、委屈的感觉。她什么话都不想说，垂着头静默无言，眼眶有些泛红。

邬淮清看到她这副样子，心头倏地生出一阵烦躁和懊恼。

他本想带祝矜去新开的一家西餐厅吃饭，这时忽然转变了想法，在一个路口猛地掉转车头。

车子一路飞奔，路灯渐次落在他们身后，连成一条明亮的银河，高楼、矮房急急地不断向后倒退。

祝矜看着窗外，不知他抽什么风，怎么突然还掉头了。

两旁的街景不断变化着，时而是她熟悉的，时而是她从未见过的。京市有很多环路，灯光交错，纷繁复杂。四年，京市变化非常大。

“你要去哪儿？”

邬淮清转过头来看她，见她的眼圈已经不红了，调侃道：“把你称斤卖了。”

“……”祝矜深呼吸，决定下车前不再和他说话。

车子一路向前，两旁的景色终于越来越熟悉，直到京滕中学的大门映入她的眼帘。

她在看到那四个金灿灿的楷体大字“京藤中学”后，愣住了。

祝矜转头问邬淮清：“怎么来这儿了？”

邬淮清指了指学校门口那家矮子粉店，状似无意地说道：“想吃粉了。”说完，他解开自己的安全带，又帮她解开安全带，然后把车门打开先下了车。

祝矜坐在副驾驶座上，没动。

她的一颗心快速地跳动起来。

她向窗外看去。因为是暑假，学校放假，外边没有人，夜里街道上空荡荡的，邬淮清一个人站在路边，路灯把他的影子拉长。

他穿着白T恤衫和长裤，在某个瞬间，和当年那个穿着白衣黑裤的少年重叠。

祝矜的胸腔里好像飞来一只鸟，雀跃又不安的鸟。

这些年，她从未回过母校，甚至再也没来过这条街。而矮子粉店的粉，是她当年最爱的校园街边美食，有段时间她几乎每天中午都会来吃一碗粉。

见他转身看过来，她迟疑了一下，然后打开车门。

下车后，她忽然吐了口气，像释然了似的，弯唇笑了起来，抬起下巴向那家粉店的方向点了点，对他说：“走吧。”

这是一家正宗的湘城粉店，老板是湘城人，京市只此一家这么地道的正宗湘城粉店。

其实京市人的口味和湘城人的口味相差甚远，首先京市人吃不了辣，再者他们一般吃面，不吃粉。

祝矜就是其中的特例，她尤为能吃辣，并且爱吃粉，不爱吃面。

矮子粉店纯靠祝矜和祝矜的同口味者的支持，才存活了这么多年。

两人走进去，祝矜点了一碗牛肉粉，加蛋，邬淮清点了和她一样的。两人又点了两瓶汽水。

店里人不多，粉上得很快。和京市人吃面时加的蛋不同，这里的蛋，是煎蛋，铺在扁粉上边，看上去非常鲜美。

祝矜拿起勺子舀了一勺辣椒准备加到碗里，谁知邬淮清伸手制止了她的动作：“你最近不能吃辣。”

祝矜想起自己过敏还没完全好，不情愿地把勺子放下。

邬淮清顺手接过那个勺子，把辣椒加到自己的碗里。

祝矜看着他的动作，以为他是不清楚这家店辣椒的辣度，忍不住开口提醒道：“这个很辣的。”

“嗯。”他淡淡地应了一声，手中的动作却没停止。他又加了一些辣椒，拿起筷子搅拌了几下后，夹起粉就吃起来。

祝矜不可置信地盯着他，看他面色不改地吃着这碗加了很多辣椒的粉。

她手中的筷子啪嗒一声掉在了桌子上。

邬淮清抬起头问：“怎么了？”说着，他给她取了一双新筷子。

祝矜像见鬼似的摇了摇头，然后拿着新筷子夹了一小块辣椒放进嘴里尝了尝，心想：这辣椒还是一如既往地辣呀。

她瞪圆了眼睛，说道：“我记得你不吃辣的。”

有一年过年，宁小轩给他夹了一块剁椒鱼头，他尝了一口，立刻被辣得流出了眼泪。

平常多矜贵的一个人，那天被辣得失了形象。他是真的一点辣也吃不了。

“哦，换了口味。”他随意地说道，像是在说中午吃饭时把清蒸鱼头的外卖换成了剁椒鱼头的外卖一样轻巧。

祝矜听着这句话，心中一时不是滋味。

她没想到，几年的时间，竟然能让他连饮食习惯都改变了。

不知道他还有多少其他的变化。

这段时间因为祝矜过敏，所以阿姨给祝矜做的都是特别清淡的饮食。此时，她拿起筷子夹粉，在汤汁撞在她舌尖上的那一刻，她的眉结一下子舒展开来：还是熟悉的味道，开心。

大三时，她有一次出去玩途经湘城，在江边吃了碗粉。那粉不难吃，却没有高中学校门口这家粉店让她念念不忘。

邬淮清看着她满足的表情，也舒展了眉头。

他的吃相很好看。他慢条斯理，动作优雅，汤汁一点都没有洒到外边来。

“我虽然换了口味，”他忽然接着说，“但没想到你还挺惦记我。”

“……”

祝矜抬起头，看着他，诚恳地笑了笑：“主要是，你当年被小小剁椒鱼头辣得哭天抢地喊妈妈的画面，实在是让人印象深刻。”

邬淮清：“……”她就不能记点他的好？

因为是暑假，米粉店里人不多，墙上的小电视没开，因此，这方狭小的空间里很安静。

祝矜说话的声音虽然不大，但还是落入了隔壁座位上几个人的耳朵里，他们不约而同地转过头来，看向邬淮清。

他们俩的容貌本就打眼，两人一进来，这几个年轻人就注意到他们了，现在更是被这句话给惊得脑海中有了画面感：

一个超级大帅哥，因为食物太辣了，就撒泼打滚喊妈妈？

邬淮清感受到他们的目光，斜过去一眼，那些人连忙低下头，憋着笑，“专心”地吃着自己的粉。

邬淮清不动声色地敲了敲桌子，说道：“你年纪轻轻，记性不太好？”

祝矜心虚地咬了一口煎蛋，面不改色地说：“不要在意细节嘛。”

当年，邬淮清的确被辣得够呛。他生来就白，吃了那一口，鼻尖、眼角都染上了红，他还不住地咳嗽。那样子，可谓我见犹怜。

当时不只是她，全桌的人可都笑了。这也算是邬淮清人生中的一桩丑事。

当时的他忍着咳嗽，端着架子，一直沉默着没说话，只是给了全桌人一记冷眼，丝毫没把不能吃辣当成什么大不了的事。

也对，这本来也不是什么大不了的事。

可为什么，现在他却变得这么能吃辣了？

祝矜正想着，电话响了，她拿起手机一看，电话是祝羲泽打来的。

“三哥？”

“浓浓，”祝羲泽开口道，“阿姨今天煮了菌汤火锅，哥一会儿去找你蹭个饭吧？”

这几日，祝羲泽把自己家的做饭阿姨给了祝矜，因此没少来蹭饭，还经常会提前给阿姨打电话问今天做什么，若菜合他的胃口，他就过来。

祝矜连忙说：“我都吃完了，你改天再来吧。”

祝羲泽：“可阿姨刚跟我说，你出去跑步还没回去呀？”

祝矜一时无话。

“你是不是偷偷出去觅食了？”祝羲泽立马猜到，小姑娘最近喝着清汤寡水，估计是受不了。

祝矜咳嗽了一声，看着眼前的牛肉粉：“你看，我才出来打个牙祭，就被你抓到了。真不巧。”

“这么大个人了，吃个东西怎么还跟小孩儿似的，偷偷摸摸的？三哥又不凶你。你吃什么了？”他笑道。

祝矜随口说：“就在蓝港这儿买了个鳗鱼手握寿司吃，没吃什么不能吃的。”

“鳗鱼不行呀，成年后就去海里了。再说了，你过敏，不能吃海鱼，想吃就吃点清淡的，不然……”

祝矜忍受着祝羲泽的喋喋不休，抬起头，发现邬淮清正似笑非笑地看着她，颇有几分幸灾乐祸的意思，她立即瞪了他一眼。

“那你吃一个鳗鱼手握寿司也吃不饱，刚才阿姨说菌汤火锅都已经煮上了，你赶紧回来再吃点，正好三哥也饿了。”

祝矜听他这样说，也不好再拒绝，就问：“你现在在哪儿呢？离我家远吗？”

“我刚从公司出来。”

祝矜估摸着，他公司到安和嘉园的距离比自己现在在的地方到安和嘉园的距离要远，于是说：“那行，你过来吧，路上慢点。”

“好嘞。我这儿正好有一些你们女孩儿爱吃的甜品，我给你拿过去。”正想挂电话，祝羲泽又说，“也不知道邬淮清今天有时间没，三哥好几天没见他了。要不三哥给他打个电话，让他和我一起去你那边吃吧？”

祝矜蹙眉道：“为什么要叫他呀？”

“你过敏时可是人家带你去医院的，人家也够讲义气了吧，你怎么着也得谢谢他一回不是？”

“再说吧，你现在叫他，他肯定不来。”

“也是。”祝羲泽顿了顿，说，“不过我还是给他打个电话吧，不然过两天，你自己肯定懒得请他吃饭。我还不知道你？”

说着，祝羲泽挂了电话。

三秒钟后，邬淮清的电话响了。祝矜不用看也知道那电话是谁打过来的。

“你别答应他。”祝矜嘱咐道。

“嗯。”他应道。

“清儿，忙完没？”

“忙完了。”

“你吃晚饭没呢？”

“没。”

“那正好，我们一起去浓浓家吃吧？她那儿整了个火锅，她说想请你吃饭。”

邬淮清看着眼前的祝矜，勾了勾唇角，漫不经心地说道：“也行。”

祝矜夹粉的手一顿。

“那好，她就在安和嘉园住着，你知道在哪儿吧？你到了在门口等我，你那车没证件，保安不让进。”

“好。”邬淮清说完后就挂了电话。

“邬淮清，你不讲信用！”祝矜一双杏眼瞪得圆圆的。

“怎么了？”他笑得很坏，看着她，丝毫没有做错事情的愧疚感。

“你不是说了不答应他吗？”

“哦，我临时改变主意了。”他的语气风轻云淡的。

祝矜心中冒出数个感叹号：这人怎么这样？

车子开到了安和嘉园的大门口，祝矜见他还想往里开，说道：“你干吗？我三哥不是让你在大门口等着他吗？一会儿他看到你的车进来了，你怎么解释？”

邬淮清看了看时间，说：“这点他还到不了呢。我先把你送进去，再出来。”

“……”

祝矜道：“不用这么麻烦了，你停这儿，我自己走进去。”

见她一脸坚决，邬淮清只得作罢。他把车停在路边，在她要打开车门的时候，终于把那个首饰盒子递给了她。

祝矜接过这个黑漆木质盒子，轻声说了句“谢谢”，然后下了车。

将盒子拿到手里，她才发现，这其实是个袖扣盒，上边还有袖扣品牌的标志。她估计这是邬淮清从家里随手拿来放她的耳坠的。

祝矜蹙了蹙眉。她的这对樱桃耳坠虽然设计很巧妙，但不是什么大牌，价格也不贵，而这个袖扣盒……她虽说没买过这个牌子的东西，但清楚这盒子绝对比她的耳坠贵不少。

她有点烦，一会儿还得找机会再把盒子还给他。早知道她刚刚拿到盒子后就直接打开把那只耳坠取出来了。

到了家，阿姨一看到她就笑着说：“汤锅煮好了，就等着你们回来吃了。”

“辛苦您了，陈姨，剩下的我们自己弄就好了。”

“行，食材我都分好了。”

祝矜走过去一看：阿姨煮了个鸳鸯锅汤底，桌子一边放着虾滑、羊肉这些食材，另一边只有绿油油的蔬菜。

得，她又被区别对待了。

这几天，祝羲泽来找她吃饭，说好听点是蹭饭，实际上，就是拿她这个病号当对照组。他在她面前吃大鱼大肉，吃香喝辣的，就是故意让她眼馋。

好在她今天已经吃了碗粉，不怎么饿了。

祝矜坐在沙发上等那两个人来。她打开电视放着，然后拿起刚放下的盒子，打开盒子一看，发现里边有一对樱桃耳坠。

一对，也就是两只。

乍一看上去这耳坠和她丢的那只耳坠很像，拿起来仔细一看，根本不一样。

三秒后，她合上袖扣盒的盖子，深呼吸，把手覆盖在脸上。

怪不得，他今天一直不让她碰这个盒子，原来盒子里面的耳坠压根不是她丢的那只。好家伙，他还兜了这么大一个圈子。

祝矜又气又觉得好笑，想起中午那会儿在微信上问他有没有看见自己的耳坠，他倒是应得一点都不含糊。

她打开微信，噼里啪啦发过去一行字。

祝你矜日快乐：你兜了这么大一个圈子，真是难为你了。

W：别说，你那只耳坠，找个同款还真难为人。

祝你矜日快乐：你就这么想和我一起吃饭？吃了一顿又一顿？

W：嗯。

祝你矜日快乐：……

收到祝矜的消息后，邬淮清凭着记忆在电脑上给那只耳坠画了个草图，然后将草图发给了一个成天泡在风花雪月里的朋友。

因为这位朋友交往过的女朋友众多，所以他手机里各品牌、各门店的销售微信也很多。他办事很痛快，立即把草图发给了她们，让她们认认这只耳坠是谁家的，认出了他就给个大红包。

最后，还是一个眼尖的姑娘说这可能是国外一个小众牌子的耳坠，是几年前出的款，现在肯定买不到新的了。

这位朋友给邬淮清打电话，调侃道："您这打哪儿买了一个我听都没听过的牌子的耳坠，还费这么大力气找？"

邬淮清听他说没找到，于是又让他找类似款，挑个最像的来。

同款耳坠没有，但类似的樱桃耳坠还是有的，这位朋友没两小时便把耳坠送到了邬淮清家里。

邬淮清拿着朋友送来的耳坠，准备走时，怕这崭新的盒子会引起祝矜的怀疑，于是将盒子换成了自己的袖扣盒。

这可不是兜了好大一圈子嘛。

祝羲泽下了车，和邬淮清一起上楼。看邬淮清唇角微微上扬，眼睛还一直看着手机，祝羲泽忍不住咳嗽了一声，问："你这是真的谈恋爱了？"

邬淮清敛了敛神色，把手机收回兜里，漫不经心地道："打哪儿听说的？"

祝羲泽道："宁小轩前一阵子来问我你有没有女朋友，我说没有，结果今天你就满面含春。有情况。"

邬淮清轻描淡写地回："哦，他也来问我了。"

"嗯？"

"我说没有，他估计是不信，又找你求证。"

祝羲泽看他这副似笑非笑又态度暧昧的模样，琢磨着他这是真的有情况了，忍不住又问："你真没谈？"

邬淮清觑了他一眼："你还真改不了这婆婆妈妈的毛病。"

说着，电梯来了，两人走进去，上了楼。

在祝矜家门前，祝羲泽按自己的指纹开锁时，忽然听到邬淮清开口：“她家的锁还录入了你的指纹？”

他的声音冷冷的，不过他惯常都是一副冷冰冰、懒洋洋的模样，祝羲泽一时也没多想，笑道：“那可不，我俩什么关系？”

祝羲泽走进去，就看到小姑娘坐在沙发上，正端详着一对耳坠。

“三哥，你来了？”祝矜把盒子放到茶几上，站起身。

“嗯，三哥身后还有个人呢。”

“哦，你好。”祝矜敷衍地对邬淮清打了个招呼。

祝羲泽对邬淮清说：“之前浓浓这儿的房子装修好后，我们还整了个乔迁宴，当时你正巧出差没来，这次好好参观一下。”

“嗯。”邬淮清应着，视线向四周扫了扫。

之前安和嘉园还在建的时候，有人把户型图送了过来，殷勤地询问邬淮清买不买，买的话就给他留着，让他先挑。

邬淮清对“家”的概念很模糊，也向来没有置办新房产的念头。比起住空荡荡的大平层，他还不如住酒店来得舒服，因此那会儿直接就拒绝了。

后来他才知道祝家的老爷子给祝矜在这儿买了房。

这儿的房子户型是由一位世界知名的酒店设计师设计的，如今一看，小姑娘装修的时候将户型改动了不少，让房子变得更加有人情味了。

祝羲泽换好鞋，走过来看到茶几上的那个盒子，笑道：“又买首饰了？”

“没，一个傻子给的。”祝矜面不改色地说着，余光注意到邬淮清的脚步慢了半拍。

祝羲泽意味深长地看着她：“傻子？你会收傻子送的东西？”

自家妹妹刚回来没多久，相熟的这堆人他都了解，也放心，他就怕自家妹妹被他不相熟的人骗了，受个情伤什么的。

祝矜挽住祝羲泽的胳膊道：“三哥，你真的很烦。你这样会找不到女朋友的。”

“别打岔，今天还有人跟你三哥表白呢。你就说这东西是谁送的。”倒不是祝羲泽多心，只是“傻子”这个词，他如果猜不出这里面有故事他就是傻子了。

祝矜急中生智道：“唐愈送的，就那个和我一起创业，结果把我踹飞了跑去国外的那个人。他这不是送东西来向我赔礼道歉了嘛。”

说完，她感到有一股灼热的视线自邬淮清的方向射来。

“他呀。他喜欢你？”

“三哥！”祝矜的声音很软，但此刻其中带了一点愠色，“他喜欢的人在国外。

他就是为了追喜欢的人才放弃跟我一起创业的。”

祝羲泽揉了揉她的头发：“生什么气？你不喜欢他就好。他们家明争暗斗的，太复杂，三哥怕你受苦。”

祝矜“哦”了声。唐愈家的事她以前也听唐愈提起过，乱七八糟的。

三个人坐在餐厅里。陈姨的手艺非常好，连空气中都是香喷喷的味道。

祝矜率先说：“你们俩想吃什么随便哦，可是吃虾滑千万别让我看到，要偷偷吃哦。”

“好的。”祝羲泽笑着说。

话音刚落，祝矜和祝羲泽就见邬淮清慢条斯理地从锅里捞出一个虾滑放进碗里，蘸了点麻酱，然后细细品尝着说道：“味道不错，很鲜。”

祝矜：“……”

祝羲泽：“……”

祝矜正无语时，手机突然响了，一看来电的人是唐愈，她就不想接。她还有些生气，这段时间唐愈打过来的电话她都没接，微信也没回。

“浓浓，电话响了，你怎么不接？”祝羲泽问。

她想到三哥刚刚盘问了她一通，她要是再不接，估计又要被说一通。为示清白，她按了接通键，还特地把声音调大，然而，她只听到一阵哭天抢地的声音——

“浓浓，你终于接我的电话了。哥错了，哥明白了，世上只有浓浓好，有浓的唐愈是块宝！”

“……”

邬淮清和祝羲泽同时抬起头看向她，目光如炬。

第四章

惊梦

唐愈跟机关枪似的，语速极快，一个字接着一个字地往外蹦，声音又极其富有感染力，充满哀戚，不知道的还以为他在灵堂哭丧呢。

别人不了解他，祝矜还能不了解他？他是S大话剧社的“戏精”，说哭能瞬间哭得比孟姜女哭长城还凄惨。

趁他喘息的间歇，祝矜忍无可忍地开口道：“唐愈，你又有病呀？”

这本是一句正经八百的骂人话，可从着祝矜口中说出，却跟撒娇似的，落入祝羲泽和邬淮清的耳朵里，听着像是在打情骂俏。

两人的脸色不约而同地沉了下去。

“浓浓，祝宝贝儿，祝老板，哥真的错了。等哥回国以后，哥一定对你不离不弃，这次咱们怎么也要把公司搞起来。”

祝矜听到这儿，琢磨出几分不对劲。

她把音量调小，用手悄悄捂住听筒，不让对面的两人听到，问：“到底什么情况？有话快说，不然我挂了。”

唐愈应了声，接着说道：“祝老板，祝美女，祝富婆，哥今天就求你一件事。”

她就知道他有事。

唐愈顿了顿，继续道：“借我点钱呗，我得买张回国的机票。我的卡被我哥给冻结了，我现在人在国外，饥寒交迫、生不如死。祝美女要是能借我点钱，我一定天天祝你‘矜’日快乐，不，是日日快乐。”

祝矜不待他再说下去，直接挂了电话。

祝羲泽和邬淮清没听到唐愈后来说的话，只见她蹙着眉把电话挂了，心中肯定地想他俩这是闹了别扭还没和好。

祝羲泽坐在她的对面，咳嗽了一声。

“干吗？”祝矜抬头看他，没好气地问道。

“不解释下？”

“解释什么？”

“哟，出息了，我们家小六在外边受了气，就和她三哥撒。”

祝矜夹了一块脆豆腐吃，将脆豆腐咽下去后，抬起头看向祝羲泽：“三哥，我没和你撒气。”

“那不说这个，就说你这个朋友。他不是丢下你去国外追喜欢的人去了？怎么现在叫你叫得这么亲热，又是宝贝儿又是浓浓的？”

祝矜蹙眉道：“他有病，你不用理他。”

祝羲泽显然不信，说道：“我原本以为他只是家庭复杂，现在看来，这个人人品也有问题。一会儿你把那个破耳坠还回去，想要什么样的耳坠三哥给你买。”

祝矜听着他的唠叨。从小到大，祝羲泽在恋爱这方面就管她管得严，明明也就比她大四岁，怎么这么能操心？

她“哦”了声：“随便，你一会儿走时把那个耳坠直接拿走都行，反正也是傻子送的。”

最后一句话她说得很小声，但对面的两人还是听到了。

祝矜咬着苦苣，忽然感到小腿上传来肌肤相触的感觉。

邬淮清的小腿在桌下伸过来，贴着她的小腿。

祝矜没想到他这么大胆，抬起头看向他，只见他夹起一个虾滑，慢条斯理地吃着，边吃还边看着她，似笑非笑。

祝矜抿唇，一言不发，把腿往旁边移了移。

祝羲泽还在想唐愈的事，因此仔细地在捕捉她脸上的表情，看她这副欲言又止的模样，更加觉得她和唐愈的关系不是她嘴上说的那般。

祝矜没理会三哥的打量，只斜斜地看着邬淮清，又不敢看得太明显。

餐厅的吊灯很高、很漂亮，把菌汤火锅和蔬菜照得色泽诱人。

祝矜的眼睛在灯下也更亮了，透着一层莹莹的光泽，眼下因为她要使坏，眼睛里又添了几分灵动。

她忽然踩了邬淮清一脚。

邬淮清拿着碗的手一抖，差点把碗摔了。

祝羲泽关切地问：“怎么了，帕金森？”

邬淮清抬眼：“……”

对面的小姑娘憋着笑，表情蔫坏蔫坏的。

鸳鸯锅不断地升腾着热气，把她的脸颊给蒸得红扑扑的，一旁的立式空调在用力地吹着冷风，冷热交织。

空气中似乎有无数火星在燃，有无数冰块在碰撞。

祝羲泽丝毫没有感受到两人暗流涌动的气氛，仍在心中盘算着怎么对付唐家那个小少爷，好将一切危险扼制在源头。

“浓浓，我一直觉得你很有经商的天赋。”

“嗯。”

“所以你想过吗？唐愈这么做，其实是在扼杀我国未来的祝矜首富的诞生。”

“嗯。”

“结果他就送这么一对不值钱的耳坠给你，想赔礼道歉，这合适吗？”

“嗯。”

“你别一直‘嗯’，三哥和你说正经的。这可以看出两个问题，一是唐愈不讲信用，二是他太抠了。老话不是说了嘛，不能找抠门的男人。”

“嗯。”

祝羲泽：“……”

祝矜表面上应得快，实则玩上了瘾，就看邬淮清敢不敢表现出来。她故意在桌下一直有一下没一下地踩邬淮清。

这时，邬淮清抬起头，意味深长地和她对视了一眼。

祝矜眼睛弯弯，带着得逞的笑。她决定见好就收，放下筷子说道：“我吃饱了。”

菌汤火锅被关掉了几格电，热气没有刚刚冒得厉害了，在灯下散了几分，她脸上的红意也散去了几分。

祝矜起身要离开，却忽然被邬淮清用脚拦了一下。她没站稳，差点把碗给弄倒，发出的声响极大。

“怎么了？”

祝矜垂下眼睫，摇了摇头，暗中瞪了邬淮清一眼。

灯下的三个人都各怀鬼胎，因此将这顿夏日的菌汤火锅吃得极为漫长。

汤汁里只剩下菇类，杏菇、猴头菇、草菇它们聚在一起，开了一场火锅结束的总结报告会。

“浓浓，你的脸怎么那么红？”祝羲泽也吃饱了，放下筷子问道。

“啊？”祝矜伸手覆在自己的脸上，热度传到手心，带来一阵灼意，她隐隐约约地听到邬淮清笑了一声。

“哦，这锅的热气好像都跑我这边来了，下次我不要坐这边。”

祝羲泽笑道：“净瞎说，明明热气是朝我和你淮清哥这个方向飘的，吃的时候我还专门检查了，咱们家哪次吃火锅让你坐过有热气的地方？”

祝矜含糊地应着，转移话题。

三个人又去客厅里聊了一会儿。几乎全是祝矜和祝羲泽在聊天，邬淮清只是偶尔应一句。

转眼时间已经不早了，祝羲泽和邬淮清起身离开。

下楼的时候，祝羲泽皱着眉对邬淮清说："这个唐愈真不是个玩意，送了个什么破东西就想着赔礼道歉。"

"破东西？"邬淮清问。

"难道不是吗？他丢下了我们浓浓，这事是送东西可以解决的吗？"

邬淮清眯着眼睛，笑着点了点头："你说得对。"

"也不知道他俩究竟是什么情况，反正这唐愈不靠谱。清儿，你平常也帮我留心一下，别让混账玩意再招惹浓浓了。她刚回来，我不放心。"

"好。"邬淮清笑着说，"不过她都这个年纪了，你还管着她，不许她谈恋爱？"

"我可没说她不能谈恋爱，只是她得找个靠谱的。你平常有时间，就多帮我照顾一下浓浓，咱们这一堆人里，你最靠谱。"

邬淮清转动了一下手表的表带，眼尾上扬。他应道："没问题。"

两个人都是开着车来的，因家的方向不同，于是在安和嘉园门口分别。

他们两人走后，陈姨收拾完，就去睡了。

祝矜悄悄从酒柜里取出一瓶威士忌，又从冰箱里取出一盒冰块，然后，她挑了一只漂亮的威士忌杯，坐在露台上喝着酒。

杯子的杯壁和杯底上都印有克罗心十字架的经典标志。杯子被冰块一撞，发出清脆的声响，她往里倒上威士忌，奶咖色的液体轻拢着冰块，和水晶相融。

不知道为什么，直到此刻，祝矜的心跳仍旧跳得很快，脸上的热意也挥之不去。她有点昏头昏脑的。

夜风轻轻吹拂着，窗外树影婆娑，空气里飘浮着茉莉的幽香。

忽然，门铃响了。

祝矜走去，打开门一看，只见原本应该走了的人正站在她家门口，似笑非笑地看着她。

她没说话。

邬淮清也没说话。

一切像有预感似的，她有预感他会来。

邬淮清大步走进来，带上门，然后反手把她抵在门上，声音比往日温柔了百分，缠绵又缱绻："祝浓浓，你还挺会使坏？"

祝矜的眼睛很漂亮，眼仁乌黑，余下的一点眼白干干净净。她的眼里带着几分不合年纪的明净和天真，一眼望去，总是让人忍不住再多看几眼。

此刻，她被抵在门上，进门处的壁灯的暖黄色灯光全部洒入她的眼睛里，把一双眸子照得极具温情。

邬淮清低头，在那如蝴蝶般扑闪着的眼睫上，轻轻落下一个吻。

祝矜的睫毛被打湿。他的唇感受着蝴蝶振翅，翅膀振得越来越快，蝴蝶似乎带着一点紧张和不安。

他抬起头，直视着翅膀下的那两颗宝石。

祝矜看着他，压抑住心底如波涛似海浪的起伏的情绪。

她伸出胳膊半搭在他的肩上，笑着答道：“我哥是不是嘱咐了你一大堆？”

她笑的时候眼尾总是向上翘着，很是动人。

邬淮清不满她此刻转移话题，于是把她的脑门扣得更紧了点：“是，让我好好看着你，让你身边别有什么混账玩意。”

祝矜轻笑出声：“你不就是混账玩意吗？”

邬淮清也笑了：“是呀，你哥防了大半天，忘了防我了。”

他的头脑很清醒，他没有被她的问题给转移了思路，而是重复刚刚最开始那个话题，问道：“你愿意吗？”

祝矜踮了一下脚，在他的喉结处落下一个吻。

邬淮清搂在她肩后的手掌不由自主地加重力道，不待祝矜有动作，他忽然半俯下身子，然后以公主抱的姿势把人抱起。

祝矜被他抱着，有一瞬间的失重感。摇晃的大理石地面和颤抖的灯光，一如那年。那年在东极岛时，她被他以同样的姿势抱起。

那晚她其实清醒得很。

祝矜知道，邬淮清也知道。

如果她不清醒，他根本不会允许后面的事情发生。

他在她无比清醒时，听她亲口说出“愿意”。

那一刻他心花怒放。即使他知道她心里也许没有他，在那一刻，她也许只是想找个人陪着她一起疯狂，好忘掉所有的伤心事。

但那又如何？邬淮清仍旧高兴。他庆幸在她难过、被伤害的那一刻陪在她身边的人是他而不是别人，庆幸她能够第一时间选择他。

即使，她不喜欢他。

那晚的他们宛若两个笨拙的孩童，在未知的海洋里探索、遨游，发现新世界的瑰丽和壮观。

后来她睡着了，邬淮清却睡不着。他望着窗外的皎皎月色，忍不住想：她不喜欢他又如何？他喜欢她就好了。即使她是座冰山，只要他日复一日地敲击，冰山肯定会倒塌。

他想了很多，想他们的未来，想如何面对他的母亲，想两家的关系。他计划好了一切，唯独忘了一个前提——祝矜不愿意。

在几日的温柔旖旎结束后的一个早上，趁着他去买早点，她悄无声息地离开了，只留下一条短信：我们到此为止，勿提、勿念，不见。

邬淮清站在酒店的大堂里，一手拎着早餐，一手拿着手机，看着这一行字，愤怒又自嘲般地笑着。

大堂里的旅客进进出出，看他面目狰狞的样子，宛若在看一个怪人。

她竟真的将他置于这个地步，只用一句话，就宣告了他们的结束。

连敲击冰山的机会，她也不给他留。

她甚至吝啬得连一声“再见”都舍不得说，直接以“不见”宣判了他。

邬淮清立刻买船票到了沈家码头，然后取上车，将车一路开到申城市区，去了她的学校。他见到她时，她正抱着书，有说有笑地和一个男生走在一起。

那是申城的早春，气温还有些低，她穿着一件浅蓝色的针织开衫，里边穿的是白色吊带打底衫，露在外边的肌肤被风吹得有些红。她人很漂亮，也很单薄、瘦弱。

她这么柔弱，却这么决绝。

祝矜抬头看见他时，怔了怔，转而微微笑了一下，接着便低下头继续和身边的男生说笑。

邬淮清看着她淡然自若的表情，想从她的脸上找到一丝一毫的破绽，却发现根本找不到。

前几日两人你侬我侬的场景，好像都是一场梦。

邬淮清待在校园里没走，就站在她的宿舍楼下，固执地站着。

直到她下了晚自习回来，他拦住她，想要一个解释。

邬淮清以前被迫陪骆女士看过几次电视剧，八点档节目里总会有这么一个情节：女配角被男主角发现自己的恶毒行径后，后悔不迭，拽着男主角的胳膊苦苦纠缠。

那会儿看到这种情节时，他总是嗤之以鼻，而这一刻，他觉得他就是八点档节目里苦苦纠缠男主角的女配角。

只是他比女配角还要惨，至少女配角曾经蛊惑过男主角的心，拥有过他。

祝矜没有恼，觉得好笑地看着他：“怎么，你这是分手了还来纠缠？不是吧，你这么脆弱，这么输不起呀？”

那模样那语气，凉薄得让人心惊胆战。

邬淮清一向被人说是个冷情冷性的人，可是这时，他才知道，论没心没肺、冷情冷性，谁能敌得过祝矜？

祝家的六小姐，被人宠着长大的祝小六，果然不同凡响。

邬淮清在申城待了一周，每天都来S大。

祝矜烦了，问他："邬淮清，你能不能别来了？你是不是觉得丢面子？竟然有女生不仅没缠着你，还把你甩得远远的？你放心，我们俩的事，不会有第二个人知道的。"

邬淮清盯着她，什么都没说。

自此之后，邬淮清再也没有来过S大。

自此之后，邬淮清和祝矜，真的变成了两条不相交的平行线。

事实就是，有些人，只要你不想见到，就真的见不到。

过去三年，他们再无联系。

他们即使有很多很多的共同朋友，朋友圈重合度极高，但只要想不见彼此，还是见不到的。

尤其是在对方同样存了不想见的心思之后。

京市大院的朋友聚会，每一次，他们两人中必有一个有事情来不了。

…………

邬淮清抱着祝矜。公主抱的姿势使得她的全部重量都压在他的手臂上，他却觉得她很轻。

不过，女孩儿如今不似当初那么单薄了。

邬淮清不知道自己此刻是一种什么心理，只是在作别祝羲泽后，心底有声音告诉他：回来，来找她。

只是，他回来找她了，也问了她，她也说了愿意，可现在，他却宛如陷入了冰窖般，感觉一阵阵地寒冷。

祝矜有些惊讶于他竟然能准确无误地找到自己住的房间。

她被邬淮清扔到床上，好在床垫柔软，不过她还是装作吃痛的模样，揉了揉自己的后脑勺。

邬淮清没看她，走到露台上，看到她摆在矮桌上的酒和蜡烛，笑了笑："你还挺会享受。"说完，他在藤椅上坐下，用食指有一下没一下地敲着矮桌，像是在沉思什么。

T恤衫被夜风吹着，贴在他的胸前，隐约地显出了他肌肉的线条和轮廓。

祝矜从床上坐起来，把散落的头发往耳后绾了绾："邬淮清，你这是准备思考一下人生吗？在这种情况下？”

邬淮清给那个漂亮的威士忌杯里倒了点酒，端起杯子一口饮下。听到这话后他走过来，俯低身体，盯着她的眼睛，轻笑。

祝矜看着邬淮清，觉得此刻的他很坏，深不可测，像是酒柜里一眼看去就很烈但又猜不出味道的酒。

她胡思乱想时，邬淮清忽然俯下身，想吻她的唇，却在那一瞬间看到她不自觉地蹙眉偏了偏头。

咫尺之间，他止住动作，眼底闪过一层阴霾。

下一秒，邬淮清别开了头，伸手把祝矜抱到了露台上。

…………

邬淮清一言未发，径直离开露台。祝矜骤然放松身体。

她看着他走到浴室。

祝矜把地上的衣服捡起，坐在床旁边的榻榻米上。这个榻榻米买大了，放在这儿有些碍事，但她之前不常回来，也懒得换。

水声在安静的房间里响起。

她一只手托着下巴，手肘杵在膝盖上，眼神呆呆地望着露台的方向——邬淮清从浴室出来的时候，看到的就是这幅景象。

邬淮清冷冷地看了她一眼。

祝矜隐约地知道他为什么生气，不过还是不甘地瞪了他一眼，然后走进浴室。她出来的时候，没想到邬淮清还在。他的头发湿着，短发的发梢凝着水珠，水珠亮晶晶的。他一个人坐在露台上，背朝里向外看着。

祝矜走过去，踢了他一脚。

她没穿拖鞋，雪白的脚掌直接踩在大理石地面上。

邬淮清看见，皱了皱眉。

“你怎么还不走？”

邬淮清抓住她的手腕，说道：“谁说我要走？”

“你竟然还准备留下来？”

邬淮清烦得很，怕她再说什么气死他的话，一言不发把人拦腰抱起放到床上。

他从床头柜上抽出纸巾，蹲下身，给她擦拭脚掌。

祝矜愣住，看着蹲在地上的人。此刻的他，眉目间没了进浴室前的冷峻感，从她这个角度看，竟多了几分温柔。

祝矜甩了甩自己的脚。

邬淮清抬起头，警告似的看了她一眼。把一系列动作完成后，他又抽出纸巾擦了一下自己的手，然后抱着祝矜躺在床上。

祝矜捅了捅他："阿姨六点半就要起床，你得在她起床前离开。"

没人应，祝矜又捅了捅他："听到没？"

"嗯。"他不耐烦地答道。

过了会儿，祝矜又捅了捅他。

"又怎么了？"

"你搂得太紧了，我难受。"

"你又要跑了……"

他的声音很低，祝矜没有听清他在说什么，见他不松手，只好在他的怀里挣了挣。

邬淮清叹了口气，闷声说："你能不能安静点？"

祝矜："……"

这天晚上，祝矜做了一个混沌的梦。在梦中，一直有人在后边追着她，她却看不清那个人的脸。她一不小心被石头绊倒，摔在地上，于是便被那个人给抓到了。

她依旧看不见那个人的脸，他把她绑起来，绑得很紧很紧，令她喘不上气来。

祝矜在梦中大喊，却发现自己发不出声音来。

后来，那个人走了，松开了她，迷迷糊糊之间，她又做了别的梦。

醒来时，祝矜头痛欲裂。三秒钟之后，她转过身一看，旁边空荡荡的。邬淮清已经走了。

祝矜从床头柜上捞起手机，一看时间，已经九点了。她关掉飞行模式，信息接连蹦了出来。

其中有一条信息来自邬淮清：下周一晚上一起吃饭。

祝你矜日快乐：吃什么？

W：到时候再说。

祝矜翻了个白眼，没回复。

翻身起床，祝矜洗漱完出去。阿姨正在客厅浇花，看到祝矜，说早餐已经做好了，她这就去热一下。

祝矜"哦"了一声，脸上的表情有些不自然。她问道："陈姨，您今天早上几点起的呀？"

"今天早上？六点就起了。今天外边有只鸟，一直叫，我就起早了。那鸟老烦了。"

"那鸟真烦。"祝矜点点头，接着问，"陈姨，那你起来有没有见到什么？"

"什么？"

见陈姨一脸困惑，祝矜安下心，开着玩笑说道：“见到那只扰您清梦的鸟长什么样子了？”

“就是一只麻雀。”陈姨说着，把热好的早餐端了出来。

周日这天，祝矜不想学习了，于是把山地车从储藏室取了出来，然后去山地车专卖店将山地车修理保养了一番。完了，她看天气还不错，就准备骑车去妙峰山。

祝矜很喜欢骑行，大学的时候还参加了学校的骑行社，这是她当时唯一加入的社团。

她和唐愈就是在骑行社里认识的。

这位少爷当时骑了一辆F牌的定制款山地车，是正红色的，车架上还喷了他的名字，炫酷得不行。

那款车祝矜之前在店里见过，贵得离谱，性能却一般，当时她便觉得那车是给有钱、没脑子、只图面子的傻子设计的，结果S大还真有这么一个傻子。

周末骑行社组织出去骑车，唐愈本来想骑着那车显威风，结果被祝矜一辆看不出牌子的车碾压了，速度甩了他十万八千里。

他当下来了兴趣，休息时就把祝矜拦住，问她的车是啥牌子的，打哪儿买的。

祝矜的车是自己组装的，但她没告诉他，只是说了句：“和车没关系。”

唐少爷还接着问：“那和什么有关系？”

祝矜敲了敲自己的太阳穴，然后就走了。

唐少爷后知后觉地意识到人家姑娘在骂他傻，他非但没恼，反倒来了兴致，觉得这姑娘真酷，发誓要和她当兄弟——唐少爷的想法就是这么奇特。

几年下来，两人真成了兄弟。

祝矜交朋友的原则就是，对方一定要实诚。她不喜欢那种经常要滑头、玩心眼、在背后捅刀子的人。

今天天很蓝，气温不低，但紫外线没有之前那么强烈。

祝矜还是从头到脚都全副武装，没在太阳下露出一点皮肤。

这天气，她要是敢不防晒骑一天车，那晚上回去就将迎接一个有新肤色的自己了。并且，她还有可能被晒脱两层皮。

周末骑车上妙峰山的人不少。

上去妙峰山得过二十多千米的登山道，这听起来有点吓人，其实也不是很难。

祝矜刚骑山地车没多久时，就和宁小轩、路宝几个人上过山顶一次。

那天还下了小雨，雨雾交加，从家到山顶他们整整骑了六个小时，最后筋疲力尽，当然，满足感也很强烈。

后来她经常一个人骑车上妙峰山，逐渐觉得这段路程不过是小儿科。

祝矜喜欢骑车时风吹在耳畔带来的自由感受。

山路两旁的风景很好，妙峰山上有家樱桃园，是她父亲的朋友开的，每到时节，她家的水果盘里就会摆上红得发紫的新鲜樱桃。

祝矜一路往前骑着车，到了一家小商店，便停下来休息。

商店门口也停了几辆山地车，她进去商店准备买包饼干，在货架前挑选时，忽然被人拍了一下。

祝矜下意识回头，只见穿着一身运动装的骆洛站在她面前。

“竟然能在这儿碰到你。”骆洛语气很惊喜。

“嗯，你好。”祝矜摘掉口罩，冲她摆了摆手。

还真挺奇妙，在这儿祝矜都能碰到认识的人。

祝矜挑了一包手指饼干去结账，骆洛还在她身旁。

“你是来骑车的吗？”

“嗯。”

“我也是。”

祝矜看了看她露在外边的手臂、胳膊，有些诧异地问：“你不嫌晒？”

骆洛笑着：“晒太阳不好吗？难道要像你这样，裹成蝉蛹？我在国外的时候，每年夏天都在海边晒太阳。”

祝矜想说，自己这个年纪，晒太阳也不会再长个了，晒多了还容易得皮肤癌。不过她也只是在心里想了想，并没有说出口。

骆洛买了一大盒冰激凌。她端着冰激凌和祝矜走了出去。

那几辆山地车，就是骆洛和她的朋友的。

她和她的朋友招了招手，又指了指祝矜，示意他们先玩，她要和祝矜待一会儿。

说实话，祝矜不太想和骆洛待在一起。而骆洛像是丝毫感受不到她的尴尬，端着冰激凌和她一起坐在阴凉处的青石板上。

祝矜把帽子和墨镜摘下，把衣领放下。

做这些动作的时候，她忽然想到，自己捂得这么严实，骆洛竟然也能认出她来，还真是厉害。

她撕开饼干袋子，将饼干递到骆洛面前：“你要吃吗？”

骆洛拿起一根饼干，看了看袋子说：“手指饼干，这名字好奇怪，吃起来不会觉得在咬别人的手吗？”

祝矜默不作声地拿起一根吃着，忽然听到眼前的人笑了一声。她疑惑地抬起头。

“祝矜，你是不是和邬淮清在一起了？”

祝矜一惊，手中的手指饼干就掉在了地上。

“你这么大反应做什么？”骆洛觉得好笑地看着她。

祝矜心中涌起一阵心虚：“你在瞎说什么？”

骆洛指了指她的脖子：“什么我瞎说，你自己的脖子上不是写了吗？”

祝矜立刻想起，那天那人跟狗似的，一直埋在她的脖子上咬，在她的脖子上留下很多印子，害得她昨天出去还穿的高领衣。

今天骑行，她因为捂得严实，便没放在心上，谁知刚刚一个大意，就把衣领放了下去。

她又把衣领立了起来。

“别遮呀，这有什么见不得人的？”

祝矜用纸巾把掉在地上的饼干捡起扔到垃圾桶里，没作声。

骆洛笑着看她：“你是不是不想和我说话？”

听她这么说，祝矜反倒不好意思起来。祝矜开口：“你这话题，让人和你聊什么？聊细节？”

她的回答倒是出乎骆洛的意料，骆洛捂着肚子笑了起来。

有这么好笑吗？祝矜不解。

“我可不想听你们两人之间的细节。不过，我需要和你澄清的是，上次我是骗你的，我不是他的女朋友。”

祝矜看着她，听到心里有锤子落地的声音。

她问：“那你们俩是什么关系？”

骆洛道：“我以为你真的一点都不在乎呢。我们没什么关系，就是互相讨厌。他痛恨我的存在。”

她说着，摆了摆手，一脸无奈。

“你今年几岁？”祝矜忽然问，“抱歉，如果不好回答，不用告诉我。”

骆洛露出一副“你好有趣”的表情：“你比我年纪大，我有什么不好回答的？”她接着说，“我今年二十岁。”

她的确是比祝矜要小一岁。

祝矜看着她。不同于那天在绿游塔打电话时愤懑的她，今天的她看起来很快乐，从头到脚都闪烁着年轻少女的光彩。

“那还真比我小。”

骆洛笑着："是吧。不过你问我年纪做什么，不会是想认我做妹妹吧？"

祝矜看着她说："那倒没有。妹妹我已经有了，一个就挺难招架，我又不是自虐狂。"

"那就好。我可不想有什么哥哥、姐姐、爸爸、妈妈等任何亲人。"

祝矜心中一咯噔，没说话。

吃完一包饼干，她便继续骑车，好在骆洛没有说要跟她一起骑车。

山顶的景色很美，她在山顶待了一会儿，拍了许多照片，然后原路返回。

下山的路程她骑得很轻松，一点也不累。

祝矜回到市区的时候，太阳正在下山。她回头一看，身后是灿烂的霞光，日光染红了天空，美得惊人。

新一周的周一，祝矜一时兴起报了个烹饪班，想学做一些糕点来打发学习之余的空闲时光。

下午快下课的时候，祝矜接到了唐愈的电话："祝老板，我到京市了，今天晚上请你吃饭。"

祝矜一头雾水："你怎么不回申城，来京市做什么？"

"你这样说得人家好伤心。人家好心跨越大西洋来看你，你竟然这样问？"

祝矜："据我所知，你好像跨越的是太平洋。"

唐愈直接耍赖："我不管，今晚我们得一起吃饭。你好歹也让我感受感受京市这繁华中心有多好吧？"

"没必要，京市是美食荒漠，你有啥好感受的？不过唐愈，你不是说你的卡被冻了？你还跟我借了钱，这钱还没还。怎么，今晚你请我吃饭，我掏钱？"

唐愈笑了声："这正是关键。今晚你陪我吃饭，我就还钱，不吃，那钱你就别要了。"

祝矜："……"

她绝对是史上最惨的债主。

不过她还约着个人呢。想了想，她给邬淮清发过去一条微信：今晚突然有事，你自己吃饭吧。

邬淮清正在开会，看到这条微信，也没回复，直接关掉了对话框。

正在汇报的人只见老板的脸色越来越差，以为自己汇报的内容有问题，心里直打鼓。

下午六点钟，天还很亮。

祝矜开车到和唐愈约定的地方去。

因为她晚上想早早地睡觉，或者说，她压根没打算好好招待唐愈——这少爷哪儿用得上她招待？只要有了钱，他可不会亏待自己。

所以，她索性把地点约在了蓝港。这里热闹，她回家也方便。

祝矜没注意，路边停着一辆黑色的轿车，车上还有个她熟悉的人。

唐愈早已经到了吃饭的地方。餐厅坐落在湖边，他坐在露天的座位上，目之所及，风景皆不错。

祝矜赶到的时候，看到这位少爷无聊得玩起了单机方块游戏。

“你咋玩起这个了？”

“这就是经典游戏的魅力，我在飞机上还玩了好几个小时的贪吃蛇呢。”

“……”

唐少爷已经点好了菜，侍应生见祝矜来了，于是开始陆陆续续地上菜。

这是一家东南亚菜馆，味道还可以，但不太正宗。

祝矜听唐少爷讲着自己的悲惨遭遇，忽然，大少爷捅了捅她：“浓浓，那边，你的八点钟方向，有一个超级大帅哥！”

祝矜没兴趣，连头都没扭。

“你快看，比明星还帅，比我还帅一分。”

这个描述，更让祝矜没兴趣了。

见她没反应，唐愈放大招：“我保证，祝浓浓，你看了之后，就不会像现在这样没有世俗的欲望了！”

“谁没世俗的欲望？”她白了他一眼。

“你呀，不然你干吗不谈恋爱？你快扭头看一眼。哎，这帅哥看向我了……哎，不是吧，偷看又不犯法，他咋还凶人了？”

这话让祝矜来了点兴趣。她转过头去，只见邬淮清坐在她的八点钟方向，似笑非笑地看着她，不，他们。

丁零一声，祝矜的微信提示音响了，她慌乱地拿起手机一看。

W：金枪鱼好吃吗？

“金枪鱼好吃吗？”祝矜不自觉地念出了声。

“什么？你问这个鱼饼？你不是正吃着呢吗？我觉得很一般，有点硬，还有股怪怪的味道。”唐愈以为她在问自己，认真地答道。

“我说你这个人不行呀，让你去看大帅哥，你咋琢磨起金枪鱼好吃不好吃了？吃的什么时候吃不好？帅哥少看一眼就亏了一点啊。”

祝矜在手机上回复：非常好吃，建议你也点这个菜，一个人食用风味更加。

“浓浓，这个人还一直在看我，你说他是什么意思？”

“嗯嗯，就是你想的那个意思。”祝矜把视线从手机上移开，看着唐愈，不胜其烦地点了点头。

唐愈立即一脸惊恐状：“那怎么办呀？虽然他长得很好看，还很有气质，可是……”

“他还很有钱，正好你现在穷着，不是刚好互补？”祝矜看着他，微笑着补充道，说完端起杯子喝了一口果汁。

“你怎么知道他有钱？”

祝矜愣了一下，又喝了一口果汁，从记忆里搜索着信息说：“这还看不出来吗？他手上的那块表，不是一般的贵。”

唐愈疑惑道：“他好像没戴表。”

“表就是一个笼统的‘形容词’，意思就是一看他的穿衣打扮、周身气质，就知道这人很有钱。”

唐愈点点头：“那倒是，不过这年头也不能光靠看穿衣打扮识人。他看起来是很有钱，但说不准这些钱是他诈骗而来的。你听说过‘杀猪盘’吗？那些人不就是假装自己是成功男士，然后哄骗女孩儿给他投资吗？说不定，你、我，都是他盯上的新的狩猎目标。”

“您的想象力真丰富。”没想到唐愈的思维拐了这么个大弯，祝矜由衷地夸赞道。

唐愈陷入了深思，像是开启了激烈的思维推理。

祝矜无语地吃着菜，故意提示道：“你要是真的想认识对方，我可以帮你牵个线、搭个桥什么的。”

唐愈回过神，拿起筷子夹了一块金枪鱼饼：“我想什么？我想的是，这个男人出现在这里，不简单。”说到这里，他意味深长地补充，“浓浓啊，男人呢，不光要看外表，还是要看内涵的。比如我这样的，又帅又有内涵，才是好男人。再说了，哥可是非常专一的，秒杀绝大多数男人。”

“嗯。”祝矜在内心翻了个白眼。她还以为他真的看出什么来了，没想到他自己就把自己带歪了。

“再说了，他也就比我好看了零点五分而已。”

祝矜一言难尽地看着唐愈。她向来觉得唐愈身上自带喜剧人的气质，他心中所想的，真不是一般人能理解的。

别说，他自己还真喜欢看喜剧。当时西红柿台有个喜剧类的节目，小少爷瞒着一众人报了名，从海选中脱颖而出。

后来节目播出的第一期，他就凭借着一个自编自导的环节，俘获了好多粉丝，还光荣地在网上获得了一个“最帅喜剧人”的美誉。

谁知他这比赛进行到一半，父亲唐海生去参加宴会，中途有人过来和唐海生聊天，笑着夸道：“你们家小儿子很有才嘛。”

唐海生当时愣了愣，人家接着说：“那节目我看了，我和我的老婆都笑得不行。令郎真有天赋。”

唐海生听明白是怎么回事后，当场变了脸色，没等宴会结束就离开了，之后气冲冲地让司机把车开到了唐愈住的公寓。

两人大吵了一架，唐海生被唐愈气得差点心脏病复发。

后来，唐海生使了个绊子，唐愈就非常悲催地在下一场节目中晋级失败了，止步全国十强，连个复活赛都没有。

小少爷知道是他爸从中作梗，气得不行，天天拉着祝矜把唐海生从头到脚骂一遍。不过，小少爷追求艺术的心不死，又搞起了话剧。这玩意比起喜剧，自然不惹人注意得多，他更好瞒着家里。

祝矜平时也喜欢话剧，不过她仅限于喜欢看。

她有个喜欢的导演，那导演出了很多自编自导的话剧。虽然话剧圈子属小众圈，但这位导演很有名气，他的话剧门票价高，人们却经常一票难求。

她总是抢不上好位子，不甘心。

自从唐愈混进了话剧的圈子后，不知道他有什么诀窍，每次都能给她弄到这位导演演话剧时的最佳视野的票，这也算她平日里待他不薄的回报了。

“浓浓，那个大帅哥也点了一盘辣味金枪鱼。”

“……”

祝矜放手手中的餐具：“你不看他是吃不下饭吗？”

“看着美好的事物吃饭自然更香嘛。”唐愈撇了撇嘴，“或者我看你也行。你看起来也很下饭，就是我看得有点腻了。”

“对了，你哥为什么停你的卡？”祝矜问。

“还不是听说我追着冷明月去国外了，怕我给冷明月花钱。也不知道是哪个嘴碎的告诉他的。”唐愈冷哼了一声。

冷明月是唐愈之前的女朋友，两人的渊源可以追溯至高中时期。

冷小姐人美，身世有些坎坷。前十八年她是人人捧着的天之骄女，在她十八岁生日那天，家里公司破产，父亲撑不住跳了楼，除了负债和一个有些疯癫的母亲外，父亲什么都没给她留下。

唐愈心疼她、爱惜她，不仅帮她处理了她爸爸的后事，还负担起了她在国外的学费和生活费。就祝矜知道的，唐愈为她花的钱，至少能买个三环边上的小房子了。那可不是一笔小钱。虽说这花钱的事是唐愈情愿的，怪不得别人，可是冷明月大学时申请了国外的学校，出国没多久，就先后交了几个男朋友。这些事，她不仅一直瞒着唐愈，还答应了跟唐愈交往。

好巧不巧，有一年圣诞节，唐愈飞过去看她，事先没跟她打招呼，准备给她个惊喜，结果竟给了自己一个惊吓——他看到冷明月跟另一个男人卿卿我我，仿若一体。

小少爷受的打击不小。

祝矜是眼看着唐愈回国后直接颓废，活生生从一个喜剧人变成一个忧郁暴躁的文艺青年的。他缓了小半年才缓过劲来。

祝矜还以为，唐愈从此跳出了火坑，不想，今年五月份，冷明月一个电话，这人又屁颠屁颠地跑了过去。他还爽了祝矜的约，把他们一起筹划了好久的项目给搁置了。

要她说，唐愈就不值得被同情。

“那你现在是什么情况，她人呢？”

听到这话，唐愈脸上的笑意散了一半。他用筷子拨着碗里的咖喱鸡块，没什么感情色彩地说道：“这次见了她，我是真的死心了。这两年我心里一直过不去这个坎儿，这次去见她，也是因为这个坎儿。”

祝矜从来没当着唐愈的面说过什么冷明月的坏话，毕竟感情这事，如人饮水，冷暖自知，只有真正的经历者才有资格评价。

“那挺好，恭喜你迈过心中的坎儿，走向光明的未来。”

“谢啦。”两人端起杯子碰了一下。

“所以，你这是原谅我了？”小少爷又恢复了平常吊儿郎当的模样，笑着问她。

祝矜毫不手软：“你年初买的那辆车子。”

这少爷在她的带领下，终于识货了一次，闷声买了辆超酷、性能超棒还超难买的山地车。

唐愈捂住心口：“祝浓浓，你可真是——”

“嗯？”祝矜抬头似警告般地看了他一眼。

“大善人！大好人！出淤泥而不染的白莲花！好，我明天就让人把车从申城运过来。”

祝矜乐了，觉得这金枪鱼也没那么难吃，也不知道她八点钟方向的那个人尝着味道可还行？

事实证明，她今晚把吃饭的地点选在家门口不远处是个明智的决定，因为唐愈这个话痨把明明半个小时就能解决的一顿饭，硬生生地拖了快两个小时。

吃完，他还想让祝矜带他在附近遛弯消食。

“你订的哪儿的酒店？”

“半岛。”

“得，卡解冻了出手就是硬气。”

唐愈自从和唐海生因为喜剧的事情大吵了一架后，唐海生心一狠，不再给唐愈钱。唐愈的二哥看不下去，把自己的副卡给了唐愈。

不过唐海生又不是真狠得下心去，时常担心这个小儿子在外边因为没钱而受苦，常常偷偷把钱给他二哥，让他二哥转手给他。

父子俩明面上还是斗着气，心中又都惦记着对方。

“要不你帮我省点钱？”唐愈忽然说。

“干什么？”

“你让我去你那豪宅住住。”

祝矜递给他一个“你想也别想”的眼神：“我那房子不住男人。”

“你这是打算单身一辈子？”唐愈翻了个白眼，“我听说某个影后也在你那个小区里住着呢。”

祝矜没搭理他。她对这些没兴趣。

唐愈叫来侍应生结账。

唐愈结完账正准备走，瞄见那个大帅哥也吃完了，正在结账。他嘟囔了句：“咱俩一直说着话，吃得慢也就算了，这位大帅哥怎么也吃得这么慢？”

祝矜没作声。这顿饭吃得，她一直感觉背后有一道灼热的视线，不用想也知道那道视线是谁的。今晚爽了邬淮清的约，她心中还生出了那么一丁点愧疚感。

可真论起原因，除了唐愈以“还钱”为名义邀约她外，其实更因为她的逃避心理——在那样一个夜晚后，她还没想好怎么和邬淮清坐在一起心无旁骛地吃一顿饭。她有点想逃，就如以前那般。

两人站起身，准备在附近溜达溜达。祝矜特意选了个背着邬淮清的方向走。她不想迎面和他碰上。

夏日的晚上，蓝港这一块一向是附近的家长们遛娃的好地方。孩子们吵吵闹闹、奔来跑去，不少小朋友一手拿着气球，另一只手拿着泡泡机吹泡泡。

唐愈也买了一个米老鼠的气球拿在手里。这是位在迪士尼海洋王国里还要买个星黛露的发箍戴在头上并发个自拍照到朋友圈的艺术人。

祝矜自觉和他保持着距离。

包里的手机振动了一下，她拿出来一看。

W：你的口味不怎么样，这金枪鱼都快馊了。

祝矜看完，本来想给他回一串省略号，想了想又删掉，什么都没发。

“祝老板，你在这儿等着，我去排队买一盒章鱼小丸子。”唐愈指了指一辆卖小吃的巴士。

“嗯。”她站在一旁的空地上，看着唐愈排在长长的队伍的末端。

不多时，有一个小乐队来到这片空地上，摆好设备后开始弹唱起来。他们唱的是一首国民度很高的歌曲，唱得还不错，吸引了很多人，那些人围在一旁。

祝矜往后退了退。

今夜的月亮又大又圆，天上没有一颗星星，湖面波光粼粼，映着一轮圆月。

围观的人越来越多。

忽然，一个小孩儿跑了过来。他的妈妈似乎是在围观的群众里，他跑得飞快，没看路，眼看着就要撞上祝矜。祝矜一开始没发现，发现时已经来不及躲闪。

千钧一发之际，祝矜被人拽开，然后整个人撞到那个人的怀里。

祝矜的下巴磕在他的胸膛上，那胸膛硬得像石头，磕得她生疼。

她吃痛地抬起头一看，惊讶地叫出来：“邬淮清？”

男人穿着简单的衬衫和西装，肩宽腿长。他神色淡淡地立在夜色里，和身后的人群格格不入。

他看着她，冷哼了一声，但没松开环住她的手。

“吃金枪鱼吃得眼神都不好使了？看不到有小孩儿跑过来？”

她还没说话，就听到他继续道：“到时候把小孩儿撞疼了，人家家长让你赔，你赔得起吗？”

“那你现在把我的下巴撞疼了，你赔得起吗？”祝矜抬起眼看着他，毫不示弱地反驳道。她不就是没跟他吃一顿饭，他至于这么阴阳怪气吗？

因为他们两个人的姿势有些怪异，来往的行人经过时，都会打量他们一眼。

察觉到周围人的视线，祝矜要挣开他的怀抱，见他不松手，捏了捏他的腰。

邬淮清的眸色变了，他松开搂住她的手，似警告般地看了她一眼。

片刻后，他转了一下手腕上的小叶紫檀，淡淡地说道：“我赔。你要什么？”

这话反倒把祝矜问住了。她说：“我什么都不要，你别在这儿晃就行了。”

“这地方是你开的？只准你和那个男的待？”

“邬淮清，”祝矜加大声音道，“你什么意思？你现在阴阳怪气的，合适吗？”

“怎么不合适了？以我们的关系，我只是多说两句都不行了？”他冷笑了一声，紧跟着问道。

祝矜愣了一下，转而笑道：“行，怎么不行？只是，我们什么关系？”

不知为什么，她看到邬淮清的脸色越来越阴沉。

忽然，她的手机响了，唐愈发来微信消息：浓浓，我看到了什么，那个大帅哥怎么在你旁边？我跟你说，你可不要真的被骗了。

祝矜拿起手机一看，笑着回道：是呀，他问我要联系方式，你说我给不给？

邬淮清低头一看，只见她给聊天对象的备注是“唐少爷”，他的脸色又冷了几分。

两人这才刚分开没几分钟，就用微信聊起来了？他们就这么急不可耐？

他一把夺过她的手机，按了熄屏键。

唐少爷见最新发过去的微信消息祝矜没回，怕祝矜一个人招架不住被美色所迷，于是连小丸子都没买了，跑了过来。

他走近，只听到那位帅哥说：“是见不得人的关系是吧？好，很好。”

唐愈瞬间如五雷轰顶。祝矜这么快就把自己给卖了？

他连忙走到他们面前：“不行，我不同意！”

两人同时看向他，目光不善。

唐愈发挥他的戏剧天赋，一把拽住祝矜的胳膊道：“浓浓，我对你一往情深，刚准备从酒店楼下的香奶奶家给你买个包，你就这样，要抛弃我吗？你舍得吗？我这么可爱，你舍得吗？”

邬淮清一把扯开唐愈拽着祝矜的手，捻着小叶紫檀笑道：“这位先生，需要我现在把您送到安定医院的精神科吗？或者，我帮您买回申城的机票，将您送到宛平南路 600 号，让您离家人近点，您看如何？”

他瞥了唐愈一眼。

“哦，我忘了，您病得不轻，估计您也没什么判断能力。”

第五章

月亮淋了雨

“你……你……你……”唐愈一向自诩口才好，这次却被惊得说不出话来。倒不是他不会呛人，只是他完全没反应过来当下是个什么情况。这个反转也太大了吧！他好端端的，这人却把他当成了精神病人！

唐愈觉得自己的人格受到了侮辱。

他求助似的看向祝矜，想知道现在是个什么局面。

此时的祝矜被惊得外酥里嫩。她从来没有看到过邬淮清这么咄咄逼人，像小孩儿一样和人斗嘴的样子。

“你什么你？”邬淮清又开口道。

祝矜收回诧异的目光，在唐愈的注视下，扯了扯邬淮清的衣袖：“行了，你别说了。”

邬淮清看向她，盯着看了三秒钟之后，笑道：“我说的有问题吗？”

“你俩认识？”唐愈回过味来，大惊失色地道。

邬淮清还在捻手上的那串小叶紫檀。他看着唐愈，颇有种看破世俗的平静感。

“好家伙，祝浓浓，你认识他？你真的认识他？那你还跟我演了一晚上，当他是陌生人。”唐少爷想到自己说的那堆话，顿时觉得幼小的心灵啪嗒一声掉在地上，碎成了两半。

“陌生人？”邬淮清漫不经心地开口，抓住了唐愈话中的这个关键词。

邬淮清抬起一只手搭在祝矜的肩上：“两天前还跟我卿卿我我的陌生人？”

“邬淮清，你——”祝矜瞪圆了眼睛，转头生气地瞪着他。

唐愈不可思议地盯着他们两人，像是见鬼了一般：“祝浓浓，你行呀。你回京市才多长时间，这就谈上恋爱了！”

他的眼睛瞪得如铜铃，半晌，嘴角渐渐浮出笑意。随后，他给祝矜竖了个大拇指：“京市果然是个好地方，祝浓浓，哥由衷地为你高兴。你这对象，肩宽、腰细、腿长，妙呀。”之后他看向邬淮清：“兄弟，我这人大度，你刚刚骂我的事我就不跟你计较了，但你得好好对待我们祝浓浓。”他语重心长地说道，说完还拍了拍邬淮清的肩。

一旁音乐声、人声混在一起，嘈杂喧闹，三人站在这儿，却好似构成了一个封闭的空间。

邬淮清的唇角微微向上勾起，他道：“好，我一定伺候好了。”

说完，邬淮清还转过头看了祝矜一眼。

她像是看精神病人一样看着身旁的两人，然后对唐愈说道：“你还不回去吗？飞了那么长时间不累吗？”

唐愈想说一点都不累。他一坐飞机就亢奋，坐两天两夜的飞机都能一直不合眼。

她又不是不知道。

正想说出来，唐愈恍然大悟，看了看祝矜和邬淮清，露出一副“我懂”的表情，说道：“我这就走，不打扰你俩了。春宵一刻值千金，你俩多保重身体。”

说完，他竟真的一溜烟走了。他很快混入广场的人群中，消失得无影无踪。

祝矜和邬淮清看了对方一眼。

喜剧人一离开，附近的磁场立刻发生了变化。

“邬淮清，你什么意思？”祝矜说道。

邬淮清捏起她的手，有一下没一下地按着。她的手很软，大拇指能够向后翻，一直贴到手臂上，他握在手里玩得很舒服。

“你说一说，我又怎么了，嗯？”声音有点哑，他像是在说情话似的。

“你刚对唐愈说的那些话是什么意思？”

邬淮清抬起眼，道：“实话实说呗。怎么，他不能知道？我还以为你俩好到彼此之间都没有秘密呢。”

他早就认出，唐愈就是那年他从东极岛追到 S 大时看到的那个和她有说有笑的男生。

祝矜白了他一眼：“这能一样吗？邬淮清，我郑重地告诉你，我俩的事，再有第四个人知道，我们立刻分手。”

她温柔的音调里，带着不容拒绝的狠劲。

邬淮清直起身子，在她面前踱了两步，说：“那我们就算在一起了？”

“自然。”

“那好，我答应。”

唐愈知道没什么，因为他是个看起来很不靠谱但又知轻重的人，嘴特别严实，不会把这件事情告诉别人。

祝矜真正怕的，是他们朋友圈里的其他人知道。她无法想象，他们的事一旦摆到明面上，会掀起多大的惊涛骇浪。

“你要说话算话。君子言而有信。”

“我又不是君子。”邬淮清一脸随意地道，“不是你说的吗？我就是个小人。”

祝矜在脑海中转了好几十个弯，也没想起自己什么时候说过“他是个小人”这样的话。

“我什么时候说过？你在污蔑人。”

邬淮清一笑，也不解释。

他用指尖缠绕上她的发，一圈又一圈。将她的头发收到发根，他仍旧没停手，轻轻一扯，祝矜的头皮一阵刺痛。

“邬淮清，你有病呀。”

他乐了：“是有病。”

祝矜：“我看该去看精神科的人是你。”

“你陪我？”他眉眼浅笑。

“想得美，我又没病。”

像小孩儿发现了什么有趣的玩具一样，邬淮清乐此不疲地玩着她的头发。

祝矜从他的手中抢过自己的手机，看到就这么一会儿，唐愈又发过来好几条信息。

满屏幕的感叹号，一下子就“吵”到她的眼睛了，令她头疼。

然后，唐愈从问她“这人叫啥”“做啥的”“清白与否”“什么时候认识的”“怎么认识的”一直说到了“祝你们俩百年好合，早生贵子”，顺便又教育她“有了孩子一定要尊重他（她）的兴趣”。

祝矜回了一串省略号。

她看了看时间，已经不早了，便作势要离开，去停车场取车。

谁知邬淮清一直跟在她旁边。

“你不要跟着我。”她说。

邬淮清晃了晃手中的车钥匙，于是祝矜没再说话。

到了停车坪她才发现，他的车就停在她的车旁边，两辆车紧挨着。

“你跟踪我？”祝矜蹙眉道。

邬淮清懒洋洋地玩着手里的车钥匙，道：“哪能呢？碰巧。”

祝矜才不信有这么巧的事情。她按开了锁，拉开车门坐上车。

离开的时候，祝矜向旁边瞥了一眼，发现邬淮清还没上车。

他倚在车门处，低着头，仍旧玩着那把车钥匙，另一只手搭在倒车镜上，有一下没一下地敲着，不知道在思考什么。

唐愈有句话没说错，邬淮清肩宽、腰细、腿长。他单单站在车门处，便像是在给汽车杂志拍大片——模样慵懒极了，带着与生俱来的傲气和贵气。

从这儿到安和嘉园很近，开车不过十分钟的路程，在这十分钟的时间里，祝矜一直在想，她什么时候说过邬淮清是个小人。

她不断地在记忆中搜寻着，却毫无线索。

直到第二天早上，祝矜起床后刷牙，听着电动牙刷嗡嗡响，脑海中忽然闪过一个画面，有关“小人”的记忆接踵而至。

那还得追溯到很多很多年前，她第一次见到邬淮清的时候。

和一直在京市长大的宁小轩他们不同，邬淮清是在上初中时，因为父亲工作调动，才跟着他的父亲从南方搬过来的。

邬淮清的父亲比他提前一个星期来，而邬淮清的妈妈、妹妹都留在申城，并没打算跟过来。

那天天气很热，邬淮清从车上下来，一个人拎了一个黑色的行李箱。

正值夏天，他那会儿年纪小，人也长得精致秀气，露在白 T 恤衫和短裤外的四肢又白又细，他和大院里野了一个夏天从而晒得黑不溜秋又结实的少年们大相径庭。

祝矜和宁小轩他们坐在大院礼堂门口的花坛边上，宁小轩他们一人手里拿着一根花五毛钱卖的小布丁雪糕，唯独祝矜手里拿着的是一个大火炬冰激凌——这是三哥拿零花钱给她买的。

几个孩子早就被家长通知过会有新朋友来。

他们看着这个出现在大院的新成员，想上前帮忙，结果被邬淮清冷声拒绝了。

邬淮清皱着眉，把箱子往旁边一移，不让他们碰箱子，眼睛里带着不加掩饰的排斥和嫌弃。

热脸贴了冷屁股，一群小爷立刻觉得自己被冒犯了。

行李箱的滚轮在水泥地上发出刺耳又响亮的声音，地面被太阳烤得很烫，轮子一路向前，在地上划出一道明亮的线。

祝矜注视着邬淮清离开。这是她人生中第一次见到邬淮清。在那时的她看来，邬淮清就是一个很漂亮、很傲气，又很怪的少年。

那会儿大家年纪都小，男生们正是自我意识磅礴的青春期前期，宁小轩、路宝他们，天天开口就是“打打杀杀”，闭口就是“我天下第一”。

相比之下，沉默不语的邬淮清显得很文静。加上对南方男孩儿的刻板印象，他们自然而然没把邬淮清当回事，只当他是软柿子。

只是谁也没想到，这个软柿子在来到大院的第三天，就把宁小轩按在地上揍了一顿。

原因无他，宁小轩趁着大家都不在，上去招惹邬淮清，要跟邬淮清比试一番。

宁小轩看不惯邬淮清第一天来时的那副样子。

只要不被大人知道，十几岁的少年打一架也不是什么大不了的事。

但邪门的是，往日仗着自己有二两肌肉而不可一世的宁小爷，那天竟然被软柿子摁住起不了身，毫无还手之力。

这不是奇耻大辱是什么？

祝矜从钢琴班回来的时候，看到的就是在花坛旁，鼻青脸肿的宁小轩被三哥搀扶着勉强站立的一幕。

平日里与宁小轩一起玩的几个男生也在，他们齐刷刷地站成一排。

唯独这个新来的邬淮清，站在他们的对面。

当时空气像是凝固了一般。

邬淮清的脸上带着显而易见的不耐烦，眼神里满满都是对宁小轩的蔑视，那情绪他连藏都懒得藏。

他狂妄得让宁小轩大受打击，宁小轩恨不得直起身上前给他一拳，打散他脸上的轻蔑之意。

但宁小轩不能。

愿赌服输，这是这群男孩儿从小到大都明白的道理。

祝矜将双手放在胸前背带裙的带子上，模样很乖，却很有气势。

她走过去“喂”了一声：“你们干吗呢？宁小轩，你这是……谁干的？跟只熊猫似的。”

这话其实是她故意问的。见到这番情景，她还有什么不明白？肯定是这个新来的漂亮男孩儿干的。

但祝矜毕竟和宁小轩是一个战壕里的战友。

宁小轩的嘴都被打歪了，但他还逞强说着：“男人的事情你甭管，快回屋练琴去。”

这话说得好像他是因为什么光荣的事情而受伤一样。十几岁的男生似乎都有过同样的想法。

祝矜皱了皱眉。说实话，平时她贼烦他们这群男生，一点小事他们也能闹个不停。往好听了说他们叫热血少年，但在她看来，他们就是一群只有肌肉的、冲动又鲁莽的二愣子。

不过今天，情况显然有些特殊。

这里边既有她的三哥，又有她的铁哥们儿，她总不能坐视不管。

祝矜冷着脸问："谁干的？"

她明明是刚上初中的穿着蓝色背带款百褶裙的软嫩小姑娘，这么一问，竟然还非常有气势。

宁小轩愣了愣，随即说出口："邬淮清。"

说完，他就后悔起来。

丢人，真丢人。

祝矜转过身，看向眼前的少年。

邬淮清垂头，迎上她的目光，眼神里不带任何温度。

祝矜从他冰冷的目光里看出了几丝嘲弄之意。

她向来是个护短的，于是问道："你是谁呀？我们认识你吗？把他打成这样，你道歉了吗？"

八月里，人们热得像是在蒸桑拿。这个夏天又比往年热了一分。

祝矜额前的刘海有些被细汗沾湿，贴在皮肤上，让她很烦躁。

邬淮清盯着她。

祝矜的声音从小到大又软又温柔，说话的语速还很慢，不同于身边姑娘。

而今天，她说话难得比平时快了几分，但仍旧有些软。

她明明是在指责人，气势也很足，邬淮清却觉得这女孩儿像是在努力演唱快节奏的歌曲，却怎么也跟不上调子。

他第一次听到有人说话时是这样的，于是不厚道地笑了一声。

这声笑将祝矜原本七分的怒气升到了九分。

待她准备再开口的时候，她发现邬淮清已经转身准备走了。

祝矜叫道："站住。"

那人竟然真的站住了，还回过头，说了一句："不自量力。"

他的视线是朝着宁小轩的，这话也是对宁小轩说的，只是，祝矜却觉得他这话像是冲她说的。她怎么想怎么憋屈。

她回过身看着几位从小一起长大的哥哥，鼓着脸道："你们一群人，怎么还让他一个人赢了？"

这话她刚刚就想说了。只是这属于他们的内部矛盾，她不能让邬淮清听了笑话去。

祝羲泽揪了揪她的头发："我们也不知道宁小轩会去招惹这人呀，更没想到这人这么厉害。但愿赌服输呀。"

路宝也说："是呀，我们回来，宁小轩就已经半死不活了。这新来的看着细胳膊细腿的，咋能这么厉害呢！瞧宁小轩现在这惨样。"

"行了，行了，别说了。"宁小轩的心一遍又一遍地遭受着暴击，他忍不住打断道，"换你们试试？这邬淮清肯定专门训练过，疼死我了。"

后来他们和邬淮清熟了才知道，邬淮清小时候遭遇过意外，死里逃生，回去后邬家就给他安排了各种老师，他这才练就了一身本领。

他还在市里的青少年武术比赛上拿过冠军。

那时宁小轩找他的碴，他还是保留着好几成力道的，否则宁小轩就不是现在这样了。

祝矜瞥了宁小轩一眼，道："活该。"

说完，她不再管他们，上楼回去练琴了。

但她怎么也练不好琴，脑海中都是刚刚树下邬淮清那嚣张的模样。

祝矜第三次见到邬淮清，是在她去门口小卖部买水彩笔的时候。她没想到邬淮清也在，他正在买水。

那会儿她已经知道这人是受过专门的训练了。

他获得过武术冠军，竟然还答应和宁小轩比试，不是胜之不武是什么？赢了就算了，他下手还那么狠。她顿时有些愤愤不平。

祝矜瞪着他，嘀咕了声"小人"，然后拿着水彩笔结完账就走开了，也不看他是什么反应。

镜子里的祝矜头发蓬松，睡了一觉后脸上饱满有光泽。电动牙刷停止了声响，她吐出嘴里的泡沫，从记忆里回过神来。

这可真是好久远的记忆。

没想到那年那月她说过的话，这人竟然还记得。

他是有多小心眼？

他的记忆力是有多好？

祝矜只觉得不可思议。

周五这天，天气预报说有雨。

祝矜去上烘焙课，出门前忘了拿伞。

傍晚，她从烘焙教室出来时，天已经下起了大雨。

她的车今天限号，她来这儿的时候是打的车。

现在正是下班晚高峰时段，祝矜拿出手机一看，打车软件上的预约排号已经排到了两百多号。

她心一横，打算走去附近的公交车站。

从烘焙教室到车站的这段路，雨水打在她的身上，不一会儿，她的发丝就贴在了脸上。她身旁都是同样狼狈的下班族。

公交车走走停停，摇摇晃晃，车厢里塞满了人。祝矜单手抓着吊环，观察着车上每个人的表情，心情逐渐没有刚刚那么烦躁了。

每个人都是忙碌的，但不同于早上，即将归家的他们，脸上不再是麻木、漠然的表情，而是浮现出一种辛劳过后的满足里又带着一点还不到家的焦急。

车子又走了几站，祝矜穿着湿衣服不舒服，想着附近就是祝羲泽住的地方，于是刷了手机乘车码下了车。

雨还没有停，斜斜地洒落人间，织成一张密闭的网。祝矜穿着高跟鞋在雨中狂奔，跑到三哥住的公寓里，刷了指纹直接进了屋。

祝羲泽还没回来，她便在微信上和他说了一声，说要用他的浴室。

这地方祝矜常来，很熟悉。

包括祝羲泽的衣帽间，她也很熟悉。以前她还经常从里边挑好看又难买到的限量款潮牌白 T 恤衫穿，衣服穿到她身上不难看，还显得非常有个性。

祝矜挑了一件白 T 恤衫，然后从柜子里找到新浴巾，直接冲向浴室。

身上穿着半湿不干的衣服实在让她太难受了。

邬淮清一来到祝羲泽家，就听到了浴室里的声响。

刚开始，他还以为祝羲泽已经回来了，可瞅见鞋柜前的高跟鞋、柜子上边的包，他意识到，浴室里的人是个女人。

邬淮清的第一反应是那人是祝羲泽的女朋友。本着避嫌的心，邬淮清在微信上告诉祝羲泽，自己在这儿不方便，要先走了。

祝羲泽：哦，浓浓在。不是别人。

邬淮清看到这条回复后，手指顿住。他把伞放在门口，在沙发上坐下。

他听着浴室的水声，时间变得漫长而缓慢。

玻璃是磨砂的，邬淮清的脑海中不自觉地浮现出那天晚上，在露台上的一帧帧、一幕幕。这些画面像是电影镜头，令这个漫着雨的夏日，添上了一层朦胧的滤镜。

直到浴室门咔嗒一声响。

那道窈窕的身影拿毛巾擦着头发，从走廊尽头的浴室里走出来，沿着走廊一路来到客厅。祝矜擦着头发，在某个瞬间忽然停住了擦头发的动作。

她不可置信地看着坐在沙发上半眯着眼睛的邬淮清：“你怎么在这儿？”

雨势越来越大，阳台的窗户没有关紧，被风吹得发出一声巨响，地上漫出一摊水。

祝矜听到声音，从邬淮清身上移开视线，走去关窗户。

祝矜走到阳台时，邬淮清先她一步，把她捞到自己身后，抬手关上了窗户。

外边的风雨声瞬间小了几分。

他把她的T恤衫下摆往下拽了拽。

祝矜后知后觉地反应过来，刚刚他不让她关窗户，是怕她走光。

这栋公寓楼与其他公寓楼的间距不算宽，如果恰好有人从对面的窗户处往这边看来，的确是能看到她。她刚才确实没注意。

祝矜说了声“谢谢”，然后把擦头发的毛巾挂在架子上，又问道：“你怎么来了？”

“祝羲泽叫我来吃饭。”

祝矜转过身子看向他：“你俩下这么大的雨还约饭？”

这话说得怪有意思的，像是他们之间有什么似的。邬淮清笑了笑：“下雨天影响吃饭吗？”

祝矜的头发没有干。她没吹，只是将头发擦到不滴水的程度披散着。她的领口松松垮垮的，黑发凌乱地堆在她白皙的肩头、锁骨处。

邬淮清不自觉地在脑海中想象了一番她淋了雨的样子，那一定比她现在还要美。一时之间，他有些出神。

看着外边的雨没有减小的趋势，她看向邬淮清：“那晚饭加我一个，不影响吧？”

她说这句话时，一双杏眼变得弯弯的，显得有些俏皮，像月牙——是淋了雨的月。

邬淮清道：“宁小轩也要来，正好凑一桌麻将。”

祝矜看着他脸上不怀好意的笑，立刻想起了前一阵两人在病房里的对话。她说她现在会打麻将，教她的人还很厉害。

此刻他这笑，明显是带着几分调侃意味的，他像在试探她话的真假。

“可以。”她撇撇嘴说。

祝羲泽是个不喜欢花哨的人，家里装修得很简约，一眼望去，都是黑白色。这装修风格多次被祝矜吐槽过丑。

此刻是阴雨天，单调的黑白色衬得客厅的光线更加暗沉，但两人都没有去开灯，只看着彼此周身因此而添上的一层朦胧的光影。

祝矜率先受不了这个氛围，去了祝羲泽的书房。

祝羲泽的书柜里有很多晦涩难懂的英文书，祝矜扫了一大圈，发现最底下一层竟然有一套完整的《哈利·波特》，明明她之前来时还没有。

这套书也是英文版的，装帧非常精美，一看就是新出版的。

她抽出那本《哈利·波特与魔法石》，靠在书桌前那张舒适的人体工学椅上，百无聊赖地翻了起来。

上学的时候，祝矜特别喜欢看《哈利·波特》，有多喜欢呢？就是她这么不喜欢英语的人，竟把英文版的原著给全看了一遍。

她不得不说，看英文原版的书，对提高英语水平很有帮助。

那会儿，姜希靓还在某个绿色网站上发表过她写的关于《哈利·波特》的二创作品。故事写得很不错，祝矜看得津津有味。

忽然，门口传来两声敲门声，不一会儿，邬淮清推门走了进来。

他手中端着一杯橙汁，见她看书没开灯，皱了皱眉，伸手按了下墙上的开关。

书房里立刻亮了起来，祝矜不适应地蹙起眉："你干吗？"

"坏眼睛。"他说着，把橙汁放到了她面前，"鲜榨的。"

"无事献殷勤。"祝矜低声嘟囔了一句。

邬淮清没作声。她端起杯子，杯子到了嘴边的时候她又放下，然后他听她犹疑地问道："你没往里面吐口水吧？

"小说里经常有这种情节。"

"你的想象力可以再丰富一点。"邬淮清轻哂，"不过，我是那样的人吗？嗯？祝老板。"

那天，他对唐愈说"我一定伺候好了"，现在，他就喊她祝老板。

一时之间，祝矜有点坐立不安。

祝矜拿起杯子喝了口橙汁。她倒是不会觉得邬淮清会做这种没品的事情，但总觉得这人透着一股"无事献殷勤，非奸即盗"的感觉。

可毋庸置疑，新鲜的橙汁是好喝的。

距离中午吃饭已经过去好几个小时了，她有些饿："他俩怎么还没到？"

邬淮清拿出手机给她看他们的聊天记录。

现在大雨天，又是下班晚高峰，祝羲泽和宁小轩都被堵在路上。

宁小轩吐槽祝羲泽偏挑个下雨天聚餐。

祝羲泽呛他：怎么，你吃饭前还看天气预报？

两人互呛了好半天，路还没通。

邬淮清忽然收回手机，看着她手中的书说道：“我想起一个事。”

“什么？”

“你还拿着我的一本《哈利·波特》没有还。”

“你的？我什么时候拿过你的书？”祝矜惊讶地问。

邬淮清用一只手撑着书桌，笑着看她：“你忘了？《哈利·波特与凤凰社》那本，你和路宝借了就没还我，那是我的。”

祝矜搜刮着脑海中的记忆，半晌，不可置信地问道：“那本书是你的？”

“嗯哼。”他尾音上挑。

当时那本书被祝矜弄丢了，她又买了本新的给路宝，自始至终都不知道那本书原来是邬淮清的。

“可我不是买了本新的吗？”

“我没收到。”

祝矜不确定他话中的真假，说：“等路宝从西南回来，我找他好好问问。不过你当初为什么不说？”

“以为你不想还，顾忌着你的面子，懒得问。”

“懒才是真的吧，什么叫顾忌我的面子？”

这人真是的。

见他待在书房里没有走的意思，祝矜索性把他当空气，继续看起书来。

过了好一会儿，门铃响了。

“宁小轩吗？你去开门。”她说。

邬淮清走出书房，不一会儿，手里拿了一个袋子走了进来。

“宁轩儿呢？怎么没有他的声音？”祝矜问。

邬淮清没说话，把手里的袋子递给她：“换上。”

“这是什么？”祝矜看着袋子上的品牌标志，讶然道，“衣服？”

“嗯。”

祝矜想起他刚刚看自己的目光，顿时觉得有些一言难尽。

她上下看了看自己的打扮，想到一会儿宁小轩要来，还是接过了袋子，说了声“谢谢”。

然后，她不忘补刀：“当你的员工可真不容易，大雨天还要来送东西。”

邬淮清评价道：“按加班算的，是平常加班费的五倍，你说他们愿意不愿意？”

行吧，祝矜服了。

他助理的眼光还不错，袋子里是一条做工很精美的白裙子。

他们又等了一会儿，那两人终于前后脚回来了。

今天依旧是吃火锅。祝矜觉得他们三个大老爷们儿也挺有意思，不嫌麻烦，自己在家里弄着吃，还挺简朴。

宁小轩拎了很多食材来。

三个人坐下聊着天，结果等锅里的水沸腾了，他们才发现，家里没有任何酱料。

宁小轩皱着眉："我快饿死了，想吃个东西怎么这么费劲？"

邬淮清忽然起身，说道："我去买吧。"

"哟，你还挺好心。"宁小轩抬头看他，"那你快去快回，小区里就有超市。"

"嗯。"邬淮清拿上伞，迅速地开门走了出去。

过了会儿，邬淮清带着几包调好味的麻酱回来。

等他们吃完，天也彻底黑了。

宁小轩剔着牙："咱们这都私下吃了多少顿饭了，路宝还不回来？之前他说要给浓浓接风，浓浓都快回来一个月了。"

"没事呀，等他回来我们接着吃。"祝矜说。回来能见到从小一起长大的老朋友们，她由衷地开心。

虽然祝羲泽和邬淮清二人是老板，可以自由上下班，但宁小轩得按时按点上班。他们考虑到明天还是工作日，于是没打麻将。

"浓浓，你是不是没开车，我送你去吧？"宁小轩说。

"好啊。"她点头。

宁小轩下楼去取车，祝矜在楼下等着。忽然，她眼前驶来的车闪了闪灯，然后在她面前停下。

车窗缓缓摇下，邬淮清那张英俊的脸露了出来。

"上车。"他说。

"宁小轩呢？"祝矜站在屋檐下。

"我比他快。"他直视着祝矜，眸光明亮，沉沉的声音穿过连绵的雨夜，话语中带着自信。

祝矜的心忽然被击中了一下。

仅仅犹豫了一秒钟，她便撑着伞走过去，上了他的车。

她看到邬淮清像是得逞一般笑了笑。

车子驶出小区，道上的车有很多，明亮的灯光反射在积了水的路面上，汇成闪闪发光的河流。

窗外林立的高楼、店铺不断地向后退，雨水把它们的轮廓洗刷得模糊。

忽然，祝矜看到了一家抹茶铺子的招牌。那是她在申城很喜欢的一家抹茶蛋糕店，没想到这店还开到了京市。

她飞快地拿起手机拍了一张照片，然后给姜希靓发过去一条微信，约姜希靓改天一起去。

绿色浓郁地点缀在这家店的每个角落里，突出“抹茶”的主题。

雨天，夜里，店里人很少。

在一处角落里，两个女人对坐着。

骆洛握着手袋，摆出一副随时要离开的样子：“你这个点约我出来，要干吗？”

骆桐把一个抹茶蛋糕往她面前推了推：“你尝尝这个，这家用的抹茶粉还不错。”

“我晚上不吃甜食。”骆洛皱着眉，不耐烦地说道。

骆桐笑了笑，说：“偶尔吃一次也没关系。我记得你以前很喜欢吃我做的抹茶蛋糕。”

这是一位很漂亮的女人，乌红色的大波浪鬈发垂在一件背部镂空的裙子上，座位旁边放着一只大象灰颜色的名牌包。她看着就保养得宜，一点都让人看不出具体的年纪，仔细一看，眉眼和骆洛很相似。

骆洛冷笑了一声：“八百年前的事情了，你倒是记得清楚。抱歉，我现在一点也不喜欢吃。”

骆桐不恼，又说：“不吃蛋糕没关系，那喝一口这个抹茶拿铁吧，或者你喜欢什么，看菜单再点一些。”

骆洛把手袋放下，笑了声：“你这样有意思吗？”

骆桐舀了一小勺蛋糕斯文地吃下，然后说：“邬淮清发现你了？”

骆洛蹙了一下眉，转而无所顾忌地笑起来：“怎么，你害怕了？”

骆桐放下勺子，敛去笑意：“我不知道你为什么突然回国，只是之前警告过你很多次，不要回来，也不要靠近他们。后天我派人送你回 F 国，你好好上你的学去。”

骆洛略带嘲讽地看着她：“你管得着吗？”

“洛洛！”骆桐的声音升高。意识到自己的失态，她压下声音：“不要和妈妈闹，听话。”

“从小到大你叫我听话、听话，然后又把我一个人丢在国外不管不顾，现在怕了？”骆洛大声说道。

她瞪着骆桐，声音变得尖锐：“你真恶心，让我恶心。”

说完，她拿起包就往外跑，连伞都没顾上拿。

“洛洛——”

像是没听到身后的声音，骆洛推开门，雨点砸在身上，她不管不顾地冲进雨里。

想起小时候的日子，想起那个男人，想起对自己恶语相向的邬淮清，想起让自己不甘心的事，骆洛在雨中大喊了一声，眼泪和雨水混在了一起。

她大步向前走着，忘了自己的车停在了哪儿，也忘了自己在何方。

这个本就不属于她的城市里，本来就没有她的位置。

邬淮清把车子开到了安和嘉园，停下车时，看向祝矜。

音响里播放着钢琴曲，把车内的气氛烘托得很到位，配合着雨声，慢慢地，一些暧昧的氛围逐渐发散。

祝矜看着他。

邬淮清抬手捏了捏她的耳垂，洗完澡后什么都没戴的耳垂显得干净、小巧。

半晌之后。

“上去吗？”他问。

“你呢？”她单手抵着头，倚在车门上，反问道。

他自喉间发出一声低笑，然后下一秒果断地打开车门，撑着伞走到副驾驶座旁，随即帮她开了车门。

祝矜一下车，就被他牵住了手。

两人向公寓走去。

入户大堂的门外有一只小猫窝在那儿避雨，小猫见他们走来，连身子都懒得挪，懒洋洋地喵了一声。

等电梯，电梯门开，走进电梯，电梯上升，这短暂的几分钟内，他们二人一句话也没说，像是住在同一栋楼里的两个陌生人。

只是他们同时出了电梯。

邬淮清看着祝矜在门上按下自己的指纹。

她打开门，从鞋柜里帮他取出一双干净的男式拖鞋——还是上次他来时穿的那双。

两人依旧没说话，但有些情愫在这个雨夜里呼之欲出，在空气里涌动着。

从她答应上他的车起，从他跟着她上楼起，对于今晚要发生的事，两人便心照不宣。

祝矜从柜子里挑了两个杯子，这次她拿出的是一高一矮的两个高脚酒杯。

她又从酒柜里拿出一瓶以前从来没有喝过的酒，这瓶酒是姜希靓送给她的。

琥珀色的液体被缓缓倒入酒杯中，晶莹流淌。

她把矮一点的那个杯子递给邬淮清。

邬淮清走过来，环在她身后，伸手覆在那个更高的酒杯上，想拿走那个酒杯，祝矜却拿着杯子一躲："你喝矮杯子的，我喝高杯子的。"

邬淮清搂着她，笑了声，没再反抗，顺从地接过她给的那个矮点的杯子，然后贴近她的耳朵，说："这么霸道，那一会儿我都听你的？"

清脆的一声响，那个高一点的酒杯被她带落到地上。

琥珀色的液体把地毯上的羽毛染了颜色，沾着酒液的玻璃碎片在灯光下晶莹剔透。

祝矜还来不及心痛那个漂亮又昂贵的高脚酒杯，就被邬淮清吸引了全部的注意力。

祝矜终究是没喝上那杯酒。

这夜雨下得酣畅淋漓，从这夜开始，京市这个夏天变得与往常不同，多雨、湿热。一切结束，雨也停了。露台上的花草都湿淋淋的，沾着水珠，被雨打得垂着脑袋，有些娇嫩的花草已经不成样子了。

邬淮清坐在藤椅上，下过雨后的夜里带着丝丝缕缕的凉意，拂在身上很舒服。

祝矜真美。他最受不了的，是她的那双眼。她哭的时候，那双眸子就像淋了雨的月亮。

邬淮清是罪人，摘月亮的罪人。

但他也是英雄、勇士。

祝矜走到露台，看见那个身影在吹风。

他身上的肌肉很匀称，很有力量，线条流畅，此刻就这样暴露在空气。

他的姿态随意又闲适。

"你在这儿做什么？"她轻声说。

邬淮清闻言转过身子，看到她，忽然就笑了，眉眼、唇间都含着笑意，是那种带着痞气的笑。

祝矜难得见到他这副模样。

他走过来，忽然俯身拦腰抱起她。

祝矜顿感天旋地转，不知人间几何。

邬淮清把她抱到浴室，打开喷头让水直接冲到两人身上把身体打湿，他们像是又淋了一场雨，肆无忌惮又声势浩大的雨。

祝矜醒来时，已经是上午十点多了。

拿出手机一看，她收到了妈妈的消息。妈妈问她今天晚上有没有时间一起吃饭，正好她的爸爸今天在家。

说起来也巧，祝矜回来快一个月了，还没和爸爸见过面。

最开始是祝爸爸在外地出差，后来又是她过敏了，不太想顶着那副模样回家，否则肯定要被他们念叨。

张澜最近忙完了学校的事情，在休假。

于是祝矜想了想，回复：今天中午一起吃饭吧。

她之所以不想在晚上吃饭，是因为想早点睡觉。

昨天晚上他们实在是闹得太晚，她现在浑身不舒服。

张澜：好的，那我让阿姨准备饭菜。你爸爸念叨你好久了。

祝矜叹了口气，从床上坐起来，起身去洗漱。

她走出房间，本想从冰箱里找点面包吃，却看到餐厅的桌子上摆满了早餐。

早餐旁边还有包装袋，那包装袋是市里很有名的一家早点铺子的，那家店不在附近，门口经常会排着长队。

也不知道他手下哪个助理又遭了殃，这么早去给他跨区买早点。

祝矜在微信上给邬淮清发了个“谢谢”，然后把它们用微波炉热了一下，吃起了这顿早餐。

但这早餐着实买得有点多，不知道的，还以为会有四五个人一起吃呢。

浪费。她在心里想。

她刚想完，手机就响了一下。

W：好好补补。

祝矜：……

这是什么人啊？

祝你矜日快乐：只有小笼包、豆腐脑这些，补什么补？要补也得有燕窝、鱼翅、阿胶、鹿茸、虫草。

W：抱歉，是我疏忽了。

祝矜觉得没意思，没再回他。

她注意到，狼藉的酒柜已经被清理好了，连那只完好无损的矮一点的杯子，也被人洗好放回了柜子里。

想起那只被打碎的杯子，祝矜一时有些心疼。

那只杯子，还是她用大学时得到的第一笔奖学金买的。那段时间，她特别喜欢各种漂亮的杯子，看到就总是忍不住买。

可那只杯子就这样碎掉了。

她忍不住在心中怨怼了邬淮清一番。

吃完早餐，她在镜子前化妆。她本以为昨晚那么累，自己今天的气色会很差，谁知镜子里的人面色红润，皮肤竟比往日还要有光泽。她一时觉得自己之前花在美容院里的钱都白花了。

祝矜到了家，张澜给她开门，说的第一句话就是："看来你最近过得不错，脸色真好。"

"妈，我爸呢？"祝矜连忙转移话题。

"在书房。"

祝矜和阿姨打了声招呼，然后来到书房门口，敲了敲门，没等里面的人应声，便推门走了进去。

祝思俭正在看文件，一看她进来了，立刻露出了笑容，说道："回来了。"

"爸爸。"祝矜走过去，一把抱住他。

不像她的叔叔伯伯们，祝家的这几个儿子里，祝思俭的脾气最好，性子温和，人在小辈里广受好评。

当然，他也只是看起来比较温和而已。

在商场上，祝思俭可有着"笑面虎"的称呼，人长得斯文，行为可一点都不斯文。他把不多的温柔和慈善，都给了这个家。

"这么大了，还撒娇？"

"嗯，不行吗？"祝矜娇嗔道。

"行行行，走吧，爸爸带你看看厨房今天做什么好吃的了。"说着，两人走出了书房。

厨房里香气扑鼻，张澜和阿姨正在忙碌，祝矜看到有很多自己喜欢的菜。

他们家只有她一个人喜欢吃辣的，但今天的菜，她一眼看去，有很多都是红通通的。

这顿饭她吃得心满意足。

祝矜吃完饭，正赶上大伯母来家里串门。

大伯母便是她三哥祝羲泽的母亲，以前和他们住在一个院子里，彼此关系一直都很好。

祝矜喊了声"大妈"。回来后，她也只见过大伯母两次面。

大伯母从小就宠她，因为自己没有女儿，所以恨不得把她当亲女儿养，总给她买各种好看的衣服。

张澜管祝矜管得严，于是祝矜小时候便常常往大伯家跑。

"我今天来得真赶巧，还碰上了浓浓在。"

祝思俭回到了书房，她们三个女人便坐在沙发上聊天。

大伯母很健谈，聊着聊着，忽然问："浓浓，你回来见过邬家那小子没？"

祝矜诚实地点点头："见了。我昨晚去我哥那儿，他也在，我们一起吃的饭，还有宁小轩。"

大伯母叹了口气："也难为你们几个小辈关系还好着，大人们这儿是没什么指望了。我们就希望你们小辈能让两家关系好点。"

祝矜抠着美甲，不作声。

张澜皱着眉，打断大伯母的话："说这些做什么？"

大伯母咽了咽唾沫，犹豫地道："这两天我听说了个事，不知道真假。"

张澜道："捕风捉影的事你还是少说好。"

大伯母不满地看了她一眼："张澜同志，你怎么连一点求知精神都没有？"

祝矜看她俩这副模样，便问："什么事呀，大妈？"

大伯母摸了摸自己手腕上的镯子，道："我听说，骆桐有个女儿。"

祝矜一时之间没想起骆桐是谁，只听张澜问："骆桐？骆梧的妹妹？"

大伯母点了点头。

祝矜瞬间想起来，邬淮清有个特别漂亮的小姨在京市歌舞团工作，一直未婚。

祝矜之前在大院里见过他小姨几次，也跟着宁小轩他们去看过他小姨的演出，仅仅用一个"美"字完全无法形容他小姨。

"那孩子现在在哪儿？"

大伯母摇了摇头："听人说回了京市，也不知道这孩子的父亲是谁。"

祝矜脑海中顿时浮现出一张脸：骆洛。

怪不得，祝矜第一次见她的时候，会觉得她眼熟。

一切都有了解释：邬淮清和她关系匪浅，她长在国外，姓骆，会说申城方言。

原来她是邬淮清的表妹。

可是，祝矜隐约觉得哪里怪怪的。

正巧这时，祝思俭走了出来，听到她们在说什么后，脸色一沉，道："以后不要再提起这件事。"

祝矜盯着父亲的那张脸——看起来，他像是知道什么。

祝矜心中的疑团不由得越滚越大。

祝矜还是在家里吃了晚饭才回到自己住的地方。

今晚张澜亲手熬了皮蛋瘦肉粥，她喝了整整两碗才作罢。

此刻她洗完澡，坐在露台上，听着音乐和夏日里蚊虫的鸣叫声，惬意得很。

忽然又下起了雨。先是细小的雨丝飘着，祝矜没当回事，谁知不多时，这雨就变成了倾盆大雨。

她冒着雨，把露台上残存的花草移进屋内。昨天两人一时情动，她忘了露台上的花，这一场雨后，好几盆花都奄奄一息了。

做完这些，她已经被雨淋得半湿，只好又去洗了一个澡。

从浴室出来，祝矜看到邬淮清发来了几条微信消息。

W：开下门。

W：在吗？

W：在吗？

消息是十几分钟之前发的。那时她应该刚进浴室没多久，水声盖住了门铃声。

她也不知道邬淮清现在还在不在。

祝矜套上墨绿色的真丝睡裙，走到门口，从猫眼里往外一看——只见那个熟悉的身影正站在门口，头发半湿，眉头紧蹙，眼间带着显而易见的烦躁和不安。

祝矜不自觉地笑了一声，然后打开门，正想调侃邬淮清两句，就见邬淮清在看到她的那一刹那舒了口气。

像是紧绷着的一张弓，忽然松弛了下来。

但他的脸色仍旧阴沉着，眉头紧皱在一起。

他什么都没说，闷声上前一把搂住她，搂得很紧，紧到——

某个瞬间，祝矜甚至怀疑，他要害她的命。

第六章
吻

祝矜的双手悬在半空。

“邬淮清，你怎么了？”被他紧搂着，她无措地问道。

久久他都没有应答。

他的下巴抵在她的头上，胸膛很热。他沉默地拥抱着她。

“为什么不给我开门？”他忽然开口。

“我在洗澡呢。”

“那为什么不回我消息？”他又问。

“我洗澡的时候又不玩手机，怎么回你呀？”

他仍旧抱着她，抱得很紧。

“你松开一点。邬淮清，我要喘不过气了。”她又说。

祝矜的脸贴在他的脖子上，她一抬头，就看到了他颈上的那颗小痣，那颗痣嵌在他白皙的皮肤里。

她忽然觉得，此刻的邬淮清有种说不出来的气质。

他越是不说话，就越让人心慌。

好在邬淮清终于松开了双手。他深深地长舒了一口气，垂眸看了祝矜一眼。

祝矜被他看得更心慌了，连忙移开视线，问道：“你到底怎么了？公司股价跌了？”

邬淮清白了她一眼，没回答。

脸上恢复了往日那种漫不经心的神情，他一个人走向酒柜旁，打开放杯子的柜门，打量着里面的杯子，食指还习惯性地在红木桌子上敲着。

祝矜看着他随意又自然地把这里当成自己家的状态，想到刚刚那个紧得要命的拥抱，小声说了句申城方言。

谁知邬淮清听到这句话后，转过身子看向她，蓦地笑了：“你骂我有病？”

祝矜咬了咬唇。她本来只是嘟囔了一句，骂完才反应过来，真要算起来，邬淮清其实是个申城人，在申城待的时间要比在京市待的时间长。

她刚刚说的话，他一听就能明白。

“你不是吗？”她反问，也走到柜子旁。

邬淮清站在水晶灯的正下方，身形颀长。此刻他看着笑得不怀好意的她，那颗小痣在灯下也越发明显。

祝矜忍不住伸手，摸了摸他的那颗痣。

邬淮清偏过头去，抓住她的手：“干吗？”

“不干吗。你知不知道你的脖子上有颗痣？”

他笑道：“我又不瞎。”

“你这颗痣真好看，我想抠下来。”她毫不掩饰地说。

“你这想法还挺恶毒。”他把她的手放在唇边贴了贴。

祝矜飞快地把手抽回来，心虚地看着他。

“谁稀罕？”她说。

“你稀罕不就成了？”

两人站在红木桌子旁，上边是祝矜储藏杯子的柜子，旁边是个藏酒的柜子。比起她成山成海的杯子，酒的存量实在是不太丰富。

昨天晚上，两人便是在这里开始的。

此刻，外边又下着雨。

同样的地点，同样的声音，同样的天气，一切都好像和昨天晚上接了轨。

祝矜脑海里克制不住地闪过那些令人脸红心跳的画面，这让她忘掉了邬淮清刚刚的反常。

邬淮清俯身想亲吻她，祝矜却抓着他的头发制止他：“邬淮清，你别亲那儿，会留印子。”

这是大夏天，哪有人还穿带领子的衣服？之前她是一时没有察觉，才让他在她脖子上留下了很多的“草莓印”，结果碰到骆洛，一下子就被骆洛看了出来。

她才不要再被人看到，因此昨天晚上一直留着神。

这人也不知道有什么毛病，对给她身上留下印记这一行为非常热衷。

“你不是喜欢我脖子上的那颗痣吗？我给你在同样的位置上种一颗。”他说。

祝矜被他逗笑：“什么逻辑？痣和‘草莓印’的大小能一样吗？你快起来，上次那印子就被人看到了。”

“被谁？”邬淮清有所警觉地问。

祝矜愣了愣，试探着说道：“骆洛。”

祝矜感受到怀里的人身子僵了一下。

他又问道："你在哪里又见了她？"

"前几天去妙峰山上骑车，意外碰到的。"

见他没说话，祝矜挠了一下他的腰："喂，邬淮清，骆洛是不是你的表妹呀？"

邬淮清直起身子，默不作声地打量着她："她是我哪门子的表妹？"

"就……你小姨的女儿。"

邬淮清笑了笑："你的想象力还挺丰富。"顿了顿，他接着说，"祝浓浓，你什么时候对我的事情这么感兴趣了？"

祝矜见他不愿再说，也不多问，只轻声说道："一时好奇嘛。"

邬淮清的视线重新落到那堆杯子上，水晶的、玻璃的、陶瓷的、竹木的……各式各样的杯子堆在一起，华丽又精美。

他没再继续刚刚的话题，转而问："你还有收集杯子的爱好？"

"嗯？"祝矜看他打量着自己的杯子，抬了抬手，象征性地在那些杯子前一挡。

邬淮清斜了她一眼："又没人偷你的。我看一眼都不行？"

祝矜想起昨晚那个被打碎的杯子，又心痛起来："昨天就打碎了一只，我可经不起再来一次了。"

她这几个月都克制着没买什么新杯子，连这些品牌的官方网站都不敢点进去看，只怕自己忍不住就点击购买了。

哪知道她还摔碎了一个杯子，不进反出。

邬淮清笑着，伸手从里边取出祝矜昨天挑出来的另外一只高脚酒杯把玩着，又看了看杯底的品牌标志。

他没作声，把杯子放到一旁，又从旁边的酒柜里取了瓶酒。这还是昨天那瓶酒，姜希靓送给祝矜的那瓶酒。

"你来我这儿是打算喝酒的？"她问。

邬淮清慢条斯理地倒着酒："不可以？"他抬眼看着她，声音很低，有点哑。

祝矜脸一红："你想什么呢？我只是想说，你要是想喝酒的话，就不要来我这儿喝，外面的酒可多了去了。我这儿的酒不多，经不起你这么喝。没事的时候，你就不要总是来。"

邬淮清听着她的话，眼睛看向酒杯。

酒液沿着杯壁慢慢地流入杯子中，玻璃杯里充斥着琥珀色的液体。他逐渐收敛起脸上的笑意，闪过一抹似有似无的自嘲之色。

待杯子里的液体满到即将溢出来，他才止住倒酒的动作，把酒瓶放到一旁，端起酒杯抿了一口酒。

酒有些酸，很辣。

“哦。”他应了一声。

“这酒好喝吗？”

“你尝尝。”他把杯子递给她。

祝矜摇了摇头：“不要，改天我自己喝。”

说完，她转身回了卧室。

邬淮清站在酒柜前，端着眼前的这杯酒，注视着头顶那盏很漂亮的小吊灯。

祝矜虽然一个人住在这儿，但把家里装修得很好，不仅很有设计感，还很有家的味道。

他想起自己住的地方，要么是酒店，要么就是那套空荡荡的公寓，比祝羲泽那套黑白两色风格的房子好不了多少。

邬淮清把杯中的酒一饮而尽，越发觉得这个酒苦涩。

他把瓶子拿起来看了看，瓶子的外包装上没年份，没标牌子，只写了“碧鹿庄园”四个毛笔字，这酒应该是个私人酒庄出品的酒。

可真够难喝的。邬淮清在心里评价，但不自觉地又倒了一杯酒。想到刚刚在门外等着的那几分钟，邬淮清又自嘲地笑了笑。

有一瞬间，他以为她又跑了。

她又不接电话、不回微信，一如之前。

邬淮清不知道自己从什么时候开始，多了一个毛病。

当自己打的重要的电话没人接、发的重要的短信没人回的时候，他就会特别地烦躁，心头像是梗了一根刺一般难受，做什么都不得劲。

他想不停地给对方发消息、打电话，又怕对方觉得烦。

祝矜涂好面膜出来后，就看到邬淮清倚在柜子旁，一个人静默地喝着酒。

“还喝？”她走过去，拿起酒瓶看了看，发现这人已经喝了大半瓶酒，“给我留点呀，我一口都没喝过呢。”

祝矜闻了闻瓶口，酒气冲鼻。

“你悠着点啊，我朋友说这个酒后劲很大的。”她好心提醒道。

“嗯。”他笑着看着她。她在脸上涂了厚厚的一层灰色的泥，露出鼻子、圆溜溜的眼睛和小巧的嘴巴。她贪心闻酒的样子很是可爱，像个守财奴。

邬淮清一把把她揽到怀里。

祝矜怀疑这人是不是醉了。他身上染上了酒味，但不难闻。

脸上的面膜泥蹭到了他的衣服上，祝矜忍不住心疼自己昂贵的面膜，于是推开了他。

好在这次他只是虚揽着她。

邬淮清被她推开，也不恼，随意地说道："跟你商量个事。"

"什么？"

"把我的指纹加上吧。"

祝矜反应过来他在说门锁的指纹，于是下意识地摇摇头："不行。"

"为什么？"他问。

"你为什么想加指纹？"她疑惑地问。

"以后过来方便。"

祝矜又摇了摇头："那可不行，这是两码事。"

邬淮清又喝了口酒，没再说什么。

这夜，他们躺在床上。祝矜被他搂着，趁他不注意，用指尖轻轻碰了碰那颗小痣。

邬淮清的身子颤了一下，他任由她闹着。

又下了一夜的雨，两人第二天醒来，窗外的树比昨日还要绿上几分。

祝矜身旁的人还没走，但已经醒来了。他睁着一双眼睛，盯着她看。

祝矜被他吓了一跳："你看着我做什么？"

邬淮清坐了起来，帮她把睡衣的衣带弄好，又理了理她的头发。

祝矜不明所以地看着他。

邬淮清避开她看过来的眼神，掀起被子起身下床："没事，起来吃饭。"

梳洗打扮好，她走到餐厅，发现桌子上摆满了食物，邬淮清正坐在椅子上，边看手机边等着她。

"你又是让助理送过来的？"她问。

"看看，这次满意吗？"

他这么一说，祝矜才注意到，自己手边是一碗莲子燕窝羹，桌上除了小笼包、小菜这些，还有虾仁烧卖、红米肠粉等。

"鱼翅今天就别吃了，怕你补得上火。"他认真地说道。

"……"

祝矜坐下，默默喝了口燕窝，说："你下次让助理别买这么多，太浪费了，我根本吃不完。"

"嗯。"他点了点头，"这不是种类多一点，看你喜欢吃什么嘛。"

"我没那么挑的。"

她说完，邬淮清便笑了，抬头明显不相信地看着她。

祝矜低下头继续若无其事地吃着，心底却涌起一阵心虚感。

原因无他，只是所有人都知道，她在吃食上尤为挑剔，有一堆不爱吃的东西。

张澜最看不上她这个习惯，每次都逼着她吃不喜欢的东西，使得她在外边挑食更加严重，不爱吃的东西绝对一口也不吃。

也是这几年在申城，脱离了张澜的管束，她这个毛病才好了几分。

两人吃完早餐，一个要上班，一个要出去买学习资料，便一起下了楼，却分别开车走了。

他们没说下次什么时候见面，也没有道别，就各自找到自己的车。

出了地库在小区门口又碰到时，他们对彼此鸣了下笛，便向着不同的方向开去。

下午，祝矜正在家里看书时，一个电话打了进来，是个外卖电话，外卖正在楼下。她刚开始以为是对方搞错了。她没点外卖，而对方坚持说就是这个手机号订的。

她拿上一看，是那家抹茶铺子的外卖。她的第一反应是这是姜希靓给她买的，因为那天她和姜希靓说了改天一起去吃。

她拍了张袋子的照片给姜希靓发过去。

祝你矜日快乐：谢谢呀，还知道犒劳犒劳我。

希靓不吃姜：哎哟，有人背着我给你献殷勤呀，谁？从实招来。

祝矜纳闷地问：不是你？

希靓不吃姜：不是我呀，我还等着这周末和你一起去店里吃呢。是不是唐愈呀？

唐愈也知道她喜欢吃这家的蛋糕。

于是，祝矜又打开和唐愈的聊天框，问：你给我点了外卖？

郁闷唐：嗯？你想吃外卖了！

行吧，也不是他送的。

而且，对方买的抹茶蛋糕不是一块，而是一整个。

祝矜心中冒出一长串感叹号。

等到傍晚，又有一个快递到了她家楼下。

她拿回家将快递一拆，发现里面是个杯子，那杯子和她打碎的那只一模一样！

不用问，她也知道这个快递是谁寄的，连带着下午送她那份下午茶的人，也有了指向对象。

祝你矜日快乐：谢谢哦，杯子我收到了。

W：嗯。

祝你矜日快乐：那个抹茶蛋糕，是你送的？

W：嗯。

祝你矜日快乐：哦，也谢谢啦。

她本来还在对话框里打着“下次说一声，今天不知道谁送的，蛋糕吃得都不踏实”，后来觉得不妥，于是将文字给删掉了。

邬淮清没再发别的消息过来。

祝矜其实觉得有些奇怪，不知道他为什么会选这个品牌的蛋糕送给她，而且这蛋糕还恰好是她想吃的。

后来她一想，可能是这家店在外卖平台上的评价或者排名比较好，这样，他选这家也是正常的事情。

周五的时候，祝矜、唐愈，还有姜希靓三个人在绿游塔约了一起吃饭。

说起来，唐愈认识姜希靓，还是在祝矜读大三的时候。

那时姜希靓来申城，要聘请一位米其林的厨师。

虽然姜希靓死磨硬泡，但那位米其林大厨还是不同意和她来京市。其间，姜希靓和唐愈倒是因为有共同好友祝矜，加上性格很对头，成了关系还不错的朋友。

周五的傍晚，因为要周末了，连空气中都是幸福的味道。

姜希靓又新聘请了一位大厨。她最近在试菜，好确定将哪道菜写入菜单。

对于一家餐厅来说，菜单上的固定菜品，就是这家餐厅的门面、招牌。

“你们帮我挑一挑，正好你们俩的口味还不太一样，你们给的意见刚好能让我进行综合考虑。”

两人边吃着，边给姜希靓提意见。

“对了，唐愈，你说来了要跟我交流一下感想，什么感想呀？”姜希靓问。

“啊？我有说吗？”唐愈看了祝矜一眼，然后装傻。

唐愈本来是要和姜希靓聊祝矜男朋友的事。他以为姜希靓已经知道了。

但来之前，他接到了祝矜的命令，祝矜严禁他提起这件事。

“你这什么金鱼脑？自己说过的话都忘了。”姜希靓骂了他一句，也没当回事，转而看向祝矜：“对了，浓浓，你最近见没见你堂妹呀？”

“小筱？”

“嗯。”

“没有呀，前两天我给她从官方网站上订了个包，包到了她都没跟我吱一声。”祝矜说道。她这两天有些忙，也没顾上和祝小筱说爷爷的事。

姜希靓：“你最好问一下。你堂妹最近似乎不太高兴，好像和王清闹了点别扭。

我见她们在网上都阴阳怪气的，她们的粉丝也在对骂。”

祝矜愣住，没想到王清和祝小筱还有这茬子事，于是说：“我明天问问她。”

三个人一直试吃到很晚。这个新厨师的手艺很好，吃到最后，唐愈喊着一定要让姜希靓给人家加工资。

祝矜还小酌了一把，喝的是很好喝的葡萄酒，也是碧鹿庄园产的。

忽然，手机响了一声，她拿起来一看。

W：在家吗？

祝你矜日快乐：不好意思，不在哦。

W：那在哪儿？

祝矜忽然想到自己喝了酒，不能开车。

她有点微微的醉意，脑海中回想起邬淮清那张又冷又英俊的脸，对方一言不发的样子，实在令她心动。

一时之间，她就有点冲动。

于是，她回复：在绿游塔，我喝了点酒，不能开车，你要不要来接我？

他应得很快：好。

三个人都喝了酒，唐愈说：“我们叫代驾回去吧。”

祝矜点点头：“嗯，我已经叫好了。”

她又想起什么，给邬淮清发了条信息过去：你一会儿下车过来的时候，记得戴上口罩。

W：好。

过了会儿，三个人都吃完了。他们边聊着闲天边等代驾。

祝矜的手机响了。

邬淮清说：“我到了，在门口的那辆出租车里。我现在下来？”

祝矜拿起包，和他们二人说道：“我的代驾到了，我先走了。”

“还挺快。”

然后，祝矜对电话里的人说：“你下来吧，记得戴口罩，直接去我的车那儿，别让靓靓看到。”

“嗯。”

邬淮清从出租车上下来，祝矜看到他今天依旧穿了一件白衬衫和一条黑色西裤，看上去很斯文。他戴着黑色的口罩，不仅如此，他还戴了一副无框的眼镜。

祝矜拿着包，一瞬间屏住了呼吸，整个人都被他这副打扮吸引得移不开视线。

她的心跳还加快了。

扑通，扑通。

顾念着姜希靓他们还在身后，祝矜把钥匙给邬淮清，然后飞速地冲他使了个眼色，让他快走。

邬淮清大步离开。

三秒后，身后的姜希靓叫起来：“这是哪个软件上的代驾？我也要叫，这也太帅了吧？”

祝矜扭过头瞥了她一眼，若无其事地说：“你看清人家长什么样了，就说帅？”

姜希靓道：“这还用看清正脸吗？就这身材、这打扮，他长得不可能不帅的！啊啊啊，我也想要这么帅的代驾送我回家！”

唐愈意味深长地看了祝矜一眼，笑着没说话，一脸“你知我知”的表情。

祝矜向身后挥了挥手，跑到自己停车的地方。

一上车，祝矜还没坐稳，就被驾驶座上的人给拉住按在怀里。他抱住她，将头埋在她温暖的脖颈间。

祝矜有些醉，将双手搭在他的肩上，过了会儿才推开他：“先回去。”

她都怀疑这人是不是也喝了酒，但看他开车的架势，他分明是清醒的。不知怎么的，她的心跳又快了些许。

等到了家，邬淮清便迫不及待地吻她。

不知不觉，窗外又下起了雨。

…………

潮水退去，祝矜迷迷糊糊地要睡去，忽然被人拍了拍，只见邬淮清看着她说道：“浓浓，别睡。”

“怎么了？”她半睁着眼睛。

“我带你去个地方。”

“去哪儿呀，明天再说好不好？”

邬淮清看着手机上的信息，说道：“现在去，明天白天就没有了。”

这话勾起了祝矜的好奇心，但她懒得动，抬起胳膊，娇娇地“嗯”了声。

邬淮清明白她的意思，像是哄小孩儿似的给她找来衣服穿上。

祝矜被他带着走到外边。外面还在下着雨，地上很湿，他撑着一把黑色的伞，他们一起走在伞下。

此刻已经深夜了，小区内没有一个人，他们像两个要去干坏事的人。

邬淮清走到小区外，在一个公交站牌处停下。

“嗯？你到底想干吗？”

“等一辆巴士。巴士快要到了。”邬淮清看着地图说。

祝矜惊讶不已：“这个点，哪还有公交车呀？”

她想摸一摸他的脑门，看看他有没有在发烧。

邬淮清说出一个数字。那班车是他们上学的时候，从大院坐到京藤中学的那路。

“它明天就停运了，今晚加了深夜的一班。”

“停运？”

“嗯。”

祝矜像是忽然醒了过来，没再说话，和他一起等着。

过了没多久，路面上闪过一道光亮，一辆双层巴士驶了过来，而前边红色指示灯上的数字显示的正是他们等的那班车。

“走吧。”邬淮清给她撑着伞。

巴士在他们面前停下。

两个人去了巴士的第二层。

深夜里，双层巴士上只有零星几个人，大家都默不作声地看着手机，做自己的事情，也有人在拍照留念。

车厢内有些破败，但他们往昔上学时的记忆，随着他们脚下的每一步，纷至沓来。

巴士一路在城市里穿行，他们在第二层的最后一排坐下，都一言不发地望着窗外。

当巴士拐到长北街时，街上灯火如昼，大雨倾盆，车玻璃上是雨水流动的纹路，纹路把灯光映衬得一片模糊，化成光亮的海洋。

雨声在车厢内听得格外清晰，邬淮清看着身旁的女孩儿——素白的一张脸，一如当年穿着校服、扎着马尾辫时那般漂亮，只是眉眼间褪去了青涩，平添了几分温柔。

在一个红绿灯路口前，车子停了下来。

也是在这一刹那，邬淮清心头一动，忽然俯身，在祝矜的唇上烙下一个吻。

这是她回来后，他们的第一个郑重其事的吻。

在一辆即将停运的破旧巴士上的一个吻。

祝矜上学的时候，家里有司机负责每天接送她上学和放学，因此她并不需要乘公交车。

只是后来有一段时间，她忽然告诉张澜，自己想骑车上学。

张澜刚开始不同意，但好在家离京藤中学不远，小区里有好几个孩子也都是自己骑车上下学，于是祝矜提了几次，张澜便同意了。

祝矜想骑车上下学，其实是存了自己的小心思的。

那会儿祝羲泽受了张澜的嘱托，早上他和兄弟们去上学的时候便等一等祝矜，带上她一起。

那年他们念高三，几个大男孩儿在进学校前都不好好穿校服。他们戴着耳机听歌，大清早的，天还没亮，趁着路上没车又没行人，空手骑着变速车耍帅。

祝矜规规矩矩地骑着自行车，骑的还不是山地车，因为张澜觉得骑山地车太危险，不让她骑。

她看着他们骑山地车，羡慕极了。

在祝矜的回忆中，那是一段很快乐的时光。

她故意骑得很慢，落在他们后边，然后在清早的晨光里，肆无忌惮地看向那个最中央骑着红色山地车的少年。

那会儿邬淮清的头发要比现在长一点，在清晨日出的阳光下，发梢上染着金色的光芒。他的背影清瘦挺拔，但他骑得飞快，浑身散发着意气风发的少年气息。

祝矜的耳机里播放着英语老师要求背诵的课文，有时她将课文记熟了，便换成流行音乐。

我遇见谁会有怎样的对白
我等的人他在多远的未来
我听见风来自地铁和人海
我排着队拿着爱的号码牌
…………

见她落后，三哥会停下来等一等她。

等她赶上了，三哥就落在她身后骑着，过了一会儿，就像最开始一样，她又落到了最后边。

这样循环往复，他们都打趣她，说她怎么骑得这么慢。

祝矜笑着说是他们骑得太快了。

有一段时间，她喜欢穿一件帽子上有两只兔耳朵的衣服，那件衣服是粉色的，毛茸茸的，很是可爱。

宁小轩每天早上都起得晚，没时间吃早餐，便在出大院的第一个路口的早餐摊子那儿买一个鸡蛋灌饼，边骑车边吃。

这群人从来不等他，于是每次他买好鸡蛋灌饼后，都要加快速度去追他们。

经过祝矜身旁时，宁小轩看着那两只毛茸茸的兔耳朵，总是一把揪住它们，将兔耳朵帽子戴到她的头上，然后便溜之大吉，落下一连串放肆的笑声。

祝矜被他气得鼓着脸颊。其他几个人回头一看，见她那副可爱得像小兔子似的模样，也忍不住笑。

她在少年们顽劣的笑声里，看到邬淮清也转过头来笑了一下。那是很浅的一个笑，显得他周身都暖洋洋的。

祝矜忍不住心跳加快，脸颊在风中发热。

那会儿，他俩很少说话。

他们彼此单独相处时，也总是一副“横眉冷对”的模样。

似乎两人从第一次见面开始，气场就不合。

邬淮清喜欢打篮球，在球场上总是光彩夺目的，每次打球，都有许多的女生围在篮球场旁，等着休息时给他送水。

而他又是出了名的冷淡，宁愿抢走祝羲泽手中的水，也不接那些女生的水。

那会儿祝矜的同桌经常在大课间时拉着祝矜在校园里闲逛。

每次从篮球场经过，女孩儿总会望向篮球场中央，跟祝矜说道：“矜矜，你堂哥在打球，我们要不要去看一看？”

祝矜摇了摇头：“没兴趣。”

女孩儿恋恋不舍地又看了几眼，叹口气说：“也是，你肯定看腻了。”

说完，她便跟着祝矜回了教室，

同桌不知道，祝矜虽然从没在篮球场旁驻留过，但总是透过教室的那一扇窗玻璃向下望去——就是篮球场。她只要站在窗户边，便可以不露痕迹地追逐楼下邬淮清的身影。

尤其是祝矜视力很好。

有时候碰上下雨天，他们便不再骑车，改坐公交车。

雨天的巴士里总是人挤着人，京藤中学这一站上车的大多是学生，一群人叽叽喳喳地聊着学校里的事情。

祝矜跟着三哥他们在第二层站着。她抓着吊环，看向窗外，余光却总是忍不住看向邬淮清。

耳机里的歌手唱着：

阴天，傍晚，车窗外
未来有一个人在等待
向左向右向前看
爱要拐几个弯才来

…………

许多年后，他们不再是当时的青涩少年。

物是人非，他们曾经乘坐的车也要停运。

而就在这辆破旧的巴士上，邬淮清吻了祝矜。

这一个很轻、很轻的吻，如蜻蜓点水一般。

祝矜的睫毛颤动着，蝴蝶的翅膀在震颤，连着邬淮清的一颗心也在颤。

她看着他，眼底有一片迷茫之色。

耳旁的雨声好像静了音。

“你……”

“我……”

他们二人同时开口，又同时止住了声。

“你说。”祝矜说。

邬淮清带着歉意笑了笑：“抱歉，没忍住。”

“哦。”她点点头，想调节气氛，“我懂，我太美了。”

邬淮清把目光从她的脸上移开，拨弄着手腕上的小叶紫檀，笑道：“的确，景色也有点美。”

两人没看对方，也没再继续这场尴尬的对话，而是若无其事地看向窗外的街景。

…………

祝矜醒来的时候，已经是第二天下午了。

雨后的空气很清新，她把花重新摆到露台上，打算再去买几盆花，期盼之后一段时间少下几场雨。

不像秋雨，一场秋雨一场凉。

夏日的雨，雨停后，照旧是烈日当空，暑热难耐。

邬淮清已经走了，祝矜坐在藤椅上，曲着双膝，两手环抱着双腿，把头埋在膝盖上。

昨晚他们一直坐到了终点站，回来时已经很晚了。

她又累又困，迷迷糊糊地进入梦乡后，一晚上都在做梦，梦到了很多学生时代的事情。

梦中的雨下得很大，场景一直在变换——她时而在喧嚣吵闹的巴士上，时而在篮球场上，时而在骑车上学的路上。她一直听着《遇见》，邬淮清偶尔回眸看她，微微一笑。梦中偶尔出现的又是他们二人吵架时的场景，最后又变成了他们一大群人冬天溜冰的画面。

祝矜此刻醒来，头沉沉的，大脑有点缺氧。

她的手机上有好几条姜希靓发来的消息。

希靓不吃姜：起来否？

希靓不吃姜：下午一起去逛街吧？

希靓不吃姜：还没起？昨晚喝多了？

希靓不吃姜：不至于吧？

祝矜摸着手机慢吞吞地回复：昨晚回来后我看了个电影，睡晚了。

她又补充了一句：去，我要买蜡烛和新衣服。

希靓不吃姜：好啊，我也要买衣服。

祝矜洗漱的时候，在镜子前忽然想到祝小筱。

说实在的，祝矜能够感受得到，她这个小堂妹对她有天然的敌意。

但祝矜没放在心上，毕竟她们是血缘亲人。只要一想到祝小筱一个人来到京市，在这儿人生地不熟的，她就不自觉地把小姑娘对她的敌意当成小孩子脾气来包容。

洗漱完在化妆的时候，祝矜给祝小筱打了个视频电话，小姑娘直接拒接了。

她也没恼，又按了一通，这次，祝小筱接了起来。

“你在干吗呢？”祝矜问。

视频中的祝小筱化着精致的妆容，但眉头蹙在一起，看起来心情很不好：“你找我做什么？”

“和你联络感情咯。”

“虚伪。”祝小筱目光不善地看着她，“我都回国多长时间了，你才想到和我联络感情？”

“是我的错，”祝矜边抹着粉底液，边笑着说，“我前两天给你买的那个包收到没？”

“丑。”祝小筱吐出一个字。

“哦，丑呀？”祝矜看了屏幕一眼，笑出了声，“丑你还挎着干吗？”

祝小筱一下子反应过来，把镜头移动到另一边，讪讪地说：“谁挎了，你看错了。”

祝矜只笑不语。

祝小筱果然还是小孩子脾气。

祝矜化妆前，翻了翻微博，看了一下祝小筱和王清粉丝互骂的事情。

两人也没在明面上闹翻，就是王清发了一条暗示对方很有心机的微博，然后她的两个“网红”小姐妹也“顺手”转发了一下。

本来大家也不知道她们说的是谁，谁知祝小筱发了一条微博回击，于是王清的粉丝们一下子就把矛头对准了祝小筱，两方的粉丝一下子就闹了起来。

祝小筱去年准备艺考后，就注册了微博。她涨粉的速度很快，如今粉丝已经有十几万了。

但她和王清她们比起来，粉丝数量还是差了很多。

祝矜再往前翻王清这段时间的微博，看到上面不仅有她和祝小筱的合影，还有她和自己的合影，那张照片就是上次她和自己在那个宠物派对上拍的。

祝矜虽然不知道王清和祝小筱是为了啥闹翻的，但祝矜向来护短，家人和朋友是她的底线。

“咦，你是在新光天地吗？”她看到视频中的背景，问。

“嗯。”祝小筱没好气地点点头。

“那正好，我要去逛街，我和朋友去找你好不好？”

“你和朋友来，我多尴尬？不要。”祝小筱摇头。

她虽然嘴上这样说着，但心里还挺想让祝矜来的。自从和王清她们闹翻之后，她每次逛街都是一个人了。

“那有什么关系？我这个朋友你会喜欢的，她就是绿游塔的老板。你不认识她吗？不认识的话我正好带你认识认识。”

“可我不想见你。”祝小筱嘟起嘴。

祝矜喷了一下定妆喷雾：“可我想见你。你不是说那个包丑吗，姐再给你买个好看的，好不好？”

看着视频里祝小筱那想答应又不好意思答应的表情，祝矜又忍不住笑了。

这小姑娘，怎么这么别扭？

祝矜和姜希靓去了商场。祝小筱逛累了，正在咖啡馆里喝咖啡，看到她俩来了，也只和姜希靓打了招呼。

祝矜没在意，三个人又逛了会儿，收获颇丰。

她说话算话，给祝小筱买了个包，小姑娘很喜欢，脸上却是一副不情愿的样子。

购物欲上来的时候，祝矜连自己一天都没吃饭的事给忘了，等饿得饥肠辘辘、前胸贴后背的时候，才轻轻地“啊”了一声：“我好饿。”

三个人去了楼上的一家餐厅。祝矜拿着菜单，点了很多碳水化合物。

祝小筱为了上镜，一直在控制身材，看到祝矜点这么多她平常不吃的东西，于是不高兴地问：“你故意的吧，专门点我不能吃的东西？”

祝矜说：“怎么能这么说？碳水化合物让人心情愉悦呀，我是看你心情不好才点这些的。再说了，你都这么瘦了，吃一顿没关系的。你又没有电影要马上拍，没必要维持身材。”

这话戳中了祝小筱的伤心事。因为和王清闹僵，她之前联系好的一个网剧角色没了，只因为那个网剧的制片人是王清的哥哥。虽然她不知道那到底是王清哪门子的哥哥。

“喂，小筱，你和王清到底因为什么闹僵了呀？”祝矜问。

祝小筱先是沉默了一会儿，然后看着服务生端上来的比萨，没好气地说：“和你有关系吗？你就是个傻子，还和她玩，人家恭维你两句你就当真了。”

祝矜也不恼。她其实不太关心她们两个到底因为什么闹别扭，只是也看不上祝小筱这副窝里横的模样。

“要真是她不对，你不服呢，就想办法解决，别天天在这儿气自己。”祝矜说，“窝囊。”

姜希靓也点点头：“就是，你在这儿和你姐横什么？你说说到底因为什么，说不准希靓姐也可以帮你。”

祝小筱还是不说。

祝矜没再揪着问。她得想个办法让自己这个小堂妹变得可爱一点。

姜希靓负责活跃气氛，一直引导话题跟祝小筱聊天，聊美妆、聊电影、聊帅哥，聊这些祝小筱感兴趣的话题。

姜希靓边聊着，边拿手机发微信消息。

忽然，姜希靓放下手机，拽着祝矜的胳膊笑了起来。

“怎么了？中彩票了？”祝矜问。

“小筱，你行呀，姐刚刚错怪你了。”姜希靓直起身，给祝小筱竖了个大拇指。

祝矜一脸蒙。

祝小筱本来正在拿叉子叉一片生菜，听姜希靓这么说，立刻明白她肯定是知道自己为什么和王清吵架了。

她一脸难为情。

姜希靓把手机递给祝矜，祝矜一看，是姜希靓和另一位关系还不错的“网红”姑娘的聊天记录。

那姑娘告诉姜希靓，那天祝小筱和王清闹别扭，是因为王清说祝矜坏话，说得很过火、很难听，还想把祝小筱当枪使。

祝小筱突然就奓毛了。

祝矜万万没想到，她俩吵架竟然还是因为自己。

她更没想到祝小筱还会为自己说话。

祝小筱虽然“不喜欢”祝矜，但那也是她姐，她能说她姐的坏话，别人不行。

“你可别想太多，我是因为你也姓祝，否则……否则我才不理呢！”她瞪着祝矜。

祝矜拍了拍她，露出一副霸道总裁的模样，说道：“你放心，姐一会儿再给你买个包。”

周一的晚上，邬淮清给祝矜发微信，问她要不要吃矮子粉铺的牛肉粉。

祝矜看着手机，一时没有回复。

那天凌晨在巴士上的那个吻，像是一场梦一般，她不敢去深究，也不敢去回想，更不敢打破此刻的平衡。

祝你矜日快乐：我吃了晚饭啦，不吃了。

邬淮清没再回复。

没两天，祝矜收到他发来的微信消息，他说自己要出差。

他们在此之前，谁也没向对方报告行踪，他这会儿突然这么说，祝矜一时不知道该回复什么。

祝矜纳闷，心却跳得快了一些。这时她看到他又发来一条消息：照顾 Money 的阿姨要回老家，这段时间你来帮我照顾一下它好不好？

祝你矜日快乐：把它送到你爸妈那儿不行吗？

W：我妈妈不养小动物的。

W：再说了，你不是想见见它吗？

之前有一次两人依偎着，祝矜忽然问他：“邬淮清，你那只萨摩耶犬呢？”

“在家里。”他说，“怎么，你想它了？”

祝矜支起脑袋，来了兴趣：“我能不能去找它玩呀？”

“不怕它了？”

祝矜摇摇头：“他们说，萨摩耶犬很温顺的。”

邬淮清哼了一声：“谁上次见了 Money 吓得跟见了鬼似的？”

“我那是第一次见。”祝矜点了点他的胸膛，“你要不要让我正式见一见 Money？”

她很喜欢毛茸茸的东西，喜欢猫和狗，可惜她这辈子和猫都无缘了。

以前她还说过，以后自己住，一定要养一只白色的大狗。

邬淮清把她按在怀里，不准她再动手，嘴里答应着：“好啊。”

只是第二天，谁也没再提这件事情。

哪知道邬淮清现在有求于自己时，又提了起来，祝矜不想答应他，但又放不下白色的大狗，于是应下：好的。

邬淮清本来是说把 Money 送到安和嘉园，但谁知他念了一长串养狗要用的东西，听着好似一卡车都拉不过来。

念完了，邬淮清还补充一句：并且 Money 很认床的，一换地方睡就生病。

祝矜没法，只能去邬淮清家。

这是她第一次来到他住的地方。他家在一个绿化做得很好的别墅区，不过里边装修得跟样板房似的。祝矜颇为嫌弃，也就是这里距离邬淮清的公司不是太远，不然她真不理解为啥邬淮清会选择居住在这里。

邬淮清走之前，告诉了祝矜别墅的密码，还有一堆养狗的注意事项。

她第一次发现，他竟然是这么细心的一个人。

Money 长得很漂亮，它是只很黏人的狗，虽然认床，但不认生，起码不排斥祝矜。

就像第一次见祝矜一样，它颇为热情地扑向她，还总是咬她的裤腿。

祝矜像是实现了梦想一般，终于“养”了一只萨摩耶犬，非常高兴。

“邬玛尼，你看你的爸爸，多没责任心，把你丢给漂亮姐姐就走了。”祝矜坐在狗窝旁，和 Money 对话。

Money 像能听懂她说什么似的，叫了两声，亲昵地咬住她的衣服。

邬淮清出差回来那天，提前给祝矜发了微信消息。

不巧当天赶上京市大雨，航班延迟，他到家时已经是晚上十二点了。

房子里非常安静，没有一点声响，邬淮清以为她已经回房睡了，不禁把动作放轻。

谁知他走到客厅时，就看到了这一幕——

祝矜靠在沙发上，偏着头睡着了。

Money 躺在她的身边，也睡着了。

客厅的灯还亮着，温柔地洒在他们身上。

窗外黑漆漆的，见不到光亮，雨势浩大，那一瞬间，邬淮清忽然有一种家的感觉。

他牵起唇，不由自主地笑了。

邬淮清走过去，把祝矜抱起来，抱到卧室去。

女孩儿的睡颜安静又漂亮，他轻轻地在上面落下一个吻。

第七章
盛夏

祝矜的睫毛轻轻颤动了一下。

邬淮清立刻直起身，双手撑离了她的身体。

半晌，她没动静，应该是没醒。他舒了口气，然后帮她把薄薄的真丝被盖在她的身上。走到门口看到空调温度时，他皱了皱眉，将温度调高了两度后才关灯走出了屋子。

祝矜第二天一觉醒来时，发现自己在床上。

她的第一反应是天好热，第二反应是，她怎么在床上？

她昨晚什么时候回的卧室？

祝矜抓了抓头发，走出卧室，喊了一声："邬玛尼宝贝儿？"

她没有听见声音。

她走到客厅，一转头，就看到旁边的大扇落地窗外，阳光清透热烈，雪白的大狗正在跟着它的主人跑步。

他们不知道已经跑了几圈，现在正好跑到了自家别墅前。

祝矜愣了愣，低头看见一旁的黑色行李箱，才意识到，邬淮清回来了。

所以，昨晚是他把她抱回屋子的吗？

Money 注意到了她，隔着窗户跳了跳，和她打招呼。

祝矜给了它一个飞吻。

Money 的主人正站在 Money 的身后拿毛巾擦汗，冲她点了点头，然后领着 Money 继续去跑步了。

祝矜见他们跑远，于是回到卧室去洗漱。

今早雨停后，气温比昨天高了两度，祝矜的脖子上有一层细汗。

她觉得不舒服，便去洗了个澡。

洗完澡出来，她打开手机一看，发现唐愈在早上七点钟的时候给她发了微信消息，说他家里有点事，傍晚要回申城，问她出不出来。

祝矜回他，说现在去找他。

她把卧室的东西收拾了一下。这两天她来邬淮清这儿还带了一个小行李箱，行李箱里装着衣服和洗漱用品。

正在叠衣服时，她忽然听到两声Money的叫声，再一低头，Money已经咬住了她的裤脚。

“邬玛尼，你跑完步了？”祝矜弯下腰揉了揉它的毛，然后视野里出现了一双白色的运动鞋，视线再往上，是两条紧实有力的小腿。

祝矜没再抬头，只听见他说：“你要走吗？”

“嗯，我收拾一下东西。”她把散落的头发往耳后缩了缩，然后转过身继续收拾衣服。

见她要去盥洗室拿洗漱用品，邬淮清忽然跟着她一起走了进去。

祝矜刚抬起手碰到那些化妆品时，手就被邬淮清按住。

“怎么了？”她不明所以地看着他。

邬淮清沉默了会儿，用食指在她的手背上点了点，然后开口：“我忽然想到，这些东西放在这儿也没什么关系。”

“嗯？”

“毕竟我们俩……”他顿了顿，“我们总不能一直在你家。你偶尔来我这边怎么样？”

“不怎么样。”祝矜笑了起来，“你家的床太硬了，我睡得不舒服。”

“我明天换张床垫。”他松开按着她的手。

祝矜没再发表意见，继续把化妆品和自己带的其他东西放到袋子里。等到洗漱台上的东西都被清空了，她才说：“再说吧。”

邬淮清站在她身后，久久没说话。

要走的时候，祝矜又和Money玩了会儿。

她往嘴里塞了两片面包，没留下来吃午饭，而是开车去了金鱼胡同。

唐愈正在楼下的奢侈品店里，见祝矜来了，问：“你有什么喜欢的吗？今天我要走了，买给你。”

祝矜在店里扫了一圈，摇摇头：“我前两天逛了街，今天没想买的。”

唐愈之前在国外看到两只特别漂亮的花瓶，想到祝矜喜欢那些精美的瓶瓶罐罐，于是就打算买给她赔礼道歉，可要付款的时候才发现卡被冻结了。

他回来这么长时间，也没送她什么东西，心里还挺过意不去的。

“行吧，那等我回了申城再送你东西。”

祝矜纳闷："你干吗送我东西呀？"

"这不是说着给你赔礼道歉吗？"

祝矜笑了："你忘了你还欠我一车子了吗？"

"那个不会忘的。回去我收拾收拾就把车子给你寄过来，再给你买点别的。"唐愈也笑了。怎么说，他那样做都是不对的。

两个人走了出去。祝矜想吃冰激凌，正好附近商场里有一家咖啡店，夏日特供的冰激凌味道还不错，于是两人打算过去。

休息日，这条街上的人很多，年轻的姑娘们穿着热裤、短裙，撑着伞，一手拎着购物袋，一手拿着奶茶。

咖啡店里排着长长的队，轮到唐愈时，一问他才知道，这家店不卖冰激凌，同品牌的只有国茂那家店卖冰激凌。

两人只好一人端了杯冰咖啡，不尽兴地走了出去。

唐愈看到她不痛快的表情，笑着说："就这么想吃这家的冰激凌？下午再去吃呗，咱们先去酒店吃点午饭吧。"

祝矜叹了口气："我本来也没多想吃，这不是正好你提起了他们家，谁知我竟然还吃不到。"

唐愈笑得不行，想起这人大三时，有一次忽然很想吃一家很有名的老字号小笼包。

那家店离他们学校很远，关键是还采取饥饿营销手段，每天限量供应小笼包，卖完就没了。那段时间，那家店在某美食软件上火得不行。

祝矜去了两次，都没买上。

唐愈说："干吗呀，就那么想吃？我就是在那附近上的小学，那小笼包的味道其实很一般的，都是网上炒作的。"

祝矜没理他，又接连去排了两天队，才终于买上了小笼包。

那天她回到学校，把打了一夜游戏还在宿舍睡懒觉的唐愈叫醒，请他吃他已经吃腻了的小笼包。

她自己却没吃多少，也没说好吃还是不好吃，完全没有了前两天那种势必要买到小笼包的热情劲。

唐愈好奇，问她为什么。

祝矜垂着眉眼，本来没应声，后来忽然说了句："别的事强求不得，这种费点时间、费点力气、费点金钱就能得到的东西，干吗还不顺了自己的心？"

那还是唐愈第一次听她说这样的话，那样的她显得有点偏执，不像她。

她平时向来对什么都不太在意，用个比较流行的词来说，就是挺"佛"的。

“别的事情，什么事，感情？”那会儿，他问。

祝矜没回答他。

“你笑什么？”此刻，祝矜问。

“想起你买小笼包的事了。”他说。

“哦。”祝矜不在意，“陈年旧事了。”

两个人又往回走，在酒店吃了顿午饭。

吃饭的过程中，唐愈总是忍不住拿每道菜和绿游塔的菜做比较：“靓靓那儿的菜品太好了，她简直就是老天爷派下来专门给人类添口福的。”

“她只要想做，做什么都做得好。”祝矜说。

侍应生端上来甜点的时候，她忽然问：“唐愈，你买的飞机票是几点的呀？”

唐愈舀了勺芝士蛋糕：“大概下午三点四十？”

“你确定？”祝矜拿起手机一看，然后把手机放到他眼前，“少爷，现在已经下午一点了。”

唐愈先是装模作样地骂了句脏话，然后又拿起勺子，继续品尝着蛋糕：“没事，赶不上就不回去了呗。”

祝矜看出来了，这少爷压根就不想回去，估计想着到时候和他哥说一句“我误机了没能回去”搪塞过去。

“你怎么还跟小孩子人似的，玩这种把戏？”

“我大哥和老头又吵架了，我看这两人日后说不准还要打官司呢。亲父子，你说要是上个头条，丢人不丢人？”唐愈说道，“今天早上我就找人删了一堆公众号上乱写的文章，现在气还不顺。”

祝矜喝了口柠檬水：“那是你爸叫你回去？”

“嗯，可不是，不过我在不在又有什么用呢？”

沉默了会儿，唐愈忽地把勺子扔到桌子上：“算了，我回去吧，不然老头更不顺心。”

说完，他站了起来，张开双臂：“来吧，祝老板，给个拥抱。”

祝矜站起来，抱了他一下。

中午吃完饭，邬淮清被祝羲泽叫去骑马。

这是个祝家的私人马场。

在金色的阳光下，邬淮清和祝羲泽两个人穿着样式相仿的黑色骑士服。邬淮清骑了一匹枣红色的马，祝羲泽骑了一匹纯黑色的马，两人在马场上奔驰着，速度飞快。

时光像是静止了，这一幕仿若一幅中世纪的油画。

有个马场的工作人员是个刚毕业没多久的小女生，看见这一幕，忍不住掏出手机拍了张照片。

两人中途休息的时候，祝羲泽原本在和邬淮清聊最近的生意，手机忽然接连响起来。

他拿出来一看，有个朋友发过来好几张照片。

马场的信号不太好，照片先是没加载出来，等加载好，祝羲泽一看，脸色都变了。

邬淮清问："怎么了？"

"浓浓回来后，我怕她出去玩碰到什么事，和几个场子里认识的兄弟都打了声招呼，这是他们刚刚发给我的。"

邬淮清拿起手机一看，是祝矜和唐愈的照片。照片的背景在酒店，其中一张照片中两个人抱在了一起。

"这就是她那个姓唐的同学？"

祝羲泽点头："真是怕什么来什么，这个男的长得就不靠谱。"

邬淮清轻笑一声："你还以貌取人？"

祝羲泽白了他一眼，知道这种感受旁人毕竟无法真正地感同身受，便没再说什么。他给祝矜拨过去一个电话，电话很快被接通。

"三哥？"

"浓浓，你现在在哪里？"

"在外边待着。"

"和谁在一起呢？"祝羲泽问。

祝矜下午送走唐愈后，一个人来吃上午没有吃到的冰激凌。

此刻，她站在商铺旁的阴凉处，咬着咖啡味的冰激凌，看着眼前来来往往的年轻人们，故意说道："帅哥呀，美女呀，一堆人。"

"那你让他们接电话。"

祝矜对自己这个哥哥有些无语，笑了起来，说："人家都在路上走着呢，哪里能接你的电话？"

"你一个人？"他又问。

"嗯，可不是嘛。"

"你那个唐姓同学呢？"祝羲泽打破砂锅问到底。

"回申城啦。"

"挺好。"他阴阳怪气地说道。

祝矜一时无语。

待挂断电话后，祝羲泽紧皱的眉头终于舒展开来，他对邬淮清说："姓唐的那小子终于回去了。"

对于唐愈，邬淮清之前的确有过危机感。

但自从他上次见了真人，外加和唐愈有了那一通无厘头的对话后，他可以确定，祝矜和唐愈两人之间实打实地没有半点暧昧关系。

于是，他便不再把唐愈放在心上。

而毫不知情的祝羲泽，一颗心始终放不下。

邬淮清安慰他："她都这么大了，你干吗还天天盯着她？"

祝羲泽的脸上重新现出担忧之色："前几天晚上，我打她家电话都没人接，后来她骗我说睡着了。你说，这能不让人担心吗？"

前几天，就是邬淮清出差的那几天。

祝矜一直待在他家。

邬淮清咳嗽了两声，心虚地转过了头，避开祝羲泽的视线。

夏日的午后，国茂的迷人景色不逊于夜晚，路边不时有跑车飞驰而过，附近还有博主在拍短视频。

祝矜咬着一支冰激凌，因为吃得慢，天气又热，所以冰激凌已经有些融化了，液体掉在她的手上，她感觉手黏黏的。她从包里取出一张湿纸巾把手擦干净，抬起头时，又碰到了一个搭讪的人。

祝矜摆摆手，不想说话，继续吃冰激凌。那人也爽快，见她不情愿，便离开了。

她忽然记起自己在这儿有张照片，想一想，那应该是她唯一一张和邬淮清的双人合影，可惜当初被她删掉了。

现在想想，她还挺遗憾。

恰好这时，姜希靓的视频电话弹了出来，祝矜按了接通键。

"你在哪儿呢？国茂？"

"嗯，你来吗？"祝矜问。

"今天绿游塔有会员的月度活动，我去不了。"视频里的姜希靓打扮得很漂亮，正在二楼指挥店里的员工布置现场。

"靓靓，你还记得你当初在这儿给我拍过一张照片不，那张照片现在还在不？"祝矜不由得问。

姜希靓仔细看了看视频中的背景，问："啥照片呀？你在国茂不是拍过好多张吗，还经常有街拍的大哥追着给你拍照，你说的是哪张？"

祝矜见她没印象，便没再问。

祝矜和姜希靓又闲聊了会儿，等祝矜一支冰激凌吃完，姜希靓忽然想起来，问道：“是不是当年大学还没开学，我和那个谁出来玩，偶遇你的那次，你正和邬淮清站一起的那张照片？”

“嗯。”祝矜点头。

“你等等，等我弄完我晚上给你找找。以前相册里的照片都被我导到电脑上了。”那天姜希靓和岑川出来玩，说是玩，其实也不太对，岑川要出国读书，她那天是准备和他谈谈的。

那会儿他们约好了以后的事，但当姜希靓知道岑川要出国后，又不想跟他有以后了。

她该怎么开口说呢？

她正在犹豫着，走着走着，忽然看到了祝矜和邬淮清。那张照片是她拿手机抓拍的，拍完一看，画面美得跟偶像剧场景似的。

于是，她就把照片发给了祝矜。

“嗯。”挂掉视频后，祝矜又去买了支冰激凌。

她平常还挺注意，不经常吃生冷的东西，但一吃起来就停不下来。

祝矜又忍不住想到了那张照片，可能是触景生情。

他们被抓拍的那天，正好他们班组织同学聚会，聚会地点在这儿附近的一家KTV，不过那家店现在已经倒闭了。

当初祝矜来的时候，正看到送骆梓清来，准备走的邬淮清。骆梓清和祝矜其实不是一个班的，但她对祝矜班里的一个男生有好感，于是便跟着来了。

邬淮清作为哥哥，把她送到之后又嘱咐了一堆，说不能喝太多酒，晚上散场前记得给他打电话等。

祝矜看到他，不自觉地放慢了脚步，边走边拿出手机装作发消息的样子。

她那阵子听说他好像交了个女朋友，想假装没看到他，等着这人离开再过去，谁知他忽然不动了，就站在车门处，目光还看向她这边。他明显看到了她，正等着她呢。

祝矜只好放下手机走过去，还没开口，便听到他说：“你晚上回去的时候，记得给你哥打电话，让他来接你。”

他说话的时候，没什么表情。

祝矜没理他，皱着眉不情愿地“嗯”了声，就进了KTV。

那时的她心中想的是：你凭什么管我？

进去后，她刚坐下，便收到了姜希靓用微信发来的照片。

祝矜那会儿正满心满脑不痛快，把照片放大看了一分钟，觉得刺眼，然后就把照片删除了。

谁知删除后，她立刻就后悔了，可又没理由找希靓要回来。

现在她忽然想起了那张照片。

她很想看一看，那时候的她和邬淮清两个人，是什么样子的。

邬淮清从马场里出来后，开着车，一直把车开到了国茂。

想着祝矜已经回去了，因此他也没抱着能找到她的希望，就是来碰碰运气。

谁知他一转头，透过车窗，就看到了在一辆卖章鱼小丸子的推车前站着的祝矜。她正抬着头和老板讲话。

此时已经是傍晚，天边晕染着大片绚丽的晚霞，她周身都染上了霞光。

唇角不自觉地勾起，他拿出手机，给她打了个电话。

祝矜付完款，看是邬淮清的电话，接起问："怎么了？"

"想你。"他说。

祝矜愣了下，然后尽量使自己的声音显得平静，说："哦，我也想你。"

电话那头的邬淮清听着她敷衍的回答，笑了起来，说："祝浓浓，既然你也想我，那我给你变个魔术吧？"

"什么？"

"你转头。"

祝矜转过身子，恰好一个旅行团走了过来。眼前是熙熙攘攘的吵闹的人群，她四处张望，心底有了隐约的猜想，但又不确定地问："叫我转头做什么？"

那些人慢慢走开，待队伍只剩下最后几个人，祝矜的视野变得开阔，邬淮清就出现在了她的视野中。

他眉眼含笑，穿过余下的人群，大步向她走来。

晚霞漫天，这一幕就像电影中的慢镜头一般。祝矜的一只手还在耳边举着手机，她愣住。

邬淮清走到她身前，把她抱住。

祝矜回抱住他。

这夜，两人回了家，一室旖旎。

迷迷糊糊之间，祝矜感觉她的手机响了一下。

邬淮清正半靠在床上玩着她的头发，听到声响，扫了一眼，只见屏幕上是姜希靓发过来的微信消息：找到了，得亏我留着。你别说，我现在看这张照片，依然觉得你和邬淮清真的是佳偶天成。

他心中微感诧异，看她还闭着眼睛，于是伸手点了进去。

一张照片缓缓出现。

照片中他们二人面对面交错站着，同时看向对方。

邬淮清穿着白衣黑裤，站在一辆不算贵的跑车前。邬淮清认出了那辆车，那是他拿炒股挣的第一桶金买的车，那时的他正处于志得意满的年岁，春风得意马蹄疾。

而她穿着一件绿色长裙，用清澈的一双眼望着那时的自己。

祝矜忽然睁开眼睛，见他在看自己的手机，便一把将手机抢了过来。

“你干吗？”

邬淮清笑了，把她抱住，掐了一下她脸上的肉，亲昵地说：“祝浓浓，你还藏着咱俩的合影？”

邬淮清盯着她，笑得一脸开心：“祝浓浓，你要不要解释一下，这是什么意思？”

祝矜先是蒙了一下，很快就冷静下来，重新把手机扔给他，假装不在意地说：“你看清楚了，这是姜希靓发给我的，可不是我存着的。”

“找到了，得亏我留着……”邬淮清慢悠悠地念着微信消息，“这张照片是她拍的？”

“嗯。”祝矜点头。

“她没事拍咱俩干什么？她是你雇的摄影师？”

“什么呀？”祝矜被他逗笑，“她正好碰到我们，觉得那一幕好看，像是偶像剧里的情节，所以就拍了下来。当然，她主要是觉得我好看。”

邬淮清应了声：“的确是好看。不过，那你说说，你怎么忽然想跟人家要这张照片了？你存了什么心思？嗯？”

祝矜觉得膝盖疼，于是把腿舒展开，平躺在床上，感觉心跳得没那么快了后，便单手支着脑袋看着他，勾起嘴角弯出一个笑。

她不答反问：“邬淮清，你知道这些照片是在哪儿、在什么时候拍的吗？”

邬淮清低头想再看照片，祝矜却没再给她机会。

“考试时间，闭卷作答，不能再看手机了。”

邬淮清用手抚着她的头发，有一下没一下地弄着，说：“这还看不出来？国茂，你当年考完试那会儿。”

“不错嘛。”祝矜有些惊讶。他竟然还记着。

“你那段时间天天穿绿色的衣服，宁小轩说你跟黄瓜似的，因此我印象不深刻都不行。”他笑道。

“什么黄瓜！”祝矜从床上坐起来，抓住他手腕，露出一副凶狠狠的模样，作势要咬下去。

邬淮清被她拽着，也不恼：“是他说的又不是我说的，你跟我凶什么？不过就算是黄瓜，你也是黄瓜里最美的。”

“你……”祝矜瞪他。

“再说了，咱们现在哪里是黄瓜呀？黄瓜哪有这个形状的呀？”邬淮清不正经地说道。他看出了祝矜在回避。

祝矜没咬他，反而是在他的手腕上掐了一下。她新做的美甲很长，她掐起他来一点也不手软。

邬淮清任她掐着，手腕上传来微微的痛感，他感觉她更像在挠痒痒，越挠他越痒。

他捺住心里的冲动，把话题拉回正轨：“祝浓浓，你甭转移话题。你就说说，怎么突然想要这张照片了？”

祝矜见这人这么大半天都没被绕进圈子里，还惦记着这个事，于是没好气地说：“我今天走到附近，忽然想到了，就随口问了句靓靓。

“毕竟，我最近天天跟你在一起，走到熟悉的地方，也很难不联想到吧？”

邬淮清的眼窝很深邃，眼皮的褶皱很深，他坏笑起来的时候，眼尾向上勾着，很是动人。

祝矜很怕他这样笑，尤其是此刻。他笑得比平日更为好看，她怕自己把持不住。

邬淮清忽然想到什么，问：“你把咱俩的事告诉她了？”

祝矜愣了一下，一时摸不准他是想让别人知道还是不想让别人知道，只摇摇头：“没呀。我为什么告诉她？”

邬淮清沉默了一瞬，然后勾起唇：“也是，咱俩这关系，要是被第四个人知道了，我们可就要立刻一拍两散了呢。”

他依旧笑着，只是笑得没那么走心。

祝矜点点头。

邬淮清没了再问她的心思，一颗心像是坐了过山车似的。这会儿冷静下来，他发现自己的后背竟有些汗湿了。情绪大起大落，他忽然从胸腔里生出一股闷气，说不清、道不明。

他越来越难受。

他的脑海中都是刚刚那张照片，照片中她那冷淡的眸子，已经昭示了一切。

他就不该抱有更多的想法。邬淮清想。

她对他漫不经心，他也应该回以她漫不经心。

他不该动摇，不该那么没有骨气。

可他还是忍不住想到那天，照片上他们碰面的那天。

其实那天晚上，他又见到了她。

那会儿已经十一点多了，他在祝羲泽家，两人比赛做一个电解质的实验。

可能是因为在聚会上喝了酒，她不敢回家，所以就来了祝羲泽那儿。

她进来时，邬淮清正在阳台上打电话，在窗帘后看到她的脸红扑扑的，看到她喊了声“三哥”后就进了房间。

那会儿祝羲泽正在上大学，在外边租住的房子里，他都给她留了房间。

她压根没看到邬淮清。

邬淮清挂掉电话去卫生间时，途经她的房间，听到她在打电话。

“什么嘛？怎么就不能谈异地恋了？你别说，我要是有喜欢的人，肯定去表白。我马上都要十九岁了，都要读大学了，又不是早恋，可谁让我没有喜欢的人呢……不知道，分数不是还没出来嘛……”

他上完卫生间，出来时接到骆梓清要他去接她的电话，于是和祝羲泽打了声招呼，便走了。

自始至终，她都不知道他在。

这天晚上，祝矜不知道自己什么时候就睡了过去，只是晚上又做了和之前一样的梦。

梦里的她被人束缚着，像是被人拿绳子捆住了，动弹不得。她依旧看不到那人的脸。

第二天，她一早就醒来了。

看到自己身上的胳膊，还有面前熟睡的人，她立马气不打一处来，用一只手捶了一下那条胳膊。

邬淮清睁开眼睛：“醒了？”

“邬淮清，你有什么毛病？我晚上被你勒得喘不过气了。”她愤愤地说。

祝矜一坐起来，立刻感受到了身体的不适，于是更生气了。

邬淮清看着她的表情，问：“难受？”

她委屈地点点头。

邬淮清下了床，看了看时间说：“带你去个地方。”

“去哪儿？我今天哪儿都不想去。”她不是不想去，是感觉身体要散架了，完全不想动。

况且，她和他一起出去玩，要是碰到熟人怎么办？

“就是带你去松快松快。”他穿好衣服，拉起她的胳膊，说道。

“到底去哪儿呀？”

“泡温泉。”

祝矜摸了摸他的额头：“邬淮清，大夏天去泡温泉，你没发烧？”

他低头亲了亲她的手指：“夏天泡温泉的好处很多的，可以降暑气。你看你，一起来就发脾气，一看就是暑气太盛。”

祝矜：“……”

“并且现在的温泉池有冷雾系统，不会让人热的。”

祝矜想了想，很少有人在这个时节去泡温泉，那他俩碰到熟人的可能性应该为零，于是便答应了。

等上了邬淮清的车，她忽然想起来自己的车，便推了推他说：“我的车还停在国茂。”

昨天晚上他来找她，她直接上了他的车。

“等回来再去取。”他说。

车子穿行在马路上，这个点不堵车，于是邬淮清开车开得很是痛快。

路过附近一家商场时，邬淮清忽然停了下来。

祝矜不解地问：“有什么要买的吗？”

邬淮清说：“你昨晚不是说想吃牛舌饼吗？”

祝矜“哦”了声，看着他，没说话。他竟没转过头去。两人便沉默地对视着。

车内的气氛一瞬间有些微妙。

阳光在两人的脸上投下阴影，但又让彼此的表情无处可藏。

半晌，祝矜忽然笑起来，推了他一下：“那你去买呀，看着我做什么？我腿疼，可不下去。”

邬淮清也忽然笑了一下，拉开车门走了出去。

祝矜坐在副驾驶座上，待他走远，倏地舒了口气。

刚刚那一瞬，她忽然有些控制不住自己，有什么话就要脱口而出。

附近有很多写字楼，因为是周末，人不多，阳光被无数扇玻璃折射着，直直地落入她的眼底，有些刺眼。

她把遮阳板拉下，又从车里找到一副墨镜。这副墨镜显然是邬淮清的，戴上后她发现很大。

祝矜在手机上搜了搜，发现这家商场里有一家品牌眼镜店，于是给邬淮清发了条微信消息，让他再帮自己买副墨镜，不然这一路过去也太晒了。

邬淮清在负一层的精品超市里挑好了牛舌饼，又买了一些其他的点心，一看到她的微信，就回了个“好”。

然后他打算去楼上的眼镜店。

他刚要走进眼镜店，便顿住脚步，可里边的人已经看到了他。

骆梧见到他，有些诧异。邬淮清走过去，喊了声：“妈。”

她旁边还站着骆桐，他只好又喊了声“小姨”。

骆桐对他笑了笑，眼底却有些怵意。

骆梧没笑，看到他手中的点心袋子，知道他向来不喜欢吃北方的点心，于是皱着眉问：“自己来逛街？”

“就上来买个墨镜。”邬淮清说，“妈，你和小姨有什么喜欢的吗？我买给你们俩。”

骆梧摆了摆手：“我们俩自己可以买，你挑你的吧。”说完，她就去了另一边，并没有和邬淮清多聊的打算。

邬淮清扯起唇角，不在意地笑了笑，然后从架子上挑了一副女款的墨镜，也没避着她们。

倒是骆桐忍不住，走过来问：“清儿是买给女朋友的吗？什么时候把女朋友带来让小姨看一看？”

邬淮清瞥了她一眼，没回答她，反而问：“小姨，骆洛呢？”

骆桐脸色一变，下意识向身后看了一眼，然后说：“你在说什么？小姨先去陪你妈妈，改天再聊。”

走到骆梧身边，骆桐刚想说话，就听姐姐问：“我听说你最近又要去M国？”

“是，有演出。”

骆梧笑了笑，把一副墨镜戴上，对着镜子照了照，从镜子里看向她：“那可要注意安全哦。”

骆桐看不到姐姐的眼睛，只能从镜子里看到姐姐唇边的笑容。听到这句话，她忽然浑身一冷。

祝矜在车内听完了好几首歌，邬淮清才回来。

一上车，他便把墨镜扔给她：“试试，好看不？”

祝矜拿出来戴上，仔细一看，笑道：“邬淮清，这个和你那个好像哦。”

“嗯。”他应了声。

她忽然想到什么，转过身子，问他：“你是不是故意的，想和我戴情侣款？”

邬淮清把自己的那副墨镜从她身上拿起来戴上，说：“不行吗？”

祝矜哼了声，不说话。

她把墨镜戴上，然后拆开袋子吃里边的牛舌饼。这家店是去年才开到京市的一家东北的糕点店。

她边吃边评价：“还是没有某香村的好吃。”

“是吗？”邬淮清皱了皱眉。两家的牛舌饼他都吃过，觉得这个更酥一点，于是买了这家的。

“嗯。”祝矜以为他没吃过，取出一块新的牛舌饼喂到他的嘴边，“你尝尝。”

邬淮清正在开车，见状低头咬住牛舌饼，顺便把她的手指也一起咬住。

“浑蛋，你松开。”

邬淮清闷声笑了一下，然后才松开她的手指。

车子向郊区驶去，温泉在山上，开车过去也要很久。

祝矜忽然问：“温泉那儿能烤串吗？”

“怎么，你想吃？”他问。

祝矜点点头。

“想吃就能。”

“你这话说得轻巧，那是你开的？”她刚问完，就见邬淮清竟还真点了点头。

“私人的场子，今年刚建好，还没有人去过。”

祝矜撇了撇嘴：“你还挺会享受。”

她之所以想吃串串，是因为吃着牛舌饼，一时想起了某香村之前卖的炸肉串，可惜后来某香村就不卖炸肉串了。

“邬淮清，你吃过某香村的炸羊肉串没？可好吃了。”她想了一下，“我记得我读小学的时候就没的卖了，那会儿你还没来京市，肯定没吃过。太可惜了。”

邬淮清忽然笑了一声，说：“等回去我再给你变个魔术吧？”

“什么呀？”

“先不告诉你。”

下午两点钟的时候，车子到达了目的地。还真像他说的那样，这地方在山里，是个私人的场子。

京市西山的温泉酒店很多，一到节假日便人满为患，尤其是秋冬时节。

但他们来的这个地方很是僻静，在地图上都找不到。

他们一进去，有个男人便迎了过来。那人看不出具体年纪，但是要比他们年长一些，是邬淮清很信任的一位长辈，专门负责这边的生意。

里边的院子是古代风格，一步一景，游廊曲折，四周到处栽种着名贵的树种。

邬淮清在这儿还有个专门的院子，那人把他们引了进去。院中央养了一缸金鱼，还有用水缸养着的荷花。

祝矜往那个水缸处扫了一眼，看到上边的题字，于是好奇地附在他的耳边，问："这是真的假的？"

"你说呢？"他笑得漫不经心，答案却呼之欲出。

祝矜倒吸了口凉气，竖起大拇指："行啊，你这做派，穷奢极欲。"

她现在仔细一回想，进了院子，这一路上见到的东西多半都是真的，而且件件有出处。

祝矜瞬间觉得自己不是来泡温泉的，而是进了宝殿。

他在的这个院子的后边，还有一片梅林。

邬淮清指了指成片的梅树，说："等冬天下雪的时候，咱们再过来，那会儿这里特别美，我们可以一边泡着温泉一边赏雪。"

祝矜愣了一下。现在是炎炎夏日，冬天还是太遥远了。

他们两个，能撑到那会儿吗？

还有一个秋天，他不会提前厌倦她吗？

但她没说话，此刻不是扫兴的时候。

待那个男人走了后，两个人在院子里泡温泉。旁边有很多树木。

祝矜试了试水温才进去。

她刚开始还感觉有点烫，但过了会儿，还真觉得舒服。

本来山上就比市里边凉快，此刻冷雾洒着，在树荫下的她倒是真不觉得热。

邬淮清揽着她的腰，让她的头靠在自己的胸前。

她在热水中舒展开来，没一会儿就感觉浑身舒畅，便一边泡温泉一边拿着手机做题。

这时，唐愈发来微信消息，问她打不打麻将。

祝矜正好也闲，于是答应了她。

两人切磋着。

邬淮清看她在网上玩"欢乐打麻将"，却玩得一点都不欢乐。四个人玩了三局，她一次都没赢。

他看了看，说了句："你对面那个人还挺厉害的。"

"是吧。那是唐愈，别看他数学不好，打牌可厉害了。"祝矜说道。

邬淮清本来在喂她喝椰汁，听到这句话，忽然扯了扯唇角："那是唐愈？"

"是呀，还是他教我打麻将的。"

待到唐愈又和了一局，邬淮清说：“我帮你玩几局吧？”

“你也想玩？”

“嗯。”邬淮清点点头。

祝矜把手机递给他，专心地看着他玩。他玩的时候，睫毛一直在扇动，在白净的脸上投下两片阴影，就像两把小扇子。

祝矜看着他的牌，说：“哦，你的运气怎么比我还差？”

邬淮清瞥了她一眼，轻哂，没说话。

看着他神色淡淡的、丝毫没有危机感的样子，祝矜本想着他肯定输定了，却没想到，没多久，手机页面变成欢庆的页面——邬淮清竟然和了。

唐愈在聊天框发来消息：行呀，这局挺厉害。

接着他们又玩了几局。无一例外，无论牌面是好还是坏，邬淮清都赢了。

郁闷唐：什么情况？

郁闷唐：什么情况？

郁闷唐：见鬼了？

郁闷唐：祝浓浓，你吱一声。你是不是被绑架了？

邬淮清看着这人发过来的消息，冷笑了一声，然后把手机扔给祝矜。

看到祝浓浓露出崇拜和佩服的眼神，他顿时有些愉快。

邬淮清摩挲着她的肩头，盯着她淡红色如玫瑰一般的唇，轻声说道：“浓浓，这就是你说的那个教你打麻将的人？他不仅厉害，人还好？原来也不过如此。”

第八章

姐妹

祝矜捧起椰青就着吸管喝了一口，笑得眼睛弯弯的，说：“没看出来，你挺记仇的呀。”

邬淮清也不否认，轻笑了一声。

祝矜注意到他脖颈上的那颗小痣在阳光下好像会发光一样。

她以前在大学宿舍里见过一个长着泪痣的女孩儿，那颗痣生得十分漂亮，可她还从未见过有人脖颈上长一颗普通的小痣也能长这么好看的。

邬淮清的腿在水下碰到了她的腿，他问道：“还难受吗？”

祝矜把他的手拨开，不满地说：“难受。”

她虽然这样说着，但不得不承认，泡温泉水，确实让她松快了不少，甚至最近因学习过度得的颈椎痛病都缓解了不少。

难得这是个闲散的下午，两个人在池子里泡着，中途邬淮清怕她泡得太过火，把人捞出去吃了点东西。

两人有时候很长时间都不说话，有时又有一搭没一搭地聊着。

他们之前很少聊天，无论是上学那会儿，还是最近这一个月。

他们偶尔聊天的内容，也只关风月。

但实际上，他们的共同话题还是很多的。毕竟两个人在同一个地方生活了那么长时间，还是在同一个中学念的书。

快到傍晚的时候，祝矜坐在院子外边的树荫下，靠在一把藤椅上，拿着扇子百无聊赖地扇风。

山上人少，她偶尔才能见到一两个附近的村民。他们在夏日的满天霞光里，慢慢悠悠地回家。

市区里楼宇高耸密集，祝矜很少能看到这么漂亮的晚霞。

她拿出手机给天空拍了张照片，更新了好久没更新过的朋友圈，然后又看了看别人发的朋友圈。

今天因为是周末，所以发朋友圈的人比工作日时多了不少。

几分钟前，姜希靓发了一条朋友圈，图片是一棵银杏树，没有配文。

祝矜端详了两眼，也没看出这棵银杏树有什么特别的。这个季节，银杏叶子还没黄。

祝矜点了个赞，刷新的时候，看到有一个她们俩的共同好友在底下评论：这不是咱们学校的那棵长寿树吗？你回去啦？

这个人和姜希靓是一个中学的。

祝矜又往下看了看，给大多数人的朋友圈都点了个赞。

拉到王清发的朋友圈时，她才反应过来自己还是王清的好友，于是非常小心眼地删了王清。

忽然，祝矜的耳边飘来丝丝缕缕的风，她回头一看，只见邬淮清手执一把扇子，正在给她扇风。

他拉了把椅子坐到她旁边。

有几个工作人员抱着烧烤架、木炭，还有食材过来了，问他："邬总，给您摆在这儿行吗？"

祝矜"咦"了声，看向他："真要烤烧烤呀？"

"不然呢，说着玩玩？"

可惜今天人少。祝矜想到只有他们两个人，于是说："要不改天吧？改天我们把大家一起叫过来。今天就我们两个人，烤什么烧烤呀，多浪费？"

邬淮清还在给她扇风："谁让你烤了，你操这么多心？"

"……"

于是，祝矜选择乖乖地当一个闲人，看着他们把架子弄好、把炭添上、在烧烤架上摆好肉串。

肉串是他们在路上时邬淮清让山上的人现串的，很新鲜。

别说，邬淮清烤烧烤的动作还能挺唬人，就跟烧烤摊上的师傅似的。

祝矜在后边看着他，闻着香味，忍不住站起身。

"不是不吃吗？怎么站起来了？"

她拿扇子的扇柄捅了一下他的背："你这人，嘴怎么这么毒？小心你以后孤独终老。"

她刚说完，他的动作便顿了顿，没说话。

祝矜觉得别扭，于是转移话题，问："你烤的这是羊肉串还是猪肉串？"

"这是羊肉串。那边的是猪肉串。"还有鸡翅、培根卷等，他准备了好多种类的食材。

她站在他旁边，看着他仔细地撒调料，又及时把肉串翻面。

烟熏火燎中，他的动作慢悠悠的，但细看，也能看出他其实是不怎么熟练的。即使这样，他动作间也透出一股子漫不经心的矜贵感。

等第一份烤串烤好，邬淮清拿起一串递到她的嘴边："尝尝。"

祝矜咬了一口，不情愿地哼唧了一声："邬淮清，你这是什么技术？都煳了。"

他皱了皱眉，将烤串拿到自己嘴边咬了一口，一脸疑惑地说："没煳呀。"

说完，他就看到她一脸得逞地笑着看他。他顿时反应过来："您蒙我呢？"

"这是不能让你骄傲。"

听到这话，他乐了。这就说明他烤得还行。

祝矜边和他说话，边帮他把烤好的烤串放到盘子里，然后将烤串端给了里边的工作人员。

夏日天长，等到两个人都吃到再也吃不下去的时候，天还没完全黑下去，只余薄薄的一层暮色笼罩在山间。

月亮却出来了，挂在山头。

有人帮他们在四周喷上驱蚊液，又在小石桌上点了驱蚊香。

山庄前的灯都亮了起来，邬淮清坐在椅子上，看着身旁正在回微信消息的祝矜，一瞬间有种说不出的满足感。

但他又不是完全满足，因为感觉这种时光像是他暂时偷来的。

她就算只是站在那儿，也总能让他心旌摇荡。

祝矜察觉到他的视线，忽然抬起头来。

邬淮清将半张脸隐在暮色里看着她，眼神很专注。她忽然抬起头一看，他还带着被抓包后的不好意思。

祝矜刚才在回复自己发的那条朋友圈底下的评论。

祝羲泽：这是哪儿呢？景色不错。

她回：山上。

祝羲泽：干吗去了？

祝矜：吃烧烤，可好吃了。

祝羲泽：好吃不带你哥去吃？

祝矜：就不带。

两人的对话跟两个小孩儿闹着玩似的。

邬淮清拿出手机看到这个，不由自主地笑了起来。

两人各自沉默了会儿。

他忽然提议，让她今晚留在这儿待一宿，明天再回去。

祝矜的确挺喜欢四周的景色的，但心中有一种说不清道不明的情绪，于是拒绝了这个提议："改天吧。下次来我再顺便看看日出。"

邬淮清也没强求，取上车钥匙，说道："也行，下次来挑个好天气。"

祝矜并不知道，他这句话其实还有另一层含义。

她还嘟囔了句："是得挑个好天气，我每次在海边、山上，想看日出时就碰到坏天气，至今一次日出也没看成。"

邬淮清"嗯"了声："以后会有机会的。"

车子在公路上行驶着，盘曲的山路和两侧郁郁葱葱的树木都不断地向后退，在夜色里别具风采。

祝矜当初买车的时候，姜希靓提议她买辆跑车，拉风。祝矜一想，京市快要一年四季都刮大风了，买跑车显得她多傻？于是她买了辆很朴素的越野车。

现在她坐在邬淮清的跑车里，在夜色下兜着风，头顶就是星星和月亮，还真是又美又令人觉得惬意。

到了市里的时候，她忽然接到了祝小筱的电话。小姑娘难得给她打一次电话，她一接起来，就听见一阵哭腔。

"小筱？"

"姐，你在哪儿呀？我……我出事了……"她哭着，话说得断断续续的。

"你别急，先说在哪儿？"

"我在烙……"她话还没说完，手机就被人夺了去。祝矜先是听见一声尖叫，接着那边发出一阵嘈杂的声音，然后一个男人的声音从那边传了过来。男人嘴里不干不净地骂着："给谁打电话呢……"

祝矜再拨过去时，电话已经关机了。

她急得不行，作势要给祝羲泽打电话。

邬淮清见状，停下车："别急，你慢慢说，什么情况？"

祝矜把刚刚祝小筱在电话里说的话给他讲了一遍。

"听着很吵闹，"她回忆，"像是在酒吧里。"

邬淮清皱眉道："你看一下她今晚的社交软件有没有更新？"

祝矜翻了她的微博。自从她上次呛过王清后，已经好几天没有更新微博了。

她又想起祝小筱更多时候玩的是 IG（国外的一个社交软件），于是看了她的 IG 动态。三个小时前，祝小筱发了一条动态，照片背景中还有驻唱歌手在唱歌。

"这是哪儿？"她把手机递给他。

邬淮清："有点像爱派尔，我知道位置。"

"可她说在烙什么，后边的话她还没说手机就被一个男人抢走了。"祝矜深呼吸，仔细回想着，想让自己冷静下来。

“烙可？”邬淮清立马想起来，说道，“烙可和爱派尔挨得很近，我们先往那边开。”说着，他启动车子，同时给那边在店里的朋友打电话。

祝矜则翻起祝小筱的IG，想寻找和祝小筱同行的朋友。

很快，邬淮清的一个朋友回了电话：“邬哥，我问了烙可的老板，老板说季随宇刚刚带了一个女孩儿进来，那女孩儿一直在挣扎，我不知道那是不是您要找的人。而且季随宇好像有点问题，暴躁得很，烙可的老板也不敢惹他。”

邬淮清冷笑了一声：“不管是不是，你让他看好，我现在就过去。那女孩儿要是有什么事，他的店也别开了，我直接报警，让警察处理。这会有什么后果，他自己也知道。”

“那季随宇……”

那边的人还想说什么，便被邬淮清打断：“你问问他是要得罪姓季的，还是要得罪邬家和祝家？他自己决定。”

说完，邬淮清直接挂了电话。

那头的人一听到“祝”这个姓，连忙噤了声。他万万没想到，他们要找的人来头这么大。

挂掉电话后，邬淮清看到一旁祝矜的脸色完全沉了下去。

祝矜开口道：“季随宇？是我上学的时候知道的那个季随宇吗？”

“嗯。”他点头。

祝矜知道季随宇这人有多烂，一下子更担心了。她催促他：“你快开。”

季随宇当年也是京藤中学的，和邬淮清他们同级，仗着家里有人给他撑腰，就为所欲为，毫无下限。

高中时他甚至做了一件他们学校尽人皆知的恶事，只是当事人最终选择跟他和解，因此事情并没有闹大，他也没受到惩罚，可自那之后他更加嚣张了。

车子快要到烙可门口的时候，烙可的老板打来电话，带着哭腔说道：“您快过来吧，季少爷要疯了，我这儿压不住了。”

邬淮清一脚刹住车，也不锁车，直接冲向烙可。

王清坐在散座上，连酒都没敢再喝，一直喝着冰柠檬水。

在她旁边的Emily四处瞄着，犹豫地开口：“清姐，小……祝小筱没事吧？”

王清咽下一口水，强装镇定地说道：“能有什么事？她失恋了，喝多了，然后发生了点事。这是什么稀奇的事吗？”

有人附和道：“就是，再说那可是季随宇，多少人想高攀他可都高攀不上的。”

Emily没说话。这里边不是所有人都知道祝小筱的身份的，大多人只以为她是个在M国长大、家里有点小钱、想当明星的人。

但Emily知道祝小筱的“祝”是哪个“祝”，也知道王清同样清楚。因而，她觉得王清这样做，不亚于引火自焚。

只是她人微言轻，不敢真的为祝小筱出头。

心下不安，Emily拿起包就打算走：“清姐，你们玩吧，我有点不舒服，先回家了。”

王清没说话，白了她一眼，而后在一抬头的瞬间，就看到了进来的两个人。

店里昏昏暗暗，激光灯的光线乱飞着，她却看得清清楚楚，那是邬淮清，他身后跟着祝矜。两人面色凝重而焦急，烙可的老板引着他们进来，向二楼走去。

她死死地握住杯子，心里暗道：这一切和自己可没关系，不用怕。

老板流着汗，说道：“包厢的门打不开，我们也没法进去。”

“你没钥匙吗？”邬淮清冷声问。

“锁……锁头被他从里边弄……弄坏了，就算有钥匙，门也开不开。”

“给我找人砸！”

老板无可奈何，只好先把二楼封锁，不让底下的人上来，又叫了几个人过来砸门。

在剧烈的声响中，门忽然从里边被人打开了。

季随宇敞着上身骂道：“谁敢烦……”

话音未落，他就被祝矜扇了一巴掌。

季随宇被打愣了，片刻后才骂道：“好家伙，祝矜？”

他认出来了，一眼便认出了这是祝矜。

当年，季随宇有段时间经常骚扰祝矜，被祝羲泽他们打了一顿，他和祝羲泽他们的梁子也在那时候结下来了。

他刚刚看到祝小筱，不知道她是祝羲泽和祝矜的妹妹，只以为她就是来酒吧玩的普通姑娘，心思 上来，可不就开始动手动脚？可他没想到这姑娘一点也不识相，性子忒烈。

后来老板过来说了她的身份，他一听她姓祝，更不想放手了，于是决定新仇旧恨一起报。

他扬起手，要回扇祝矜一巴掌。邬淮清见状，直接把他拂到了地上，并爆了句粗口。

老板带着几个人连忙跑到季随宇的身边，把他按住。

祝矜趁机跑进屋里，一进去就见躲在角落瑟瑟发抖的祝小筱。祝小筱抬头一看到堂姐来了，哇的一声大哭起来。

“姐……”祝小筱手里拿了一个玻璃烟灰缸，这是她抓来防身用的。她的上衣领口已经被撕碎了，现在的她狼狈不堪、浑身颤抖。

她一把抱住祝矜的腿，哭得撕心裂肺。烟灰缸随着她松手的动作掉在地上，一声脆响后在包厢昏暗的灯光下裂成碎片。

祝矜蹲下身拍着她的背，不住地安慰她：“没事了，没事了啊……”

季随宇扭头看向她俩，挣扎着要起身，却被邬淮清拦住。

和邬淮清这种练家子比起来，季随宇就是根稻草，而且他常年沉迷在酒池肉林里，身体早被掏空了。

他原本还带着朋友，只是祝小筱一直在闹，他嫌丢人，就另外开了个包厢。

此刻，他的那堆朋友们走的走，留下的也躲在另一间包厢里，根本不敢露面。

祝矜对祝小筱说了声“你等一下”，然后起身走出包厢，顺便把门关上。

季随宇瘫在地上，已经不成样子了，只是嘴里还喊着：“邬淮清，我爸……我爸不会放过你的……”

邬淮清闻言并未停手，之后，捻了捻手腕上的小叶紫檀，漫不经心地笑道：“行啊，让季铮祥来找我，我看他敢说一个‘不’字吗？”

他穿着一身白衣黑裤，明明做着暴烈的事，却仍旧是一副优雅从容的样子，只是偶尔眼底才涌现出一抹狠意和戾气。

祝矜拉住他，没让他再继续打季随宇。

邬淮清一脸疑惑地看向她。

祝矜冲他笑了笑，然后转头看着没有一点力气地靠在墙上的季随宇。见祝矜看着自己，季随宇睁着一双因为常年放纵而没有神采的充满红血丝的眼睛盯着她，一脸惊恐地道“祝……祝矜，你要做什么？”

他竟怕起她来。

祝矜半蹲着，笑得很温柔。而后下一秒，她伸出了手。

白皙瘦弱的手腕在空中飞速动作，走廊里回荡着清脆的声响。

邬淮清笑起来。

祝浓浓果然不同凡响。

邬淮清忽然把她拉住，笑着说：“行了，不值当。”

祝矜转过头狠狠地剜了季随宇一眼。旁边有侍者非常有眼色地递过来湿巾，她拿着湿巾擦了擦自己的手，也给邬淮清擦了擦。

然后，她让侍者先去取一件外套过来。

老板连忙告诉那侍者三楼有自己新买的衣服，让他快点拿过来。

那人动作很麻利，不一会儿便拿着一件干净的西服外套过来了。祝矜接过外套后进了屋子，又关好门。

祝小筱还在哭，她蹲下来帮祝小筱套上外套：“小筱，我们回家了。”

祝小筱没有反应。

邬淮清敲了敲门，祝矜喊了声“进”。他刚走近她们，就看到祝小筱不自觉地往后退了退。

“小筱，这不是坏人，这是三哥的朋友。”祝矜说着。

见祝小筱没再抗拒，邬淮清蹲下身子，隔着西服抱起她下了楼。

车子一路开向安和嘉园。

路上，祝矜给祝羲泽打电话说了这件事后，祝羲泽大怒。

“现在已经没事了，我下山的时候正好碰到了淮清哥，是他帮的忙。”

他们到的时候，祝羲泽已经先赶到了安和嘉园，正坐在祝矜房子里的沙发上。

一见到他们，祝羲泽立刻站起身去看祝小筱。

邬淮清冲他点了点头，然后说：“我先回烙可，那儿的事还没处理完。”

祝羲泽应了声：“行，我马上也过去。”

说完，他拍了一下邬淮清的肩，道：“今天谢谢你了。”

烙可那边，老板早就叫了医生。趁着邬淮清走了，他赶紧让医生给季随宇医治。

虽然刚刚他得先顾着邬淮清的面子，可这个季少爷也是个他惹不起的人物。这季少爷要是在他这儿出了事，那他可担不起这个责。

他夹在中间，觉得自己像是被炭火烤着的生肉，动弹不得，里外不是人。

老板没想到邬淮清又回来了，还是在这么短的时间之内回来的。

邬淮清笑着，走进包厢一看，立马怒道：“我让你给他找医生了吗？你们这儿服务得还挺周到的，嗯？”

老板连声道歉，点头哈腰。

季随宇意识恍惚得分不清东南西北，只觉痛苦无比，浑身上下没有哪一处不疼。

眼见着邬淮清又走了过来，他哭着乱叫：“别打了。我错了，我错了……”

他已经完全没有了形象。

邬淮清看他一眼便觉得反胃，忍了忍脾气，语速不紧不慢地道：“我管你是对还是错。嗯，你刚刚不是让你爸对付我吗？好，我现在给他打电话。”

季随宇一听，急了，痛哭流涕，挣扎着拽住邬淮清的裤脚：“求你了，邬淮清，别告诉我爸，别告诉他……”

“那你说怎么办？我也觉得告诉你爸没意思，要不我们打电话给警察？”

季随宇更急了，连忙说道：“别别别，你也动手了，警察来了对你也没好处。”

邬淮清冷笑一声："和你做的那些事比起来，我动手的事情算得上什么呀？"

说着，祝羲泽也进来了。

和来救祝小筱时的邬淮清一样，他也先教训了季随宇一顿。

而在安和嘉园，祝矜帮祝小筱准备了一些吃的，一边安慰着祝小筱，一边等家庭医生的到来。

祝矜后来才知道，祝小筱手机上的紧急联系人是她，所以，祝小筱才能在那么危急的情况下，拨通她的电话。

祝小筱只受了些皮外伤，但她挣扎时，被季随宇扇了好几个耳光，现在她的脸看起来触目惊心，让人一阵心疼。

祝矜只看了一眼，心里的火就仿佛触了油般高涨。

"小筱，"祝矜拍了拍她，然后把鲜榨的果汁递给她，"你要不要吃点东西？"

祝小筱摇摇头，盯着地板，眼神空洞。

祝矜掐了掐手心，拿湿纸巾帮她把脸和露在外边的皮肤擦干净。祝矜想问问她今天的事是怎么发生的，又怕刺激到她。

"要不你先睡一觉吧，有什么事明天起来再说。一切有三哥，你别怕。"

祝小筱仍旧摇了摇头。她现在已经不哭了，但目光呆滞，这状态比她刚刚大哭时更让祝矜担心。

"我不敢闭眼。"忽然，祝小筱说。

祝小筱没有告诉过任何人，在国外，她曾受邀参加学校里一个非常受欢迎的金发女生组织的派对。那天晚上他们在别墅前烧烤、玩游戏。

后来有一个学长把她叫过去，说想要跟她一起看电影。那个学长长相帅气，在学校里有很受追捧。因此，收到他的邀请后，祝小筱很开心，跟着学长去了房车里。可电影才开始没多久，那个学长的手就放到了她的腿上。

她知道，这种派对，会促成很多对情侣。甚至她刚刚开厨房门去取面包片时，就在门后碰到了激情似火的一对。

可祝小筱没办法接受。

她开始不断地说"不"，不断地推拒他。但那个学长不肯罢休，想硬来。祝小筱感受到屈辱和疼痛。在挣扎躲闪间，她把车里的水晶挂饰拽了下来，挂饰砸到了那个男孩儿漂亮的眼睛，趁着他喊痛的关头，她慌乱地下车，逃似的离开了。

回家的路上，祝小筱一直在给母亲打电话，可是没有人接。

她的爸爸妈妈一天二十四小时都在忙，美其名曰把自己贡献给了科学事业，可她这个女儿，却被他们弃之如敝屣。她活到这么大，从未得到过他们的关心。

第二天早上，妈妈回过来电话，抱歉地说昨晚自己在做实验，手机关机了，并询问她发生了什么事情。

祝小筱那时已经什么都不想说了，昨天晚上那种不安、委屈、急于倾诉的心情，已经消散得一干二净了。

也是那天，她翻了翻以前从来不看的家庭微信群。这个群很热闹，祝家人都在，经常有人发红包，发他们聚餐、出去玩的照片。

她那个仅见过几次面的堂姐，在照片中总是站在位于最中央的、爷爷的身边，堂姐在群里被提起来的次数也最多。

堂姐总是笑得很开心，祝小筱那时不明白，堂姐为什么总是能够一脸幸福。

只是那一天，看着家庭微信群里热热闹闹的聊天记录，祝小筱忽然心生向往。她也想要那种热闹的、一家人在一起的感觉。她想回国，不想再留在国外了。于是她开始挑选国内的大学。

她想当明星，这样，无论家人对她怎样，都会有一堆人爱着她。

在得知她要报考国内的电影学院时，她的爸爸在电话中大骂了她一顿，说她不务正业、丢人现眼。

祝小筱不明白，他从未管过她，为什么在这时候又来骂她。

而今晚的季随宇，把祝小筱重新带回了她那个晚上。

她孤独、无助，周围只有她一个人。

这件事对她的影响甚至比当年更甚。

当年她面对的仅仅是一个少年，而今晚，她面对的却是一个无法无天的成年人和一群冷漠的旁观者。

“那我们不睡了，不睡了。姐姐陪你看电影好不好？”祝矜拍着她的肩。

祝小筱在泪眼模糊中，忽然对祝矜说了声“对不起”。

“说什么话呢？我是你姐。”祝矜知道她说的是什么意思，蹙着眉不让她再继续说这个话题。

她打开电视，选了《樱桃小丸子》的剧场版播放。

祝小筱渐渐平静了下来，断断续续地给祝矜讲起今天晚上发生的事情。

最近一段时间，她心情一直不太好。她不明白自己为什么回了国，仍旧一点都不开心。她一个人来爱派尔散心，忽然收到王清身边一个姑娘发来的微信消息，那姑娘发来一张王清和陆域接吻的照片。

陆域是祝小筱的男朋友，也是电影学院的，是一个刚有点名气的歌手，今年年初才签约了经纪公司。

祝小筱当即便奓毛了，翻她们的朋友圈，发现她们在这条街上的另一家店——

也就是烙可。于是她立马去了那儿。

王清一见到祝小筱便笑了。祝小筱四处看，都没看到陆域的影子。

“你什么意思，王清？”

王清她们一群人坐在舞池旁边的一张沙发上，桌子上摆了好多酒瓶，这些酒瓶都被起了瓶盖。王清笑得一脸得意：“是陆域主动的。你怎么不问问他，好端端的有女朋友，干吗还想来追求我？”

祝小筱看着周围一众人对她奚落、嘲弄的嘴脸，深呼吸，骂道：“你们一对烂锅配烂盖，我随你们。我还嫌恶心呢。可是王清，咱俩没完！”

王清点点头：“是没完呀，所以我今天这不是把你叫过来了嘛。这儿的酒，这样的杯子十杯，你都喝了，我们就算两清。你要是喝不完，咱们就慢慢地好好把账算一算。”

她说着，又笑起来：“哦，我想起来了，你那个杂志的内封图是不是也被撤下来了？哎呀，那个主编是我的朋友，人家点了名说你不符合他们杂志的风格。”

祝小筱看了看桌子上的瓶子——这儿最烈的酒。

她忽然笑起来：“你的脸，怕不是有脸盘大？”说着，她端起一杯酒泼到了王清的脸上。

王清和她身边的小姑娘们都尖声叫了起来。

“祝小筱，你有病呀？”王清骂她，“都没有人喜欢你，无论是家人还是朋友，都没有！”

王清之所以这么肆无忌惮，就是因为知道祝小筱和家里关系不好，加上祝小筱又是个硬脾气的人，她笃定就她们之间的这些事，祝小筱不会告诉家里人。

此刻，她专门往祝小筱心窝里戳。

祝小筱上来就要打她。

忽然，一声“哟，这是谁呀”的话传了过来。

她们都停下了手中的动作。

王清一看到过来的人是季随宇，眼睛立马亮了起来，喊了声“季哥”。

“清儿，你们在这儿玩呢？”虽然季随宇是在和王清说话，但眼睛很明显是在盯着祝小筱。

祝小筱不舒服地转过头去。

王清心里跟明镜似的。她也是京藤中学毕业的，季随宇那些事情，她知道得一清二楚。不过季随宇不招惹她，她也乐得捧他的臭脚，得点实惠的好处。

眼见着季随宇对祝小筱十分感兴趣的样子，王清心中忽然滋生出隐秘的快感。她和季随宇嘴上寒暄了两句，果然听到季随宇压下声音问：“这人是谁呀？”

王清故意只说祝小筱叫小筱，是她的学妹。

季随宇立马猴急地拉住祝小筱的手："妹妹，和哥去楼上，哥请客。"

祝小筱一脸嫌恶地抽出手，季随宇也不恼，像狗皮膏药似的贴了上去。

季随宇带着一群人挤挤蹭蹭，推搡间，祝小筱被带离了人群，带去了二楼楼梯口。这一个楼梯口位置很隐秘，祝小筱眼见自己要被带上楼，不由得回头看向王清她们，只见王清端着酒笑着，用口型对她说了句"拜拜"。

祝矜听到这儿已经奓毛了，比在车上接到祝小筱的求救电话时还要生气。

"所以，王清看着你被季随宇带走，也没吱声？"

祝小筱点了点头。

祝矜深呼吸，沉默了会儿，说："这件事你别管了。"她又安慰了会儿祝小筱，然后起身去房间打了几个电话。

第二天一早，姜希靓拎着几个食盒来了安和嘉园。

祝矜今天没打算学习，也不打算去烹饪班，准备在家陪祝小筱。这会儿给姜希靓开门后，她问："干吗来这么早？"

姜希靓晃了晃手中的东西："送爱心早餐来了，还干吗来了？你真冷淡。"

祝矜打了个哈欠，然后伸出食指在唇边做了个噤声的动作："你小点声，小筱还在睡觉。"

"哦。"姜希靓把食盒放到餐厅的桌子上，小声问，"她现在怎么样了？"

"还行，我感觉她缓了过来，但她情绪还是很低落。"

"这肯定的。我过两天要去滇西，你要不要带上小筱一起去？"姜希靓问。

"你去滇西干吗？"

"我要和几个餐厅老板一起去滇西那儿交流、切磋厨艺。这个季节，那儿的蘑菇特别好，过季就没了。我再顺便去联系一下咖啡豆的供应商。"

祝矜听她有正事要忙，于是说："那我俩可不能打扰你赚钱。不过，我是该找个地方，带她出去散散心。"

两人正说着，祝小筱走出了屋子。看到姜希靓，她喊了声"希靓姐"，然后端起水杯喝了一大杯水。

三个人坐下吃了姜希靓做的爱心早餐。祝矜看着祝小筱闷闷不乐的模样，提议道："小筱，一会儿姐订票，咱俩下午出去玩吧？"

"去哪儿呀？"

"你想去哪儿？"

祝小筱想了想，忽然又摇了摇头："哪儿都不想去。"

姜希靓似乎知道她在想什么，从包里掏出一堆东西：“看，这是什么？”

两人同时看向姜希靓，只见姜希靓手中拿着一堆口罩，上边是各种搞怪的表情涂鸦。

“你们就戴着这个出去，绝对最靓、最帅，还能防身。”姜希靓绘声绘色地说道。

祝小筱扑哧一声笑了。

最后，趁着这几天天气好，祝矜和祝小筱决定去珠市玩。正好珠市也不是什么游客特别多的旅游城市。这个决定来得突然，但说走就走，祝矜只拿了一些洗漱用品和几件衣服，就准备出发了。

两个人拉着一个行李箱，飞去了杭湾机场。

飞机落地后，她们去了提前订好的酒店，先饱饱地睡了一觉。

第二天一醒来，祝矜就收到了一堆微信消息。

W：哪儿去了？

W：一夜未归？

W：你去珠市了？

祝你矜日快乐：玩耍中，勿扰。

邬淮清拿着手机，哼了一声，感觉胸口闷闷的。

她又一声不吭就走了。

珠市是一座特别温柔的城市。

祝矜租了辆车，带着祝小筱在公路上兜风。道路两旁栽种着漂亮的椰子树。

傍晚，她们在海洋王国看到了成群成群的水母。它们在深蓝色的水里自由地游动着，被灯光打得晶莹剔透，变幻成各种颜色。

这场景，浪漫又梦幻。

忽然，邬淮清发来视频通话，祝矜拿着手机去一旁接听。屏幕中的男人穿着西装戴着眼镜坐在办公室里，和那晚那个凶狠的男人截然不同。

“行啊，祝浓浓，行动派呀。”

“那是，请你看水母。”祝矜把手机拿远，笑着对他说。

“看到了，一对情侣在接吻。”

祝矜一回头，就看到身后有对情侣正在接吻。她脸一红：“让你看水母，你看什么了？”

邬淮清笑笑：“水母哪有你好看？”

祝矜觉得这天根本没法聊：“挂了，挂了。”

“别呀，再让我看看水母。这水母怎么还是粉色的？”

“多好看！”祝矜说道。说完，她余光注意到祝小筱过来了，于是连忙挂断了视频。

“姐，你是不是交男朋友了？”

“没呀，怎么了？”

“你脸都红了，还笑得这么甜蜜。”

啊？

祝矜摸了摸自己的脸。她有笑得很甜蜜吗？

可她心中真的像是有色彩缤纷的水母在游动，让她想打滚，想潜水，想抱一抱视频中那个超帅的男人。

邬淮清又等了两天，还不见她回来。

其间，这人发了两次朋友圈，一次发的是她口中特别好看的水母的照片，一次发的美食的照片。

连张她的正脸照片都没有。

上一条他发给她的微信，她也还没回。

邬淮清打开微博，有点想搜一搜祝小筱的微博，想看一看在她的微博中能否寻得一丝祝矜的痕迹。在搜索框中输入祝小筱的微博名的时候，他有些心虚。他知道，这个行为不太磊落。

几年前，在他听人说祝矜身边多了个男生，那男生还是唐家的小少爷时，他就克制不住想探一探他们两人的关系。尽管邬淮清一遍又一遍地告诫自己，不要再去想她，不要再去关注她的事情，她的任何事都和他无关，可他还是忍不住。

他不断地从唐愈的微博里寻找祝矜的痕迹。

然后，他看到他们一起去探店，一起去看话剧，一起骑车，一起在她租的洋房里做寿司。像是自虐一般，他反复地翻看着唐愈每一条有她出场的微博。

而现在，邬淮清又打开了祝小筱的微博。他一眼就看到了小姑娘发布的最新的一条微博——事实证明，不要和我姐一起出去玩，那样我的心灵会受到严重地打击。我在海洋公园里遇到八个要微信号的帅哥——都是来找我姐的。

邬淮清啧了一声，给祝矜发过去一条微信消息。

W：你行呀。

将消息发过去之后，他觉得这话怪酸的，又按了撤回。

第九章

想见你

七月份的珠市，空气像是静止不动的，湿润的热气在四周蒸腾着，人一动，一下子就汗淋淋的。

祝矜和祝小筱找了个阴凉的地方，在公园的长椅上坐下。

祝小筱精神复原后，就开始拍短视频。

这段时间，祝矜把祝小筱发布在社交网站上的视频和照片都看了一遍，发现小姑娘拍的照片很有灵气，拍的短视频也非常有氛围感。

祝小筱说自己没事做的时候，就喜欢剪点视频。

“姐，看镜头。”

祝矜摆了个剪刀手，冲镜头笑了笑。

“真甜。”祝小筱由衷地夸赞道。

之后，祝小筱将镜头对向自己，忽然哇哇地大叫起来。

“怎么了？”

“晒黑了！啊，黑了好几个度！”

祝矜抬了抬眼皮，笑了起来：“我第二天晚上洗澡的时候就发现了这个惨痛的事实。这儿的紫外线太强了。”

她用的是防护能力最强的防晒霜，但只要隔一段时间没有及时补充涂抹，皮肤就立马会黑。

“啊？”祝小筱一脸悲痛地说，“姐，那我们回京市一起去做晒后修复吧？”

“行呀。”祝矜说着，掏出一包纸巾递给她，“瞧你，四脖子汗流的。”

“什么？我怎么有四个脖子？”祝小筱一脸不理解地问，“这是什么成语吗？”

祝矜笑得拍起膝盖来说：“四脖子汗流就是老京市方言，流汗的意思。四个脖子，哈哈哈……”

祝小筱看她笑自己，瞪起眼睛：“你这人，不知道人家听不懂方言吗？”

“我错了，我错了。”祝矜摆手。

“对了，姐，今天那些想加你微信的男生，你怎么一个都不同意呀？”

“你姐我呢，就喜欢长得好看的，他们又都长得一般。”祝矜找了个理由。

祝小筱回忆起来：“可我记得，第三个……不是，是第四个想来加你微信的那个男生，又高又帅，笑起来可阳光了。这还不够帅吗？”

“哪个呀，戴墨镜的那个吗？他摘了墨镜的样子你没看，眼睛有点小。”

“那我们昨天不是还见了一个特别白、眼睛很大的男生？他还叫你姐姐，声音特别甜的那个。”

“那个哦，没一点男子气概。”

“那那个穿着蓝色球服，有点像大明星的那个呢？”

“他不够高。”

“还有一个港城人，长得特别有味道。”

“港城人？我都忘了那人长什么样了。”

祝小筱：“……”

“姐，我发现你眼光很高。”

“是吗？有吗？”

“这还没有？”祝小筱瞪大眼，“姐，这世上有一个男人像你说的那样，又高又帅，眼睛又大，皮肤又白，又有男子气概，又什么什么什么吗？”

“没有吗？”祝矜一脸无辜地眨了眨眼睛，脑海中却不自觉地浮现出一个男人的模样。

他的长相精准地契合她所有的审美点。他不笑的时候冷淡疏离，笑起来又带着些坏，清瘦但不文弱，特别有男子气概。

祝矜突然觉得天比刚才更热了。

她摸了一下自己发烫的脸颊，烦躁地拿扇子扇了两下风，然后拧开气泡水的瓶子，大大地喝了一口桃子味的气泡水。

汽水有些甜。

祝小筱欲言又止地看着她，最后叹了口气，说：“行吧，我祝你早日找到这样的男人，然后让我开开眼界。”

两个人从网上找了半天，选择去一家口碑很不错的餐厅吃饭，不想到了之后才发现这个点餐厅门口已经排起了长队。

她们百无聊赖地等着，一边排队，一边聊晚上回去想看的电影。

最近几天，两人每天晚上都要在酒店里投屏看电影。

她们发现，她们有很多共同喜欢的影片、导演和明星。

“要不我们晚上重温《海角七号》吧？我听说今天晚上咱们酒店外边的沙滩

上有一场小型演唱会，到时候我们把窗户大开着，一边听演唱会，一边看这部电影，还挺应景。”

祝衿想象了一下，觉得那个场面还挺美，于是点头道：“好呀，还可以再买点烤串吃。”

祝小筱原本在笑着和她聊天，听到微信消息的声音，掏出手机看了一眼后，脸色就凝固了。

“怎么了？”

她咬了咬唇，摇了摇头道：“没事。”

祝小筱的男朋友，哦，不，准确来讲是“扔进垃圾桶都是不可回收垃圾”的前男友，给她一连发了好几条微信。

他先是问她怎么了，为什么这两天不理他，然后又问她是不是出去玩了，怎么没有提前告诉他，后来又问她是不是想分手，为什么不跟他直说。

这会儿，他又非常愤怒地问她为什么和别的男人混在一起，还要不要脸。

然后，他发来了两张虽然有些模糊但很好辨认的照片。照片中，季随宇搂着她，两人看着很是亲密。

因为照片模糊，他也看不清她脸上的表情。

祝小筱深呼吸。这两天，因为季随宇，她都忘了陆域和王清了。

她第一次见到陆域，还是在王清组织的派对上。那会儿他们一见面，陆域就主动追求她。

虽然他们俩吃饭时陆域不喜欢掏钱，还总是让她买东西，但陆域这人很温柔，嘴甜又有情调，唱起歌、说起情话来迷人得很。

祝小筱最不缺的就是钱，陆域对她嘘寒问暖一番也就把她感动了。此外，她还天真地自己以为遇到的是怀才不遇的才子，自然会主动付出。

两人也有过一段特别甜蜜的短暂时光。

现在她看来，这些都是狗屁。

祝小筱心里又酸又疼，本想直接把他拉黑删除，可忽然不甘心起来，于是非常小心眼地列了个账单给他发了过去。

筱：这是我们在一起这段时间的账单，数字都列得很清楚了。哦，吃饭什么的我就给你免了，主要是你让我买东西花的钱，麻烦你还一下吧。

本来还在那头骂得特别激烈的陆域忽然没了声响，祝小筱又给他发了条微信消息让他快点还钱，结果发现自己被拉黑了。

这人真是不要脸。

不过她本来也没想着他这抠门精能还钱，不过是硌硬他一下罢了。

祝矜瞅着祝小筱的模样，也没多问，只是又在心里记了一笔账。

过了好久，终于排到了她们。

这里上菜的速度倒是不慢。

祝小筱夹了一筷子面，正刷新微博，就看到陆域和王清两个人一起上了热搜，“出轨”“第三者”等字眼夺人眼球得很。

王清本来就是小有名气的“网红”，陆域是小众歌手，因此也有一堆粉丝。

他们这件事情，照片、聊天记录一出，可谓锤锤到位，“吃瓜群众”纷至沓来。

紧接着，聪明的网友又扒出了陆域的丑事——之前陆域自称是原创的两首歌的歌词，都是抄袭自 R 国的一个民谣歌手。

而更惨的是王清。

她先是被曝光了她塑造的形象和身份都是假的。

网红们多多少少都会打造“人设”，所以这并不是令网友们大跌眼镜之处。

网友们震惊的是王清的校友发的一条视频。

视频里，王清的父亲早逝，王清被母亲含辛茹苦地养大。可她上大学后，她的母亲数次来学校找她，她都拒绝与之见面。

她不认这个母亲了。

说来也巧，这件事还是姜希靓发现的。

那天姜希靓知道了祝小筱身上发生的事情后，回去托朋友探王清的底，结果发现王清小时候和自己住在同一条胡同里。

再看王清小时候的照片，姜希靓一眼就认出来——这不就是王姨的女儿吗？

在姜希靓小的时候，姜妈妈在胡同口开了个水果摊，王姨开了个煎饼摊。姜妈妈在世时，和王姨还是好朋友。

姜希靓还听人说，王姨的女儿攀上了高枝后，不回家也不认妈了。

姜希靓万万没想到，王姨的女儿就是王清。

王清的变化很大，加上她们多年未见，因此两人都没认出彼此来。

于是，姜希靓就找朋友，让人把这件事也捅了出来。

一时之间，有很多之前和王清认识的“网红”开始落井下石，趁机跟王清断绝关系来吸引流量。

而和王清有合作的几个要她拍摄电影、杂志的合作方，也纷纷编辑了早先发布的微博，将她的名字从中删除掉了。

就这么会儿工夫，王清这个名字彻底红了，她也彻底掉进臭水沟里了。

祝小筱目瞪口呆，表示难以置信：“她……伪装这么久，不累吗？”

祝矜摇了摇头：“不知道。这点累，比起她塑造‘人设’、走捷径给她带来的那些东西，可能根本算不了什么。”

祝小筱重重地叹了口气，一点都不理解。

祝矜吃完饭，看了看手机，发现邬淮清给她发了好几条微信消息，不过都被别人的微信消息和群消息给顶了下去。

祝你矜日快乐：咦，你撤回的是什么呀?

W：手滑，没什么。

祝矜给邬淮清发过去一个链接，邬淮清点开一看：超好用的防滑手套，你值得拥有，二十块钱三个。

邬淮清：“……”

下午的气温比上午还要高，太阳源源不断地散发着热气，再走下去，祝矜和祝小筱都要中暑了。

于是她们决定再去一次海洋王国，好歹海底世界要比外边凉快一些。

正值暑假，海洋王国里有很多小孩儿，他们跟着家长走在一起，热闹得很。

在鲸鱼馆里，祝矜趴在玻璃外，看向深蓝色的水面，庞大的鲸鱼游动着，让人仿若置身海底。

祝矜收到邬淮清打来的一个语音通话。祝矜接起来，听到他问她在哪里。

“在看鲸鱼呀，好漂亮。”

“海洋王国？”

“嗯。”

“那你们什么时候回酒店？”

“先不回去，今天还要逛好久，晚上还要看烟花。”

“嗯。”

祝矜忽然疑惑地问：“怎么了？有什么事吗？”

“没。”说完，邬淮清挂掉了通话。

海洋王国里有一个球幕影院，类似天文馆里的球幕影院，只是银河变成了海底。祝矜抬起头看向空中的屏幕，成群结队的鱼类从她头顶上飞过，又一头鲨鱼猛然间出现。

一瞬间，她不知道今夕是何夕。

此情此景，浪漫至极。

四周静悄悄的，影院里除了屏幕中的光亮，一片昏暗。

忽然，她的眼睛被人覆盖住。

祝矜心头一惊，刚想叫出声，就听到一声“是我”。

他的手指缓缓移开，祝矜惊讶地往身旁看去。不知道何时，她旁边的人变成了邬淮清。

祝矜下意识转头看向一旁，祝小筱在另一侧，正专注地看着头顶上的屏幕。

祝矜的心忍不住涌动起来，如同澎湃的海水，数不清的游鱼从她的头顶滑至她的心间。

她拿出手机，给旁边的人发微信消息，问：你怎么来了？

W：想看鲸鱼、水母和你。

巨大的球幕包围着他们，画面变成了鲸鱼跃出海面时的场景。

鲸鱼的身体在水中摆动，就像飞鸟在天空翱翔。阳光洒在它的身上，昏暗的影院也被照亮，光辉落在每个人的脸上。

祝矜在看鲸鱼，邬淮清在看她。

她的余光和他的视线在空中交会。

两人的目光如同暗流，涌动在汹涌的海水之间。

人们注视着跳出海面的鲸鱼，唯独邬淮清注视着她，悄无声息地握住她的手。

祝矜的心随着音乐声一起跃动，心中游鱼飞舞，她感受到那只握住她掌心的手干燥、温热，像是北方的天气，和湿热的南方滨海城市的天气迥然不同。

据说，鲸鱼跃出海面非常消耗体力，它们之所以这样做，是为了社交，以此来吸引异性鲸鱼。

人人都屏住呼吸，期待着这个和他们有着千差万别的庞然大物下一步会有什么举动。

祝矜想问问他为什么来这里，为什么还恰好坐在了自己旁边。

她克制不住心头涌动的情绪。如果人的心可以无限大，那么此刻，她的心一定可以装下一头鲸鱼。

在见到她的那一刻，邬淮清听到自己心中陨石落地的声音，陨石砸下一个令人心安的坑。

电影的下半场，他们没有任何交流。

祝小筱偶尔会把爆米花递给祝矜，祝矜笑笑，用一只手取出一粒爆米花。

她的另一只手始终被他牵着。

祝矜逐渐沉醉在这海洋里。

快要结束时，她给邬淮清发了一条微信消息：以后一起去潜水？

W：好，美人鱼。

祝矜忍不住笑，想到他就在身边，于是强行压下翘起来的唇角。

祝你矜日快乐：你要不先离开？别让小筱看到你。

W：行，我知道我见不得人。

祝你矜日快乐：对。

W：行吧，那我只好先行离开。谁让我见不得人呢？

祝你矜日快乐：……

祝矜听到一阵细微的窸窣声，然后她的手被松开。他起身站起来，提前离开了影院。

电影放映结束，广播里响起了悠扬的音乐声，观众纷纷站起身，准备离场。

祝小筱把手里的爆米花放到一旁，伸了个懒腰，说："这纪录片还挺有意思。"

"嗯。"祝矜点点头，恰好此刻，影厅亮了起来，灯火如昼。

祝小筱疑惑地看着她，问："姐，你的脸怎么这么红？这里的冷气开得挺足的呀。"

祝矜用手背贴了贴自己的脸："有吗？你的脸好像也挺红的。"

祝小筱"咦"了一声，推了推她，道："是吗？那咱俩快出去，我要买一支冰棒吃。"

往出口走时，祝矜看到了手机微信收到的最新消息。

W：一会儿放烟花，我在城堡下等你。

她把这句话看了两遍。不知为何，简单的一个陈述句，却令她感觉到莫名的浪漫。

可能珠市就是一座浪漫的城市吧？她想。

祝矜和祝小筱去买了两支冰激凌，然后又在海洋王国里找了个地方吃晚饭。

这段时间，邬淮清一个人去了祝矜提到过的那几个馆，看了五光十色的水母，看了鲨鱼，看了成群结队的海底小生物。

每到一个馆，他都忍不住想象她看到这些时的表情——一定是很惊喜的样子，眼睛睁得圆圆的，里面透着好奇，就像十几岁时去秋游，学校组织去郊区农村里挖土豆、干农活时那样。

她拎着一桶沾满泥土的土豆，专门跑到高年级所在的区域，向他们炫耀自己的成果，又傻又可爱。

他忽然有些明白，为什么祝羲泽总是担心她被人拐走了。

邬淮清走出鲸鱼馆时，天色已暗下来，西边的天空被绚丽的晚霞包裹着，粉红、橙黄，漫天霞光。

他看了看手表，已经快要到海洋王国固定放烟花的时间了。

邬淮清走到城堡下。这座城堡和一般的城堡不同，融合了海洋的元素和这座城市特有的风情，别具风味。

如果是在这里举行婚礼的话，一定很浪漫。

他忽然想到自己的一个叫周嘉渡的远房亲戚，当时他的婚礼便是在一座城堡里举行的，声势浩大又浪漫。

邬淮清是坐的下午的飞机来珠市的，中午没有顾上吃饭，祝矜和他发微信消息时，他正在京市的机场候机。

一下飞机，他便径直赶到了这儿。

此刻，他闲下来，才觉出饥肠辘辘。

邬淮清向周围看了看。海洋王国里有很多餐厅，也有很多流动的卖小吃的推车。忽然，他看到不远处有一辆小吃巴士的招牌上写着“章鱼小丸子”，一时来了兴趣。

邬淮清记得，祝矜貌似很喜欢吃这个。

他好几次见到她时，她都在排队买章鱼小丸子。

他走过去买了一盒章鱼小丸子，叉了一颗丸子放进嘴里。

酱汁的味道有些掩盖住了食材本身的味道，不过丸子倒是很鲜嫩。

手机忽然响了起来，邬淮清拿起来一看，是祝羲泽打来的。

祝羲泽问了他一个最近的项目。

近期形势很乱，因为季随宇，季家算是彻底和他们闹翻了。不过有传言说，季家外边还有一个儿子，他们可能要把那个儿子接回来。

邬淮清笑了笑：“有就有呗，能顶什么用？”

两人又聊了会儿，祝羲泽问他现在在哪儿，邬淮清停顿了下，说：“珠市。”

“你怎么去珠市了，还是粤省那个项目吗？”

“嗯。”邬淮清懒洋洋地应了声。

祝羲泽道：“那正好，浓浓和小筱这两天在那儿玩，要是有什么事，你帮忙照应一下。”

“没问题。”他说。

两人又聊了两句，邬淮清忽然看到人群纷纷从四周拥入这个广场。大家聚在城堡前，对烟花的来临翘首以待。

他匆匆挂掉电话，向身后望去，在熙熙攘攘的人群里，搜寻祝矜的身影。

吃完饭，祝矜和祝小筱买了两个椰青抱在怀里，散漫地喝着。

“姐，我们还看烟花吗？”

“看……吧。怎么，你不想看了？”

“还行吧。现在人这么多，看不看都可以。”

“那我们去看看吧？要是你嫌人多，先打车回酒店也行。”

祝小筱有些疑惑祝矜今天怎么这么想看烟花，开起玩笑道：“姐，你是不是藏了人，想把我支开去找他？

“行吧，那我只好先行离开。”

祝矜的脑海中响起邬淮清的声音，脸一下子就红了。她半天没说话。

“不是吧？”祝小筱大叫道，“姐，你真藏了人？”

祝矜回过神来，白了她一眼：“什么跟什么呀？我刚刚是在想，咱们明天去哪儿玩。”

祝小筱本来就是在开玩笑，也没把刚刚的话当真，听她说起明天，忽然就想到了澳市，便问：“姐，你带了通行证吗？”

“嗯，在皮箱里呢。”

“那我们明天去澳市吧？这儿去澳市多方便。”

祝矜想到邬淮清，于是不确定地说：“行，不过得看一看时间，不一定是明天，可能后天或者什么时候去。”

“行。”祝小筱爽快地答应了。

两人向广场走去，到的时候，发现广场上已经聚满了人。

祝矜看着眼前乌泱泱的人群，一时顿住。这……怎么可能找到他？

她拿出手机看了看微信对话框，他们的对话停留在之前那几句话上。

祝矜撇了撇嘴，也不抱着能找到他的想法了。

说不准……他已经离开了呢？

几分钟前，三哥还发了条微信来：你淮清哥最近在珠市出差，如果你遇到什么事情，可以第一时间联系他，他离得近，好帮忙。不要怕麻烦他，你就把他当成自己人。你们俩一定要注意安全。

祝你矜日快乐：知道啦！知道啦！知道啦！

忽然，砰的一声，一簇烟花升到空中，在最高处炸裂，变成烟紫色的鱼。紧接着，一簇又一簇的烟花被点燃，在城堡上空纷纷变幻出各种形状的海洋生物。

焰火把整个广场点亮，城堡变得五光十色，上边的海洋雕刻浮现出来，如同潮水退去后留在沙滩上的贝壳。

仿若身陷色彩缤纷的梦幻海洋，无数人沉迷其中。

和着烟花的炸裂声，人群中不断有人大声欢呼着，数不清的摄像机对着夜幕、城堡。

怕在人群中走散，祝矜和祝小筱始终牵着手。

忽然，一个女人想穿过人群往前方去，经过时用力地把她们的手推开。

祝小筱只觉被一阵推力推向前，瞬间和祝矜分开了。

祝矜喊了声“小筱”，想伸出手去捉她，掌心却触到一片温热、干燥。

祝矜只听到一声轻笑，熟悉的、动人的笑。

她诧异地回头，在万人喧闹的夜里，在五光十色的烟火中，撞入一双清澈的、带着光的眸子里。

那双眼，里面都是她。

而她正握着他的手。

邬淮清的脸庞被焰火映得一片明亮，他同样有些诧异，不过很快回过神来。唇边带着浅笑，他在她的耳侧轻轻说道：“你找到我了。”

祝矜回过神来，连忙松开手，却被他一把反握住。他的五指紧扣着她的手。

她假装向前张望着，人群里却已经看不到祝小筱的身影了。

祝矜不知道邬淮清为什么会出现在她身后，只知道，在转头看到他的那一刹那，她是惊讶的，也是喜悦的。

邬淮清牵着她的手，逆着人潮向后退去。

烟花炸裂的声音不绝于耳，人们肩膀摩擦着肩膀，攒动的人头向前移动，唯独他们不断地向后退去，直到离开人群，到达广场空旷的边缘地带。

祝矜大口呼吸着，第一次真切地感受到什么叫“穿越人海”。

她抬起头，望向他。他站在一棵棕榈树下，身上的白衬衫被挤得有了褶皱，面上却是一阵舒坦自然，眉梢里带着轻松和喜悦。

“邬淮清。”

“嗯？”

“你怎么……”祝矜还没说完，剩下的话便被他给堵住了。

他略微弯了弯腰，低头吻住了她。

夏日晚风轻轻吹着，棕榈树的叶子在地上投映出晃动着的倒影，海滨城市夜间的湿度很高，空中翻滚着潮湿的热浪。

人群的喧闹声已经离他们远去，只是头顶上的烟花仍旧璀璨。

她的睫毛不断地颤动着，邬淮清伸手把她如鸦羽般的睫毛拢住，逐渐加深了这个吻。

他们好像把一切都给忘记了，只沉醉在这个吻里。

不同于重逢后前两次浅尝辄止、蜻蜓点水般的吻，邬淮清这次的吻很霸道，也始终掌握着主动权。

过了会儿，他才松开她，声音有些哑地说道：“傻了？不会换气了？”

祝矜的脸上还荡着红晕，她睁大眼睛狠狠地瞪了他一眼：“浑蛋。”

她虽嘴上这样说着，唇角却向上扬。

邬淮清揽着她的肩，现在放的烟花正巧变成了绿色，她的脸上映着莹莹的绿光，绿光衬着那双满是水光的眼睛，她像是森林里的小鹿。

“你是怎么找到我的？”

祝矜本想说“我没找你”，可看着他充满期待的眼神，忽然觉得这话有些残忍，说不出口。

那就让他误会吧。

她心虚地移开了视线，拿出手机，转移话题道：“我得找找小筱。”

她本想问一问祝小筱现在在哪里，结果打开手机，就看到小筱几分钟前给她发的微信消息：姐，人太多了，我懒得找你了。看完烟花我们分别回去吧。

祝矜回复她：好的，注意安全，随时保持联络。

祝小筱站在远处，看着那边棕榈树下拥在一起的两个人，忍不住笑起来，低头回消息：没问题，我要去寻找我的浪漫了。

祝矜看到这条消息，忍不住叮嘱：你这是要去哪儿？先别去了，我明天陪你。

筱：不去，哪儿都不去，我在跟你开玩笑啦。我要看烟花，不聊了。

祝矜又回了句，然后收起手机，一抬头，就看到仍在目不转睛地看着她的邬淮清：“怎么了？看我做什么？”

他的目光很热烈，让祝矜不敢直视。在这个陌生的城市里，她的心跳仿佛都比平时要快。

她害怕他这样专注的视线，怕自己一不小心就沉迷于其中。

邬淮清没说话，偏着头又在她的唇上啄了一下，然后轻笑了一声，移开视线。

“祝浓浓，我饿了。”

“你没吃饭吗？”

“嗯，赶着见你。”他的声音很轻、很低，他用独特的音调说着动人的话。

祝矜感受着自己越来越乱的心跳，想让自己镇定下来，故意哼了一声，提高声音说道：“邬淮清，你今天怎么了，是不是珠市太热了，连你这个冰块都融化了？”

邬淮清在手心里把玩着她的手指，她的手指很软很软，摸着特别舒服。

“我是冰块？”

“你不是吗？你不知道你以前在学校的外号就是‘冰山无脸男’？”祝矜说。其实他的外号是“冰山美男”，不过她现在给这个外号稍加修饰了一下。

邬淮清笑了，在祝矜的耳边说了句浑话，祝矜立刻脸红，偏了偏头，岔开话题道：“你到底饿不饿，还吃不吃饭了？”

“吃，你陪我。”

“那你想吃什么？”

邬淮清意味深长地看着她，半晌，才张了张唇说：“你定。”

祝矜撇开他的手，走到离他三米远的地方，目不斜视地看着路。

“不陪我了？”他问。

祝矜捂着耳朵：“我听不到。”

邬淮清忽然拿出手机，在她猝不及防之下，给她拍了一张照片。

祝矜有些生气地跑回来：“你拍了什么？给我看一下。”

“你不是要走吗？”他把手机举高，不让她碰到。

“你不能随便拍我。”说着，她踮起脚就要去抢他的手机，结果没站稳，眼看要跌倒，邬淮清及时伸手，她整个人扑进了他的怀里。

祝矜像只袋鼠一样挂在了他的身上，这次，邬淮清没有松开她。

他把手机递到她面前：“喏，看吧。”

祝矜没有翻别的照片，只看着屏幕上的这张。照片中的她正捂着耳朵，头顶是一簇流动的焰火，因为是抓拍，照片有些失焦，画质很模糊，却有一种别样的氛围感。

如果不是这张抓拍照片，祝矜不会知道，自己竟然笑得这么开心。

待她想细看时，邬淮清把手机收了回去。

“我饿了，真的饿了。”他说，语气里还有点撒娇。

祝矜鼓了鼓脸颊：“好吧，我带你去吃好吃的。”

她从停车场取了车，坚持要自己开车。路上，她问邬淮清：“你的行李呢？”

“放酒店了。”

“哦。邬淮清，你住在哪儿呀？”

“怎么，想晚上来找我？”

祝矜翻了个白眼，没再继续问。

“我住在鹿簌。”

“咦，好巧，我和我妹也住在那儿。”祝矜有些诧异。

“嗯，缘分。”邬淮清用手指敲着车窗的边沿，慢条斯理地说道。

祝矜没搭腔，把车子开到了她中午和祝小筱吃饭的那家餐厅外面。

这个点，餐厅依旧很火爆，排着长队。想到旁边的人说自己好长时间没吃饭了，她提议：“我们要不换个地方？”

邬淮清摇了摇头，看着这个装修风格很有年代感的餐厅，说："就这儿吧，挺好。"

"前边应该还有个餐厅，不用排队，正好省点时间。"她又补充道。

邬淮清看着她，摇了摇头："我今天的时间多得很。"

祝矜欲言又止："你知道吗？我那天看燕山财经杂志的官方网站，发现他们往期还做过你的专访。"

"哦？怎么了？"

"访谈里说你的时间可宝贵了，一刻值千金。"

听到这句话，邬淮清笑了一声，然后说："那是对别人，不是对你。"

"啊？"

他没再解释，过了会儿，忽然又说："不过和你在一起的时间，的确也是一刻值千金。"

祝矜骂他油嘴滑舌。

队伍缓慢地向前移动着。祝矜给祝小筱发了条微信消息，得知她已经到酒店了，这才安下心。

终于有了空位，点餐时，祝矜因为已经吃了晚饭，于是给自己点了一个贝果，倒是给邬淮清推荐了好儿款她中午吃时觉得还不错的菜品。

他夹了一个虾仁正要放进嘴里时，忽然问："祝浓浓，你说，如果祝羲泽知道了咱俩的事情，会有什么反应？"

祝矜心下一顿，看着他，认真地问道："我三哥为什么会知道？"

"假设……"

他还没说完，就听到她说："没有这个假设。"

之后，他们再也没有说话，沉默地吃着饭。结账出去，他们坐进车里，还是没有人说话。

祝矜租的是一辆敞篷车，车子在路上行驶了一阵，她突然把车顶打开。

风把她的一头黑发吹向后边，邬淮清坐在副驾驶座上，看着外边仿佛近在咫尺的海平面，目光沉沉。

祝矜像是冷静了下来。

车子开到鹿簌，沙滩演唱会正热火朝天地进行着。

他们下了车。

沙滩上，一群年轻人围在一起，还有篝火在燃烧。祝矜忽然心头一动，转头对邬淮清说："邬淮清，如果以后有机会，我们再一起去看一次露天电影吧？"

邬淮清盯着她，良久后，笑了起来："祝浓浓，你知道吗？如果是做不到的事，就不要轻易对人许诺。”

祝矜在晚风里也笑了，一路上她的发丝被吹得很凌乱，她将一只手放在车上，用一只手把作乱的头发绾到耳后，眺望着深蓝色的海面说道：“那你敢答应吗？”

邬淮清微不可察地叹了口气，说：“敢。我有不答应的余地吗？”

祝矜隔空和他象征性地击了击掌：“好。”

他们一前一后进了酒店，上了楼，发现彼此都住在九层。

酒店的走廊上铺着地毯，人走在地毯上，脚步声不大。

邬淮清率先到达房间。他打开了门，余光看到祝矜的脚步有一瞬间的停驻。

也就是那一瞬间，他忽然决定不放过她——她的手腕便被他抓住，她被他迅速地拉进了房间里。卡被他插进卡槽里，房间一下子亮了起来。

咔嗒一声，门被关上。

祝矜被邬淮清推着，背抵在房门上，他开始急促地亲吻她。

演唱会的音乐声从露台传入房间内，应和着一室的温柔缱绻。海浪起起伏伏，祝矜看到了漫天盛大的烟花，看到了游鱼和飞鸟，看到了水波荡漾的海面，某个瞬间，她仿佛再次听到他说“你找到我了”。

“你找到我了。”

他的声音像是鼓点，一下又一下地敲击着她的心房。

…………

祝矜回到和祝小筱住的房间时，祝小筱正敷着面膜，自己一个人看《海角七号》。祝小筱扭头看到她，笑得一脸暧昧：“姐，你怎么回来得这么晚呀？”

“哦，我饿了，去吃了点东西，刚刚还在楼下的沙滩演唱会那儿待了一阵。”

“哦——”祝小筱拖腔带调地应道，“这样呀。”

“怎么了？”

“没，没什么。”祝小筱摇摇头，只是唇边还挂着笑意。

祝矜身上有酒店沐浴露的香气，不算太好闻，于是，她又用自己来时带的洗漱用品洗了个澡。

躺到床上后，祝矜忽然有些失眠。

第十章

秘密

第二天，祝矜顶着一双黑眼圈和祝小筱去了码头。

邬淮清没有联系她。一直等到她到了澳市，他才问：是去了澳市吗？

祝你矜日快乐：嗯。

她也不知道他是怎么知道的。

祝矜和祝小筱商量好，在澳市玩两天，后天便回京市。

他没再回消息。

澳市的支柱产业便是博彩业，娱乐场合法合规，大部分人来澳市旅游，必少不了去见识一番。

祝矜不是第一次来。她第一次来时还未满二十一岁，自然未曾见识过这种纸醉金迷的娱乐场。

这次来，主要考虑祝小筱，她本就遭遇了事故，若带她去娱乐场，万一她一下子自暴自弃了，那祝矜可就成罪人了。于是，祝矜只安排了去天后宫和教堂打卡的行程。

不想两人逛完，祝小筱便提出要和祝矜分头行动。

祝矜拗不过，只得眼睁睁地看着祝小筱嗒嗒地走远。她们分开的地方，左边有一家典当行，右边是装潢精致的咖啡厅，正前方是维斯尼娱乐场。

祝矜犹豫了好一会儿，想：来都来了，我进去看看就出来。

说实话，祝矜的确有些好奇。看过那么多影视剧，谁还没有对这个地方好奇过呢？

只是进去后，她便有些后悔一个人进来了。里面装潢确实豪华，服务生也彬彬有礼，却什么人都有。她穿着一条红色的长裙，第一次来，一时有些不适应。

看了半天，祝矜最终选择走到人少的位置。

看介绍，她面前的这些机器叫老虎机。

室内的尽头有一个大号的鱼缸，金鱼绕着交错的水草在里边游动着，鳞片被赌场的灯光照得变了色，有些像血的颜色。

祝矜心里有一点点慌，忽然想起了大学时听同学说的一个故事。同学说自己的叔叔有一次来澳市旅游，中了将近一百万的大奖。

回到家乡后，他张狂得不行，还很快来了第二次。不过这一次，他血本无归，甚至先前用奖金购置的房子和铺子，也一并赔了进去，还赔掉了父母多年的积蓄。

同学的叔叔中的大奖就是从老虎机里出的。

邬淮清进来时，看到的便是这样一幅画面——

穿着一袭红裙的祝矜站在老虎机前，乌黑的大波浪鬈发披散在胸前，背部裸露着，举手投足间仿佛带着旧电影的滤镜。

他走过去，看清她的屏幕，发现她没有中奖后，轻笑了一声。

祝矜诧异地回头，只见邬淮清站在她身侧。不同于昨日西装革履的他，今日他换上了休闲装，白衣黑裤，俊朗里添了几分随性。

也许是灯光和环境的作用，他看着又多了几分影片里的复古韵味。

“你怎么来了？”

“来玩。”

邬淮清没有告诉她自己是怎么知道她在这儿的，只是站在她身后，虚揽着她的肩。

从后方看去，他像是在抱着她。

邬淮清看着她，忽然说：“祝浓浓，下一局让我来吧？我如果中奖了，就告诉你一个秘密。”

“关于什么？”她问。

“关于我喜欢的人。”他语气平淡，盯着她的目光却分外热烈。

晃眼的灯光照在两个人的脸上。

“好。”祝矜迟疑了一下，然后点点头。

她屏住呼吸，发觉自己有些紧张。

邬淮清摇动了一下手柄。这是一台老式的老虎机，手柄有些老旧，他必须使一些力气才能摇动。

他紧紧地盯着机器。

祝矜也盯着。

中奖是需要运气的，而运气从来都是缥缈又让人不可捉摸的。

灯光晃动了一下，眨眼的一瞬间，机器上的屏幕变换了图案。

祝矜看了一会儿，忽然舒了口气。

心底仿佛有什么东西落地，她松开手，才发觉手心已经浸出了一层细汗。

那一刻，邬淮清看到她脸上明显放松下来的神情，心头仿佛也有什么东西坠落在地，像是冰块碎地。

他扯起唇角，淡笑着说："没中奖，看来今晚我不适合倾诉秘密。"

"没事。"祝矜也笑了笑，转过头去。

是谁说幸运女神会青睐新人的？

起码今晚，幸运女神从未光顾过祝矜。她听到身边一个红色头发的外国男人忽然兴奋地尖叫了一声，显然他是中了大奖。

好运气不是谁都有的。

她淡淡地扫过去一眼，然后收回视线，发现邬淮清不知何时从她身边离开，在她旁边开了一台机器。

这是一个她以前没有见过的机器，她也不清楚这机器的玩法。

刚刚，邬淮清说，如果他中了奖就跟她讲一个秘密，结果他失败了，秘密就此不能被宣之于口。

她发觉指甲有些疼，低头一看，发现左手食指的美甲不知何时断裂了，还是齐根断的，连带着原本的指甲都裂了，指缝里透出隐约的血色。

她竟然现在才发现。

邬淮清看过来时，她也没把手指收回。指尖在半空中轻微地颤动了一下，她像是故意要让他看到。

祝矜抬起眼睛迎上他的目光。不同于往日，此刻他的眼神有些冷，里头还带着几分戏谑。

从刚刚未中奖后，他就一直这样。

她撇了撇嘴。

祝矜不太喜欢这样的他。这样的他很别扭，像是小孩子在闹情绪，想告诉别人什么事情，又不开口，非得让人猜。

可他们都是成年人，成年人有成年人的游戏规则。

她希望他们的关系可以单纯一点。他们在一起的这段日子里，祝矜从未考虑过未来。未来充满了不确定因素，谁能预料得到呢？

抱着得过且过的心思，她只希望他们在一起时快乐多一点。

祝矜咬了下唇，然后把受伤的指头伸到他面前，轻声说："疼。"

邬淮清听着她这声明显带着撒娇音调的话，目光从她疑嗔疑喜的一张脸上移开。他终是叹了口气，问道："怎么弄的？"

她摇了摇头。

“怎么还跟小孩儿似的？”邬淮清说着，把她受伤的手指仔细看了看，然后道，“你等一下，我去找侍应生要创可贴。”

说完，他便离开了。

祝矜收回手，看着他走开的背影，鼓了鼓半边脸颊。

或许是南方的天气太热，盛夏里，她头脑发昏，脑海中不断闪烁着数幅画面，浮现出他突然出现在球幕影院的画面后，那些画面闪烁得更多了。

维斯尼娱乐场分了普通区和贵宾区，他们所处的位置是普通区的某一个厅。

他的身影混入熙攘的人群中，依旧高挑显眼，祝矜看着他和一个端着盘子的侍应生说话，态度彬彬有礼。

她收回视线，望向他刚刚准备玩的新机器。

屏幕上有两个像素风的小人，祝矜研究了一番操作，也没搞明白这两个小人要做什么。

不一会儿，邬淮清回来了，手里还拿着几个创可贴、一小瓶酒精和几根棉签。

他握着她的手，先给她的指甲受伤处消了消毒，然后给她贴好一个创可贴。

祝矜伸展开手，看到那个创可贴，不禁笑了起来。

创可贴上竟然还印有一个樱桃小丸子的图案。

做完这一连串动作后，邬淮清没说话，而是把酒精瓶子放到一边，继续看向机器屏幕。

祝矜在旁边看着，只见他操作了一通，花花绿绿的英文字符就在屏幕中蹦了出来，下一秒，她听到金币撞在一起的哗啦声，十分悦耳。

“你赢了？”她问他。不用言语，屏幕中的“win”，即昭示着他的胜利。

这时出现了提示音，温柔的女声问操作者要不要继续。

邬淮清没应声，把页面关掉，退出了操作界面，连吐出的金币都没有拿。

祝矜看到他皱着眉。在刚刚“win”跳出来的那一刻，他的脸上竟然闪过一丝挫败之色。

“你不拿吗？”

邬淮清瞥了她一眼，说：“我就是试试。”

“试什么，试你能赢吗？”她接话。

他忽然顿住脚步，站在她身侧：“是，不过现在赢了也没有意义了。”

他的潜台词太明显，祝矜想装作听不懂都不行。她笑着问：“你就这么想告诉我你那个秘密？”

邬淮清盯着她：“刚才想，不过老天爷不让，现在就不想了。”

“……”

祝矜被他勾得好奇心起，逗他说：“老天爷给你个机会，你现在说出来。”

邬淮清看了她一会儿，然后说：“你没有机会了，秘密已经死了，死在了凤凰社手里。”

祝矜愣了三秒，然后笑起来问：“你这秘密是伏地魔吗？什么啊？”

邬淮清也轻笑起来，散去了刚刚笼在脸上的阴霾。

祝矜没再继续纠结，拉着邬淮清在里边转了转。凭借邬淮清的身份，她还进了贵宾厅看了看。

两人走出来后，祝矜给祝小筱打电话，祝小筱说自己正在一个咖啡厅里拍视频。于是她查了查地图，要去找祝小筱。

见邬淮清站在她身旁，她问：“你要去哪儿，是回酒店吗？”

他摇了摇头：“我今晚不在澳市，一会儿的飞机。”

祝矜愣了一下，问：“回京市？”

“不是，先去趟申城处理点事情。”

“哦。”祝矜点了点头，“那行，我去找小筱了，你……”

他抬了抬下巴，说：“送你一段路。顺路。”

“行。”

两人往前走着。那家咖啡馆离这里不远，地图上显示大约有九百米的距离。

祝矜看着路旁的风光。这个季节，游客很多。

走着走着，她看到旁边有一个码头邮局，有很多像是情侣的人走了进去。

她没在意，正准备继续往前走，不想被邬淮清拉住。他指了指邮局，说：“进去看看。”

“你要寄东西？”

祝矜看他两手空空，估计早就把行李寄存在了机场，他哪还有什么东西可以寄出的？

“进去看一看。”

走进去后，她才知道，这个邮局为什么这么火。

原来这里有一个“邮寄爱情”主题的业务，游客可以自主选择邮寄时间，然后信件会在指定的时间被邮寄到信封上的地点。

在某个软件上的澳市打卡攻略里，这个码头邮局的热度非常高，不仅很多人给伴侣写信，还有人给几年后的自己写信，以寄托期许。

搞明白后，祝矜看着一对又一对在写信的情侣，心中有些消极地想：这比送对戒这种纪念物还令人尴尬。如果几年后，他们身边换了个人，却收到叫不上名字的前任对象的信，万一这信还恰好被现任对象撞上……

她不禁笑起来。

而且，这家非官方邮局难道真的会按指定时间在几年后送信吗？

她不太相信，毕竟她每次出去玩寄的明信片，对方收不收得到，都要看缘分。

邬淮清看她笑起来，问："怎么了？"

"没。"祝矜摇摇头，正准备说"我们走吧"，就见邬淮清去了前台。

不一会儿，他走回来，手中拿了信封、信纸和邮票。

"你要写这个？"她不可置信地问。

"不然我进来做什么？"他瞥了她一眼，"你不写吗？"

祝矜连连摇头。

邬淮清没作声，把信纸拿到一旁的桌子上。这是一长排连在一起的桌子，上边还放了很多有澳市印记的邮戳，桌子的后面是一墙玻璃展柜，摆着很多可以售卖的纪念品。

祝矜看着他从桌子上拿起笔，然后开始在纸上写起来。

她自动移开视线。她没想到他还是个喜欢这种小玩意的人。

这个年代，信封和信纸都是难得一见的稀罕物，写信变成一件可以怀旧又有情调的事情。

邬淮清忽然抬起头，问："你真的不写吗？"

她摇了摇头："不写，没啥想寄信的对象，也没啥想说的。"

她更看重现在。

邬淮清："那你站着得多累。实在不知道给谁写，要不你给我写一封信？"

祝矜摇头摇得更猛了。她善意地提醒道："邬淮清，其实你写这个，对方肯定收不到，说不定人家压根不给你送。这就是个噱头。"

邬淮清没接她的话茬，低下头在纸上继续写着。他下笔飞快，祝矜见过他写的字，一手行楷字体，非常漂亮。

咔嗒一声，他盖上笔帽，折好信纸，抬起头对她说道："祝浓浓，对生活多点期许，真的假的又如何？"

祝矜看着他脸上明朗的笑，一时间愣住，没说话。

邬淮清把写好的信装进一个精美的印有蓝色鲸鱼图案的信封里，填好各项信息，贴上邮票后，走到前台对工作人员说："你好，寄出时间是一年后。"

工作人员是个娃娃脸的小姑娘，看到邬淮清时还愣了一下神。

她低下头，手忙脚乱地在电脑里输入各种信息，然后把生成的条形码贴到信封上，抬起头局促又略有不安地对他说："好了，一年后，您的信将会被寄出去。"

说完，小姑娘看向祝矜。因为这里的来客大多是情侣，且会一起寄信，所以她习惯性地问了句："您好，您的信呢？"

祝矜"哦"了声，然后摇摇头："我没有。"

说完，她略带歉意地笑了笑，然后和邬淮清一起走出了这家邮局。

从邮局往前走没多久就是祝小筱待的那家咖啡厅，这是家很有名、年代很久远的咖啡厅，里面总是挤满了人。

祝矜和邬淮清在咖啡厅门口告别。

邬淮清从兜里取出几个创可贴放到她的手心里，说："不知道你还要在外边玩多久，但这一排创可贴应该够用了。我备着新的，等你回来后帮你贴。"

祝矜笑起来，拿包砸了他一下："过两天我的伤口都好了，我哪里用得着天天贴创可贴？"

夜色中，建筑物上飘浮着对面江边树木的影子，邬淮清笑得很温柔："那最好。"

他们没有拥抱，邬淮清只摆了摆手，便转身离开了。

祝矜盯着他的背影看了一会儿，肩膀忽然被人拍了一下。她下意识往后看，只见祝小筱一脸好奇地看着她："姐，你在看什么呢？"

"啊？看江。"她假装眺望了一下江面。

"哦——"祝小筱又阴阳怪气地长长地喊了一声，然后笑着说，"我还以为你在这儿当望夫石，是在看什么人呢，原来是看江哦——"

尾音被她拉得更长了。

祝矜白了她一眼，没说话，心中猜想祝小筱肯定没看到邬淮清，否则她早就追着自己问了。

她们没进咖啡厅，而是接着转了几个景点，才慢慢溜达着回了酒店。

她们这次住的酒店不同于在珠市住的那种民宿风格的酒店，而是一个超级豪华的酒店。从外边看，酒店金碧辉煌，从上到下写满了"有钱"两个字。

祝小筱今晚挑了个商业大片看，边看边做作业。祝矜不能陪她看，于是吃了点水果就下楼去游泳了。

她把头埋进深蓝色的水池里。

池水是恒温的，即使是夏季，也不会让人觉得热。

她一圈接着一圈地游着，脑海中始终是邬淮清的那句"秘密已经死了，死在了凤凰社手里"。

游完第五圈回来，她从水中起来，甩了甩脸上的水珠，忽然笑出了声。

这话听起来怎么这么"中二"？

这好像是剧本杀中的台词。难道他还要让她去找邓布利多？她去哪儿找？

祝矜突然想到一个地方。

这几天唐愈在微信上跟她念叨，说环球影城过一阵子可能要开了，让她给他准备好票。

当时她只给他回了个“白眼”的表情包。

想到这儿，祝矜给姜希靓拨过去一个视频电话，谁知姜希靓居然拒接了。

希靓不吃姜：不开心，不想接电话。咋了？

祝你矜日快乐：你咋了？

希靓不吃姜：没事，等你回来再说。你咋了，想我了？

祝你矜日快乐：想问问你这个霍格沃茨魔法学校的优等毕业生，如果有人说，他的秘密死在了凤凰社手里，是什么意思？

希靓不吃姜：这人几岁了？好“中二”哦，我喜欢。

祝你矜日快乐：……

希靓不吃姜：建议你过一阵子和她一起去环球影城，试试看借着魔法之力，秘密能复活不。

祝你矜日快乐：……

祝你矜日快乐：好的。

祝小筱的事终究是没瞒过家里人。祝矜她们到珠市的第三天，张澜他们便知道了始末，连爷爷都知道了。

祝羲泽被狠狠地训了一顿。

祝矜和祝小筱回到京市，刚落地的第一顿饭，便被张澜早早地安排好了。

“今天时候不早了，等明天一早，你们去爷爷那儿看看，他还惦记着你俩。”

“行。”祝矜啃着一个桃子，点了点头。从进家门的那刻算起，她和祝小筱整整被教育了两个小时。

祝小筱有点怕张澜，不敢吱声，只是一直在微信上问祝矜该怎么办。

祝矜压低声音对她说：“不用怕，忍着。我就是这么忍过来的。”

终于，学校的一通电话打断了张澜的训话。祝矜长舒了一口气，然后从沙发上蹦了起来。

祝小筱想看祝矜小时候的照片，于是两人跑到了储藏室。

“我记得有一个特别可爱的相册，上边还有你，可是搬家时我不知道放哪儿去了，咱俩找一找。”

祝矜翻着，忽然看到一本露着边角的黑色封面的书。

她有些好奇这是什么书，于是将书往外抽。看着越来越熟悉的边角，她心中也越来越疑惑。

书封完整地呈现出来——《哈利·波特与凤凰社》。

祝矜张大嘴巴，不可置信地翻起书来。这不就是她当初弄丢的那本书吗？

她以为这本书是路宝的，实际上是邬淮清的。

高中毕业后，祝家就从大院里搬了出来。可能是那次家里人收拾东西时，书被谁找到了，然后把它放进了储藏室里。

过了这么多年，她万万没想到还能找到这本书。

因为储藏室常年背阴，所以这本书有些潮湿，外封的四个角也翘了起来。她抹掉上边的灰尘，将书抱在怀里，心中的情绪抑制不住地翻滚着。

“姐，你找到什么了？”祝小筱疑惑地问。

祝矜笑了笑，不给她看，只说：“一本书。”

因为邬淮清那句话，祝矜最近对“凤凰社”这三个字尤为敏感。

吃完饭后，她便一直翻着这本《哈利·波特与凤凰社》，还把图书内容看了一遍。暮色四合，她仔仔细细地将这本书又看了一遍，也没觉出什么不对劲。

祝矜窝在沙发上叹了口气，正准备把书合上放到一边，也打算告诉邬淮清她找到了他的书。

谁知外封掉下来，书的最后一页露出来，暗红色的纸上隐隐有着字迹。

祝矜将那一页纸放到灯下仔细一看，只见上边用金色火漆笔画满了月亮，还有很多暗色的花体字符。祝矜仔细地辨认着，发现那些字符是“Jin”。

她整个人都呆住了。

有什么东西在她的脑海中纷飞着，记忆串联在一起。

“你还拿着我的一本《哈利·波特》没有还。”

“可我不是买了本新的吗？”

“我没收到。”

“秘密已经死了，死在了凤凰社手里。”

…………

祝矜忽然笑了起来，在灯下笑得像个傻子。她拿出手机，找到那个黑漆漆的头像，“拍了拍”他，说：我找到了一个秘密。

W：玩上瘾了？

祝你矜日快乐：你不想知道？

W：不想。

祝你矜日快乐：哦，好的，不告诉你了。

傍晚，休息室内光线昏暗。

祝矜窝在铺着竹席的矮脚沙发上，只打开了手边的一盏雕花台灯，手中的《哈利·波特与凤凰社》被她翻来覆去研究了好几遍。

她看着最后一张红色空白页上的字符，唇角忍不住向上扬。

这就是邬淮清的秘密？

这是祝矜万万没有想到过的一件事情。

祝矜的两条腿悬在半空中，跟随着心中跳跃的音符不断地摇晃，脚指头上新涂的粉红色指甲油亮晶晶的，格外闪眼。

她又喜又怨，还有几分遗憾。

她的脑海中不断地闪现着过往的画面，那些不好的、残酷的画面，都自动被她抛掷到了脑后，只余下学生时代到现在他们共同出镜的画面，还有在东极岛上的那几个夜晚。

她心里滚过几个又大又圆的橙子，随着她的翻滚，橙子被挤出又酸又甜的橙汁。

祝矜不经意间转过头，恰好看到身后窗外的漫天霞光。

休息室内有一大扇落地窗，橘红色的落日余晖就像铺陈的水彩画，晕染在天边，透过明亮的玻璃洒进屋室内。

她连忙拿起手机，打开相机。可在对着窗外调视角、调光线的片刻，她一抬头就见夕阳隐去，色彩变淡——原来落日只在一瞬间，然后便很轻易地逝去了。

祝矜叹了口气，转过身子，重新窝回沙发上。

不知为何，她刚刚激动、惊喜、起伏不断的情绪，突然散去了一大半，丝丝缕缕的不安和紧张情绪开始扩散。

理智回笼，她开始想：万一此“Jin”非彼“矜”呢？抑或是，万一那些字不是他写的呢，谁知道他都把书借给谁了？

祝矜看着那页写满“Jin”的书页，看着手机里和邬淮清的聊天对话框——页面停留在她刚刚发的那句“哦，好的，不告诉你了”上。

他竟没有反应，没再问下去。

祝矜不知道自己在刚刚翻到那一页，看清上边写着的字的那一刻，为什么会那么激动、那么迫切。

她像是偶然发现了埋藏了几百年的盒子，从中找到了尘封已久的武林秘籍。

那一刻，她为什么会那么确信，从潜意识里认为这就是邬淮清写的？

他在无人知晓的地方，写着她的名字？

明明还有那么多可能，她都在脑海中自动排除了，连想都没想。

或许，因为她曾经做过同样的事情——在草稿纸的边缘处，在试卷的空白处，不经意间，一遍又一遍地写下他的名字。

祝小筱打开门时，看到的就是这幅画面——

她的堂姐一下子站起来，一下子又坐回沙发上，嘴里还小声嘀咕着，眉头时而皱在一起，时而又舒展开来。

就这么一会儿，祝矜又从沙发上坐了起来，光着脚踩在地毯上踱来踱去，像是在思考什么令她快乐又烦忧的事情。

祝小筱不懂。她敲了敲门，然后晃了晃手中的盘子："吃水果吗？"

话音刚落，祝矜就听到一声轻响，是她熟悉的微信新消息的提示音。

祝矜从桌子上抓起手机。时隔六分钟，邬淮清再次回复了她的微信消息。

天知道她这六分钟是怎么过来的，像是过了六个世纪那么漫长。

W：老天爷给你个机会，你现在说出来。

"老天爷给你个机会，你现在说出来"这话，前几天在澳市，她也对他说过，如今他原封不动地送还给她。

祝矜倏地笑了，那潜藏在心底的紧张和丝丝缕缕的不安情绪，在看到这句话时，忽然烟消云散。

她觉得那六分钟里的自己有些像学生时代准备查成绩时的自己，不过现在，她发现自己得了九十八分，于是不再害怕回家被张澜教育。

她笑着回复他，把他那天说过的话奉还给他：你没有机会了，秘密已经死了。

发完，她又加了句：需要用魔法复活。

一抬头，看到还站在旁边的祝小筱，祝矜连忙招了招手："你过来坐。"

"哦。"祝小筱把休息室的灯打开，房间立刻亮了起来。怕一会儿张澜突然出现，她还警惕地把门关了上去。

一坐下，祝小筱便好奇地问："姐，你这是怎么了？这本书真的有魔法吗？一下午你都不正常了。"

祝矜眨了眨眼睛："很明显吗？"

"嗯。"祝小筱疯狂地点头。然后，她只见祝矜一双杏眼笑得弯弯的，眼睛里像是盛着甜蜜的水光。

祝矜轻声说："没有魔法，但有爱。"

爱就是魔法。

邬淮清晚上有应酬，应酬结束后已经十点钟了。

不过夏日的晚上十点，街道上的人还有很多，来来往往的车灯把京市这座偌大的城给点亮了。

邬淮清下了高架桥，把车停在一个人少的路边。

在饭局上，合作方说了很多话，他没听进去多少，脑子里一直在琢磨祝矜说的秘密是什么。

他该用什么魔法去获得这个谜底？

晚风徐徐，他忽然笑了一声，觉得自己魔怔了。

哪有什么魔法？

就像他和祝矜说的话，又哪有什么凤凰社？

曾经那本《哈利·波特与凤凰社》被路宝不问自取借走后，他有过一段时间的不安，生怕路宝发现什么。

他闲来无事时在最后的空白页上写下的字符，潜藏着他心底最不可告人的秘密。

他的目光总是被她吸引。

不知从何时开始。

甚至画下那堆月亮、写下她的名字时，他都未细想过，这到底是因为一种什么心情。

最初他对她只是有些不屑和好奇，因为她有着他从未拥有过的一切：恩爱的父母，完整的家庭，一堆人炽烈的爱。

这是十几岁时的邬淮清可望而不可即的。

母亲只喜欢妹妹，父亲对这个家表面关切，实则疏离，无时无刻不想着逃脱。

父亲调任到京市时，母亲仍旧要留在申城。父亲假装劝了两句，便没再作声。

他从未在他们夫妻二人的脸上见过一丝不舍。

他被母亲命令跟着父亲去北方，因为她只想要妹妹在她身边。

于是，邬淮清来到了这座陌生的城市。父亲对他基本上是放养，很长一段时间里，他对这座空旷的城市是排斥的。

灰蒙蒙的街道、灰蒙蒙的天。

唯独她，是斑斓的彩色。

那会儿，邬淮清逐渐习惯了每天回家后，听隔壁单元那扇小窗里飘出来的钢琴声。

她在练琴。他知道。

她就像一朵向日葵，色彩明亮，生机勃勃。

所幸，一向粗枝大叶的路宝并没有发现那本书里的秘密，他甚至没有看完那本书，就将书转借给了祝矜。

邬淮清得知后，开始被更大的不安和忐忑笼罩着，直到路宝带着一本新的书还他，说那本书丢了后，他飘飘荡荡的一颗心才落了地。

月亮是隐喻，代表着她。

凤凰社也是隐喻，代表着他那本丢失的书。

既然她不想知道这个秘密，那这个秘密随着那本书一起丢失就好了。

…………

邬淮清打断了自己的胡思乱想。

他觉得自己应该学学祝矜，坦荡荡的，在一起就快快乐乐的，不去想未来。

这不是也挺好吗？

忽然，一串车铃声接连响起，年轻人的笑闹声传了过来。邬淮清侧过头一看，只见几个面孔稚嫩的少年骑着单车从他车旁呼啸着过去，其中还有一位女生，她高高的双马尾辫一晃一晃的。

邬淮清忽然想到了高中那时。这个画面和那时的早上、夜晚重合。

他们几个人一起骑车去上学，她总是最乖的那一个，老老实实地遵守交通规则，校服还穿得整整齐齐。

他抬头看了一眼一旁的路牌，不禁失笑。怪不得他会触景生情，这不就是当年他们上学必经的那条路嘛。

邬淮清开着车在夜色里随意地行驶着，没有目的地。

他不太想回家，因为他知道，家里不会再像上次那样，有她和 Money 一起等着他。他忽然发现，不知不觉中，车子开到了安和嘉园外边。

他知道她今天回了京市，本没打算来找她，可现在，车子不知不觉中开到了她家门口。

仅仅犹豫了半秒钟，邬淮清就把车子开了进去。

谁知他在她家门口按了半天门铃，也没人开门。

祝矜今晚犯了一晚上的傻。

吃饭的时候，连爸爸都看出来她不太正常，问：“浓浓一会儿要出去？”

“啊？”祝矜的确很想立即见到邬淮清，可又觉得自己不能这么没出息，连一晚上都坚持不了。

但爸爸是怎么发现她想出门的？

“没呀，我今晚在家里睡觉。您为什么这么问？”她扑闪着睫毛，无辜地问道。

“看你一晚上都心不在焉的，跟丢了魂似的。”祝思俭说。

祝矜脸色顿时一滞，连忙收敛了表情，心虚地看了一眼张澜。

张澜正疑惑地看向祝矜。

祝矜轻咳了一声，撒娇道："可能是我最近在外边玩得太累了。你们都不知道南方有多热，我和小筱都要被晒成萝卜干了。"

祝小筱意味深长地笑着看了她一眼，露出一副"我懂"的样子，附和着："是。二叔、澜妈，珠市真的是太热了，我们俩都黑了好几个度。"

她边说边在心里感慨：爱情可真是个奇妙的东西，竟然都能让她堂姐这样的人物魂不守舍。

祝矜洗完澡，在给自己擦护肤品时，看到了邬淮清发过来的消息：你在哪儿？

祝你矜日快乐：查岗？

W：。

祝矜晃动着脚丫，盯着这个黑漆漆的头像和空洞的句号，心底泛起一阵甜蜜，其中还带着一丝酸涩。一想到在她情不自禁地追寻他的那段时光里，他可能也在注视着自己，她就控制不住心头涌动着这种情绪。

某一瞬间，她的眼眶也有点酸酸的。

祝你矜日快乐：我在家呀。

W：？

她刚开始还没反应过来，转瞬想到什么，问：我在妈妈这儿，你……不会是去了安和嘉园吧？

W：。

祝你矜日快乐：今天是标点符号成精了吗？二十六个字母是被你吃了吗？

W：……

祝你矜日快乐：……

祝你矜日快乐：发语音。

W：×

祝你矜日快乐：你确定真的不发？

W：。

祝矜瞪着眼睛盘腿坐在床上。此刻她特别想听他的声音，可惜他偏不遂她的意。

祝矜愤愤地发过去一条语音，声音中带着娇嗔："邬淮清，我告诉你，刚刚我本来打算在你发完语音后告诉你我房子的密码的，现在看来，拜拜了，慢走不送。"

不想几秒之后，邬淮清竟真的发过来一条语音。她哼了声，点开语音，将手机覆在耳边。

祝矜只听见他以温柔的音调，刻意放轻、放缓了声音，说道："指甲好了没？没好的话，我还有创可贴，这次不仅有樱桃小丸子的，还有凯蒂猫的。"

随即，他发来一张图片，那是印有可爱图案的创可贴。

祝矜看着他发来的照片笑了起来，回了个"傻"字。

她看了看自己的指甲，曾经裂开流血的地方已经愈合，变成一道暗红色的印子，稍用力一按，还有些许的疼意，不过已经用不上创可贴了。

邬淮清："哪儿傻了？"

祝矜嘲笑他："我还以为你挺有骨气呢。"

邬淮清："能屈能伸，真男儿。"

祝矜："……"

"密码呢？"他又发来一句，音调懒洋洋的。

邬淮清站在门前，灯光明亮，空中有乱飞着的蚊虫。不知何时，他的唇角不自觉地勾起，连他自己都没有察觉。

"一二二五二五。"祝矜念了串数字。

邬淮清顿了一下，说："密码这么简单，你不怕被人猜到破门而入吗？"

祝矜躺在床上，摇晃着脚丫，悠闲地说："简单你不是也没猜出来吗？再说，一般人就算能猜到前四位数，也猜不到我后边重复了一下。"

邬淮清淡淡地"嗯"了声，然后在指纹锁上输入这六个数字。

祝矜的生日是十二月二十五日，圣诞节那天。

巧的是，邬淮清的生日也是十二月二十五日。

在这一天，他们总是被人同时提起，以前有两年，他们还是一起过的生日。

只是后来发生了那么多事，每到这个日子，祝矜都会刻意地不和邬淮清碰面。也幸好这个日子还没到大学放寒假的时间，她有充足的理由留在申城。

在发小群里，发小们每年都想给他俩一起过生日，祝矜上学回不来，他们便说那就去找她，顺便去申城玩一趟。可邬淮清总说自己忙，祝矜也说自己快到考试月了，他们来了她也没时间招待。

于是大家便听出来了，这两人对一起过生日这件事情兴致缺缺。

也是，他俩住在一个院子里那会儿就不怎么说话。

让两个不大熟的人一起过生日，放在谁身上谁也不会乐意。

也是因为这件事情，所有人更坚信他们二人关系很一般。

"唉，不过我今天没在家，你知道密码也没用。我不在，你肯定也不会进去，是吧？"

邬淮清听着她的话，手中按密码的动作就是一顿。

“当然了。”他说，“你不在，我还进去做什么？”

他特意把其中一个字的音咬得重重的。

祝矜从床头抓起一只小熊猫，揉了揉它的耳朵。

这个以做毛绒玩具而在世上闻名的企业做的熊猫并不是那种黑白分明、胖胖可爱的熊猫，而是黑色里泛着灰的熊猫，很瘦，像是营养不良似的。

谁敢让国宝营养不良？

她听到邬淮清这话，轻笑了声。

要是换作以前，她心底肯定会泛起一丝酸，然后会跟着他的语调去接他的话茬。只是现在，在知道了他的“真面目”后，祝矜只是拖音带调地“哦”了声，又和他闲聊了两句，便说了“再见”。

邬淮清按完最后一个数字“5”，门轻轻一响，开了。

他握着门把手，在走和离开之间犹疑了一下。

挂掉电话后，祝矜走出卧室。张澜和祝思俭的作息都很规律，现在他们已经睡了，家里的阿姨也已经睡了，走廊里黑漆漆的，很安静。

她放下心来，回卧室去换衣服。正要脱睡衣时，她看到了衣帽间里镜子中的自己。她把衣服放下，在燥热的耳朵旁扇了扇风。她想到什么，然后笑起来，对着镜子理了理头发，故意把发拨得很乱。

她拿起手机给自己拍了张特写，唯独没有露脸，然后发给邬淮清。

那边的人回复得很快。

W：？

祝你矜日快乐：不用谢。

邬淮清很快发来一条语音：“祝矜，你今晚是故意的？信不信我一会儿去你家抓你去？”

祝矜发给他 个“我很怕”的表情包。

邬淮清闷笑一声，看着照片，过了许久，问道：“你在玩火？”

祝矜：“你被火烧着了吗？”

邬淮清笑起来，觉得她今晚有些奇怪，不过想想，在这些事情上，她倒是从不藏着掖着。

不得不承认，他们始终很合拍。

窗户被邬淮清开到最大，他将胳膊搭在窗户边上。可夏日的风原本就是热的。

黑色的夜幕，今夜星空浩瀚，城里难得能见到这么多这么亮的星星，夏蝉孜孜不倦地鸣叫着。

可能是因为祝矜今日不同寻常，也可能因为刚刚在上学时常走的路上停留了一段时间，他今晚总是很轻易地回想到过去的事情。

邬淮清揉了揉太阳穴，翻了下手机日历。快要到日期了。

他用语言回她：“烫到了。”

祝矜听到他的回复，笑出声，然后没再理他。

邬淮清深知这人就是故意的，坏得很。

洗完澡，他躺在他们一起睡过的床上。光滑的桑蚕丝枕巾上传来淡淡的香气，是她头发上的味道。

他深深地吸了一口气，想赶快睡去。

他明明用的是她的沐浴露，为什么自己身上的味道和她身上的味道还是一点都不一样?

祝矜走出卧室，穿过客厅时，肩膀忽然被人一拍，她被吓得连忙回过头。看到是祝小筱后，她松了口气。

“你要出去?”祝小筱问。

祝矜点了点头，看着祝小筱手中的水杯，低声说道：“喝完水早点睡，我先走啦。”

祝小筱今天傍晚的时候被祝矜封过口，不能把祝矜有情况的事情说出去。

她那会儿乖巧地点点头，还打趣问祝矜那人是谁，祝矜不告诉她。

祝矜不知道，祝小筱其实在心里偷笑。

祝矜走出去时，网约车的司机已经在楼下等着了。车子穿过夜色，一路开向安和嘉园。

因为路上已经没有那么多车了，这一路她畅通无阻，甚至连红灯都未遇到一个。

她心里像是装了一头小鹿，随着与安和嘉园的距离不断缩短，小鹿跑得越来越快。

到达安和嘉园后，祝矜上了楼，输入了自己的指纹，轻手轻脚地打开家门，也没开灯。在黑暗里看到鞋柜前邬淮清的鞋子时，她的一颗心落了地。果不其然，他进来了。

她没猜错。

她心头的小鹿还在狂奔。

祝矜轻轻地推开卧室的门，一眼就看到了床上被子隆起一团。室内一片安静，只有邬淮清平缓的呼吸声。

他睡了。

祝矜靠近床边，掀开被子的一个角，然后把一只脚伸到床上。她庆幸这人睡觉还挺有分寸，只占了一边的位置。

她缓缓地移动到床上，直至身下的床垫陷进去一块。

祝矜在心底长长地舒了口气。

她看着身侧人光裸着的背。他的肩膀很宽，背部精瘦，因为常年运动而没有一丝赘肉，腰窝非常性感。

祝矜觉得他像一个滚烫的热炉，浑身散发着热气，让一路奔波赶回来的她更加燥热了。她不知道自己回来要做什么，只是心底有个念头：要回来见他。

是她心底的小鹿要来见他的，不是她要来见他的。

祝矜支起胳膊，托着脑袋，手指开始不受控制地在他的背上画圈。

忽然，眼前的身体动了一下，她连忙收回手，只见他翻了个身，面对着她。

祝矜忍不住心跳加快。

在确定他只是翻了个身没有醒后，她才安下心来。

她借着月色肆无忌惮地端详着他。

这张脸她看过很多次，也偷看过很多次。

他的眼窝很深，睫毛又长又密。他棱角分明，面部线条非常流畅。女娲在造人的时候，明显对他很是偏爱。

祝矜觉得他脸上最好看的，是他的下巴。她看一个男人的时候，总会最先去看对方的下巴好不好看。

忽然，邬淮清又动了一下，把腿搭在了她的腿上。

祝矜整个人都被钳制住了，一动都不敢动。她想移开，却发现这个人力气非常大，令她根本动弹不得。

祝矜被压得很难受。

下一秒，他的胳膊也伸了过来，压在了她的腰上，她浑身一颤。

她屏着呼吸，脑海中忽然冒出家里床上的那只丑熊猫。每次在爸妈家里睡觉的时候，她都会搂着那只熊猫睡。而此时此刻，她觉得自己就是那只熊猫。

忽然，那只手慢吞吞地向上移动。

祝矜的神经都绷住了，大脑一片空白。然后，她蹦出一个念头：他没睡？

半晌，她惊声问："邬淮清，你装睡？"

邬淮清缓缓睁开眼睛，眼眸含笑。

"不装睡，我怎么知道浓浓会偷看我这么久，还偷偷摸我？"

他在月色里看着她，唇边带着得意的笑："你就这么觊觎我？"

第十一章
将隐晦的爱意说到尽兴

三秒钟之后，祝矜闭上了眼睛，缓缓转过身去，想当作什么都没有发生过。

她恨不得现在在床上凿个洞，然后钻进去。

谁知邬淮清一把把她拉到怀里，音调和缓地问道：“躲什么？”

“谁躲了？我要睡觉。”祝矜闭着眼睛。

“你不是今晚留在家里睡吗？”

听他这么说，她索性大大方方地转过身子，问：“你不是不进来吗？”

闻言，邬淮清轻笑了一声。

他们二人在黑暗中注视着对方。明明光线昏昏暗暗的，祝矜什么都看不清，却觉得他的视线就像蘸了糖丝一样，黏糊糊的。

“所以，我们都骗了对方，是吗？”他问。

祝矜不作声，仍旧看着他。

邬淮清其实一直没有睡着。

明明她出去玩了这么多天，可空气中仍旧满满都是她的味道，整个屋子里都是她的痕迹。

他只要一闭上眼，脑海中就都是她。

他怎么还能睡得着？

从门口有动静的那一刻起，他就知道她回来了，还想着她会做什么。

谁知，她图谋不轨的行为正好被他逮了个正着。

邬淮清在黑暗里吻上她的唇，动作很轻很轻。

“祝浓浓，你怎么来了？”他边吻着她，边断断续续地问。

祝矜还没来得及回答，就听他又说：“来了就不能走了。

“既然你这么觊觎我，那我就什么都给你。”

说着，他的吻转向她的耳垂。

邬淮清很喜欢吻她的耳朵，尤其是在她回来后，他们重新开始的那段时间里，彼此固执地不肯碰对方的唇，他便着了迷似的吻她的耳朵。

祝矜不甘示弱地在他的背上狠狠地挠了一下。

邬淮清笑声更甚。在静谧无声的夜里，他的笑声特别能蛊惑人。

祝矜忽然一把推开他。他不解地看着她，“嗯”了一声：“怎么了？”

祝矜眼里盛了一汪晃晃悠悠的水，眼角泛红：“明天要早起。”

“干什么？”

祝矜轻轻挠了一下他的手心：“我想和你去晨跑。”

邬淮清以为她在逗自己：“嗯？”

祝矜嗔怪似的看了他一眼：“我想和你去跑步，然后我们去西城公园划船，傍晚再去景山看落日。”

邬淮清撑着胳膊，静默地看着她，不知在思考什么。

半晌，他问：“你确定？”

祝矜点点头。

“祝浓浓，我是看出来了，你就是故意在折腾我。”说着他背过身去，明显不相信她的理由。去西城公园？去景山？

这些地方有多少人？她怎么可能和他一起去？

她恨不得把他藏起来，不让任何人知道。

祝矜又挠了一下他的手心：“我没骗你，真的。你早点睡，明天早上我们跑步去西城公园，我都好长时间没有长跑了。”

邬淮清半信半疑地“嗯”了声，语气里颇有几分不情愿。

片刻后，他又嘲讽她：“就你，还跑步去西城公园，以前跑个八百米都难。”

比起其他同龄人，祝矜算是一个很喜欢运动的人，骑车、游泳、打排球、普拉提等都会。她运动的频率很高，涉及的运动种类也很广，可她唯独不怎么喜欢跑步。

中考那会儿，跑八百米必须及格，她为了那点成绩，每天下午都在操场上一圈又一圈地跑着，脸上是大写的“痛苦”。

她没想到，邬淮清竟然知道这件事。

祝矜心底跳跃着。

她坐起来，打开床头灯，问：“邬淮清，你怎么知道我跑八百米都难？”

房间里亮了起来，把两个人的容貌都给照亮。

她看到邬淮清脸上的表情明显地顿了顿，然后，他垂了垂眼睫，随意地说道：“想不知道都难。你那会儿考试就跟要远嫁了回不来似的，祝羲泽天天在我耳边念叨，说他妹妹要是在跑道上晕过去怎么办。”

"……"

祝矜扯起一个大大的笑容，不情不愿地"哦"了声，然后啪嗒一声关上床头灯，只说了两个字："睡觉"。

她的声音闷闷的。

邬淮清在她身侧轻笑了一声，捏了捏她的耳垂，靠近她的耳朵，轻声说："你怎么这么可爱？"

祝矜紧闭着眼睛，不搭理他，心底却流淌着甜蜜的滋味。

像往常那样，睡觉时，邬淮清把她搂得很紧。

但她似乎已经习惯了，并不像以前那么排斥。

第二天一早，祝矜的手机闹钟便响了起来。

她睁开眼，发现床的另一边已经空了，隐隐听到浴室里有水声，她喊了声"邬淮清"。

"起了？"邬淮清正在刷牙，电动牙刷嗡嗡地响，他从浴室里走出来。

"你怎么起这么早？"

"不是要晨跑吗？一会儿太阳要照屁股了。"

祝矜看着他，忽然笑着说："看起来你还挺期待。"

邬淮清没告诉她，自己昨夜一晚上都没睡好，好不容易浅眠了会儿，早上四点钟就被窗外的麻雀给吵醒了。

祝矜打了个哈欠，从床上坐起来，一时不知道自己这么早起来折腾做什么。

可她就是想和他一起晨跑、去逛公园，这是她昨天在脑海中想过好多遍的画面。

祝矜走到浴室时，邬淮清已经洗漱好了。

她一顿，看到两人的漱口杯整整齐齐地摆在一起，杯子一黑一白。这个家中不知不觉中有了很多他的痕迹。

她对着镜子，傻傻地笑了起来。

"笑什么呢？"邬淮清从镜子里看到她脸上的笑容，问。

"不告诉你。"她狡黠地眨眨眼睛，说。

邬淮清哼了声："得，有快乐不分享，是小狗。"

她笑得不行："你怎么这么幼稚？"

两人闹着。吃完了邬淮清准备的简单的早餐，他们开始出去晨跑。

祝矜今天穿了件很漂亮的运动服，在清早的阳光下，整个人非常亭亭玉立。

从安和嘉园到西城公园，大约有八千米远。

邬淮清迁就着她的速度，一直跟在她身边慢跑。

两人跑步的时候都很沉默。清早的阳光没有那么热烈，而是藏在树梢后头。天空湛蓝且辽远，几朵白云轻柔地飘着。

京市是座很具包容性的城市，奔跑在城中，随处可见林立的高楼和路旁古旧的胡同，两者和谐地相融在一起。

这个时间点，大部分的上班族还在睡梦中，街道上除了走去公园遛弯的大爷大妈，还有和他们一样晨跑的人。

祝矜回京市后，一直没顾上运动，只是偶尔打打球、游游泳，因此现在体力根本跟不上。

只跑了一千米，她便气喘吁吁了。她在一个树荫下停住脚步，喘着气。

邬淮清也跟着她停下来，拿毛巾帮她擦了擦汗，说："歇会儿。"

"嗯。"

两人在树荫下站着，一旁是一家早点铺子，豆浆和油饼的香气飘了很远。前边还有卖鸡蛋灌饼的铺子，鸡蛋灌饼的味道也香得很。

祝矜忽然想到一个困惑她很久的事情，问："邬淮清，你记得吗？你当时说我'这么爱哭'，为什么呀？我明明没哭。"

邬淮清闻言，笑了一声，在树后玩着她的头发，然后问："什么时候的事呀？我不记得了。"

祝矜皱眉道："你怎么能不记得呢？就是有一天晚上，我和姜希靓在公园里聊到很晚，你和我三哥好像是刚打球回来找我。那天晚上你可凶了……"

她解释着，想帮他回忆起那一天，说着说着，却看到他意味深长地看着她。他的眼底被朝阳的光线照得暖洋洋的。

祝矜不由自主地止了声。

"没想到，你对以前的事情记得这么清呀？"他似笑非笑地说道，话语中满是调侃的意味。

祝矜反应过来："你明明记得。"

"嗯，"他点点头，"的确是记得。"

"那你当时为什么说我爱哭呀？"

"你自己不知道？"

祝矜很蒙，摇了摇头。记忆中，她哭的次数是可数的，除了被疼哭外，她没有像同龄人那样因为吵架、成绩等事情哭过。

不对，有一次。可是，那次邬淮清不在呀。

她抬起头，只听到他回忆着说："你当时好不容易劝说阿姨成功，养了只猫，结果却因为那只猫，大病了一场，住进了医院。”

果不其然，是这件事。

“出院后，张阿姨要把你的猫要送走，怕你不同意，还把你送去了你爷爷家，结果你一个人跑了回来，一下公交车就看到载着你的猫的那辆车远去。后来你哭了起来，是不？”

祝矜跟着他的话回忆起那个下午。

其实，当时她并没有见到那只猫的最后一面。

小猫被张澜送给了她在学校的同事，祝矜认识那位阿姨的车。祝矜从对面的公交车上下来后，只见那辆白色的轿车从大院门口开走。她想赶快跑过去，人行道的指示灯却一直不变绿。

祝矜又急又难过。当时她过敏还没有好，脸很疼，阳光又非常刺眼，整个人都很茫然，心也空落落的。

等她过了马路，汽车已经远去。

她心爱的小猫也走了。

正是下午，大院里安安静静的。祝矜从小到大都过得很顺心，那是她第一次感到那么难过和无能为力。

尽管这种感受，在后来的日子里，她体会过很多次。

当时的她坐在礼堂前的石阶上哭了起来，影子被太阳拉得长长的。

“你当时在？”祝矜愣愣地问道。

“嗯。”邬淮清说，“我就在你身后。”

祝矜盯着他，一时之间说不出话来。

心中的情绪翻涌着，过了会儿，她才笑笑，说：“我养不了小猫，所以这么多年，只想着能养一条狗就好了，最好是萨摩耶犬，又大又白，可可爱爱。”

“我知道。”邬淮清说。在暖融融的阳光的照耀下，他的模样竟然有几分认真。

离西城公园还有一半的路程，祝矜就已经一点力气都没有了。她站在路边不动，坚决不再跑步，而是要等公交车。

邬淮清嘲笑了她两句，她板着脸不说话。

忽然，他在她面前弯下腰。

祝矜愣住，不确定地问：“什么意思？”

“上来。”他说。

邬淮清穿着白色的运动服，除了领口有些汗湿，整个人仍旧是清清爽爽。他的皮肤白皙干净，被阳光照得透亮。

祝矜站在原地，三秒钟后，将胳膊搭在他的肩上，把双手放在他的脖子前边交叉，趴在了他的背上。

她哼了一声。

邬淮清一个起身，她也跟着升高。她仿佛进入了另一个世界，一个身高两米的人的世界，她的头还碰到了上边的树枝。

以前不是没有人背过祝矜，祝思俭背过她，祝羲泽背过她，大伯、爷爷也背过她，但那都是在她还小的时候。

祝矜看着邬淮清的头发。他的头发很短，被太阳晒得毛茸茸的，她忍不住伸手揉了一把，像是在揉自己床上的毛绒玩具。

“别闹。”邬淮清说。

闻言，她更用力地揉了一把他的头发，把他的头发揉得乱糟糟的，然后开心地笑了起来。

邬淮清无奈地叹了口气。他的叹气声飘散在空中，声音中带着一丝自己都未察觉到的宠溺。

其实，他根本没有想到，祝矜今天真的会和他一起出来。

他更没想到，她会让自己背她。

一路上，他们碰到了好多人。路人纷纷看向这么一对漂亮的情侣，而他们谁也没在意旁人的目光。

他们一个专注地前行，一个张望路旁的风光。

祝矜发现自己重新认识了一次这座生她、养她，她中途离开了四年的城市。

慢慢地，太阳完全升起，高悬于天空之上。祝矜被邬淮清背到了西城公园的门口。虽然现在是暑假，但因为今天是工作日，所以西城公园里的人没有他们想象中那么多。

邬淮清将祝矜放了下来。

细算起来，祝矜快有十年没来过这儿了。

她记得上小学的时候，每当到每年的少先队员队日时，学校就会组织他们来西城公园划船。那会儿，一群小屁孩儿坐在船上，唱着“让我们荡起双桨，小船儿……”，那是他们最快乐不过的时光。

外地旅客来京市，必去的地方是旧宫城、博物院、烽火台，再不然，就是旧胡同，如果秋天那会儿来，肯定还会去看看红叶。

但西城公园倒不是人人都会来。

祝矜问：“你来过这里吗？”

邬淮清小学可不是在这里上的，以他那忙着赚钱的性子，她还真有点拿不准他来没来过这里。

“没。”他说。

果不其然。祝矜在心中想。

“小时候我来京市旅游，其实是到了西城公园门口的，不过那会儿我妹闹着想吃烤鸭，于是我们便走了。”邬淮清忽然补充道。

祝矜愣住。这还是他们重逢后，她第一次听他提起妹妹。

“快到她的生日了吧？”她呆呆地说。

“嗯。”邬淮清点点头。不仅是生日，她的另一个日子也快到了。

两人不约而同地沉默了。

祝矜的那点好心情忽然被打碎在地上。她眼前是成片成片的荷花，荷花开得正盛，明明是热闹、灿烂的，她却只觉得烦闷。

两人在公园里走着。

忽然，邬淮清抬起头，看到了九龙壁那头的路宝。

他愣了愣，本想就这样站在原地不动，待路宝发现他们。可看到祝矜的表情，他还是叹口气，去了别处。

祝矜愣了会儿，正要问“你去哪儿呀”，就先听到一声“浓浓”。

她惊诧地抬起头，转而弯起唇，冲远处招了招手：“路宝。”

跟在路宝一旁的，还有张菁。张菁是路宝家保姆的女儿，从小和他们一起长大，大家关系不错。

他们二人笑着走了过来。

九龙壁这儿拍照的人有很多，于是三个人去了人少的树荫下。

“你不是在西南吗？”祝矜问。

路宝挠了挠头：“昨天回来的，想着今天在群里告诉你们。”

他说完，傻笑着看了一眼旁边的女孩儿，有种被抓包的尴尬感。

张菁倒是神色很正常。她问祝矜怎么今天来西城公园了。

“这两天闲着，就想跑跑步锻炼一下，顺道来这儿看看。”她边说着，边往邬淮清离开的方向望去。

他站在另一旁的树下，静静地看着他们。祝矜隔着乱飞的人头，瞪了他一眼。

转而，她想到是自己说两人的关系如果被第四人知道他们就一拍两散的，况且，他们俩现在还没说清楚，突然让这群朋友知道他们在一起了，那还了得？

但她心里就是不得劲，憋着口闷气。

路宝“哟”了一声：“你们过得不错。宁小轩最近休年假不上班，你也不上班，都挺巴适。”

祝矜笑起来：“你不是去西南了吗，咋还学了川话？”

张菁也跟着笑起来：“你还不知道他？他就是个语言小天才。”

祝矜看到路宝的脸红了一下，打趣道：“那我要不先去别处，你俩接着逛？”

张菁连忙说：“你走什么呀？我都好久没见你了。我跟他逛又没意思，你今天不能走，得陪着我。”

祝矜被她拉着，笑了笑。三个人一起往前走，张菁提议说去坐船。

一路上，基本都是路宝在说话，张菁偶尔插几句话。张菁忍不住用余光去打量祝矜，心里若有所思。

其实张菁以前不叫张菁，叫张晶。她嫌名字太土，长大了就自己去改成了现在这个。

路宝那会儿还说：“哪儿土了？我觉得挺好听的呀，亮晶晶。再说，我叫路宝，这是不是更土？”

坐船的人倒是不少，买票的地方还排起了长队。路宝忽然笑起来，指了指前边，对她俩说：“看那是谁。你们今天都让我给碰上了！”

路宝走过去，一巴掌拍在邬淮清的背上：“清子！”

邬淮清回过头来，脸上倒是没太明显的反应，只笑着说：“回来了？”

“是，你一个人？”他边说边四处瞅着，想找到那个和邬淮清一起来坐船的人。

“瞅什么呢？就我一个。”

“巧了！”路宝拍了拍手，“今天浓浓也来了，也是一个人。”

他咽了半句话没说——“要不你俩凑个对？”

要是换了别人，这半句话他肯定会吐出来，只是他面对的是邬淮清，以邬淮清和祝矜的关系，这话他便不能说。

张菁看了看邬淮清，又看了看祝矜，在原地站了会儿，才走过去，和邬淮清打招呼：“淮清哥。”

她笑起来很甜，是邻家小妹的笑。

“嗯。”邬淮清点点头，余光却一直看向祝矜那边。祝矜正无聊地来回拉运动衫上的拉链，假装和他不熟。

见他们三人寒暄完，祝矜才走过来，也没打招呼，只说：“正好咱们四人坐一条船吧？”

路宝拍手叫好，指了指那边的小黄鸭，说：“坐那个，可爱。”

“……”

最后，四个人坐上了一只超级萌的小黄鸭船。路宝在最前边开船，留下他们三个在后边的座位上。

自然而然地，祝矜和张菁坐在一边，邬淮清坐在她们对面。

气氛莫名其妙地变得尴尬起来。

祝矜和邬淮清照常沉默，倒是张菁和他们两个都能聊上两句。

虽然如此，但他们三个人的话加起来都不及路宝一个人多。

路宝讲了很多他在西南扶贫调研的事。这几个月下来，他晒黑了很多，整个人也肉眼可见地变瘦，但看起来更结实了。

湖面上的船只很多，花花绿绿的。小黄鸭船无疑是今年最流行的船只，占据了最大面积的湖面。不少人还准备了咖啡和简餐，将它们摆在船里的小桌板上拍照，跟出来野餐似的。

祝矜因为要跑步，除了人和手机，她什么都没带，准备一路上吃什么喝什么用什么直接现买，路宝他们也是。

于是他们四个只能干巴巴地坐在船上。

湖面上波光粼粼，远处小山重叠，景色非常好。

忽然，路宝开口："你们干坐着干吗呢？晶晶，给我拍张照。你们也拍呀，到时候咱们四个发个朋友圈，让他们嫉妒。"

晶晶是张菁的小名，路宝叫惯了。尽管她改了名字，但他没改口。

"哦。"张菁从座位上站了起来。

祝矜也从椅子上站了起来。她像是要活动活动身子，于是走到船尾，眺望着湖面。

片刻之后，邬淮清感觉自己垂在大腿旁的手心被人挠了一下。

他抬起头，只见那人站在船尾，仍旧看着船外，一副若无其事的样子，然而唇角的笑却泄露了她真实的心情。

邬淮清也勾起唇。

她又挠了他一下，这次是直接挠他的腿。

前边的两人在聊哪个角度拍照最好看，后边祝矜的手在继续作怪。

暧昧的气氛在空气中蔓延，伴着湖面上跳跃着的光波一起闪烁。

在祝矜要将手放置于危险地时，邬淮清忽然一把抓住她的手。他侧了侧身，祝矜便默契地靠近了他，他用半个身子挡住他俩交缠在一起的手。

邬淮清摩挲着她的几根手指头，还总是在她手指与掌心交接的地方绕圈，还把她的手放在唇边吻了吻。

忽然，他们听到前边路宝说："来，咱们四个一起拍一张照。"

祝矜飞快地松开他的手，却发现他顿了顿，抓着她的手不放。在张菁要回过头的前一瞬间，他才慢条斯理地松开她的手。

她不禁咳嗽了两声。

张菁在回过头的那瞬间，看到有什么东西在邬淮清的身前闪过，还看到他唇边挂着一抹不同寻常的笑，那笑有些坏、有些得意，是她从未在他身上见过的笑。

她回过神，说："浓浓，淮清哥，你们俩到前边来，咱们四个一起拍张照。"

"好。"他俩异口同声地应着，说完，还看了看对方。

邬淮清瞥到祝矜耳朵上的一抹红，温声笑道："你是热的吗，耳朵那么红？"

路宝闻言，回过头来看了祝矜一眼。祝矜默不作声地摸了摸自己的耳朵，对上几个人的视线后，说："哦，今天本来就挺热的，你们难道不热？"

邬淮清摇摇头："不热。"

他看着她，眼睛很亮，笑得很坏。

"你坐着当然不热，我这汗都留下来了。"路宝说道，"邬淮清，拍完照换你开船。"

邬淮清用食指敲着前边的小桌板，摇了摇头，说："不。"

"你个浑球。"路宝笑骂道，"你是男人不？不过你要是把我当船夫，一会儿下了船就得给我钱。"

邬淮清看了看祝矜，只见她安安静静地站在张菁身旁。而后，他笑着说："废话还挺多。"

张菁调好了相机的角度。

"我其实是为你好，你这冷冰冰的性子，你跟她俩坐在一起，多尴尬？"路宝边拍照边碎碎念。

张菁白了他一眼："拍照呢，先别说话。"

"哦。"路宝立马闭上嘴。

等拍完后，他听到邬淮清在一旁慢悠悠地说："谁说尴尬了？挺好。"

祝矜察觉到邬淮清说这话时在盯着自己，炽热的视线让人无法忽视。

她轻咳了一声，却没抬头，目光停留在张菁的手机上。她看着那张照片，耳朵却更烫了。

张菁坐回椅子上，把照片一一发给他们，然后发了条朋友圈，配文：西城公园里见到好朋友，开心。

祝矜坐在她旁边，端详了会儿自己手机上的照片。照片中，路宝在最前边，握着方向盘，张菁在他身侧，在他的头上比了个兔耳朵手势，而祝矜和邬淮清站在他俩后边，脸上带着敷衍的笑，彼此胳膊之间还隔着一个拳头的距离。

没有人知道，从照片上也没人能看出来，在照片拍摄的那一秒，邬淮清忽然伸手，搭在了她的腰上。

四个人在西城公园游完湖，又玩了会儿，已经将近中午，于是决定去吃饭。

这附近有很多“老字号”的餐厅和小吃，但都是旧瓶装新酒，价要得还很高，也就骗骗外地人罢了。

但有一家店，是个真老字号，那是一家以前是国营性质的羊蝎子店，味道好得令人想起来就流口水。

张菁皱眉道：“大夏天的，吃什么羊蝎子？”

路宝给她扇了扇风：“那有啥？今天就不吃火锅了，夏天有空调，吃啥都没问题，你要是嫌热，我一会儿给你扇风。”

祝矜笑起来：“走吧，我们去尝尝，好久没吃了。”

他们来得早，店里人还不是很多，只坐了几桌客人。

蓝白格子的桌布铺在可折叠的实木桌子上，衬得饭店里还挺清凉，空调的风和电风扇一起吹着，祝矜的头发被吹起来了几根。

邬淮清坐在她旁边，想抬手帮她把头发整理好，把手抬到半空，又想到什么，默不作声地把手放下，垂下眼帘。

老板把一大铝盆羊蝎子端上来时，饭店墙上的电视机里正在回放昨晚的排球比赛，目前我们国家的队伍比分暂时落后。

店里大部分顾客看比赛看得非常投入，周边不时传来“唉”“好”的喊声，路宝就是其中之一。

祝矜昨晚跟着张澜看过几眼这场比赛，知道最后是国家队输掉了，但此时没忍心“剧透”。

羊蝎子冒着腾腾的热气，盆底下垫着旧报纸，香味霸道。

祝矜深呼吸，夹起一块羊蝎子。她这几天在外边吃得太放纵，本想回来吃几天素，结果第一天就破戒。

羊蝎子肉质鲜嫩，汤汁鲜美，路宝直接夸：“老板，您这手艺又厉害了！”

老板亲自给他们拿上来四瓶汽水，笑着说：“小意思，煮了多少年了，再笨也能煮好。”

“您这就谦虚了。”祝矜笑着说，然后问，“老板，有没有那个酸奶？”

“用瓷罐装的那个？”见她点点头，老板说，“当然有，我给你拿去。谁还要？”

路宝直接说：“拿四罐吧，我们好长时间没喝过了。”

于是，桌子上便摆了四瓶橙色的汽水和四个灰白色的小瓷罐，他们还象征性地端起瓶子干了个杯。

国内的饮料市场以前一直被国外的“两乐”给占据，近两年，在各种营销下，一些新的国产汽水品牌开始以超乎寻常的速度崛起，各地老牌的汽水也开始打情怀牌，想复苏。

瓶子在空中咔的一声碰在一起，四个人瞬间有一种重回当年的感觉。

电视机里的比赛也到了高潮处，张菁忽然开口问：“浓浓，你当年不就是排球队的吗？”

祝矜点点头。

路宝想起来：“我记得当时市女子排球联赛，咱们学校对战北屿那一场，那叫一个精彩，祝浓浓那天可帅了！”

想起那场比赛，祝矜笑了起来。决赛是在北屿中学举办的，也就是姜希靓的中学。

北屿中学离这家羊蝎子店不远，当时祝矜她们队赢了比赛后，就到这家店旁边的炸鸡店庆祝，巧的是，第二名的北屿女子排球队也在那儿吃饭。

也是那天，祝矜和姜希靓正式认识了。

张菁叹了口气：“是呀，真棒。我就不会打排球，打排球太需要手臂力量了。”

祝矜犹疑了一下，说：“其实，当初我也不喜欢打排球的。”说完，她看了邬淮清一眼。

邬淮清正慢条斯理地吃着羊蝎子，闻言，手中的动作慢了几分。

“那为什么加入？”路宝问。

“就想增加运动量嘛。”她说。

其实不是的。

不是这个原因。

原因只有一个——排球场紧挨着篮球场。

她那会儿更喜欢打网球。京藤中学有网球场也有网球馆，露天的网球场也挨着篮球场，可惜京藤的网球队很不景气，就是个摆设，一个月也不见得训练一次。

于是，祝矜经过详细地打听，才加入了排球队。那段日子，排球队每天训练的时间和篮球队训练的时间重合。她可以在发球的间隙，透过两个场地相隔的绿色铁丝网和几棵蓬勃生长的树木，多看上他一眼。

铁丝网过滤着阳光、空气，还有她那从未宣之于口的少年心事。

他捧着那颗球，纵身一跳，精准地将篮球投入篮圈。少年明亮耀眼甚至会引来排球场上热情大胆的学姐的惊叹，她们毫不掩饰地大喊着“好帅”“邬淮清好帅”。

祝矜在人群中沉默着，在她们都看向他时，她便会移开目光。

她只想一个人看着他。

他们去球场旁的水池洗手时会偶尔碰到，但只是冷漠地相互点个头，人多的时候还可能会视而不见。

时隔多年，再回想起这些，想到他们那时冷漠底下的暗潮汹涌，她所有有关体育场的心情，都换了种色彩。

饭店里的人逐渐多了起来，耳旁全是喧哗声。

张菁似乎要听一段微信语音，于是从包里取出耳机。

祝矜惊喜地道："好巧，咱俩的耳机壳同款。"

和大部分人用的硅胶材质的耳机壳不同，这个耳机壳是个陶瓷材质的，上边有粉色的玫瑰雕花，还有小公主。虽然这耳机壳有些不实用，但它的颜值足以让祝矜心甘情愿地掏钱。

"是吗？那真巧，我特别喜欢这个。"张菁有些心虚地说道。她其实就是在祝矜某次发的朋友圈照片里见到的这对耳机壳，当时她觉得好看，便买了同款。

路宝笑起来："你们女生就喜欢这种花里胡哨的东西，耳机外还要弄个易碎的壳，这有什么用？"

听到这儿，邬淮清也笑起来。

"你笑什么？"路宝问。

邬淮清吸了口酸奶，然后缓缓说："想起来我认识的一个人。那人喜欢给自己的各种东西都买个套，耳机套、护照套、身份证套、杯套……然后再给这些套买个更大的套把它们装在一起，看起来是挺精致，可有一天自己要什么什么都找不到。"

"……"祝矜正喝着汽水，忽然呛住，止不住地咳嗽起来。

这……说的不就是她吗？

她暗暗地瞪了他一眼。

张菁看了一眼祝矜，对邬淮清说："这不就是'装在套子里的人'吗？"

这件事其实发生在东极岛上。祝矜想离开的前一天晚上，怎么也找不到自己的身份证了，后来她发誓再也不因为颜值买这些无用的保护套。

几个人心满意足地吃完羊蝎子，然后走出饭店。

街上人来人往，很是热闹。附近还有几处名人故居，因而旅人很多。

夏日的午后漫长、燥热，此时距离落日还有很长的时间。

路宝问："我们去哪儿呀？"

反正他没打算回家。他本来就是和张菁出来约会的，但碰到老朋友，一起玩他也很开心。

邬淮清问："你没事做吗？"

“没。”路宝摇摇头。

“我有事。”

“哦，那你先走吧，我、晶晶，还有浓浓，我们三个一起玩。”

“……”

邬淮清咳了一声，看向祝矜。那边祝矜正在和张菁说话，根本没听他俩在说什么。

邬淮清扯起一个不耐烦的笑，问：“你不过二人世界？”

“啊，我和晶晶？算了，本来我想和她说的，只是她最近心情不太好。我们现在和浓浓过三人世界也不错，我好长时间没见浓浓了。”

邬淮清沉默了几秒钟，然后闭了闭眼：“我又没事了。”

路宝：“……”

您能再善变点吗？

想了想，路宝打开点评软件，发现附近有家评分还挺高的剧本杀店，于是拉着他们三个去玩剧本杀。

他们预约的是个有点恐怖的剧本。他们四个人接受程度良好，但玩到中途，和他们一起玩的一个妹子被吓哭了。那妹子抽到的又是个蛮重要的角色，于是这局接下来便进行得不太顺利。

四个人玩得不大尽兴地走了出来，不过时间倒是消磨了不少。

又在咖啡厅待了会儿，他们便去了前街公园。

路宝直感慨，有种回到了上学时候的感觉，连玩娱乐项目都玩得这么单纯。他们上大学那会儿流行玩密室大逃亡，现在又流行起了剧本杀。

他们照例看了看那棵知名的歪脖子树，然后爬到了山顶。亭子里已经有很多人在，他们将三脚架摆在中轴线两侧，等待着落日余晖最美的那一刻。

忽然，祝矜听到有人在喊自己的名字。

她回过头，只见三脚架前站着一个高高瘦瘦的男人，对方正在看着她。她反应了几秒，才想起来这是谁。

“顾宇？”她满头问号，皱着眉，不大情愿地打了声招呼。她为什么会在这儿、在今天碰到顾宇？

“我刚看像你，还真是。”顾宇笑容坦荡。

邬淮清站在祝矜旁边，在看到顾宇的那一刻，脸色都变了。

但他不由自主地跟着祝矜上前了两步。

顾宇是祝矜在大学期间，有过那么一段短暂交往时光的前男友。

有多短呢？他们从在一起到分手，不过半个月的时间。

顾宇旁边也跟来一个姑娘，对方充满警觉地看着祝矜。

“你现在还好吧？”顾宇问。

“还好。”

那姑娘挽上顾宇的手。

顾宇不知出于什么心理，还跟祝矜聊了起来：“好就行。我之前还觉得挺对不住你的。你现在有男朋友了吗？”

祝矜不想说话，沉默地牵住旁边邬淮清的手。

邬淮清的另一只手悬在半空中，紧紧握成拳。

他想把自己的手从她手中挣开，却被握住不放。

他满脸讽刺地笑着看向祝矜，用眼神询问祝矜是什么意思，祝矜眨眨眼，暗示他帮帮自己。

祝矜只听到他一声冷笑。

路宝转身，看到祝矜和邬淮清交握在一起的手时，整个人都愣住了，如同被雷击中一般。他看向张菁，张菁静静的，只沉默地望着他们。

等到那两个不认识的人走开后，路宝飞快地来到他们面前，结结巴巴地问：“你们……你们，什么情况？”

第十二章
大冒险

路宝好久都没缓过神来，目瞪口呆，盯着他们还握在一起的手。

祝矜反应过来，下意识想挣开自己的手，手却被邬淮清紧握着。他的力气非常大，大到似乎要将她的手给捏碎。

落日缓缓降临，晚霞浓重的光辉在这座古老的城市上方晕染开来，这座历史悠久的建筑物和自然风光相得益彰。

长北街上车辆川流不息，周围是人群中细碎的交流声。

而他们四个，仿佛被一层看不见的玻璃从人群中隔离开。

还是张菁先开口，问："浓浓，刚刚那个男人是不是你的前男友呀？"

祝矜点点头，感受到邬淮清握着她的手缓缓松开。

路宝这才回过神来。听到这句"前男友"，他倒是想起祝矜大一那会儿交过一个男朋友的事情。

听说那男的不是个人，他们千宠百宠着长大的姑娘被辜负了。

路宝后知后觉地说："清儿这是刚刚被你当作挡箭牌了，是吧？"

祝矜没说话，邬淮清也没说话。

四个人转过头，沉默地看着即将消失的落日。霞光把他们的脸照成烫金色，照得很亮，亮到祝矜用余光都不看清邬淮清的脸，那张脸朦朦胧胧地隐在光影后。

她本以为这件事就此翻篇，没想到，从这个小插曲开始，邬淮清就变得比往常还要沉默。

他本来就是冷冰冰的性子，日常也不多话。唯独祝矜能够感受得到，他比平常话更少了，像是在憋着一股气。

他在生她的气。

从公园出来，她明显地发现，邬淮清看向她的次数变少了。即使他们的目光偶尔在空中交会，他的眼里也一定是那种似笑非笑的、不在意的又坦坦荡荡的情绪，然后他只看她一眼便移开视线。

祝矜站在前街公园门口的街上，路旁有两棵银杏树。明明是盛夏，银杏的叶子还绿着，地上却落了些银杏果。

她不小心踩到了果子，果子瞬间散发出一股不算好闻的味道。

以前京藤中学有一片银杏林，一到秋天满地银杏果，银杏林中人流量又大，于是，秋天时，京藤中学总是弥漫着比现在还要难闻的味道。

祝羲泽他们会把熟透了的银杏果提前摘下来，然后在小树林后边烤着吃。

祝矜跟着吃了几回，那味道，说是“此味只应天上有”也不为过。但每次烤银杏果她都承受着巨大的心理负担，生怕被执勤的老师发现。一旦被发现，那她就得站上升旗台念千字检讨书了。

邬淮清那会儿也是烤银杏果小分队的成员。

祝矜抬起头喊了声：“邬淮清。”

邬淮清正要往前走，听到声音顿住脚步，回过头来，皱着眉，不解地看着她。

路宝他们也看向她。

祝矜视线在他们身上扫了扫，然后问：“你们还记得咱们之前在学校烤银杏果吃吗？”

“记得，那必须的。”路宝说。

邬淮清站在阳光下，没说话，影子被夕阳拉得长长的。他看向街对面，那儿有一家某香村，里边排着长队。

有人手中拿着炸串，喜气洋洋地从里边走出来。

他回过头，再次看向祝矜，那眼神似乎在问“还有什么要说的吗？”。

祝矜不知道他在看什么，撇了撇嘴，忽然觉得没意思。

她踩了一下脚旁的一颗小石子，然后倏地把它踢到附近的下水道里，然后说：“哦，就是忽然想起来，烤银杏果还挺好吃。”

张菁道：“嗯，不过银杏果不能多吃，有毒。”

“没事，我已经百毒不侵了。”祝矜露出一个大大的笑容，说道。

她的笑容在路宝看来，颇有几分饱经风霜的味道，路宝一时以为她又想起了自己被辜负了的惨事，于是说：“走吧，走吧。”

张菁最近在减脂，晚上不吃高热量的食物，祝矜中午吃得腻，晚上也没什么胃口，于是四个人便决定不再一起吃晚饭。

夕阳西下，他们就此分别，各回各家，各找各妈。

路宝和张菁来时开了车，车停在西城公园的停车场里，他们得回去取车。

祝矜拒绝了路宝要送自己回去的提议，说：“我还想再转转，你们先走吧。”

于是路宝便作罢。

邬淮清没搭腔，只说自己是开车来的，让他们先走，也没说自己的车在哪儿。

路宝走之前，又犹疑地回了下头，看了看他们两个人。

他和张菁走在街上，问："你说，清儿和浓浓，他俩正常吗？"

张菁心不在焉地看了看自己的美甲，"嗯"了声，不想和他聊这个话题，只问："你都回来了，那给浓浓的接风宴安排在什么时候？到时我们也顺便给你接接风。"

路宝挠头笑起来："后天晚上吧。周六，大家应该都没什么事，我现在在群里说一声。"

"嗯。"张菁叹了口气，"大家应该都知道你回来了，毕竟你刚刚发了朋友圈。"

"路宝哥。"忽然，她又开口。

"嗯？"

"祝家和邬家，现在关系怎么样呀？"她眨眨眼，露出一副好奇的样子。

路宝面色严肃起来，想了想说："祝家对邬家一直都是不错的，念着情分，就是邬家不领情。不过呢，好歹有清儿在，这两年他的话语权越来越重，所以今年两家关系也还说得过去。邬家今年过年不是派人回了礼了嘛，以前祝家送去的礼，他们都是直接让人扔掉的。"

"毕竟，当年清儿妹妹的事，讲道理也怪不到浓浓头上。"他又补充道。

张菁若有所思地点了点头。

目送路宝和张菁的身影远去，祝矜和邬淮清还在原地站了一会儿。祝矜"喂"了声，想和邬淮清解释一下，但看着他冷冰冰的一张脸，又不知从何开口。

"邬淮清，我其实对顾宇……"

她话还没说完，就看到邬淮清转身离开了。

他大步走向前，徒留祝矜一个人在原地。

"唉……"她正要说什么，却被人不小心撞了一下。旁边是一家卖冰激凌的铺子，那个女孩儿应是刚买了一个巧克力味的冰激凌，将冰激凌拿到手里还没吃，这会儿尖端的冰激凌全部蹭到了祝矜的运动服上。

刚刚女孩儿正在和朋友玩闹，没看路，见自己的冰激凌蹭到别人的衣服上了，于是连声道歉。

祝矜摆摆手说"没关系"，接过她递来的餐巾纸，然后擦了擦衣服。

巧克力冰激凌根本擦不掉，那女孩儿一脸歉意。看这位美女的脸色不太好，她忙说："我帮你把衣服送去洗衣店吧？或者我加一下你的微信，你送去洗衣店，我把洗衣服的钱给你。实在是太对不住了。"

祝矜见她态度很诚恳，连连摆手，对那女孩儿笑了笑："真没事。"。

这不是衣服的事。

她一抬头，连邬淮清的背影都已经看不到了。

她叹了口气，冲路过的出租车招了招手。她只想赶快回家。

祝矜是从爸妈那儿溜出来的，当然还得再回到爸妈那儿去。她早上还让小筱帮忙打掩护，说自己出去锻炼了。反正爸妈要工作，都出门早，白天不在家。

祝矜到家后，家里只有阿姨和祝小筱在。祝小筱正在客房里看某部经典电影的剧本，一边看一边把自己代入女主角重复念台词。

“你回来了？”听到声音，祝小筱走了出来。

“嗯。你吃晚饭没？”祝矜从衣帽间取出干净的衣服，准备先去洗澡。

“没。”祝小筱说。

祝矜从浴室走出来后，摸到手机打开微信。发小群里非常热闹，大家在商量后天聚会的事，然而，那么多条消息中，没有一条是邬淮清发的。

她打开和邬淮清的对话框，想了想，还是“拍了拍”他。

W：？

祝你矜日快乐：你回家了？

邬淮清没反应。

祝你矜日快乐：Money 呢？我想它了。

W：它没空。

祝你矜日快乐：它在干吗？

W：忙终身大事。

祝你矜日快乐：……

祝矜也不知道他说的是真的还是假的，诱哄他开视频通话失败后，在输入框中打字，说：今天那个是我前男友，但是实际上我们在一起不到十四天。

W：哟，记得挺清呀。

“……”祝矜托着下巴，想问他“这陈年老醋好喝吗？”。

他话说得挺阴阳怪气的，祝矜有些不爽，回他：你在吃醋？

W：你怕是对我有什么误解吧？

W：我吃哪门子醋？

W：我只是讨厌被人利用。

邬淮清发完，看到对面持续显示着“对方正在输入中”，等了会儿，也没有新的消息发过来。

砰的一声，他把手机扔到墙上，手机前屏和后屏都碎掉了。

Money 听到动静，从另一间屋子里跑过来，不断地叫着，想看他有没有事情。

邬淮清连忙把 Money 抱起来：“你别过来，这有玻璃碴儿。”

祝矜在对话框中输入了一大堆字，然后又气得全部删掉。

她把微信对话框关掉，把手机扔到床上，将头埋进枕头里，无奈地捶了两下。

邬淮清是个浑蛋。

他就是个浑蛋。

昨天窥见了他的秘密时的那种喜悦，此刻变得酸涩，像是未酿好的蜜渍柠檬，尝一大口，酸意在心头泛滥起来。

但两天后，祝矜决定原谅这个浑蛋。

她从行李箱中找到了那块月亮河系列的表，将表戴在手腕上。

这块表是某品牌几年前的周年限定款，它价值几何，祝矜没有查过，但心里也有数。

这是邬淮清当年送给她的——在她从东极岛回来、他离开申城后，她收到了一份快递，快递里面就是这块表。

当时她收到这块表后，就把表寄回到了京市，地址填的是邬淮清的公司。

她庆幸那时没有一时意气上头把他的联系方式都给删掉。

她在微信上对他说：淮清哥，我们这一段是你情我愿的。我也跟你说清楚了，我们就此算了、分手了，因此你不必送我任何东西。

她觉得，那块表是他对她的补偿，但她说不出“补偿”这二字。

过了几天，他才回复，只有五个字：不要就扔掉。

那是祝矜回到京市前他们的最后一次对话。

从此往后，无论是当面还是网上，他们再不曾有任何联系。

寄到京市的那个快递被他拒收，又原路返回，没几天就又到了祝矜的手中。

今晚是祝矜和路宝两个人的接风宴，不过，祝矜带上了祝小筱一起赴宴。

她想给大家介绍一下祝小筱，也想着和他们打声招呼，让他们以后能照应祝小筱就帮忙照应一下。这群人神通广大，还天天一副“我要退休”的模样，实际上一个比一个拼命工作，并且其中还有个影视圈的大佬。这或多或少能让祝小筱少走些弯路。

祝矜化了个淡妆，选了一套分体式的白裙子穿，还把头发从底下扎成了两束，编了麻花辫，拎了一个粉色的软皮包，整体打扮非常有少女感。

祝小筱正在镜子前用夹板夹头发，看到她的装扮，笑起来：“姐，你今晚去是不是有所企图呀？”

“嗯。”

“那你这身不行的呀。你这打扮看上去是挺有少女感的，但是你的‘有所图’，应该不是柏拉图式的交流吧？”

“……”

祝矜重新回到衣帽间，看着里面一排悬挂着的裙子。她平时穿衣服不会刻意保守，也不会刻意暴露，都是什么好看穿什么。

她的手指碰到一件琥珀色的吊带长裙，裙子的印花图案非常漂亮，胸前还有大片大片的黑珍珠。

正想拿出来，她又放下。

什么嘛？她又不是居心不良。

她就穿这身怎么了？

祝小筱已经夹好了刘海，见她没换衣服，又笑起来。

“你又笑什么？”

“走吧，清水出芙蓉也有清水出芙蓉的美，你长得这么美，穿啥都好看，就是神仙都得被你迷住。”

祝矜从地下车库取了车，一路把车开到约定的餐厅所在的商场。

他们原计划是去西郊新开的一家店玩，结果明天早上有人要赶飞机出差，于是大家从简，选择去最近新开的一家牛蛙火锅店吃饭。

这家火锅店在包邮区很有名，是第一次进驻北方这座美食荒漠城市，还是商场前年请过来的。因而，他们家一直人满为患，排队能排到晚上九点。

祝矜以前在申城和唐愈在连锁店吃过几次，每次去都是人山人海。有一次，唐愈拿到号后，懒得等，非得拉着她去楼下的购物中心逛一逛，结果过号了，他们还得重新排队，等得那叫一个憋屈。

这次祝羲泽托一个朋友给他们提前预留了包间，他们什么时候去都可以。

祝矜在商场的停车场停好车后，忽然从倒车镜里看到了姜希靓的车子，姜希靓还没把车停进车位里。不知为什么，距离她的车头不到两米的地方横停着一辆高大的越野车，越野车挡着她了。

祝矜刚想下车去找她，就看到姜希靓的车子没有倒向车位，而是径直向前，撞上了那辆越野车。

砰的一声，撞击声响彻地下停车场。

祝小筱坐在祝矜的副驾驶座上，被吓得叫了起来。

祝矜的大脑一片空白，她立马打开车门飞奔向姜希靓的那辆车。

也有一个人同时朝姜希靓跑过去。原本对方便和姜希靓离得近，不过几秒他就到了姜希靓的车子驾驶座的门外。他疯狂地敲着车窗玻璃。

是岑川。

“姜希靓，你给我下来！”

祝矜跑过去，看都没看岑川一眼，把他推到一边，敲着窗玻璃：“靓靓，你下来！你先开门！”

说着，怕她听不到，祝矜还拿出手机准备给她打电话。这时祝矜才发现自己的手都是颤着的。

忽然，车门被打开。

姜希靓眼圈发红，一双眼睛都是带着红血丝的。她没有下车，只是指着岑川喊:“你给我滚开,岑川,我这辈子再也不要见到你！看你一眼我都觉得恶心！”

祝矜从未见过姜希靓这个样子，心里难受得不行。她检查着姜希靓的身体，所幸安全气囊弹了出来，护住了姜希靓。而刚刚，车子是突然开始加速的，因此撞击的力道并不重。

姜希靓人没事，只是两辆车被撞得有点难看。

岑川手里握着车钥匙，望着她，眼底浮现出浓浓的悲哀和无奈。他什么都没说，转身离开，走上那辆越野车，车门啪的一声被关上，声音震耳欲聋。

车子被启动，仿佛带着强烈的怒气，越过了她们。

在那辆黑色越野车转弯离开的那一刻，姜希靓忽然哇的一声哭了出来。

祝矜不放心姜希靓，把她赶下驾驶座，然后把车停到车位上，打电话给汽车保养店。

随后，祝矜又和祝小筱一起，把姜希靓送回了家。

一路上，姜希靓一句话都没说，只是一直在哭。

祝矜没忍住，骂道：“姜希靓，你挺能耐啊，怎么，分个手要把命搭进去？”

后座上的祝小筱闻言咳嗽起来。

祝矜深呼吸，止住声音，后来一路再也没说什么，想着等过两天姜希靓平静下来了再好好跟她说道说道。

祝矜想起姜希靓前几天发的北屿中学的照片，心里估摸着，这次，姜希靓和岑川估计是真的出了什么特大的、不可调和的矛盾。

这两人都是北屿中学的，是同级生，后来他们谈起异国恋，分分合合无数次，直到今天。

祝矜心里难受得不行。她的手机一直在响，她看是聚会上的人打来的电话，于是让祝小筱接了电话，让祝小筱告诉他们她俩得晚点到。

祝矜和祝小筱到了包间，一进去，对面的那群人便纷纷喊“迟到罚三杯”。

不过，他们罚她们喝的是饮料。没人舍得让她俩真喝酒，那不是欺负人吗？

祝矜勉强露出笑意，心中百转千回。她曾经特别羡慕姜希靓和岑川。两人虽然都是那种看着吊儿郎当、不靠谱的人，但彼此对对方爱得很深很深。

岑川即使人在国外，也用自己的方式，每年都给姜希靓制造独一无二的浪漫和惊喜。

他俩的故事讲出来都可以拍成一部电影了。

这顿牛蛙火锅祝矜吃得食不知味。

祝矜看着坐在自己对面，但离她很远的邬淮清。他也没吃什么，从她来了到现在，她也没看到他有什么反应。

忽然，邬淮清抬起头，正撞上她的视线。他顿了顿，然后低下头，夹了一块腐竹。

祝矜拿出手机，问他：为什么看我？

W：？

W：你不看我会知道我在看你？

祝矜关掉对话框，在心中哼了声。

邬淮清这个浑蛋。

大家吃完饭，便转战城北一条街，去了其中一个朋友的店里。

今夜这家店不对外开放，不过他们又叫了一些玩得不错的朋友过来一起聚一聚，热闹热闹。今晚店里表演的乐队是最近很有名气的一支摇滚乐队，主唱的嗓音很有特色。新来的朋友很会暖场子，不一会儿就把气氛炒得很热。

祝矜他们只待在角落的沙发上，没跟着去舞池子里。不知是谁提议，大家玩起了真心话大冒险。

祝小筱嫌他们这群“老人”无聊，便一个人走了，去找摇滚乐队玩。

真心话大冒险这游戏他们早就玩了一千八百遍了，不少人嫌弃这游戏老套到不能再老套。

路宝率先出声：“老套怎么了？好玩就行了。再说，咱们几个，也别折腾那些有的没的，今晚就来点实在的。”

祝矜看着他，有点怀疑他是不是要对张菁表白。其他几个人也觉出有这个可能，于是没再说什么。

游戏一局一局地进行着，大冒险的要求和真心话的问题渐渐变得离谱，时不时引来大家一阵哄笑。

忽然，瓶子指向了祝矜，她喝了口饮料，抬起头，一副无所畏惧的样子。

路宝早就等着抽到她了。此刻，为了验证前天心中的疑问，他率先出题。

“真心话，说出你之前暗恋对象的名字！大冒险，亲邬淮清一下！”

“哇——”大家先起哄，而后笑闹起来：“路宝，你这不就是明摆着要浓浓说出暗恋对象是谁吗？可真狠。”

他们纷纷敲桌：“选真心话就必须说真心话，不说胖十斤。”

路宝心中却隐隐有另一个猜测。他不说话，只盯着祝矜笑。

祝矜也盯着他笑，目光幽幽，眼里像是含了一汪水。

只是，这汪水很快就落在了邬淮清身上。

邬淮清坐在角落处，手指有一下没一下地敲着沙发的扶手，手腕上的小叶紫檀手串在这样的环境下异常夺目，他浑身极具清冷气质。

他的目光没有聚焦，视线不知落在何处，眼神空空，仿佛他们说的一切都和他无关。

他神色清冷到让祝矜想起来之前祝小筱提到的神仙。

“神仙都得被你迷住”，在她看来，邬淮清可比神仙还要难搞。

啪的一声，她忽然把手中的饮料瓶子扔到桌子上，然后站起身，缓缓走到角落，站在邬淮清面前。

邬淮清抬了抬头，掀起眼睫，微微蹙起眉，一脸困惑，脸上似乎写着“您有何贵干？”。

邬淮清眼前的她皮肤白皙透亮，穿着白棉布裙子，身上无一饰品，还梳着双麻花辫。她在演哪出？

因为见了前男友，所以她想梦回青春？

然而下一瞬，在众人和邬淮清都猝不及防的时刻，祝矜倏地俯身，用手扶着他的肩头，整个人压在他的身上，献上了一个吻。

邬淮清偏头想挣开，却被她按了回来。

全场寂静！

最先反应过来的是祝羲泽。他啪的一声把手中的杯子放到茶几上。

茶几表面是由玻璃制成的，非常光滑，杯子一放上去，就一直向前滑到了边缘处，差点掉下去。

他皱着眉盯着这一幕，没作声，也没喝止祝矜，只是陡然起身，走了出去。

一堆人盯着邬淮清和祝矜，仍旧处于惊愕状态，没有注意到他离开了。

祝小筱原本接过了鼓手的鼓棒正在敲鼓，一抬头看到这惊人的一幕，惊得手直接僵在半空了。

她姐厉害呀。

祝矜停下来，无辜地看着邬淮清。她眼睛里的那汪水晃晃悠悠的，好像落了雨的湖，湖面上升，水快要溢出来了。

她在明暗交错的灯光下，漂亮得摄人心魄。

然而她面前的人根本不为所动。

忽然，人群中爆发出“哇”的声音，其他几个人开始喊起来：“祝浓浓，你行啊！”

大家回过神来。

祝矜没有管旁人说什么，只是盯着邬淮清。邬淮清今晚的眼睛就像京市的大霾天，让人看不真切。

忽然，邬淮清唇角勾起一抹含嘲讽意味的笑，他冷淡地问：“还不下去？”

祝矜如同被当头泼了一桶冷水，羞耻感从头顶开始往下蔓延。但她仍旧保持着微笑，笑得明媚，把视线从邬淮清身上移开。

她缓缓地站起身，看向一众朋友，然后坐回自己的位子上。

宁小轩原本就坐在祝矜旁边，此刻站了起来，俯视着她问：“祝浓浓，你这是什么情况？”

她拿起自己的饮料，喝了口：“玩大冒险呀，不是你们出的题目吗？怎么了？”

“这……”宁小轩说不出反驳的话来，只问，“合理吗？”

“您能坐下跟我说话吗？”

宁小轩坐下来，偏着头说：“我就奇了怪了，你之前到底暗恋的是谁呀，怎么他就这么不能见人了？”

祝矜白了他一眼：“我谢谢您嘞，我的哥。要不是你，他们今天会给我出这个难题？”

当年“祝矜有个暗恋对象”的流言，就是宁小轩搞出来的。

“今天可不是我的错，你别冤枉人。”宁小轩说，“我还是不懂，你怎么宁可亲邬淮清也不……”

他话还没说完，就被祝矜打断。

“什么叫‘宁可亲邬淮清’？他长那样，我亲一下也不亏吧？”她眨了眨眼睛。

宁小轩将身子向后仰，一脸不可置信地看着她：“行呀，祝浓浓，你去申城待四年，变了，变了，变出息了！”

祝矜不说话，拿起桌子上的薯片咬了一口，特用力地咬。

“变得像个坏女人。”宁小轩又补充道。

“你烦不烦？”祝矜蹙眉道，“这不是游戏规则吗？刚又不是没有人这么做，你怎么跟没玩过这游戏似的？”

的确，随着真心话大冒险游戏的推进，大家出的题目越来越刁钻，要不就是非常搞怪，要不就是让人觉得特别暧昧。

但这件事情放到祝矜身上，就很奇怪。

两人和邬淮清位置离得不远，因为宁小轩的大嗓门，这段对话断断续续地落入邬淮清的耳朵里。

忽然有人大喊："我说，神了，邬清儿，你是神吗？怎么被咱们大美女亲了，一点动静也没有？"

他话音刚落，大家纷纷把视线投到邬淮清身上。

只见这人在角落的沙发上坐定，一动不动，整个人隐在暗处，此刻淡定地拨着手腕上的那串小叶紫檀，面无表情。

这是正常男人的反应吗？

这是男人能有的反应吗？

祝矜听着他们聊天，没抬头，又吃了一片薯片。

他们接着玩游戏，只是之后的几轮，这群人像是被他们俩给刺激了一样，不约而同地把问题难度加大了，并且提出的大冒险要求越来越离谱。

于是也没人再在意祝矜刚刚的举动了。

祝矜没再参加游戏，而是拿起手机开始翻姜希靓的微博和朋友圈。

忽然，微信弹出一条消息，对方的头像很陌生，微信名字是一串英文字符。这人问：最近好吗？

祝矜点进这个陌生的头像。聊天记录是空的，没备注，她看半天也没认出这人是谁。

她点进这人的朋友圈。对方没有设置仅三天可见的朋友圈权限，她点进最近的一条朋友圈。对方发了张合影，合影里是顾宇和他的女朋友，背景就是那天傍晚时的前街公园。

那会儿祝矜和他分手，因为谁也没拖泥带水，干脆得不行，所以也没互删好友。只是祝矜设置了不看他的朋友圈，任对方在自己的好友列表里躺了三年。

祝你矜日快乐：挺好，你有事情吗？

顾宇：男女朋友一场，你不要这么冷淡。

祝你矜日快乐：……

顾宇又问：就是挺想问问你，那天那个男人，是你喜欢的那个人吗？

祝你矜日快乐：我什么时候和你说我有喜欢的人了？

忽然，祝矜听到一声嗤笑。祝矜抬头，只见邬淮清从她身前离开，他的背影被激光灯打上了刺眼的蓝光。

她蹙眉，再低头一看。

顾宇：这么看来就是了。那恭喜啊，我也算解脱了。

祝你矜日快乐：？

顾宇：哈哈哈，你别这么冷淡，我早就不喜欢你了。我就是灵魂高尚，觉得愧疚。现在你和你喜欢的人在一起了，谢天谢地。

祝你矜日快乐：哦，你本来也不用觉得愧疚。你不真心，我也是假意，没谁对不起谁。

顾宇：懂。

之后两人没再说话。

祝矜又刷了会儿手机，越发心浮气躁，一抬头，发现祝羲泽走了过来。他坐到了自己旁边。

“咦，三哥，你刚刚没在吗？”

“嗯。”他点点头，也没说别的，只看着她。

“你干吗一直盯着我？”祝矜被祝羲泽盯得心里发毛。不知道祝羲泽刚刚是什么时候走开的，有没有看到她吻邬淮清的画面。

“怎么了？”

祝羲泽移开视线，莫名其妙地冷笑了一声：“没事。”

“……”

又坐了会儿，祝矜感觉昏头涨脑，起身准备出去上个洗手间，余光注意到邬淮清的座位还空着。

祝小筱还在舞台上敲鼓，之前的鼓手被她挤到一旁，正在给她扇风。

这一幕把路过的祝矜逗乐了，她不禁拿起手机给祝小筱和鼓手拍了张照片。

祝矜从洗手间里出来，经过洗手池外边的走廊时，忽然脚步一顿——

邬淮清正站在那儿。

他抬起头，看到她，转身就要走开。

祝矜看不惯他这股劲，出声喊他：“邬淮清，你站住！”

他手里玩着那支打火机，闻言慢悠悠地转过身子，看了她一眼。

祝矜走上前。

他眯着眼睛问：“您有何贵干？”

她咬了咬唇：“邬淮清，你到底在闹什么？”

走廊里光线昏暗，打火机那点猩红的火光格外显眼。

洗手间距离舞池比较远，回旋的走廊里音乐声和欢呼声不大，变成不重不轻的背景音。

邬淮清半靠着墙，斜斜地看着她，忽地笑了，眼底满是迷雾：“我在闹？”

“难道没有吗？你这两天什么话都不说，刚刚我都主动亲你了，你还那么冷淡。”她捺着性子，好言好语地说道，声音不自觉地有些委屈。

闻言，邬淮清又笑了起来，只是这笑让人看得难受。他问：“祝浓浓，你以为你很了不起吗？”

祝矜愣住，没说话，抬头不解地望着他。

“你亲我一下，我就得对你唯命是从，把你捧着惯着吗？”他声音冰冷，低头注视着她。

“我不是这个意思……”

邬淮清说：“好，我不冷淡，那我就评价一下你刚刚的吻。你这吻技烂到家了，比当年，退步不少。”

这是祝矜回来后，第一次主动吻他的唇，还是在这样一个场合下。

她的吻中带着多少真心？有一丝一毫吗？

他不知道，也根本感受不到。

“你——”祝矜的话还没说完，就被打断。她只听邬淮清冷冷地说道：“祝浓浓，别太把自己当回事。”

说完，他便转身毫不留情地离开了。

祝矜茫然地在原地站着。她不知为什么会变成这样，委屈、难过、不甘等各种念头交缠在心中。她忽然追了出去，义无反顾地追了出去。

她穿过幽暗曲折的走廊。

视野中的一切变得摇晃，她眼睁睁看着他打开了那扇贴着“今日不营业”的门走了出去。

玻璃门晃了晃，正要闭合，就被祝矜打开。

明明是八月，她一来到外边，却觉得此刻身处寒冬，冷风刺骨，街上的灯光让人晕眩。

她的大脑一片空白，她只顾着追邬淮清。

她拽住他的衣服。

片刻后，邬淮清不得已回过头，问：“你做什么？”

祝矜深呼吸：“邬淮清，你能不能先不要闹情绪？我们好好聊一下。”

邬淮清心里一片空白，冷笑着说：“聊什么？祝矜，当年你要我，如今又拿我来应付前男友，你是觉得我好欺负是吗？”

同样的错，他犯了两次，但这次，他要及时止损。

祝矜松开拽着他衣服的手，向后退了一步：“你就这样看我？”

“不然呢？”邬淮清嘴角噙着笑，“祝矜，你从小到大顺风顺水，是不是觉得谁都得心甘情愿听你的话，谁都得爱着你、宠着你，嗯？”

一辆白色的跑车驶来，在门口停下。

“我没有！”祝矜忽然大喊。

“祝浓浓，你真没劲。”他说着，看了看那辆车，“我也不是非你不可。”

祝矜脸色瞬间变得煞白。她不可置信地盯着邬淮清。

那辆跑车的车主探出头，那是个有着大波浪鬈发的美女。她笑着问：“帅哥，上车吗？”

这条街被无数盏炫目的灯点亮，到处都是俊男靓女，到处都是肤浅又令人痛快的情。

祝矜只见邬淮清看都没再看她一眼，就上了那辆车。

白色的跑车飞驰而去。

祝矜用力呼吸着，觉得空气变得稀薄了很多。

她回到包厢，从沙发上拿上自己的包，和宁小轩打了声招呼，让他一会儿把祝小筱送回家，便匆匆离开。

她撞上沙发，膝盖被撞青，她却没有感觉，看也没看。

她有种要喘不上气来的感觉，脑海中空空荡荡的，感觉自己像是浸在海里。

祝矜回家做的第一件事，就是把浴缸里的水龙头打开。过了一会儿，她一把将洗漱台上邬淮清的洗漱用品全部都扔进垃圾桶，又把他的拖鞋、衣服全都收拾出来，最后一起打包，提到楼下，扔到了绿色的大垃圾桶里。

祝矜再次走进家里，浴缸里的水已经放好了，她把自己整个人都埋了进去。

热水淹没她的鼻子、眼睛，在她感觉要窒息的前一秒，她才从水里起身。

来来回回，一次又一次，她通过这种方式，让自己放空。

祝矜感觉自己的脸湿湿的，不断有液体往下流，她以为那是池子里的水。

她从旁边拿起毛巾，把脸擦干。

可是水还在流，从她的眼角往下流，不断地往下流。

跑车从这条街往北开，蒋文珊笑起来，她胸前的大波浪鬈发随着她的笑声而起伏。

邬淮清把胳膊搭在窗户上，没看她，只盯着路边成串的灯光。

“行了，说去哪儿。你真要跟着我？”

邬淮清转过头看了她一眼：“你去哪儿？有酒喝吗？”

蒋文珊空出右手比了个“不”的手势：“别，姐不带你，姐要去找我们家索飞过二人世界。”

“行吧，那送我回家吧。”

蒋文珊点了点头，然后打开车载音响放了首《好运来》。

音乐声震耳欲聋，气氛喜庆到路人以为这是要去迎亲的车。

邬淮清直接关掉音响，皱着眉，一脸不悦。

蒋文珊又笑起来：“行了，你顶着张棺材脸给谁看呢？人家姑娘都不在了。再说，你不高兴还不能让别人高兴吗？”

邬淮清看着她，没好气地说：“你高兴什么？”

蒋文珊晃了晃头，很欠揍地说道：“本来就有喜事高兴，看到你不高兴，我就更高兴了。”

邬淮清抓住她话中的关键词，挑眉问：“喜事？是我想的那个吗？”

“嗯。”她点点头，“还没公开呢。你可是我第一个告诉的人，记得包个大红包给我。”

邬淮清脸上终于浮现出一点笑：“行呀，恭喜。”

他是诚心诚意地祝福她的。有情人终成眷属，是世上再美妙不过的事情了，尤其是蒋文珊和卢索飞这么一对历经坎坷的情侣。

蒋文珊是邬淮清在清北大学的同学。她家境优渥，身上有着京市妹子的豪爽劲，上学时和他一起做过两个项目，两人很聊得来。

关键是，蒋文珊和其他女生不同，对邬淮清没什么想法，跟他交往起来也就没负担。

她有喜欢的人，那人在国外念大学，两人是高中同学。

蒋文珊大三的时候，作为交换生去到了男朋友所在的大学，然后和男朋友卢索飞一起读了硕士。

巧的是，卢索飞小学三年级之前是在申城读的，三个人认识后在一起聊天，聊着聊着发现卢索飞转学前和邬淮清还是同班同学，大家直呼“世界真小”。

蒋文珊叹了口气：“不过我爸妈让卢索飞和我签婚前协议，蒋家的东西一分一毫都不关他的事，我们一旦离婚，不论原因，他都要净身出户。”

卢索飞家境普通，爸妈退休前是国有企业的老职工，单供他出国读书就耗去了家里全部的积蓄。

这也是蒋家一直极力反对他们在一起的原因。

甚至，蒋家之前还找到邬淮清的爸爸，和他商量好，两家联姻，让邬淮清和蒋文珊在一起。

邬淮清和蒋文珊自然极力反抗，不过收效甚微。

不得已，两人合谋想了个招——邬淮清在外扮花花公子，蒋文珊把他和别的女生的合影发给蒋氏夫妇二人。

好在夫妇二人虽然想借邬家使蒋家更上一层楼，但也没有打算用牺牲自己女儿的幸福这招来达成这个目标。

邬淮清的名声，也是从那会儿开始坏起来的。

“不错了，你们好歹能光明正大在一起了。”邬淮清说，“况且索飞是有本事的人，不靠你家也能取得很好的成就，你爸妈也是知道这一点的。否则，你就是撒泼打滚，他们也不见得会同意这门婚事。”

“那是，索飞很优秀。”蒋文珊骄傲地说道，“不过还是多亏了你。就是把你的‘清白’给毁了，我还挺不好意思的。”

邬淮清嗤笑一声，想到去年那几个月两人合伙演的那场戏。

为了把照片拍得尽可能地真实、自然，他可是不得不跟许多姑娘假作亲密。他还被她们的香水味呛得不行。

蒋文珊从后视镜里看了看他，犹疑了一下，开口道：“我说哥们儿，刚刚那姑娘，就是你心里的那个吧？”

“心里？你这是又去研究读心术了？”邬淮清敲了敲车窗边沿，“你以为谁都像你似的，天天就是想些情情爱爱的。”

蒋文珊满是鄙夷地看了他一眼：“别嘴硬，看你现在身上这股劲，跟当年从申城回来那劲差不多。”

她又说：“我刚刚以为你是又被小姑娘缠上了，才江湖救急的，现在一想，我是傻吗？普通小姑娘哪有那等魔力，能把你搞得现在这样不阴不阳的？”

车前摆了瓶车载香水，瓶子是定制的两个小人，熟人一看就能辨认出来，这两个小人就是蒋文珊和卢索飞，两个小人还抱在一起亲。

邬淮清瞅了一眼，立刻别开眼睛——忒辣眼睛，辣得他心里泛酸，让他一颗心隐隐作痛。

他本就不是能吃辣的人。

但她喜欢吃辣。

当年他被她抛弃在东极岛上，她还让他好聚好散。

他只是她在岛上看到男朋友出轨后，用来消解情伤的工具而已。

邬淮清忘不了那天。

那天他去申城办事，出发前受祝羲泽所托，帮祝矜带上她奶奶留给她的遗物。

他来到她学校门口，给她打电话，结果听她说在外边玩。

那几天不是假期，他有她的课表，知道大二下学期她每天课很多。

他站在校门口，看着进进出出的学生们，不明白她为什么会逃课在外边玩。

他一再追问她在哪里，电话那头的人静了静，说了个地址。

得知她在离学校不远的东极岛后，他当天便赶了过去。

去到那里之后，他才知道，她是陪男朋友和几个学长学姐一起来的。

除了她，其他几个人都是大三、大四的学生，这几天他们课表空空。

邬淮清当时很生气，觉得她是个“恋爱脑”，觉得她不务正业。他一口气憋在心里，却没有资格去斥责她。

他算是她的什么人?

他又不是祝羲泽，又不是她的爸爸妈妈，更不是她的男朋友。

可是，当他去了她在的那家酒馆，在散座上找到微醺的她时，他的心头还是蓦地一软。

祝矜抬起头一看到他，便对他傻笑起来，那个笑容特别柔软、纯净。

他们已经好久没见面了。

邬淮清想，她一定是醉了，才会这样对自己笑。

她穿着细毛衫和紧身牛仔裤，肩上还裹着一件披肩。她似乎很冷，于是用手把两边的披肩拽得紧紧的。

那傻样看起来和周围的男男女女截然不同，她不像是来玩的，尽管她面前的桌子上有好几个空杯子。

他问：“你和谁来的？”

祝矜指了指那边舞池里的一个男生，说：“我男朋友。”

她笑得很甜。

邬淮清看不真切那人的模样，只见那人穿了件纯白的 T 恤衫，在舞池里摇晃着身子。

他皱眉。

“他篮球打得很好的。”她又说。

邬淮清扯起唇笑了笑，不予回应。

他篮球打得更好。

他一个星期前就知道她交了男朋友，但此刻心中还是疼得不能自抑。

他知道去年事情发生后，她就有意识地躲自己。

其实她不用躲，他们本来就一南一北，见不到面。

但是时隔大半年，邬淮清决心试一试。

那会儿他刚刚在公司轮完基层岗不到一年半，接手的几个项目都非常成功，事业上正是春风得意之际。

但有父亲在，他还是处处受到掣肘。

他卖掉了自己用第一桶金买下的跑车，又卖掉一些定期基金，只留下股市里的钱，然后抢下那对月亮河的情侣表。

这对情侣表作为品牌周年纪念款，设计曾获得大奖，因而表的价格贵到了让人瞠目结舌的地步，表从预售到交付也要很长时间。

他原本想，等表到了，他就去找她，向她表白。

谁想，在这对表的工期只剩下一个月的时间里，她有了男朋友。

邬淮清不知道该怎么形容自己知道她恋爱了时的感受。

有一瞬间，他想不管不顾去把她抢过来，就算她有男朋友又如何？

他每天将自己困在道德界限的边缘处，直至祝羲泽让他帮忙给她捎东西。

这是间岛上的小酒馆，里面装潢一般，灯光却特别炫目。

祝矜点了杯酒，然后递给他："谢谢你送东西来，请你喝。"

邬淮清接过她递过来的酒一饮而尽。

忽然，他们二人抬头，同时看到舞池里她的男朋友和一个女生一起笑起来，下一秒，两人抱在一起接吻。

那个女生祝矜认识，是同他们一起来玩的学姐。

祝矜直直地看着他们。

这一刻，音乐声震耳欲聋。

邬淮清站在她身后，忽然抬手捂住她的眼睛，说："别看，脏。"

舞池里的两个人还在吻着。

邬淮清的手心温热，他只觉手心里的睫毛眨了眨，令他掌心发痒。

他不想承认，在看到舞池里那对男女如此动作时，心中是有点隐秘的喜悦的。

同时，还有心疼，他心疼她。

而下一秒，祝矜倏地转过头，伸手揽住他的脖子，踮起脚。

邬淮清愣在原地。

她主动吻了他，那是个青涩的、匆忙的吻。

许久，他回应了她，那个是同样青涩的吻，如蜻蜓点水。

披肩散落在地上，被无数人踩踏。

而他们，旁若无人地在灯红酒绿中拥抱。而后，他忽然半俯下身子，以公主抱的姿势把人抱起。

"别要他了，要我。"

祝矜反手抱住了他的脖子，予以回应。

他们从酒馆离开后，去了她住的民宿房间。房间很小，具有异域风情，灯光昏昏暗暗，他们的心跳声宛若雷鸣。他们相对而坐，他一把握住她的手，制止住她凑上来的动作。

他问：“你确定吗？”

那一刻的邬淮清极度清醒，看着灯下她的一双杏眼，杏眼明亮，宛若新月。她笑意盈盈地点头：“确定。”她的嘴里像是含了草莓糖，嗓音很甜。

邬淮清承认，他是带了不可见人的心思来见她的。

原本他以为，那天是老天对他的嘉奖，是他的幸运。

后来他才知道，那天不过是老天可怜他，对他开了个玩笑。

回到京市后，他克制不住地一次次来到京藤中学，京藤中学的一草一木、一砖一瓦，都有她的影子。

他恨她，又忍不住来找寻她的印记。

他去矮子粉铺，点她最爱吃的粉，放和她一样多的辣椒，把自己吃到不住地咳嗽，双颊通红，满头汗珠。老板求着他说：“帅哥，你别吃了，钱我退给你行不行？求求你了。”

他对她爱到骨子里，又无法抑制。

他吃着一碗又一碗放了辣椒的粉，直到现在，他和她一样能吃辣。

看，人是会变的。

那么他爱她，为什么变不了？

第十三章
偏执

蒋文珊把邬淮清送到他家别墅门口。

邬淮清正要开门下车的时候，忽然听到蒋文珊说："姐好心点拨你一句，那姑娘喜欢你。"

邬淮清回过头，皱着眉看向她。

蒋文珊笑了笑，冲他摆了摆手："旁观者清。嘴巴可以骗人，眼睛是骗不了人的。祝你好运，还有最重要的，别忘了给姐包大红包。"

邬淮清下了车。别墅区里很安静，晚风寂寥。门前曾经有一棵梧桐树，骆梧来到他这里看到那棵树后，就命人把树砍掉了。

此刻，这里只剩下光秃秃的树桩。

Money 还没睡，听到开门声，径直跑过来，咬住他的裤脚。

邬淮清蹲下身子，抚摸着它。

祝矜消沉了几日，沉浸于学习中，完全没外出。这天一早，她在高中认识的一个学长周随给她打来了电话。

她和周随是在一场比赛上认识的，周随是一个很有能力也很谦逊的人，大学期间就开始创业，现在小有成就。

祝矜对他印象一直不错，这几年，两人断断续续地保持着联系。

她猜周随今天打电话给她多半是有事情。果不其然，周随也没和她兜圈子，三两句话表明了自己的来意。

原来周随想让她跟他一起去参加一个互联网论坛，这个论坛里有一个重要人物——龙启坛老先生，周随有事相求于他。

巧的是，这人是祝矜爷爷的老友，周随想通过祝矜结识龙启坛。

祝矜想了想，答应了。

一方面是周随的人品她信得过；另一方面，她现在一歇下来，脑子里就开始反复播放那天晚上邬淮清说过的话，找点其他事情做转移注意力也不错。

论坛召开的地点在环球金融中心附近，周随提早来了，还开车带祝矜先去写字楼里的一家粤菜馆吃饭。

他人挺细心，去之前，还问祝矜能不能吃粤菜，有没有什么忌口的。

祝矜摇摇头。她没有不能吃的食物，还很能吃辣，粤菜这种清汤寡水的食物通常不在她的涉猎范围内。

不过周随要请客的这家餐厅，她来过几次，菜还算合她的口味。

餐厅里一边是客桌，另外一边是半开放式的厨房，食客从外边能看到菜的制作过程。厨房里一整面墙上还放着食材，上面有琳琅满目的瓶子和罐子。这餐厅整体设计得十分亲民。

祝矜和周随在侍应生的引导下找了个位置坐下。祝矜正准备点餐，就看到了从餐厅门口走进来的邬淮清。她没想到在这里碰上他，目光盯在他身上不到三秒钟，在他要看过来的前一刻，她瞬间移开视线，开始看菜单。

“你看你想吃什么，他们家的煲仔饭一绝。”

“嗯。”祝矜应了声。姜希靓很喜欢吃这家的煲仔饭，据说煲仔饭烹饪过程中使用的水全部都是矿泉水。

“我要一例花胶老鸡汤和一碗米饭。”她说着，把菜单还给侍应生。

周随笑起来：“你不用给我省钱，再点点别的。”

祝矜摇摇头。她这两天胃口很差，应该是得肠胃炎了，只想喝一点汤。

旁边的桌子旁来了人，她没抬头看，只听到周随忽然开口：“巧了，邬总，朱董，你们俩也来这儿吃饭？”

祝矜捏着餐巾纸的手一顿，深呼吸，然后缓缓抬起头来。邬淮清正在她斜对面坐着。他看向周随，冷淡地点了点头，并没有看她。

而坐在邬淮清对面，也就是坐在祝矜旁边的，是位有些胖的中年男人。

祝矜看向那个男人，想到周随喊他“朱董”，辨认出这是朱之啸——这是位国内非常厉害的明星投资人。

巧的是，他也是从S大出来的，祝矜的老师们上课时经常拿他来举例子。

朱之啸明显比邬淮清要热情很多，说：“小周？你和助理？”

周随笑着答：“是朋友。”

“那一起吃？”朱之啸说。

周随连忙摆手：“这怎么行？”

邬淮清坐在椅子上，用食指敲了敲桌面，忽然慢悠悠地开口：“周总别客气，坐吧，今天我请客。”

周随又客气了两句，这才答应。他和祝矜换了换位子，自己坐到朱之啸旁边。

这样一来，祝矜就不得不坐在邬淮清旁边了。

两人谁都没有说话。

邬淮清浑身散发着生人勿近的气息，看都不看她这边一眼，对她视而不见。

四个人坐到一起，侍应生给每人又拿了份菜单。

谁知周随忽然说："矜矜，我记得你和邬总是好朋友？"

这周随，哪壶不开提哪壶。

祝矜沉默着没说话，在心中翻了个白眼，想着这个周随为什么会这么多嘴，况且她和邬淮清什么时候是好朋友了？

朱之啸惊讶地开口："是吗？这还真巧。小邬，这是你哪位朋友，叔叔怎么没见过？小姑娘看看想吃什么。"

邬淮清不作声，只敲了敲桌面，然后冷笑了一声。

祝矜听到他这声笑，也在心底冷笑了一声，按捺住自己想打人的冲动。

周随本想说他俩已经点好了，祝矜点了例鸡汤。

谁知祝矜忽然抬头，看向一旁的邬淮清，笑着问："你请客？"

邬淮清转过头，看着她不言语，只点了点头。

"哦，那我只要一份国外鲍鱼花胶滑鸡上方火腿煲仔饭。"她淡定地念了长长的一个名字。她说"只"这个字，就非常有趣。

这家店最贵的是珍宝蟹，一只六百元，其次就是祝矜刚刚念的这份煲仔饭，一份五百三十元，而刚刚祝矜点的那例鸡汤，只需要八十八元，所以周随才说她不用给他省钱。

周随觉出几分不对劲，又联系起她刚刚的那句"你请客"，心中咂摸出几分意思，不动声色地笑了笑。

"好。"邬淮清脸上依旧挂着那抹称不上愉快的笑，说，"我要一份同样的。"

接着，他又点了几道海鲜。

在等菜的过程中，祝矜听着周随游刃有余地和朱之啸、邬淮清两人聊天，感慨她这个学长确实是年轻有为。

祝矜认识周随这么长时间，对周随也有几分了解。作为普通家庭出来的孩子，他白手起家闯到了今天，称一句天之骄子也不为过。

不过祝矜毕竟太年轻，不知道周随之所以选这家店请她客，就是因为他提前猜到朱之啸会来。

坊间传闻，朱之啸是出了名地喜欢这家馆子，还曾在朋友聚会上说，京市只有这一家馆子配得上"粤菜"的称号。

菜肴逐渐上桌，可等祝矜点的煲仔饭真的被端上来后，她动筷子的次数用一只手都数得过来。

朱之啸已经知道了她的名字，问："小祝，是菜不合胃口吗？"

祝矜摆摆手，正想说话，只觉喉间有东西上涌，于是连忙转过头捂住嘴干呕。

邬淮清立刻把筷子放下，正想递水，却看到周随已经把水杯端到了她面前。

祝矜没有接水，说了声"抱歉"便去了卫生间。

邬淮清眉头紧皱，想到什么，拿出手机，找到她的微信，却不知道该怎么开口，盯着跟她的微信聊天对话框思索了半天。

半晌，他才打出一个问号。

他刚发信息出去，就看到微信上显示一个鲜红的感叹号——消息已发出，但被对方拒收了。

邬淮清在心中冷笑了一声，随后把微信界面关掉。

他拿起筷子，又不放心，于是叹了口气，叫来侍应生，让他们派人去卫生间看一下。

祝矜漱了口，在镜子里看着自己。她的脸色很差，早上的时候她就被自己的脸色吓到，出门前不得不化了个妆。

她还没走出卫生间，就碰到前来问自己情况的女侍应生。她摆摆手，表示自己没事，然后重新坐回座位上，周随和朱之啸又纷纷关切地问她是不是生病了。

"没事，就是最近吃得有点不对。"她牵了牵唇角。

周随看她真的没胃口，只好叫侍应生上了一杯柠檬茶。

祝矜脸色恹恹的。

不知为什么，她总感觉邬淮清在看着自己，一回头，又发现他在专注地吃着煲仔饭。

他依旧是那副冷淡的模样。

她无所谓地移开视线。

不抱什么期望，自己才不会失望。

这顿饭结束后，几个人正要往外走，忽然，有侍应生跑过来，说祝矜有东西落在这儿了。

祝矜不解地看着他，看清了他手中的东西后，才想起前一段时间，她在这儿预定了两瓶 XO 酱（一种调味品）。

她看着这两瓶 XO 酱，忽然有种物是人非的感觉。

那会儿在珠市，她和邬淮清去餐厅吃饭，有道菜里放了 XO 酱。邬淮清说那道菜做得不好吃。祝矜问："你喜欢 XO 酱呀？"

看他点点头，她回他；“那等回京市，我送你两瓶顶级 XO 酱。”

她说的顶级 XO 酱，就是这家店的。

餐厅老板和姜希靓算是同行的朋友，非常有脾气，店里的酱不公开售卖，但他也会做一些酱送给朋友，仅限于关系特别好的朋友。

在澳市那晚，祝矜游泳时联系上姜希靓，拜托姜希靓让老板帮忙做两瓶酱，说出多少钱她都可以接受。

结果老板当晚就给她发微信消息：我做的酱是可以用金钱衡量的吗？你在玷污它。

祝矜连忙道歉，好说歹说，这个颇为冷傲的老板才同意做两瓶酱给她。

那会儿她想着，邬淮清工作那么忙，那他中午即使吃白米饭，伴上这个酱也可以吃得好一些。

祝矜看着侍应生手中的袋子，最终笑了笑，接过袋子。

只是现在，这两瓶酱已经没有送给他的意义了。

几个人往出走，周随问：“你拿的是什么？”

“XO 酱，之前订的，你要吗？”

周随笑起来：“真的可以给我一瓶吗？”

看得出来，他很喜欢这里的 XO 酱排骨煲仔饭。

“你这话说得伤人，咱俩认识多长时间了？”说着，祝矜取出一瓶要给他，又说，“我一会儿放在你车上吧。”

忽然，她听到一声巨响，回头一看，只见身后的邬淮清正望着她，眉头紧皱。他身旁有半人高的花瓶，似是被他“不小心”碰到了地上，满地碎片。

侍应生和店长一前一后赶来收拾残局。

因为朱之啸是餐厅的常客，是高级 VIP（贵宾），所以他们不仅没有让邬淮清进行赔付，反而不断地说欢迎他们常来。

也是，一个赝品花瓶才值多少钱？

而一个高级 VIP 每年交的会员费又有多少钱？

邬淮清盯着她。

祝矜不懂他此刻含着怒意的表情。

明明，那天甩手走人、上了别人的车的人是他。

现在他凭什么用这种目光来看自己？

祝矜移开视线，径直从他身边经过，再也不看他一眼。

下午的论坛在一家星级酒店举办，距离论坛的开幕时间还有四十分钟，祝矜坐在酒店大厅的沙发上，捧着一杯椰汁喝。

椰汁很清爽，味道也很淡，没有让她出现反胃想吐的感觉。

周随不知道去了哪里，不过应该是在和形形色色的人寒暄，游刃有余地拓宽自己的人脉。

她随便拿起一旁架子上的时尚杂志翻着。

忽然，旁边的沙发陷下去一些，祝矜下意识抬头，就看到邬淮清坐在了自己身侧。她没什么表情地往旁边移了移。

邬淮清忽然拿走她大腿上的杂志，她回头，不得不看向他。

他伸出胳膊搭在她身后的沙发上，胳膊距离她的脖颈极近。他带着有漫不经心的笑，问："你生病了？"

祝矜不想理会他对她莫名其妙的关心，感觉就像在施舍她一般。她轻笑一声，说："不巧，不遂尔愿，我身体很健康。"

"哦。"邬淮清点点头，"既然身体健康，那就是有了？"说完，他直直地盯着她，目光如炬。

祝矜在他的注视下，反应了三秒钟，才反应过来什么叫"有了"。

她冷笑了两声："你在想什么呢？"

怪不得他突然过来，原来关心的是这个。

邬淮清把胳膊收回，摩挲起手腕上的小叶紫檀，道："让我想想，有没有可能——"

祝矜打断他的话："不用想，除非你动了什么手脚，否则没有可能。"

谁知他弹了一下手串，忽然问："那假如我真做了手脚呢？"

他语气平常，祝矜一下子变了脸色："邬淮清，你还是人不？"

邬淮清看着她的脸色，唇角牵起一个笑："放轻松，我就是开个玩笑。"

祝矜半信半疑地看着他，紧绷的肩膀慢慢地放松下来。

他的眸色暗了暗。刚刚有一刹那，他甚至在心中阴暗地想，如果他当时真的动了什么手脚就好了。

那么现在他就可以有一个能让他们牵扯在一起的光明正大的借口。

祝矜没再去拿那本杂志，正好这时，周随在不远处冲祝矜招手。他旁边站着的，正是龙启坛老先生。

祝矜冲周随和龙启坛笑了笑，然后拎上包往那边走去，并没有多看邬淮清一眼。

龙启坛刚刚吃完饭从家里过来。他今天下午在论坛的开幕式上有演讲，此刻见到祝矜他们，直说自己老了，以后这都是年轻人的天下。

“龙爷爷，您就是谦虚，我前一阵子还看了一个您的专访，您讲得真棒。”祝矜挽着他的胳膊往里走，“前几天我去看爷爷，他还念叨您呢。”

“是吗？我也好几个月没见他了。他身体怎么样？”

祝矜说了爷爷的一些近况，又说：“他不像您天天这么忙，不过人也精神。最近天热，他又开始早早地起来在院子里蘸水写毛笔字了。”

“你爷爷那院子里的荷花开了吧？”

“可不嘛，开得可好了。”祝矜说着，“等过一阵子阿姨做了莲叶藕饼，我给您送过去。”

龙启坛家里人丁单薄，他膝下无儿无女，一直投身于工作中。

此刻他见到祝矜，笑容怎么也止不住。

周随在龙先生的另一边走着，见缝插针地搭腔。

论坛会议开到中途，邬淮清还上台发了言。

他所讲的主题倒是没有多大的新意，他主要讲的是风险管理。

但他观点犀利、见解独到，再加之这两年自然环境、经济环境和政策着实变化无常，风险莫测，因此他讲的内容非常有意义。

他没有拿稿子，状态随意又自然，人如此英俊，名声又显赫，因而他从发言的那一刻起，便吸引了在场所有人的目光，媒体的闪光灯不断地照向他。

祝矜低着头，虽不想听，但他的声音却不自觉地钻入她的耳朵。

论坛开幕式结束后，祝矜开车去绿游塔找姜希靓，把另一罐 XO 酱带给她。

姜希靓正坐在水池边吃黑森林蛋糕。

也就是几天的工夫，她整个人都瘦了一大圈。

祝矜走过去，把装 XO 酱的袋子在她面前晃了晃：“怎么吃起黑森林蛋糕了？你以前不都嫌腻吗？”

姜希靓懒懒地抬了抬眼睫，不用看也知道是祝矜。她“哦”了声，说：“Jony 做的。他说吃黑森林蛋糕能让人心情变好。我看起来有那么沮丧吗？”

祝矜诚恳地点点头：“有，非常有。”

“你手里拿的是什么？”

“XO 酱，就是那谁做的，我给了老朋友一瓶，这瓶给你。”说着，祝矜坐到她旁边。

姜希靓的眼睛有些肿，看来她仍旧没从失恋的状态中走出来。

她笑起来：“给我干吗？刘丰给你做的同时，也给我拿了两瓶。下午他刚送过来的。”

刘丰就是那家餐厅的老板，也是做这个酱的人。

“得，看来我这是多此一举。”祝矜摆摆手。

姜希靓说：“你知道为什么刘丰刚开始不同意给你做酱吗？”

“为什么？”她问。

“他之前追我，被我拒绝了，可能是恼羞成怒吧？”

祝矜喝了口柠檬茶，瞪大眼睛：“那……我那天拜托你找他，有没有让他多想？”

姜希靓点了点头：“那是自然。”

祝矜愧疚地说：“那怎么办？”

姜希靓笑起来：“这有什么？我现在单身，有个又帅又有钱又会做菜的男人追求我，有何不好？”

祝矜竖了个大拇指：“就该这样，男人算什么东西！”

两人拿杯子在空中碰了一下。

可接下来，姜希靓仍旧怏怏的，即使笑着，笑得也非常勉强。

祝矜已经大致知道她和岑川发生什么事情了。

太阳底下无新鲜事。岑川的爸妈始终看不上姜希靓，嫌她家境不好，嫌她没正经工作，甚至还给她和岑川去找了民间大师算了八字，结果他们二人八字不合。

于是，岑川的妈妈火速给岑川安排了未婚妻。对方和岑家家世相当，还是岑川的青梅竹马。

姜希靓不恨岑川的妈妈，她只恨岑川。

这些事，他一直瞒着她，把她当傻子一样瞒着。

再过两个月，他就要和那个女孩儿举行婚礼了，她却什么都不知道。

岑川那天也哭了，喊道：“你看，姜希靓，你就是这样，从来都是这么烈，我怎么敢告诉你？你为什么不能给我点时间，等我把一切都解决了再告诉你？”

姜希靓不知道自己是该哭还是该笑：“怎么解决？我被你瞒在鼓里，女朋友变情人？岑川，你想得美！你还想当薛平贵？你做梦去吧！”

两人在一起快七年，到头来只留下互相憎恨。

后来她上了车，想走，他把车停在她车前，要把她拦下。

谁知她不顾一切把车冲过来，连性命都不顾。那一刻，他就知道，一切都完了。

他知道她性子烈，却从未知晓，她会那么烈。

祝矜喝着酒，忽然又干呕了一下。姜希靓端着酒杯，意味深长地看着她。

“有药没？给我找点。”祝矜问。

姜希靓：“我哪儿知道你要什么药？”

“胃里不舒服。我想吐。”

姜希靓拿走她唇边的酒杯：“你是不是有了？”

暮色四合，天灰蒙蒙的，今夜没有星星，餐厅前却挂着星星灯，星星灯亮闪闪的。

这个问题，今天也有人问过她。

祝矜看着她严肃的目光，转而干笑起来，笑声里有几分无措：“哪儿能呢？我就是最近胃口不好……”不知为什么，在姜希靓的目光中，她忽然心下一惊，有那么一瞬间的愣怔，而后隐隐不安起来。

她索性连笑都不笑了，只说：“应该没什么。”

“明天去医院查查。”姜希靓皱着眉，不容拒绝地说道。

祝矜低下头，将双手抵在太阳穴上。良久，她无助地叹了口气，黑白格子的桌布在视线中变得模糊。

姜希靓只是拍着她的手，没有多问。

祝矜很庆幸，此刻，姜希靓没有多问她。

两个人都没有再继续聊的心情，于是各自叫了代驾回去。

祝矜这次叫的是货真价实的代驾，不会再有人像他一样，冒充代驾来接她，一上车便给她一个缠绵的吻。

车子行驶在熟悉的回家路上，两旁的景物飞速地向后退，路灯连成一条明亮的光带，消失在祝矜的视野中。

她忽然觉得晕，那种想吐的感觉又涌了上来，同时伴随而来的，还有强烈的慌张和不安。她连忙让代驾在路旁停车，然后一个人下了车。

路旁有家药店，祝矜不想等到明天了，于是在药店买完验孕棒后，就快步去了旁边炸鸡店的卫生间里。

看到验孕棒上边只有一条对照线后，她才长长地舒了口气。

怕不准，刚刚她一口气买了三支验孕棒，此刻三支验孕棒上面都显示着一条线。

祝矜在盥洗池前照了照镜子，用清水洗了把脸，把水泼到脸上时，才想起自己还化着妆。这个粉膏防水，这么一天下来，妆竟然也没怎么花，只是她眼底的妆开始斑驳，露出原本她藏也藏不住的黑眼圈。

祝矜看着镜子中的自己，忽然感觉很疲惫。她想到今天下午邬淮清说的话，心中又忍不住开始泛酸。

她又想起那天那个开着跑车的姑娘。

邬淮清一定不知道，她单方面认识那个姑娘。

蒋文珊。

邬淮清曾经的未婚妻。

早在他上大学的时候，她就知道蒋文珊，知道蒋文珊和他关系很好。

祝矜庆幸自己没有怀孕，否则，她是真的不知道该怎么办了。

提着的一颗心终于落地，她给姜希靓发过去一条微信消息，报了个平安。

姜希靓看着她发来的消息，不由自主地抚摸了一下肚子。

曾经，这里也有过一个小生命。

她之所以选择放弃那个小生命，是因为无法接受自己要靠一个孩子来征得岑家的同意。那样，对她、对孩子都是不公平的。

翌日，祝矜乖乖地去看了医生，不过她预约挂号的是位老中医。这位老医生曾经给祝矜的奶奶看过病，很得祝家人的信任。

老医生给她把了把脉，说她心思郁结，肝气疏泄太过，又中了暑气，这才会干呕想吐。老医生要她多运动，保持好心情。

祝矜拿上包好的药包，向老医生和他的徒弟认真道谢。

老医生的药方真的管用，她喝了两天后，便再没有干呕的迹象。

不仅如此，她的心也似乎被这剂药方给熨平，变得很平静，她不再像前一段日子那样，时常陷入悲伤和烦闷中。

她和邬淮清，自那天论坛会议结束后，就再也没有见过面。

在那天，他们悄无声息地给彼此画上了一个句号。

祝矜把他的痕迹，从家中的每个角落抹去。她照常看书复习、运动、看电影、逛街，重新变得容光焕发。她复原得非常快速，前前后后只花了一周多的时间，以至没有人发现，她曾经哭了整整一天。

祝矜曾以为自己的泪腺有问题，结果不是。

她也曾以为自己会难过很久，结果没有。

她几乎不会再想起他。

只是，在夜深人静时，难过的情绪会不可抑制地汹涌而来，将她淹没。

她忍不住找出那本因没舍得扔而被束之高阁的《哈利·波特与凤凰社》，翻到最后一页，看着暗红色的纸张上写满了的“Jin”。

她将头埋进膝盖中，久久无言。

另一边，一周内，绿游塔接连遭到两次顾客找碴和投诉。

祝矜陪着希靓一起去解决，顾客一口咬定她们的菜品有问题。因此，在食品监管局的多重压力下，绿游塔不得不停业整顿。

寸土寸金的地方，绿游塔停业一天损失便颇多，更何况投诉在舆论方面带来的负面影响不可计量。

祝矜给三哥打电话，求助于他。

她很久没见过三哥了。

祝羲泽最近很忙，在外地出差，于是派助理帮忙处理了这件事情。

绿游塔终于可以正常营业。

祝矜偶尔也会在发小群里，得知一点两点关于邬淮清的消息。

他的那家温泉庄子被发小们发现了，大家哄闹着说要过几天去那儿玩，还说他藏了好地方不分享。

祝矜想起那个泡温泉的地方。曾经，他们在那儿烤烧烤、看落日。

他说等梅花开，落雪时，他们再一起去。

现在想想，祝矜只觉得滑稽和好笑。

周五的晚上，祝矜接到岑川的电话，他说有东西要她转交给姜希靓。

祝矜牢记老中医的话，每天都早起去春日公园跑步健身。岑川找到她时，她已经跑了好几圈，正在做拉伸运动。

岑川神色淡淡的，精神很萎靡。他从车上下来，手里拿了个铂金包。

对于岑川，祝矜没什么好脸色。

“这是希靓的，你帮忙给她。”他把包递给她。

祝矜没接，只冷笑一声：“一个包而已，我们家靓靓不稀罕，你扔垃圾桶去吧，她喜欢什么我都会送她。”

岑川苦笑道：“我知道她不稀罕一个包，不过里边有东西，你帮我带给她吧。”

祝矜这才犹豫了一下，接过那个包，然后没再看他。

岑川转身离开，走了两步，忽然回过头来，说：“浓浓，帮我照顾好希靓，如果可以，让她……”后边的话他没有继续说，只是扯了扯唇角，自嘲地笑了起来，然后又背过身子，大步向车那边走去。

那一刻，祝矜看着他的背影，忽然特别特别想哭。

她想起大三那年的平安夜，姜希靓跑到申城，要陪她过生日。

晚上吃饭时，姜希靓一直吐槽和岑川交往她还不如养条狗，好歹狗狗能经常陪在她身边，异地恋就不是人能谈的。那时的祝矜笑着不说话，总是隔一会儿就看手机，还被姜希靓误以为谈恋爱了。

待吃完饭，甜点都还没上桌，祝矜忽然说要出去玩，姜希靓不解。

祝矜拉着她，非要把她拉到外边。

在新天地的广场前，岑川忽然出现。他穿着精灵王子的玩偶服，在人群中给她唱歌，巨大的头罩摇摇晃晃，他像个傻子一样，唱完歌，大喊道：“老婆，我爱你！”

圣诞灯海五光十色，旁边楼宇上巨大的电子屏变换成了岑川和姜希靓的合影，一帧一幕，从高中他们穿着校服的班级大合影开始，到后面两人的单独合影。

姜希靓看着他，又看了看一旁早已知晓一切在偷笑着的祝矜，忍不住，忽然捂着嘴巴哭得很狼狈，眼睛里却闪烁着幸福的光。

那天，她穿着厚厚的羽绒服跑向穿得同样臃肿的岑川，紧紧抱住她的精灵王子。

那阵子，姜希靓喜欢某一国外品牌的毛绒玩具，那个品牌在圣诞节新出了好几个特别款的毛绒玩具，姜饼人、圣诞树、圣诞老人，她都买齐了，唯独买不到那个她特别喜欢的精灵王子。

国内没有卖的，姜希靓就找了好几个朋友帮忙代购，但还是没有买到。

她在电话里和岑川抱怨：“你帮我看看，你那里有没有。”

这本就是她随口说的一句话，没想到他记了下来，甚至还找厂家定制了一个大号的精灵王子玩偶服，漂洋过海来看她。

那时的祝矜，由衷地为他们感到开心。她在人群中为他们欢呼。

周围聚集了很多人，大家一起闹着，甚至有人以为岑川在求婚。当两个人抱在一起时，大家爆发出热烈的掌声。

后来，无数次，岑川都在想，如果那时他勇敢点，那时他就求婚……

那么结果，会不会好一些？

祝矜在压杆上抻腿，把耳机里的音乐关掉。

这音乐，她越听越伤心。

忽然，她的裤子被咬住。她下意识低下头，然后惊讶地开口：“Money？”

纯白色的萨摩耶犬站到她身前，绕着她跑来跑去，傻傻地笑着。

它笑得纯粹如天使，眼珠乌黑明净，脖子上用红绳挂着的铃铛铛铛响。

“Money，是你吗？”她把腿从压杆上放下，蹲下身子，难以置信地问。

她抬头向四周望去，用红黄瓷砖铺就的人行道上只有正在散步的行人，他们闲散地向前走着，没有人注意到这里。

祝矜看到几米外停着辆黑色的轿车，车牌号是她此前未见过的。

她抚摸着 Money 的背部：“你为什么在这里？你还认识我？”

Money 叫起来，咬着她的裤子，不住地点头。

她的声音里多了几分自己都未察觉的颤意：“他们不是说萨摩耶犬是雪橇三傻之一吗，你怎么这么聪明？”

她紧紧抱住 Money。

Money 却忽然挣开她，向那辆黑色的轿车跑去。

祝矜反应过来。

她没有跟去，目送着 Money 离开。

而 Money 却出乎她意料地在草坪前转过头，看她没有跟上，又跑到她腿边，紧咬着她的裤子，想把她带过去。

原来它在等她。

“Money，我不能跟你过去。”祝矜边说边扳开它的爪子。

白白的一团抵在她腿边，呜呜地叫着，让人忍不住难过起来。

祝矜站在原地没动。

忽然，那辆黑色轿车的车门被缓缓打开，邬淮清从里边走下来。他穿着最普通不过的休闲服，站在上午的阳光下，神情清冷，姿态随意。

他没看她，只低头皱着眉冲 Money 喊了句：“过来。”

祝矜从来没有想到，过了这么久，Money 还认识她。

只是，她和它真正的主人，却已形同陌路。

Money 赖在她腿边，似乎没有要听邬淮清话的打算。

祝矜沉默地向旁边移动，和它保持了一段距离。

Money 抬起头，委屈地看着她，一双眼睛湿漉漉的。

它不知道祝矜为什么要离开它，想再次扑过来，却见她毫不留情地闪到一旁。

祝矜看着 Money 的表情，想起上次在那个宠物派对上，一个姑娘直接取下自己的披肩给它擦身子的画面。

生活在邬淮清身边，它一定颇受欢迎吧？肯定不会像今天这样受嫌弃。

况且它本身又那么可爱。

祝矜露出一个笑。

白色的大狗狗最终还是跑向了它的主人。

它没再回头。

邬淮清把它抱到车上。他的车后座应该坐了人。

在关上车门走向驾驶座时，邬淮清忽然转过头，深深地看了她一眼。

祝矜捏着手中琥珀色的铂金包，先他一步移开视线。

公园里的草木在她的视野中晃动着，深绿浅绿糅杂在一起。

她穿着运动服，拎着名贵的包。这一身打扮显得不伦不类，她也没了再运动的心情。

盛夏时节的天气变化莫测，祝矜从春日公园走回安和嘉园的路上，太阳躲藏到了云后，密密交织着的云彩给天空笼上一层阴影——又会是一个雨天。

京市已经断断续续地下了好几天的雨了。

北方从未有一个夏季像今年这般多雨。

不对，祝矜在心中想着，四年前的夏天，也是一个雨水旺盛的夏天。

只是那年夏天的雨，不是淅淅沥沥、缠缠绵绵地下，而像是把好多天的雨汇集在一起，总在顷刻之间全部倾泻，暴雨如洪。

祝矜回到家，先去冲了个澡。

因为最近诸事不顺，姜希靓和她约好今天去黄教寺祈福，希望她们可以转运，希望绿游塔接下来都顺顺利利。

以前她是不怎么信这些的，甚至有些排斥，每每大人年节时分去寺庙，她都避之不及。后来她年岁渐长，慢慢懂得他们其实也不是求什么，只是在清幽古庙、红尘香火中，寄托一份虔诚的祝福。

今天，祝矜因为要去寺院，所以打扮得很素净，只穿了件白色的真丝裙。在梳妆台前的首饰盘里拨弄那只珍珠耳坠时，她忽然注意到那块月亮表。

她盯着它看了两秒，然后拿起来，确定无疑——表针不走了。

这段时间，这块表被她放在桌上，她看也没看一眼，甚至表壳上已经积了薄薄的一层灰。她刻意不去看它。因为每当她看到它，它都会把她重新带回到那个令人悲伤到无以复加的夜晚。

她仔细想了想，那天晚上回来后，她把所有他的东西都打包扔到楼下，然后就将自己整个人浸泡在水中。

那天她做这些时忘记摘表了。

尽管表针停止了走动，但那设计巧妙的月亮仍旧在星空内熠熠生辉。

这是一块虽然昂贵至极，却又娇弱无比的表。

祝矜叹了口气，在电子地图上搜索着这个牌子在京市的客户服务中心，准备从黄教寺回来后，把表拿去修一修。

姜希靓来的时候，给祝矜带了她新酿的梅子酒。她的手艺毋庸置疑，梅子酒更是好喝到没话说。

祝矜觉得梅子酒简直是世上味道最好的酒。

以前，她和唐愈两个人，抱着姜老板好心寄过来的几瓶梅子酒，还曾在小洋房里喝到天亮。

那会儿唐愈正失恋，自虐似的一遍又一遍点开微信中那个女孩儿发过来骂他的语音。

申城小姑娘骂起人来一点都不含糊，说：“唐愈，你是贱骨头哦？”

小姑娘的声音很娇，又很尖厉，即使她家道中落，语气里也透着一股子从小被宠到大的骄纵。

那句语音祝矜听了无数遍，到最后都学会了腔调。她用同样的话骂他。

人家都说得这么清楚了，他还死皮赖脸地缠上去，不是贱骨头是什么？

祝矜开着车，向黄教寺驶去。

周六，又赶上了阴历十五，黄教寺里人山人海。

祝矜跟着姜希靓，在摆得整整齐齐的蒲团上跪拜祈福。

大殿内烟火缭绕着缓缓升起，这次，她照常许了第一个愿望：愿自己、家人、朋友，都平平安安，健康顺遂。

而第一个愿望许完，她脑海中竟不由自主地浮现出邬淮清的容颜。

今早他站在车边，低眉喊 Money，对她却一脸冷淡。他曾经把她搂在怀里，埋头热吻。

最终，她只许了一个愿，便起身走出殿内。

回眸时，祝矜注意到姜希靓还在祈福，不知她在许什么愿，她的眼圈都已经红了。

殿外是熙攘的人流，祝矜在树下等着她。红墙古朴，僧侣时而踱步其中，又远去。

两人出来后，在寺院里又逛了逛，最终结伴离开。

祝矜把姜希靓送回家后，便去修表。

她原本猜想是不是电池的问题，结果客服说问题比这个要严重，而这款表的机芯他们这儿没有了，需要原本的购买凭证，好返厂调修。

祝矜愣了一下，然后说“算了”。

她不知道邬淮清送这块表时存的是什么心思。而现在，这表也不是完全不通人情的，这次她和邬淮清彻底闹僵，它便罢了工。

雨接连不断地下着，天气预报上不停地提醒着市民出行要注意安全。

某个大省发生洪灾，牵动着全国人民的心。

又过了两天，祝矜从繁重的学习中抽身出来，中午吃完饭开车去山上。

雨天路不好走，她开得很慢，雨刷在车前的玻璃上不停地摆动，水柱横流。

盘山公路两旁的树淋着雨，色泽更加浓绿，因为树木多、又因为阴天，从山上看，天色阴沉沉的，此时仿若冬季傍晚的五六点钟，让人的心不自觉地沉了下去。

到了陵园，祝矜把车停到指定的地点，从副驾驶座拿上野百合花，去找寻骆梓清的墓地。

雨天的路有些泥泞，她避着水坑。

骆梓清的墓很好找，四周宽敞整洁，墓前已经摆了很多花。祝矜把那束百合花放到她碑前，静静地看了会儿她的照片。那是张黑白照，照片里的人很漂亮，漂亮得似某个作家笔下的港城女郎。她和邬淮清长得不像，但很像他们的妈妈。

祝矜对骆梓清的记忆实在是少之又少，只知道她喜欢野百合花，这还是在她去世后听说的。但祝矜是她生命中最后一段时光里，见到的最后一个人。

今天是骆梓清的忌日，祝矜每年都会在这一天来看望她。

雨水顺着伞檐滑落，砸在地上。忽然，她听到一阵声响，回过头去，只见百米外的高台上，骆梓清的家人正在走来。

祝矜不想见到他们，于是撑着伞走开。

她今天穿了件白裙子，因脚步匆忙，雨水和泥点溅在她的裙上。

邬淮清给骆梧打着伞，走在前边，司机给邬父撑伞，走在后边。

祝矜的脚步声被雨声淹没，而雨声却遮不住骆梧的哭泣声。

这样的场景，祝矜不是第一次见。

祝矜回到自己的车上，想到刚刚看到的那一幕。邬淮清面容严肃，但她清楚地看到他抬了下头，也许他看到了自己，也许他没有看到自己。

邬淮清站在墓碑前，给母亲撑着伞。他回头看向白裙子消失的方向，那里已经空空荡荡了，只余下白色的残影，就像眼前的野百合花。

一路上，骆梧都在流泪。她一生最爱的，便是这个小女儿。

他们上午便上了山，去了附近的寺院。她每年都会找专业人士给骆梓清做法事。

邬淮清看着妹妹的相片许久，最后只长长地叹了口气。

他想起刚刚那个穿白裙子的身影，想起那天她在饭桌上呕吐的反应，不禁皱起眉。他前天找姜希靓打听她的情况，只得了声姜希靓的冷笑。姜希靓说："你找我有什么用？你们男人都这么虚伪吗？"

邬淮清看着手机中气象局和交通部门联合发布的路况消息。雨越下越大，山路越来越不好走。

他把伞递给母亲，然后去后边低声吩咐司机，要司机一会儿路上一定要慢点，随时和他保持联络。

随后，在司机和父亲错愕的目光中，他孤身走入雨雾中，穿过夏日暴雨，取上自己的车离开陵园。邬淮清身上的衬衫已经湿透，可他脑海中一片空白，只有一个念头——追上祝矜。

祝矜开着车行驶在雨中。

暴雨天出门的人不多，不同于来时的小心翼翼，回城时她心里想着事，不自觉地就提了速。山路弯道多，她每过一个弯，都像是一次游戏闯关成功。

祝矜下了山，突然发觉得后边有车跟着自己。

雨雾茫茫，她从后视镜里瞅着，看不清晰。

直到紧跟着她的那辆黑色轿车超车到了她前边后，她才看清，那是辆熟悉的车——那天她在春日公园见到的，邬淮清开的那辆车。

祝矜现在最不想见到的就是他，他却穷追不舍，牢牢地跟着她。

祝矜不知道邬淮清到底想做什么，越想越委屈，脑袋一片空白，只想快点逃开。

祝矜的手机不断地响着，屏幕上显示着邬淮清的号码。

她没存他的电话，但这串数字很好认。

她没接电话，任它响着。

这时，前方突然驶来一辆大货车。天色昏暗，视野迷蒙，祝矜的耳边只余下大货车轰隆的声音。祝矜眼看着自己就要与大货车撞上，身后的车子忽然响起刺耳的鸣笛声。她陡然间反应过来，紧急转弯，身子甚至都随车的摆动滑到一旁。

千钧一发之际，车子终于平安地转过弯去，仅车头和大货车微微摩擦。

祝矜耳旁是大货车疾驰而过的声音，混杂着夏日的暴雨声，公路上茫茫一片雨雾。

吱的一声，祝矜紧急停车到路边，胸口剧烈起伏。

那辆黑车紧跟着她停了下来。

大货车早已走远，邬淮清走到雨中，猛拍着她的车窗玻璃。

她把整个人埋进方向盘中，不开门，不说话，任他拍打着玻璃窗。

邬淮清忽然在车玻璃上捶了一拳，然后走开，站在雨中车道的围栏边。

过了片刻，祝矜撑伞下车，面色惨白。

邬淮清大步走上前，冷笑着开口："祝浓浓，你还要命吗？有你这样开车的吗？"

"那你是有毛病？干吗一直跟着我？"祝矜的嗓音里带着哭腔，她声嘶力竭地喊着。

她撑着伞，他站在伞外，两人隔着雨帘对视，不遗余力地斥着对方。

邬淮清忽然伸手用力捏住她的手腕。

祝矜像是终于忍不住似的，大哭了起来。

她挣开他的手打他，一拳又一拳，极其用力地捶在他身上，嘴里念着："邬淮清，邬淮清，你有病啊……"

她声音沙哑，明显是受了惊吓。她控诉着他。接着，她倏地弯下腰干呕了两下。

"祝浓浓，你到底怎么了？"邬淮清敛去怒色，慌乱又无措地拍着她的背。

祝矜抬起头，冷笑着说："原来你一直关心这个，那你放心，我就是见到你才反胃想吐。"

刹那之间，邬淮清握住拳。他搂住她的腰，低下头强吻她。祝矜呜咽着挣扎，但他将她禁锢在怀中，根本不给她挣扎和喘息的机会。

与其说这是亲吻，更像是恶犬在争斗。

他的嘴唇被咬破。

祝矜手中的伞垂在他的肩头，最终落到地上。

雨伞猛地砸在地上，荡起巨大的涟漪。

两人被雨打湿，浑身湿透，祝矜身上的白裙子紧贴在身上，发丝都结在一起。

天色昏昏沉沉，远处山峦重叠，城市的灯火遥不可及。

有汽车从他们身边飞驰而过。

良久，邬淮清从她唇边离开，问："想吐吗？怎么不吐了？"

祝矜陡然间抬手，打了他一耳光："你有毛病吗？"

邬淮清冷冷地看着她，任她扇了自己一耳光。

雨声很大。

他们看着彼此，谁都没有说话。

祝矜不知道他们为什么会变成这样子。

忽然，她看到邬淮清笑了起来。他眼睛猩红，狠狠地盯着她，说："是，我有毛病，我最大的病就是喜欢你，从很早开始我就喜欢你，一直喜欢你，像得病了一样地喜欢你。

"你明白吗？"

他的声音渐渐弱了下来，像是远处暗淡了的光。

第十四章

喜欢

雨势越来越凶猛，天色也越发暗下去，路上不时有汽车飞驰而过，甚至还溅了他们一身泥水。

两人却浑然不觉。

祝矜向后退了一步，怔怔地说不出话来。

公路下边有村庄，几家灯火在雨雾中忽明忽暗。

今夜乌云密布，星和月一起失约。

她看着眼前的邬淮清，对方额前的黑发不住地往下滴水。他今天穿着白衬衫和西裤，黑色西裤沿着修长有力的腿一直向下，下面是一截瘦削的脚踝。

那截裸露在外的脚踝很白，在黑暗的夜里白得分明，被远方而来的车灯照亮，仿若染上了细碎的月光。

祝矜不知道自己为什么会注意到他的脚踝。他突如其来的告白把她的大脑搅得一片空白。

她内心难受至极。

低头的刹那，她便看到了他的脚踝，看到了那一截细瘦又白得晃眼的脚踝。

良久，她抬起头，在灯光中，她想起那本《哈利·波特与凤凰社》，想起过往每个早上和一群朋友骑车去往京藤中学的时光，想起排球社和篮球社成员训练的时光。

她每个发球的瞬间，都会越过铁丝网看向十点钟方向穿着篮球服的邬淮清。

少年在球场上挥汗如雨，坦坦荡荡，可又潜藏着心事，无人诉说。

年少时最是骄傲。他们曾将喜欢藏于心间，任它在暗处燎原生长，光明正大相处时，他们又横眉冷对，对彼此恶语相向。

时间好像在这一刻被按了暂停键。

邬淮清看着祝矜，祝矜在他的眼神中捕捉到一抹稍纵即逝的脆弱感。

他用恶狠狠的语气说着喜欢，像是被推到了山顶的人，无可奈何之际吐出心底最深的秘密。

祝矜鼻子一酸。刚刚大货车近在咫尺、生命垂于一线给她带来的恐惧感逐渐消散，转而被另一种情绪给代替。

她从未想过，邬淮清喜欢了她这么长时间。

她也从未想过，他会向她告白。

她本以为，他们之间已经画上了句号。

他们之间所有的可能都停留在了那个声嘶力竭、针锋相对的夜晚。

脸上的泪水和雨水混在一起流下，祝矜怔怔地着看他。

邬淮清忽然弯腰从地上捡起坠落的伞，将伞打在她的头顶上。像是了无牵挂了，他自嘲般地笑笑："我送你上车。"

他已经平静了下来。

经年累月的心事一说出口，就像出土的文物，忽然见光，瞬间就失去了原本的色彩。

"邬淮清。"

祝矜忽地握住他的手，不让他走。她从未这般无措，也从未这般急不可待过。

她没逻辑地说着："我从来没有喜欢过顾宇。当初在东极岛上我答应你，也不是因为受了刺激，更不是因为脑袋不清醒。我清清楚楚地知道，我想要的是你。

"邬淮清，因为是你，所以我才想和你在一起。"

她的语气诚恳而真挚，又带了丝难过。

"但我经常想到骆梓清，想到你妈妈。我觉得既然我们肯定不能在一起，那还是不要纠缠下去，所以那会儿我逃了……我也不想让你留在原地，也希望你逃。"

祝矜说着，手滑落下去。

在生活中，祝矜是人人艳羡的公主。

但在爱里，祝矜只是个胆小鬼。

年少时，她陷于纠结中，一方面厌烦邬淮清的冷冰冰，另外一方面却忍不住想要注视他。

那会儿她每天最大的烦恼不过是张澜严苛的课业要求和邬淮清。

即使骄傲如祝矜，她也真的有想过有一天把自己的心事公之于众，告知另一个当事人。

祝矜没多少好胜心，但对于自己喜欢的东西，她从来不怕去主动争取。

只是，变故陡然发生在那个夏天。

骆梓清去世，邬淮清的妈妈视祝矜为第一仇人。

那样一个体面的女人，一个穿着永远大方得体、打扮永远精致到挑不出一丝瑕疵的女人，那天却在大院里，当着那么多人的面，不顾形象地斥责祝矜。

两家的关系一夜之间降至冰点。

在众人面前，祝矜却像是个没事人似的，依旧漂亮又温柔，甚至有些没心没肺。

她从来没有告诉过任何人，她独身跑到申城时有多难过和不安。

那会儿连祝矜自己也以为，骆梓清的死，她逃不了干系。尽管邬淮清什么话都没说，但她仍旧害怕，怕他会和他的妈妈一样怨恨自己，觉得自己是凶手。

在陌生的城市里，祝矜没有讳疾忌医。她独自去看心理医生，花了好长好长的时间，终于走了出来。

病情最严重的时候，她甚至害怕雨天，而申城偏偏又是个多雨的城市。

她大学的室友认为她不合群，又因她穿戴不凡，其中一个人忌妒心作祟，在学校的论坛上匿名造谣她。

她在申城过得并不好。

祝矜读大学的前两个学期，关于她的各种谣言甚嚣尘上。

某天学校论坛因为网络问题崩溃，所有匿名言论在那两个小时内显示出发帖人的真实学号和姓名。

那天无数人因此崩溃，尤其是祝矜的室友。大家发现，其实所有关于祝矜的谣言，都是这位室友编造的。

一切都显得荒谬。

知道事情真相的祝矜并未追究，只是从宿舍里搬了出去。

这一切，她从未告诉过任何人。

少女时代的祝矜一路顺风顺水，直到遇到邬淮清。

她的青春始于一场暗恋，终于那个盛夏，爱情于东极岛死灰复燃，却是见不得天日。

她以为命运注定如此。

无论是以前的他们，还是多年后的他们，注定就是无法走向光明。

他们只能偷得几日愉悦，便走向陌路。

可祝矜没想到，现在，那个人站在她面前，站在瓢泼大雨中，对她说，他喜欢她，只喜欢她，像得了病一样地喜欢她。

祝矜忽然泣不成声，她的哭声被雨声掩盖住。

邬淮清抬手抹去她眼角的泪。

但雨下得这么大，哪里分得清什么是眼泪，什么是雨水？

他把她额前湿淋淋的头发理顺，分得整整齐齐，她两条漂亮的眉毛露了出来。他的声音里带着不可思议的笑："祝浓浓，是谁告诉的你，我们肯定不能在一起？"

她看着他，眼圈通红。

祝矜觉得难堪，今年夏天她都要把毕生的眼泪给流尽了。她挣开他的手，想背过身，却被他制止住。

“我是那么没用的人吗？”邬淮清温声说，“嗯，祝浓浓？”

天色越发暗，他们开着各自的车往市区赶。

今天发生的一切，就像一场朦胧的梦，直到祝矜的肚子传来一阵阵疼痛，痛感提醒着她这一切都是真实的。

她本想忍一忍，可觉出身下涌出一阵热流，她暗道不好。

恰好附近有加油站，她把车停到加油站。

邬淮清跟着她停下。

祝矜从车里取出常备的卫生巾，冲他摆了摆手，然后小跑进加油站的卫生间。

她来不及看裙子后是什么样，不用想，肯定是一片狼狈。

好在雨天，加油站内外都没有什么人。

生理期来得不巧，祝矜从卫生间出来站在门口时，忽然痛得连腰都直不起来。

她之前很少痛经，只偶尔会腰疼。

这次，可能是刚刚淋了场雨的缘故，她的肚子格外疼。她头皮发麻，手指不住地打战。

雨还在下，加油站外亮着几盏白色的灯，有人端着泡面从她身前经过，看到她额间大颗的汗珠，也不知那是雨珠还是什么，便惊讶地问：“你有什么事吗？”

祝矜抬了抬手，正要说话，胳膊忽然被人拽住。

她下意识抬起头，只看到邬淮清站在她面前。他弯腰把她抱进怀里，一脸关切地问：“祝浓浓？”

祝矜伸出胳膊揽住他的脖子，痛意还在蔓延，她无力地点点头，只做了这一个动作，就感觉眼前一阵晕眩。

邬淮清轻轻地把她放进他的车的副驾驶座，然后导航去往最近的医院。

这夜，他们折腾了一晚上。

祝矜因为痛经差点晕过去，不得不在医院输了瓶液。这里离邬淮清的别墅较近，邬淮清不容置喙地将祝矜带回了家。

只是没想到，两人居然还一齐感冒了。

因此，他们不得不喊医生来一趟。

医生给他们开了药便离开了。只是有些不舒服的邬淮清去煮了点粥，把粥从厨房端过来，喂给躺在床上的祝矜喝。

她的血管很细，刚刚扎针的时候，扎了好几次针才扎进去。

此刻扎针的位置已然发青且肿了起来，她怏怏地张着嘴，喝着他喂的粥。

半碗粥还没喝完，她便摇了摇头，不想再喝。

屋外雨势减小，但雨淅淅沥沥的，还没有停。Money 已经睡了。

“邬淮清，我三哥要是知道我现在这个鬼样子都是拜你所赐，他一定会打你的。”祝矜躺在床上，偏头看他，肤色惨白，一双眼睛却亮晶晶的。

邬淮清把剩下的半碗粥放到矮桌上，走过来，在她的唇上亲了亲。

祝矜连忙伸出手，挡在唇边，说：“不要，我感冒了。”

“我也感冒了。”他不在意地笑笑，把玩着她的头发。

“你三哥已经知道了。”他忽然说。

“啊？”祝矜瞬间坐直身子，又因为动作太快，咳嗽起来。

邬淮清帮她拍着背，把水杯递给她，笑着说：“你激动什么？”

“我三哥……他知道了？”

“不知道你生病了，但知道咱俩……”他顿了顿，故意挑了个不正经的词说出来，“知道咱俩有一腿。”

邬淮清因感冒，声音变得沙哑，说话时嗓子里像是含着小沙粒，听着有些性感。

尤其是他说话时还专注地看着祝矜的眼睛，“有一腿”这三个字，像是被他放在舌尖咀嚼后才被说出口的，令人觉得心悸。

祝矜受不了他那似乎要把人溺毙的视线，移开眼睛，说：“是那天晚上吗？”

她玩大冒险亲他的那个晚上。

也是他俩决裂的那个晚上。

“嗯。”他点点头。

“我三哥有什么反应？”

“其实主要是他之前一直没往这方面想，但他脑子好使，那天一琢磨，就全明白了。”

祝矜有些疑惑，眨眨眼睛，问：“那他为什么什么都没跟我说，也没问我？”

邬淮清上前刮了刮她的鼻子，笑起来：“傻。有我在，他找你说什么？”

祝矜抱着床上的靠背软枕，看着他：“那他有没有打你？”

邬淮清坐到床上，揽着她的腰，开着玩笑说：“我猜……有那么一两个瞬间是想的吧？不过他也知道他打不过我，就改为说了我一顿。”

祝矜笑起来，她想也能想出祝羲泽训人时是什么样子的。他总是有一堆大道理。只不过被训的对象换成邬淮清，想一想那个场面，她就觉得有点滑稽。

邬淮清忽然把她扑到床上。

两人紧紧地贴在一起，眼睛对着眼睛，鼻尖碰在一起。

祝矜清晰地看到他的眼睫在轻轻扑闪，这么近的距离，她能在他的眼睛里看到自己。

他挠了一下她的腰。

祝矜忍不住咯咯地笑起来，拍他说："你干吗？"

她被压得喘不上气来，加上生病，声音又娇又弱，刺激着邬淮清的耳膜。

他忽然咬住她的耳垂，问："说实话，你到底喜不喜欢我？"

他说话间，热气洒在她的耳朵上，连带着她的脖颈都泛起了红。

祝矜停下笑，认真地看着他。她的眼睛清莹如月，睫毛眨了眨。

他只听见她说道："喜欢。"

生理期加感冒，哪一项严重起来都会令人痛不欲生，因而这几日，祝矜躺平在邬淮清家，过了几天饭来张、口衣来伸手的日子。

邬淮清竟也由着她，没去公司，而是把工作都搬到了家里，尽心尽责地侍奉着她。

他坐在床边正在看电脑，电脑屏幕上的曲线密密麻麻，祝矜将头枕在他的腿上，笑嘻嘻地问："大老板，不去上班行吗？"

邬淮清看着她那得了便宜还卖乖的表情，叹了口气，无奈地说："那怎么办，谁叫家里有这么一位楚楚可怜、弱不胜衣的病美人呢？"

祝矜从他的腿上坐起来，抱着靠垫："我天生丽质难自弃，可不是你家里的。"

他斜睨了她一眼，慢悠悠地道："我是看你病着，不然……"

"……"

Money 或许是饿了，跑过来，一直在邬淮清身边叫。

祝矜伸手摸它，它便跑到另一边，躲开她。

说起来，这大家伙虽长得漂亮，但心眼还挺小，忒记仇。

淋雨那夜的第二天，祝矜醒来时，Money 正趴在卧室门口。

它发现祝矜醒来并看到了自己时，便立刻掉过身子，跑到了另一间屋子里，看也不看她。

祝矜下床找它玩，它也不搭理，只是躲开。

它一直记着祝矜那天在春日公园躲它的仇，到了今天也还没原谅她。

祝矜偏要和 Money 玩。听着萨摩耶犬不满的呜咽声，她笑起来，说："邬淮清，你别说，Money 这性子和你真像。"

邬淮清一从电脑上移开视线，就看到 Money 和祝矜上演了一出"你逃，我追，你插翅难飞”的场景。他冲 Money 招了招手，有些得意地说：“我的儿子，不像我像谁？”

Money 直接跳到邬淮清坐着的床沿边，差点把他腿上的笔记本电脑给掀翻。

祝矜看着一人一狗分外亲昵的模样，有些酸地说道：“是像，都挺小心眼的，记仇。”

邬淮清转头看她：“你吃醋就直说，我也抱你。”

祝矜翻了个白眼：“我就算是吃醋，那也是吃醋 Money 和你好不和我好。”

邬淮清无语。

“它是不是饿了？”看到 Money 还在叫，祝矜问。

邬淮清一看时间，说：“可不是到点了。”

这几天，他因为自己在家，所以没让平时照顾 Money 的阿姨来，只有钟点工会定时来打理房间和做饭。

两人一起出了卧室，祝矜回头看了一眼乱糟糟的房间，说：“要是让我妈知道我这个点才从床上下来，我就别想活了。”

“阿姨哪有你说得那么吓人？”

祝矜使劲点头：“真的有。”

张澜在日常行为习惯方面，对她要求极其严苛。当然，张澜不会动手打人，但言语也是可以伤人的。

“不然我不会搬出来一个人住。”祝矜又说。

不过她不得承认，因为张澜，她养成了很多好习惯。比如她写得一手好字，经常运动，很少熬夜，从不在饭桌上玩手机、看电视剧，等等。

“嗯，搬出来住好，方便。”邬淮清忽然笑着说。

他的笑容别有深意，祝矜一下子就明白了他什么意思，白了他一眼。

这人脑子里能不能有点正能量的东西？

他们给 Money 准备食物的时候，钟点工阿姨来了。两人因为都生着病，所以最近伙食很清淡。阿姨看到祝矜，客套地跟她打了声招呼，便进了厨房。

邬淮清身体素质好，感冒已经好得七七八八了，祝矜却还在吃药。大夏天的还感冒，她自己都觉得丢人。

吃饭前，邬淮清又问起她干呕的事。

祝矜抬眼，冷冷地看着他，没好气地说：“被你气的。”

她本不愿多说，但耐不住他一直缠着问，于是把老中医说的那些话原封不动地转述给邬淮清。

都是那天晚上，他说话说得那么决绝，祝矜整个人都被气到了。

邬淮清玩着她的头发。他非常喜欢她的头发。

听完祝矜的话，邬淮清低头偷亲了她一下。之所以说是偷亲，因为自从他感冒好了后，祝矜便不让他再亲她，怕他再染上感冒。

“对不起。”他忽然说。

祝矜愣了一下，随后笑着偏过头去。

知晓对方的心意后，他们都有些回避那天晚上的事。

但换位到邬淮清的角度，祝矜的确是能理解他的愤怒的。无非是他以为自己的一番心意被践踏了，这段时间被她当成了消遣之物。

不是一次，这已经是第二次了。

换谁谁不生气？

好在，他们现在是在一起的。

“都过去了。”祝矜说。

邬淮清握着她的手，重复道：“都过去了。”

祝矜想起姜希靓和岑川。这么多年，他们即使关系最好时，也会隔三岔五地吵架。

那会儿她还有些疑惑，两人好长时间都见不着一次面，哪有那么多架可以吵？

姜希靓当时对她说：“即使见不到面，可你每天都要和他聊天，生活中又时常会发生很多意想不到的事情，所以，你也不知道什么时候、为什么就会和他吵架。”

除了和顾宇那段不算恋爱的恋爱，祝矜没和除邬淮清以外的人在一起过。偏偏，她与邬淮清之间的相处，又与道听途说和书上的男男女女之间的相处不同。

现在两人应该是与其他情侣殊途同归了，依着姜希靓的这番道理，想必她和邬淮清在往后的时光中，可能还会有无数多面红耳赤的时刻。

她只希望，她和他都能够给予对方最充足的信任。

下午，在祝矜的不懈努力下，Money 终于理她了，又开始和她玩。

祝矜做不了剧烈运动，不能带它遛弯跑步，于是一人一狗便在别墅前的花园里“偷”邬淮清的花。

等到邬淮清发完邮件，走出来看到秃了一半的玫瑰园，才知道这姑娘有多坏。

祝矜见大事不妙，赶紧带着 Money 溜之大吉，躲到了二楼的放映室里。

“祝浓浓，你出来。”他喊。

祝矜对 Money 竖了竖食指，做了个噤声的手势，不让它出声。

邬淮清打开放映室的门，屋内黑漆漆的一片，他哼了声，像是对着空气说道：“坦白从宽，抗拒从严。”

他放轻步子，慢慢地走向前，然后忽然一把从沙发后边抱住祝矜。

Money 立刻叫了起来。

祝矜也跟着叫了起来："我坦白，是 Money 摘的，不是我摘的。"

她直接就把队友给卖了，邬淮清都乐了。

他坐到沙发前，笑得前仰后合，说："祝浓浓，你这样的，放以前，妥妥地能活到最后。太识时务了。"

祝矜不服，捶了他一拳："人格尊严不可辱，我这是压根没把你当敌人才坦白得那么快的好不好？"

她身上还带着玫瑰的香气，香味很淡又很好闻。

邬淮清忽然把她禁锢到了沙发上。祝矜的睫毛扑闪着，那似有似无的香气萦绕在两人的鼻息之间。放映室里没有开灯，窗帘也拉着，只有外边走廊里淡黄色的光落了一片到地面上，气氛渐渐地升温。

在邬淮清低下头要亲她时，Money 忽然极其破坏气氛地叫了一声。两人做贼心虚，瞬间从沙发上坐起来，然后，它跳到两人中间，非得把他们分开。

"……"

祝矜搂着自己的"战友"Money，给邬淮清讲他们的摘花事迹。

她称 Money 为"采花大盗"："它可能是想给我送花，就去摘了一朵给了我。可能摘花比较好玩吧？结果它玩上瘾了，一直摘。"

被邬淮清问起她为什么不制止 Money 的时候，祝矜特别无辜地说："我在忙着给它拍视频，记录下这经典的一幕呀。Money 送花给我呢！"

邬淮清冷哼一声，在昏暗的光中看着她说："这个家里，哪儿轮得到它给你送花？"

祝矜忍不住笑起来："你还说我吃醋，明明是你吃 Money 的醋。"

他们闹了一下午，祝矜的精神气好了很多。

于是，她认定自己病好了，坚决拒绝再吃药。

无论邬淮清怎么说她都不吃药。

傍晚的时候，她拉了拉因为她不好好吃药而不理她的邬淮清的手，说："我们出去逛逛吧？"

迎接她的又是一记冷眼，他说："我怕你把感冒传染给别人。"

"我真的好了。要不然，我戴上口罩？"祝矜说。最近这几天她一直窝在家里，多看两眼手机都被他软着硬着劝，实在是把她憋得够呛。

"好吧，你不去就算了，我自己一个人去。"说着，祝矜就要去换衣服，却被邬淮清拉住。

她笑起来，心里门儿清。这个男人就是这样，表面上说不去，实际上根本不会放她一个人去。

祝矜突然想买几个柔软的抱着舒服的床品或者毛绒玩具，他这儿的靠枕，她无论是抱着还是靠着都不舒服。

听完理由，邬淮清不想去了，看着她说："抱着我不就行了，要什么靠枕？"

"……"

"不过你想继续待在我家的想法，值得嘉奖。"

"……"

两人还没有一起逛过街，真的出门后，邬淮清似乎一下子来了劲，拉着她先进了一楼的一家女装店里，给她买了许多衣服。

结账出来，祝矜看到前边的巧克力店在卖冰激凌。

也许是因为这几天，邬淮清照顾她照顾得太到位，她想让邬淮清去给她买冰激凌时，竟指了指冰激凌，顺口喊道："小邬子……"

剩下的话还没说出口，她自己便先笑了。

邬淮清笑着看着她，然后下一秒把她按在怀里揉搓。

片刻后，他才放开她，坏笑着问："敢问娘娘有何吩咐？"

邬淮清的眼窝很深邃，他不笑的时候，总给人一种很冷淡的感觉，但一旦像这样笑起来，眼尾微微上扬，他就透着一股子漫不经心的宠溺劲。

尤其是此刻。

祝矜脸皮薄，不像他，在大庭广众之下也无所顾忌。

她看着四周分散的人流，虽然没人特地往他们这儿看，但她还是觉得不好意思。

她连冰激凌都顾不上吃了，拉着邬淮清就要往前走。

这人却硬是停在原地，说："慌什么？"

说完，他挽着她的手，自然而然地往巧克力店里走，说："先挑完再走。"

彩金做的展柜中陈列着各种形状和颜色的巧克力，包装纸亮得晃眼，光亮被四周的玻璃墙不断地折射，最终落入顾客的眼中，漂亮又吸引人。

正是夏天，店里买冰激凌的人不少于买巧克力的人。

祝矜看着他们手中的甜筒，没忍住，开口道："娘娘不要巧克力。"

邬淮清早知她的意图，却还是装作不懂的样子问："哦，那娘娘要什么？"

一阵短暂的沉默之后，祝矜状若无意地问："你累吗？"

"嗯？"

“楼上有咖啡馆，你要不去坐一坐，我自己一个人逛吧？”

“……”

邬淮清笑了：“想把我支开？”

“我好像好久没逛街了，今天一来，发现逛街还挺有意思的，估计会逛很久，你肯定受不了的。”

她语气特别诚恳，边说边眨着一双水汪汪的眼睛，提前给他描绘出了一幅她疯狂采购的画面。

“哦，那正巧，我今天还挺有兴致的。”邬淮清玩着她的指头，说道，“你也不用担心我累不累，毕竟每次先喊累的人，从来不是我。”

祝矜放弃挣扎，指了指海报上的巧克力冰激凌，面无表情地说：“你要吃吗？我请你。”

邬淮清笑起来：“你兜这么大个弯子干什么，想吃个冰激凌还不容易，我能不让你吃？”

祝矜的眼睛亮起来，下一秒，她就听见他说道：“不过今天我还真不让你吃。”

祝矜的脸瞬间垮了下去。

这人真讨厌，逗她玩很开心吗？

两人从巧克力店中走出去，邬淮清看着她一副面无表情样子。

小姑娘平日没表情的时候，唇角是自然向上翘着的，像是在笑，很温柔的样子。

现在她唇角平平，嘴也抿得紧紧的，那就代表着她不高兴。

邬淮清在心中叹了口气，钩住她的手指头，小姑娘悄无声息地把手指从他的手中抽出去。

他不罢休，继续用手指钩她的手，她再次把自己的手抽出来。

两人就像幼稚园里的小朋友，你来我往了好几分钟，邬淮清的手不经意间碰到她的腰，她扑哧一声，破功笑了出来。

她憋了好久了。

邬淮清也笑起来，温声说：“等过几天你的感冒真好了，你想吃我再陪你来。你现在生理期还没结束，又感冒，吃冰激凌可就过分了。”

更何况，她这次痛经还痛到输液了，哪儿来的胆子吃冰激凌？

最后这句话他只在心中想了想，没说出来。

祝矜捂住耳朵，表示“我不听，我不听”。道理她都懂，她说：“你再说下去，我就得怀疑你是不是被我三哥同化了。”

邬淮清笑问：“祝羲泽知道你这么嫌弃他吗？”

祝矜瞥了他一眼：“你可别挑拨我们俩的关系，我三哥除了唠叨了点，人好着呢。”

两人说着，又进了一家专柜店。

祝矜给姜希靓挑了好几件衣服，还买了她先前一直念叨但没舍得买的一个包。

“我明天去找希靓玩。”

“她最近怎样？”邬淮清问。

祝矜抬起视线，问他：“你知道啦？”

“跟你有关的事，我都多少知道那么一点。”他随意地说着，拿起一件裙子在她身前比画了一下，“况且我还收到了岑家的请柬。”

提起这茬，祝矜没忍住骂了一句。

“还有两个月呢，他们家这么早就发请柬，不怕出什么变故？”她刻意刻薄地说道。

“不早了。”邬淮清说，“对了，到秋天还有场婚礼。”

“谁的呀？”

“我两个朋友结婚，新娘你之前见过。”

“谁呀？”她想了想自己认识的人，并没有谁要结婚。

邬淮清咳嗽了一声，有些难为情地开口：“新郎是我的小学同学，新娘是我的大学同学……”

他本想应付过去，就听到祝矜冷冷地补充：“我知道，就是那个那天你一听人家喊你帅哥就屁颠屁颠地上了她的车的金发大波浪漂亮姑娘。”

“哪儿能呢？”邬淮清转移话题，把自己刚刚在她身前比画的衣服晃了晃，道：“这件好看，你要不要去试一试？”

他的眼光的确不错，祝矜“哦”了声，伸手把裙子接了过来。

不过她进试衣间前没忘了给他一记冷眼。

不出所料，她穿这条裙子很漂亮。

墨绿色的长裙，剪裁看起来很简单却设计颇妙，腰部是一条镂空的小金鱼，衬得她肤色雪白。

祝矜长得温柔清纯，墨绿色最衬她。

邬淮清忽然笑起来。

她不解地看他。

他揉了揉她的头发，只说：“好看。”

她有很多绿色的衣服，刚刚那一刹那，邬淮清看着她，忽然想起过去的很多个夏天。

那些个夏天，她穿着各式各样的绿色长裙，嫌热，总是将头发扎成千篇一律的丸子头。

有一回，穿着绿裙的她从课外班回来，站在大院礼堂前的树下，满脸的不情愿。

他从窗户里看到她，知道她是为了晚一点回家少练一会儿琴，故意在树下先消磨会儿时间。

身后知了永不休止地唱着，她似是和成荫绿树融为了一体，却又是那么独特，比每一棵树都好看。

从小到大，邬淮清的家里人很少给他过生日，也鲜有人记得他的生日。

但搬到京市，有一年在祝羲泽他们的撺掇下，他曾和面前这个女孩儿一起过了一个生日。

他当时许了个愿，没想到，如今悄然实现了。

邬淮清笑容浅淡，却又真心实意。

他和祝矜又逛了会儿，收获颇丰。祝矜给自己挑了一堆东西，当然，也没忘记邬淮清。她拉着他去男装店买他穿的衣服。

邬淮清对逛街没有多大兴致，他衣柜里的衣服大多是品牌方定期送过来的，有专人打理，只有一些休闲装是他自己买的。

但逛街这件事，一个人逛没意思，两个人一起逛就有意思了。

他看着祝矜在两件样式相仿，只是袖口有略微不同的衣服之间纠结，最后一拍脑门说："都买吧。"

她那样子真的可爱得要命。

他想说，不用这么纠结，不必为他省钱。

但他看着她纠结，那种感觉，像是他们在共同过日子，她会在一些细节上精打细算。

他就觉得她很动人。

等他们从男装店里出来，已经到了晚饭时间。商场里人很多，他们去了一家粥馆喝粥，还排了会儿队。

吃到一半，祝矜忽然想起来，问："这家店不是那个谁开的吗？"

邬淮清点头说："是。"

祝矜说："傻了，早知道我们就提前联系他，这样就不必排队，直接去他里边那间专属包间里坐着了。反正那包间可是常年空着的。"

邬淮清笑着不说话。

他早就想起这是老杨的店了。

但他忽然发现自己有个不可言说的癖好，就是很喜欢和祝矜一起感受那种特别平淡的日常，排队等待便是其中一项，就像外边等座的许多情侣一样。

喝完粥，他们才去了这次出来逛街的原本目的地。

祝矜站在一堆毛绒玩具前，挑了好多毛绒玩具。

可能大部分女孩儿也是这样，对毛绒玩具天生有好感。

她不仅给邬淮清家里添置了好多毛绒玩具，还记着姜希靓也喜欢毛绒玩具。她拿起一只粉色的兔子说："这个兔子和我长得好像，我送给希靓，她肯定喜欢。"

她身后的导购员笑眯眯的，难掩喜悦。

邬淮清皱着眉，看着那堆据说是要放在他家床上的熊猫、虫子、小熊、北极狐等，终于没忍住问："那我睡哪儿？"

祝矜疑惑地说："一起睡呀。"

"……"

"咦？这儿还有小猫。邬淮清，我们买给 Money 玩好不好？"

"我替 Money 谢谢你哦。"他说。

祝矜才不理会他阴阳怪气的话，依旧挑得很开心。见买的玩具实在是太多了，她才生出一点克制力。

看着自己的战利品，她想起什么，笑起来，跟邬淮清讲："你知道希靓有一间屋子都是放毛绒玩具的吗？"

"当烟灰缸攒灰吗？"

祝矜笑得前俯后仰，说："我明天要告诉她，你说她的宝贝是烟灰缸。"

邬淮清轻笑。

"不过她是在后来餐厅赚了钱后，才买那么多的。以前她日子过得紧巴巴的，如今总算扬眉吐气了，这不得好好奖励奖励自己吗？"

祝矜想起姜希靓大学还没开餐厅时，凭着燕西大学中文系的名头和学姐的推荐，给人写剧本。

剧本不仅没她的署名，一集她也才得几千块的稿酬。

她写了前十集。

那段时间她天天白天上课，晚上熬夜，反复地修改剧本，不想交稿了对方采纳了，却抠搜地不想给钱。

最后她好不容易要到钱，将钱全用来给奶奶做手术了。

这些事，是远在大洋彼岸的岑川根本不了解的。

隔着一通电话，他只知道，姜希靓那阵子在写剧本，还以为那是学校布置的作业。

翌日，祝矜确认自己的感冒好得差不多了。

她把邬淮清赶去了公司，自己拎着给姜希靓买的衣服、包和毛绒玩具，开车去绿游塔。

她的车那天在加油站停了一夜，第二天才被邬淮清找人开回来。

绿游塔正在策划月度会员活动，她到时，姜希靓正在开员工会议。

祝矜在旁边捧着杯热拿铁，听他们讨论，偶尔还被问到了，还得发表一下意见。

等到会开完，她立马献宝似的，把给姜希靓准备的礼物拿出来。

“对我这么好？”姜希靓看着那个包。

“可不吗？”

姜希靓最近过得紧巴巴的。

绿游塔成立之初，她钱不够，岑川和祝矜都给她投资了，她才能把餐厅开下去。

后来，餐厅的净利润逐渐超过最开始的投资数，姜希靓要给祝矜分红，祝矜不要，只说：“那钱算我借给你的，以后你把本金还给我就行，我可不当什么投资人。”

姜希靓知道，如果餐厅亏损了，祝矜肯定又会说，她那钱是投给餐厅的，她是股东，盈亏一起扛。

祝矜就是这么好。

这段时间，姜希靓把岑川投进餐厅里的钱折合成股份，找了专业人士估算了绿游塔现在的价值，折现还给了他。

因此她现在手头没什么现钱了。

祝矜喝着咖啡，聊天时避免谈到岑川，又避免谈到邬淮清。

她总觉得她现在恋爱了不太地道。

她不知道姜希靓是什么时候知晓的她和邬淮清的事，她压根没说过，姜希靓也没问过。

但她就是知道，姜希靓一定比她想的要知道得早。

两人在安全话题里打转，也是姜希靓忽然说道：“你知道前一阵子来这儿找碴的人是谁吗？”

“谁呀？”

希靓笑了笑：“他未婚妻找的人。”

祝矜把杯子扔到桌上：“有这么欺负人的吗？”

她们早该想到了。

可她们谁也没把对方想得那么坏。

况且，姜希靓从来没有和岑川那个未婚妻正面交锋过。

“也挺好，我祈祷她蛇蝎心肠，然后岑川下辈子受尽折磨。”

祝矜扑哧一声笑了，笑容中又带着对姜希靓的心疼。

她叹了口气，没说话。

今晚祝矜没在绿游塔吃饭。她回到邬淮清那儿，打算做两个三明治。她刚刚在绿游塔拿了一些食材，还看着主厨 Jony 怎么做三明治，并学了会儿。

祝矜打开冰箱，正准备看看里面有什么食材时，忽然发现冰箱侧门放着一瓶 XO 酱。

这包装，这瓶子，不就和她上次给周随的那瓶一模一样吗？

那个老板也给了他一瓶吗？

想到朱之啸常年在那家餐厅吃饭，老板给他们两瓶酱倒也说得过去。

邬淮清回来时，听到厨房里有动静，还以为是钟点工阿姨来了。

结果他一看，竟然是祝矜。小姑娘正在煎面包。

祝矜炫耀似的给他看她忙碌了半天的成果，不过她实在是没什么做饭的天赋，只是有点兴趣，做这些简餐还勉强看得下去。

邬淮清倒是非常给面子地竖起大拇指，说：“在门外就闻到香味了。”

他这夸奖得有点虚伪，不过还是把祝矜逗乐了。

她忽然随口问道：“邬淮清，你和 Soup 家的老板很熟吗？”

“他家老板？不认识。”

祝矜意味深长地看着他：“那……”

她说：“你解释一下，你家的冰箱里为什么会有一瓶他亲手做的 XO 酱？”

邬淮清愣了半拍，然后毫不心虚，慢条斯理地问道：“哦，那不原本就是你要送给我的吗？

“这叫物归原主。”

他说得一本正经。

祝矜终于明白为什么后来周随在微信上总是欲言又止了。

第十五章

偷偷

病好了之后，祝矜回到了安和嘉园，留下那堆毛绒玩具陪伴邬淮清。

比起邬淮清的别墅，她更喜欢自己的大平层。

安和嘉园的房子是由安和酒店的创始人和知名地产集团联合打造的，最开始，祝羲泽帮祝矜请了一个很有名的设计师对室内的装修进行了微调。

但祝矜回来看到成品后，还是不满意，总觉得酒店的精致感在其中体现得过于明显。她更想要家的感觉。

于是，祝矜又亲自改了很多，包括撕掉了几面墙的壁纸，自己重新贴了一遍。

她给这个房子增添了很多她的个人色彩。

当时祝羲泽一边嫌她折腾，一边找人帮她监工，第一次发现自己这个妹妹如此“吹毛求疵”。

不过她最后交付的成品，着实是令人眼前一亮。

对于祝矜回到自己家，邬淮清倒是没说什么，只在视频中“哟”了一声，然后笑道：“挺好，又可以开始偷偷摸摸地进行地下恋了。”

但接下来一段日子，他比自己想象中还要忙。

八月出台了许多新政策，有些从前一直备受青睐的行业，直接迎来至暗时刻。

邬淮清每天忙着和各种人应酬。

有时候晚上十一点钟，祝矜给他打视频电话，他都还在办公室，桌前几台电脑一起摆着，电脑上是密密麻麻的数据和折线图。

不仅是邬淮清，祝矜感觉身边好多朋友最近明显都忙了起来，发小群里出来聊天的人都比往日少了很多。

就连唐愈都进了他爸爸的公司实习，姜希靓更是忙于研究新菜品和策划七夕节活动。

祝矜对着镜头打哈欠，问：“那你什么时候回去呀？”

邬淮清抬头看了看对面仍旧亮着灯的写字楼。这座城市的夜景远没有电视剧中的那么漂亮，但无数人仍在夜间忙碌、奔波。

“我还有一些工作，得再等会儿。你先睡。”

已经十一点了，到了她平常要睡觉的时间了。

“哦，那我先睡，你早点回去哦，不能熬通宵。”

“嗯，不熬通宵。”他笑着应。

祝矜忽然好奇起来，问他：“你以前上学的时候熬过通宵吗？”

没承想邬淮清竟然点了点头，说：“大学考试前会熬通宵。”

祝矜有些难以置信。在她的印象中，邬淮清这等学霸怎么都不能和“通宵学习”这四个字联系在一起。

他解释：“大学的时候，大部分时间我都在公司工作，落下了很多专业课，为了不挂科，只能在考试前两天多复习了。”

“那你绩点多少呀？”

“没出过前三吧。”

“邬淮清——”

“嗯。”他笑起来，“怎么了？”

“好吧，我不该问你这个问题。我就是在自取其辱。你竟然告诉我你落下了好多课，期末考试还考前三！”

邬淮清解释道：“专业课大多是理论知识，考试题也出自书本，只要理解和熟读，考试起来大家都没问题。”

邬淮清所学的专业注重理论不重实践，他考试前一边熟读《管理学》，一边回想自己在公司工作中遇到的问题，对比之下，十分想笑。

他们专业课本的编纂老师多是理论的巨人，引进了许多国外的先进理论，管理条条框框倒是挺多，可惜举的例子多少有点泛泛而谈。

“好了，你工作吧，我要多睡觉，补充智商。”祝矜重重地咬住最后几个字。

邬淮清：“你高考时理科综合能力测试不是还考了二百六十八分吗？分数挺高的，你不用担心智商。”

祝矜记得他高考时理科综合能力测试的成绩是二百九十六分，这在京藤中学仍旧是个传奇。

她听说，后来的学弟学妹们多少会听物理、化学、生物三科的老师一边骂他们念书不努力，一边拿邬淮清做例子：“你们的学长邬淮清，人家理科综合能力测试考了二百九十六分，选择题一个都没错，看看你们，选择题就把分丢光了……”

现在，他一个理科综合能力测试考二百九十六分的人来夸一个比他低了将近三十分的人分数高，着实有点让她怀疑这人是不是在讽刺些什么。

更何况，天知道祝矜那会儿学习有多努力、多刻苦。

她那会儿特别羡慕姜希靓，姜希靓拿到一道题目后永远要比她反应得快。

她猜测在姜希靓、邬淮清这种人的世界里，物理、数学大概是世界上最简单的科目。

祝矜后知后觉地反应过来，说："邬淮清，你竟然知道我理科综合能力测试考了多少分？而且现在都还记得！"

视频中的邬淮清顿了顿，然后不轻不重地"嗯"了声。

"那我语文考了多少分？"

"一百三十分。"

"数学呢？"刚问完，她又记起自己当时数学没考好，连说，"这个不问，英语呢？"

他又报出一个数字。

"行呀，邬淮清。"祝矜半眯着眼睛，调侃道，"我可是信了你的那些话了。你多多少少对我有些不寻常的关注呀。"

她都不记得邬淮清其他几科具体考多少了，只记得他每科的分数都很高。

邬淮清神色淡淡的，不接她的茬，只无奈地笑着说："行了，早点睡吧。"

"嗯。"祝矜想到他还要工作好久，不忍心再打扰他，说，"我睡了，拜拜。"

"再见，好好睡觉。"

邬淮清不喜欢和她说"拜拜"，更喜欢说"再见"这个词。

要挂断电话的前一刻，祝矜听到他又轻声说："浓浓宝贝儿。"

祝矜的手机屏幕停留在他眼眸含笑的那一刻，然后视频框消失。

祝矜躺在床上，忍不住"啊"了一声，抱着被子打了个滚。

她没想到邬淮清竟然会说出这样肉麻的话。

他一定以为她已经关了视频。

他的声音仿佛有魔力，祝矜的耳边一直回响着"浓浓宝贝儿"这几个字，连脸颊都热了起来。

夜幕静悄悄地笼罩着一栋又一栋写字楼，京市的天空，夜里看不到几颗星，反而是摩天大楼上闪烁的灯带装点着暗夜。

邬淮清在看季铮祥名下几家公司的资料，手机忽然响了，来电的是个陌生号码。

他接起，对方说他的外卖到了，让他下来取一下。

这个点，公司楼下的前台已经下班了，外卖自然送不上来。

邬淮清纳闷，不知道哪儿来的外卖。

他起身，坐电梯下了楼。

等在大厅的外卖小哥把袋子递给他。

邬淮清接过来，深蓝色的袋子上画着很多老申城的风物，都是申城小吃。

他一眼就看到了小票上的备注：浓宝爱你哦。文字后面还加了个“亲吻”的表情图案。

夸张的表情图案活灵活现，他仿佛看到了祝矜做这个表情时的模样。

邬淮清一下子就笑了。

小笼包和三鲜馄饨还冒着热气，味道不是很正宗，但邬淮清竟难得地觉得好吃，甚至还拍了张食物的照片给她发过去，又说：“好吃，浓宝。”

祝矜一直没睡，想到他要工作到好晚，便偷偷地给他点了夜宵。

这个点还营业的好吃的店铺不多，她挑来挑去看这家的评价勉强可以，但已经没有外卖了，她只好叫了个跑腿，还加了一个羞耻的备注。

原本她告诉自己，点完外卖就睡，谁知她竟忍不住时不时地看骑手的位置，看他什么时候到。

这是她给自己点外卖时，从来没有过的经历。

祝矜不得不反思，恋爱果然会让人牵肠挂肚、智商变低，只是这个感觉，比微醺的时刻，还要美妙。

或许是因为她和邬淮清刚在一起，或许再过一段时间，他们就会平淡下去？

祝矜觉得他俩谈恋爱之后，要比之前傻了很多，经常进行一些幼稚的对话，也会为了好多小瞬间而心潮起伏。

叮的一声，祝矜的手机微信提示音响了，他发来了语音：“好吃，浓宝。”

祝矜用被子捂住脸，过了会儿，钻出头来，在对话框里打字，又删掉，又打字，又删掉。

最后她索性什么都不回，装作自己睡着了。

邬淮清看着对话框上方一直显示“对方正在输入中”，可过了好久，提示消失，他也没见她发什么内容过来，于是笑了。

他给她回：“早点睡吧，我的浓宝。”

八月十三号是唐愈的生日，这一天恰是七夕节的前一天。

他早早就告诉了祝矜和姜希靓，邀请她们来申城参加他的生日派对。

祝矜以前答应得没什么负担，可现在有了男朋友，一想到第二天就是七夕节，便有些心虚。

得知她要去申城，邬淮清果然不太高兴，闷声说：“他还挺多事。”

“生日嘛，又不是他想选择生在哪天的。”祝矜拉着他的胳膊，说，“我十三号飞过去给他过生日，十四号坐早班机回来陪你好不好？”

邬淮清看着她，终是叹了口气：“这么折腾做什么？十四号那天我去找你。”

他想都不用想，生日派对嘛，他们肯定要玩到很晚。

“啊？你有时间吗？”

“嗯。”邬淮清点点头。

绿游塔的七夕节活动也是一年里的重头戏，因此姜希靓只能十三号去，十四号早上回来，行程匆忙。

祝矜陪着她，一起订了十三号的票。

两人出发到了燕山机场，离登机还有一些空余时间，于是便去了咖啡店待着。

姜希靓这段时间在练空中瑜伽。之前因为岑川的事她瘦了不少，而最近总算恢复了过来。她练了瑜伽后，整个人气质变了很多，比以前还要漂亮、亮眼。

实在无聊，她们便打开手机，对着镜头自拍合影。两人的表情和动作极其做作，祝矜还把墨镜拿出来戴上了。

这墨镜还是她上次让邬淮清买的。

“祝浓浓，你好臭美。”姜希靓笑着吐槽。

“酷嘛。况且我昨晚睡晚了，眼睛都有些肿。快拍快拍，拍完我要发微博，还要通知我们的姜老板。”

“睡晚了？干什么睡晚了？”姜希靓抓重点的能力非常强。

祝矜嘿嘿一笑，正要说话，忽然看到视野中出现一个熟悉的身影。

那人看到了她，正缓缓走过来。

祝矜脸上的笑容不由自主地散去一大半，她不确定骆梧是不是来找自己的，但不自觉地把墨镜摘下来，站了起来，在骆梧走到这儿时，喊道：“骆阿姨。”

“嗯。”骆梧微微点点头。她穿了一件旗袍，手中拎了一个小的木质行李箱，在人群中气质非常出众。她问：“你要出门？”

“嗯。”祝矜的笑容很僵，这是她这四年来第一次和骆梧说话，无法控制地紧张起来，“去申城看朋友。”

骆梧对她笑了笑，低头看了看她手中的墨镜，说：“你戴这个墨镜很好看。”骆梧又说了两句，摆了摆手以作告别，去了角落空着的桌椅上坐下。

“什么意思呀？”姜希靓问，“你再戴上墨镜给我看看。”

祝矜把墨镜递给她。

而后，祝矜拿出手机给邬淮清发消息：我在机场见到骆姨了。

邬淮清回复得很快：我妈妈？

祝你矜日快乐：嗯。

W：哦，她好像要去南边开会了。

见他没问，祝矜也不好说什么，但心中直打鼓。

他像是知道她在想什么似的，随后发来一条语音："别多想，有我在。还有，你把给唐愈的生日礼物落在家里了。"

后边这句话明显成功地转移了祝矜的注意力。她这次来只拿了一个行李包，往里一翻，果然没有要送给唐愈的礼物。

他又发了条语音："没事，你就说回头给他。他今天事多，记不起这件事。明天我给你带过去。"

祝矜笑起来，回复：好的。

她一抬起眼，就听到姜希靓发出"啧啧啧"三声。

"怎么了？"祝矜眨了眨眼睛，无辜地问。

姜希靓扇了扇鼻子，阴阳怪气地说："空中弥散着恋爱的酸臭味。"

祝矜不好意思地笑起来："别嘛，等回了京市，我让邬淮清请你吃饭。"

"你才想起来？"姜希靓愤愤地说道，"你还打算瞒我多久？"

祝矜委屈地道："没瞒你。姜老板这么聪明，我也瞒不住你呀。这不是前阵子你失恋，我说不出口嘛。"

"行了行了。"姜希靓摆摆手，露出一副"我不在乎"的模样，"放心，我一定狠狠地宰邬淮清一顿。"

祝矜轻拍桌子："没问题！"

姜希靓瞥她："不心疼？"

"心疼什么？我最喜欢你了好不好？"

姜希靓当场翻了个白眼。她才不信。

飞机落地申城时，是中午十二点十分。

邬淮清像是掐着点似的，在十五分给她发来视频电话："到了吗？"

祝矜没来得及拿耳机，因此这话就落入了姜希靓的耳朵里。只见姜希靓一脸无语，用口型对她说："看得这么紧？"

"嗯，刚下飞机。"祝矜对她眨了眨眼，笑着对邬淮清说。

今天申城下雨，阴沉沉的，小雨裹挟着祝矜熟悉的味道扑面而来。

祝矜忍不住说："等明天你来，我带你逛逛我大学时待的城市。"说完，她便想起来，笑道，"我都忘了你本来就是申城人，还用我带你逛什么？"

邬淮清正在洗手。他把手机立在水池一边，前置摄像头正对着他的手。镜头下，他的手很白，手指修长，指节白皙分明。

他隔着屏幕，轻佻又散漫地说道：“这不是没和你逛过吗？”

唐愈今年的生日派对和去年一样，他把他哥的游艇借了过来，邀请一帮朋友游江。

他提前给祝矜和姜希靓订好了酒店，因此，下飞机后，祝矜和姜希靓直接打车去酒店，收拾了一通，打算先去吃午饭。

她们吃到一半，寿星公就优哉游哉地来到酒店餐厅找她们了。他穿了一件黑 T 恤衫和一条白色的短裤，一副睡眼惺忪的模样，像是刚起，手中还拿了个 Switch（游戏机）。

“你刚起？”祝矜问。

“嗯。”唐愈打了个哈欠，然后坐到她们对面，指了指楼上，“我也在这儿住着。”

“你被逐出家门了？”姜希靓问。

“姐，今天我过生日，说些好听的。”

“我可比你小。”姜希靓急忙说。姜希靓过了二十岁之后，年龄这事对于她而言，可是一个严肃的话题。

“是是是，老妹儿。”唐愈笑起来。

他开了局时间短的小游戏，边玩边解释：“我住的那房子最近花房漏水。早上我还没醒，修理工就来了，吵得我睡不好，就搬来这儿住了。”

关键是，他在酒店里住着，方便。

“那是你起得太晚。”姜希靓说，“听说你上班去了，怎么样？”

提起这事，唐愈又打了个哈欠，冲她摆了摆手：“我今天过生日，你怎么尽提这些让我不开心的事？姜老妹儿！”唐愈一字一顿地喊她。

姜希靓抱了个拳：“对不住，没想到你现在身上处处是踩不得的雷，我闭嘴。”

“……”

祝矜瞅了一眼他的黑眼圈，没忍住，道：“你今天不是要过生日吗，怎么这么萎靡？”

“一会儿就精神了。”

唐愈还真是有自知之明。

到了晚上，他们上了停靠在岸边的游艇。朋友们陆陆续续地来了后，唐愈整个人便像是打了鸡血似的，闹腾了起来。

摇滚乐声和汩汩流动的江水声融为一体，电视塔的灯光秀尽数铺展在江面上，霓虹灯炫目，将桌案上盛着液体的杯盏映得流光溢彩。

雨还在下着，江面上浮起一层薄薄的雾。祝矜坐在沙发上，望着外边，有点觉得这雨不像是夏天的雨。

可是潮湿到极点的空气，又准确无疑地提醒着她，这就是夏天。

唐愈他哥的这艘游艇和传统的游艇整体布局不太一样，游艇前方有一个超大的遮蔽型的主甲板区域，是玩乐的最佳地点，空间比一般的游艇更大，内部装潢自然也更豪华。

一群人围着唐愈，闹腾极了。

唐愈的这堆朋友，祝矜大多见过，他们以前常一起玩。

她扫了一眼四周，发现这次唐愈的生日派对上来了不少以前她没见过的漂亮姑娘。

姜希靓就坐在她旁边。像是知道她在想什么似的，姜希靓开口说：“今年唐愈邀请了不少‘网红’来。”

她刚刚在微博上搜了搜同城的实时微博，看到热门微博里有好几条微博内容是游艇的照片和漂亮的自拍照。照片中游艇的内饰和这艘的一模一样，明显是同一条船。

她再点进妹子的主页一看，都是有好几十万粉丝的博主。

“原来如此。”祝矜说着，抬头看着三层大蛋糕前和妹子并肩站着的唐愈。

自从他从国外回来，和初恋女朋友彻底断干净后，整个人就有点放开了。

“你们俩躲那儿干什么？过来玩游戏！”忽然，有个高个子的男人朝她俩招手。

姜希靓冲他举起酒杯，笑着说：“等一下。”

王灏道：“快点，一会儿还要玩点别的呢。”

王灏是唐愈的发小，以前见过姜希靓，还动过追她的念头，这件事大家都知道。

后来他被唐愈骂了一顿，说人家姑娘有男朋友，这才作罢。

今夜，他不知道是不是得知了姜希靓已经分手的消息，从和她见面开始，便对她分外殷勤。

“你们俩饿吗？这里有好多吃的。”

“不要，我减肥。”

“你开餐厅的，减什么肥呀？况且你都这么瘦了。我给你拿块蛋糕。”说着，王灏就去旁边桌上取蛋糕。

祝矜的手机忽然响了，是一通视频电话来了。

“谁呀，又是你们家邬淮清？”姜希靓问，“他怎么查岗查得这么勤快？”

见她转过头来，祝矜连忙不动声色地把屏幕上的头像挡了一下，而后站起身，说：“我去那边接。”

“行，正好我不想再吃狗粮了。”

王灏端着蛋糕过来，用叉子叉了一块蛋糕，要喂给姜希靓。

姜希靓微不可察地皱了皱眉，没有吃他喂的蛋糕，而是接过盘子，说：“我自己来吧。”

她往旁边坐了点，抬头看到祝矜正站在护栏处。

“你打来做什么？”祝矜问。

“你们在申城给唐愈过生日是吗？”

“和你有关系吗？”

“祝矜。”那边喊了一个名字，随后竟沉默起来，没再说话。

他像是在思考着组织语言，过了会儿，才沉声说：“我想看看她。”

祝矜抬头，正好看到王灏端着盘子，要喂姜希靓吃蛋糕的那一幕。

有一瞬间，她很想把手机举起来，让视频对面的岑川看看这一幕，让他看一看，她们家希靓身边从来都不缺追求者。

但她终究还是叹了口气，说：“她现在玩得很开心，你不必挂念。”

岑川的声音近乎恳求：“她把我所有的联系方式都拉黑了，你就让我看她一眼，我真的……很想她。”

最后三个字，他说得很慢、很轻。

祝矜想起曾经的岑川，那是多么骄傲的一个人。

在祝矜的印象中，他不是个脾气多好的人，身上有点从小被家里骄纵着长大而生出来的脾气，姜希靓也不是什么温柔性子的人，两人时常吵得面红耳赤，但不久后又能恩爱如初。

现在，他却这样低声恳求，还不是对姜希靓本人，仅仅是对她的朋友。

祝矜想骂他活该，但终是切换了摄像头方向，举起手机——镜头正对着的姜希靓，她正在小口小口地吃着蛋糕，神色淡淡的，但脸上闪烁着一层薄薄的红晕。

她穿着一件一字肩的黑色长裙，鬈发随意地散在半个肩头上，漂亮得让人一眼便能在人群中看到。

她身边还坐着一个在和她搭话的男人。

“谢谢。”半晌，岑川说。

祝矜转过身，也没再把镜头切换回来，只是将镜头对着波光粼粼的江面。

雨丝斜斜地洒在她的身上。

视频中的岑川似乎在外边，背后是一望无际的草原，不知道在做什么。

“没什么事我就挂了。”她说。

“嗯。”

待祝矜再回到沙发上，姜希靓已经吃完了四分之一的蛋糕，开始一杯接着一杯地喝香槟。

有人给他们照相。无须多好的技巧，只随意地一拍，拍出来的照片，就美得像是用胶片机拍摄的似的。

他们又开始玩游戏。

一群人肆无忌惮地狂欢着，在唐愈二十四岁生日的晚间，在这个夏日飘雨的夜，在申江水暗波涌动的江面上。

后来，过了零点，他们开动准备出海。

游艇在江面上驶着，波涛起伏。他们高举起双手，不断地欢呼、呐喊，有人在唱《小情歌》，还有人在弹钢琴，温柔的调子消散了夜色中的凛意。

年轻人像是有无穷无尽的精力。

祝矜不知不觉中沉浸到了这种热闹的氛围中，和他们一起玩了不少游戏。夜风醉人，她闹得脸颊红扑扑的。在热闹的气氛里，她竟毫无征兆地开始思念起邬淮清。

明明，他们只是一个白天没见面，明明他们早上还见了的。

她却像是与他有三秋未见。

她的思念变成灵魂深处最旖旎的一道光，只想照向邬淮清。

夜已经深了，祝矜不知道他是否睡了，不想打视频电话打扰他，也不想让他直截了当地窥探到自己对他的思念。

于是，她给他发了条语音，说道：“我今晚赢了好多人哦，特别厉害。明天你来，我请你吃大餐哦。”

她语气中尽是炫耀，像个撒着娇讨糖吃的小孩儿，尾音的“哦”显得特别甜。

那边的人没有回复，应该是睡了。

从几个小时前，邬淮清问她玩得怎样，反复地叮嘱她不要喝多，并重点强调让她注意安全后，他便没了声响。

明天他要赶过来，今晚一定很忙、很累。

游艇快回到岸边时，已经是凌晨两点多了，一群人也终于有了乏意，开始打起哈欠来。

游艇的角落里堆着成山成海的礼物盒。

要靠岸的最后一刻，忽然有人抓起一把奶油涂到唐愈的下巴上，然后大喊着：“唐愈白胡子老爷爷！”

下一秒，大家像是受到鼓舞似的，争相把未吃完的蛋糕上的奶油往唐愈身上涂抹，并祝贺他二十四岁快乐。

唐愈始料不及，被他们围堵着，连呼“欺负人了，欺负人了”，没人搭理他后他才开始反攻。

最后，一群人互相攻击，身上都被涂上了各色奶油，无一人幸免。

祝矜今天穿了条白裙子，和穿着黑裙子的姜希靓被一群人笑称她们是“黑白双煞”，此刻白裙子上绘满了各色奶油，远远看去还以为这是设计师的巧思妙想。

靠了岸，下游艇时，她还在嫌弃自己身上的奶油。这得花多少钱才能洗得掉呀？不想她一抬头，就看到江边站着一个伶仃的人。

他没有撑伞，被一层雨雾笼罩着，身上穿着银色的西装，像是刚从会议室里赶来似的。

他身形修长、挺拔，面容俊朗到无可挑剔，双眸明亮如星，身后还亮着的大楼在那一瞬间都被他衬得黯然失色。

看到她时，他弯起唇角，然后缓缓在半空中张开双臂。

祝矜愣住了，看到他张开双臂，忽然反应过来，笑着飞奔而去，扑进他宽阔的怀抱里。

邬淮清一把搂住她，随即把她以公主抱的姿势抱起来，在空中转了个圈。

那群跟着祝矜走下游艇的人，见到这一幕，纷纷吹起了口哨并鼓起了掌。

唐愈闹得最欢，姜希靓也笑着看着他们。

而两位“正主”却像是没听到似的。

祝矜身上的奶油蹭到了邬淮清的西服上，空气中都飘着奶油甜蜜的香气，人像是被蛋糕奶油包围了。

邬淮清埋在她温热的颈窝处，用只有她一个人能听到的声音，温声说道：“每一艘游艇靠岸，我都在想，里面是不是有你。”

他温柔的声音飘散在夜空中。

“浓宝，我好想你。”

他竟然和她想的一模一样。

他真的提前了一晚上飞过来。

他们身上沾着潮湿的水汽，水汽与细密的雨珠汇在一起，变成一大颗水珠从她额前滑落。

祝矜忽然想起刚刚有人哼唱的歌，歌词竟那么应景。

就算大雨让这座城市颠倒，我会给你怀抱。

她被他抱到了半空中，江景、霓虹灯在眼底都开始旋转起来，变成流动又闪烁的光束，催人醉，却都远没有邬淮清的情话让人沉醉。

夜色沉沉，一条江把这座城市分成东西两半。

人群四散而去，再过两个小时，天就要亮了，又是新的一天，新的一岁。

唐愈看向姜希靓，笑起来："就剩咱俩是孤家寡人了。"

唐愈原本给她和祝矜订了一间套房，这下邬淮清来了，他想也不用想，祝矜肯定是要跟邬淮清走的。

姜希靓看着唐愈从上到下一身的奶油，嫌弃地往旁边移了下，又想到自己也浑身是奶油，比他好不了多少，好像没什么资格嫌弃人。

"孤家寡人咋啦，要不咱俩凑个伴？"

她原本也就是随口一说，信口开个玩笑，谁知唐愈却看着她，点点头，模样认真地说道："我看行，要不试一试？"

姜希靓不知道他是开玩笑还是怎么，愣了一下，然后猛地笑了起来，往旁边推了他一下："唐愈，你醉了吧？快回去睡觉。"

说着，她就要往酒店走，唐愈在她身后喊道："我说真的。"

"别，快回去好好休息。"她回过头来。

这一晚，他们闹腾，开了不少瓶酒，唐愈这个寿星公免不了接受他人的敬酒，自然喝多了。

姜希靓不会把他的话放在心上，但还是要避免他说出什么话，免得他第二天后悔。

成年人可以开玩笑，但不代表好朋友之间适合开这样的玩笑。

她回了酒店，刷卡上楼进到套房里，第一时间就是准备洗澡。

最近忙着做七夕节活动，姜希靓已经连着好几天晚上都是凌晨两三点睡了。

此刻又是凌晨三点钟，她似乎过了困劲，明明困顿得很，但大脑无比清醒。

就像她刚和岑川分手那阵子，每天晚上她都要从餐厅里拿一瓶酒回家，似乎把自己弄得晕乎乎的，就能够忘却一切烦恼。

第二天早上，她又能像无事发生般地出现在绿游塔。

姜希靓打开手机，边看手机边往浴室里走，准备泡个澡放松放松。

忽然，手机屏幕上跳出一条转账信息，转账过来的金额不小，转账人的名字还很陌生。

她看到这个数字，瞬间就反应过来，这是她前几天转给岑川的那笔钱，不过他又添了一些凑了个整，转了回来。

姜希靓冷笑一声，不想和他玩这种把戏，连回复都没回复，就把手机扔到一旁的毯子上，率性地脱去衣服，赤着脚，走进浴缸。

水很热，飘散着精油的香气，让她全身的毛孔都不自觉地舒张开来。

姜希靓在浴缸里睡着了。

等到天光大亮，唐愈来敲她的房间门时，她才陡然醒过来。

浴缸里的水早就凉了，凉飕飕的，她打了个喷嚏，湿淋淋地走出浴缸。

外边的敲门声还在继续，姜希靓裹上浴巾，不耐烦地打开门，然后——

两人都愣住了。

“你竟然真没走呢？”

“你干吗？”

唐愈的表情有些一言难尽。他亮起手机屏幕，把手机放到她眼前：“你看看现在几点了？”

两点五十分。

两点五十分！

三秒钟之后，房间里没有爆发出唐愈想象中的尖叫声。

他反而看到姜希靓合上了眼皮，一言不发，像是大限将至前对宿命无可奈何的样子。

然后她长长地吐了口气。

“怎么说，还回去吗？”唐愈问道，又拿出手机给她查航班，“你要是动作麻利点，说不准能赶上四点半的这趟航班，那么你到京市的时间就是六点半，从机场到你的餐厅，不堵车就得花一个多小时，那会儿是晚高峰，今天又是七夕节，等你到了……”

他不停地分析着，姜希靓忽然啪的一声，关上了门，把他关在了门外。

唐愈还要说什么，可看到堵在他面前的黑压压的门，只好憋着口气，无奈地转身回自己的房间。

怎么她睡了一晚后，气性这么大了？

在走廊里，他碰到了正从房间里出来的祝矜和邬淮清，这两人也还没走。

两人不知在说什么，祝矜还踮起脚凑到了邬淮清的耳边，脸颊红扑扑的，一双眼睛特别亮。

而她身后高大的男人，正一手关着门，一手搂着她的腰，脸上噙着淡淡的笑。

邬淮清先看到了唐愈。

几个人都住在这个酒店里，还是住在同一层，撞上的概率着实大。

唐愈看到自己被发现，犹疑了几秒钟，然后才上前两步，主动和他俩打招呼。

不知为什么，他看着眼前这恩爱甜蜜的一对，不太想凑到他们跟前。

祝矜也看到了他。她刻意退了一步，与邬淮清保持一点距离，笑着问他：“你怎么从那边过来了？”

“哦，去叫希靓。”

祝矜诧异地问：“她不是上午的飞机吗？”

唐愈翻了个白眼：“睡过去了吧？”

几个人昨天都睡得晚，现在才醒来，因此谁也没顾上提醒姜希靓。

“那她今天还走吗？”

“谁知道呢？”唐愈对于自己刚刚碰一鼻子灰，被关在门外的事耿耿于怀，因此语气有些不满。

祝矜想了想，提议道：“她要是不走的话，要不咱们四个一会儿一起吃顿中饭吧？”

说这话时，祝矜察觉到自己的手心被捏了一下，回过头看邬淮清，只见他眉头微蹙。她冲他眨了眨眼，安慰他，似乎在说：晚上我们两个人吃。

唐愈十分有眼色：“那可别了，大过节的，我和希靓两个单身人士是想不开还是怎么的，非要去当你俩的电灯泡，主动讨嫌？”

他又说：“我下午打麻将去。”

祝矜想到自己昨晚运气好，赢了不少人，笑起来，说道：“那行，等我下次来申城，或者你来京市，我们四个一起搓麻将。邬淮清打麻将可厉害了。”

唐愈的白眼就要翻到天上了，他也顾不上邬淮清就在一旁了，说：“祝浓浓，你悠着点，别三句不离邬淮清，还一直夸他，这样会让他骄傲的。”

“什么嘛？”她不满地说，“我说的是实话。你之前跟他打麻将，不就一直输吗？”

“我啥时候和他玩过？”唐愈纳闷道。

“就那次……”祝矜欲言又止。

唐愈倒是想了起来，道：“我就说你那天怎么那么厉害，原来是找了外挂。奸诈呀，祝浓浓！”

“……”

邬淮清钩着祝矜的手，忽然开口道：“我找时间请你们吃饭，今天先对不住了。”

“我懂。”唐愈点点头。

然后他又听到邬淮清说："放心，下次一起打麻将，我肯定会让着你的。"

唐愈瞪着眼睛看祝矜，整个脑门上写着两个字：无语。

祝矜扑哧一声笑了。

三个人说话间，姜希靓收拾好走了出来。

她手中空空的，没有拿行李箱，看样子是暂时不打算走。

她正在打电话，说道："对，反正就是那个流程，你和小刘协调好，有什么事第一时间电话联系我。"

挂断电话，她看着站在走廊上的这三个人，笑道："人挺齐？你们站这儿干吗呢？等我呢？"

"你不走了？"祝矜问。

"嗯，明天再走吧。"姜希靓笑着道。她刚用五分钟化了个妆，妆面比平时要淡很多，主要是提亮了下脸色。

此刻她穿着精致的鱼尾裙，漂亮是漂亮，但显得人十分纤弱，若扶风弱柳。

"餐厅里有店长，我忽然觉得我也不是什么事都得亲力亲为。"

祝矜点头："小王很靠谱的，你就多待一天，当休息、当玩。"

小王就是绿游塔的店长。

姜希靓正要说话，忽然转过头，打了个喷嚏。

"感冒了？"唐愈问，"不会是昨晚在游艇上吹风吹的吧？"

"不是。"姜希靓拿纸巾擦了擦鼻子，摆摆手说，"我昨晚在浴缸里睡着了。"

"……"

最后，他们兵分两路，祝矜和邬淮清去玩，唐愈奉祝矜之命负责陪着姜希靓。

祝矜这次来带了相机，想多拍一些照片。

她和邬淮清曾经在这座城市里一起待过一段时光，但都没有什么美好的回忆，因此，她想记录一些真正属于他们的美好时刻。

昨天下了雨，今天放晴，太阳高高地悬在空中，紫外线分外强烈。

今天祝矜和邬淮清穿的都是一身休闲运动服。

不知邬淮清是不是故意的，这次来申城带的竟是上次两人一起逛街时买的那套情侣装。

这其实也不是什么情侣装，就是某个运动品牌里的男女同款，她当时觉得好看，便买了白色的，邬淮清随口让导购把黑色的也包起来。

"你是不是故意和我穿一样的？"

"就是故意的，怎样？"他轻笑着，坦坦荡荡地说。

祝矜也笑起来。她能怎样？

两人戴的墨镜也是情侣款的，他当时特意给她买了和自己一样的款。

祝矜恍然发现，不知不觉中，他就在用自己的方式，一点点渗透她的生活。

她想起两人和好后，邬淮清第一次去她家发生的事。他从一进门找不到拖鞋，再到后来发现自己的东西全部都被她扔掉，脸阴沉得能够下暴雨。

祝矜当时心虚得不行，又觉得自己没做错什么。之前他说得那么狠，她还以为他们会就此一刀两断，那她还不把他的东西清理干净吗？

她把祝羲泽的拖鞋给他取出来，理直气壮地说："你先凑合着穿一下，等明天我再给你买新的。"

邬淮清嫌弃地皱皱眉，才穿上祝羲泽的拖鞋。

那天晚上，他话少得可怜，眉宇间都是低落，连睡觉时，都故意背对着她。

他就像个在商场里碰到自己喜欢的玩具，而大人却始终不给买的小孩儿。

祝矜有些于心不忍。

她从他的背后抱住他，找着话说："邬淮清，你有小名吗？"

"什么小名？"他闷声开口。

"就是那种家里人才会叫的名字，比如我，叫浓浓，祝羲泽，叫咚咚。"说到这儿，她笑起来，"不过咚咚这个名字，他小时候大家叫得多，后来他长大了，坚决不让大家这样叫他。"

邬淮清转过身子，把她抱在怀里，淡淡地说："没有。"

"那阿姨平时叫你什么呀？"

在黑暗中，他不由自主地皱起眉，回想了一下，说："就叫我的名字吧？或者什么都不叫。"

他和骆梧关系很淡，或者说，骆梧一直都对他淡淡的。

邬淮清说不上来为什么，但隐约知道，骆梧不喜欢他爸爸邬深。他的到来本来就是个意外，他出生时，正是她和邬深关系最差的一段时间。

以致邬淮清一被她生下，就被她丢给了姥姥。

无论是他的童年还是青春期，在来京市之前，他大多数时间里都是一个人。

所以，在没有人知晓的时候，邬淮清其实曾真真实实地羡慕过祝矜。

他惊讶于那么多人对她的宠爱，她是他不敢触碰又渴望成为的人，灿烂的、无忧无虑的。

她身上有着知世故而不世故的通透感，这种特质不断地吸引着他。

即使不会人人好命如祝矜，但大多数人家中也是平淡、温馨的。

他也曾羡慕过别人家的爸爸妈妈，也曾羡慕过放学、开家长会时，可以一家人聚在一起的其他同学。

尽管同学们时常会告诉他，说自己和家里发生了很多矛盾，说爸妈有多烦、管得有多严。

可邬淮清连被训斥的机会也没有。

骆梧和邬深对他是真的淡，连一声斥责都吝惜。

他以为父母的性子就是那样，但偏偏他看到了骆梧是如何对待妹妹骆梓清的。至此，他便知道，不是的，不是这样的。

骆梧会亲手给骆梓清做生日蛋糕，会给她买她喜欢的裙子，也会在她小提琴没拉好的时候，毫不留情地训斥她。

骆梓清从小跟在骆梧身边，还被骆梧冠了自己的姓。骆梧对她既倾斜着浓烈的爱，又有着作为家长的严格要求的。

母女两人偶尔会吵架，冷战两天，又一起去看电影、逛街。

不过，邬淮清只会在小时候计较这些事。他慢慢长大，后来，他和骆梧他们一样，对他们的感情变得很淡很淡，甚至对自己曾经计较的那些事感到可笑。

因为兄妹俩不常见面，骆梓清和他也不是很熟。但有时她会给他打电话，说："哥，我好羡慕你，不用被管着，想做什么就做什么。"

他听了只是笑一笑，问："最近又想买什么了？"

小姑娘笑嘻嘻地在电话那头报了几样东西。她知道，哥哥肯定会买好寄给她的。

祝矜窝在他的怀里，想了想，说："你没有小名呀，那我给你起一个？"

他笑着问："叫什么？"

她想了一通，也不知道该叫什么，胡乱想了一通。

"冰冰？"

短暂的沉默后，邬淮清问："为什么叫这个？"

"因为你很冷呀，也不爱说话，高中时大家就叫你'冰山美男'。"

"……"

他们以自己独特的方式，一点点进入彼此的生活。

第十六章
永远热烈

此刻，他们穿着情侣运动服，戴着情侣墨镜，走在街上。这么漂亮登对的一对，吸引了不少人注目。

申城的夏天比京市的夏天还要热，暑气伴着日光一起洒向他们。

祝矜和邬淮清漫无目的地在街上走着。对于这座城市，那些热门的景点他们都已经不觉得新奇了，现在一时不知道去哪儿。

祝矜忽然说："邬淮清，我带你去我的学校吧？我欠你一顿我们食堂的饭。"

"嗯？"他有些茫然地转过头。

"当初，"祝矜顿了一下，说道，"当初我应该带着你在我们学校逛一逛的，不应该丢下你。"

她舔了一下嘴唇，话语中尽是愧疚之意。

当初，她把他丢在东极岛上，一个人回来。

他来找她，她也装作视而不见，甚至最后，在宿舍楼底下，她还对他说出了那些伤人的话。

祝矜一直觉得，那个春天特别冷。

邬淮清离开后，天就更冷了，春风中都带着寒意。

他忽然笑了起来，揉了揉她的头发："多久以前的事了，我早忘了。"

姜希靓昏头涨脑的，不舒服，在酒店的餐厅里吃中饭时，唐愈特地给她点了一碗热汤。

夏季，人感冒了会很难受，冷热交织，如冰火两重天。

对于她因为在浴缸里睡着了而感冒这件事情，唐愈深感自责，总觉得人家是因为参加他的生日派对太累了才会如此。

不然，正常情况下谁会在浴缸里睡着呢？

等吃完中饭，姜希靓看他还坐在那儿没有要走的打算，问："你不是去你爸公司工作了吗，怎么还这么闲？”

唐愈道：“我有自知之明，请了两天假。今天这状态，我去工作也是给大家添乱。”

“……”

他去家里的公司工作，完全是隐姓埋名的那种，简历平淡无奇，领导和身边的同事都不知道他就是董事长的儿子。

昨天得知他请假，同事还惋惜他这个月的全勤奖没了。

“你要回去睡觉吗？”他问。

姜希靓摇摇头：“睡了一上午了，还睡什么？”其实她还有点不清醒的，但打心底里不想睡觉。

唐愈忽然提议：“我带你去玩吧？”

“玩什么？”

“你去我房间。”

姜希靓警惕地看着他，不由自主地想起他昨晚说过的话，但看这少爷的模样，也不知道他记得与否。

“你房间里有什么玩的？”

“你去了就知道了。”唐愈看她有些颓废，不只是因为她生病了，而且她和之前相比，内里颓丧了很多。

他知道姜希靓失恋了，而他自己就被失恋折磨过，所以特能理解姜希靓现在的心情。

而这种心情，是如今处在热恋期的祝矜无法体会到的。

也许是出于这种心态，他不由自主地想要把姜希靓从失恋中拽出来。

姜希靓还在猜他房间里能有什么好玩的。

以这少爷爱打麻将的性子，难道里面是有张麻将桌？可他们只有两个人。

要不里面就是有什么话剧服装，可她对这些也不感兴趣。

她去了后才知道，他所谓的好玩的，就是一些黏土和扭蛋。

姜希靓看到铺满一张桌子的装着各色黏土的瓶瓶罐罐时，都惊呆了：“你怎么买这么多？”

“我一烦就会捏土玩，特别解压。你试试。”唐愈站在她旁边，语气随意地建议道。

姜希靓小的时候玩过橡皮泥、创意泥，但长大后就再也没有玩过了。

唐愈在旁边给她指着介绍：“这个是柠檬茶，这个是草莓甜兔乳，这个是星星海，这个是朗姆苦酒……”

姜希靓："……"

这年头，连黏土都有名字了吗？

在唐愈的指示下，姜希靓打开一个装着亮晶晶的紫色黏土的盒子，从里边一点点仔细地取出黏土。黏土入手冰冰的，很舒服。

然后，她上手捏着黏土。黏土中不断地发出气泡被挤掉的声音，直至亮晶晶的黏土完全黏在一起。

"你就把这个黏土想象成你讨厌的人，使劲捏他。"

姜希靓忽然笑起来，感觉手中的触感特别神奇。

"姜老妹儿，好玩吧？"

"嗯。唐愈，你还挺有童心。"

"我一直都有的好不好？成年人更需要有童心，男人至死是少年。"

姜希靓抬起头，正撞上唐愈那双炯炯有神的眼睛。唐愈边说还边竖起了胳膊，眸中带笑，还真如同校园里意气风发的少年。

她脸上的笑容不由自主地加深了。

唐愈又带着她玩扭蛋。

谁能想到，这一对成年男女在酒店里待一下午，只是把一桌子的黏土给挥霍了，还玩了一堆的扭蛋。

他们比小学生还要幼稚。

玩了黏土和扭蛋，唐愈又带她去唱歌。两人在一个自助 KTV 里，肆无忌惮地号叫。

他今天才发现姜希靓唱歌有多要命，怪不得之前他们一起出来玩，她从来不唱歌。

姜希靓今天放开了，形象什么的全不在乎了。

她拿着麦克风，声嘶力竭地喊道："死了都要爱……"她的音调拐了山路的十八个弯。

唐愈捂着耳朵，哭道："姐，求求你了，别唱了……"

祝矜带着邬淮清在学校里转了转。大学里洋溢着热闹、青春的景象，尤其是操场和球场上。

傍晚，他们在学校食堂吃晚饭。

等从学校出来，太阳落了山，祝矜又带邬淮清去看了场话剧，去的是她大学时经常去的那个剧场。

这场话剧一九八六年时首次在宝岛公演，引起岛内轰动，之后，剧团不断地巡演这场话剧，这场话剧渐渐闻名于世。

祝矜之前看过这场话剧两次。

这场话剧结构很奇妙，用导演的话说，就是“让完全不搭调的东西放到一起，看久了，也就搭调了”。

其中一个故事是有关战乱时期的《暗恋》，这个故事起初发生在申城外滩，祝矜很喜欢里边的一首歌，是某个歌手的《许我向你看》。

《暗恋》是出悲剧，相恋的男女主人公纷纷逃到宝岛，却彼此不知情，几十年后，男婚女嫁，才得以相见。

两人走出剧场，已经是晚上。夜色安静地笼罩着城市，祝矜和邬淮清牵手走在人群中，她不自觉地哼出声来：“许我向你看，向你看，多看一眼……”

她故意把声音变得深沉悠长了一些，听起来还真多了几分老申城的味道。

也许是来到了熟悉的地方，祝矜竟不自觉地回忆起过去的一些事情。

过去的四年。

他们在彼此的生活中是彻头彻尾的空白。

就像话剧里的江滨柳和云之凡不约而同地逃到宝岛，却互不知晓一样。他们若是一辈子都不知道也就算了，结果四十年后，江滨柳在病重的时候，又见到了云之凡。这才是真正的抱憾终生。

暗恋本身就存在一个信息差的问题，而遗憾和感伤地退场则是大部分人暗恋的结局。

如果，她没回京市。

又如果，在她回京市后，他们都对彼此退避三舍，谁也不愿意迈出一步。

那么，是否就像其他人一样，这个故事，最后只能变成祝矜往后岁月里无法宣之于口的一个秘密？

又或许，在更远的以后，她可以坦荡荡地对其他人讲起：“我年少时曾暗恋过一个男孩儿……哦，我已经快忘记他长什么样子了。”

她想到这儿，心尖忽然酸酸的，但又忍不住笑起来。那场景，像是《剪刀手爱德华》里的片段。

“怎么了？”邬淮清问。

“我想到，如果我们俩也遗憾地错过了，以后男婚女嫁，等我白发苍苍时，我和孙辈们讲起我曾经喜欢过一个男孩儿……”

她话还没说完，就听见邬淮清哼笑一声，然后他慢悠悠地问：“除了我，你还想嫁给谁？”

“那谁知道呢？”祝矜摆摆手说道，“不过如果那天我没有去陵园，你没有追上来，可能我们真的就是另一个结局了。”

“不会的。”他忽然变得严肃，语气特别肯定，“即使不是那天，也会是某天。总之，我会一直一直缠着你的。”

祝矜被他霸道又似小孩子的语气逗笑了，脚尖在地砖上摩擦，画了一颗心。

今夜有星星点缀在深蓝色的夜幕上。

“江滨柳和云之凡的暗恋是悲剧，我们不是。”男人在星空下说着，模样恳切又真诚。夏日的夜，星星温柔，风也温柔。他们身边有人成群结伴端着冷饮走过，杯子轻晃，发出冰块撞到一起的清脆响声。

“可是大家给我和路宝接风的那天晚上，你那么生气。”祝矜不相信地说道。

“可是我也很好哄的。”他回道，“只是见到你白色的裙摆，我就回来了。”

他连哄都不用哄。

祝矜听着他的声音，笑起来，钩了钩他的手，说：“可是我不好哄怎么办？”

邬淮清也跟着笑起来，恢复平时散漫的模样，道：“能怎么办？就一直哄呗，谁让您是娘娘呢？”

他语气宠溺地说着，说完，低头在她唇边吻了一下。

就像今天下午，在那所大学的操场上，他也情不自禁地吻了她一下一样。

那时金乌西沉，夕阳的光辉笼罩着操场看台的上方，蓝黄相间的座椅被镀了一层金，太极悠扬舒缓的音乐声回荡在操场上。

绿茵场中穿着球服的少年们奋力地奔跑，追逐着那颗球，从一端到另一端。还有年轻的女孩儿捧着大捧鲜艳欲滴的玫瑰花路过，眉梢中带着藏不住的欣喜，显然是刚和男朋友约完会。

他们站在看台下的角落，在一片热闹声中，偷偷地接吻，仿若是校园里普普通通的一对情侣。

路过拍视频的校园博主捧着相机不小心拍到了那一幕，不由得激动地惊叫了一声，然后飞快地捂住嘴巴，稳住了拍摄的手。那一幕，比电影画面还要美。

此刻星星为伴，他们在霓虹灯映照的夜色下，继续着那个吻。

今天是七夕节，街上大部分是情侣，看到这一幕，大家笑笑便走过了。

过了会儿，邬淮清握着祝矜的手，问道：“要不要吃个夜宵？”

“会不会有罪恶感？”祝矜的眼睛亮晶晶的，因为刚刚的吻而蒙上了一层水雾。

他低头看了看手表，说：“也还行，不是特别晚。”

祝矜这才发现他换了手表，手腕上的表不是他之前戴的那块，但是他这一块表她看着又很熟悉。

她捉起他的手，仔细地端详了片刻，然后惊讶地说：“这块和你送给我的那块……好像啊。”

“嗯。”他点头。

“这款表现在还有的卖吗？”她疑惑地问。

“没。”

祝矜抬起头来，看着他的眼睛，恍惚间明白了什么。她问：“你当时就是买的情侣款，是吗？”

他笑了笑：“是呀，只是以前一直没有机会戴。”

月亮河系列，独一无二，他第一眼在图片中看到这款表时，便想到了她。

她是月亮。

他是试图摘月的罪人。

她的手腕那么细、那么白，她戴上这块表一定很好看。他以前念书时，读到“皓腕凝霜雪”这句诗时，脑海中就浮现出了她的模样。

然而这几年，这块表一直被他放在盒子里，藏在柜子里落灰，不曾见过天日。

祝矜蹙了蹙眉，问：“你的收据单或者保修单还在吗？”

“怎么了？”

“我的表坏了，我想拿去修。”

邬淮清揉了揉她的头发：“等我回去找找，找不到就去一些专门的修表店去修。”

祝矜意识到什么，忽然捂住嘴巴笑了起来。

他看向她：“怎么了？”

“邬淮清，我发现你对情侣款的东西很执着呀。我问你，你从几年前就想着这些了啊？”

因为祝矜嫌麻烦，又嫌公开说这些太招摇，所以他们即使现在不再有之前的顾虑了，也没有在发小群里公布他们的恋情。

再说了，他们才谈恋爱多长时间呀？她可不想这么早就被爸爸妈妈审问。

况且，祝矜实在是有点怵邬淮清的家人。

邬淮清虽嘴上不说，也依着她，私下里却极其在乎此事，于是暗暗地用各种情侣款的东西来宣示自己的占有欲和男朋友的身份。

此刻被她调侃，他也不反驳。这会儿，他叫的出租车到了。

或许因为今天是七夕节，这座城市的街道都被染上了甜蜜的色彩。

祝矜原本以为这只是去吃一顿普普通通的接近夜宵的晚餐，到了之后，才发现邬淮清还给她准备了惊喜。

下车时，看到餐厅黑着灯，她还在说：“是这家店吗？已经关门了啊。”

她正打算拿出手机找找附近有没有其他的餐厅，邬淮清却笑笑，拉着她的手，说：“进去看看。”

那一刻，祝矜心中隐约地意识到有什么不对劲，可还没来得及细想，就被他带着走了进去。

在门被推开的那一刻，餐厅亮起了灯。各种暖黄色的星星灯，一闪一闪的，熠熠生辉。中央有一弯栩栩如生的月亮，倾斜着挂在盆栽和淙淙水流之上，四周是大面积红色的玫瑰和气球。

祝矜愣在原地，回头，难以置信地看着他。

她万万没想到他还准备了这么一出。

餐厅里没有其他客人，但侍应生还在，此刻他们都躲在了后边，将外边的空间留给了这一对小情侣。

直到两人坐下，祝矜还没回过神。

她喝了口桌上的柠檬水，问：“邬淮清，你什么时候安排的这些呀？”明明前几天，她才告诉他她要来申城给唐愈过生日。

邬淮清环顾四周，有些不好意思地说：“没能亲自来看看，好像有点俗了。”

祝矜看着那些盛开的红玫瑰想：俗，是俗。

虽然俗气，但她不得不承认，她确确实实被他感动到了。好像没有哪个女孩儿可以拒绝这样的惊喜。

更何况惊喜背后是邬淮清一颗真诚的心。

她坐在玫瑰丛里，看到一碟又一碟精致的菜肴被端上桌，说：“俗是俗了点，但我喜欢。”

他弯起唇：“那就好。”

月亮灯的光芒最亮，把他的面容照得很温柔。

邬淮清从座位后边取出礼物给她，那是一个漂亮的深蓝色盒子：“礼物。”

“你还挺有仪式感。”祝矜调侃道。

“那是，我们又不是老夫老妻。”邬淮清说着，“不过，等你到了八十岁，我还要给你仪式感。”

祝矜愣了一下，听到这句话时，心中涌过一阵暖流。

“老夫老妻”于相爱之人而言，是一个多么美妙的词。

她摸了摸包，说道：“其实，我也给你准备了礼物。”她原本是打算回酒店的时候再给他的。

祝矜把包装好的盒子拿出来给他。盒子里是一对袖扣，这是一份普通的礼物，但袖扣上刻着他们名字的缩写。

她观察过他常穿的衣服和常用的饰品，发现他大部分衣物是这个品牌的，于是便从这家定制了礼物。

邬淮清送她的是一条项链，项链相扣的地方设计得很巧妙，正好一端是“W”，一端是“Z”，字母上缀着细碎的钻石。

两人像普通的情侣一样，认真地给对方准备着惊喜。

甚至，他们还想到一块去了。

邬淮清还有一堆工作要处理，过完七夕节的第二天，便和祝矜回了京市。

姜希靓说要留下来再玩两天，顺便去几家之前关注过的餐厅看看，去偷师学艺。

祝矜走之前，再三嘱托唐愈，让他照顾好姜希靓。

“放心吧，你没看姜老妹儿今天的心情都比昨天好了吗？”

“好像是哦。你记得让她吃药。”

“行了，你俩把我当三岁小孩儿呢？我一年出多少次差呢？”姜希靓哭笑不得。

“我这不是担心你嘛。你好好玩，放松一段时间，我回去后天天带着学习资料去绿游塔给你看店去。”祝矜说。

“我谢谢您嘞。您想吃 Jony 做的美食就直说，不用找借口。”

两人闹了几句，邬淮清走上前，看着他俩说：“回头我请你们吃饭。”

“好。”

邬淮清和祝矜到了机场，候机时，邬淮清一直在看电脑，处理工作。

祝矜刷着朋友圈，忽然看到骆洛昨天发了一张和男生的合影，只不过男生的脸被她用表情包挡住了。

昨天是七夕节，照片中这位男性的身份不由得引人遐思。

她问出了心中一直好奇的一件事情：“邬淮清，骆洛不是你小姨的孩子吗？”

“你从哪儿听说的？”他有些诧异，反问。

祝矜吐了吐舌头。这是祝矜上次在家和大妈跟妈妈聊天时听到的，并且从骆洛的长相上她也能看出来，骆洛和骆桐很像，而骆桐和骆梧这一对姐妹长得也非常相像。

所以她第一次看到骆洛时，会想到骆梓清。

但祝矜不明白，如果骆洛是他小姨的孩子，那么他们为什么要这样瞒着？

未婚先孕的确不太好说出口，对于邬家和骆家来说，可能都算是一段丑闻。

但邬淮清对骆洛的态度很奇怪，不像是对待一个不能公开身份的表妹的态度，他对她还有点……讨厌。

祝矜缠着邬淮清问，最后，邬淮清弹了一下她的脑门，无奈地叹了口气，说："好奇宝宝？"

"你说嘛。"

"她是我妹。"

"我知道，她是你小姨的孩子，那就是你的表妹嘛。"

"不是表妹。"邬淮清看着她，平静地说。

祝矜忽然顿住，难以置信地看着他。机场里人来人往，不时有行李箱被拉动的声音，她的心随着那些稀碎的声音往下沉。她仔细地看着他的眼睛，他的目光中没有半分开玩笑的意思。

祝矜不知道如何形容自己此时此刻的感受。

她看着邬淮清。他说这句话时，语气平静到像是在陈述一件普普通通的事情，可他不自觉地皱在一起的眉毛泄露了他的情绪，可能他自己都没有意识到。

今天是个晴天，停机坪上刚有一架飞机飞走，飞机在天空中划出一道弧线。

阳光隔着玻璃洒在他们身上，祝矜不由自主地握住邬淮清的手。

他轻笑了声，用另一只手揉了揉她的头发，问："用这种眼神看着我干吗？"

祝矜眨眨眼，连忙移开视线，闷声说了句："没有。"

她不想让他觉得她是在同情他。

可她又是真真切切地为他感到难过。

"是觉得我很惨？"他又问。

祝矜蹙着眉没说话。她想到了张澜和祝思俭。

她从小到大，爸爸妈妈关系都很好。他们在大学时认识并相恋，年轻时祝思俭被调到外省工作，张澜放弃了一个很好的晋升机会跟着他一起去了外省。

后来祝思俭被调回来，工作还是忙，张澜工作也忙。

从上祝矜小学开始，祝思俭每次出差后打电话回来，都会对祝矜说："我们家浓浓长大了，要帮爸爸照顾妈妈，等爸爸回来给你带礼物。"

在她的心目中，爸爸妈妈虽然工作忙，但都爱着彼此，她的家庭是一个互相牵挂、互相关爱的家庭，每个人都在为这个家而努力。

所以，祝矜从来没有想过，如果爸爸出轨会是什么情景，更何况，出轨的那个对象还是她的亲人。

她更无法想象，邬淮清知道这些事情时是什么反应。

"你什么时候知道的？"她问。

他嗤笑一声，说道："上高中时。"

祝矜愣住："那不就是你搬到京市之后吗？"

"嗯。"邬淮清用食指在她的手背上轻点了一下，说，"其实小时候我和骆桐关系还不错。我妈妈不怎么管我，骆桐那会儿上大学，会常来看我，会给我带很多玩具，还会带我去游乐园。"

他回忆道："后来我上了高中，我妈和我妹都还没搬来，骆桐来京市演出，还给了我演出票。演出结束我去后台找她，结果就看到她和我爸抱在一起。"

说到这儿，他笑了笑："只是当时我没有想到，他们竟然还有了这么大的一个孩子。"

喉间如被东西堵住了，祝矜不知道该说什么才好。

她只知道邬淮清的爸爸和妈妈关系有点冷淡，却没想到其中有这么复杂的内幕。在这些时日，两人越发亲密后，祝矜也逐渐意识到，邬淮清的生活里很少有亲情的存在。

怪不得那会儿，他待人接物都那么冷淡，身上总是带着与世相隔的桀骜感。

"邬淮清，"祝矜颤声说着，"你那会儿，是不是很难过？"

是吧？邬淮清想着。

邬淮清自幼便不喜欢父亲，讨厌他在这个家中的敷衍态度，他连与母亲吃一顿饭，都是敷衍着吃的。

可他在商业上的眼光和谋略，又着实让人佩服。

但是当亲眼看到父亲对这个家庭的背叛时，邬淮清还是一瞬间感觉到世界在崩裂。

他甚至在想，哪怕邬深换个人出轨，他都没那么难以接受。

"都过去了。"祝矜看着他，说，"那会儿我没能在你身边陪着你，邬淮清，但以后我会一直陪着你的。"

她的声音很坚定，目光灼灼。

邬淮清心里蓦地一动。他无法形容这一刻的感受，就像有人举着火把，要照向他暗无天日的少年时期。

这些事明明和她没有关系，她却像是事情发生在自己身上那般难过，诚恳得像是要把一颗真心捧到他面前。

祝矜的手指忽然被人碰了碰，她一低头，看到是眼前这个男人正在用小拇指钩她的小拇指。

他看着她，唇边带着浅浅的笑意，音调缓慢地说道："拉钩，上吊，一百年，不许变。"

说完，他还用大拇指和她盖了个章。

祝矜倏地被他逗笑，也说道：“好，拉钩。”

我会一直陪着你的，一直一直。

该登机了，邬淮清把电脑收好，拿起祝矜的包，两人起身离开。

这趟旅程短暂而美好，机舱内关了灯，昏昏暗暗的，祝矜将头靠在邬淮清的肩上，他又开始处理工作了。

她偏头看向窗外的云层，又厚又密的云层，四周是深蓝色的，某一瞬间，她感觉自己像是潜入了海底。

她微微笑起来。

很多年后，祝矜也忘不了这一年的七夕节，忘不了她和邬淮清在大学校园里夕阳下的那个吻，忘不了满屋子俗气的玫瑰，还有在机场幼稚又无比真诚的拉钩约定。

飞机降落在燕山机场，邬淮清直接回了公司。祝矜回家放完东西，打算回去看爸妈。

与此同时，刚从国外飞回来的邬深，也出了机场。

温助理在副驾驶座上坐着，向邬深汇报最近几天的情况。忽然，邬深问：“淮清呢？”

“邬总这两天没在公司，说是今天回来，不知道什么时候回。”

“他去哪儿了？”

“这个我不知道。好像是私人行程。”

邬深皱起眉，过了会儿，忽然说：“先把你送回公司。”

“您不去了？”温助理有些惊讶。原本邬深说好晚上要开一个会的。

“会议推到明天，等淮清回来。你先通知一下。”

司机把温助理送回公司后，问：“董事长，我们现在去哪儿？”

邬深看着公司门口来来去去的人，半晌后，转过头答道：“回麟星。”

司机通过后视镜看了他一眼，想到什么，最终只是默默开车，没说话。

麟星是建在北边的一处高级公寓。

邬深一进门，就看到了置物台上的丝巾和手机。他抬起头环顾客厅。

正巧，骆桐走出来，看到是他，有些惊讶地问：“你刚回来？”

“嗯。”邬深换上拖鞋，“你最近在京市？”

“最近休息。”骆桐刚做完瑜伽，脸色红润，额头上还有薄薄的一层汗珠，气息微喘。

邬深走过去，从侧边揽住她的腰。

骆桐推开他，蹙着眉说：“舟舟今天给我打电话了。”

“说什么？”

“他说在学校吃不惯，课程又太简单。”

“他有什么吃不惯的？从小不是吃那些长大的嘛。”

骆桐一下子红了眼眶，说：“舟舟想回国。”

邬深蓦地开口斥道：“胡闹。”

“他回国为什么就是胡闹？”骆桐见他这么生气，声音也不禁提高。

“他回国来干什么？洛洛回国就算了，他回来要做什么？M国容不下他？”

“邬深，你是怕咱们儿子回来抢淮清的东西吗？”

邬深皱着眉，不耐烦地说：“抢什么抢？他还上着学。你让他好好上学，家里少不了他吃的、穿的。”

骆桐瞪着他，忽然大哭起来。

邬深听得烦，又心疼，于是把她拉到怀里，说：“好了，别哭了。现在局势乱，他不能回来，等以后稳定下来再说。”

“以后？”骆桐像是一下子被他刺激到了某个敏感点，说，“还有以后吗？邬淮清现在都快只手遮天了，等以后谁还奈何得了他？你看看洛洛被他整得多惨。”

“我还没死！”邬深大声道，“他能怎样？你安安分分的，别往骆梧和邬淮清面前凑，他敢怎样？”

骆桐不甘心，抽噎着说：“那我们舟舟就一辈子见不得人吗？”

“你要是不想让他一辈子回不了国，现在就不要再闹了。你姐不是吃素的。”邬深再一次警告她。

骆桐将指甲狠狠地嵌在手心里，在泪眼模糊中剜了邬深一眼。

祝矜回到爸妈家。

张澜今天傍晚要负责组织一个线上的讲座，现在还没回来。

祝思俭今天倒是难得按时下班回家，进家后看到她，笑着问：“怎么今天想回来了？”

“想你们了呗。我刚从申城回来，就想来看看你们。”

祝思俭才不被她套住，抓住重点问：“去申城？昨天不是七夕节吗，你在申城谈男朋友了？”

祝矜心虚起来，说道：“哪有？我那个朋友就是唐愈。前天他过生日，我和希靓给他过生日去了。”

“你大学同学，当初还想跟你一起创业的那个？”

“嗯，您还记得呀？”祝矜每次回家，都会和爸爸讲一些好玩的事情，因此提到过唐愈不少次。

“可不？我和你妈当初以为那是你的男朋友呢。”

“才不是，我的男朋友他……”祝矜顿住，差点给说露馅儿了。她合住嘴巴，躲开祝思俭饱含笑意和探究的视线。

“你的男朋友怎么了？”祝思俭慢悠悠地问道。

“我说，我要是交男朋友，一定会找比唐愈成熟的。”祝矜说道，“他不是我的男朋友，我们就是朋友。”

祝思俭意味深长地笑了笑，倒了口茶，然后说：“你一把年纪了，交男朋友也正常。”

“什么？您说谁一把年纪？爸，您还不老呢，干吗说自己一把年纪？”祝矜振振有词地“移花接木”，说道，“在我心中，您永远都是最帅、最年轻的。”

祝思俭忍俊不禁，又和她聊起其他的事情。

祝矜看着爸爸，其实想问问他知道不知道邬家的事情。

她总觉得，爸爸可能知道什么，可这话她问不出口，这问题也太突兀。

祝矜正胡思乱想着，邬淮清忽然发来了微信，问她：吃了晚饭没？

祝你矜日快乐：阿姨正在做。你呢？

W：在吃。能视频通话吗？

祝你矜日快乐：这么想我？我们不是刚分开没多久吗？

W：今晚你在家睡，我见不到你，距离我们下次见面还要好久。

祝矜还没回复，又看到他又发来一条消息：士之耽兮，不可说也。

她扑哧笑出声，一抬头，发现祝思俭正疑惑地看着她。

祝矜连忙敛去笑意，拿起手机站起身，说：“爸爸，我先回屋了。”

祝思俭淡笑着，若有所思地道：“有秘密了。”

“哪有？您真会想。我回屋躺会儿，坐飞机也太累了。”

“去吧去吧。”他挥挥手。

祝矜回到自己的屋子里，躺在床上，给邬淮清发过去视频，对面的人很快接起。

“干吗？”她问，“你不是说在吃饭吗，怎么连饭渣儿我都没见到？”

邬淮清笑着说：“今天没人给我点爱心外卖，我不想吃。”

祝矜从床上坐起来，乐不可支地道：“小邬子，你真恃宠而骄。”

这段时间，祝矜经常会包揽邬淮清的午饭或者晚饭、夜宵，可也就是点一个外卖而已，搞得好像他不会点似的。

“我见网上说你们公司食堂的饭菜可好吃了，你多在食堂吃一点，外边的餐，油大不健康。”祝矜虽然这么说着，但还是打开了外卖软件，给他找好吃又健康的餐厅。现在时间尚早，她可选择的范围多。

两人正聊着，忽然有人敲门，祝矜立马噤了声。

“请进。”她原本以为是阿姨，结果门被打开，来的是祝思俭。

“爸？”

“嗯，阿姨做好了菜，你过来吃饭吧。”

“好嘞。”

祝矜正要起身，忽然看到祝思俭停下脚步，又转过身子对她说：“我们浓浓要是真交男朋友了，改天可以带回来给爸爸看看，爸爸帮你看看合格不。”

祝矜的脸红起来，她装作不耐烦的样子把他往外赶：“什么跟什么嘛。您先去餐厅，我换件衣服就来。”

关上门后，她从被子里取出手机，视频中的邬淮清正笑得坏得很。

他声音低沉，说：“浓宝，叔叔请我去你家吃饭。

“我有点紧张，怎么办？”

祝矜：“……”

祝矜在家里陪爸爸妈妈待了两天，她给他们三个人预约了一个全家福的拍摄，时间定在下周末。

他们家每年都会拍一张全家福，然后过年的时候，祝家一大家子人，除了在国外回不来的，剩下的人都会聚在一起，再拍一张大号的全家福。

白天，张澜和祝思俭都去工作了，剩祝矜一个人在家默默地用手机刷题目。

邬淮清拨过来视频电话，问她明天回不回安和嘉园。

“明天上午去看看爷爷，晚上回去。”祝矜这会儿在花房里浇花，室内弥漫着芳香，手底下的那盆含羞草羞羞答答拢着花瓣。

邬淮清牵起唇：“好，那晚上我们一起去吃饭？”

“好呀。你明天不忙吗？”

“今天赶一赶。”邬淮清没说，昨天邬深开会，把外省的一个项目丢给了他。

这个项目最开始是个人人争抢的香饽饽，只是邬深安排的人不靠谱，加之政策有变，现在变成了一个损耗巨大的烂摊子。

邬淮清揉了揉额角。可以预见，接下来一段时间，他不得不时常出差往外跑了。

祝矜从花房出来，拿着手机经过客厅。

阿姨出去买菜了，所以她也不怕大声和邬淮清说话。

忽然，邬淮清警觉地问："你背后怎么那么多玫瑰花，谁送你的吗？"

祝矜回头，一眼就看到了旁边那张圆桌上的红玫瑰。她笑起来："前两天不是七夕节嘛，一看就是我爸送给我妈的。"

花已经有些蔫了，她拨弄了一下，想着一会儿给花换换水。

忽然间想到什么，她收敛起笑意，问道："我们明天去哪儿吃饭呀，你最近有发现什么好吃的馆子吗？"

邬淮清脸上还浮着淡淡的笑意。他不紧不慢地说道："叔叔阿姨感情还挺好。"

"嗯。"祝矜不太想聊这个话题，总感觉在揭他的伤口。刚刚一说出口，她便后悔了，直接移开了镜头。

"你想吃什么？"他问。

"要不就去绿游塔？我看到了绿游塔公众号上的推文，它们出了新菜品，看起来很诱人。"

"好。"邬淮清笑起来，"不过我还没请姜希靓吃饭就去吃她家的，不太地道。"

"这怕什么？你去了就办一个绿游塔的年度会员，给我们希靓赚一笔。"

视频中的邬淮清笑着夸道："还是娘娘聪明。"

"那是。"祝矜又忽然问道："邬淮清，你还记得你的那本《哈利·波特与凤凰社》吗？"

"嗯。"他应了声，"被你丢掉的那本吗？"

"是那本，不过我又找到了。"

她看着屏幕，难得一见，邬淮清的神情竟在那一瞬间有些许紧张，不过又很快恢复如常。

他问："在哪里找到的？"

"上次从我爸妈这儿储藏室的箱子里找到的，可能是搬家的时候，谁找到了放在储藏室的。"她说。

"哦，那你改天还给我吧。"

"你要看吗？"

"嗯。"

祝矜才不信他要看，估计是忙着毁尸灭迹。

不过她还是装模作样地说："哦，那等我下次给你带过去。"

翌日，祝矜去看爷爷。

老爷子最近没事干的时候就在院里写毛笔字，用又粗又长的毛笔，蘸着荷花池里的水，把字写在砖石上，字没一会儿就干了。

她在爷爷身旁，看着他写“绿塘摇滟接星津，轧轧兰桡入白蘋”。

只是在写到“白蘋”两个字时，老爷子手中的毛笔顿了顿。

他空下这两个字，接着往下写“应为洛神波上袜，至今莲蕊有香尘”。

祝矜在旁边看着，心中一震。奶奶的名字，便是那两个字。

老爷子静静地写着。他练字的时候不喜欢说话，即使是自己最喜欢的孙女来，也同样如此。

奶奶是在祝矜大一下学期那会儿去世的。那会儿祝矜还在申城，夜里忽然接到奶奶病危的消息。

一切发生得令人措手不及。

因为爸爸妈妈工作忙，她小时候没少待在爷爷奶奶家，祝矜和奶奶关系非常好。

她连夜赶回京市，却连奶奶的最后一面都没见上。老人家临终前，还往病房外张望，嘴里叫着她的名字：“浓……浓……”

那段时间，祝矜只要一想起奶奶，眼眶就会红。

整个家的气氛都很低沉。

记得回学校之前，她来看爷爷。爷爷那么健朗的一个人，坐在还结着冰的荷花池边上，无声地落泪。

北方的早春很冷，看到这一幕的祝矜整个人都心酸得不行，过去抱住爷爷。

后来，她嘱托祝羲泽多回来看看爷爷。她在外地，隔几天便会给爷爷打一通电话。

但当时祝矜自己的情绪就不算好，她本来还没有从骆梓清去世的事情中完全走出来，又碰上了奶奶去世，回申城后，去见心理医生的次数都要比以前频繁了。

甚至，祝矜开始整夜整夜地睡不着。

也是那段时间，顾宇开始热烈地追求她。

顾宇在学校里很有名，长得帅，家境好，这么一个人人都喜欢的男生，偏偏只喜欢祝矜。

他一开始只是有意无意地对祝矜献殷勤，后面却变得明目张胆，只是她一概不理会。

也就是那天，她偶然路过篮球场，看到顾宇正在投球。一个跳跃，他就投入一个完美的三分球。他在阳光下笑得狂妄又烂漫，侧脸和她记忆中的一个人很像。

甚至，那天他身上球服的数字，也和邬淮清当年常穿的篮球服上的数字一模一样。

所以，那天顾宇从球场上下来，再次对祝矜表白，问她答应不答应的时候，她鬼迷心窍般地点了点头。

她知道自己答应得有些卑劣。

所以她很后悔，内心开始受到良知的谴责。她觉得对不起顾宇，可确确实实是无法接受他，所以总是找各种理由搪塞他。

那段时间，祝矜一下课就溜得无影无踪。

她会在这座城市数不清的咖啡馆中，一坐就是几个小时，也时常假装接不到顾宇的电话。

她看得出，顾宇在忍着怒气。

但当顾宇和几个大三、大四的学长学姐提出去东极岛玩时，祝矜没怎么想便答应了。

她想借这个机会，和顾宇说开。

在冷寂的小岛上，祝矜看到出轨的顾宇时，心中第一反应是解脱了。

但她没想到，邬淮清会突然出现。

一切都像是冥冥之中有预兆。

她做了十八年来，最荒唐也是最大胆的决定。

那几个月，祝矜在读某位作家的《繁花》，小毛弥留之际说："上帝不响，像一切全由我定。"

祝矜见到邬淮清的那一刻，四周的灯光投射至各处，旖旎纷飞。

一刹那，上帝仿若也将主动权交到了她的手中，一切像是都由她定。

然而清醒后面对现实，祝矜知道，不是的，不是这样的。

所以她落荒而逃。

过了几日，宁小轩在发小群里转发了一条周六会有流星的新闻。

大家纷纷激动起来，有人提议去山上露营，看流星。

这一建议得到了好几个人的肯定。

祝矜不知道邬淮清看没看到消息，于是把群聊转发给他，问他去不去。

W：周五我出差，周六我尽量早点回来。

祝你矜日快乐：啊？那你别来了，还要上山，太折腾了。你要是回来得早点休息。

W：到时候看情况，反正开车就能到山顶。你和他们去要注意安全，帐篷不会搭就让宁小轩搭。

祝你矜日快乐：知道啦！你也太小看我了。

听说邬淮清不一定去，祝矜对这次露营的期待值一下子降低了很多，不过想到还没有看过流星雨，又升起些许期待。

周六这天下午，大家纷纷赶往郊区。祝矜和宁小轩坐了一辆车来，宁小轩开车，她坐在副驾驶座上，忍不住看手机。

“干吗呢？一直看手机。”

“等消息。”祝矜坦诚地说道。

宁小轩难得没有打趣她，只说起：“你三哥和邬淮清都因为工作来不了，一群人，就他俩天天最忙。”

“忙着赚钱呗。”

“是，整得我们跟闲人似的。”

祝矜转过头看了他一眼：“你好像本来就很闲。路宝他们单位都比你们单位忙，你上班就跟养老似的。”

“……”

上山的路上，风景很好，空气也很清新，几辆车终于会到了一起，他们偶尔会停下来拍照。

发小群里的消息，祝矜隔一会儿不看信息提示就是“99+”，忽然，一条消息弹了出来。

W：我去找你们。

路宝：你不是说不来吗？

W：刚下飞机。

又有人说：看来流星的魅力还挺大。

祝矜忽然收到邬淮清的一条私聊消息。

W：其实是娘娘的魅力比较大。

祝你矜日快乐：小邬子，你怎么又管不住自己的嘴了？

邬淮清笑着，给她回了条语音：“我自己开车过去，先不跟你聊了，等我到了再说。”

祝你矜日快乐：注意安全。

祝矜他们到达露营地。山顶的风景很好，他们搭好帐篷，开始烧火做饭。

山里比市区天黑得早，他们吃完东西，天色便暗了下去。

祝矜坐在石块上，和大家围着打扑克牌。

她时不时向路边望去。

忽然，她看到一束车灯的光照过来。

祝矜眯起眼睛辨认着，直觉告诉她这是邬淮清的车。

果不其然，那辆越野车停在路边，没一会儿，邬淮清就从驾驶座上缓缓走下来。

他临时换了一套休闲的衣服，白衫黑裤，衬得人肩宽腿长。他向他们走来。在他见到祝矜的那一刻，两人的目光在漆黑的夜色中相汇，而后他们不约而同地笑了。

“你终于来了。”大家纷纷说着。

邬淮清自然而然地在祝矜身旁坐下，还时不时帮她看牌。

两人没有做什么出格的动作，然而仔细看去，却分外暧昧。

好在山顶昏暗，只有篝火这一簇暖光，因此没有人注意到他们。

新闻中说流星雨将于凌晨两点钟出现，他们计划先睡会儿，然后再起来看，再睡会儿，接着再起来看日出。

等邬淮清搭完帐篷，时间已经不早了，大家三三两两地开始洗漱睡觉。

祝矜走进自己的帐篷，进去之前，看了邬淮清一眼。他正在和路宝聊天。

祝矜睡不着，过了好一会儿，忽然听到有人在敲自己的帐篷。她没动，紧接着手机振动了一下。她拿出手机一看，只见邬淮清发来的消息：我在你帐篷外边。

祝矜连忙从里边拉开帐篷拉链。

邬淮清顺势进来。

两个人面对面躺着，静静地看着对方。他们好几天没有见面，祝矜伸手抚摸着他的脸。

四周安安静静的，山中偶尔有鸟鸣的声音和各种奇怪的声音，这些声音把山顶衬托得格外空旷。

帐篷里有一盏小灯，小灯散发着微弱的光。

两人谁都没有说话。

忽然，邬淮清揽住她的腰，吻住了她。

周遭的气温在升高，交织着夏日夜晚中独有的缠绵意味。

过了好一会儿，等两人都气喘吁吁时，邬清淮才抬起头，注视着祝矜。

“想我没？”他边问，边抚摸着她的脸，声音喑哑又深情。

第十七章
等雨散

邬淮清碰了碰祝矜的锁骨，那里有一个小红包。

“怎么弄的？”他问。

“痒。”祝矜说，“刚刚被蚊子咬的。”

山里蚊子很多，她想到什么，坐了起来，边找东西边说：“我给你喷点花露水，不然一会儿看星星的时候你可能会被蚊子灭了。”

祝矜从包里摸到一个用小瓶装的花露水，抬起他的手腕，往他手腕、肘关节等部位上喷花露水。

帐篷原本很宽敞，如今装了他们两个人，空间立刻显得狭窄起来

花露水的香气弥漫在这方寸之间。

“你还没回答我刚刚的问题。想不想我？”邬淮清在她的眼睛处落下一个吻，轻声问道。

祝矜想到一个词——披星戴月。

尽管和这个词的本义不符，但今晚的邬淮清，给她的感觉就是如此。

从他下车的那一刻开始，她就这么想了。他站在山顶，身后是深邃又空寂的夜色，树木连绵起伏。而现在，她和他一起在守候一场流星雨。

“想。”她诚实地答道，声音甜得像刚从甘蔗汁里捞出来一样。她窝进他的怀中，反问道：“那你想我吗？”

邬淮清展开手臂将她整个人裹住：“晚上想。”

祝矜立刻板起脸，佯装发怒道：“白天就不想吗？”

“白天是思念，晚上想念，这叫日思夜想。”

祝矜扑哧笑出声，想到外边还有人，连忙压抑住笑声，拍了拍邬淮清，说：“邬淮清，你是从哪儿学的土味情话？太……太土了。”

她笑得肩膀都忍不住颤抖。

邬淮清轻哼了声，再度吻住心爱的女孩儿。

帐篷里的空气都像是染上了艾草和薄荷的味道，热气拂过祝矜的耳郭，令她的耳尖变得通红。

气温持续升高，空气像是咕嘟咕嘟地在煮着薄荷味的热汤。

两人的声音都很小，忽然，外边传来脚步声，他们不禁止了声。

“浓浓，你睡了吗？”是张菁的声音。

“哦，我要睡了。你有什么事情吗？”祝矜问道。

“我睡不着，出来看到你的帐篷里还亮着灯。”

“我是打算睡了。你睡不着，是认床吗？”

“不知道，可能是白天咖啡喝多了。你要出来说会儿话吗？”张菁的声音像是近在咫尺。

祝矜的一颗心都悬着，她说道：“不了，我好困。”

“那行，你早点睡。”

终于，外面传来一阵逐渐远去的脚步声。

邬淮清和祝矜静静地躺在帐篷里。一想到张菁还在外边，祝矜便不敢再发出什么声响，只能近乎无声地和邬淮清交流。

她被他抱在怀里，打了个哈欠。

“困了？”

祝矜点点头，睫毛缓慢地扇动，眼角溢出一点水光。

邬淮清吻住她的眼角，然后说：“睡吧，等流星来了我叫你。”

“我调了闹钟的。”祝矜说着，“那你……一会儿怎么出去呀？”

他笑起来，促狭地说道：“当然是走出去了。”

祝矜说：“要不你也睡吧？咱们还不知道张菁回没回帐篷里呢。”

“嗯。”他玩着她的头发，“没事，你先睡。”

她想了想，忽然抱住他的腰，温声说道：“我突然不想睡了。”

“那你想干吗？”

“我们聊天吧？反正也睡不了多长时间了，一会儿还要看星星。”

祝矜关掉帐篷内的灯，又觉得太黑，于是重新打开，不过把亮度调到最低的一档。

狭窄的空间里，一盏散发着淡黄色光芒的幽幽小灯给两人增添了几分旖旎的暖意。

他们看着彼此，一时间完全寂静下来，心跳声仿佛清晰可闻。有一瞬间，祝矜觉得，和心爱的人在一起，就这样到天荒地老也好。

他们不紧不慢地聊着，聊了很多，惊喜地发现在彼此的生活中，有很多以前没有注意到但实际上双方都认识的人。

比如他们的书法老师，竟然是同一个人。

不过说是巧，其实也正常，因为那位老师是国内非常有名的一位书法家，很多人争相请他给自己的孩子上课。

那老师刚开始住在申城，因是邬淮清的外公的多年好友，这才教了邬淮清两年。

那老师搬到京市时，正逢祝矜学字的启蒙年龄，祝矜被家人送去了那个老师的家中，学习毛笔字和画画。

“我记得，张老师那会儿总说他之前教过一个很有灵气的学生，那学生不会就是你吧？”祝矜问。

邬淮清笑道：“这都多久了，你怎么还记得这么清？”

“可不是，毕竟张老师总是说我没那个男生的字写得好看，因此我印象深刻。”祝矜说，“后来张澜去找他询问我的情况，那老师先说我写得很好，然后就拿出那个男孩儿的毛笔字铺在桌子上，欲抑先扬玩得可溜了。”

祝矜笑了一声。

“那个男孩儿的毛笔字后来还被张澜拿回了家呢。”

“现在还在吗？”邬淮清问。

“不知道，我们搬了一趟家，好多东西都找不到了，并且好多找不到的东西都出现了。”祝矜说着也来了兴趣，道，“等我回去找找。邬淮清，你说不会真是你吧？”

他看着她，唇边浮现出淡淡的笑意：“反正据我所知，我是张老师当时在申城教的几个学生中，写字写得最好看的一个。”

他一点也不知道谦虚。

祝矜心中像是被点燃了什么火苗，觉得一切都不可思议起来。她的眼睛在黑暗里亮晶晶的。

“原来你就是当年让我每天多加写一篇字帖的罪魁祸首！”她哼了一声，说道。

邬淮清的一句“你看，我们多有缘分”一下子哽在喉间。

他笑起来，捉住她拍打在他身上的手：“我这是提早十多年，督促我们浓宝练字呢。”

“那我们回去比一比，看现在谁的字好看。”祝矜不服输地说道。

“看来那个男孩儿还真是让你印象深刻。”

“可不吗？”

两人约好了回去比试一番。这时，祝矜的困意也散得差不多了，她越发清醒。

外边又传来窸窸窣窣的脚步声，祝矜把帐篷拉开一个小缝，看到张菁回到了自己的帐篷里。

她看了看时间，距离流星雨到来的时间剩下不到半个小时了，估计不一会儿，大家都要醒来了。

“你要不要趁现在没人赶紧回去？”

邬淮清沉沉地看着她，半晌，才坐起来，不情愿地伸了个懒腰。

“那我先走了。”

“拜拜。”

他出去之前，用手指钩了钩她的掌心，像是分外不舍。祝矜被他的模样给逗笑。

待邬淮清离开后，祝矜闭上眼睛小憩。

没多久，就有人走出了帐篷。外面逐渐热闹起来。

大家把三脚架摆好，还有人在昏睡，他们便放了一首《好运来》，喜庆的音乐声回响在凌晨的山谷中。

这首歌果然有用，不多时，宁小轩骂骂咧咧地从帐篷里走出来，把音乐关掉。

祝矜整理了一下衣服，也从帐篷里走出来。看到外边景色的那一刻，她惊讶地叫出声。

天空美得不似人间。

夜幕呈现出深幽的蓝色，笼罩着静悄悄的山顶，穹顶之上漫天星辰闪烁，忽然，有一簇流星飞过，划落山头。

不知道是谁说了声：“一起许个愿吧！”

虫鸣声在耳边响着，天空中几乎每秒都有流星滑过，它们像是来自宇宙的烟花，在夜幕中炸裂，迸发出璀璨无比的光芒。

忽然，她的手指被人钩了钩。

祝矜下意识回过头，看到邬淮清站在她身旁。

他一只手插在兜里，轻笑着问道：“许愿没？”

祝矜摇摇头。她还没来得及许愿。这是她第一次看到流星，生怕一闭眼，流星就没了。

而邬淮清像是知道她在想什么似的，看着她的眼睛，说道：“许吧，我帮你盯着流星。”

祝矜闭上眼睛，默默在心中许了个愿。

上次去黄教寺，她也许了愿，只是那次，她和邬淮清正处于冷战期，赌气地没有在愿望中加上他。

邬淮清站在祝矜身旁。

他答应帮她盯着流星，实际上却一直盯着她看。

流星明亮耀眼，她比流星更耀眼。

祝矜缓缓睁开眼睛，松开胸前合在一起的双手。忽然，她听到一旁传来轻快的吉他声。

她循着声音看过去，周围的人也纷纷看去。只见路宝弹着吉他，一步一步地向另一个方向走去——那个位置的尽头是张菁。

不知是谁忽然哇的一声，大家纷纷反应过来路宝这是要表白，随即跟着起哄，把他们包围起来。

祝矜和邬淮清站在人群的外沿。她不禁笑起来，暗叹路宝竟然这么浪漫，选了如此好的一个日子如此好的一个场景表白。

一对比，她和邬淮清简直太惨了。这人偏挑个大雨天，在两个人都狼狈不堪的时候，向她告白，最后还双双感冒了。

张菁站在自己的帐篷前面，面容有些无措又有几分羞涩，手指在身前绞着。

路宝弹吉他弹得很好听，歌唱得也很好听。高中和大学那会儿，他还接连和几个人组过乐队，并且一直是乐队的主唱。

他边弹琴边低声唱着自己写给张菁的情歌，声音说不出地动听。

一曲毕，路宝先回过头看了一眼浩瀚的星空，然后转过头说道："今夜流星做证，晶晶，我想告诉你，我喜欢你，很久很久之前就喜欢你了。我们陪伴了彼此的童年、青春期，一直到现在，今天，我想问问你，晶晶，你愿意当我的女朋友吗？"

他的声音温柔缓慢，里头又带着藏不住的紧张。

星空明亮，流星做证。

祝矜跟着身边的人一起起哄，为路宝加油。

邬淮清钩着她的手，唇边浮着淡淡的微笑。他低头看了一眼一旁的女孩儿，她的眼眸之中尽是欣喜和感动。

祝矜察觉到他的视线，抬起头，然后笑眯眯地对他说："路宝好浪漫。"

邬淮清捏捏她的手指，总觉得她这句话中藏着不少的潜台词。

在一众"答应他""答应他"的呼喊声中，张菁咬了咬嘴唇，忽然上前一步，靠近路宝。

她踮起脚尖，凑到他的耳边，不知在说什么。

大家的起哄声逐渐停歇，四周静下来，人群中蔓延起一股莫名的紧张气氛。

片刻后，路宝笑了笑，那个笑看不出情绪，说不出他是在开心地笑还是在假笑。他说：“好，我等你的答案。”

这时，宁小轩开口：“晶晶都被你搞蒙了，让她缓缓。路宝，你可真会挑时候，专门耽误我们看星星。”

大家知道，这是宁小轩在打圆场，给他们台阶下。

在这种情况下，如果张菁对路宝有意思，多半会直接答应。眼下如此情景，八成是有点问题，他们再说下去就该尴尬了。

众人被宁小轩提醒，转过身去看流星。

今晚的流星雨流量极大，明亮且迅速，但存在时间不长，只有一个多小时。

网上有很多人在同步发布这场流星雨的观后感，许多人纷纷说这可能是他们有生之年看到的最壮观的一场流星雨了。

祝矜觉得很幸运，和心爱的人一起看了这场浪漫的流星雨。

她和邬淮清坐在一堆帐篷的后边，靠在他的肩上。

远处天空一点点亮了起来，流星也越来越稀少，变得难以用肉眼看到。

四点多的时候，天空彻底亮了起来，山上的云海如梦如幻，似雾似烟，他们身处其中，仿若身处人间仙境。

宁小轩不经意地一回头，忽然看到祝矜和邬淮清两个人在帐篷后。

他惊讶地往前走了几步，看清祝矜正趴在邬淮清的肩头笑，笑得身体微微颤抖，而邬淮清一脸宠溺地捏她的脸颊，祝矜便抬起头，两人对视。

宁小轩愣住，不知道这两人是什么情况。

两人这是瞒着他们偷偷在一起了？

他非常不地道地穿过一个又一个帐篷，打算去给他们俩当电灯泡。

他猛地出现在他俩面前，还阴阳怪气地说道：“哟，这儿景色挺好的。”

“你来做什么？挡着我们的视线了。”邬淮清抬起头，一点都不惊讶，只是语气颇为嫌弃。

宁小轩没意料到这两人反应这么淡定。

祝矜开始还有些不好意思，随即也放松下来，仍旧靠在邬淮清的肩头上，抬起眼睫看向宁小轩，眼底写满了“你站在这儿好碍事哦”。

宁小轩：“……”

忽然，祝矜从邬淮清的肩膀上抬起头，惊喜地喊道：“你看！”

她说着，用手指指向天空。

她明明是对邬淮清喊的，可宁小轩也不由自主地转身看过去。

刚刚还云雾缭绕的山头，此刻一轮红日正在徐徐上升，朝阳的光辉在云层之间晕染，把半个天空和整座山都染红了。

每个人的眼底都是金灿灿的，充满希望的光芒，惊叹声在人群中此起彼伏。

鸟飞过，清声鸣唱，山间的空气格外清新，云雾逐渐消散。

邬淮清忽然低头，吻住祝矜——

宁小轩回头时，恰好看到这一幕。他无声地笑起来，悄悄踱步离开。

看完日出，一行人准备下山。

祝矜来时坐的是宁小轩的车，回去时，宁小轩连门都没给她留。他想也不用想，祝矜肯定会坐邬淮清的车回去。

他给他们按了声喇叭，然后直接开走了。

祝矜坐在邬淮清车子的副驾驶座上，后视镜上用红绳挂着一只玉麒麟，玉麒麟在清晨的阳光下显得晶莹剔透，前后晃动着。

邬淮清道："手套箱里有饼干和坚果，你先拿出来垫垫肚子。"

祝矜从身前的储藏箱里取出饼干，拿起来一看："哇，我喜欢吃这个饼干。"

邬淮清笑了笑，没说话。

祝矜拆开饼干袋子，先喂了他一块饼干，然后笑眯眯地问道："你是不是知道我喜欢才买的？"

他的手搭在黑金色的皮质方向盘上，手指修长。他转动方向盘时，那截白皙如玉的手腕随之一动，莫名其妙地吸引着祝矜的视线。

"嗯。"他缓缓咽下口中的饼干，然后应了声。

出差的这几天，邬淮清每晚都忙到深夜，昨天赶飞机回来，又一夜没有休息，此刻眼角流露出淡淡的疲惫，他现在看起来，竟比平时要亲和。

阳光隔着前车窗玻璃照进来，落在他的发梢处和眉间，把一头乌黑的发染成金色，看上去毛茸茸的。

祝矜一时看呆了。

山路两旁葳蕤葱郁，头顶上是仿佛被水洗过般的蓝天。

邬淮清将车驶入市区，正值早高峰时段，路上车流不息。

两人索性停下来先吃早餐。他们挑的是小笼包，吃完早餐之后，邬淮清把祝矜送回安和嘉园，然后还要去公司。

两人下车要分开的时候，他说："我最近一段时间很忙，可能不能经常去找你了。"

祝矜"哦"了声，虽然脸上不太情愿，但语气还是很平静："你忙你的，要是想我了，就给我打视频电话，再不然，我去找你。"

"好。"他笑笑。

可接下来几天，祝矜才意识到邬淮清说的那话是什么意思。她没料到他会那么忙，有时一整天连一通视频电话都没有给她打。

于是，学习完毕的祝矜在空闲的时间里，就不自觉地在网上搜着有关邬家旗下公司的消息，想从中找到一点他的痕迹。

其实只要她问，邬淮清肯定会告诉她，但她不想打扰他工作，只是有点想他了。

最近两天，有关邬家旗下一个矿产公司的报道倒是不少，她平常关注的几个财经公众号，也有在撰文推送。

祝矜翻着，大部分的文章表达的是同一个意思——不看好邬淮清，文章里都说邬家的太子爷当了接盘侠，接了个烂摊子，此仗难打。

怪不得他最近会这么忙，原来是碰到了棘手的事。

祝矜有时会给邬淮清点外卖，有时在绿游塔吃东西，吃到什么新鲜的、好吃的，也会叫骑手给邬淮清送过去。

其实邬淮清不是一个重口腹之欲的人，不同于祝矜时常觉得哪里的东西好吃，还经常去探店，他对食物的要求很低，食欲也不怎么好。

可只要是祝矜送过来的，邬淮清总是比平日多吃很多，并且吃得很满足。

周六，祝矜回了趟家。

快要开学了，张澜又该忙起来了。于是趁着今天休息，张澜还叫了祝矜的大伯母过来，两人一起包饺子。

祝矜虽然厨艺不佳，但也跟着她们混在厨房里，帮忙打下手。

大伯母是个话不停的人，聊着聊着就聊起了邬家最近这家矿产公司的事：“以前抢拍（当机立断拿下项目）的时候很厉害，没想到现在成这个样子了。”

张澜说：“一个小公司，影响不会太大，不是现在交给淮清了吗？”

大伯母点点头：“是呀，邬家这个小子倒是个能干的，和他爸爸一样，都会赚钱。”

“咱们羲泽也不差呀。”张澜说道。

大伯母努努嘴，擀好一张面皮推到一侧，接着擀饺子皮。她想到什么，忽然压低了声音，说道：“不过就他爸爸那人，他小姨又……还发生了他妹妹那件事。要我说，邬家乱糟糟的，就这回这个事情，指不定有什么内情。”

大伯母话锋一转。

“也不知道邬淮清学没学他爸爸，这孩子，据说也不怎么乖巧。”

张澜皱了皱眉，说：“淮清长得好看，喜欢他的小姑娘自然不少。”

大伯母哼笑了声：“这种家庭，如果我有女儿，肯定不让她嫁给邬淮清。他家里乌烟瘴气的，孩子不可能不受大人的影响。”

祝矜忽然关了水龙头，转过身子，皱着眉严肃地说道：“大妈，您怎么就知道呢？您又不了解他。”

大伯母拿着擀面杖的手一僵。张澜在旁边拉了拉祝矜，说：“怎么和你大妈说话呢？”

祝矜抽出一张纸巾，低下头慢吞吞地把手擦干，声音缓和下来，说道：“大妈，原生家庭的确是会对人产生影响，但影响有负向的也有正向的，您不能因为他爸爸的问题，就直接给他打标签吧？”

她有理有据。

“我三哥、宁小轩、路宝他们都和邬淮清是好朋友呢，难道也受他影响了？再说了，骆梓清是意外去世的，您把这也算到人家头上……”

剩下的话，她没继续说。

大伯母被祝矜这样一说，也觉出自己在小辈们面前说得有点过，但面上又过不去，听祝矜提起骆梓清，接话道：“你还说呢，既然他家小女儿是意外去世的，那骆梧凭什么那么说你，把责任都怪到你身上？”

“水昀，”张澜闻言，喊着大伯母的名字，“好端端提这些做什么，还包不包饺子了？”

张澜在大学里当老师，又做了这么多年的行政工作，形形色色的人见了很多。她这个妯娌，心肠好，就是话多，又没什么分寸，有时候说话挺招人烦。

况且，那件事发生后，祝家人都很避讳提到邬家那个小女儿。

“包、包、包，我不提了。”大伯母撇撇嘴，不再说话了。

一时之间，厨房里有些沉默。

张澜低下头拌馅儿，心中慢慢泛起疑惑，忍不住看了祝矜几眼。

这孩子很少有这么较真的时候，尤其是在长辈面前。

“浓浓，你把洗好的小西红柿端出去吃吧，我和你大妈在这儿忙乎就行了。”

“哦。”祝矜点点头，知道张澜在赶自己走。

她端着装着小西红柿的盘子，来到大伯母面前，拿起一颗红通通的小柿子，讨巧卖乖地说：“来，我最漂亮的大妈，先喂您吃。”

江水昀白了她一眼，然后笑起来，一口咬走她手里的小西红柿：“你呀，怪不得家里人都喜欢你，嘴这么甜。”

祝矜看大伯母笑了，松了口气，接着她的话说：“那还不是大妈您在我小时候给我买的糖多嘛。”

祝矜说到这儿，三个人一起笑起来。

以前张澜管她管得严，不让她吃糖，大妈、姑姑她们来看她时，都喜欢偷偷给她买糖。

祝矜端着盘子，又走到张澜面前，说：“张女士，我喂您。”

“别。”张澜摆摆手，“你端出去吃吧。”

祝矜这才端着装着小西红柿的盘子走出去。她把盘子放到茶几上，一个人去了休息室。

休息室的墙上挂着她之前买的飞镖盘，她拿起一个飞镖扔过去，扔到了最外环，又扔了几个飞镖出去，它们都扎在了飞镖盘的边缘上。

她有些烦躁地拿起手机，给姜希靓发微信，问姜希靓去不去打排球。

希靓不吃姜：去哪儿打？

祝你矜日快乐：去N大吧？那里离绿游塔最近。他们学校的排球场不是可以租借嘛，环境还挺好。我现在就打电话跟他们预约。

希靓不吃姜：行。

中午吃完饭，祝矜换好衣服，走之前，问：“两位美女，我去找希靓打球了，你们晚上想吃什么？我带点回来。”

“不用不用，”大伯母说，“我一会儿就回去了。你明天来大妈家吃饭吗？”

祝矜想起什么，问：“大妈，我三哥最近回家没？”

“没，他最近忙得见不着人影。”提到祝羲泽，江水昀生气地说，“季铮祥在背后给你三哥穿小鞋。”

“季铮祥？”祝矜重复着这个名字，半晌才反应过来，这不是季随宇的父亲吗？当初那个欺负祝小筱的浑蛋的父亲。

“看小筱有时间没，你明天和她一起来大妈家吃饭。”

“行。”祝矜应着。反正这段时间她除了复习就没别的事，可以说是家里最闲的人了。

排球在空中被抛来抛去，撞到手腕上时，会发出很清晰的撞击声。

祝矜和姜希靓站在N大的排球场上，已经打了半个小时的排球了。今天天有点阴，没太阳，很适合打球。

祝矜再次发球时，一用力，球被她打飞老远，在天空中划过一道抛物线，直接出了球场。

姜希靓捂着肚子哈哈地笑起来：“祝浓浓，你挺能耐的，又发那么远，快去捡球去。”

祝矜动了动手腕，叹了口气，正要去捡球，却见排球已经被路过的一个男生捡起了。那男生生得干干净净的，应该是N大的学生。

他跑过来，把排球还给祝矜。

“谢谢你。”她说。

谁知男生掏出手机，有些结巴地问：“我能加你的微信吗？”他刚刚在球场外边看了她很久，好不容易逮着这么一个机会，自然不想错过。

祝矜愣了几秒，白了对面捂着肚子正在笑的姜希靓一眼，看向眼前的男生，说：“对不起哦，我有男朋友了，并且我也不是这个学校的学生。”

男生脸上的神色暗淡下来，他“啊”了声，然后挠挠头，说：“没关系，没关系，那你们继续。”

说完，他就转身跑开了。

“祝浓浓，你行呀。”姜希靓调侃她。

“你打不打了，废话那么多？”说完，她就把球发出去。

“嘿，你要诈。”姜希靓连忙去接球。

又打了会儿，两个人感觉酣畅淋漓，便歇了会儿，并排站在铁丝网前喝水。

“怎么今天想着约我打球？”姜希靓问。

“无聊。”

“你得了吧，快说有什么事。我从一见你开始就知道你心情不好。”

祝矜看了她一眼：“你这么会看，要不我给你去天桥上支个小摊？”

“别说，你现在就给我支摊，我就等着进账了。”

祝矜：“……”

“到底咋了？”

“说不上来。”祝矜把水瓶盖拧紧，然后把今天大妈说的话告诉了她。

“你怕家里人不同意？”

祝矜眼神迷茫地看着过路的学生，他们个个都青春活力，她像是看到了上学时的自己。

虽然他们偶尔也有迷茫，但那种迷茫，和步入社会后的迷茫有很大的不同。

“我还没敢和我爸妈说。”

姜希靓抬头看了看天，忽然叹了口气：“怎么说呢，你们两个不像我和岑川，存在巨大的差距，但你们两家关系不好，尤其是他妈妈不喜欢你，就也有点麻烦。”

姜希靓又说：“不过呢，我看好邬淮清，他这人靠谱。”

祝矜向空中挥了一拳：“但愿顺利吧，反正我们才谈恋爱没多长时间，我现在想那些也有点远。”

两人说着，离开了球场。在回绿游塔的路上，姜希靓讲了讲最近发生的事情。

“唐愈后来又带你玩什么了？”祝矜问。

姜希靓的脸色忽然变得不自然起来。她“哦”了声，手握着方向盘，不断揉搓着上边的皮：“没什么，就逛逛公园，唱个歌啥的。”

“我还以为他能整出个花呢。”

姜希靓“呵呵呵”地笑了三声，不想再聊在申城的事，转而问：“你呢，最近怎么样？”

“不就是去看了流星雨？流星雨可好看了，我叫你你也不去，你还错过了路宝对张菁的表白。”她说。

“你们那群发小的聚会我去做什么？”姜希靓有些好奇地问，“那他俩在一起了吗？”

“好像没。张菁没当场答应，这两天我也没听说。”

“我就说嘛。”姜希靓之前因为工作，和张菁有过交集，“张菁心思那么多，路宝一看就不是她喜欢的类型。只是可惜了路宝。”

“那你说她喜欢什么类型的？”

“她吗？我猜她喜欢邬淮清，或者你三哥这种类型的。”

邬淮清今天一天都没消息。

祝矜听着音乐学习了半天，忽然放下书本，拿出手机先选了两张下午打球的照片，然后发了条朋友圈——

和希靓打球，碰到N大帅气的男生加我微信。

发送时，她选择了“仅W可见”。

十分钟后，祝矜看着邬淮清打来的视频电话，不由自主地笑起来，然后接起电话来。

“还没睡？”看背景，他明显还在公司，身上穿着白衬衫，没有系领带，衬衫的扣子被他解开了两颗，领口有些乱。

祝矜移开视线，“嗯”了声：“你什么时候忙完工作呀？”

“今天还要忙到挺晚的，就是想你了。”他温声说着。

祝矜见他没提朋友圈的事，还以为他没看到，感觉心中怪怪的，有点想删掉刚发的朋友圈。

“哦，我今天不太想你哦。”她故意说。

邬淮清敲了敲桌子，唇边带着淡淡的笑意：“浓宝，今天我见了我的一个高中同学，他大学是在N大上的，结果才结婚一年，你猜怎么着？”

“怎么了？”祝矜疑惑地问。

“听说他都脚踏五六条船，并且这八爪鱼的行径似乎是可传染性的，他说他的同学也都是如此。”

“这么夸张？”祝矜疑惑，“N 大不是艺术学院嘛，搞艺术的人虽感性，但也不应该这么离谱呀？”

邬淮清点点头，接着又漫不经心地说道：“所以说嘛，浓宝，你明天得去寺里拜拜，被 N 大的男生表白，这多晦气。”

祝矜抱着床上的玩偶不住地笑，说：“邬淮清，你拐弯抹角说这么多，早知道我就把你刚刚那段话录下来了。实在是太好玩了。还有，邬淮清，你是让我去寺庙找佛祖吗？佛祖会说‘你好烦’的。”

邬淮清轻咳一声，面不改色地敲了敲桌子，道：“我认真跟你说呢。”

“我也在认真跟你说。”祝矜看着他，“佛祖说你真的好烦，这点小事都去找他，要是每天都有人加你女朋友的微信，难道你还每天都去叨扰他吗？”

“每天都有人加你的微信？”邬淮清敏锐地问。

祝矜被他抓重点和阅读理解的能力给噎住了，顿了顿，故意说：“是的呢。”

视频那头的邬淮清靠在人体工学椅上，转动着手腕上的小叶紫檀，模样慵懒。他忽然笑了起来，说：“这样子，那说明我更有福气了。”

祝矜点点头：“你知道就好。”

“浓宝，下次见面，我给你看我的微信好不好？”

“我为什么要看你的微信？”她不解地问。

“你检查一下，看有没有什么可疑的人物。”他说。

祝矜在心中暗笑他幼稚，面上却说：“你既然都让我检查了，那么即使有可疑的人你也肯定早就删光了。”

“你可以搞突击检查。”邬淮清说。

“这样呀。”她知道他心中在想什么，顺着他的话问道，“那要不要礼尚往来，你也检查一下我的微信，看我有没有加那些人？”

祝矜原本以为他肯定会答应，谁知这人装模作样地摇头，说：“那不用，我相信浓宝，你肯定不会加那些无关人员的。”

这番漂亮话倒是令祝矜完全无话可说。

想起他还有很多工作要做，祝矜说道：“好啦，我没有加那个男生微信，你赶快工作吧，早点睡，熬夜对身体不好。”

邬淮清打开抽屉，掏出一张卡，在屏幕前晃了晃说：“浓宝，我这儿有一张别人送的体育馆的卡，你下次打球可以去那儿，那里的环境比大学校园好。”

祝矜看他还挂念这一茬，忍不住又笑起来：“邬淮清，你真的是，一个大学生而已，就让你有危机感了？”

他避开她的问题，将头斜靠在椅背上，忽然轻声说：“祝浓浓，我好想你。”

祝矜没有关窗户，窗外知了不知疲倦地叫着，她不经意间往外看了一眼，只见对面楼宇的灯光都暗了下去，家家户户应该都已进入了酣甜的梦乡。

而邬淮清还在工作。

他今晚似乎格外缠人，耍着点小性子。

祝矜听着他这句懒洋洋的话，心头忽然有一处阵地深陷了进去，变得柔软、变得透明，就像发着光的水母，只为他闪亮。

“还在忙你爸爸那个矿产公司的事情吗？”

“连你也知道了。”他笑笑。

“嗯。”

“不止那一件事。”邬淮清说道，“等忙完了，我们出去玩吧？”

“好呀。”祝矜笑起来，“那你今天得早点休息，工作可以明天再做嘛。”

“好，你先睡，等你睡着我再睡。”他说。

“真的？”

“嗯，真的。”邬淮清的声音很轻、很慢。

祝矜把手机调了熄屏时间，然后将手机放在床边，闭上眼睛，没有挂视频。

也许下一秒，自己就能进入沉沉的梦乡。

即使她知道，自己早早睡了，他没完成工作也不会早早睡的，可她还是在心中默默许愿，希望用这种方式，能让他愉悦地早点忙完工作。

邬淮清这几天晚上都没有回家，每晚忙完都太晚了，索性直接睡在办公室后边的休息室里。

镜头只照到了女孩儿的半张脸，可以拍到她的睫毛时不时轻微扇动一下。他偶尔从电脑上移开视线，看向手机一眼，唇角便不自觉地上扬。

视频一直没有被挂断，直到他听到对面的呼吸声逐渐变得平缓、有规律起来。

夜晚好像变得没有那么难熬了。

祝矜在爸妈家待了三天两夜，才回到安和嘉园。

最近几天又开始下雨，天空中云彩叠在一起，将太阳完全遮住，不多时便阴雨连绵。

闲暇时，祝矜会趁着雨不太大，撑着伞，在小区里散步。

小公园的花丛旁经常有不怕淋雨的小孩子们聚在一起四处找蜗牛，笑闹声传入她的耳中。

他们来时带的伞被随意地扔到地上，变成一朵又一朵五颜六色的蘑菇，在雨中长势很好。

也时不时有大人来找小朋友，最后发现自己的小孩儿在淋雨，便生气地说道：“傻不傻？快回家！”

每当这时，祝矜便忍不住笑起来。

她记得她小的时候，他们一群人也喜欢在下雨天出门找蜗牛。

那时白天大人们去上班，不在家，暑假里没有人能管着他们，一群人简直无法无天。

有一次，宁小轩说要当“采花大盗”，带着一群小朋友把大礼堂里演出要用的一排盆栽海棠花的花苞揪了个干净。

还没到晚上，他们的罪行就被人发现，管理员告状告到了家长那儿。

晚上，走在院子里散步的人，隔几步就会听到不知谁家窗户里传来的熊孩子的鬼哭狼嚎声。

几个孩子倒也是齐心、讲义气，被问到是谁带头时，他们没一个人把宁小轩供出来，自然而然，每个人都挨了打。

除了祝矜和张菁。

祝羲泽他们早就把她俩给撇清了，说她俩只在旁边看着，还一直阻拦他们。

实际上，她俩也摘了好多片海棠叶。

祝矜的大妈和张澜站在一起，连声教训祝羲泽，大妈拿着鸡毛掸子，要打他。

祝矜忽然站出来，委屈巴巴地说道：“我也摘了。”

她刚说完，还在挨打的祝羲泽就开始咳嗽，不住地瞪她。

想到过去的事情，祝矜一时忍俊不禁。

那时他们还很小，邬淮清还没来。后来邬淮清来了，他们也长大了，还带着邬淮清做过不少事，但基本上不会再带祝矜了。

那天姜希靓说：“你和邬淮清，这算是青梅竹马吧？”

“不算。”她摇摇头，“认识他时我都那么大了，他顶多算个‘天降竹马’。”

姜希靓扑哧一声笑了，说：“果然，‘竹马’都不敌‘天降’，和你一起长大的那么多男孩儿，都顶不上一个后来的邬淮清。”

祝矜也跟着希靓笑。她早就意识到，感情这种事，从来都没有先来后到之分。

雨势渐渐大了起来，祝矜躲着水坑，准备回家。

水面上装着云彩、绿树、高楼，还有她的影子。

她出来时穿了一双白色的洞洞鞋，上边卡了很多可爱又卡通的图案扣。她实际上也不怕水，偶尔还会故意踩一脚水坑。

小时候，她听到张澜说“不要踩水”后，便偷偷地落在张澜的身后，故意踩一脚水坑。

只是有些水坑里的水太脏了，她必须得躲着。

祝矜上了楼，回到家中，玻璃窗上布满细密的水珠，望去朦胧一片。

细雨、微风，再来一杯新酿的酒，点一支香薰蜡烛，再把英语听力打开，哇，这氛围——不想了，她现在可以开始布置了。

谁知门铃忽然响了。

祝矜从猫眼里往外一看，看清对方长什么样子之后，愣住。

她打开门，说："请问你是？"

其实她认识对方。

蒋文珊笑起来，说道："我今天在下边才发现你也住在这儿。我的新房子就在你家楼上，现在我们是邻居啦。我做了橘子蛋糕，你要不要尝一尝？"

她手中端了一个漂亮的盘子。

祝矜一下子被那个盘子吸引。

她认出那是和她上周刚买的杯子为一套的盘子。

"好呀。"祝矜点点头，"谢谢你。"

祝矜找出一双拖鞋给她，然后接过盘子，将之放在餐桌上。

"自我介绍一下，我叫蒋文珊。"

"我叫祝矜。"

"我知道的，你是邬淮清的女朋友。我是他的大学同学，还有哦，我是他小学同学的未婚妻。"蒋文珊朝祝矜晃了晃自己手中的戒指。戒指不大，但亮闪闪的，很衬她。

她性子很开朗，来到不熟的人家中，也不会感到不自在。

祝矜也不是什么扭捏的人，但这个家还真是第一次有她不认识的人来。

"你要喝点什么吗？我正要小酌一杯，你要不要一起？"祝矜指了指那边刚取出的酒。

"好呀，配橘子蛋糕，再合适不过了。"蒋文珊看到那瓶酒，眼睛一下子亮了起来，"这么好的酒，你舍得给我喝？"

祝矜被她的坦率给感染，笑起来，说："给陌生人喝还真有点心疼，不过，我们都知道了对方的名字，就不是陌生人了。"

下雨天，天色暗暗的，室内烛火暖融融的。

两个以前明明不认识的姑娘，却在这个雨天，一起喝酒，一起吃橘子蛋糕。

气氛竟意外融洽，她们像是重逢的老友。

蒋文珊给祝矜讲了很多她和未婚夫的故事，很有趣，也很令人动容。

大人们眼中门不当户不对的一对，最后能跨越一切阻力，修成正果，让人觉得既可贵又可敬。

聊着聊着，祝矜觉得自己喜欢上蒋文珊了。她由衷地夸赞道：“你蛋糕烤得真好，特别好吃。”

“是吧，这个橘子蛋糕还是我的男朋友当年教我烤的，他做甜品也很好吃，不过就只会做甜品。我一会儿还要烤其他口味的蛋糕，等会烤好了也送过来给你好不好？”

“好呀。”祝矜点点头，“我以为新娘子都要节食备婚呢。”

“节食？太傻了吧！我最喜欢吃好吃的和做好吃的了。再说了，我天天健身，根本不需要节食。不用准备，到时候我都是婚礼上最美的新娘。”

蒋文珊说完，看了看祝矜，觉得最后一句话说得很心虚，补充道：“你也很美，要不你到时候不要去参加我的婚礼了，我怕被你抢了风头。”

祝矜被她逗得捧着肚子笑，说：“你放心，到时候我给脸上抹上最暗色号的粉底液，戴朵大红花在头上，穿东北大花裙去，好不好？”

“说真的？”

“当然是真的——”祝矜顿了顿，接着说，“就怪了，怎么可能？”

两人一齐笑起来。

“对了，我有一个好朋友，改天介绍给你认识。她也特别喜欢研究做菜，还开了餐馆。”

“是吗？”蒋文珊激动起来，“那你一定要介绍她给我认识。”

她们就这样说定了，随即在空中轻轻碰了杯。

祝矜特意选了新买的那套杯子来和盘子相配。

离开前，蒋文珊竟然把盘子送给了她：“正好和你的杯子相称，就当见面礼。虽然有些寒酸。”

祝矜着实喜欢她的性子，飒爽真诚。也难怪她能和邬淮清成为好朋友。

傍晚的时候，蒋文珊果然又送来了刚烤好的蛋糕。

祝矜一下子吃不了这么多甜食，问：“我能给邬淮清送去吗？”

“那还不由你？哦，对了，邬淮清好像还蛮喜欢吃这个口味的蛋糕的，他吃过我男朋友做的。”

听说邬淮清喜欢，祝矜连忙找到保温盒，把小蛋糕放了进去，然后开车去邬淮清的公司。

雨还在下着，街边的灯都亮了起来。

工作日的傍晚，路上堵车，祝矜边在十字路口等绿灯，边低头给邬淮清发微信消息。

她抬头的一刹那，红灯变成绿灯，指示灯上的小人迈着步子，竟有点可爱。

她终于到了邬淮清的公司楼下。

祝矜没有上去，站在廊檐下，给邬淮清发微信消息，让他叫助理下来拿蛋糕。

然后，她便接着回复刚刚路上朋友发过来的微信消息。忽然，身旁的光线暗了暗，祝矜下意识转过头，只见邬淮清站在她身边。

他穿着一身深色的西装，非常英俊，手中还拿了一把黑色的伞。

他的眼眸乌黑又明亮，像是能把这昏暗的天幕给点亮，他看着她，调侃道："来送温暖？"

邬淮清身后是蒙蒙的雨雾，有下班族在冒雨往地铁站跑，也有人在等车。

雨丝斜斜地洒在他们的身上，祝矜看着他，耳畔忽然响起一首歌，那是她今天下午听了很久的《等待雨散》。

今天的我需要一个人，来陪我风吹雨淋

人生就像一场梦，你是我最美的梦

你是台风天冒烟的泡面

你是我最爱的人

祝矜在他温柔的注视下，勾起唇角，把蛋糕递给他，说："邬淮清，我忽然想念泡面的味道了，你陪我去吃吗？"

"走，去便利店买泡面，你泡上面，我吃。"

"为什么？"她不解地看着他。

"因为泡面不健康呀，你可以吃旁边面馆里的拉面。"

"那你为什么不跟我一起吃拉面，要吃泡面？"

"因为你想念泡面的味道呀。"

第十八章
隔窗

开水倒入泡面桶中，瞬间热气腾空，调味包的味道在空中缓缓弥散开来。

祝矜把叉子插在纸盖和桶壁交接的地方，非常有仪式感地把泡面桶往前一推，说：“泡好了。”

邬淮清见她这副泡个面都很开心的模样，不禁笑起来，工作带给他的辛苦好像也烟消云散了。

他端起泡面桶，说：“走吧。”

两个人就这样端着泡面去了旁边的面馆，邬淮清帮她点了一碗热气腾腾的豚骨拉面。

祝矜把蒋文珊做的蛋糕摆在桌子上，递给他一个勺子，“喏，吃吧，你的前任未婚妻做的。”

“谁？”

“蒋文珊呀。”

邬淮清惊讶不已：“蒋文珊？你们俩怎么认识了？”

祝矜舀了一小勺蛋糕，送入口中，一口浓浓的芝士香味。

她故意神秘地笑了笑，说：“毕竟是你以前的未婚妻，我有必要认识一下。”

“我可从来没有过未婚妻。”邬淮清纠正她，“这一点不容造谣。”

祝矜眨眨眼睛：“谁造谣了，难道她不是差一点就成了你的未婚妻吗？”

“这哪是差了一点？”邬淮清直视着她，轻笑道，“那是差了‘亿’点，亿万富翁的‘亿’。”

祝矜又舀了一勺蛋糕要喂给他吃。谁知他偏了偏头，不吃，目光灼灼地看着她。

她笑起来，钩了钩他放在桌上的手指，说：“放轻松。”

然后，在他具有疑惑和审视意味的目光下，她把下午蒋文珊来找她的事情讲给了他听。

“哦，她之前的确说过在安和嘉园买了房子，没想到她买的房子就在你家楼上。”邬淮清吊着的一颗心放松下来。

虽然他和蒋文珊之间坦坦荡荡，但不知为何，当祝矜刚刚那样说时，他心中还是有一丝紧张，怕她多想。

“还挺巧。”祝矜说，“不过她做的蛋糕真的好好吃，还把白砂糖换成了糖醇。我的厨艺什么时候能长进一下？”

“据说她当初在宿舍做饭，然后整栋宿舍楼都跳闸了。”邬淮清慢悠悠地说道。

“……”

泡面的味道萦绕在鼻息之间，祝矜忍不住把叉子拿开，掀开纸盖去看桶里的情况。面条看起来还有些硬。

“怎么突然想吃泡面了？”邬淮清问。

其实祝矜很少吃泡面，因为不太喜欢泡面桶的味道。她上一次吃泡面，还是在念大学的时候。

姜希靓有时会在方便面里加青椒、虾仁，做成炒面给祝矜吃，味道确实是一绝。

而今天，可能是“你是台风天冒烟的泡面，你是我最爱的人”这句歌词的缘故，她反常地想念这个味道。

祝矜时常会因为一句歌词、一篇文章，从而对某种食物怀有特殊的情感。

邬淮清是这份情感的引子，引发了她今天对泡面的更多憧憬，尤其是他那句“因为你想念泡面的味道呀”，让祝矜在之后无数个日子里，一见到泡面，就心怀别样的温暖。

雨天面馆里的客人很多，大都是在附近上班的白领。

听着淅淅沥沥的雨声，吃着一碗热腾腾的面，再让人舒服不过了。

豚骨拉面做好了，邬淮清把面端过来。

与此同时，泡面也泡好了。

祝矜一掀开泡面的纸盖，熟悉的味道就立刻飘散在空中。

她深呼吸，想把香味都吸入鼻腔。

邬淮清动作迅速地把豚骨拉面推到她面前，自己则拿走了泡面。

祝矜吸吸鼻子，无声地瞪了他一眼。筷子被悄无声息地放进泡面桶里，祝矜夹起一根面，然后小心翼翼地夹到自己的碗里。

一抬头，她发现邬淮清正看着自己。

“看什么？你不会真的一根泡面都不让我吃吧？”说着，她还眨巴眨巴了眼睛。

邬淮清倏地笑了，笑容很灿烂，他也不说话。

祝矜不知道他在笑什么："怎么了？"

他眸光温柔，说道："没什么，就是觉得你偷面的样子很可爱。"

"什么叫偷面？我是光明正大在吃好不好？"祝矜可怜兮兮地在他面前晃了晃那一根泡面，然后吃掉，"再说了，泡面既然不健康，我便不能叫我们小邬子一个人吃嘛，得为你分担的。"

"那我谢谢你？"他笑着问。

祝矜顺势点点头："客气啦。"

说完，两人不约而同地笑了。

祝矜看着面碗上的标志，吃着吃着，忽然想起来，问："你是不是投资了这个牌子的面馆呀？"

"嗯。"他点头，"我之前来这儿吃过几次，觉得味道还不错，而且他们家很适合开分店。"

今年拉面市场出乎意料地火爆，投资人自然也把目光放到了这里。

祝矜知道他眼光一向不错，就是不知道这人哪来那么多精力，能同时处理那么多件事情。

"邬淮清，你今晚不能熬夜了。"

邬淮清想到剩下的工作，今天不熬夜是不行的，于是问："怎么了？"

"对身体不好。"她闷声说道，却见他只是笑笑。

他分明是不把这句话当回事。

也是，因为工作迫不得已而熬夜的人，还有那么多因为不自律而熬夜的人，他们哪个人不知道，熬夜对身体不好？

祝矜吃了口拉面，决定转变战术。

她注视着他的眼睛，忽而特别严肃地说道："邬淮清，你知道吗？男人总是熬夜，会不行的。"

"……"

男人应该没有人能够忍受自己被说"不行"，她这招应该管用吧？

谁知邬淮清却笑了。他凑近她，语调特别暧昧地说道："祝浓浓，你就是仗着我现在忙，是不？"

"邬淮清，你的阅读理解能力和抓重点的能力，好像真的不太好。我只是想让你不要熬夜，能好好休息啊。"

"我当年语文考了一百四十分。"邬淮清漫不经心地说道。

"……"

这一局，是她败了，败在她脸皮太薄，而他太不要脸。

八月下旬的时候，电影学院开学了。

祝矜送祝小筱去学校。

本来祝小筱是要自己去的，祝矜知道后，以“带我去电影学院养养眼”为由，一定要一起去送祝小筱。

一个暑假过去，祝小筱的发色变了好几次，这次开学，终于又变回了黑色，但不是那种普通的黑，而是在阳光下会泛着一点亚麻灰的黑，显得洋气得很。

她拉着行李箱，给祝矜讲自己这个看似普通的发色染的时候花了多少钱。

祝矜听着，唇角不自觉地弯起。

如今堂妹明显要比刚回国的时候好很多，不仅好相处了，还变得活泼了很多。

祝矜之前一直怕季随宇的事情会给她留下心理阴影。

想到季随宇，祝矜不自觉地想起大妈说的话——季家一直在背后给祝羲泽使绊子。她忍不住蹙了蹙眉。

“小筱，上学后，也一定要记得保护好自己，有什么事就给我，或者给你三哥打电话。”

“知道了。”祝小筱答应着，走到了新生报到处的遮阳伞下。填完信息后，她还收到了老师给的两瓶矿泉水。

祝小筱把其中一瓶水给祝矜：“喏，喝水。”

电影学院占地面积不算大，就这么点地方，但她们遇到的人，无论是学生还是老师，都美得各有特色。

报完到后，祝小筱还得参加几周的军训。一提起这个，祝小筱便哭丧着脸。

祝矜边安慰她，边帮她收拾宿舍里的东西：“大家都得军训。你带防晒霜了没？”

“肯定带了。”

小姑娘对军训非常排斥，收拾完东西后还在苦恼要怎么面对明天开始的军训，要不要提前在教官面前飙演技。

祝矜拍拍她的肩：“别想啦，我带你出去吃好吃的。”

电影学院离张澜任职的 C 大不远，附近有不少大学，因而各种店铺鳞次栉比。祝矜对这片还算熟悉，于是挑了一家中式餐厅，带祝小筱去吃饭。

去的路上，祝小筱忍不住缠着祝矜给她讲祝矜的恋爱故事。

祝矜不胜其烦，笑道：“哪有那么多故事？你还不如去看言情小说。”

“敷衍。姐，你知道吗？我早就知道你和淮清哥在一起的事了。”

“啊？有多早？”

“当初在珠市，我就知道了。”

祝矜惊讶地看向她：“你是怎么知道的？”

她嘿嘿一笑：“那会儿淮清哥不是也来了嘛，在广场我看到你俩牵着手，你抛下我就和他跑了。”

祝矜意味深长地看了她一眼：“你还挺能藏事的。”

“我这不是不想当电灯泡嘛。”祝小筱说道，“姐，你知道吗？你和淮清哥站在一起的时候，即使什么都不做，旁人也能看出你俩关系不单纯。”

“为什么？”

“你们的目光是那种带着火花的，眼睛里有爱，藏也藏不住。”

祝矜被她的说法逗笑，调侃道：“你这是文艺电影看多了？”嘴上虽这样说着，她脑海中却不自觉地回想起过去和邬淮清每次见面时的画面。

祝小筱可不管她的调侃，觉得自己说得非常对。

祝矜将车子开到那家餐厅，祝小筱点了很多爱吃的菜。

她点完后，祝矜笑道：“你不是说怕胖了不上镜，不能吃吗？”

“啊？”祝小筱猛然醒悟过来，“那不要炸藕盒，也不要手撕鸡……”

祝矜冲侍应生摆摆手，说：“那些都要。”

“明天都要军训了，还管这么多干什么？多吃点，军训完就瘦了。”

这句话成功地安慰到了祝小筱，于是她安心地大快朵颐。

吃到一半，祝矜忽然接到邬淮清的电话，他问她在哪儿。

“我和小筱在学院路这儿吃饭。你呢？”

“巧了，我也在附近。”

“那你吃饭没呢？”祝矜问他。

“没。”

一听邬淮清还没吃饭，她便问：“那你来找我们？”

“好，把地址发给我一下。”

祝矜挂掉电话后，祝小筱听说邬淮清要来，装作一脸为难的模样，叹了口气说道：“我又要被迫当电灯泡了。”

祝矜其实已经吃了有七分饱了，不准备再吃了。

桌上的饭菜她们都动了筷子，于是她把侍应生叫过来，准备再加几个菜。

她正看着菜单，邬淮清就进来了。

他刚刚就在附近的设计院，离这里非常近，走路过来都用不了几分钟。

祝小筱一见邬淮清就嘴甜地喊道：“姐夫。”

这个称呼明显取悦了他，祝矜眼见着他的唇角明显上扬了，然后他和祝小筱打了个招呼。

坐到祝矜旁边后，邬淮清说：“还有这么多菜，你不用再点什么，我就吃这些好了。”

他把菜单还给侍应生，拿了双筷子，自然而然地端起祝矜刚刚用过的那个碗。

里边的米饭几乎没动过，他知道，她不喜欢吃米饭。

“我这不是怕你嫌弃我们吗？”祝矜说。

邬淮清转头，垂了垂眸，直勾勾地盯着她，唇边带着浅笑。

他开口问：“祝浓浓，我什么时候嫌弃过你？”

祝矜余光注意到祝小筱在掩面偷笑，有些难为情地推了推他：“好好吃饭。”

邬淮清捏了捏她白皙的耳垂，不要脸地说道：“这里又没有外人，小筱都叫我姐夫了，你这个姐姐还害羞？”

“就是，姐，你害羞什么？”祝小筱跟着说道，“别把我当外人，你和姐夫在我面前做什么都可以的，真的。”

祝矜闻言，转头看向她，忽而笑眯眯地问：“小筱，你吃第几个栗子了？十颗栗子一碗饭，你这热量顶两碗饭了吧？”

祝小筱恍然醒悟过来，眼睛都瞪圆了。咬了一半栗子壳的栗子还在她的嘴里，她听到这话，立即把栗子吐了出来，又把放栗子的瓷盘推得远远的。

然后，她把一堆空栗子壳扔到垃圾桶中，想“毁尸灭迹”，口中念念有词：“这些都不是我吃的，不是我吃的！”

祝矜被她逗笑，一抬头，发现邬淮清正看着自己。她拿起筷子，夹了一粒扇贝仁放进他手中的碗里：“看什么？快吃。”

她又对祝小筱说道：“你也是，吃点别的。不说栗子热量高，不能吃多，你本来脾胃就不好。”

“哦。”小筱鼓了鼓脸颊，一脸不情愿的模样，心中却泛起一阵喜悦。在此前，从来没有人注意过她脾胃不好，也没有人在饮食上叮嘱过她。

她不知道祝矜是怎么发现的。

这段时间相处下来，祝小筱越来越明白，为什么有那么多人喜欢祝矜，因为她也喜欢上了这个姐姐。

吃完饭之后，祝矜和邬淮清把祝小筱送回了学校。

小姑娘下车时冲他们挥了挥手，走了两步，又返回来。

祝矜还没来得及把降下的车窗升上去，祝小筱把脑袋钻进去，笑嘻嘻地对祝矜说：“姐，你放心吧，我肯定不会和澜妈打小报告的。”

祝矜笑起来，说：“我谢谢你嘞。你快走吧，军训时记得涂防晒，多喝水，藿香正气水什么的我都给你备好了，在那个小盒子里。”

“知道啦，知道啦。”祝小筱又挥了挥手，转身离开。

祝矜看着她离开的背影，叹了口气。

“怎么了？”邬淮清问。

“想起了我上大学的时候。”她说。

邬淮清坐在副驾驶座上，用手指敲了敲车窗的边沿，道：“听说你那会儿闹独立，不让家长送？”

“对呀，我自己一个人去的。”那段时间张澜和祝思俭都忙，本来祝羲泽要陪着她去，但被她拒绝了，她坚持要自己一个人过去。

于是，祝羲泽只好联系了自己在申城的朋友去机场接她。

谁知那人找错了出口，祝矜下飞机后没联系上他，便一个人离开了。

那段时间，她极度渴望长大和独立，极度想逃离熟悉的环境，不想再留在京市，不想再被管束，也不想再见到邬淮清。

邬淮清忽然轻笑了一声：“一个人也挺好，祝浓浓，你比别人想象的要勇敢。”

祝矜不知他为何突然这么说，也不知道这句夸奖是真心还是假意，便顺着说：“那是。”

“不过以后，你想一个人都不行了。”

“为什么？”

他专注地看着她：“因为我会一直缠着你。”

说着，他钩住她的手指。

祝矜听着他突然而来的情话，不由自主地翘起唇角。没想到他明明是那么冷淡的性子，却能说出反差这么大的话。

他有点“反差萌”。

“我送你回公司？”她问。

邬淮清偏头看着她，说：“我今天不回公司。”

“那你去哪儿呀？”

“回家。”

“你工作忙完啦？那正好，我和你一块回去，看看 Money。”

“不是回我那儿，是回去看我妈妈。”他说。

“哦。”祝矜忽然沉默起来。

自从邬家搬家之后，她还没去过他们的新房子，只知道他新家的大致位置，不知道具体地点。

祝矜只能凭着笼统的印象往前开车。

邬淮清看着路，猜出她不知道位置，便念了一条街道的名字，然后说："就在隆育小学那片地方。"

"你们怎么搬到了那儿？那儿闹腾，还贵。"祝矜说道。

隆育小学是区里许多家长撞破了脑袋也要上的名气非常大的小学，因为这所学校，那附近的房价高得离谱，关键是学校附近只有老房子。

"那是我爷爷的房子。我爸小时候住在那儿，对那儿有感情，就又搬回了那儿。"

"哦。"她点点头。

说起来，邬淮清算是个"南北混合体"。

怪不得他智商这么高。

中午的太阳很大，祝矜戴着墨镜，把车子开得稳稳的。明明是送邬淮清回家，她却觉得莫名紧张，手心里都浸出了一层细汗。

车上放的是一首 R 国乐队的歌，很好听。

她跟着哼唱起来。

二十分钟的车程，祝矜硬生生拖了四十分钟才到。

她自己都说不清在惧怕什么。

到了邬淮清家小区门口，祝矜停下车，转头看他说："你要不要走进去？我就不进去了，里边看起来不好掉头。"

"行。"邬淮清知道她在找借口。

祝矜隔着车窗往小区里看。

邬淮清正在解安全带，看到她的模样，忍不住逗她："你要不要跟我进来，我带你逛一逛？"

祝矜连忙摇头。

这个小区是国内很有名的一家地产公司建的，但开发时间较早，现在从外边看去，已经有些旧了。

小区对面是一个公园，人工湖的水面在午后的阳光下泛着粼粼的波光。旁边有卖菠萝和桃子的推车，削好皮的黄澄澄的菠萝，配着头顶的绿色，整体色彩鲜艳又明亮。

邬淮清解开了安全带，下车前，忽然动作一顿，然后转过身子，吻上祝矜的唇。

强烈的阳光照着他们，祝矜耳垂上戴着的珐琅材质的火炬耳环闪烁着艳丽的光，不住地摇晃着。

这光晃进邬淮清的眼底，直至心底。

这段时间，他忙着矿产公司的事，还有季家的事，两个人的见面时间急剧缩减。

他实在是想极了她。

车内空调的风持续吹着，可热意仍旧从两人的后颈处散发开来。

许久之后，邬淮清起身。他的眼底一片灼灼，他退开时还用食指轻轻蹭了蹭她的唇角，动作自然又亲昵。

祝矜半靠在椅背上，用一双水光潋滟的杏眼斜睨他，睫毛像小扇子一样，轻轻扇动，勾着人心。

邬淮清轻笑一声，正要下车，被祝矜一把拉住。

“怎么，舍不得我？”他回过头，故意这么问。

祝矜从旁边抽了一张湿巾，然后用纸巾在他的唇角上一擦，洁白的纸巾上立刻多了一道红印。

“你就这样回去见阿姨？”她轻笑道。

“那有什么问题？我们可是正经关系。”他轻松又坦荡地说道。

祝矜不接话，仔细地帮他把刚刚蹭到的印子擦干净，直到看不出一点痕迹。

邬淮清忽然低下头，似捉弄她一般，又放肆地在她的唇上啄了一口。

“你……”祝矜蹙眉，说，“我刚擦好的。”

他不理会，浅笑着开口：“祝浓浓，今天你不跟我去见我的父母，是我的问题，不过以后，总有一天，我会让你没有任何心理负担地进我家门的。”

他的话题转变得太快，祝矜不接他的话茬，在他的脸上看了两遍，确定他没有不体面后，推了推他，催促道：“你快下车吧，我热死了。”

这次，邬淮清下了车。

邬家住在小区前边的一户两层的复式楼里。

大多时间，家里只有骆梧和阿姨在。

骆梧喜欢插花，也喜欢养花，花房里总是一派葳蕤明丽的景象。

邬淮清输入了自己的指纹，随后推门进去。

骆梧正站在钢琴旁的花架上，给花洒水。

她穿着一件藕荷色的裙子，将头发在后边绾了个髻，整个人站在阳光下，背影很温柔。

听到声音，她转过头，看到是邬淮清，招了招手，说道：“回来了。”

“嗯。”

邬淮清换好拖鞋，走到钢琴旁边。花瓶里的花是野百合。

他问：“阿姨呢？”

“我给她放了一天的假。”

“那您吃饭没呢？”

骆梧轻轻拨弄着野百合的花瓣，浅笑道：“这都几点了？你妈妈又不是不懂饱饿的三岁小孩儿。”骆梧说完，手指从花间离开。她来到沙发旁坐下。

她抬头看向邬淮清，直奔主题问道：“骆洛你打算怎么办？”

邬淮清没作声。他知道骆梧今天找他来一定是有事。

他走到茶柜前，从里边挑了一罐大红袍。

他那儿也有一罐大红袍，那是南边的一个商人送的。看来对方两头都没忘讨好。

“嗯？”见他不作声，骆梧皱着眉。她看不惯他这副散漫的模样。

邬淮清取了点茶叶，准备沏茶。

“她能怎样？”他问。

骆梧忽然笑了，看着他，说道：“你现在是什么态度？我听说她前一阵留在国内，你帮的她？”

他倒了矿泉水在茶壶里烧，然后从果盘里拿起一颗杏核，剥开核取出里边的仁放到骆梧的手心里：“我没帮她。”

骆梧转了转中指上的翡翠戒指，又问：“那女孩儿就算了，待在国外不要让她回来就好了，你知道你还有个弟弟吗？”

邬淮清剥杏核的动作忽然一顿，他说道：“您调查错了吧，骆桐现在甚至还在跳舞，那几年怎么可能生了两个？”

“不信你自己再去查查。”

邬淮清把剥好的杏仁放在盘子里，没作声，面上仍旧是一副波澜不惊的模样，像是没听懂她在说什么。

骆梧看不惯他这副无动于衷的模样。

她知道这件事情的时候，甚至想亲手把邬深和骆桐送到地狱里去。

她嘲讽道：“你是想以后把你的东西都分给他一半，然后让他们四个人骑到我们头上？

“哪能呢？”

“他就不该活着。”骆梧面不改色地说道。

邬淮清淡笑着，不接她的话茬，又喂给她一颗杏仁：“您放宽心。”

邬淮清接到祝羲泽电话时，正在翻手机里自己和祝矜的合影。

“我这次去南城，发现一件有趣的事，你想听不？”电话那头的祝羲泽刚吃完饭，正在秦淮河边溜达。

“说。”

“你起码得表现得有点兴趣吧？”

“你想要什么好处？”

“这你就见外了，我妹妹现在被压在你手上，我哪敢跟你要什么好处？”

邬淮清轻笑道：“你搞反了，现在应该是我巴结你才对。”

“哟，你还挺有自知之明的。”电话那头的祝羲泽也笑起来，说道，“我发现季铮祥和你小姨认识，关系貌似还不错。”

“季铮祥？”

“嗯。”

他没说话，祝羲泽只听到他的食指敲在桌面上一声接着一声的声音，知道他在思考。他想事情时，习惯性这样做。

半晌，邬淮清开口问道：“你什么时候回来？”

“明天。”

“好，到时候我和浓浓还有你，咱们三个一起吃饭。”

祝羲泽应道：“行，不过你先别跟她说。”

送走邬淮清后，祝矜便回了安和嘉园。下午她给自己安排的活动又是学习。

最近她每天除了看书就是看电影。离考试还有一段时间，她觉得不能总这么按部就班地过，于是开始琢磨起要不要开家甜品店。

她对甜品没那么热爱，但很喜欢烘焙的这个过程。小的时候，她就想有一家自己的甜品店，然后每天叫各种朋友来玩。

下午蒋文珊来找她，说起她公司后边有座商业大厦新建成，商铺就要公开招标了。

祝矜查了查，发现这座商业大厦地段极好，离安和嘉园和邬淮清的公司都不远。她一下子来了兴趣。

晚上，祝矜和姜希靓聊起自己的这个想法，姜希靓打击她：“你要开什么店？书店？咖啡馆？这些现在都很难挣钱。况且你不是在准备考研吗，到时候能忙得过来？”

“我还不知道要开什么店，就是忽然觉得自己不能这么闲着了，想创业。”祝矜说。

“好的，我明白了，就是亏钱也没关系，是吧，宝贝儿？你这不叫创业，叫玩票。”

“那当然不是了。”祝矜说道，“最好还是要能挣钱的。”

“那我帮你想想。”姜希靓正在厨房里做凤尾虾，说，“你要是真要开店，就去问问邬淮清或者你三哥，看能要到好铺面不。这种商业大厦的好铺面肯定是被内定的，招标招不到。”

“好。”祝矜想了想，“等过两天再问他们，我先问问别人。这几天他俩都忙得见不着影子。”

她想起中午在车里和邬淮清的那个吻，不自觉地有些耳红心跳。

他们怎么可怜到接个吻还得赶趟儿？

挂了电话，祝矜完成了一天的学习进度，便开始洗澡。她因为偷懒，出来时，头发没有吹干，发梢凝结着水珠，水珠不时往下掉一滴。

她今天穿的是前几天和姜希靓逛街时新买的睡衣，乍一看，有点像现在流行的 JK 制服，不过背面却大有玄机——背后是绑带式的镂空设计，显得非常漂亮。

祝矜是在姜希靓的极力怂恿下，才下定决心买的。

忽然，她听到了开门声。

邬淮清明明没有说今晚要回来。祝矜带着疑惑走到客厅，看到邬清淮正在换鞋子。

他抬起头，见到她的一刹那，眼里闪过诧异的光芒。

邬淮清走过来，轻笑道：“这是穿的什么？”

说着，他揽住她的腰，却碰到了缠在一起的带子。他惊讶不已，走到她身后，看清楚她这一身衣服的全貌后，蓦地笑起来。

第二天上午，祝矜还在睡梦中，祝羲泽就打来了电话。

“你在哪儿呢？”他问。

“安和嘉园。”

祝矜单手拿着手机放在耳边，但眼睛仍旧闭着，大脑也处于迟钝的不清醒状态。

“还没醒？”

“嗯。”

祝羲泽听着她的声音，问：“你的嗓子怎么了？你感冒了？”

她的声音很嘶哑，像是感冒患者扁桃体发炎时发出的声音。

“嗯？”祝矜意识回笼，心虚地说，“可能是还没睡醒的缘故。最近天气有点干。”

祝羲泽看着窗外的雨，不知这种多雨的天气和气候干燥有什么关系。

“哦，现在下雨了，今天估计没那么干了。”他说。

祝矜立刻睁开眼睛，看了看外边，果不其然在下雨。昨夜窗户没关，此刻她还听得到滴答滴答的水声，是她刚刚没注意。

她暗恼自己找的借口太蹩脚。

祝矜身边传来一声轻笑，然后，她的腰间多了一道力量。

她惊讶地转过身子，看到邬淮清居然还在，于是把手机往旁边拿了拿，低声问他："你没去公司？"

他也是刚醒，但看起来不像她那么迷糊，一双眼睛清澈明亮，看着神清气爽得很。

他没回应她，只压抑着声音轻笑，明显是在笑她对祝羲泽扯的谎。

祝矜睨了他一眼。他竟然还有脸笑，要不是他，她能出这么大个纰漏，撒这么个谎？

她捂着听筒，怕祝羲泽听到，直到邬淮清止住声音，才松开手，问："三哥，怎么了？"

"我今天回来了，晚上有时间没，请你吃饭？"

"好呀。"祝矜应着，又想起邬淮清，也不知道他是"翘班"了还是今天没有工作。

"想吃什么？"

"看你想吃什么，我好久都没见你了。"她说着，"小筱都开学了。"

"我知道，她最近不是在军训吗？"他说道，"今天又下雨了，要不我们吃火锅？吃你喜欢吃的辣火锅。"

祝矜笑起来："好，不过我看是你自己想吃火锅了。"

祝羲泽绝对算是个火锅重度爱好者。

正说着，邬淮清紧了紧搭在她腰间的手，把她整个人揽到自己的怀里。

她将额头抵在邬淮清坚实的胸膛前，困意一点点在雨声中消散。

犹豫了一下，她说道："三哥，吃火锅人多才热闹，你介不介意我多带一个人呀？"

她的语调中有些撒娇之意，这是她在亲近的人面前才会流露出的一面。

祝羲泽轻笑起来："那人来的话，买单吗？"

"那当然了。"祝矜说，"我们去吃牛蛙锅，你想吃多少吃多少。"

她笑时，眼睛不由自主地跟着弯起来，像是新月。邬淮清被她那急于把他"推销"出去的语气逗笑，不由得轻轻捏了捏她。

祝矜拍开他的手。

"来呗，有人结账，我还能拦着？"祝羲泽道。

挂掉电话后，祝矜从床上坐起来，高兴地说："邬淮清，晚上我带你去见家长，机会难得。"

薄被从她身上滑落，没有被吹干的头发，经过一夜，变得蓬松且凌乱，掩盖着细瘦的蝴蝶骨。

雨天，室内有些暗，给这一幕添了滤镜，令这一幕美得就像电影画面。

"羲泽回来了？"邬淮清盯着她，问。

"嗯。"祝矜点点头，"我给你争取到了你和我俩共进晚餐的机会，不过你得结账。"

"祝浓浓，你亏了。"他忽然轻笑起来。

祝矜不解，疑惑地看着他，不知道自己是哪里亏掉了。

"你知道吗？你三哥昨天就和我说好，等他回来，咱们三个一起吃饭。"

祝矜惊了："所以，刚刚我都白说了？"

邬淮清的眼睛里带着戏谑的笑意，他点了点头。

祝矜抓了抓头发，有种被算计了的感觉。亏她刚刚还怕他一个人被落下，会觉得孤单呢。

她从床下找到拖鞋，穿上拖鞋后站起来，一看手机，已经上午十一点了。

他们竟然这么晚才起！

"你今天不用去公司吗？"祝矜又问他。

"嗯，我这几天闲了下来，能陪你。"

祝矜也不知道矿产公司的那个事处理得怎样了，没听到什么风声，听他这么说，还以为事情都解决了。

她开心地看着他，说："那我们出去玩吧？等下个月我就得专心冲刺复习了。"

"好。想去哪儿呢？"

祝矜一时也没有太想去的地方，便说："等我想一想。"

这个点了，两人直接跳过了吃早饭，改吃午饭。

今天阿姨没来，他们坐在沙发上挑外卖。邬淮清对吃没太大的要求，都听祝矜的。

而祝矜抱着手机，竟挑了将近半个小时，直到肚子饿得叫出了声音，她才开始下单。

她头枕着邬淮清的胳膊，两人一起等外卖。电视上放着一个全英文的纪录片，讲述的是M国的乡村生活和摇滚乐。

下雨的日子，最适合和喜欢的人在一起待在家里。

此时此刻，如果Money也在就好了。

“我们下午去看 Money 吧？”祝矜说道，“你最近也不常回家，Money 天天和阿姨在一起，要寂寞死了。”

邬淮清点头：“不过估计咱俩回去，它都要不认识咱俩是谁了。”

“怎么可能？”祝矜拍他，不服气地说道，“Money 那么聪明！我们 Money 不仅有美貌，也是有智商的好不好？”

之前她明明只和 Money 相处过几天，后来隔了那么长时间，Money 再见到她，还是一下子就认出了她。

“你很喜欢 Money？”他问。

“那当然了，有谁不喜欢它吗？”她反问。

邬淮清顺着她的话，忽然说道：“既然这么喜欢，浓宝，你要不要搬过去和我住？”

他这问题问得有些突然，祝矜愣住，莫名觉得有些奇异。

纪录片中的几个中年男人唱起了摇滚乐，声音浑厚又有些沙哑，歌词讲的是中年男人的烦扰，可片中背景是在海边，日落的光晕把海面照得粼粼生辉，浪漫又美好。

她忽然说道：“邬淮清，我们去阿罗哈玩吧？”

邬淮清才不被她绕过去，说道：“行，我让人订票。不过祝浓浓，和我住一起吗？”

他把问题绕回来，把问题说得坦坦荡荡。

“你现在不就是和我住在一起吗？”她说。

邬淮清轻笑起来：“是在一起，可是 Money 想你，想天天见到你。”

他把 Money 当挡箭牌，祝矜没说话。

她倒是不排斥和邬淮清住一起，可又很喜欢这套房子。她转头看向邬淮清：“那你搬过来和我住，行吗？”

邬淮清脸上闪过一丝诧异，显然是没想到她会这么提议。

不过转瞬间，他的神色便恢复如常。他点点头，说：“也不是不行，不过那就真是得靠着娘娘养我了。”

祝矜闻言笑起来：“养就养，我绝不会饿着你。”

她颇有一种霸道总裁的范儿。

不过祝矜也是随口一说，她还真没想好住在一起的事情。

恋爱是件很美好的事情，可两个人一旦同进同出的话，按照电视剧中的情节，他们是不是就要一起面对生活中各种鸡毛蒜皮的事了？并且还会不会时不时就发生争吵？

“我再想想哦，先不答应你。”她说道。

“行，那你慢慢想。”邬淮清不想给她压力。

晚上，三个人到了约好的火锅店吃饭。

祝矜忽然想起上次他们一起吃饭，也是吃火锅，也是在一个下雨天，不过那天他们是在祝羲泽的家里吃的。

她淋了雨跑到祝羲泽家里洗澡，正好碰到提前过来的邬淮清。

那时她才刚回来没多久，他们对彼此还带着防备，却在桌下，暗通曲款。

祝羲泽浑然不觉。

而现在，他已经是她光明正大的男朋友了。

祝羲泽来得早，看着他们二人一起牵手走过来，插科打诨和邬淮清说了两句话，然后转问祝矜：“他对你好吗？”

祝矜没想到他问得这么直白，还是当着邬淮清的面。

她点点头：“我俩挺好的。三哥，你最近怎么样呢？”

“我？我忙着工作，可没邬淮清那么好的运气。”

“没事的，三哥，你要是想谈恋爱了，改天我就给你介绍对象。我身边有很多漂亮可爱的单身女孩儿。”

祝羲泽哼了声：“你三哥会沦落到让你给介绍对象？不过……”

他担忧地问道：“你的嗓子怎么还有些哑，你是不是真的感冒了？”

祝矜不由自主地看向邬淮清，脸上烫烫的。

“看他做什么，他把感冒传染给你的？”

邬淮清忽然装模作样地咳嗽了一声，然后抬起头，慢条斯理地对祝羲泽说道：“三哥，看来你今天不能和我俩吃一个锅了，我俩不能把你也传染上。”

第十九章
阿罗哈的海

邬淮清陪着祝矜点了一个辣锅，祝羲泽最近有些上火，于是要了一个清淡的菌汤锅底。

因为这顿饭是邬淮清请客，祝羲泽点餐的时候，毫不客气，什么贵点什么。

祝矜对祝羲泽的行为颇为不齿，说道："你要是想坑他，喜欢什么明天让他给你买，买多贵的都行。你现在逮着火锅糟蹋什么？就你刚点的那个墨鱼，你又不喜欢吃。"

祝羲泽一时倒有些分不清她是在帮着哪头，欠揍地说："不吃可以点了看着。"

祝矜无语，片刻后，瞪了他一眼，然后温声说："三哥，你知不知道糟蹋食物的人，死后是要下地狱的？"

祝羲泽"哟"了声："你这小丫头还挺恶毒。"

"哪儿毒了？"邬淮清忽然插话，"你这么大个人了，还让人家小丫头教你珍惜食物，可耻不可耻？下地狱这惩罚都算轻的。"

两人一唱一和。

祝羲泽觉得好笑地哼了声，然后看着邬淮清说："有了女朋友的人，果然不一样。"

"我这叫妇唱夫随。"邬淮清漫不经心地说道。

祝羲泽被他的无耻给逗笑，说道："虽然你在呛我，但是看在你是在帮浓浓的分上，我就不跟你计较了。还有，你妇唱夫随的这份心，值得表扬，不错。"

他说着，给邬淮清倒了一杯椰汁。

祝矜听着他俩聊天，心中不自觉地泛起一丝甜蜜感。她低下头，默默地在平板电脑上把祝羲泽明明不喜欢却要点的食物都删掉了。

热腾腾的火锅咕噜咕噜地冒着泡，她和邬淮清这边，红通通的辣椒不断地刺激着人的食欲，对面则是一片浓郁的奶白色汤底，上边飘着各种菌菇。

菜陆陆续续地被端上来，三个人边吃边聊。祝矜和邬淮清二人也不用再像之前那样，在祝羲泽面前装不熟了。

说实话，对于祝羲泽几乎没有什么过渡反应就接受了她和邬淮清在一起的这件事情，祝矜是有些惊讶的。

她原本以为，祝羲泽起码会问她一些什么，或者嘱咐她一堆，可直至今天，他什么都没问，什么都没说。

这一点都不符合祝羲泽的作风。

祝矜不明所以，只当祝羲泽是很满意自己这个多年好友。

她想起大妈说的话，问："季家难为你了？"

"你听谁说的？"

"大妈说的。"

"我妈这又是从哪儿听的？"祝羲泽笑了起来。他知道自己的妈妈是什么性子，道，"难为倒是难为不到我，不过……季家的确是在玩火。"

祝羲泽说得很含蓄，祝矜却明白了。听他这语气，他是一定不会放过季氏了。

"而且，季铮祥……"他笑道，"现在似乎有意要把他外边的儿子接回家里培养。"

祝矜"啊"了声，笑问："这算是开小号，重新练级？"

"也幸亏有小号。"

邬淮清原本在帮祝矜搅拌冰粉，闻言，手中的动作一顿。

他不是第一次听祝羲泽说起季铮祥想把外边的儿子接回家的事情，只是他这会儿突然想起了骆梧的话。

早在骆梧告诉他之前，他便知道了，除了一个骆洛，骆桐和邬深还有一个男孩儿。

那男孩儿叫 Anthony（安东尼），从小和骆洛被分开养，今年还不满十六岁，在私立中学读高中。

而邬深，至少每个月会去 M 国看望 Anthony 一次。

邬深以为自己可以瞒天过海，却不知道邬淮清早已拿到了这个弟弟的全部资料，也知道了那些邬深极力想隐藏的事实。

邬淮清在心中冷笑，想到在公司见到邬深时，他对自己的虚情假意，眸色便不禁暗了几分。

祝矜察觉到什么，转过头来看邬淮清，见他正夹起一片煮好的肉片，肉片上边还沾着火辣辣的油。

"邬淮清，你真的吃得了这么辣的吗？"她问。

祝矜总觉得不可思议，明明他之前是一点辣椒都不能吃的。

邬淮清把肉放进碗中，蘸了点麻酱，看向她时神色恢复如常，说道：“这个辣锅，不算辣吧？”

祝矜自问自己已经算是特别能吃辣的人了，和她认识的几个川渝妹子比起来，也不相上下。

可她一点也不觉得，今天这个锅“不算辣”。

她认定邬淮清在逞强，于是把那杯祝羲泽倒给她的椰汁往邬淮清手边推了推，轻声说：“你悠着点，要是不能吃就别逞强，太伤胃了。

“胃疼我还得照顾你。”

她补充了句。

“怎么，你不愿意？”邬淮清笑着问。

祝羲泽听着他俩的对话，逮着机会批评邬淮清：“生病了有医生，你个大男人让浓浓照顾你干吗？”

谁知邬淮清一点也不恼，反而把视线转向他，问：“你嫉妒？”

他挑衅道，模样还带着点骄傲。

祝羲泽深觉这人不是个好的，谈了恋爱便性子大变，仿若全天下只有他自己有女朋友似的。以前的邬淮清哪会这样说话？

“懒得理你。”他呛道。

邬淮清嗤笑一声。

祝矜觉得这两人还挺幼稚。

事实上，从小到大，她身边的这一堆男生，已经充分地让她见识到了，男性能有多幼稚。

宁小轩曾经为了证明自己比路宝长得好看，还给街上的陌生人发过调查问卷，让他们在两张照片中选一个好看的。

祝矜又把自己打算开甜品店的想法告诉了他们二人。

恰好广安商业大厦的开发商，邬淮清和祝羲泽都认识。他俩态度非常一致，就是她开心就好，亏钱不亏钱都是次要的。

祝矜却不这么想。她要做，就一定要认真做到最好。

三人吃完火锅，天已经不早了。

这家火锅店临街，他们一出去，就是深夜的街道。

虽然还未到九月，但已过立秋。

因而这场雨一下，天竟有点凉快。

祝羲泽冲他俩摆了摆手，然后往自己停车的方向走去。

邬淮清站在廊檐下，撑开手中的伞遮在他和祝矜的头上。

他手中的伞是私人订制的，伞面是纯黑色的，内里有蜿蜒又大气的盘纹，设计得最巧妙的是伞柄，伞柄是一只捧着玫瑰的铂金小狐狸，狐狸尾巴上刻着“WHQ”三个字母。

他曾说，这只小狐狸很像她。

祝矜虽不觉得自己和狐狸有什么相似之处，但看在这只小狐狸这么可爱又矜贵的分上，勉强接受了他这一说法。

火锅店离安和嘉园不远，他们只走了一段路，祝矜便提议道：“要不我们走回去吧？明天早上再来取车。”

“好。”邬淮清握住她的手，两人一起在深夜的雨中漫步。

马路被雨水洗得发亮，倒映着来往的车灯和路灯的光晕，时间仿佛在这一刻定格了下来。

路边有家小剧院亮着灯，二楼的窗户开着，彩排节目的声音混在簌簌的雨声中传了出来。

剧院门口坐着个拉二胡的落魄中年人，二胡声凄厉动听。祝矜摸了摸包，从里边找出一张红色的纸币放进他身旁的钱箱里，他点头冲她一笑。

雨中带着淡淡的花香，掉落的紫色花瓣混在泥土中。

这样静的夜晚，又这样美。

有情人拥抱着从他们身边呢喃而过，好像在证明——和喜欢的人在一起浪费时间，不叫浪费时间。

他们沿着落馨街，一路向前走，在十字路口拐个弯，然后就到了安和嘉园所在的那条街道了。

两人不紧不慢地走进了小区里。

祝矜走在绿化带旁边，经过小公园的时候，忽然听到有稚嫩的童声在叫自己。

“姐姐。”她回头，看到一个穿着白衣服的男孩儿跑过来。

“望望？”祝矜疑惑地问道，“你怎么还不回家？”

“我和姜百醇还在玩。”

祝矜抬头一看，果不其然，他口中的姜百醇也在广场上，正在向这边走来。

两个小孩儿似乎一点都不怕淋雨，连伞都不打。

“都要十点了，快回去吧。”她说。

望望把手中的溜溜球提上来，拒绝道：“不！我们今夜要去探险，要待到十二点。”

“你的妈妈呢？”

正问着，她便听到一声“姜百醇——”。

“不好！”望望低声喊道，“姜百醇的妈妈来了，我妈肯定也要来了。”

他说着，想藏起来。

祝矜看到姜百醇被妈妈提溜走，望望还没来得及藏好，他的妈妈便也来了。

她和祝矜打了声招呼，就把望望带走：“快回家洗澡睡觉。”

望望走之前，还回头看祝矜，用口型对她说：“明天打球。”

祝矜看着他不情愿的背影，笑起来，然后转过身，准备和邬淮清继续往家里走。

“你交新朋友了？”他问。

“嗯。”

“不错，还是忘年交。”邬淮清边说边点头。

祝矜瞪他：“我和他们就差了几岁而已。”

“几岁？你确定？”

“确定以及肯定。我可是很年轻的好不好？”她说时，用一种“你不要以己度人”的眼神看着他。

这几个小朋友，都是祝矜最近的羽毛球搭档，都是小学生。

但不知道现在的小孩儿是吃什么长大的，一个比一个高，才上小学，就已经有一米六左右了，和将近一米七的祝矜打起羽毛球来，竟也毫无压力。

听了他们的相识过程，邬淮清不厚道地笑起来：“你还挺有童心的。”

“那可不？成年人也是要有童心的，并且他们特别好玩。”她说道。

这群小朋友特别喜欢祝矜，因为大姐姐不仅长得漂亮，球打得好，还经常给他们买零食，请他们吃冰激凌。

最关键的是，她不把他们当小孩儿，而是当朋友！

祝矜和这些小朋友待在一起的时候，总是觉得特别放松。

“这么喜欢小孩儿，那咱俩生一个？”邬淮清忽然不正经地说道。

祝矜用诡异的眼神看着他：“可别，咱俩要是生一个，孩子能直接变成这么大也行，可要我从天天哭的婴儿开始养起……”

她说着，耸了耸肩膀，简直不可想象。

祝矜家里人多，比她小一辈的小孩儿早已经出生了，大家过年聚在一起的时候，小孩儿“小姑，小姑”地叫着她，看起来又乖又可爱，可不到一会儿工夫，就要把家给拆了。

再说，她怎么看邬淮清，都觉得他不是那种喜欢小孩儿的人，刚刚望望和她说话时，他可是全程没有表情的。

秋雨淅淅沥沥地下着，两人快到家门口的时候，祝矜忽然像小孩儿一样，用力踩了一脚水坑，然后跑开。

泥水精准地溅在邬淮清的裤子上。

邬淮清抬头，就见始作俑者已跑远了。她隔着几米的距离，幸灾乐祸地看着他，将双手放在膝盖上，笑个不停。

邬淮清走过去，把伞撑在她的头顶上。

她的头发淋了点雨，此刻鬓角的发蜷曲着贴在光洁的额头上，湿淋淋的，又乌黑明亮，衬着那双清澈的眼睛。

她像是刚刚化为人形的小妖，古灵精怪，又不谙世事。

邬淮清温柔地笑着，理了理她的头发，轻声说："好像现在真的不能要小孩儿了。"

"怎么了？"

"我眼前这不就是一个叫祝浓浓的小孩儿吗？我哄一个就够了。"

八月末，是阿罗哈一年中最热的时候，热带的阳光不遗余力地洒在他们身上。

祝矜和邬淮清到达阿罗哈的时候，是中午，他们哪里也没去，就在酒店里倒时差。

本来祝矜觉得，和他出来玩，大好的下午却待在酒店，属实是浪费时光。于是，她想给第一天也安排上行程。

但她被邬淮清劝服了。

他说："出来玩就是放松休闲，没有什么浪不浪费时间的，你看你都困得要睁不开眼睛了。"

说着，他把她抱上床。两个人躺在铺满玫瑰的床垫上，闻着玫瑰花的香气，静静地养神。

邬淮清用指尖缠绕着她的发丝："我们这次不要跟着计划走了，我带你玩，好不好？"

祝矜来之前做过一个简单的攻略。

她靠在他的胸前，很困，听到这话，却一下子来了精神。

"怎么玩？"

谁知他懒洋洋地说："不知道。"

"咦，那你就敢当导游？"

邬淮清轻笑了一声："想和你过一个没有计划的假期，漫无目的，想玩什么就玩，想去哪里就去。

"相信我，我是个好导游。"

他的话语很动听。

在成年人的世界中，他们无论是学习、工作，还是过最简单的生活，都充斥着计划和目的。

“没有计划”“漫无目的”，仿若是忙碌的成人世界里的一首诗。

祝矜是个感性的人，瞬间就被这首诗打动了。

“好啊。”她回扣他的掌心，说道。

祝矜心里一下子卸去了旅行的包袱，“旅行时白天睡觉就是在浪费时间”的想法也随之烟消云散。

祝矜慢吞吞地说：“其实我之前和希靓出来玩，我俩也基本上不做攻略的。”

“那这次怎么这么赶？”他问。

“你还问？”她戳了戳他，“还不是你平常太忙了。”

她从心底里想把和他在一起的每一分钟都尽可能地变成两分钟，甚至更多。

“不用那么急的，我们还有漫长的未来。”邬淮清轻笑了一声，然后捏了捏她的耳垂。她今天戴了一个小巧的椰子树形状的黄金耳钉，手腕上也戴了一副金手镯。

邬淮清早就发现，当下大部分女孩儿觉得黄金俗气，不愿意戴，祝矜却完全没这个想法。她有很多黄金饰品。

她皮肤白皙，戴上这些饰品，不仅不显得俗气，反而会让她显出温柔的气质，和她相得益彰。

“把椰子树戴到耳朵上了？”他问。

“嗯。”祝矜点点头，轻笑了一声，然后有点骄傲地说道，“这是来热带旅行的仪式感。晚上我们去吃椰子肉吧？”

“好。”

“想当初，我回京市，还是因为想吃椰子鸡呢。”她闭上眼睛，低声嘟囔了一句。

“嗯？回来是因为什么？”

“椰子鸡啊。”祝矜解释道，“我当时一时兴起，准备做椰子鸡，可是怎么也打不开椰子壳，然后就回来了。回来的当天晚上，希靓大宝贝儿就给我准备了特别好吃的椰子鸡。”

邬淮清觉得又好笑又难以置信：“祝浓浓，就因为个椰子鸡，你就回来了？”

祝矜将头埋在他的怀里，不应声。

他手中捏了一缕她的头发，故意拿发尾蹭她的脖子。她感到痒，忍不住笑起来，四处躲着他作乱的手。

“行啊，祝浓浓，我还比不上一道椰子鸡？”

祝矜听着他幽怨的语调，就是闭着眼睛不理他。

片刻后，邬淮清以为她睡着了，停下手中的动作。

两人搂着对方，房间里一片静谧。

“邬淮清。”忽然，祝矜开口。

“嗯？”

“你还记得不记得，有一年秋天，咱们学校组织去郊区秋游。”

闻言，邬淮清顿住。他睁开双眼，怀中的小姑娘还闭着眼睛，靠在他的怀里，说话时，睫毛一眨一眨的。

“那天的椰子鸡，可好吃了……”她轻声说道。

那个秋天很暖和。

可那时，祝矜却意外地感冒了，加上处于生理期，别人还穿着短袖短裙，她就套上了一件绒卫衣走在人群中，还戴着口罩。

京藤中学组织学生去郊区做农活，去挖土豆、红薯等，这算是学校每年的惯例。一般情况下，他们还会在那儿住一晚。

那会儿他们的娱乐时间不多，做农活虽然辛苦，但对于在城市中长大的学生来说，也是一种新奇的体验。

祝矜边挖着土豆，边听旁边女生聊天。

“邬淮清是不是在那边？”

“哪儿呢哪儿呢？给我指一下。”

“迟子海是不是去拦他了？”

“好像是，我听广播站的人说了。”

“迟子海好漂亮的，你觉得邬淮清会理她吗？”

…………

祝矜在心中翻了个白眼。她今天已经不下十次听人提到邬淮清的名字了。

这人有这么受欢迎的吗？

她庆幸自己戴着口罩，否则此刻，旁人一定会看到她脸上非常嫌弃的表情。

那段时间，她忘记是因为什么，和邬淮清关系尤为僵，见面连声招呼都不打的那种。

下午，祝矜感冒和痛经一起发作，头和肚子同时疼，她挖了会儿土豆就去休息室了。

她去的是平房最后一排的休息室，那里人少，不像里边坐了不少老师的前几间休息室。

祝矜坐在椅子上，趴着将头枕在桌子上的双臂上。她因为吃了感冒药，所以不一会儿便昏昏欲睡。

忽然，休息室的门咔的一声被推开。

她恍然抬起头，没想到正对上一双冷冰冰的眼睛。

来的人是邬淮清。

他看到是她，也有些惊讶。但他已经迈进了门，再退出去未免显得太故意。

于是，他便走了进来。

祝矜注意到他手中端了个碗。

她中午没胃口，没吃饭，此刻已饿得饥肠辘辘，虽然鼻子不通气，闻不出味道，但她感觉，邬淮清手中的东西很好吃。

因为他进来拖了把椅子坐下后，就一直在专注地吃东西。

当时还没到饭点，祝矜不知道他是从哪儿弄的好吃的。

她余光瞥到他碗里似乎还有肉，更加饿了。

她心中烦闷，想着：你去哪儿吃不好，偏在我面前吃？

休息室的面积不大，里面堆放了很多杂物，但因为只坐了他们两个人，还是两个一言不发的人，所以显得很空旷。

忽然，祝矜的肚子不争气地叫了一声。

她至今仍然记得当时的尴尬场景，那时的她只觉得再也没有能让她这么丢人的时刻了。

祝矜的肚子仍旧痛着，头也疼着，整个人痛得精神都有点恍惚了。祝矜心中忽然涌起一阵委屈，一阵难以言明的委屈——因为他的出现，因为自己生病，因为处于生理期的她本就很丧的情绪。

她期盼着能快点到晚上，到了晚上吃完饭，会有一辆回学校的车，一部分老师和一些有特殊情况的学生就可以坐车回市里。

那时，她也就能离开了。

突然，邬淮清站起身，向她这边走过来。

祝矜迅速移开视线。

祝矜只听见一声轻响，他把碗放到了她旁边的桌子上，然后推门走了出去。

祝矜看着一旁的碗，不知他是什么意思。

与此同时，她认出碗里的是椰子鸡。不知道这椰子鸡是他从哪儿弄的，明明这儿食堂的伙食很差劲，除了窝窝头，就是土豆饼。

祝矜把他的碗往远处移了移，然后重新趴在桌子上。

她没想到，没多久，邬淮清又回来了。

他手中又端了一碗椰子鸡：“喏，吃吧。”他把碗放到她面前。

祝矜惊讶地抬起头，没想到邬淮清会主动和自己说话，更没想到，他出去，竟然是去给自己找吃的了。

“你……”她开口，还有些不习惯，因为两人已经很久没说过话了，“你从哪儿弄的？”

“食堂。”

“食堂哪有这个？再说，食堂还没开饭。”因为感冒，她说话时声音很哑。

邬淮清抬起头，目光沉沉地盯着她，盯了三秒，然后说：“我让他做的。”

祝矜能明显地感觉到他的不耐烦，如果她是个有骨气的人，就应该把碗推开，不吃嗟来之食。

但事实上，祝矜的手已经不自觉地拿起了筷子。

她不想承认，在看到邬淮清给她端来椰子鸡，主动和她说话的那一刻，她是开心的，心中仿佛有烟花被点燃，还带着一点隐秘的骄傲感。

休息室里的后一段时光，祝矜和邬淮清都没再说话，她安静地吃着椰子鸡。

倏忽一抬头，她看到窗外的漫天红霞，霞光落在庄稼地里，异常璀璨。

他们一起看着窗外。

自从那天开始，他们这段莫名其妙的“冷战”，便画上了一个句号。

再见面时，他们虽仍旧不会态度热络，但至少会向对方点个头，象征性地打个招呼。

其实祝矜早就忘了那天椰子鸡的味道，或者更确切地说，她吃的时候，因为感冒，味觉迟钝，压根就没尝出那是什么味。

可自此之后，不论在什么地方，每当在菜单上见到椰子鸡，祝矜便想尝一尝。

因为一个人，她对一道菜有了偏爱。

因为这道菜，她又回到了这个人身边。

“你那大的椰子鸡，到底是从哪儿弄来的呀？”祝矜又问起这个当年没弄明白的问题。

邬淮清轻笑：“我找了个小师傅，给他送了点礼物，让他做的。”

祝矜“啧”了一声：“你这还挺奢侈，别人去做农活，你去享乐。”

“那谁让某人中午没吃午饭呢？我怕她饿晕了。”他慢悠悠地说道。

祝矜惊住，难以置信地看着他：“你……你是因为我？”

“不然呢？”他反问，“我是那种贪图吃食的人吗？”

这倒也是。

邬淮清对食物的兴趣的确是寥寥无几。

“你是怎么知道我没吃午饭的？”祝矜只觉得不可思议。

"你在休息室里待了一中午。"

她用一副见鬼了的模样看着他，心中涌动着澎湃的情绪。

学生时代的一帧一幕开始在她的脑海中闪烁，那些回不去的少年时光，那些带着遗憾的少年时光，此刻仿佛被添了一层橙粉色的滤镜，令她觉得酸涩又甜蜜。

祝矜忽然紧紧抱住他，轻声说道："邬淮清，我觉得，我现在能吃掉十碗椰子鸡。"

"不困了？"

她摇摇头："还困。"

"那你先睡，我晚上带你去吃好不好？"他的声音很温柔，里头还带着诱哄的意味。

"嗯。"

祝矜今天穿了一件漂亮的白色长裙，裙子是纯白色的，只是裙尾处绣着蝴蝶，她走起路时，蝴蝶若隐若现似蹁跹起舞。

此刻她躺在床上，大面积的裙摆被展开，白色堆叠，玫瑰花瓣落在上边，这让邬淮清想起一句诗——"乱花渐欲迷人眼"。

她动了动，想找个舒适的姿势睡觉。脸颊掠过枕头，她转过身时，唇边便贴上了一朵玫瑰花瓣，而她自己却毫无察觉。

邬淮清盯着她唇角的那朵玫瑰，蓦地笑了。

邬淮清指了指自己唇角，给她示意。

"嗯？"祝矜疑惑，抬起手，指尖正要碰到唇角，手忽然被邬淮清捉住。

他捏着她的手腕，忽地低头，吻住那片花瓣。

第二天，他们租了辆跑车，租的是一辆炫酷的大黄蜂跑车。

车一租到，祝矜就抢了司机的职位。她太想重温那种在宽阔的公路上开车兜风的放松又自由的感觉了。

中午他们在路边一家店吃完饭，邬淮清忽然提议去跳海。

对于祝矜而言，"跳海"是个陌生的词。但这趟旅行，她既然决定漫无目的地跟着邬淮清走，便要大胆地尝试一下。

祝矜开着车，风把她的头发向后吹起。邬淮清耐心地指路，目的地很好找，沿着恐龙湾一直往前走，直到看到一个小港湾。

这儿虽是个野生海滩，人却不少，周围也有专业人员和必要的防护措施。

夏日阳光十分强烈，欢笑声和冲浪声却不绝于耳，即使是再严肃的人到了其中，也很难不被这种欢乐又自由的气氛感染。

祝矜和这里的女生一样，穿着漂亮的泳衣。她按照邬淮清的引导，系好安全绳索，站在一块高高的岩石上。

“跳下去，没事的。”

海水不算清澈，混着泥沙，浪特别大，祝矜忐忑地撑着笑，看向他，问：“真没事？”

“我护着你。”他说。

他正说着，忽然扑通一声，旁边石头上一个人跳了下去。那人从水里露出头，举着双臂欢呼起来，可能是觉得特别爽。

祝矜像是受到了鼓舞，也扑通一声，一头扎进海里。

邬淮清从一旁把她接上来：“怎么样？”

阳光之下，她对他竖了竖大拇指。

那是一种特别神奇的感觉。

她该怎么形容呢？

她的嘴里、鼻子里都被灌入了海水和浑浊的泥沙，但也是那一刻，一种独一无二的自由感在她心中腾升、跳跃。

祝矜打算先去冲个水。这个海滩的设施很简陋，冲水的装置也是露天的，没有围挡，只有孤零零的一根水管。

她快速地把身上的泥沙冲了冲，然后去看邬淮清刚刚录的视频。

他拍得很好看，把她跳入海中的自由感拍得淋漓尽致。

祝矜以前从来没有玩得这么畅快过。她现在真信了邬淮清是个“好导游”。

她把视频发到自己的手机上，然后在回去的路上发了条朋友圈。

晚上，他们在酒店吃饭。

吃饭中途，祝矜忽然大叫“不好”。

“怎么了？”

“我刚刚那条朋友圈，忘了屏蔽我爸妈了。”

“嗯？”邬淮清不解。

“张澜女士和祝思俭同志要是知道我去跳海了，估计得追杀我。”

祝矜说着，不管三七二十一，连忙把那条朋友圈给删除了，删完之后还是忐忑。

两人回到房间，放了个电影看。这部电影是部很有导演个人特色的文艺片，相对而言，剧情也较为枯燥。祝矜白天玩得太累，因此看着看着就睡着了。

邬淮清看到怀里的女孩儿闭上了眼睛，于是把她轻轻地移到一旁，让她枕上枕头。

祝矜再次醒来时，天已经彻底黑了，房间里没有开灯，一切都影影绰绰的。

她一回头，发现窗帘没有拉。透过室内的落地窗，她一眼就能看到外边的游泳池，泳池旁亮着金黄色的灯，把池水照得波光粼粼。

扑通一声，一个身影扑入水中，是邬淮清。

祝矜下了床，光着脚踩在地上，来到落地窗前看邬淮清游泳。

他游得很快，身形矫健，手臂不断地在水中划动着，上边的肌肉清晰有力。

一个回合游完，邬淮清从水中探出头来，冲她招了招手。

祝矜本想往旁边躲一躲，意识到自己已经暴露无遗了，便笑嘻嘻地推开窗户，迈着碎步跑了过去。

邬淮清站在泳池边上，用手掌扶着瓷砖。祝矜过来后，蹲在池边，和他面对面，直视着他。

他笑意盈盈地看着她。

热带的夜晚，空气潮湿，池水是热的，星星落在池面上，随着水波摇晃。

邬淮清浑身都是水，晶莹的水珠从发丝上滑落，沿着喉结一路向下，胸前的肌肉结实有力。此刻的他处处彰显着性感。

祝矜觉得自己的影子也在晃，是在邬淮清的眼波里摇晃。

忽然，她的后脑勺被人用力扣住。

诱惑人的人，比被诱惑的人更没有耐心，于是他选择主动出击。

月色漏了一地。

祝矜不自觉地跪在泳池边，搂着他的脖子。裙子被他身上的水珠弄湿，她温柔地回吻。

翌日，上午阳光明媚，他们没有安排行程，便躲在酒店里。祝矜趴在床上看书，邬淮清给她按摩。

忽然，祝矜的手机响了起来。

"你来京市了？希靓家？她刚和我说她去看她的奶奶了，你要不去那儿找她？行，我把她奶奶家的地址发给你。"

邬淮清听出是唐愈打来的电话，问："唐愈来京市了？"

"嗯。"她把手机放到一边，说，"好奇怪，他为什么一来就找靓靓？"

提到姜希靓，邬淮清想起刚知道的一件事，告诉她："岑家取消婚礼了。"

"啊？"祝矜难以置信地看向他，"那……"

她不知道该说什么。她打开和姜希靓的聊天框，敲敲打打半天，却还是把打出来的字全都删掉了。万一，岑家只是有什么特殊情况才取消的婚礼呢？

祝矜握着手机，心烦意乱地看向窗外，埋怨道："这个岑川也真是的，上次唐愈过生日，岑川还给我打视频电话，要看靓靓，现在又取消婚礼。他早做什么去了？"

邬淮清看了她一眼，说道："很正常，他刚毕业没多久，这几年又一直在国外，手里根本没实权。说到底，那群人捧着他，只不过是因为他姓岑。在婚姻这种关键问题上，他想做什么，压根由不得他。"

祝矜皱眉道："那意思是，以他现在的能力，他要是不联姻，而选择对抗他的父母，岂不是得落得身无分文吗？"

邬淮清轻笑道："不至于，但也差不多。"

祝矜戳了戳旁边的枕头，不满地说道："那他现在这样，凭什么让我们靓靓跟着他？再说，他能坚持多久的苦日子？要是他某天受不了，然后对靓靓说'我过得这么苦都是因为你'……"

说着，她耸了耸肩，简直不能想象那个场面能让姜希靓有多伤心。

"我不了解岑川。"邬淮清说道。对于他不认识的人，他很少轻易下结论："不过靓靓有你这个朋友，也不用太担心。"

祝矜点了点头，又摇了摇头："你完全不知道靓靓有多要强。一言难尽，我有时候想帮忙都帮不了。"

她叹了口气，忽然开始喊他的名字："邬淮清。"

"嗯？"

"如果你是岑川，你会怎么办呢？你是要跟喜欢的人在一起，还是要荣华富贵？"

邬淮清轻笑，随后声音沉稳又笃定地说："我都要。"

"咦，你还挺贪心。"祝矜笑道。

他按摩的力道不轻不重："岑川自己家里是什么情况，他难道不清楚？他既然想和姜希靓未来能在一起，那便得提前努力，来争取话语权，而不是像现在这般狼狈。"

祝矜用一副活见了鬼的神情盯着他，着是她第一次听邬淮清这么严肃地说这样的话。她竖起大拇指："行啊，邬淮清，不愧是你，深谋远虑。"

"所以，祝浓浓……"他顿了顿。

"嗯？"

"你和我在一起，不需要有任何的心理负担，只要你喜欢我，那么其他事情，你都可以不用考虑，那是我该处理的事情。"

祝矜没说话。半晌，她转过身子，慢吞吞地“哦”了声，然后出乎邬淮清意料地在他的眉心亲了一下。

“我相信你。”

一句话，胜过千言万语。

姜希靓今天没去餐厅，她从医院取回老太太的药，然后直接开车回了老房子。

老太太住在胡同里的一处“老破小”里。

这房子说是地段好，值多少多少钱，实际上，这么多年，每次喊要拆迁都是虚晃一枪，卖又因为太破了，很难卖出去。

姜希靓赚钱之后，想把这儿的房子置换出去，添些钱给老太太换个舒服的地方住，可老太太脾气不小，死活不搬，说这里是家，周围有她的朋友，要她搬就是要她的命。

姜希靓没办法，只能找人重新把房子内部做了装修，尽可能地让老太太住得舒服一些。

老人家身体不好，姜希靓上大学时拼命赚钱，就是为了给老太太攒手术钱。

爸爸妈妈不靠谱，欠债一堆，人没个影儿，她是被老太太带大的，和老人家很是亲近。那会儿，姜希靓特别忧心老太太，生怕老太太哪天出什么事，而她却一点钱都拿不出。

她在答应和岑川交往之前，就知道他家庭情况很好。

他们原本就是两个世界的人。

在校园中，人们通常会注意不到这些世俗的东西。

在学校里，更受人推崇的，是优等生。

这个优等生如果既漂亮，情商又高，那一定会站在校园食物链的顶端。

所以，那会儿身为全校第一，理科成绩甩第二名男生几十分的姜希靓，是很多人心里的“女神”。况且，姜希靓漂亮、热情、自信。当时老太太的病还没露苗头，她从未觉得自己比别人差了什么。她穿着几十块的飞跃布鞋，站在一堆穿着限量款鞋子的女生之间，也安然自若。

她新概念作文大赛能拿一等奖，数学竞赛照旧能拿一等奖。她可以随心所欲地拒绝国内顶尖大学的保送名额，只因为不够喜欢那些专业。

后来，两人走得近了，岑川从来不在她面前提起自己的家庭。

但周末的时候，他会主动去她家看望老太太，老太太摔倒住院时，他甚至还去医院帮忙照顾。他走进她们家的那间“老破小”，她也从未在他的脸上看到过什么嫌弃的神情。

他们默契满分。

那时，岑川跟姜希靓约好了以后，姜希靓也憧憬着他们的以后。

他们的第一个分歧，发生在考试分数出来后。

岑川失利了。

他被父母送到了国外。

他们原本说好一起去燕西大学。

也是那会儿，姜希靓才发现，原来对大部分人来说是分水岭的考试，于他而言，真的是可有可无。

岑川的父母即使没有提前准备，也仍旧在非常短的时间内让他进了一所世界排名比燕西大学还要靠前的学校。

然后，就是姜希靓念大一的那年，老太太被确诊。

姜希靓上了大学之后就开始做兼职赚钱，每个月除了自己的开销和给老人家的日常花销，还存了一笔钱。

可随着老太太住院，她的那点钱根本不够花，老太太也没有社会保险，无法享受医疗保险服务。

姜希靓开始没日没夜地找活干，当模特、当家教，通过老师、学姐的关系接广告软文、网剧的剧本，有署名没署名的她都会接，她根本不记得自己曾经吐槽过“要是不署我的名，这活我看都不会看一眼”。

祝矜有一次偶然得知她去车展当模特，委婉地提醒她要注意安全，之后，便经常托朋友给她介绍一些较为靠谱的兼职工作。

那段时间，岑川打过来的电话，她因为太忙经常接不到，两人时常吵架。

姜希靓没办法把自己的困境如实告诉他，也是那会儿，她意识到两个人之间的差距有多大。

她会在深夜翻他的 IG，看他晒新滑板、新球鞋、滑雪的新装置等，他也会在 IG 上发她的照片，说想女朋友了。

那是她第一次提出分手。

岑川一头雾水，一气之下买了票回国。他把她堵在宿舍楼下，要她解释，她急着去做工作，连吵架的工夫都没有。

那天，岑川跟着她来到了她工作的地方。

姜希靓不想让他看到自己每天都在做什么，于是临时和老板请了假。

她把他带到一家店吃寿喜锅，那家店的东西不贵，大部分客人是附近的学生。

也是那天晚上，姜希靓心软了。

她发现，隔着大洋，隔着电子屏幕，她可以坚定地说“我们分手吧”；而当岑川就在她面前，穿着白色羽绒服红了眼眶，和当年那个因为奶奶摔倒，在深夜焦急地陪她穿梭在医院的少年，几乎一模一样——

那五个字，她便怎么也说不出口。

…………

“你最近忙吗？”

“啊？”姜希靓从记忆里回过神，看着面前的老太太，“还行，不过要入秋了，我最近在准备秋季的新菜品。”

说着，她把牙签插在软了的猕猴桃切片上，将猕猴桃递到老太太嘴边：“奶奶，吃猕猴桃。”

老太太嫌弃地看了一眼后，才咬了一口，说：“你个当老板的，怎么还天天这么忙？”

“老板也不好当呀，况且那就是家小餐厅，又不是什么上市公司。”她笑道。

“隔壁你张奶奶的孙子，你还记得不？”

“张奶奶家的孙子？我忘了，比我大是不是？”

“对，他从国外读完博士回来了，那学校倍儿棒，叫什么福，你要不要这周末和他见一面？”

姜希靓把牙签扔进垃圾桶里，严肃地看着奶奶，说道：“老太太，您孙女我才二十二岁，哦，不对，二十三岁了，还小呢，相什么亲？”

“什么二十三？你今年虚岁都二十五了，还不着急？胡同口王淑兰的孙女就比你大一岁，孩子都有了。”

姜希靓听着自己的年龄一下子被增了两岁，有些奓毛地抓了抓头发，然后起身进屋里，边走边说：“老太太，我不和您争辩。您晚上想吃啥？我给您做。”

老太太看着她的背影，叹了口气，自言自语道：“小川也不在了……”

傍晚，胡同口的王奶奶来串门，带来了一盘酱牛肉。

闲聊时，王淑兰说道：“胡同口今天下午停了辆车，车一直在那儿不动，但车主也不下来，不知道在等什么？”

姜希靓闻言，手中择菜的动作一顿，她问：“是什么车呀？”

“一辆黑色的，车标我不认识，但那车看着很气派。”

姜希靓继续择菜，可过了会儿，眼皮仍旧在跳。她被一股直觉性的力量驱使，放下手中的豆角就往外走。

“靓靓去哪儿呀……”王奶奶的声音自屋里传来。

姜希靓沿着胡同一直往外走，心中惴惴不安，不知道自己要出来验证什么。

可她就是有这样的直觉。

胡同口果然停了辆黑色的车，是辆普通的SUV（运动型多用途汽车）。

她长舒了口气，到旁边的小卖部窗口准备买根冰棍给自己降降温。一定是秋老虎作祟，让她昏了头。

忽然，黑色的车门被打开。姜希靓拿着手机正在扫码付钱，只感觉身旁多了道影子。

她下意识抬起头，猝不及防地看到一张许久未见的脸。

是岑川。

“靓靓。”他开口。

姜希靓默不作声地付完钱，笑着向老板示意了一下手机，然后转过身，脸上的笑意瞬间消散。

她目不斜视地往胡同里走，没走两步，就被岑川一把拽住胳膊。

姜希靓深呼吸，斜睨着他，问：“你来做什么？”

“我取消了婚礼。”他开门见山地说道。

姜希靓眼底闪过一抹诧异之色，随即笑笑：“和我有关系吗？”

“我和我爸妈说了，我不会再接受他们安排的联姻了。”

“他们同意了？”

岑川摇了摇头。

姜希靓轻笑，眼底带着不屑，慢条斯理地拆开冰棍袋。

“所以，我离开岑屿了。”他波澜不惊地说着。

岑屿是岑家的集团名字。

“姜希靓，你现在在我面前，可是超级有钱的人，以后我得指望你。”

姜希靓咬着手里的老京市冰棍，一时之间有些语塞。眼睛被傍晚的阳光刺着，她睁不开眼。

“哟，靓靓，你家可真难找。”突然，不远处传来一道清脆又响亮的声音。

他们二人同时转过头去，只看到胡同里走来一个戴着墨镜、打扮精致的男人。

他见到他俩，一把摘下脸上的墨镜，然后走上前搂住姜希靓的肩膀，笑呵呵地问道：“聊天呢？”

“你怎么来了？”姜希靓诧异地看着本该在申城的唐愈。

“这不是你昨晚说你想我，还研究了合我口味的菜品，我怎么可能不来？”

姜希靓极为无语。明明是他们昨晚一起打游戏的时候，她说绿游塔新做了一道菜，是他喜欢的口味，让他以后来吃。

在这人这儿，就变成她想他，还专门研究了合他口味的菜了？

姜希靓在心中翻了个白眼，却又不知唐愈是不是故意这样说，好帮她在前男友面前撑场面。

她笑道："申城和京市隔了这么远，你说来就来了？"

"那可不？靓靓让我来，我飞也得飞过来。"唐愈笑眯眯的，用一副单纯无害又骄傲的表情看着岑川。

祝矜和邬淮清在阿罗哈待了五天才回国。

这五天里，除了发小群里一些后知后觉的朋友现在才知道她和邬淮清在一起了，炸了锅外，外边的世界风平浪静。

这件事的起因是她发的那条跳海的视频朋友圈。

老杨先是夸她猛，随后抓住重点问谁拍的，祝矜诚实地回：是邬淮清。

好家伙，孤男寡女一起去国外旅游，这关系，不用问也明了了。

于是，发小群里就乱套了。

祝矜和邬淮清这算是在朋友里正式公开了关系，紧接着，久不在群里说话的邬淮清往群里扔了一个特大的红包。

祝矜嘱咐他们先不要往外声张，尤其是不要告诉长辈。

他们都懂，当年的邬淮清妹妹的那件事他们都知道，况且他们又拿人手短，纷纷答应。

可谁知，祝矜刚下飞机，还没出机场，就接到了张澜的电话。

张澜的声音严厉而冷静，问："祝浓浓，你交男朋友了？"

祝矜听着张澜女士这直击灵魂的一问，心都颤了颤。

她心虚地开口："没有呀。妈妈，怎么了？"

电话那头的人短暂地沉默了片刻，然后说："没事，我就是乱猜的。"

一听张澜这么说，祝矜反倒不知道该说什么好了。

在刚刚的几秒钟里，她已经在"打死不承认""要找什么理由""要不承认吧"等各种想法中大战三百回合了。

"哦，妈妈，你最近工作是不是没那么忙了？"

"刚开学，就那样。你呢，什么时候回来？"

"哦，我今天不回家，周六回去。"

张澜轻笑，道："我是问你什么时候回国。"

祝矜闭了闭眼，然后生无可恋地睁开眼。

她就不该心存侥幸，妈妈一定看到了那条朋友圈。

"我现在已经回来了。"她低声说道。

要说祝矜有什么克星，除了邬淮清，那一定就是张澜了。

从小到大，家里其他人都宠着她，唯独张澜，对祝矜要求极为严苛。

而祝家人大都很识大体，知道什么是对的什么是错的。所以，他们从来不会反对张澜教育祝矜，相反，还很乐意家中有个人唱白脸。

祝矜也不知道为什么，明明自己已经这么大了，每次张澜只要态度强硬点，她都会不由自主地心惊胆战。

“祝浓浓，我之前和你说过什么？”张澜停顿了一秒钟，接着说，“你谈男朋友我不管，但安全问题，我必须和你说清楚。像这次跳海这么危险的行为……你是不要命了？”

“我做了安全措施的，还有安全员全程监管。我现在也好好的。”祝矜小声回道。

“你没上过风险课吗？”张澜厉声说，“还是你要拿自己的性命去测试概率？”

祝矜耷拉着眉眼。邬淮清站在她身旁，把张澜的话听了个大概，不自觉地轻轻拍了拍她的肩。

她抬起头，委屈地看向邬淮清，同时对电话那头的张澜说：“好了，我知道了，下次不再干这么危险的事了。”

张澜叹了口气，开始打感情牌：“你知道我和你爸爸看到那视频后有多担心吗？他本来心脏就不好。”

祝矜顿时有些心酸，说道：“您告诉爸爸，我明天回去看他，你们俩别担心了，我毫发未损，除了晒黑了。”

两人又聊了几句，才结束对话。

挂掉电话后，她叹了口气，将头靠在邬淮清的肩上。

“挨骂了？”

“嗯。”

“没想到你还有怕的人。”邬淮清说道。

祝矜听着他平静的语气，委屈地捶了他一拳：“你还说，还不是你拉着我去跳海！”

邬淮清轻笑道：“你刚刚就应该告诉阿姨，是我强迫你的，把责任都推到我身上。”

祝矜白了他一眼：“别以为我不知道你打的是什么算盘。”

她跳海就够刺激张澜和祝思俭了，要是再让他们知道和她一起玩跳海的人是邬淮清，那她可真要担心祝思俭同志的心脏受不受得了了。

“不过说真的，我还真挺怕我妈的。好奇怪，我这么大了还怕家长。”

邬淮清忽然叹了口气。

“你叹什么气？”

他不说话，只摇摇头。

“玩忧郁？”

“就是突然觉得，我任重道远。”

祝矜不由得满头问号。

从机场回市区的路上，沿途的风景普普通通，祝矜望向窗外，却不自觉地扬起了唇角。

汽车飞速行驶在公路上。

邬淮清忽然用食指轻轻敲了敲座位扶手，问：“和我回去看 Money 吗？”

“今天吗？可我明天要去爸妈家，从你那儿过去有点远。”

“晚上我再送你回安和嘉园。”他不紧不慢地说道。

祝矜想了想，然后说：“那去吧，我好想 Money 的。”

这几天，阿姨住在邬淮清家里，整天照顾着 Money，还时不时给邬淮清手机上发一些它的照片。

她看着这些照片，喜欢得不行。

到了邬淮清的别墅时，祝矜一眼就看到 Money 正在院子里玩。它深一脚浅一脚地踩在光秃秃的花园里。

“你这花园里不种东西了吗？光秃秃的，好丑。”她说道。

邬淮清睨了她一眼：“自从上次你把 Money 教坏之后，我这花园里就别想养花了，什么都养不过两天就被这小崽子给糟蹋了。”

祝矜心虚地摆摆手：“怪我喽？”不等邬淮清说什么，她又说：“况且这说明我们 Money 会举一反三、学以致用。”

邬淮清不置可否，然后和祝矜一起走下车。

Money 转过身子，一看到祝矜和邬淮清，顿时飞奔过来，扑在他们两个人身上。

邬淮清迅速地伸出手，揽在祝矜身后，以防她被撞倒。

据阿姨说，Money 这两天非常暴躁，四处搞破坏。

可今天下午，祝矜和它待在一起，一点都没感受到它暴躁，反而非常乖巧。

她从网上找了好几个狗狗玩的游戏，然后和 Money 一起玩。Money 都分外配合她，还非常聪明。

邬淮清端着两杯鲜榨橙汁走过来，递给她一杯，说：“看来 Money 是真的喜欢你。”

"那是。"祝矜骄傲地说。

她说完，丝毫没意识到身旁男人嘴角露出的意味深长的、得逞般的笑。

邬淮清拍了拍 Money 的背："好样的。"

晚上，祝矜在这儿吃完了晚饭后，正准备走，邬淮清忽然打开电视，问："这个剧开播了，是不是你之前想看的那个？"

"哪个？"她一抬头，看到电视上正在放着的，就是自己之前看过预告片后特别想看的一个剧，"就是这个，我都忘了今天开播了。"

说着，她欣喜地坐到沙发上，准备和邬淮清一起追剧。

她靠在邬淮清的肩上，Money 靠在她的腿上。

客厅里暖黄色的灯光照在两人一狗的身上。

不知不觉，两集电视剧播完，时间已经到了九点半。

祝矜一看时间，"呀"了声，说："不早了，你得赶快送我回去了。今晚你不能熬夜，明天还得早起。"

她说完，许久没听到回应。她抬头，看到邬淮清稳稳当当地坐在沙发上，丝毫没有要起来的意思。

"你是不是懒得送我了？那我打车，你早点睡。"说着，她掏出手机就要打开打车软件。

她的手腕忽然被人握住。

祝矜下意识地抬起头，撞上一双黑漆漆的眸子。她疑惑地看着他，问："怎么了？"

"你看 Money。"

"嗯？"

她闻言低头看向 Money，Money 正在她腿边咬着她的裤脚，眼睛闭着，一副快要睡着了的样子。

他说："Money 舍不得你走。

"我也舍不得你走。

"所以，你确定今晚要抛弃我们爷俩？"

祝矜隐隐感觉，生活中除了满是荆棘，还有无穷无尽的套路。

第二十章
爱

翌日，祝矜回家。

到晚上吃饭的时候，难得祝思俭和张澜都在。

祝矜本来做好了要被盘问一番的准备，结果他们二人谁都没有再提她出去玩跳海的事，只在饭桌上询问了一下有关她考研的事情。

不过这也算是他们家的一个传统：一件事只要翻了篇，就不兴再提。

“想好要报什么学校了吗？”张澜问。

她点点头：“想好了。”

“哪儿？”

“燕西大学。”

祝思俭笑了笑：“我还以为你要报你妈他们的学校呢。”

祝矜干笑了两声，在心中暗道：才怪。

要说起和祝矜专业最对口的学校，肯定是张澜所在的学校。张澜所任职的学校和祝矜的本科学校，一北一南，是国内最出名的两所金融类院校。

她当初考研时报的学校，就是自己的本科院校。

不过现在她既然回来了，就要从京市这几所学校里边选。而有张澜在的学校，第一个就被祝矜给排除在外了。她可不想自己的硕士生涯都在张澜的“关注”之下。

既然如此，她选不了平级的学校，便想着往上考一考，可往上可数的就是那么三四所院校。

祝矜心一横，决定去当邬淮清的校友。

她当年高考的目标院校就是燕西大学，可惜最后考得一般，没去成。

现在她就当圆以前的一个梦了。

祝矜前一阵子和邬淮清讨论过这个问题，邬淮清也支持她考燕西大学。

“反正你也没多大的压力，考上考不上都没关系，去试一试。”

说实话，邬淮清不是很理解祝矜想接着上学的想法。他看得出来，这姑娘对搞学术没有多大的兴趣。

不想，祝矜白了他一眼："我还没开始考呢，你就咒我考不上？"

邬淮清意识到自己的措辞有问题，轻笑一声，揉了揉她的头发，说："是我说错了，我们浓宝肯定能考上。"

祝矜没再和他讨论这个问题。

别人可能不觉得她有压力，她第一年备考的时候也的确没什么压力，笃定自己一定能成功上岸。

可现在提起考研这件事，她是真的有压力。

她现在在家就是学习，去外面旅行也要用手机刷题，天天不落。

旁人不知晓，当初得知她没考上研究生时，张澜有多吓人，冷冰冰的，一个月对她爱搭不理。张澜自己也带本科生的课，还经常给学生做工作，结果最后自己的女儿没有考上研究生。

张澜是真的有些生气，好在有祝思俭给祝矜撑着场子，安慰妻子，说女儿其他科成绩都考得那么高，就是第一天上午政治这一科没考好，碰巧她生病了，谁也没办法。

她的政治分数连四十分都没有。

生病，这是祝矜给他们的理由。

"从小到大我教过她多少次，做大事之前一定要做好万全的准备。她考研前一天，我跟她打电话，大冷天的她还在吃冰激凌，不生病才怪。"

那天张澜和祝思俭说这些话的时候，两人都不知道祝矜也在家。

祝矜把头蒙在被子里，听张澜在屋外恨铁不成钢地说她。

"今天学院一个老师还问我她考得怎样，我都没法回。那老师她闺女今年拿到了国外一流大学的Offer（录取通知书），她现在逮谁就问谁孩子在哪儿上学。"

"张澜女士，这就是你不对了，孩子是用来攀比的吗？我们浓浓从小到大不比别的孩子省心多了？她学习虽然不出挑，但也不差，更何况她其他方面多优秀。"祝思俭同志严肃地说道。

当时祝矜一个人待在卧室里，也不能出去，就听着他俩在外边你一言我一语地讲道理。她心想：你俩能不能换个地方说？别在我门口说。

不过，当她听到老祝同志这句话时，她的心顿时一暖。还是老爸最靠谱。

张澜的声音弱下来，但她还是反驳道："都是被你们惯的。我说她没考上就让她出国念书，你们又说什么国外不安全，不赞同。"

"本来就不安全……"提到这茬，祝思俭的立场特别坚定，他带张澜女士又重温了一遍他们朋友的女儿在国外读本科，结果失踪了的惨痛经历。

祝矜在里边听得头大，实在是没忍住，从屋里把门打开。

两人乍一看到她，都愣住了。祝矜倒是一点都不尴尬，和他俩打招呼。

“浓浓，你什么时候回来的？”

“中午那会儿就回来了。”

张澜还是对祝矜爱搭不理，祝矜嘻嘻一笑，从后边扶住她的肩膀，然后把她带到客厅的钢琴前。

“澜大美女，您就甭不待见我了，我给您弹首曲子。不就是个研究生嘛，明年我给你考上，行不？”说完，祝矜坐到钢琴前，弹了首《蓝色的爱》。

因为张澜最喜欢蓝色，名字里也有“蓝”这个字。

自那天之后，张澜才对她的态度正常起来。

“那你这几个月就好好复习。这两年燕西大学也不好考，更何况你考的又是个热门专业。你想好跟哪个老师了吗？”

祝矜默默夹起一颗虾仁，吃完后才开口：“看了几个老师。等我到时候考完再说。”

张澜还想说什么，被祝思俭拍了拍。他对张澜使了个眼色，张澜才止住话语。

“自己的事自己掂量着，你也不是小孩儿了，得学会为自己负责。”

“嗯。”

祝矜从家里回来，第二天和邬淮清晚上约了去日料店吃饭。

她白天的时候，在电脑上列好了接下来三个多月时间的复习计划。

在这个计划里，她只有学习，没有休息。从这几个月复习做试卷的结果来看，她数学、英语和专业课都没有太大的问题，只需要继续巩固记忆。

邬淮清看着她的计划表，沉默了片刻，说道：“你这计划做得有问题。”

“怎么了？”祝矜虚心求教。

“你忘了一个重要的事。”

“什么？”

“没有留和我在一起的时间。”

祝矜指了指表格里每周空余的一天，说：“这不是吗？一周宝贵的七天，我可是留了一天给你呢。”

邬淮清看着桌子上被炸得金灿灿的天妇罗，漫不经心地抬起头，看着她的眼睛，说道：“或许你可以再多出一天，我带着你复习，效率会更高。”

祝矜极为无语地看着他。鬼才信他说的话。

这男人最近因为想和她一起住，所以老是给她设套。

祝矜本来想着，要不答应和他住到一起吧？不过现在她家里人盯着她考研的事，她立马打消了这个念头。

她即使相信邬淮清的自制力，也绝对不相信自己的意志。

“不答应。”她摇头。

“为什么？”

祝矜咬了一口生鱼片，用一副“你竟然不知道吗”的惊讶模样看着他，说：“小邬子，美色当前，我的心，不定啊。”

“嗯？”

“我对你根本没有自制力。”祝矜略有些羞耻又坦荡地说出这句话，“所以，考研期间，咱俩得减少往来。”

邬淮清闻言，轻笑一声，摩挲着手中的小叶紫檀，没说行也没说不行。

祝矜是个行动派，虽然对邬淮清没有自制力，可在自己的事情上，非常自律且有条理。在确定接下来的时间要专心复习后，她像捡珍珠一样，每天按着时间计划表认真地复习，把一个一个的知识点一颗颗串起来。

而一周空下来的那一天，她除了休息，还会把这周复习的知识点做一个总的整理。因为祝矜的执行力很强，加上她松弛有度，整个学习状态非常好。

九月下旬的时候，邬淮清请朋友们去山上玩。

今年京市的气温很是诡异，夏天雨水比南方还要多，而秋天冷得像是要一键入冬。明明现在还没过十月一号，祝矜出门的时候，甚至都把厚针织开衫找出来穿上了。

邬淮清开着车，她坐在副驾驶座上，两人沿着山路向温泉山庄驶去，后边跟着朋友们的车。

上次，他们在山上泡温泉，度过了一个很美妙的下午。

那会儿他们俩还没有把话说开。

“祝浓浓，你还记得当时上山的时候，我说要给你变个魔术吗？”

“嗯。”祝矜回忆起来。

当时他们正在聊什么？

好像她在说某香村的炸串很好吃，可惜现在吃不到了，好多她小时候美好的事物，现在都没有了。

“什么魔术？”

邬淮清看着前边的路，用手指敲了敲方向盘，然后说道：“回去给你变。”

虽说那不是什么大的惊喜，但他能满足她的一个小心愿，也是好的。

在邬淮清的带领下，他们到达目的地。正是秋季，园子里芳香馥郁。

祝矜辨不出开的都是些什么花，只觉得那些花很好闻。

大家今天要在这儿住一天，人多，便分散安排在不同的院子里。

而祝矜和邬淮清待的，正是上次他们住过的那个院子。

这个院子也是邬淮清专属的院子。

晚上大家聚在一起聊天，男人们聊着聊着，习惯性地聊起了车。

忽然有人提到邬淮清当年买的那辆小跑车。

“清儿，你后来怎么卖了？还卖得那么急。你不是挺喜欢那辆车的吗？”老杨问。

祝矜不由自主地看向邬淮清。

大家的目光都投到邬淮清身上，邬淮清坐在灯下，侧脸的轮廓利落分明，只是脸上的表情依然有些散漫。

他转了转手腕上的表，轻笑一声，语气随意地说：“没什么，用它换了更重要的东西。”

祝矜泡在温泉中。廊檐下亮着一盏小灯，池子里的水波在灯光下轻轻浮动，热气缭绕着缓缓升起。

她浸入水中，只露出脖子及以上的部位。水面上还洒着玫瑰的花瓣，她在水下轻拍了一下水波，水池瞬时发出一声闷响。

祝矜回想着刚刚大家聊天时提到的邬淮清当年把跑车卖了的事。

她问邬淮清卖车换了什么，他没讲，只说当时他的钱大多在股市里，被套牢了，所以才卖了车换一些现钱。他的那辆车祝矜有印象，不算贵，但据说是他用自己赚的第一笔钱买的，意义不一般。

那会儿她才高中毕业，而听他们刚刚聊天，他卖掉车的时候应该是在她大一的第二个学期。

前后不到一年的时间。

祝矜听他的话音，以为他是要做其他投资，手头暂时周转不开才把车卖掉的。

毕竟他一开始在公司做的是很基层的工作，想自己做点投资，没那么容易。

可她的脑海中，却不自觉地浮现出邬淮清手腕上的表，那块和她的表是情侣款的、月亮河系列的表。

祝矜正想得入神，眼睛忽然被人蒙住。

祝矜轻笑道：“干吗？”

她知道是邬淮清。

他不说话，站在她身后，凑过来吻她。祝矜听着他的呼吸声，眼睛随之慢慢地闭上，大脑中却回想起池水中摇曳的玫瑰花瓣。片刻之后，她的脸颊上传来一阵冰凉的触感，她的眼睛还被他蒙着，不知道自己脸颊上的凉意从何而来。

她抬起手，摸索到他手腕上那串小叶紫檀，再缓缓向上，紧扣住邬淮清的手腕。

“这是什么？”她问。

“冰激凌。”

“啊？”祝矜的声音中立刻透出一股惊喜，“山上还有冰激凌？”

她摸着脸颊上的那个盒子，那是一个方方正正的盒子，她猜出这应该是她常吃的那款冰激凌，配料很干净，奶味十足。

她这种“奶控”，简直爱这款冰激凌爱到不行。

刚刚大家打麻将，祝矜今晚手气不怎么好，玩了两把就意兴阑珊地下了桌，换了邬淮清上场，她在旁边拿着手机听网课。

屋子里开着空调，很暖和，她忽然想吃冰激凌，便提了一嘴，其他人听到了，也有人跟着说想吃。

邬淮清慢条斯理地回他们：“刚吃了热饭，就吃冰激凌，不怕难受？”

“嘿，你还养起生来了。”宁小轩嘲笑他，“要说咱们几个里边，就数你最不爱惜身体了吧？你熬起夜来简直不要命，我还得时不时打个电话，就怕万一你工作起来，猝死了也没人发现……”话还没说完，他就被祝矜瞪了一眼。

“你会不会说话？”祝矜可不会跟他客气。

宁小轩撇了撇嘴，看着她的眼神里饱含痛惜。

祝矜看他欲言又止地望着自己，问：“有话说话。”

“浓浓，你已经不是当初那个拽着哥的袖子，让哥给你买糖的可爱小妹妹了。”

“我还拽着你的袖子，让你买糖？”祝矜说，“这是你自己幻想中的情节吧？”

宁小轩装模作样地捂着心口，沉痛地说道：“不要说了，不要说了，哥知道，哥在你心中已经毫无地位了。”

祝矜把浆果汁递给他。

“干吗？”宁小轩问。

“道具啊。”她笑道。

“什么道具？”

“你不是‘戏精’上身了吗？你喝一口含在嘴里，一会儿吐出来，正好可以演你悲伤吐血的一幕。”

宁小轩无语地看她一眼，叹息道：“浓浓，我发现你和邬清儿待在一起后，这是学坏了啊，学坏了。”

他边说边摇头。

旁边传来大家的笑声。

邬淮清抬手，拿走祝矜手中的浆果汁，在自己的杯中倒了点，慢悠悠地喝了一口，然后说道：“我当然要养生……”

大家一起看向他，等着他的后话。

“我们浓浓要长命百岁，我要一直陪着她。”他的声音被浆果汁润过，带着如浆果汁一般的甜蜜。

大家瞬间起哄，没料到邬淮清谈起恋爱来，竟然会说如此肉麻的话。

“你想长命百岁就直说，还拿我们浓浓说事。”宁小轩乜了他一眼，故意抬杠。

邬淮清不搭理他，揽着祝矜的肩膀，笑着看她。

他的目光过于滚烫，祝矜在人群的嬉笑声中，耳朵像是被烫到了一般。

祝矜摸了摸他的脸颊，低声问：“邬淮清，你是不是喝多了？”

她的睫毛如蝶翼般扑闪，他在她澄澈的目光里，偏着头“嗯”了声，不知羞耻地说：“我醉了，怎么办？”

祝矜忍不住笑，戳了戳他脖颈上的那颗小痣：“我看你清醒得很呢。”

宁小轩早发现了“明明是三个人的戏，他却不知何时已经没了戏份”这件事，人家两个人郎情妾意、你侬我侬，而他，就像个最大最亮的灯泡。

这样想着，宁小轩叹了口气，“悲愤”地移开视线。

没想到，邬淮清竟还记得她想吃冰激凌。

祝矜迫不及待地扳开邬淮清蒙在她眼睛上的手，转身要去拿冰激凌。

没承想，他反应极为敏捷地把手移开了。

祝矜不解地看着他，想起上次吃泡面的经历，说道：“你不会又要替我吃吧？冰激凌我可闻不出味。”

邬淮清轻笑一声，坐在池子边上，俯视着她。

从这个角度看，她很小巧，脸颊因长时间吸收着水汽而泛起健康的红晕，杏眼水亮，乌黑的头发全部被绾在后边，用了根筷子固定住。那是根货真价实的筷子，是祝矜刚从邬淮清那儿顺的。一根白色的瓷筷子，上边还有蓝色的花纹。

据说，这还是件古物。

邬淮清原不懂她这奇怪的爱好。她拿筷子做什么？还只拿一根。

现在他看到她这副模样，着实是楚楚动人又新奇别致。

他不由自主地凑过去，祝矜躲开，回头不满地看着他，实际上是在看那盒冰激凌。

“邬淮清，冰激凌要化了，你知道吗？”

“嗯。”邬淮清点头，唇边浮着的浅淡的笑在夜色下温柔至极。

祝矜却觉得他此时此刻的笑容很坏。

他不想让她吃就算了，干吗还专门拿过来给她看？

他明知道她想吃！

邬淮清看着她，温声道：“你可以吃，但我要喂你吃。”

“我知道你喜欢我，真的不用那么麻烦的。”祝矜在水里泡久了，声音都有些变了。

“我是喜欢你，不过这可不是我喜欢的事。”他慢条斯理地说着，“别以为我不知道你上周连着吃了三大盒冰激凌。”

都怪她过于勤俭，想着这个冰激凌的塑料盒子很实用，可以放做手账的胶带，于是她吃完冰激凌也没扔了盒子，洗了洗就留了下来。

这下好了，她给他留下了控诉她的证据。

祝矜勾起唇角，冲他笑了笑：“你误会我了，那是我和蒋文珊一起吃的。你还不知道珊珊？她那么爱吃甜品。”

远在市区家中的蒋文珊正在看吃播，突然莫名其妙地打了个喷嚏，不由问：“谁在说我？”

“哦？”邬淮清笑着，“看来是我错怪你了。那没事，你泡着，我喂你。”

祝矜怕再拖下去，冰激凌就真的化了，只得依着他。

这个冰激凌是一小方块一小方块的，正好一口一个，所以她每次吃都刹不住车，说着吃一半，留一半明天再吃，到最后总是吃完了一整盒。

其实，邬淮清看到的只是表象。

事实是，她上周吃了四盒，有了三个盒子之后，第四个盒子被她嫌多余给扔了。

幸好他没看到。

祝矜在池中美滋滋地泡着温泉，旁边有人把冰激凌喂到她嘴边。

有一瞬间，她还真有种自己是娘娘的错觉。

“小邬子。”

“嗯？”

“给本宫唱首曲。太无聊了。”

邬淮清拿着小叉子叉起一个乳白色的小方块喂给她，没搭理她的要求。

过了会儿，祝矜察觉到嘴边再没有冰激凌，一回头，就见邬淮清正一脸享受地吃着。

祝矜看着他，见他不为所动，沉默了片刻，说：“该我了。”

“你的被你吃完了。”

这就是他喂她的意义？

她吃了甚至都没有一盒的五分之一！

邬淮清脸色严肃，一副没有通融余地的模样。

祝矜转过身子，轻轻地哼了声，然后把头靠在他的腿上。

山里空气好，也没有那么严重的光污染，因而可以看到星星。今晚的星星虽然不是很多，但一闪一闪的，也很漂亮。

“你从哪儿弄的冰激凌？”

“买的。”

“什么时候呀？”

“来之前，我让人准备了一些东西。”

祝矜没有想到他会让人准备冰激凌，还恰好是她喜欢的这款。她接着问：“还准备了什么呀？”

“奶酪棒、三文鱼、岩烧芝士脆片、玫瑰酥……”他列举了几个。

祝矜愣愣地看着他：“这些不都是我爱吃的吗？”

邬淮清轻“嗯”了声。

祝矜捶了他一拳，傻傻地问：“藏了这么多好吃的，怎么不提前告诉我？”

他看着她，温柔地说道：“怕你控制不住一下吃太多，又怕你想吃的时候吃不到。”

在山上的第二天，周日，大家都睡到了自然醒。

中午都要吃饭了，他们也不见祝矜和邬淮清从院子里出来，不由得纳闷。

“他俩人呢？”有人问，“不会还没起吧？”

因为没啥事，大周末的也不想去打扰人睡懒觉，所以先起来的人就不管主人家，自己安排了活动。可现在这个点，都要到中午了，他们还没见着那俩，这就实在有些……

“清儿这谈了恋爱就是不一样了。”不知是谁说的，他话音刚落，大家都笑了起来。

十二点的时候，有人来摆饭，菜肴一道道从后厨被端过来。这儿的厨师手艺特别好，各地的菜系都会做，大家不得不佩服邬淮清会找人才。

最后一道汤端上来时，祝矜和邬淮清终于出现在了众人的视野中。

一见到他俩，宁小轩就调侃道："是不是饿醒了？看看几点了，你俩才起？"

祝矜睨他一眼："我俩早就起来了。"

"那你俩为啥一上午都没露面？"宁小轩似信非信地问。

祝矜和邬淮清挨着坐下来。她喝了口水，说："今天是我的学习日，我一上午都在学习。"

"什么学习日？"路宝问。他这种早就步入工作岗位的社会人士，一听到"学习"这个词就头疼，尤其他们单位还三天两头地考核。

"考研。"祝矜说。

"我知道你考研。"宁小轩说完，反应过来，又难以置信地道，"祝浓浓，你没事吧，出来玩还学习？"

菜都上齐了，大家开始动筷子。

邬淮清在旁边给祝矜剥了一个虾，听她说道："我定的计划就是一周学六休一的，昨天不是休息了一天吗？"

邬淮清轻笑，旁边宁小轩和路宝的两张脸上写着"我不理解"。

今天早上，邬淮清也以为祝矜会睡个懒觉，谁想她比他想象中更有自制力。

七点钟听到闹钟，祝矜便准时醒了，哼唧了两声，然后就要起来去洗漱。

当时他让她再多睡会儿。

祝矜低头，在他唇上亲了亲，然后轻声说："你继续睡吧，我还带了书来呢，不能光走个形式。"

邬淮清于是也没再睡，跟着她一起收拾了一番，然后去吃了个早饭。

一上午，他们便待在屋子里，她复习、做题，他看书。

宁小轩给她竖了个大拇指："厉害，浓浓。我跟你打赌，你今年一定能考上。"

"不用你赌，我也肯定能考上。"

对于祝矜当初没考上研究生的事情，大家多多少少有些惊讶，不过谁也没当回事，毕竟都觉得祝矜不差这个学历。

不过，她要是还考原来的学校还好说，可现在把目标换成了燕西大学。

祝矜其实也没有十成十的把握，但她很喜欢自己很投入地去做一件事情时的这个努力的过程。

她也绝不屑于遮掩自己的野心。

下午，祝矜按照计划一直待在屋子里刷题和背书。

金乌西沉，书桌上洒满了金色的阳光，她伸了个懒腰，起身去找邬淮清。

邬淮清正坐在院子里看书。

"看什么呢？"祝矜以为他看的又是什么专业性的书籍，结果一看，是一本《哈利·波特》。

"从哪儿弄的？"明明他上午看的书还不是这本。

"我刚刚在厨房那儿看到的。厨师的小儿子过来了，他带的。"

祝矜笑道："你竟然和小孩儿抢书？"

"是借，作为交换，我还给他买了玩具。"他纠正她。

今天天气好，没那么冷，院子里飘着淡淡的香气，树叶、屋檐、窗棂都被夕阳镶上了金边。

祝矜想起家里的那本《哈利·波特与凤凰社》，忽然低头，亲了亲邬淮清。

"你知道我什么时候确定你喜欢我的吗？"她问，一双眸子亮晶晶的。

"什么时候？"邬淮清抬起头，声音不自觉有些紧张，连他自己都没察觉。

"就是我找到你的那本《哈利·波特与凤凰社》的时候。"祝矜狡黠地笑着，说。

"这两者之间有什么关系吗？"邬淮清皱了一下眉，问。

祝矜就看着他装傻，她才不相信他这么聪明会猜不出来因为什么。

她盯着他的眼睛，一直不说话，只盯着他的眼睛。

不消片刻，邬淮清就举手投降，笑了起来，主动问："是看到后边的英文字符了吗？"

"嗯。"祝矜点头，她摆出一副"你真厉害"的表情，说，"你当年竟然敢把它借给我。"

邬淮清轻笑："哪儿是我借你的？明明是路宝先斩后奏借给你的。"他说着，想起当初那几天的纠结，"不过不得不说，当时着实忐忑了一阵子，还想着，我要不趁机把话摊开说了算了。"

"那你当时怎么不这么做？"祝矜抓住关键信息，迅速地问。

要是他当时就摊牌了，说不准，他们不用蹉跎这么多年。

邬淮清把她抱到自己腿上，下巴抵在她的肩头，道："当时，我其实不确定我到底是怎么想的。"

"嗯？"祝矜看向他，眼神好像在说"你在说什么"。

"我当时，认为我对你的过度关注，只是自己潜意识在嫉妒你……"他不确定地说道。

"啊？"祝矜没料到自己会从邬淮清口中听到"嫉妒"这个词，她不解，"我有什么可嫉妒的？"

"你温柔又热心，大院里所有人都喜欢你，你当时，就像太阳一样。"他慢慢地说道。

祝矜看着他，忽然愣住。

“才没有所有人都喜欢我。”半晌，她慢吞吞地说道。不知为何，她心中有些酸涩，像是剥开一瓣酸橘子，还把酸橘子吃掉了。

“你当时就不喜欢我。

“还有很多人，在暗地里讨厌我。虽然他们不说，但我都知道。”

她说着：“不过我不在意，因为只要我关心的人喜欢我就好了。

“况且，邬淮清，也有很多人，非常非常地喜欢你。”

她认真地说道。

祝矜知道他的心思。

或许她从前不清楚，但是现在，她比任何人都要了解他。

邬淮清没有那么坚不可摧，更没有那么不近人情。

他不是烙铁，更不是机器。

他是活生生的人。

年少的他不是在嫉妒她，而是他同样渴望家庭健康，渴望来自父母的温暖的爱。可惜那个家，终究没有给他想要的，反而带给了他更大的伤害。

如果可以，祝矜想回到年少的时候，去抱一抱邬淮清，告诉他，她爱他，并且会一直爱他。

往后的很多很多年，他都会有丰沛的、无穷无尽的爱。

如果世上只剩下一个人爱他，那么也一定会是她。

国庆节放假，祝小筱也正式结束了军训，度过了开学适应期。七天小长假，她除了和新认识的朋友们出去看电影、看展，剩下的时间都待在祝矜家里。

祝矜忙着复习，把家庭影院和大厨房给祝小筱享受。

祝小筱时常打着“给祝矜这个考研人士补身体”的名义，研制出一系列黑暗料理，差点把祝矜的厨房炸了。

蒋文珊最近不住在安和嘉园，只回来过一次。她来找祝矜，结果正碰上祝小筱做榴梿酥。

蒋文珊嫌弃得不行，指着祝小筱的榴梿酥，“从品相到味道”批评了一番。祝小筱恨得牙痒痒，说：“那你做，就知道动嘴不动手。”

祝矜做完一套卷子出来，没在客厅里看到人，只听到细碎的交谈声。

她循着声音到了厨房，一看正是蒋文珊和祝小筱。

两人都戴着手套，满手面糊。

蒋文珊正在教祝小筱，做榴梿酥时哪个步骤需要注意什么。

“文珊，你今天回这儿啦？”祝矜有些惊讶。

“嗯。”蒋文珊回过头来看她，“正在教你妹妹如何做人吃的榴梿酥。”

祝小筱看蒋文珊的范儿，就知道她肯定比自己做得好，刚刚那些话她也不是在纸上谈兵。

祝小筱虽然心中不忿，但也没再反驳她，只问祝矜：“姐，这是你的朋友吗？”

祝矜还没开口，蒋文珊就主动介绍了一番自己，说完了还补充：“我下个月结婚，你到时候记得随我份子钱。”

祝小筱也简单地介绍了一下自己。

“哟，学表演的。你要不要拍电影，姐姐认识好多大制片人。”蒋文珊逗她。

祝小筱翻了个白眼，不屑地说：“我姐认识的制片人可比你认识的多多了。”

在旁边站着的祝矜轻轻咳嗽了一声，心虚不已。

她可不认识什么大制片人，姜希靓、唐愈他们倒是认识一些。

蒋文珊的确很会交际，三言两语就和祝小筱成了能骂能开玩笑的朋友，祝小筱根本招架不住。

等到榴梿酥从烤箱里被端出来时，蒋文珊拍着祝小筱的肩，说：“回头把你的资料发给我，我把你推给我的朋友。”

“好。”祝小筱应着，目光全然被烤盘上金灿灿的榴梿酥吸引走了，“你这做得也太好看了吧？”

“可不？不仅好看，还香。快尝尝。”蒋文珊说完，不忘加一句，“谁像你？那纯粹叫浪费粮食。”

祝小筱拿起一块榴梿酥，榴梿酥有点烫，但她还是忍不住咬了一口。她们做的榴梿酥，里边的榴梿果肉都能被清晰地看到，祝小筱咬下一口，口齿留香，好吃到连蒋文珊说她浪费粮食，她都顾不上反驳了。

“姐，你不是要开甜品店吗，你俩要不联手开吧？”祝小筱给榴梿酥扇风，想要它们的温度快点降下来。

“你要开店？”蒋文珊看向祝矜，问，“在哪儿开？”

上回蒋文珊跟祝矜提起附近商业大厦招租的事情，当时祝矜并没有说自己有开店的想法。

祝矜便说了上次蒋文珊说的那个商业大厦的名字。

蒋文珊竖了个大拇指：“你行啊，这是说干就干了？有魄力。”

蒋文珊虽然也一直说想开家餐厅或者开家甜品店，但每次都是说说，说了就算了，尤其是最近忙着婚礼的事情，更没工夫想其他的。

她一段时间不见祝矜，祝矜倒是出人意料，不声不响的，行动极快，都已经找好店面了。

两人看着对方，哗的一声，空气中像是有火花被点亮。

两人对视了不到半分钟之后，蒋文珊眨了眨眼睛，先开口：“要不，我们试一试？”

“试一试，就试一试？”

祝矜说完，两人不约而同地笑了起来。

祝小筱愣住，两人这就达成协议了吗？这么迅速的吗？她“喂”了声，说：“好歹是我提议的，你们不该给我点什么奖励吗？创业公司拉投资，还得给中介钱呢。”

蒋文珊把榴梿酥往她面前推了推：“哦，奖励你热乎的榴梿酥，快点吃，不然一会儿凉了就没现在好吃了。”

祝小筱：“……”

祝矜笑了笑：“给你股份好不好？”

“好！”祝小筱的眼睛亮了起来，“我要投资。”

“你那点钱，你不怕我俩这么不靠谱的人，让你的钱都打了水漂？”祝矜问。

祝小筱摇摇头：“才不会，我姐夫舍得让你亏钱吗？估计你们生意要是不景气的话，他得天天买光你们的甜品，然后分给全公司的人吃。”

蒋文珊竖起大拇指：“行啊，小姑娘看事情角度清奇，不过这话说得有道理，我忽然觉得我可以抱你姐的大腿了。”

“那可不？”

祝小筱和蒋文珊越说越远，甚至热烈地讨论起“以后要仰赖祝矜发财致富”的未来了。

祝矜默默开口：“请问，这店里除了卖甜品，还可以卖生煎包吗？”

蒋文珊和祝小筱目光诡异地看向她：“那请问，您卖生煎包做什么？”

祝矜特别坦荡地说：“邬淮清喜欢吃生煎包，所以我想店里要有一些他爱吃的东西。”

祝小筱搂住自己的胳膊，搓了搓上面的鸡皮疙瘩，低声嘀咕：“单身怎么了，单身就得受这种伤害吗？”

祝矜慢悠悠地道：“再说了，你们都提前把邬淮清当靠山了，还不想着讨好讨好靠山？”

蒋文珊和祝小筱对视一眼，觉得祝矜说得好像也有道理。

说话间，祝矜泡的红茶好了，三个人边喝茶边吃着榴梿酥。

祝矜忽然想起一件事，问蒋文珊：“你知道邬淮清读大学时卖了辆跑车吗？”

“卖车？邬淮清？”蒋文珊摇摇头，“我记得大二还是什么时候他好像买了辆跑车。那辆跑车老拉风了，不过我大三就交换去国外念书了，那车他什么时候卖的我就不知道了。”

祝矜“哦”了声。

这件事她一直惦念着，虽然没听到准话，但越来越肯定，邬淮清当时把车卖掉，多半就是因为那两块表。

当初祝矜收到那块表时，看到牌子后，便知道价格肯定不便宜。

当时她因为想把表还给邬淮清，便没仔细去官方网站上查。

祝矜从山上回来后，又上网仔细查了查，直到翻到当年与之有关的杂志，才知道那块表的价格究竟有多离谱，离谱到她这种对手表的价格一向很宽容的人，都觉得离谱。

也是这时，她才后知后觉地反应过来，为什么她去客服中心修表，那个客服听到她洗澡还戴着这块表时，会那么吃惊。

祝矜今天的学习任务完成得很快，傍晚，她毫不留情地抛弃祝小筱，去找邬淮清了。这几天，因为祝小筱在她家，所以邬淮清从来不在安和嘉园久待，只偶尔白天开车过来，带着她俩一起去找一些菜品好吃的店。

祝矜直接去了邬淮清家，除了想见邬淮清，还有点想 Money 了。

路上有人在排队买粘豆包，她找了个地方把车停下后，也下去排队买了一些。

刚出锅的粘豆包，还是热的，她不知道 Money 能不能吃。

祝矜提前告诉邬淮清自己要来，谁知进了邬淮清家，却发现邬淮清没在。

不过阿姨在家。阿姨给祝矜准备了鲜榨果汁，一见祝矜进来，忙端给祝矜说：“邬先生出去买东西了。”

祝矜拿出手机，给邬淮清发微信消息：买什么去啦？

W：到了？

祝你矜日快乐：嗯，刚到。你人呢？我带了粘豆包，得趁热吃。

W：马上回来。

祝矜正发着消息，Money 看到她，跑了过来。

祝矜蹲下身子，一边回复邬淮清，一边和 Money 玩。

不一会儿，邬淮清开门进来，祝矜看着他手中的袋子，愣了愣。

“你去买菜了？”

“嗯。”他神色平常地说道。

阿姨走过来，嘴里说着：“我去买就好了，您怎么还自己去？”

邬淮清对她笑笑：“没关系，章姐，您今天早点回去吧，晚饭我们自己做。”

阿姨有些犹疑，但她知道邬淮清不是个爱开玩笑的人，迟疑了一下，最终点点头，说：“好。”之后，她便去收拾东西了。

祝矜看向邬淮清：“你干吗？要下厨？”

在她的印象中，邬淮清可不是什么擅长做饭的人。当初她生病的时候，倒是喝过他熬的粥。

“嗯。”邬淮清把袋子拎到厨房，洗了洗手，然后还没擦干手，就去揉她的头发。

水珠沾到祝矜的头发上，祝矜嫌弃地在他的胳膊上咬了一下：“坏。”

她把袋子打开，一看，除了菜，里边还有几小袋某香村的糕点，还有两袋冷冻的肉串，包装袋上边画着某香村的三禾标志。

“某香村还卖肉串？”

“嗯。”邬淮清说，“没想到吧？我今天给你炸。”

祝矜想起自己跟他说过的，她小学的时候很喜欢吃某香村的炸羊肉串，只可惜后来没有了。

“我之前说想给你变个魔术，就是准备带你去吃他们家的炸串。”他笑笑，“他们家的炸串的确是消失过几年，但后来有个别几家店又有了。”

他顿了顿：“可惜咱俩不太赶巧儿，我找了好几家某香村的店，发现卖炸串的窗口再次被关掉了。幸好他们还卖同款肉串，我就想买回来自己给你炸。”他说，“应该和你小时候吃到的味道差不了多少。”

祝矜看着他。其实她早就忘了小时候的炸羊肉串、炸鸡肉串是什么味道的，只是印象中记得那很好吃。没想到，邬淮清竟然把那天她随口说的话放在了心上。

她笑起来，踮起脚亲了亲他，然后从一旁的桌子上取出粘豆包：“那我请你吃粘豆包，好不好？”

邬淮清咬了口粘豆包，粘豆包还是温的，很软：“好吃。”

祝矜想起自己的计划，说：“我和文珊要一起开一家甜品店。”

“那不错。”邬淮清说，“蒋文珊家本来就是做生鲜零售的，她在大学的时候还搞过挺长时间的跨境电商，人脉广，自己也会做甜品。你还挺会选合伙人。”

祝矜听着他非常客观地分析，心中却在想：等他到时候知道自己开的甜品店还专门给他做生煎包，不知道会有多感动。

祝矜也吃了一个粘豆包，和邬淮清待在厨房里，准备一起做炸串。

两人正忙活着，门铃声忽然响起。

邬淮清戴着手套，正在等油热。祝矜擦了擦手，说：“我去开吧。”

她打开门，一看到眼前的来人，瞬间愣住了。

“阿……阿姨？”祝矜看着骆梧，结结巴巴地打招呼。

第二十一章
迷迭香

祝矜其实想象过很多次，和邬淮清的恋情败露后，与邬母见面会是什么场面，但是，没有哪一幕，会比现在更具戏剧性。

她穿着拖鞋，手上还挂着刚刚洗小西红柿时没有擦干净的水珠，头发因为在厨房披着做事不方便，被随意地绾在了后边。

“阿……阿姨？”她结结巴巴地打着招呼。

骆梧戴着墨镜，一双眼睛藏在墨镜后边。祝矜看不出她的情绪，但感受得到，她在看自己。

祝矜的一颗心都提到了嗓子眼，大脑一片空白。

片刻之后，骆梧冷着一张脸，慢条斯理地把墨镜从脸上摘下来。她将视线从祝矜身上离开，只淡声问：“邬淮清呢？”

“他在厨房。”

“厨房？”骆梧像是听到了什么笑话似的，侧过头看着她，说道。

“嗯。”祝矜应着。

骆梧怎么也想不到，印象里那个那么骄傲甚至傲慢的儿子，会亲自下厨。

她扫视了一圈：鞋柜里摆着好几双女鞋，沙发上随意地放着一个女包，房间里还有很多装点环境的小玩意。这些一看就不是她儿子的手笔。

骆梧的眉头不自觉地皱起来。

祝矜掐了掐手心，稍微缓解了几分紧张情绪。她迎上骆梧审视的目光，冲骆梧笑了笑：“阿姨，我去帮你叫邬淮清。”

她察觉到骆梧看到她时，虽然透露着不喜，但是好像很淡定。

对于自己出现在她儿子的家中这件事，她只在最开始流露出一刹那惊讶的表情，接下来，甚至连一声质询都没有。

不过倒也不奇怪，祝矜印象里的骆梧，一直如此从容不迫，似乎没什么能使她变脸色。

除了那一次。

祝矜正要去厨房，就看到邬淮清闻声走了出来。

他看到骆梧时，也吃了一惊，不过那份吃惊仅仅在脸上闪现了片刻，便被他掩去。

“妈。”他叫道。

说着，他走到祝矜身边，轻轻拍了拍她的肩，用眼神给她鼓励。

这栋房子是在他大学的时候装修好的，从装修好到现在，骆梧来过的次数，用三只手指头都能数得过来。

今天她一声不吭地过来，着实是在邬淮清的意料之外。

“您过来吃晚饭？”他自然地问道。

“哪儿还不能吃顿晚饭？”她话语里带着讽意，“我过来找你有事。”

“什么事？您说。”

骆梧的视线在祝矜身上掠过，然后她说：“有个能说话的地方吗？我不想被外人听去。”

祝矜抬头看了邬淮清一眼，冲他示意了一下，然后转身去房间。

待祝矜离开，邬淮清带骆梧去了书房。他语气有几分散漫：“什么事劳您大驾光临？”

骆梧最看不惯他这副模样，和邬深一样的模样。从他一出生，骆梧看到他脖子上的那颗痣起，便对他心生厌恶。

邬深的脖子上也有一颗痣。

有其父必有其子，骆梧深信。

果不其然，他找个女朋友，偏找她最不待见的那位。

骆梧皱皱眉，说道：“你是故意的？”

“什么？”

“你和她现在是什么关系？”

“您看到了，男女朋友关系。”

骆梧冷笑一声：“你和你爸爸的眼光一样差。”

邬淮清闻言，挑了挑眉毛，没作声。

他懒得解释，他的女孩儿有多好，他一清二楚，不需要别人知道。

骆梧今天来是想和他商量邬深那个儿子的事情的，没想到会见到祝矜。她现在也没了心情，拿起包要离开，临走前，说：“我也指望不上你。”

“妈。”邬淮清忽然叫住骆梧。骆梧看着他。

“您什么时候指望过我呀？”邬淮清笑着问，语气平静。

骆梧怔了怔，没说话，随后转身离开。

祝矜在卧室开了一盒新的彩泥，彩泥是粉色透明质地的，特别漂亮。

这是姜希靓教她的，压力大、不开心的时候就捏泥巴，特别解压。

于是祝矜一口气买了好多罐彩泥，还给邬淮清也买了好几罐。谁知他一盒都没拆，她倒是先用上了。

邬淮清一推门进来，就看到祝矜正躺在床上，将手中的彩泥拉长，又揉在一起，再次拉长，跟和面似的。

听到声音，她抬起头，顿了顿，又移开视线，重新把目光聚焦在彩泥上，也不跟他说话。

邬淮清走过来，躺在她身边，和她一起望着那团粉红色的泥巴。

他们谁也没说话，只看着那团彩泥在空中变幻着形状。

他觉得这团彩泥像是他的心，被她揉来揉去。

她可以随意更改他心的形状。

过了会儿，祝矜闷闷地开口："邬淮清。"

"我在。"

"你怎么不说话？"

邬淮清语气温柔，又带着笑意地说道："我觉得祝浓浓现在在想我，所以不想打扰她想我。"

祝矜轻哼一声。

邬淮清转了个身，侧躺着，望着她。

祝矜把彩泥放进罐子里后，看向他的眼睛，说："我的确是在想你，不过我现在一点都不开心。"

"嗯？"

"邬淮清，你妈妈根本就不喜欢我。"

虽然这是个祝矜早已知道的事实，但当她真的面对时，还是感到很委屈。

就像当年，她同样委屈。

邬淮清吻了吻她泛红的眼角："我这样说不知道能不能安慰你，她也不怎么喜欢我。人说爱屋及乌，那恨乌也可能及屋，她都不喜欢我，你还指望她喜欢你？"

祝矜听着他的一番安慰，好像有那么点道理。

可是，他们关系再不好，也是流着相同血液的亲人。

见祝矜不说话，邬淮清挠了一下她的腰："别想了，你要和我过一辈子，又不是和我妈过一辈子。再说，天塌下来有爷给你顶着。

"你还吃不吃炸串了？"

他又问。

祝矜鼓着脸颊，被他从床上拽起来。

他先带着她去浴室洗了洗手，然后将她拉进厨房。

祝矜尽管当时已经没了胃口，但不得不承认，那天的炸串很好吃。

骆梧会私下找祝矜，是在祝矜意料之外的，也是在情理之中的。

祝矜在镜子前精细地化了个妆，穿着一套普通但很得体的衣服，去了她们约定的一家茶馆见骆梧。

骆梧是卡着点来的，看到祝矜，她一反那天的冷淡态度，先是笑了笑。点完茶后，她问："恨我吗？"

"哪能？"祝矜笑了笑，说。

祝矜委屈是有，恨倒是谈不上。

毕竟骆梧是个母亲。

骆梧像是不在意她的回答，说："说实话，今天见到你，我依旧很讨厌你。"

祝矜没想到她会说得这么直白。

"因为梓清吗？"

听到祝矜提到这个名字，骆梧蹙了蹙眉："当年，你为什么要在那天把她约到那种地方？"

这个问题祝矜当年也回答过她。

茶被送了上来。

祝矜喝了一口热茶，被烫了一下。

高考结束后的那个夏天，那本应该是一段让祝矜很快乐的时光。

最开始一段时间，祝矜也的确很快乐。

至于骆梓清，她和骆梓清一直都不太熟。

骆梓清比祝矜低一年级，搬过来时读高二，祝矜已经读高三了，正是学习最忙碌的一段时间，因此她们平时来往很少。

但骆梓清是邬淮清的妹妹，祝矜又对她比常人多了一分关注。

在祝矜的印象里，骆梓清和张菁关系还不错。

有一段时间，骆梓清经常来他们班，找一个叫李子江的男生，那男生是祝矜班里的体育委员。

考试结束，班级聚会完，大家还不尽兴，便一起去了 KTV 唱歌。不知怎的，李子江突然点了首情歌，拿着话筒说要唱给祝矜听。

祝矜意识到不妙，没等他唱完就拿着东西走了。

这件事不知怎么就传到了骆梓清的耳朵里。

那一段时间，骆梓清是打心底里不待见祝矜，两人见了面，祝矜冲她笑一笑，她也不理不睬。

祝矜那时心情好，知道她是因为李子江才不待见自己，也没觉得有什么不开心。毕竟骆梓清这么一个小姑娘，闹情绪也正常，祝矜甚至还觉得她有几分可爱。

不过祝矜不得不承认，这兄妹俩，没一个脾气好的。

后来不知发生了什么，骆梓清要和她聊聊，在电话里语气非常强硬。

祝矜那天正要骑车去爬山，就说等自己回来再说。

骆梓清偏不，问她在哪儿。

当时是中午，祝矜已经和骑行队骑到了半山腰，大家停下来正在休息。

祝矜把地址用微信分享给了她，又在电话里说："看到了吧？很远的，我今晚可能还要在山上待一晚呢。等明天，咱们见面再聊，你想和我说什么我都听着。"

那边的人瞬间就挂了电话。

祝矜以为她是答应了。

下午的时候，突然变天。

变天不是什么稀奇的事，尤其是那年夏天，雨水还格外多。

骑行队伍中有不少有经验的前辈，他们看了地图，见离山顶的民宿已经不远了，便纷纷督促大家加快速度，往山顶赶去。

当时明明是三点多钟，天却黑得像是冬日的六七点钟，云层滚滚，瓢泼大雨眼见着就要下过来。

最后，他们看到民宿的时候，雨珠也打了下来。

队长喊着："注意安全！"

他们从车上下来，最后几百米，一边淋着雨，一边推着车赶过去。他们进了民宿，一问还有房间，不过房间不多了，几个人便男女分开着挤了挤。

前台的服务人员说，前两天突发山洪，出了事故，有两个旅行者失踪了。

祝矜的眼皮忽然跳了跳，一种莫名其妙的不安感在她的心底蔓延。

她的这种不安感一直持续到了晚上。

邬淮清在发小群里问：有谁见到骆梓清了吗？

大家纷纷说没有。

老杨忽然说：我中午回来时见到她正往外走，挺急的，连招呼都没跟我打。怎么了？

过了会儿，邬淮清回复：她还没回家，电话也打不通，我妈很着急。

老杨：说不准她去同学家了，要不你问问她的同学？

W：问过了。

祝矜看着聊天记录。山里信号不好，消息更新有些延迟，她得等很长时间。

她找到通话记录，按了最上方的一条，给骆梓清回拨过去。

“您拨打的电话暂时无法接通……”

祝矜心中的不安感就像石子扔在湖面上泛起的涟漪，越扩越大。

她私聊邬淮清。在此之前，他们从来没有在微信上说过话。

祝你矜日快乐：梓清今天中午的时候给我打过电话。

好不容易信息发送成功了，祝矜握着手机等。

邬淮清没有回她的微信消息，而是直接打了电话过来：“她打电话时有说什么吗？”

“她要找我，说有事谈一谈，但我今天在骑车登山。”

“你呢，你现在在山上安全吗？”

祝矜没想到他会突然问自己，“啊”了声，然后说：“我在民宿里，没事。不过邬淮清，我后来在微信里给了梓清我的位置。”

那边的人沉默了片刻，问：“她有说要去找你吗？”

“我让她别来找我，但她没回应就挂了电话。”

“好，我知道了。”

挂掉电话后，祝矜一直惴惴不安。

她又给邬淮清发了条微信消息：找到了告诉我一声。

他没回复。

那晚祝矜一直没睡着，直到深夜，她忽然接到祝羲泽的电话。

“邬淮清的妹妹去世了。

“鹿髓山突发洪水，她一个人，也不知道遭遇了什么。

“你说，他妹妹一个人去山上做什么？”

鹿髓山，正是祝矜骑行的那座山。

祝羲泽陪着邬淮清在医院，想起祝矜也在这座山上，闲下来后连忙给她打了这通电话。

“你一定要注意安全，在民宿里好好待着，明天等雨停了再回来。我去接你，明天你不要骑车下来。”

祝矜在电话那头说了声“好”，下一秒，忍不住哭了出来。

祝羲泽只以为她被吓坏了，安慰了她好久。

祝矜蹲在民宿走廊的地上，捂着嘴巴，压抑住哭声。

没有人知道，她那晚有多难过、多自责。

雨还在下着，她出不去、回不去。

她什么都做不了，但她知道，她犯了大错。

她甚至都不敢在脑海中想一下邬淮清的面容。

第二天，所有人都知道了这件事情。

骆梧整个人都崩溃了。

她根本不明白骆梓清好端端干吗要跑去那么远的山上。

她问邬淮清，邬淮清什么也没说。

直到骆梓清的手机被找到——手机进了水，充好电后竟然还好着。

骆梧打开微信，一条一条地翻着消息。微信里第四个聊天框就是祝矜的，她看到祝矜发的位置信息，眼睛瞬间变得猩红。

后来的一切，在祝矜的记忆中，都变得灰暗。

她成了骆梧口中的“杀人凶手”，即使她并没有想让骆梓清去山上找她。

但已于事无补。

连同她自己都觉得，骆梓清的死，有一半是她造成的。

那个夏天兵荒马乱，谣言四起。

祝矜不得不忘了自己还有一个喜欢的人。

她愧于想起他。

可是在深夜，她又总是止不住地想起他。

她深知，这段暗恋，从未得见天光，也永远、永远，不会再见天光。

再后来，祝矜在志愿填报系统关闭的前一个小时里，更改了志愿，逃到了申城。

她不想再面对京市的所有事情。

然而在陌生的城市里，祝矜一无所知、一无所靠。

有很长一段时间，她状态很差，经常躺在床上睁着眼睛，在深夜里看着这座繁华热闹的城市一点点暗下去，又一点点亮起来，直到破晓时分。

不到一年，祝矜的奶奶就去世了。

她刚恢复的一点精气神，再次消失。

祝矜接受了顾宇的追求。

却像是自我惩罚一般，她站在了悬崖的边缘。

谁知，接下来，命运赐给她一场美梦。

邬淮清受祝羲泽所托，给她送奶奶的遗物。

在那座没有熟人的岛上，他伸手抱住了她，她回抱住了他。

可美梦再美，也终究是梦。

回归现实，她依旧是那个他母亲痛恨的“杀人凶手”。

从茶馆出来，祝矜接到邬淮清的电话。

他不知道从哪里得知了消息，严肃地问：“你现在在哪儿？”

“外边呀。怎么了？”

“是不是还在茶馆？”

“茶馆门口。”她诚实地说。

“你别动，就站在那儿，要是嫌热，就进去等着，我马上过去。”邬淮清非常着急，着急到像是下一秒她就会跑走似的。

祝矜笑起来：“好，我等你，你不要着急。”

骆梧还在茶馆里，没有出来。茶馆旁边是家炸鸡店，祝矜进去点了个甜筒。

没过多久，她便透过窗户看到邬淮清来了。

邬淮清推开炸鸡店的门，目光在店里扫着，他在看到她的那一刻，皱紧的眉头明显松了松。他快步走过来，坐到她旁边，握紧她的手，一言不发。

“怎么了？谁惹你生气了？”祝矜像是逗小孩儿一般地问他。

邬淮清摇摇头，抬眸看向她，认真地说道：“祝浓浓，你不能丢下我。”

祝矜忽然笑起来，在他的脑门上弹了一下。

“邬淮清，我以前怎么没发现，你这么怂？”她回握住他的手，笑着看着他的眼睛，“我就这么让你没有安全感吗？”

他的嘴角紧抿成一条线，眉头皱成川字。

祝矜心中忽然酸酸的。

她不知道，当年他从东极岛离开、从她学校离开时，是经历了怎样的难过和无望，才会变成现在这样。

“祝浓浓，我还是那句话，只要你喜欢我，那么其他事情，你都可以不用考虑，那是我该处理的事情。你要是敢因为其他理由再和我分开，我就算是……”

讲到狠话，他突然停下来。

祝矜想起自己看过的小说，笑起来，接话道：“怎么？你就算是违法犯罪，也要和我在一起，是吗？”

邬淮清不作声，忽然低头在她的耳朵上咬了一下。

他咬得很重，祝矜有些疼。

“比那些还要严重。”他闷声说道。

祝矜笑起来。

炸鸡店里人很多，秋日的阳光很亮眼，她手中拿着的甜筒已经逐渐融化掉，液体流在她的手心里，有些黏。

“祝浓浓，无论我妈说什么，你都不要管。我和她已经达成协议，她会同意你的。况且，实际上，她也不在乎我和谁好。”

“达成协议？”祝矜不解。

邬淮清“嗯”了声：“我帮她解决问题——我爸的事情。当然，我这也是帮我自己解决问题。”

自从祝矜和邬淮清的恋情被骆梧发现后，祝矜一直在琢磨把这件事告诉张澜和祝思俭。

她不想让她的父母成为最后知道这件事的人，可能还是从别人嘴里知道。

思考来思考去，祝矜最终决定，这周六回家时，带着邬淮清一起回去。

邬淮清倒是没什么异议，只问：“你想好了？”

“嗯。”

邬淮清笑起来：“那行，你同意我就做准备了。”

祝矜刚开始没反应过来他要准备什么，直到周六的时候，看到他车里放的一堆东西。不仅如此，他今天还换了好几套衣服，一直问她穿哪套合适。

她没想到他还有这般忐忑的时候。

祝矜提前告诉了爸爸妈妈，晚上会带男朋友回去。

因此，祝思俭和张澜都在家。

张澜开门，见到祝矜身旁的邬淮清时，先愣了愣，才勉强扯起唇角：“小清？”

祝思俭跟着走过来，倒是没什么表情。

祝矜给他们介绍：“爸妈，这是我的男朋友，邬淮清，你们都认识。”

张澜和祝思俭没应声，只说饭好了，先吃饭。

一直到晚饭结束，他们的话都很少。

祝思俭和张澜虽然没当面说不同意，但祝矜能明显地感受得到，他们不喜欢她和邬淮清交往。

即使，他们曾经在她面前夸过，邬淮清是个有前途的孩子。

晚上，祝矜跟着邬淮清回他家。

一路上，她都想说些什么，又怕说得太刻意让邬淮清不舒服。

睡觉时，祝矜从邬淮清的背后搂住他。

“邬淮清，我给你唱首歌吧？”说完，她唱起来，“两只老虎，两只老虎，跑得快，跑得快……”

她还没唱完，邬淮清忽然翻过身，抱住她，笑起来。

“笑什么？”她扑闪着眼睛，看他。

“行了，祝浓浓，我不是那么矫情的人。我要是矫情，当年被你扔在东极岛时，就一辈子都把你拉黑了。知道吗？”

“……”

“小爷舍不得。”他坏笑着说道，带着一股子狂劲。说完，他又亲了亲她。

那股子狂劲，有点像十几岁时的他，狂傲又冷淡，让她讨厌的同时，又忍不住喜欢。

她想起那些让他没有安全感的源头，在被子里钩了钩他的手指。

“干吗？”他问。

“邬淮清，我对流星许的第三个愿望，是关于你的。”

“哟，想告诉我了？”那天他们看完流星，邬淮清问她许了什么愿。

她说第一希望自己和所有关心她的人都平安健康，第二希望爸爸妈妈工作顺利，她考学顺利。

第三个愿望，她没有告诉他。

“我希望邬淮清平安、健康，一辈子都幸福，一辈子都有很多很多的爱。”她看着他的眼睛，慢吞吞地说道。

“不要。”邬淮清再次凑过来吻她，“我只要祝浓浓一个人永远爱我，就足够了。”

祝矜之后一次回家，是自己一个人回去的。

那天张澜和祝思俭二人像是约好了似的，早早下班等着她。

饭桌上，祝矜知道，他们那天没当着邬淮清的面说出口的话，今天一定会说出来。果不其然，这次甚至都不是张澜做恶人，而是祝思俭先开口。他很严肃地问她：“你喜欢他？”

“嗯。”祝矜点点头。

桌子上的菜一看就都是她爱吃的，辣口的。

张澜和祝思俭和祝矜不同，他们口味其实很清淡，但每次祝矜回来，他们都会让阿姨准备她爱吃的。

“爸爸妈妈，我其实很早很早以前就喜欢邬淮清了。”祝矜诚恳地说道。

张澜和祝思俭脸上同时闪过一抹诧异之色。

“那当年……”张澜顿住，接下来的话她没说，但三个人都心知肚明。

她的神色变得复杂起来，她知道自己的女儿是个什么性子。

如果祝矜真的很早之前就喜欢上了邬淮清，那么，骆梓清那件事一定对她打击很大。

或许，那件事给她带来的打击比他们想象的要严重很多。

祝思俭忽然叹了口气，道："爸爸妈妈在电话里听说你有男朋友了，还挺高兴，但真的没有想到是邬家那小子。"

其实也不是完全无迹可寻的。

张澜想起那天祝矜当面反驳她大妈的场景。祝矜早就露了苗头，不过是她从来没有往这方面想过罢了。当时，她还以为，祝矜是还没放下骆梓清的事，才替邬家人说话。

祝思俭问："他们家的事，你知道吗？"

"是他爸爸和他小姨的事吗？"祝矜点头。

"他告诉你的？"

"嗯。"祝矜怕他们多想，连忙说，"爸爸妈妈，邬淮清和他爸爸不一样的。"

两个人沉默了会儿，张澜开口："祝浓浓，我和你爸其实对你一直没太大的要求，就算是你的婚姻，我们也没有对你有什么要求，只要你们互相喜欢、你开心就行。可是……"

张澜很无奈，皱着眉说："就不说他们家乱七八糟的环境，单论他妈妈，她能接受你吗？"

祝矜理解张澜的想法，因为这些想法，都是她曾经想过的。

可是邬淮清站在她的身后，一直坚定地告诉她，这些事情，都不应该在她的考虑范围内，他都会解决的。

只要她喜欢他，那么一切都不是问题。

祝矜也曾怯懦过，也曾退缩过，但这次，她选择相信邬淮清。

他给予了她最坚实的后盾，那么她也会义无反顾地向他奔去，不会再把他一个人留在原地。

祝矜给爸爸妈妈各夹了一个盐焗虾仁，勾起唇角，说道："爸爸妈妈，你们养了我这么多年，相信你们也知道你们的女儿也不是傻子。我不会让自己吃亏的。我愿意相信邬淮清，所以，你们愿意和我一起相信他吗？我相信这些事情，他都会解决的。"

祝思俭看着女儿唇边的笑，恍惚间有种她长大了的感觉。

祝思俭想起那天来家里的邬淮清，那孩子也早已不是当初青涩少年的模样，他在事业上成绩斐然，关键是，他看着自己的女儿时，眼底的宠溺，藏也藏不住。

他的爱很真诚，他也很诚心。祝思俭知道，那不是他刻意表现出来的。

因为他不仅对祝矜好，还愿意对他们两个长辈好。在他们两个长辈前，他完全收敛了锋芒，反而还带着小心翼翼和谦卑。

抛去偏见去看邬淮清，祝思俭想，邬淮清或许真的如女儿所说，是个值得依靠的人。他们也不应该用对他的刻板印象和他的家庭环境去衡量他。

祝思俭笑了笑，长舒了口气，说："爸爸一向很支持你做任何事情，这次也不例外，如果你真的认准了他，那爸爸为你们加油。"

祝矜的眼睛都亮了起来。她没想到爸爸竟然同意了。

张澜狠狠地剜了祝思俭一眼。这人，太没有原则了！

他说好这次立场坚定，结果这么快就倒戈了，又轮到她当恶人。

张澜没表态，一直到快要吃完饭，也没说同意不同意。

祝矜摸不清母亲的心思，但祝思俭同意了，她也能踏实下来一大半。

饭马上快吃完时，家里的门铃响了，阿姨去开门，看到是祝羲泽来了。

祝羲泽一进来，就冲祝矜眨眼睛。

祝矜也冲他眨了眨眼，示意没问题。

祝羲泽是祝矜提前找来的帮手。

她怕谈话的结果太糟糕，之后没个给她救场的。

"澜妈，叔，你们吃饭呢？"

"嗯。你刚工作完？"张澜问。

"可不是？今天我在外边谈项目，谈完正好路过这儿，就想着上来看看你俩，没想到浓浓也在。"

他一进来，祝思俭就看到了他和祝矜的眼神交流，自然就明白是什么情况。眼下听他这么说，祝思俭也没拆穿，只说："让阿姨添个碗，你坐下来再吃点。"

祝羲泽洗了洗手，听话地坐下来。他这个叔是个有本事、有原则又顾家的，他从小就很尊敬和憧憬这个叔叔。

谁知祝思俭忽然严肃起来，问："羲泽，亏叔平日对你那么好，浓浓和邬淮清那小子，是不是你撮合的？"

祝羲泽刚想否认，又怕搅了他俩的好事。反正他给祝浓浓背锅也不是一次两次了，于是说："叔，邬淮清是我的兄弟，他这人我比谁都清楚，看起来冷淡，实际上，用情可专一了。他因为喜欢我妹，所以这么多年，一直洁身自好。外面那些传言，都是他放出来的烟幕弹，主要是为了应付他爸的。"

邬淮清一早就喜欢祝矜，这件事祝羲泽还是后知后觉发现的。

祝羲泽推理出来这件事后，简直难以置信。没想到邬淮清这人还是个情种，他一直以为邬淮清只是单纯地一心只有事业，冷淡到对感情没兴趣。

“哦？”祝思俭挑了挑眉，“这么说，他从很早起就惦念你妹妹了？小子胆儿还挺大。”

“只单纯地在心里惦记。他俩那会儿连话都不说的。”祝羲泽忙打补丁，“所以知道他俩在一起后，最开始我也奇了怪了。”

祝思俭轻笑了一声：“行了，我和你澜妈没那么不通情达理，你让他把自己那儿的事处理好，我们才放心把浓浓交给他。”

祝羲泽连连点头：“那肯定的。”

他想起那天晚上，他发现祝矜和邬淮清的事后，很震惊，也很愤怒，觉得邬淮清这人怎么这么不是东西？那可是他妹妹！他们俩这算什么？

邬淮清把他妹妹当什么？

他没忍住，揍了邬淮清一拳，冷静下来后，问邬淮清是怎么回事。

那天晚上下着雨，邬淮清挨了那一下，也没恼，坐下来告诉他，自己从很早开始就喜欢祝矜了。

邬淮清讲了很多话，祝羲泽第一次见他说那么多话。

他的语气那么诚恳。

最后，邬淮清说：“祝浓浓是你妹，我知道你对她好，但祝羲泽，你信吗？我会比你对她好一千倍，你不能把命给她，我能。”

当时祝羲泽很震撼，也感觉自己的脚指头能抠出个三室两厅——因为尴尬。

这些事情祝矜都不知道。

她一直纳闷，为什么祝羲泽对于她和邬淮清在一起这事，一点都不好奇、不惊讶。

晚上睡觉时，祝矜想，如果那天骆梧没有来邬淮清家里，那么她可能现在还在和邬淮清原地踏步。

骆梧的偶然出现，在某种程度上，让她直面起现实，让她能勇敢地去面对那些横亘在她和邬淮清面前的困难。

那天骆梧找她去茶馆，她本以为骆梧会说一些让他们分开的话，结果没有。

骆梧很坦诚地说：“邬淮清长大了，他认准的事情，我反对也无效，可要是我不同意，你也一直不会安心，是吧？”

骆梧笑着看她，说出的话确实是残酷的事实。

祝矜从来都不想让邬淮清在她和他家人之间做选择。

他没必要这么做，也不应该这么做。

他们的爱，不能以他牺牲什么为代价。

所幸，邬淮清说了，他有办法让骆梧同意。

天气一天比一天冷。

十一月的时候，祝矜已经穿上了羊毛大衣，物业开始供暖，北方的家中温暖又干燥。

这一个月的时间，邬淮清几乎每天都来安和嘉园。

Money 也跟着他们过起了两地奔波的生活，不过它的精神很好，它一看到祝矜，便撒欢儿。

祝矜的大平层虽然不比邬淮清的别墅面积大，但也够它折腾，小区的绿化还很好，祝矜和邬淮清经常会在晚上的时候一起带着 Money 出去跑步。

他们两人一狗，被小区里那群孩子叫作“一家三口”。

邬淮清很喜欢这个称呼，隔天，就给那群孩子一人送了一个游戏机。

家长们跑到祝矜这儿告状，祝矜哭笑不得。

这段时间，唐愈一直没闲着，不仅开始公开表露对姜希靓的心意，还认真地发展起自己的事业，自编、自导、自演排了一场话剧。

话剧开演的前两周，祝矜便天天收到他的微信轰炸，他让她到时候一定来。

这对于唐愈而言是人生的重要时刻，作为好朋友的祝矜自然会去捧场。但她知道他醉翁之意不在酒，他给她发微信消息，是暗示她到时候把姜希靓一同带去。

姜希靓原本不同意去，后经过祝矜多番劝说，说什么“这是好朋友第一次自编、自导、自演话剧，你不去，多不够意思”“你舍得我一个人去吗？到时候剧场里其他人都成双成对，就我一个人形单影只，我多孤单”，她才同意去。

祝矜感觉自己的感情牌打得特别棒。

不过，姜希靓说：“那是因为你太烦了，我只好答应你，让你住嘴。”

话剧首演在申城，两人提前一天到达。

街道两旁的树上已经挂起了一串串彩灯，为城市装点新年的气氛。

祝矜来之前被邬淮清勒令穿了件厚羽绒服，他说申城的体感温度要比北方低，万一室内没空调，那她得冻死。

在他说这些的时候，祝矜在心中翻了无数个白眼，面上却笑着说道：“好呀。”

此刻，祝矜穿着白色的厚羽绒服走在大街上，而周围的姑娘们大多穿着漂亮的大衣。连姜希靓也穿了件大衣，还是粉色的大衣，这大衣衬得她格外好看。

祝矜瞬间生出了去路旁的商场买两件漂亮衣服换上的冲动。可看到姜希靓打了个哈欠，她便打消了这个念头。

邬淮清说的话，自有邬淮清的道理，这地方的确不暖和。

“要不打车？”祝矜问。

姜希靓摇了摇头：“走着吧，没两步路了。”

她们刚从唐愈彩排的剧场里出来，酒店订在剧院附近，距离并不远。

剧组今晚还在排演，只为了明天晚上首演成功。

《大寒》这场话剧，改编自国外一个很有名的传说，又被唐愈赋予了独特的中国色彩和现代内涵。

至于其他细节，唐愈概不多言，给她们留悬念。

因此，祝矜这个话剧爱好者，对唐愈明天要演这部话剧还是满怀期待的。

和唐愈认识这么多年，祝矜由衷地承认，他是她这一堆朋友中，最有才情的。

这种才情给予了唐愈很不一样的色彩，他不像世人眼中的一些艺术家，愤世或者厌世，相反，他总是对生活展现着最热忱的姿态。

祝矜刚走过酒店的旋转门，唐愈就打了电话过来。

祝矜接起电话。

“你俩到了吗？”

“你还挺会掐点。我们刚进酒店。”

“到了就行。我怕你俩在路上出什么危险。”

“拜托，这里是市中心，灯火明亮，从剧院过来一共才几百米路。”祝矜笑道。

“那行，”唐愈顿了顿，“你俩早点睡，明天早上我给你们带早点。”

祝矜本想说“不用”，她们能不能起来还不一定呢，更何况酒店本来就安排了自助早餐。

可接着，她听到唐愈说：“附近有家生煎特别好吃，还有红宝石蛋糕。希靓不是想吃红宝石奶油小方吗？”

祝矜抬眼看了看姜希靓，意味深长地“哦”了声，说：“行，那就辛苦你了。”

唐愈跟着“哟”了声：“真虚伪，别来这套。”

祝矜笑着挂断电话，然后在姜希靓的耳边嬉笑着问：“你想吃奶油小方了？”

“早八百年前想吃，现在不想吃了。”姜希靓的声音闷闷的，她白了祝矜一眼。

上次她来申城，那会儿和唐愈关系还很单纯，偶然提了一嘴自己想吃红宝石的奶油小方。

当时附近没有店有卖，他们只得作罢。

秋天那会儿，唐愈来京市找她，还专门给她带了红宝石的奶油小方。

经过从南至北的奔波，奶油小方上边的奶油竟然还没有塌，姜希靓很惊讶，问他是怎么做到的，他笑了笑，没说话。

后来她才知道，这一路，不管是坐飞机还是坐出租车，唐愈都小心翼翼地把那两个盒子放在手中托着，这才得以保持蛋糕完好的形状。

祝矜回到房间，邬淮清的视频电话适时地打了过来。他开口第一句便问她：“那儿冷吗？”

她觉得邬淮清逐渐有点“张澜化”。

以前她在申城念大学，一到冬天，每周给家里打电话，张澜第一句话就是问她：“申城冷吗？我昨天看天气预报，那里又降温了。”

“我穿着这么厚的羽绒服，哪里还能觉得冷？”祝矜回他。

她看到视频中的背景，辨认出邬淮清正在厨房：“你在做什么呢，我一不在你就勤快？”

“你猜。”他说。

“不猜。”她不猜他也会告诉她的。

果不其然，下一秒，她就听到邬淮清说：“在煮热红酒。”

料理台上摆着切了一半的香橙、苹果，还有迷迭香、肉桂等香料。

祝矜啧了声：“还挺惬意。”

“是啊，要是窗外下点小雪，我就更惬意了。”邬清淮的动作不紧不慢，带着如用春水煎茶般的优雅。

似乎被他的话给感染，祝矜忽然想喝热红酒了。

于是她把手机立在一旁，用客房里的座机给前台打电话，点了两杯热红酒，和姜希靓一人一杯。

姜希靓正在洗澡，自觉地将空间留给祝矜和邬淮清。

门铃很快响起，祝矜端起自己的酒杯，在镜头前用炫耀般的语气向邬淮清说道：“我的先好。”

邬淮清轻笑一声，说：“是。”

“煮好了吗？”祝矜没喝酒，问。

“马上。”

片刻之后，热红酒煮好了，邬淮清把紫红色的液体倒进剔透的玻璃杯中。杯子是祝矜买的，她刚刚特意指定他用这个杯子，它最配这个红酒的颜色。

待邬淮清将肉桂棒斜插在杯中，祝矜忽然端起酒杯，隔着屏幕对他说：“来，干杯。”

邬淮清愣了一下，没想到她一直没喝是这个意思。

他牵起唇角，也对着屏幕碰了下酒杯。

两人分隔两地，就这样在寒冷的冬夜里，一起喝热红酒。

浪漫连同快乐，轻而易举地加倍。

莎士比亚在《哈姆雷特》中写道："Rosemary is to help people recall,darling, please keep it in your heart.（迷迭香是为了帮助回忆，亲爱的，请你牢记）"

此刻，空气中飘散着浓郁的迷迭香，他们那些快乐的回忆也一同闪现。

酒店的这杯红酒度数不算低，祝矜喝得快，不多时，她的脸颊就变红了，她甚至有一种晕眩感。

邬淮清则喝得很慢，他看着她这副模样，忽然问："锁好门了吗？"

"应该锁好了吧？"

"去看一下。"

祝矜懒得动，摇了摇头。

"乖。"他声音有些沙哑，仿若也沾染了几分醉意，"你这样子，我不放心。"

"哦。"祝矜这才点点头，穿过客厅，去看门锁。

"严实着呢。"她将镜头对准房门，给它来了个特写镜头。

邬淮清这才安心。

正巧希靓洗完澡，要准备出来了。

祝矜冲视频里的邬淮清挥挥手："你早点睡吧，靓靓出来了，我挂了哦。"

"嗯。"

姜希靓一出来就闻到了香气，问："你点了酒？"

"嗯，热红酒，还有你的份。"

姜希靓看到桌子上的杯子，大为满足地喝了口。一口咽下，她便蹙起了眉："骗子。"

"谁骗你了？"

"已经不热了。"

祝矜无语道："谁让你洗这么长时间？刚刚人家端上来的时候是热的。"

姜希靓故作委屈地说："好啊，你和邬淮清甜甜蜜蜜，就把残羹冷炙留给我。"

祝矜被她逗笑，边笑边拿起电话筒打电话给酒店前台，又点了两杯热红酒。

等侍应生将热红酒端上来的时候，她把其中一杯递给姜希靓，说："陪你再喝一杯，姜大美人。"

于是乎，这一晚祝矜晕乎乎地睡了个好觉，一夜无梦。

姜希靓反倒睡不着了。

她坐在窗边，直到混沌退去，天色逐渐清明，隐隐一轮红日和月亮一起挂在天上，她才勉强有了点困意，打了个哈欠，然后上床睡觉。

第二十二章
敬梦想

第二天，唐愈特别会做人。

虽说他从八点开始便给祝矜和姜希靓打电话，但每次电话只响两声，没人接他就立刻挂掉，绝不会真的打扰到她们睡觉。

九点，祝矜醒了过来。随后，彩铃响起，她接起电话。

“起来了？”

“嗯。”

“靓靓呢？”

祝矜坐起来，看了一眼旁边的姜希靓，说：“还在睡觉。不知道她昨晚几点睡的。”

“那行，你们先睡，我就在楼下，一会儿等她起来了你俩就下来吃早餐。”

祝矜忽然打趣他，问：“我现在一个人下去，是不是还没有早餐吃？”

唐愈顿了顿，特别无情地说道：“你要是这么想的话，也没问题。”

“……”

姜希靓没过多久也醒了，醒来时祝矜正在洗漱。

姜希靓盯着天花板上的吊灯，大脑一片空白。她揉了揉酸涩的眼睛，脑子里忽然蹦出一句话：三点睡，七点起，阎王夸我好身体。

下一秒，想到当初对她说这话的人，她便转移心绪。

“醒了？”祝矜走出来找化妆包。

“嗯。”

“昨晚几点睡的？”

“不知道，早上睡的。这酒店让人失眠。”

“你还起来做什么？接着睡。你这前前后后是不是连五个小时都没睡够？”

姜希靓看了一下表，说：“睡了三个小时吧？”

祝矜白了她一眼，像是念咒般在她的耳边念道：“六点睡，九点起，阎王夸我好身体。”

姜希听到这句话，愣了愣，然后笑起来：“行了，我现在又不困了，下去喝杯咖啡就好。”

姜希靓上大学的时候，有段时间因为忙着赚钱，不得不熬夜。

有天晚上岑川给她发微信消息，她下一秒就回复过去。

不想，岑川给她发了个问号，问她什么情况，怎么还没睡。

他们可是隔着时差的。

姜希靓懊恼自己不过脑子就回了消息，扯谎她在赶作业。

下一刻，岑川打来了视频电话。

姜希靓当时在自习室里，连耳机都不用找，因为那个点，自习室里已经没人了。

“什么作业还能难倒我们姜天才？”

“没办法，这老师出了名恐怖。”

“三点睡，七点起，阎王夸我好身体。喂，姜靓靓，你可得悠着点，别趁着我不在，就不把自己的身体当回事。”

这是岑川当时的原话。

不想，姜希靓一刷新网页，就看到了她打工的那个平台“爆雷”，负责人跑路的消息。她愣住，连岑川接下来说了什么都没听到。

“发什么呆呢？是不是熬夜熬傻了？快回宿舍睡觉去。”

姜希靓回过神来，就听到了这句话。

她僵硬地扯起唇角，说马上就要做完了。

她是马上就要做完了，只是报酬已经拿不到了。

她啪的一声重重地把电脑合上，同时还把摄像头切换了方向，因为她无法克制住那一刻脸上的怒气，以及一种叫作委屈的情绪。

“怎么还切了镜头？快让我看看你。”岑川说。

“我先回宿舍了，明天再和你打视频吧？”姜希靓压抑着声音，低声说道。

“那行，早点睡。”

在姜希靓要挂断视频的时候，岑川忽然开口：“别挂，到了宿舍再挂。路这么黑，你一个人走不安全。”

那一刻，在岑川看不到的地方，姜希靓的眼泪大颗大颗地掉了下来。

在她听到他这句话时，她所有委屈、疲惫、失落的情绪，都得到了安抚。

“好。”她说。

她挎上装了电脑的托特包，将一堆书和充电器塞进包里。包很沉，压在她的肩头。

而他在异国他乡给她唱起了歌，那是首 M 国乡下的民谣，调子很轻快。

那天晚上，在早课前短短的几个小时里，姜希靓竟然睡得很好。

在她的梦中，没有急得烧眉毛的债务，没有诈骗平台，有的只是一首不知名的民谣。

祝矜在镜子前护肤，说："接下来这两年，你好好把身体调一调，尤其是睡眠。现在你已经不是十八出头的年纪了，不能想怎么熬夜就怎么熬夜了。"

"好。"姜希靓冲她一笑。

"干吗呢？快去洗脸，你笑得我有点慌。"祝矜边涂眼霜边说。

"没，就是觉得，有你祝浓浓在，真好。"

"一大早的这么煽情，合适吗？"祝矜也笑了起来，"快去吧。"

两人收拾妥当后去楼下找唐愈，侍应生把他带的早餐加热了一下。

这会儿已经十点多了，于是祝矜和姜希靓只吃了几口早餐，填填肚子便作罢。

唐愈带的红宝石奶油小方还有瑞士卷，两人倒是多吃了一些。

唐愈还要赶去剧场，有一堆事需要忙，便先告辞了。

祝矜和姜希靓二人则在附近溜达，等到晚上六点半，才随着人群进剧院。

祝矜买了一大捧花，让姜希靓也买一束花，可姜希靓不买。

于是祝矜又买了一大捧花，硬塞到了她的怀中。

祝矜给姜希靓的这束花，是很大号的花束，蓝风铃、百合，还有其他鲜花交叠在一起，很好看。

祝矜准备等唐愈谢幕的时候，把花送给他。

这场演出满座。

虽然唐愈在话剧界名头还不响，但其他参与演出的演员都很有名气，所以《大寒》这场话剧，从官方宣布那一刻起便备受瞩目。

七点钟，演出开场。

这是平平常常的一个夜晚。

有人卸下了一天的疲惫，在家中休息；有人刚从公司出来，赶着去坐公交车；有人在和恋人约会；有人在和朋友玩乐。

但对于唐愈而言，这注定是不平常的一夜。

演出大获成功，故事、演员、音乐、舞台的设计，每一个环节都精巧地融合在了一起，带给了观众沉浸式的观剧体验。

当代年轻人的爱情在庞大而浩瀚的历史面前缓慢地展开，催人泪下。

无数观众中途多次落泪，连祝矜都数次眼眶泛酸。

她惊叹于唐愈的才情远比她想象中的更出众。

嬉笑怒骂下，是他的一颗赤子之心。

她知道，这个故事不是唐愈一时心血来潮而写的。她和他认识没多久时，便听他说，终有一天，他会以自己的方式，告诉所有人，当下青年人，不是浑身冷气，他们也有梦，有家国情怀，有碎银，还有星空。

那时祝矜以为他在说笑，觉得有点感动的同时，又觉得他很“中二”。

而今天，他做到了。

祝矜恍然发现，唐愈无论是做喜剧，还是后来被迫改做话剧，他想呈现的内容，都从未改变。

从那天后，唐愈这个名字在话剧界头角峥嵘，声名鹊起。

《大寒》这出话剧，也开始在国内许多个城市巡演，年复一年，都是票特别难抢的话剧之一。

当然，这都是后话。

那天晚上，唐愈显然还没有意识到《大寒》究竟有多成功，以及自己将会受到多少人的关注。

他在雷鸣般的掌声里，捧着姜希靓、祝矜，还有一堆人送来的花，和其他演员一起鞠躬致谢。

回到后台，他推掉了聚餐，换好衣服留了句“你们好好吃，想点什么点什么，我请客”后，便打算离开。

他身后的助理开玩笑问：“唐导，轩含尼可以吗？”

轩含尼是一家一人一千五百块钱的海鲜自助餐厅。

“没问题，把所有人都叫上，包括后台的工作人员……”

他的声音隐没在嘈杂声中，后面的话被后台工作人员和演员们的惊喜声淹没。

唐愈出去时，祝矜和姜希靓正在外边等着他。

三个人约好一起吃夜宵。

祝矜和姜希靓还没有从话剧中走出来，看到唐愈从剧院后门出来，还换了个装扮，她们都有些反应不过来。

唐愈一走近，便看到祝矜和姜希靓都愣愣地盯着自己。

“干吗呢？我穿反衣服了？”

“没。”姜希靓开口，“话剧真棒。”

唐愈忽然有些腼腆地笑了起来，望着姜希靓：“真心话还是蒙我呢？”

“真的。”

和祝矜不同，姜希靓基本上不去剧院，对话剧、歌剧这些也都不感兴趣。

但今天，她是切切实实地被感染、被感动了。

祝矜也夸道：“真棒，唐愈。”

唐愈摸了摸后脑勺，笑了起来：“你俩夸得我都有些不知所措了。”

创作者常常会陷入自己的作品中，无法以旁观者的角度清楚地感知到作品的好坏，因而，在演出前，唐愈心中挺没底的。

虽然他邀请同行提前观看了话剧，也获得了不少人的夸赞，但在这个圈子里，同行的夸赞是最不能当真的，说不定他们只是说些客套话，很少有人会冒着得罪人的风险，说出他人作品中真实存在的问题。

三个人走在路上，深夜，申城又湿又冷的风毫不留情，直刺人骨，而刺到他们身上的冷意，却仿若被艺术的余韵给抵挡，他们谁也感受不到寒冷。

这个点，有些饭店已经关门了，三个人找了家还开着门的温州菜馆，进去后，祝矜还点了两瓶酒。

这家店虽然开在申城市区，但价格格外公道良心，三十块钱二十个锅贴，油泼辣子还做得特别香。

锅贴蘸着油泼辣子，咬一口，脆生生的，祝矜觉得自己能吃二十个。

三个人举杯，那些情与爱在今夜仿若变得无足轻重。

在深夜，他们之间闪烁的是熠熠生辉、触手可及的梦想和坦坦荡荡的友情。

邬淮清打来电话。

祝矜在电话中向他毫不吝啬地夸赞唐愈今晚的话剧有多棒。

她变着法子，换了快一千个词来夸，到最后反倒是唐愈先难为情起来，抢过她的电话，冲那头的邬淮清说：“没她说得那么夸张，你听听就得了。”

邬淮清问：“你们三个都喝酒了？”

唐愈觉得有些心虚：“嗯，不过我还清醒着。”

远在家中的邬淮清自然不信他这句话。他怕一会儿三个醉鬼齐刷刷地上街，于是道：“把你们吃饭的地址发给我，我派司机在门口接你们。”

唐愈在心中给他翻了个白眼，说：“不用了，我叫了我家司机过来。”

“真的？”

“当然了！”他是那么不靠谱的人吗？

邬淮清轻声笑起来。

唐愈听着他的笑，不得劲，于是故意往祝矜的锅贴里放了好多辣椒。

放完后，唐愈才想起这家伙爱吃辣，吃辣椒对她来说可不是惩罚。

“挂了挂了。”唐愈说道。

正要挂断电话，他忽然听到电话那头的邬淮清说：“恭喜啊，以后就是唐大艺术家了。”

唐愈一下子感觉自己轻飘飘地飞了一下。他笑了起来：“谢了。”

在打电话给祝矜之前，邬淮清正随意地翻着朋友圈，忽然发现他的朋友圈里竟然有不少人今晚也在申城观看唐愈的这出话剧。

他们不仅发了谢幕的照片，还写了小作文夸赞唐愈。

邬淮清仔细地读了读。

小饭馆里，三个人再次举杯。

此后的祝矜再回忆，将那段时光称为“光辉岁月”。

夜已深。

他们坐在窗边，看着屋外正在酣睡的流浪黑猫，老城区的街头漆黑而安静，卖煎饼果子的夫妇推着车，正准备离去。

没有人知道，那夜岑川也看了这出话剧。

同样没有人知道，他曾经过小饭馆外驻停，望着屋内，久久沉默。

感恩节那天，蒋文珊和卢索飞举办了婚礼。

蒋文珊原本想让祝矜当自己的伴娘，后来考虑到她忙于冲刺研究生考试，时间紧张，便作罢，只邀请了祝小筱加入伴娘团。

过完感恩节，没过多久，十一月就结束了。终于，十二月的倒数第二个周末，研究生考试正式开始。

那天早上，邬淮清送祝矜去考点，中午的时候陪她一起吃饭，下午的时候来接她。

整整两天，都是如此。

考试完，祝矜一出来就拉着他兴高采烈地说：“去吃火锅，我要吃火锅庆祝一下！”

这一段时间，怕再发生什么意外，她饮食都非常克制，一直吃阿姨做的一些营养又健康的饭菜。火锅这种让她吃了容易出事故的食物，根本不在她的考虑范围之内，因此她对火锅的思念之情，也达到了顶峰。

邬淮清看着她的反应，琢磨她考试应该没什么问题，心中卸下一口气。

北方的冬日清冷而肃杀，街上的行人都穿着厚重的羽绒服。又是哈口气就可以在玻璃上写字的时日了。

前两天下了场雪，路旁绿化带处的松树上现在还有残雪，松树像是戴了顶雪白的帽子。

冬天，随便一家火锅店里人都扎堆。

他们去了一家老京市铜锅涮肉，很快，火锅和配菜便被端上了桌。滚烫的热汤冒着腾腾的热气，一不小心，肉片便粘在了铜锅的锅壁上，发出刺刺的声音。

两人聊着天。

一晃，祝矜回京市已经半年多了。

十二月是祝矜最喜欢的一个月份，因为有很多节日。

“邬淮清。”她忽然叫他的名字。

“嗯？”

“你知道，我去年为什么没有考好吗？”

“不是吃了冰激凌，肚子疼吗？”

祝矜点点头，又摇摇头，说：“那你知道我考试前一晚吃了多少冰激凌吗？”

“多少？”邬淮清帮她涮着虾滑。

他是知道她爱吃冰激凌，夏天只要他不看着，她几乎每天都要吃冰激凌。他怎么也没有想到，身前的女孩儿冲他比了比两只手掌——十根指头全部露了出来。

“十支冰激凌。某家冰激凌店当时入驻申城，我把巧克力、抹茶、草莓、芝士、榴梿等十个味道的冰激凌都吃了。”

邬淮清既无语又无奈地说道：“祝浓浓，你这是考前太紧张，情绪性进食吗？”

祝矜回想起那一晚，也不知道自己怎么那么疯狂。

她说：“的确是情绪性进食，但不是因为紧张。”

“那是因为什么？”

她忽然不说话了，看着他的眼睛。

祝矜从来没有告诉过别人这件事情。

但今晚，可能是因为她辛苦许久，刚考完，突然有了倾诉欲。

她一字一句地说道：“我当时，看到了我喜欢的人。”

邬淮清手中的动作顿住。他严肃地看着她，等着她接下来的话。

“你怎么没点反应？”祝矜不满地戳了戳他的胳膊。

邬淮清捉住她的手指，轻蹙眉毛：“然后呢？”

“我看到他和他当时的‘未婚妻’在一起，还给‘未婚妻’买了冰激凌。

“我当时，就特别特别难过。”

祝矜慢吞吞地说道。

邬淮清难以置信地看着祝矜。

过了会儿，他突然笑了：“祝浓浓，原来还有这么一出？”

祝矜不说话，看到他笑，在桌子底下踩了他一脚。

她没舍得用劲，在他的脚面上一踩，像是小猫挠痒痒似的。

邬淮清唇边的笑容更甚，与此同时，他心底还涌起一阵酸涩之意：“之前怎么不告诉我？”

祝矜摇摇头：“告诉你也没用呀，我都考完了。况且这个理由说出来，我还觉得很丢人。”

她从来没有想过，她竟然是个被爱情绊住了脚的人。

邬淮清回忆去年祝矜考试的前一天。

那天，他的确去了申城。当时他被家中牵制着，骆梧和邬深想让他和蒋文珊结婚。

不过他和蒋文珊那会儿已经结成了统一联盟。

那天蒋文珊来申城找卢索飞，邬淮清来申城看祝矜，他们对外则宣称是一起去申城玩。

至于买冰激凌——

当时他们分开前，路过那家冰激凌店。

蒋文珊恰好以前在国外就很喜欢吃那家的冰激凌，一看到熟悉的招牌，便让他停车。

于是他和她下去买了两支冰激凌。

付款的时候，他还想起了祝矜。

她夏天最喜欢吃冰激凌了。

只是，他没有想到，那天她也在附近，还看到了他们。那会儿他与蒋文珊的事情并不是秘密，想必她是听到了些风声，自然而然地误会了。

邬淮清不知道她当时是有多难过，才会一个晚上吃十支冰激凌。

而他只需要换位思考一下，代入祝矜有了未婚夫，便完全可以共情她的难过。

“对不起。”邬淮清皱着眉，沉声说道。

祝矜突然扑哧一声，笑了：“你说什么对不起呀？是我们之间存在信息差，也是我们不沟通的问题。”

他们都长了嘴，却是白长了，完全不会说话。

当时她又难过又愤恨，又无力又绝望。

她知道，邬淮清没有做错什么，他有他的自由。

他和她，早就结束了。

越是这样想着，她就越难过。

她看着他们一人手里拿着一支冰激凌，一起上了同一辆车。

于是，她脑袋发昏地又买了好多好多的冰激凌，坐在椅子上，机械般地吃下一支又一支。

夜幕降临，夜渐渐深，她在窗边一直坐到了店打烊。

那时她以为，这场暗恋就此画上了句号，再也不会有得见天光的一天。

第二天考试。

祝矜生平第一次考试时状态那么差，甚至答题的时候，昨天的那一幕还残存在她的脑海中，不断地浮现出来。

政治还没考完，她便知道自己完蛋了。

奇怪的是，几个月的努力打了水漂，她竟然感受不到难过。

那时她全部的情绪，都被邬淮清给霸占着。

祝矜考完试，生活一如往常。

她甚至在给家里打电话的时候，还提过，以后要留在这座城市。

她被家人问为什么。

祝矜想了想，说南方空气湿润，北方太干燥了，说她喜欢她现在住的小洋房，景色很好，还说申城美食多。

其实这都是假的。

她讨厌申城长长的梅雨季节，讨厌衣服总是不用烘干机就干不了。她住的老洋房很旧，夏天很潮，申城的食物也根本不合她的口味。

她找了千万个理由来骗别人、骗自己，其实一切都是为了掩盖最重要的那个理由：她再也不想回到那个有邬淮清的地方了。

后来，过了大概不到两个月的时间，春节快到了。

祝矜坐高铁回京市。路上，她忽然刷到邬淮清在群里回复朋友的消息，说他和蒋文珊的婚约就是无稽之谈，让他们不要再乱传。

他很少在群里说话，那天看到他的头像蹦出来的时候，祝矜还有点惊讶。

祝矜不得不承认，那天她心中冒出了隐秘的欢喜情绪。

高铁外的风景疾驰而过，她穿过大片麦田、冰封的原野，在聊天框中不断地打字、删除，最后只在群里发了一条消息：

我回来了。

…………

吃完火锅，祝矜心满意足地出店，邬淮清却频频走神，总是想起去年小姑娘考前误会他的那一幕。

那会儿，她该有多难过？

这条街上有很多商铺，因为马上就要到圣诞节了，不少店门口摆上了大小不一的圣诞树，树旁装饰着圣诞老人、小雪花、小鹿等。

圣诞老人在夜里的灯光下和蔼地笑着，祝矜坐在副驾驶座上，看着亮晶晶的雪花灯，看着圣诞树上的礼盒，也笑起来。

“邬淮清，你马上又要长一岁了。”她轻声说。

邬淮清开着车，看了她一眼，笑道：“好巧，我们浓宝也马上要长一岁了。”

下周就是圣诞节，十二月二十五日，也是他们二人共同的生日。

“邬淮清，你猜我给你准备了什么生日礼物？”他忽然学着祝矜的语气发问，说完他摇摇头，自己回答，“猜不到。”

祝矜不满地撇撇嘴。

“什么啊？连猜都懒得猜，”说着，她又笑起来，“不过你肯定猜不到。”

祝矜想着自己给邬淮清准备的生日礼物，便不由得有些激动。

她又想到自己的甜品店。蒋文珊从结完婚后，事便没那么多了，她最近一直在准备她们的店。

商业大厦快要竣工了，应该不用等到明年，她们就可以着手装修店面了。

圣诞节这天，祝矜早上一醒来，拉开窗帘走到露台上，惊讶地发现下雪了。

“邬淮清，下雪了！”

邬淮清走过来，拿了件披肩，将之披到了祝矜的身上：“这儿有风，连件衣服都不穿。”他轻声斥责。

祝矜听着他唠叨，回过头对他做了个鬼脸。

雪花纷纷扬扬地落下来，楼房前没人走的小路上已经铺了一层雪白的毯子，似乎整座城市都被白雪覆盖了。

祝矜是个地道的北方人，对雪有着很深的感情。

以前每年冬天下雪，大院的一堆孩子都会聚在一起打雪仗，不闹个酣畅淋漓不罢休。

“我前几年在申城，冬天都见不到雪。”

刚说完，她猝不及防地被邬淮清烙了个吻，一个很短暂的、凉丝丝的带着雪味的吻。

邬淮清直起身子，看着她的眼睛，慢悠悠地说道：“祝浓浓，生日快乐呀。”

他穿着墨色的家居服，因为刚起床，脸上还带着点倦意，身后是茫茫白雪，他对她说生日快乐时，模样懒散又深情。

“生日快乐，邬淮清。”

以后每一个生日，我们都一起过。

两人慢吞吞地一起泡在厨房里做了个早餐，面包片烤好后，邬淮清还在面包片上专门用果酱画了一颗爱心。

祝矜看到了，边笑边说他土。

邬淮清板着脸，要收走给她的面包片。

祝矜连忙摆手，违心地说：“好看，和你长得一样好看”。

他们快要吃完早饭的时候，她的手机忽然响了。

她看着祝羲泽发过来的微信消息，一脸兴奋。不过再抬起头时，她还是先把兴奋感给掩藏住，然后对邬淮清说：“我们下楼去打雪仗吧？”

“又和小朋友约好了？”邬淮清笑道。

“傻，今天是周四，小学生要上课的，他们不过洋节。走吧走吧！”说着，她拉起邬淮清，连最后一口面包都不让他吃。

邬淮清看着小姑娘一脸兴奋劲，不禁被感染。

祝矜走进电梯里的时候，压下唇角，生怕邬淮清看出什么端倪。

两人出了电梯，走到入户大堂的门口时，邬淮清忽然站住。他看着外边停着的跑车，又看向祝矜，一脸的难以置信。

这时，祝羲泽从车里走出来，来到他们身边，说：“生日快乐呀，两位。”

说着，他把手中的车钥匙扔给邬淮清。

“喏，我送你的生日礼物。”祝矜拉着他，来到车边。

这辆车和他当年卖掉的那辆，一模一样。

邬淮清打开车门。他原本以为祝矜只是找了同款车，可当他坐进去时，熟悉感扑面而来。直到他看到车前挂着的水晶猫这才确定，这不是同款车，这就是他的那辆车。

邬淮清看向祝矜，疑惑地问：“你从哪儿找到的？”

“我神通广大呗。”祝矜笑眯眯地说。

这辆车，和邬淮清现在停在地下车库里的车相比，相差甚远，却是对他来说很有意义的一辆车。

原本，她想着买一辆同款车送给他。

谁知这车现在停产了，于是她四处托人买二手的，阴错阳差之下，竟找到了他当初卖掉的那辆车。

那人压根没怎么开过这辆车，车里摆设基本上没变。

一切都像是冥冥之中有预示。

邬淮清启动车子，带着祝矜出去兜了一圈。

晚上朋友们要给他俩过生日，他俩中午便在祝矜爸妈家里过。

出发前，祝矜收到了邬淮清的礼物。

她打开盒子，看清里边是什么东西后，顿时哭笑不得。邬淮清竟然送给她一处房子，说是他们以后的家。

而合同上只有她的名字，只待她签字。

祝矜不解地看着他："你的名字呢？"

"这是送给你的。"邬淮清说，"你拥有对它的全部权利，如果有一天，我惹你不开心了，你可以待在里边，把我赶出去就好。虽然，也不会有那么一天。"他笑着补充。

祝矜听着他的一番歪门邪理，心中感动的同时，惊讶于他竟然想了那么多。

他似乎，一直一直都在为她考虑。

祝矜没签字，只说："改天加上你的名字，不然我不签。说好是了我们的房子。"

邬淮清想劝，却见她态度坚决，索性先作罢。

他们很快到了她爸爸妈妈家。家里人很多，不仅有张澜和祝思俭，祝家其他人也都在。

他们一开门进来，祝小筱便喊道："姐、姐夫。"

坐在沙发上的几个大人听到这声"姐夫"，都不禁敛了敛神色。

张澜和祝思俭二人对邬淮清的态度还和之前差不多，他们没有太高兴，但也没有很排斥。

而祝矜的爷爷，却很喜欢邬淮清。

祝老爷子拉着邬淮清的手，和他说了很多话。

祝家人很多，这顿饭吃得非常热闹。

这种气氛，邬淮清只在小时候体验过。那时他的姥姥还没有去世，每逢过节，邬家的人还能聚在一起，后来姥姥去世，家里唯一的主心骨不在了，一家人便分崩离析。

桌子上摆了两个生日蛋糕，祝矜和邬淮清一人一个。

邬淮清坐在祝矜身边，看着她被浓烈的爱意包围着。因为她，她的亲人同时将爱意传递给了他。

他许了个愿。

如果愿望可以没有限制，他希望她所有的愿望都可以实现。

途中，有好事的长辈打趣道："你们俩准备什么时候结婚？"

祝思俭轻声说："浓浓还小，我得再好好考察考察这小子。"

邬淮清笑笑："都听您的。"

祝矜也是后来想起这件事，才反应过来，邬淮清在她爸爸面前的模样，全是伪装的！

什么叫都听她爸的？

他瞎扯。

晚上，祝矜和邬淮清又和朋友一起继续过生日。

因为第二天还是工作日，所以大家也没闹到太晚，差不多十一点便散了。

没有喝酒的邬淮清开着那辆陌生又熟悉的跑车，载着喝了点酒的祝矜，行驶在雪夜里。

下午的时候，雪停了一会儿，现在又下了起来。

夜幕和雪景最是搭调，此刻，这座城热闹又安静。

人们在家中狂欢，白雪消融一切喧闹声。

祝矜看着两旁不断倒退的景致，忽然意识到不对，问："邬淮清，不是在刚刚那个路口拐弯吗？"

说完，她还有点不确定。她是个路痴，可这条路她走过很多次，她应该没有记错吧？

"嗯。"邬淮清轻声说，"带你去个地方。"

他又转了个弯，两旁的街景越来越熟悉，祝矜逐渐猜到他要带自己去哪儿了。

"是去京藤中学吗？"

"是。"邬淮清笑笑，"雪夜游母校。"

祝矜跟着笑起来："听起来还挺浪漫。"

她下了车才想起来，这个点，学校早就关门了，哪儿还进得去？

她失落地回过头，想说他真傻，她也傻。

谁知邬淮清像是早有预料似的，拉着她穿过一个小巷子，说："有后门。"

后门也是锁着的，但比前门低很多，人能爬上去。

祝矜到了后门，看着矮墙，无语地看着邬淮清："从实招来，小邬子，你是不是上学没少干这种事？"

邬淮清笑笑，不答。他先上去，然后跳了下去，站在里边对祝矜说："你上来，一会儿我接着你。"

雪天地面很滑，他刚刚跳下去的时候祝矜的心也跟着颤了颤。

她小心翼翼地爬了上去，向下望着。邬淮清站在底下，张着双臂，正看着她。

"别怕。"他说。

祝矜的确有些害怕，但仅仅犹豫了一秒，随着一声"我下去了呀"说出口，便真的跳了下去！

邬淮清把她抱了个满怀。

他身上有清冷的薄荷香气。

后门这儿有很多树，尽管现在是冬天，但也有没掉完树叶的阔叶树，此刻白雪下边都是树叶。

他们踩着雪，听着咯吱咯吱的声音往前走。

他们越往里走，入目的景色便让他们越发觉得熟悉。

祝矜在这儿待了六年，曾是邬淮清的学妹。

尽管当年，他们走在校园里，经常像是不认识对方似的，连声招呼都懒得打。

走着走着，祝矜忽然看到了熟悉的排球场，排球场前边就是篮球场。

幸运的是，球场的门没有锁，她欣喜地走进去。

雪还在下，露天球场上白茫茫的一片，周围是绿色的铁丝网，校园里的路灯还没有关，灯下的雪花好像会眨眼睛。

祝矜忽然看到地上有一颗排球，走过去，从地上捡起球。

她正准备和邬淮清在雪地上打一场排球，忽然意识到不对劲。排球在她拿起的过程中，发出轻轻的响声，里边像是藏了什么东西。

祝矜端详着球，这才发现，球上还有一道拉链。她猛然意识到什么，抬眼看向邬淮清。

邬淮清站在一旁，正笑着看她。

祝矜缓缓拉开那个拉链，排球立刻瘪了下去，里边一个方形的盒子露了出来。

她已经猜到了那是什么，但拿起那个盒子的时候，手指还是忍不住轻颤。

她打开盒子。

果不其然，盒子里边是一枚戒指。

戒指上的钻石在夜色下闪闪发光。

邬淮清忽然握住她的手。

他仍旧是一副随意散漫的模样，可眉眼间泄露了他此刻的紧张。

“祝浓浓，你愿意嫁给我吗？”

祝矜抬起头看向他，眼眶忍不住开始泛酸。

像是电影中的镜头，邬淮清身后的景色开始不断地纷飞变幻。

她想起很久很久以前，她会加入排球队，只是因为排球场和篮球场离得最近，并且两队练习的时间相近。她每一次发球时，都可以看到他，可以光明正大地看着他。

她看一眼，在下一秒，便飞快地移开视线。

他总是人群中最耀眼的。

少年穿着白色球服，头上绑着一条黑色涂鸦的发带，将手中的篮球奋力地向球圈掷去。

他们偶然会撞上对方的视线，也会在下一秒，不约而同地看向别处。

彼时他们正值年少，把自尊和骄傲看得无比重要，却在无数个瞬间，被对方吸引住目光。

年少时沉默无言的针锋相对，贯穿了他们整个青春。

好在最后，他们奔向了对方。

“嗯。”祝矜忍住眼泪，重重地点了点头。

邬淮清笑起来，抹去她眼角的泪花，然后把戒指认真地套在她的无名指上，尺寸大小刚刚好。

“祝浓浓，套上我的戒指，就一辈子都是我的人了，不能后悔。”邬淮清霸道地说道。

“不后悔。”祝矜用戴着戒指的手指钩了钩他的指头，笑起来，“小邬子也是我的人了。”

“是，我一辈子都是娘娘的人。”

他早就是了，一辈子都是。

圣诞夜，雪越下越大，在球场上铺了厚厚的一层，他们牵着手走在雪地里，身后的一串脚印又被新雪覆盖。

绿色铁丝网上油漆脱落了大半，几颗网球滚到了排球场上，在角落里堆着，门口洗手池破旧的水龙头还在苟延残喘。恍惚间，祝矜听到了当年打完球的他们一起洗手时，水流哗啦啦的声音。这里，到处都是青春里熟悉的印记。

而路灯下，相爱的人，连影子都紧紧地缠绕在一起。

< 正文完 >

番外一

流金岁月

跨年夜

邬淮清求婚没多久，国外的分公司出了点状况，他需要临时赶过去。

祝矜送他去机场时，有点遗憾地说道："不能一起跨年了。"

"还有四天，我争取赶回来。"邬淮清带安抚性地拍了拍她的肩。不过事情还没有解决，他不敢打包票。

机场里人来人往，到处都是即将分别的人。

在此之前，祝矜没有来机场送过他，这是第一次，竟然还有点感伤。

"你要是不能回来，我就和别人一起跨年了。"她慢吞吞地说。

"和谁？"邬淮清警觉地问道。

"希靓、唐愈、蒋文珊……"

邬淮清乐了，说："得了。蒋文珊得陪老公，希靓和唐愈，你不是说他俩有情况吗？那人家想带你一起跨年，你要去做这个大电灯泡？"

他这样一说，好像也是。祝矜蹙着眉，故意说道："那我就去约别的男生！"

"祝浓浓，胆儿挺肥的？"邬淮清闻言笑起来，语气却变得严肃，还从后边捏住她的脖子。

他的助理还有其他下属在旁边等着，祝矜有些不好意思，不想再拖着大家的时间，于是摆了摆手，说："走吧，注意安全。"

要分开了，邬淮清忽然把她抱进怀里，亲了她一下，说道："放心吧，我一定赶回来陪你跨年。"

祝矜的整颗心瞬时都软了下来，她偎在他的胸前，说道："没事的，我就是随便说说的。"

临近新年，商铺、街道，到处都张灯结彩，一片热闹的氛围。

这几天，邬淮清不在，祝矜大多时间和蒋文珊凑在一起，改店铺的设计图纸。她们前前后后改了好儿版设计图，也没将之确定下来。

十二月三十一号这天。

电视上播放着跨年晚会的预告片花，傍晚，街道变得比以往更加拥堵。

今天蒋文珊一早就和卢索飞去了城郊。张澜他们对阳历年不是很重视，便没有安排。

昨天祝矜问邬淮清，他说他还没有处理完工作，今天多半是回不来了。

她谢绝了微信上一些朋友的跨年邀请，一个人待在家中，挑了部影片准备慢慢看。

温度很低，天气预报显示今天将是今年最冷的一天。

昨晚邬淮清在视频中还嘱咐她今天出行一定要加厚衣服。

祝矜待在暖气大开的家中，也觉不出冷。

她把前几天买的香薰炉找出来摆在放映室里，点燃了蜡烛。然后，她又剥了个橘子，边吃边把橘子皮放在香薰炉上的圆孔处。

不一会儿，放映室里逐渐飘起橘子的香气。

手机忽然响了一声，祝矜打开一看，是邬淮清发来的微信消息。他问：吃晚饭了吗？

祝你矜日快乐：没呢。

W：想吃什么？

不知是不是两人几天没见，距离又太遥远的原因，祝矜的胆子比平时大了些，她发了一张偷拍邬淮清的照片。

她将这张照片发过去之后，那边的人再也没了消息。

他这是没懂，还是被吓到了？不管是哪一种可能，这都不应该呀？

这人平日里脑子里就老是装着些不正经的东西。

她重新将注意力投入到电影中，只是思绪被邬淮清牵走了，导致她也不知道电影说了什么。

窗外天色越来越暗，放映室里没有开灯，只有香薰炉里跳跃着一小簇火苗。

忽然，祝矜听到一声开门的声音。她下意识回过头去，整个人都愣住。

邬淮清回来了。

他站在放映室的门口，穿着一件长款的米色风衣，手上还戴着她前一阵子买的那副黑色的羊皮手套，身上带着寒意。

“你什么时候回来的？”祝矜惊喜地问道。

邬淮清没应声，只看着她，眼眸漆黑。

橘子的香气混合着木香，萦绕在鼻息之间，火光在一片漆黑中跳动。

忽然，邬淮清咬住手套的一角，微微偏过头，将手套咬下。

他缓步走过来，一字一句地说道："我来如娘娘所愿了。"

…………

小木屋形状的香薰炉里火苗仍在燃烧，满室柑橘香，混合着邬淮清身上的薄荷香气。

这成了祝矜对于这个晚上最深的记忆。

倒计时"三、二、一"响起的那一刻，祝矜正靠在邬淮清的肩头上，他们坐在阳台的藤椅上，一起望着窗外小区物业点燃的电子烟花。

五光十色的焰火升至天际，然后在高点处炸裂，流光四溢，化为簇簇耀眼的花朵。

新的一年在璀璨的流光中已然到来，也是那一刻，邬淮清忽然偏过头去，在她的耳垂上吻了一下。

那是一个很轻的吻。

他们没有对彼此说新年快乐，也没有说别的。

祝矜和邬淮清原本便不是多言的人。

有时候他们会静静地待一天，但从来不觉得无聊，也从来不会故意去找话题。

真正的朋友、恋人，就是彼此不说话时，也不觉得尴尬。

远方是摩天高楼，是新年烟火，也是无尽夜色。

他们坐在一起，虽然沉默，却心意相通。

私人月亮

邬淮清和未来的老丈人祝思俭关系越来越好，而祝矜却还没有正式和邬淮清的父母见过面。

谁也没有着急，毕竟在邬淮清的世界里，"父母亲情"早已变成一个近乎没有温度的词。这一天，邬深主动给邬淮清打来电话，让邬淮清带祝矜回家吃个饭。

为此，祝矜很紧张。

邬淮清一直安慰她。在他看来，他们去吃顿饭已经足够了。

和祝矜料想的不同，那天晚上，邬深对她很和气，一见面便笑着说："好久没见浓浓了，这已经长成大姑娘了。"

祝矜笑着喊"邬叔叔好"，心中却想起邬深背地里做的那些事情，不自觉地有点难受。

她已经无法像当年一样，坦然地喊他"邬叔叔"了。

邬深对邬淮清也很和气，起码当着祝矜的面是这样的。

骆梧披着条白色的披肩，从屋里走了出来，淡淡地扫了他们三个人一眼，然后说道："吃饭吧。"

明明只有四个人吃饭，长桌上却有满满一桌子饭菜。

桌上四人各怀鬼胎，邬深偶尔会问祝矜一些家常的问题，使气氛不那么僵硬，骆梧则连敷衍都懒得敷衍。

毕竟，骆梧和邬淮清早有协议。

只是这一切，邬深尚不知。

他聪明一世，风流一世，没想到自己会有妻离子散、屡遭背叛的一天。

当然，这都是后话。

吃完晚饭，祝矜和邬淮清临走的时候，邬深对祝矜说："以后和淮清常回来吃饭。"

他话音刚落，祝矜就用余光注意到邬淮清和骆梧二人的脸上，同时露出一抹嘲讽之色。

那是种很轻很淡的嘲讽，意味不言而明。

"我们先走了。"邬淮清不待祝矜说话便揽上她的肩，对邬深说道。

邬深又说了什么，祝矜没听清。

邬淮清也没听清，但也没有细究的欲望。他转身打开门，带着祝矜离开，离开这个被称作"家"的地方。

隆冬时节，小区里的草坪枯黄一片，有些暴露在夜幕下，有些被冰雪覆盖着。

有小孩儿踩在草坪上，他们拿着花花绿绿的塑料玩具玩着雪，他们的家长站在一旁闲聊。

祝矜和邬淮清从他们身边经过，向停车的地方走去。

她的手被他紧牵着，他的掌心很暖。

不知是不是路灯不够亮的缘故，那一刻，祝矜有点难过。

她不喜欢邬淮清的家庭氛围。

这是她最直观的感受。

或许，没有哪一个人会喜欢这样的家庭氛围。

祝矜不自觉地想起那些邬淮清一个人的日子，那些漫长的、只有他一个人的日子。他曾经用潦草几语和她讲述自己的童年时光，提起骆桐甚至是对他最亲近的一个人。

"邬淮清。"她开口。

"嗯。"

"今晚没有星星。"夜幕是灰蓝色的，像布一样，带着朦胧的雾气。

更确切地讲，那不是雾，是霾。

“这地方哪里能看得到星星？你想看星星，我改天带你去山里看。”他笑道。

祝矜轻哼一声，说：“你这回答零分。”

“嗯？”邬淮清不解。

“你应该说，哪里没有星星？最明亮耀眼的星星就在你身边。”祝矜笑意盈盈地说。

邬淮清顿住脚步，看着她，转而轻笑了起来。

“你不是星星，是月亮，最独一无二的月亮。”他温声说着，声音融入这悠长的夜色中。

邬淮清想起E国有一位艺术家，他用LED（发光二极管）制作了一个巨型月亮，随后带着这枚月亮，踏遍了很多个国家。

后来，他把这组作品命名为《私人月亮》，意在讲述一个浪漫又荒诞的故事：一个男人偶然间发现了月亮，对月亮一见钟情，并在之后与它如影随形，与它共度余生。

邬淮清第一次听到这个故事的时候，不觉得荒诞，甚至，他可以理解。

在他的心中，祝矜就是他的月亮，独一无二的，他私人的皎洁的月。

时光邮局

祝矜和邬淮清的婚礼在第二年的夏天举行。

那天晴空万里，邬淮清从祝思俭手中牵过祝矜的手，他们在亲人和朋友的见证下，许下一生中最隆重的誓言。

几年后，同样是在一个夏天里，祝矜收到了一封信，信上写着“来自五年前”。

她不解，以为是谁搞的恶作剧，直到看到上边的邮戳和邮编来自澳市，才回忆起来——

五年前，她和邬淮清曾经去过澳市的一家时光邮局。

那时他留了封信。

她没想到，那封信竟然是寄给她的。

她更没想到，那个邮局真的没有骗人，真的按时把信寄出了。

这封时隔五年的信，祝矜打开时，心跳不自觉地加快。信纸上有股陈旧的味道，上边是她熟悉的字迹。

信上只有寥寥儿语。

祝矜：

不知道五年后我有没有追到你，可能没有吧？

我说我赢了，便告诉你个秘密，可惜我输了。看到你脸上那一刻明显放松下来的表情，我便觉得，幸好我输了。

否则我可能连跟在你身边的机会也没有了。

那一刻我很丧气，但又心存侥幸。遇到你，我时时刻刻都处在这种矛盾的情绪中。

当时我想告诉你的那个秘密，就是我喜欢你，喜欢了很久很久。

这封信是我寄给五年后的你的。五年有多长？我不知道，但一定没有我喜欢你的时间长。

或许这封信你根本收不到，就像你说的，它只是个噱头。但也许呢，也许有奇迹呢？人总要自我构筑一点希望。

毕竟，希望是我暗无天日的爱恋中，唯一的一束光。

无论今后的日子里，你是否会喜欢上我，但祝浓浓，我亲爱的公主，你要永远幸福、快乐，永远被爱，永远得偿所愿。

邬淮清

20×× 年 7 月 × 日

夏日阳光炙热，明媚耀眼，暖风烤着花香。

祝矜看着手中的信，眼眶逐渐变得湿润，眼前的字迹变得模糊起来。

那时的他们小心翼翼地彼此试探着，在往下坠的旋涡里打着转，生怕跨出一步便跨到了雷池。

她也是后来才知道，原来，在她待在申城的那几年，在她那么绝情地拒绝了他之后，他还是义无反顾地奔波于京市和申城之间。

所以，他才会那么清楚地知道，她学校附近有什么，她喜欢学校旁边的哪家餐厅、哪家书店，以及各种细节。

他在她看不见的地方，长久又沉默地爱她。

沉默无声的爱，却如同海水，蕴藏着汹涌的波浪。

邬淮清对于那段往返于她学校和京市的记忆，已经有些模糊了。

他是个很容易满足的人，那段略带酸楚的日子，早被如今的幸福冲淡了。于是，让他说，他也说不出什么来。

他只记得某天傍晚，在昏黄的暮色里，她一个人走在学校的操场上，一圈接着一圈地走。

他原本以为她在锻炼，却发现她的神情不对。她看起来很难过，整个人都散发着难过。

邬淮清站在操场的绿铁丝网外，看她又走了一圈。离得更近了，他看清了，她满脸泪水。

那时，他唯一的念头便是上前抱一抱她，抱一抱他亲爱的姑娘。

可是他不能。

邬淮清走出学校，买了她爱吃的米粉、点心和冰激凌，然后花钱托一个学生送给她，并嘱咐那个学生说不能说是他送的。

他猜以她的性格，多半不会吃陌生人送的东西。

但他还是希望，她在看到这些她喜欢的零食时，明白还有人在关心她、爱她，他希望她能够开心一点。

他只要能带给她一点开心就好。

回京市后，邬淮清在祝羲泽身边旁敲侧击，让他多关心关心祝矜。

那晚的暮色一直残留在邬淮清的记忆中。

在一遍一遍地去看她的路上，他也有过纠结和自嘲。

他从未想过自己会这么卑微，会做这么些看起来毫无意义的事情。

飞机穿云而过，他又在熟悉的航班上。

但那又怎样?

没有意义又怎样?

人的一生很短暂，他甘愿被喜欢的人浪费。

祝矜找出笔，在这张信纸的背后写道：

遇见你，便是我一辈子的得偿所愿。

番外二
末春初夏

傍晚时分，下起了大雨。

春日的雨虽然依旧缠绵悱恻，但因为临近夏日，天气多了一丝闷热。

姜希靓撑着伞站在马路边，等待网约车接单。

时值下班高峰期，她来办事的地点又恰好在写字楼汇聚之地，因而她前边排了将近两百单，她等得好不耐烦。

路旁的单瓣黄刺玫上盛着雨珠，开在一片新绿中，鲜妍欲滴，空中还飘着淡淡的玉兰花香，还有湿润的泥土气息。

这是姜希靓在京市最喜欢的季节，末春初夏。

忽然，一辆黑色越野车停在路边，车窗降下，露出一张姜希靓熟悉的脸。

“上车，我送你。”

后边的车按起了喇叭，姜希靓犹豫了片刻，还是开门上了车。

岑川露出笑意，问：“回奶奶那儿还是回你自己那儿？”

雨刷器不停地摆动，姜希靓望着熙攘的车流，半晌开口道：“回我奶奶那儿吧。”

她知道，他现在也住在老太太住的那个胡同附近，她回老太太那儿，他便不用再特地绕路去送她。

自从岑川脱去岑家的身份，搬进低矮破旧的老胡同后，他便跟变了个人似的。

连祝矜都感受到了这种变化，有一次祝矜瞧见他，待他走后，对姜希靓说：“以前岑川多傲一个人，怎么，现在知道后悔了？”

或许是吧？

从去年冬天到现在，岑川就以一种温柔又强势的态度存在于姜希靓的身旁。

他不干涉她的生活，还时常去老太太那儿帮着干一些活，因此老太太对他越发赞不绝口。但一旦她身边出现异性，他便如同响起警钟一般，出来搅局。其中最明显的，就是他特别不待见唐愈。

但姜希靓不想去深究。

每个人都有自己的人生选择。她和岑川之间面临的困境，不是一句两句话能说清楚的，更不是他离家出走了就能解决的。他们一个比一个骄傲，现在岑川低下了头，甚至抛弃了唾手可得的大好前程——

但，如果有一天，他说："姜希靓，我为你放弃了那么好的条件，如果不是你，我现在早已……"

电视剧不是经常这样演吗？

多伤人。

姜希靓可不想在未来某一天听到这样的话。

车子开到老太太家的胡同口。

"谢谢。"姜希靓说完，拿起伞要开门下车，手忽然被人抓住。

"靓靓。"岑川看着姜希靓的眼睛，欲言又止。姜希靓皱眉，想要挣脱他的手。

岑川笑笑，松开手，遗憾又平静地说："路上慢点，别踩水坑。"

姜希靓忽然心跳一滞。她不知他是随口提的，还是故意这么说的。当初，他们牵手走在一起，每到下雨天，她就喜欢故意踩水坑，溅两人一裤脚的泥水。

她回了家，老太太正在看电视，桌上摆着还没熟透的西瓜，瓤倒是很红。

一晚上，她不断地回忆起下车前岑川的眼神，总觉得有什么事情被自己忽略了。

洗完澡刚吹完头发，姜希靓忽然想起来。她走出卧室。

老太太已经睡了，她轻手轻脚地推开门，也不知道自己要做什么。

雨已经停了，乌云散去，露出一轮皎洁的月。

姜希靓想出来吹吹风，冷静一下，走到巷子口，却看到了一个寂寥的背影。

她站在原地。

岑川忽地回头，看向她。

"生日快乐。"她说。

岑川在月色下笑了起来，向她走近。

姜希靓心中复杂。她早已忘了今天是他的生日。

曾经，她以为这个日子她永远都不会忘记，每年都卡点送上祝福。只有一次，她为了生计忙得焦头烂额，到下午才想起来岑川的生日，那天岑川很不开心。

可现在，岑川没有资格不开心。

“怎么出来了？”岑川问。他穿着灰色的衬衫，下摆被晚风吹皱。

“老太太睡了，我出来吹吹风。”

去年夏天，他们闹得一团僵，姜希靓曾以为此生不会再与他相见，没想到大半年后，还会在这么平静的夜晚与他聊天。

她想起自己当年写的剧本，其中有一句老掉牙的台词：爱也淡了，恨也淡了。

岑川忽然问：“能陪我去吃一碗面吗？”

姜希靓迟疑了一下，随后点点头。

他们坐在街边的面摊上，吃着味道平平的面条。

去年的今天，他碗里的长寿面是她亲手做的。

姜希靓陪老太太吃了晚饭，此刻没什么胃口，看着岑川吃得津津有味，有点不可思议地问道：“你竟然会吃路边摊？”

在她的印象中，大少爷从来不屑于吃街边的小吃，每次她想吃他都会皱着眉说不卫生。

岑川抬起头：“我以前没和你没说过，我爸其实就是从在路边开削面摊起家的。”

姜希靓有些惊讶，不过最后只化作淡淡的一句：“那还挺厉害。”

“他的确挺有商业头脑的。我妈是他的第二任妻子，是他变富之后娶的。我小时候其实有点怕他，因为他脾气很差，喝了酒还会打人。”

姜希靓听着。这些话，岑川之前从未说过。

“我妈虽然看起来养尊处优，实际上过得不怎么幸福，以前经常被我爸打，但她对我很好。”他顿了顿，“我从小就在想，我一定要对我妈好，成为她的依靠。”

姜希靓勾起唇，笑而不语，脑海中回想起岑川的妈妈去年来找自己时那冷嘲热讽的模样。

每个人站在不同的立场，就会有不同的一面。人之常情。

他继续说：“当我知道家里给我安排的婚事时，我第一反应是拒绝。也是那时，我才发现，我其实什么都不是，毫无反抗的能力。”

“所以你选择瞒着我。”姜希靓语气很平静，不带一丝情绪。

岑川揉了揉太阳穴，说：“靓靓，这是我做过最后悔的事，但无论如何，请你相信我，那会儿我并没有想要和她结婚。我不是有意瞒着你，我知道你的性子，所以想先不告诉你，然后在那段时间里，把所有的事情都处理好……”

姜希靓打断他的话：“岑川，现在说这些还有什么意义？”

雨水在凹凸不平的路面上留下深深浅浅的水坑，月光的清辉洒在上边。

岑川盯着水坑，自嘲般地笑笑：“靓靓，再给我一个机会。”

他自己都觉得自己有点厚颜无耻。

姜希靓没有恶语相对。她已比之前成熟了很多：“岑川，去年我也有做得不对的地方，但是，我们都应该开始各自的新生活。”

她冲他笑了一笑，决绝又果断。

夏天到来，夏天结束。

天气日渐转凉时，姜希靓离开了京市。

离开前，她去见了趟唐愈。此时的唐愈，是才华横溢、饱受关注的新晋话剧导演，是话剧界冉冉升起的明日之星。

他们坐在机场内的一家咖啡馆中，唐愈笑得无奈，问：“我是真的没有机会了吗？”

姜希靓摇摇头。

唐愈垂下眼睫，喝了口咖啡，以免让自己的眼圈泛红。

从一开始，她便没有给过他机会。

他再抬头，那张娃娃脸上已经布满笑容：“出去玩得开心，我和浓浓永远是你的好朋友。”

姜希靓抬手抱了抱他：“你也是，大导演。”

分别前，唐愈说了句话：“希靓，你如果还喜欢他，就给自己一个机会吧。”

姜希靓听着登机提示广播，没说话，冲他摆了摆手。

岑川去找祝矜，皱着眉，焦急地问她姜希靓去哪儿了。

祝矜看到他就来气，说：“走了。”

“走去哪儿了？”

“你管得着吗？”

“她不要餐厅了？”

“餐厅一天没她又关不了。”随后，祝矜瞪了他一眼，转身去找邬淮清。邬淮清已在旁边等待多时，他掐了掐祝矜的脸蛋，问：“饿吗？”

“嗯，我们去吃饭。”

事实上，连祝矜都不知道姜希靓去了哪儿。她只知道姜希靓要去散心，漫无目的地满世界跑。

祝矜很难过，觉得姜希靓离开前都不知会她一声，走了才告诉她，不够义气。

祝矜一边气，一边又担心她：外边那么危险，她一个人，能行吗？

自此之后的半年里，祝矜经常收到从世界各地寄来的明信片。

但每当她再回寄过去时，姜希靓便已经去了下个地方。

第二年春天，姜希靓去了阿非利加洲。这里是个她以前一直向往的地方，有数不清的野生动物，有炽热明亮的阳光，有新鲜的歌谣。

姜希靓是跟着一队做志愿者的华人一起去的。队伍的向导是位东北人，很有幽默细胞，他们一行人常被逗得捧腹大笑。

他们在当地停留了好几个月。这次，祝矜收到明信片后再寄过去的回信，被姜希靓收到了。祝矜在信中痛诉姜希靓没心没肺，这么长时间不回来，又说老太太身体很好，让姜希靓不用挂念。最后说来说去，祝矜说了一句：想你。

岑川每隔一段时间便来找祝矜，想问问她有没有姜希靓的消息，久而久之，连邬淮清都嫌他烦了。

这天，岑川又来到祝矜的甜品店，恰好祝矜去卫生间了没在店里，但邬淮清在。

邬淮清冷眼打量了他一番，问：“你总是来找我媳妇儿干吗？”

“我来问问她有没有靓靓的消息。”

邬淮清：“你是不是傻，要是她这么长时间真的没姜希靓的消息，她不比你急？”

“那……靓靓在哪儿？”

邬淮清指了指那边的桌子，又说：“出息点，争取今年能让我喝上你和姜希靓的喜酒。”

桌上有姜希靓寄来的信，岑川双手颤抖地记下地址：“谢了。”

邬淮清挥挥手，让他赶紧走，别被祝矜看到。

岑川去了阿非利加洲。

飞机上，他一直在后悔。这么多年，他错过了很多。

姜希靓曾和他说过，她想有机会和他一起去阿非利加洲，她喜欢画报上那里的风景。

那时岑川兴致索然地说：“阿非利加洲有什么好玩的？把人晒死。要去就去欧罗巴洲，吃喝玩乐最方便。”

当时姜希靓白了他一眼，说：“爱去不去，到时候我自己去。”

他回呛：“你敢？你知道那儿有多危险吗？”

他没想到她真的自己去了。

她心中有一望无际的草原，那里自由又灿烂，她曾邀他进入她的心房游玩。

可那时的他，尚不知珍惜。

岑川没想到那次他们聊天中的另一句话“你知道那儿有多危险？”一语成谶——姜希靓发生了意外。

那段时间，她和队友们住在海边的木屋里，不是旅游册上那种度假的木屋，这里的木屋非常简陋，海水也很凶猛。

岑川不知用了什么招，竟然真的找到了他们。姜希靓惊讶地在异国他乡看着岑川，久久说不出话来。

第二天，岑川说服了领队，也跟着队伍一起出海。姜希靓那天没去，一个人留在了木屋里。那天她身体不舒服，只是没有表现出来，另一方面，她还有点无法接受自己被岑川找到这个事实。

岑川给她时间缓冲。他想，在这个阳光热烈的海岸上，他一定要重新追回姜希靓。

姜希靓喝了药，然后昏昏沉沉地睡了过去。

谁知，就在她睡觉时，房子着火了。因为房子是木质结构的，大火蔓延的速度非常快。

岑川出海回来，快要靠岸时，突然听到一个人的惊叫声。大家都望向岸边，纷纷乱叫起来。

“小姜，小姜还在里边！”有人喊道。

岑川早已无法冷静。他不知姜希靓在不在屋子里，焦心地等船靠了岸，便飞奔过去。

火势蔓延，岑川想也没想就要冲进屋里。

追过来的领队连忙拉住他：“你去只会两个人都被困死在里面。”

有人把湿衣服递了过来，岑川胡乱套上，没听领队的话，义无反顾地冲了进去。

是生是死，他都要和她在一起。

姜希靓被烟熏醒，诧异地看着不断落下的木头和滚滚的火焰。

着火了。

不知为何，那一刻她心里特别平静。她在脑海中拼命回忆以前消防演练时的知识，凭着生命的本能要往外跑。

可不断蔓延的火焰阻断了她的生路。

忽然，她看到一个人从天而降。

他奋不顾身地奔进来，抱住她，一块沾着火焰的木头掉落，要砸到她的头顶时，被他挡住了。

岑川。

后来的后来，变成一片黑暗。

姜希靓醒来时，是在充满消毒水味道的医院里。

她因为生病，加上火灾的影响，所以肺部受了感染。她从床上坐起。队伍中的 Lucy（露西）在陪床，看到她醒来，哭着喊道：“小姜，你终于醒了！”

“他呢？”她的声音很哑。

“谁？”

姜希靓差点以为，她昏迷前见到的那一幕，是幻觉。

“救我的那个人。”

“哦哦，他受伤很严重，在另一间病房里。”

姜希靓听完，便要起身去看岑川。Lucy 按住她的手，说：“这个点，他应该在睡觉，你明天去吧？放心，他的伤情稳定住了。”

这夜，姜希靓辗转反侧直到后半夜，还是没忍住，一个人溜进了岑川的病房。

他躺在病床上，身上好多处包了纱布。

姜希靓忽然忍不住，泪如雨下。她蹲在他的床边，紧紧握住他被纱布缠绕的手。

夜晚静悄悄的。

她压抑着声音小声啜泣，怕把他吵醒。

忽然，那只手动了动。

“傻瓜，哭什么，我这不是好好的？”岑川睁开眼，在沉闷的夜和皎皎的月光下，温柔地冲她笑道。

等岑川养好伤，两人再回到国内，已经是初夏时节了。

这天，下了好大的一场雨，大雨洗刷着整座城市，以这种方式，尽情地宣告夏天的到来。

岑川撑着伞，牵着姜希靓的手，一起走进北屿中学，他们共同的母校。

往事历历在目。那年他打球，她加入啦啦队给他助威。她总是考第一名，他便也拼命地学习。那时他们总是稚嫩地争吵，针锋相对，又在下一秒相视而笑。

忽然，姜希靓的鞋带开了，她正准备蹲下来系。岑川把伞递到她的手中，默默地蹲下身，帮她系鞋带。

路旁是棵玉兰树，他们上学时便有。玉兰花刚落没多久，地上的泥土中还混着白色的花瓣，花瓣湿湿的，沾着雨珠。

姜希靓今年二十四岁。

她尚年轻，拿过理科竞赛的冠军，得过作文竞赛的一等奖，是重点中学的高考状元，如今有一家自己的餐厅，梦想是做世界顶级大厨。

她有要守护的家人，有想珍惜一辈子的好朋友。千帆过尽，最幸运的是，年少时她便喜欢上的人，还在她身旁。

她忽然觉得，人生好像还不错，老天好像也算公平。

雨还在下，但总会停。

看着岑川把她的鞋带打了一个爱心结，姜希靓笑起来，喊他的名字："岑川！"

"我在，怎么了？"

"岑川！"

"我在。"

"岑川！"她乐此不疲地喊着，他便一声接一声地应。

"我在。"

我永远都在。

人生有四季，我与你，最炽热也最耀眼的夏天，才刚刚开始。